PACIENTE PARTICULAR

A marca fsc é a garantia de que a madeira utilizada na fabricação do papel deste livro provém de florestas de origem controlada e que foram gerenciadas de maneira ambientalmente correta, socialmente justa e economicamente viável.

P.D. JAMES

PACIENTE PARTICULAR

TRADUÇÃO
Fernanda Abreu

COMPANHIA DAS LETRAS

Copyright © 2008 by P. D. James

Proibida a venda em Portugal.

Grafia atualizada segundo o Acordo Ortográfico da Língua Portuguesa de 1990, que entrou em vigor no Brasil em 2009.

Título original:
The private patient

Projeto gráfico de capa:
Elisa v. Randow

Foto de capa:
@ *Terry Deroy Gruber/ Getty Images*

Preparação:
Cacilda Guerra

Revisão:
Valquíria Della Pozza
Márcia Moura

Dados Internacionais de Catalogação na Publicação (CIP)
(Câmara Brasileira do Livro, SP, Brasil)

James, P. D.
    Paciente particular / P. D. James ; tradução Fernanda Abreu. — São Paulo : Companhia das Letras, 2009.

    Título original: The private patient.
    ISBN 978-85-359-1502-0

    1. Ficção policial e de mistério (Literatura inglesa)
I. Título.

09-06359   CDD-823.0872

Índice para catálogo sistemático:
1. Ficção policial e de mistério : Literatura inglesa
823.0872

2009

Todos os direitos desta edição reservados à
EDITORA SCHWARCZ LTDA.
Rua Bandeira Paulista, 702, cj. 32
04532-002 — São Paulo — SP
Telefone: (11) 3707 3500
Fax: (11) 3707 3501
www.companhiadasletras.com.br

*Este livro é dedicado ao editor Stephen Page
e a todos os meus antigos e novos
amigos na Faber and Faber,
em comemoração aos meus 46 anos
ininterruptos como autora da casa.*

SUMÁRIO

LIVRO UM
21 de novembro-14 de dezembro — Londres, Dorset,
11

LIVRO DOIS
15 de dezembro — Londres, Dorset,
133

LIVRO TRÊS
16-18 de dezembro — Londres, Dorset, Midlands, Dorset,
255

LIVRO QUATRO
19-21 de dezembro — Londres, Dorset,
383

LIVRO CINCO
Primavera — Dorset, Cambridge,
461

A região de Dorset é famosa pela tradição e diversidade de suas propriedades rurais, mas os viajantes que forem visitar esse lindo condado não encontrarão Cheverell Manor entre elas. A casa e todos a ela relacionados, bem como os deploráveis acontecimentos ali ocorridos, existem apenas na imaginação da autora e de seus leitores, e não têm nenhuma ligação com pessoa do passado ou do presente, viva ou morta.

P. D. J.

LIVRO UM

*21 de novembro-14 de dezembro
Londres, Dorset*

1

Em 21 de novembro, dia de seu quadragésimo sétimo aniversário, e três semanas e dois dias antes de ser assassinada, Rhoda Gradwyn foi a Harley Street para uma primeira consulta com seu cirurgião plástico, e ali, em um consultório aparentemente projetado para inspirar confiança e dissipar a apreensão, decidiu o que a levaria inexoravelmente à morte. Mais tarde nesse mesmo dia, ela iria almoçar no Ivy. A sucessão dos dois compromissos era fortuita. O dr. Chandler-Powell não tinha nenhum horário mais cedo para atendê-la, e o almoço subsequente com Robin Boyton, marcado para as quinze para a uma, havia sido combinado dois meses antes; era impossível conseguir mesa no Ivy de última hora. Ela não considerava nenhum dos dois compromissos uma comemoração de aniversário. Esse detalhe de sua vida particular, assim como muitas outras coisas, jamais era mencionado. Duvidava de que Robin tivesse descoberto a sua data de nascimento ou, nesse caso, que fosse dar muita importância a isso. Sabia que era uma jornalista respeitada, distinta até, mas não chegava a esperar que seu nome constasse da lista de aniversários importantes do *Times*.

Sua consulta em Harley Street estava marcada para as onze e quinze. Em geral, quando tinha compromissos em Londres, ela preferia percorrer a pé pelo menos parte do caminho, mas nesse dia havia chamado um táxi para as dez e meia. O trajeto desde a City não deveria levar nem quarenta e cinco minutos, mas o tráfego londrino era imprevisível. Ela estava adentrando um mundo que lhe era desconhecido, e não queria pôr em risco o relacionamento com seu cirurgião chegando atrasada à primeira consulta.

Oito anos antes, ela havia alugado parte de uma estreita casa geminada na City, que dava para um pátio interno no final da Absolution Alley, perto de Cheapside, e soube assim que se mudou que aquela era a região de Londres em que ela sempre escolheria morar. O contrato de locação era longo e renovável; ela gostaria de poder comprar a casa, mas sabia que jamais seria posta à venda. Mas o fato de não poder chamá-la inteiramente de sua não a perturbava. A maior parte do imóvel datava do século XVII. Muitas gerações haviam morado ali, nascido e morrido ali, deixando para trás apenas seus nomes em contratos de locação antigos e amarelados, e ela gostava da sua companhia. Embora os cômodos do andar de baixo, com suas janelas com mainel, fossem escuros, o escritório e a sala de estar no andar de cima eram abertos para o céu, proporcionando uma vista das torres e flechas de campanário da City e mais além. Uma escadaria de ferro partindo de uma sacada estreita no terceiro piso conduzia a um terraço coberto, onde havia uma fileira de vasos de terracota e onde, nas manhãs de domingo em que o tempo estava bom, ela podia ficar sentada com seu livro ou seus jornais enquanto a calma do dia de descanso se esticava em direção ao meio-dia e a paz matutina só era rompida pelo conhecido badalar dos sinos da City.

A City que se via lá embaixo era uma capela mortuária construída sobre múltiplas camadas de ossos muitos séculos mais antigos do que os enterrados sob as cidades de Hamburgo ou Dresden. Será que esse fato fazia parte do mistério que o lugar exercia sobre ela, um mistério sentido de maneira mais intensa ao som de um sino de domingo em sua exploração solitária de seus becos e praças escondidos? O tempo a fascinava desde a infância, sua aparente capacidade de se mover em velocidades diferentes, a dissolução que ele provocava em mentes e corpos, a sensação de que todos os instantes, todos os instantes do passado e os que ainda estavam por vir, fundiam-se para formar um presente ilusório em que cada inspiração se transformava em um passado inalterável, indestrutível. Na City de Londres esses instantes eram capturados e solidificados em pedra e tijolo, em igrejas, monumentos e pontes que abarcavam as águas marrom-acinzentadas e em constante movimento do Tâmisa. Na primavera ou no verão, ela chegava a sair para a rua às seis da manhã, fechava as duas trancas da porta atrás de si e adentrava um silêncio mais profundo e misterioso do que a ausência de ruído. Algumas vezes, durante essa perambulação solitária, parecia-lhe que seus próprios passos estavam abafados, como se alguma parte dela tivesse medo de acordar os mortos que haviam percorrido aquelas ruas e conhecido o mesmo silêncio. Ela sabia que, nos fins de semana de verão, a poucos metros dali, os turistas e as hordas logo invadiriam a ponte do Milênio, os barcos abarrotados sairiam de seus ancoradouros para o rio, majestosos e desajeitados, e a cidade pública se tornaria fragorosamente viva.

Mas nada disso penetrava em Sanctuary Court. A casa que ela havia escolhido não poderia ter sido mais diferente daquela casinha geminada de subúrbio claustrofóbica e cheia de cortinas em Laburnum Grove, Silford Green, o subúrbio leste de Londres no qual ela nascera e onde passara os primeiros dezesseis anos de sua vida. Agora ela iria dar o primeiro passo por um caminho que talvez a reconciliasse com aqueles anos ou, se a reconciliação fosse impossível, pelo menos os privaria de seu poder de destruição.

Eram oito e meia agora, e ela estava no banheiro. Depois de desligar o chuveiro, enrolada em uma toalha, ela se postou em frente ao espelho acima da pia. Esticou a mão, passou-a pela superfície coberta de vapor e viu surgir seu rosto, pálido e anônimo como um quadro borrado. Fazia muitos meses que ela não tocava a cicatriz de forma deliberada. Então, lenta e delicadamente, correu um dedo por seu comprimento, sentindo o brilho prateado do centro, a textura rija e áspera do contorno. Pousando a mão esquerda sobre a face, tentou imaginar a desconhecida que, dali a poucas semanas, olharia para aquele mesmo espelho e veria um duplo de si mesma, mas um duplo incompleto, sem marca, talvez apenas com uma fina linha branca para mostrar onde antes se abria aquele sulco enrugado. Olhando para a imagem que não parecia mais do que um tênue palimpsesto de seu antigo eu, ela começou lenta e deliberadamente a demolir suas defesas construídas com cuidado e a deixar o passado turbulento, primeiro um riacho cada vez mais caudaloso e em seguida um rio em enxurrada, rompê-las sem encontrar resistência e se apoderar de sua mente.

2

Estava novamente naquele pequeno quarto dos fundos, misto de cozinha e sala de estar, onde ela e os pais teciam suas mentiras e suportavam seu exílio voluntário da vida. O cômodo da frente, com sua janela em curva, era para ocasiões especiais, celebrações familiares jamais organizadas e visitas que nunca apareciam. E seu silêncio recendia levemente a lustra-móveis com perfume de lavanda e ar parado, um ar tão denso que ela tentava nunca respirá-lo. Era a única filha de uma mãe assustada e inepta e de um pai bêbado. Fora assim que ela se definira por mais de trinta anos, e era assim que ainda se definia. Sua infância e adolescência tinham sido marcadas por vergonha e culpa. Os acessos de violência periódicos do pai eram imprevisíveis. Não era seguro levar para casa nenhum colega de escola, nem organizar nenhuma festa de aniversário ou de Natal, e, como nenhum convite era feito, nenhum era tampouco recebido. A escola de ensino fundamental que ela frequentava era só para meninas, e as amizades entre as alunas eram intensas. Um sinal de estima especial era ser convidada para dormir na casa de alguma amiga. Nenhum hóspede jamais dormia no número 239 de Laburnum Grove. O isolamento não a preocupava. Sabia que era mais inteligente do que as colegas, e conseguia se convencer de que não precisava de uma companhia que seria intelectualmente insatisfatória e que, ela sabia, jamais seria oferecida.

Eram onze e meia da noite de uma sexta-feira, dia de pagamento de seu pai, o pior dia da semana. E então veio o som que ela mais temia, o barulho seco da porta da frente se fechando. Ele entrou cambaleando e ela viu a mãe se mover em frente à poltrona, movimento que, Rhoda sabia, iria despertar a fúria do pai. Aquela deveria ser a poltrona de seu pai. Ele a havia escolhido, havia pago por ela, e o móvel fora entregue naquela manhã. Somente depois de a caminhonete ter ido embora foi que a mãe descobrira que a cor estava errada. A poltrona teria de ser trocada, mas não houvera tempo de fazer isso antes de a loja fechar. Ela sabia que a voz queixosa, servil e chorosa da mãe iria enfurecê-lo, que sua própria presença emburrada não ajudaria nenhum dos dois, mas ela não podia subir para dormir. O barulho do que estava prestes a acontecer debaixo de seu quarto seria mais aterrorizante do que participar. Então o cômodo se encheu com a presença dele, seu corpo cambaleante, seu fedor. Ao ouvir seu urro de raiva, seus xingamentos, ela sentiu uma súbita onda de fúria, e junto com a fúria veio a coragem. Ouviu a própria voz dizer: "Não é culpa da mamãe. A cadeira estava embalada quando o homem foi embora. Ela não podia ver que era da cor errada. Eles vão ter de trocar".

E então ele a atacou. Ela não se lembrava das palavras. Talvez na hora não tivesse havido palavras, ou ela não as tivesse escutado. Houve apenas o som da garrafa se partindo, como um tiro de pistola, o fedor de uísque, um instante de dor lancinante que passou quase assim que ela sentiu o sangue morno escorrendo da bochecha, pingando no assento da poltrona, e ouviu o grito angustiado da mãe. "Ai, meu Deus, Rhoda, olhe só o que você fez. O sangue! Eles agora não vão mais aceitar a poltrona de volta. Nunca vão querer trocá-la."

Seu pai lançou um olhar à mãe antes de sair da sala cambaleando e subir para o quarto com dificuldade. Nos segundos em que os olhares dos dois se cruzaram, ela pensou ter visto uma confusa mistura de emoções: frustração, horror e incredulidade. Então a mãe finalmente voltou a atenção para a filha. Rhoda tentava segurar as bordas do ferimento, e o sangue grudava em suas mãos. A mãe foi buscar toalhas e uma caixa de band-aid, que tentou abrir com as mãos trêmulas enquanto as lágrimas se misturavam ao sangue. Foi Rhoda quem pegou delicadamente a caixa de suas mãos, abriu os curativos e conseguiu por fim fechar a maior parte do corte. Quando, menos de uma hora depois, ela estava deitada na cama, rígida, o sangramento havia sido estancado e o futuro, decidido. Nunca haveria nenhuma ida ao médico e tampouco nenhuma conversa sincera; ela faltaria à escola um ou dois dias, sua mãe ligaria para dizer que a filha não estava se sentindo bem. E, quando ela voltasse, sua história estaria pronta: ela havia se esborrachado na quina da porta aberta da cozinha.

E então a vívida lembrança daquele único instante de agressão se diluiu, transformando-se nas recordações mais triviais dos anos seguintes. O ferimento, que ficou seriamente infeccionado, doeu e demorou muito para cicatrizar, mas nem seu pai nem sua mãe comentaram a respeito. Seu pai sempre havia achado difícil olhar a filha nos olhos; agora, quase nunca chegava perto dela. Suas colegas de escola desviavam o olhar, mas parecia-lhe que o medo havia substituído a antipatia. Ninguém na escola jamais mencionou a cicatriz na sua presença antes do último ano, quando ela estava sentada com a professora de inglês, que procurava convencê-la a tentar entrar em Cambridge — universidade onde ela própria havia estudado —, em vez de estudar em Londres. Sem erguer os olhos dos documentos, a srta. Farrell tinha dito: "A cicatriz no seu rosto, Rhoda. É incrível o que a cirurgia plástica é capaz de fazer hoje em dia. Talvez fosse bom marcar uma consulta com seu médico antes de você ir para lá". Seus olhares haviam se cruzado, o de Rhoda febril de indignação, e, após quatro segundos de silêncio, a srta. Farrell, fazendo ranger a cadeira e com o rosto completamente tomado por uma vermelhidão sarapintada, tornara a se curvar por cima dos documentos.

Ela começou a ser tratada com um respeito cauteloso. Nem a antipatia nem o respeito a preocupavam. Rhoda tinha sua própria vida particular, um interesse em descobrir o que os outros mantinham escondido, em descobrir coisas. Investigar os segredos dos outros passou a ser uma obsessão da vida inteira, alicerce e objetivo de toda a sua carreira. Ela se tornou uma caçadora de mentes. Dezoito anos depois de sair de Silford Green, um assassinato brutal monopolizara a atenção do subúrbio. Ela havia estudado as fotografias granuladas da vítima e do assassino no jornal sem nenhum interesse específico. O assassino confessou em poucos dias, foi preso, e o caso foi arquivado. Como jornalista investigativa, agora em uma carreira de sucesso cada vez maior, ela tinha se interessado menos pela breve notoriedade de Silford Green do que por suas próprias linhas investigativas, mais sutis e mais lucrativas e fascinantes.

Havia saído de casa no dia em que completara seus dezesseis anos, e encontrado um hotelzinho no subúrbio vizinho. Todas as semanas, até o dia em que morreu, seu pai lhe mandava uma nota de cinco libras. Ela nunca havia agradecido o dinheiro, mas aceitava-o porque precisava dele para complementar o salário que recebia à noite e durante os fins de semana trabalhando como garçonete, dizendo a si mesma que era provavelmente menos do que teria custado sua comida em casa. Quando, cinco anos depois, com um diploma de história e já trabalhando em seu primeiro emprego, sua mãe ligou para dizer que o pai havia morrido, ela sentiu uma ausência de emoção que lhe pareceu paradoxalmente mais forte e mais perturbadora do que a tristeza. Ele fora encontrado afogado, caído em um riacho de Essex cujo nome ela nunca conseguia recordar, com um nível de álcool no sangue que provava seu estado de embriaguez. O veredicto de morte acidental do legista era esperado e, pensou ela, provavelmente correto. Era o veredicto pelo qual ela torcia. Disse a si mesma, não sem um calafrio de vergonha que logo passou, que o suicídio teria sido um juízo final demasiado racional e grandioso para uma vida tão inútil.

3

A viagem de táxi foi mais rápida do que ela previra. Chegou antes da hora em Harley Street e pediu ao motorista que parasse no lado em que a rua cruzava a Marylebone Road, e seguiu a pé até o consultório. Como nas outras raras ocasiões em que havia passado por ali, ficou impressionada ao ver como a rua estava deserta, com a calma quase sobrenatural que rodeava aquelas casas formais do século XVIII precedidas por terraços. Quase todas as portas tinham uma placa de bronze com uma lista de nomes que confirmava o que com certeza todo londrino sabia: que ali era a meca da excelência médica. Em algum lugar atrás daquelas portas reluzentes e daquelas janelas discretamente tapadas por cortinas, pacientes deviam estar aguardando em estágios diversos de ansiedade, apreensão, esperança ou desespero, mas ela raramente via qualquer um deles chegando ou saindo. De vez em quando passava um vendedor ou boy, mas fora isso a rua poderia muito bem ter sido um set de filmagem vazio à espera do diretor, do câmera e dos atores.

Ao chegar diante da porta, ela estudou a placa com os nomes. Havia dois cirurgiões e três médicos, e o nome que ela esperava encontrar era o primeiro da lista. Dr. G. H. Chandler-Powell, membro do Real Colégio de Cirurgia, membro do Real Colégio de Cirurgia (Plástica), mestre em cirurgia — o último título provava que um cirurgião havia alcançado o ápice da excelência e da reputação. Mestre em cirurgia. Soava bem, pensou ela. Os mestres-barbeiros cujas licenças de atividade eram emitidas por Henrique VIII ficariam surpresos ao saber o longo caminho que sua profissão havia percorrido.

A porta foi aberta por uma jovem de semblante sério usando um jaleco branco cortado de modo a realçar suas curvas. Era atraente, mas não de forma desconcertante, e seu breve sorriso de boas-vindas foi mais ameaçador do que caloroso. *Chefe de turma*, pensou Rhoda. *Capitã das bandeirantes. Todo último ano tinha a sua.*

A sala de espera à qual ela foi conduzida correspondia tanto às suas expectativas que por um instante deu-lhe a impressão de já ter estado ali antes. O lugar conseguia ostentar certa opulência sem ter nada que fosse realmente de qualidade. A grande mesa de centro de mogno, com seus exemplares de *Country Life*, *Horse and Hound* e as revistas femininas mais chiques, alinhadas com tanto cuidado que chegavam a desencorajar a leitura, era impressionante mas sem refinamento. As cadeiras combinando com a mesa, algumas de espaldar reto, outras mais confortáveis, pareciam ter sido adquiridas em alguma liquidação de propriedade rural mas praticamente sem uso. As gravuras de caça eram grandes e neutras o suficiente para inibir roubos, e ela duvidava de que os dois vasos altos sobre o peitoril da lareira fossem genuínos.

Nenhum dos pacientes, com exceção dela própria, dava qualquer indício da especialidade que tinha vindo procurar. Como sempre, ela pôde observá-los à vontade, sabendo que nenhum olhar curioso iria encará-la por muito tempo. As pessoas tinham erguido os olhos quando ela entrara, mas não houvera meneios de cabeça em forma de cumprimento. Tornar-se paciente era abrir mão de uma parte de si, era ser recebido em um sistema que, por mais benigno que fosse, privava as pessoas sutilmente de iniciativa, quase de força de vontade. Elas ficavam sentadas, pacientemente dóceis, imersas em seus mundos particulares. Uma mulher de meia-idade, com uma criança sentada ao seu lado, fitava o vazio com um rosto sem expressão.

A criança, entediada, de olhos irrequietos, começou a bater de leve com os pés nas pernas da cadeira até a mulher, sem olhar para ela, estender a mão para contê-la. Na sua frente, um rapaz, que com seu terno formal parecia o símbolo do financista da City, tirou da pasta o *Financial Times* e, desdobrando-o com uma destreza experiente, concentrou sua atenção na página do jornal. Uma mulher trajando roupas da moda aproximou-se da mesa em silêncio para estudar as revistas, e então, sem encontrar nada que lhe agradasse, voltou para seu lugar junto à janela e continuou a fitar a rua deserta.

Rhoda não teve de esperar muito. A mesma moça que a havia recebido aproximou-se dela, falando baixinho e dizendo que o dr. Chandler-Powell iria recebê-la naquele instante. Com a especialidade dele, era óbvio que a discrição começava na sala de espera. Ela foi conduzida até um cômodo grande e iluminado do outro lado do corredor. As duas janelas duplas altas que davam para a rua estavam cobertas por pesadas cortinas de linho e por um filó branco, quase transparente, que suavizava a luz de inverno. O cômodo não tinha nenhum dos móveis ou equipamentos que ela esperava encontrar, e mais parecia uma sala de recepção do que um consultório. Um belo biombo laqueado, decorado com uma cena rural de prados verdes, rio e montanhas distantes, estava posicionado no canto à esquerda da porta. Era evidentemente antigo, talvez do século XVIII. Talvez, pensou ela, o biombo escondesse uma pia ou mesmo um sofá, embora isso parecesse improvável. Era difícil imaginar qualquer pessoa tirando a roupa naquele ambiente doméstico, mesmo que opulento. Havia duas poltronas, uma de cada lado da lareira de mármore, e uma escrivaninha de mogno em forma de U invertido diante da porta com duas cadeiras retas na frente. O único óleo na parede ficava acima da lareira, um quadro grande de uma casa da época Tudor com uma família setecentista cuidadosamente reunida à sua frente: o pai e os dois filhos a cavalo, a mulher e as três filhas pequenas sentadas em uma carruagem aberta. Na parede oposta havia uma sequência de gravuras coloridas de Londres no século XVIII. Estas e o quadro a óleo aumentaram sua sensação de estar um pouco fora do tempo.

O dr. Chandler-Powell estava sentado à escrivaninha e, quando ela entrou, levantou-se e veio apertar sua mão, indicando uma das duas cadeiras. Seu aperto foi firme mas breve, e sua mão estava fresca. Ela esperava vê-lo de terno escuro. Mas não: ele vestia um terno de tweed leve de um cinza bem claro e alfaiataria perfeita que, paradoxalmente, dava uma impressão ainda maior de formalidade. Ao encará-lo, ela viu um rosto forte e ossudo, com uma boca comprida e expressiva e brilhantes olhos cor de avelã encimados por sobrancelhas bem marcadas. Seus cabelos castanhos, lisos e um pouco desalinhados, estavam afastados de lado sobre uma testa alta, e alguns fios quase caíam dentro do olho direito. A impressão imediata que ele passava era de autoconfiança, e Rhoda a reconheceu imediatamente: um verniz que tinha alguma coisa, mas não tudo, a ver com sucesso. Era diferente da autoconfiança a que ela, como jornalista, estava acostumada: as celebridades com os olhos sempre à espreita do próximo fotógrafo, prontas a assumir a pose adequada; pessoas sem importância que pareciam saber que sua notoriedade era uma fabricação da mídia, uma fama transitória que somente sua crença desesperada em si mesmas era capaz de manter. O homem à sua frente tinha a autoconfiança interior de alguém que estava no auge de sua profissão, seguro, inviolável. Ela detectou também um leve indício de arrogância que ele não conseguia esconder de todo, mas disse a si mesma que talvez fosse preconceito seu. Mestre em cirurgia. Bem, ele tinha mesmo cara.

"A senhorita não trouxe uma carta do seu clínico geral, senhorita Gradwyn." Essa frase foi dita como uma afirmação, não como uma repreensão. A voz dele era grave e agradável, mas com um leve sotaque regional que ela não conseguiu identificar e que não havia previsto.

"Pensei que seria uma perda de tempo para ele e para mim. Eu me registrei no consultório do doutor Macintyre uns oito anos atrás como paciente do sistema nacional de saúde, e nunca precisei me consultar nem com ele nem com nenhum de seus colegas. Eu só vou ao consultório duas vezes por ano para medir a pressão. Quem faz isso em geral é a enfermeira."

"Eu conheço o doutor Macintyre. Darei uma palavrinha com ele."

Sem dizer nada, ele se aproximou dela, virando a luminária de mesa e fazendo o facho de luz forte atingi-la em cheio no rosto. Seus dedos estavam frescos ao tocar a pele de cada bochecha, beliscando-a. O toque era tão impessoal que parecia um insulto. Ela se perguntou por que ele não havia desaparecido atrás do biombo para lavar as mãos, mas talvez, se ele julgasse necessário para essa primeira consulta, tivesse feito isso antes de ela entrar na sala. Houve um instante em que, sem tocar a cicatriz, ele a avaliou em silêncio. Então apagou a luz e tornou a se sentar atrás da escrivaninha. Com os olhos na ficha à sua frente, perguntou: "Quanto tempo faz que isso aconteceu?".

Ela ficou surpresa com a formulação da pergunta. "Trinta e quatro anos."

"Como aconteceu?"

"Essa é uma pergunta necessária?", indagou ela.

"Não, a menos que o ferimento tenha sido autoinfligido. Imagino que não seja o caso."

"Não, não foi autoinfligido."

"E a senhorita esperou trinta e quatro anos para tomar alguma providência a respeito. Por que agora, senhorita Gradwyn?"

Houve uma pausa, e ela então disse: "Porque eu não preciso mais dela".

Ele não respondeu, mas a mão que tomava notas na ficha se imobilizou por alguns instantes. Erguendo os olhos do papel, ele perguntou: "O que espera dessa cirurgia, senhorita Gradwyn?".

"Eu gostaria que a cicatriz desaparecesse, mas entendo que seja impossível. Acho que o que espero é uma linha fina, não uma cicatriz larga e funda."

"Acho que, com a ajuda de um pouco de maquiagem, ela poderia ficar quase invisível", disse ele. "Depois da cirurgia, se for preciso, podemos indicar-lhe uma enfermeira especializada para uma camuflagem cosmética. Essas enfermeiras são muito qualificadas. É surpreendente o que pode ser feito."

"Eu preferiria não ter de usar camuflagem."

"Talvez seja preciso muito pouca ou nenhuma, mas é uma cicatriz profunda. Como imagino que a senhorita saiba, a pele tem várias camadas, e vai ser preciso abrir e reconstruir cada uma delas. Durante algum tempo depois da operação, a cicatriz vai ficar vermelha e irritada, e piorar muito antes de melhorar. Também vamos ter de lidar com a questão da dobra nasolabial, essa pequena depressão do lábio, e com a parte superior da cicatriz onde ela repuxa o canto do olho. No final de tudo, usarei uma injeção de gordura para dar volume e corrigir qualquer irregularidade de contorno. Mas quando eu a vir na véspera da cirurgia vou explicar com mais detalhes o que pretendo fazer e mostrar um desenho. A operação será com anestesia geral. A senhorita já tomou anestesia?"

"Não, será a primeira vez."

"O anestesista irá encontrá-la antes do procedimento. Gostaria que a senhorita fizesse alguns exames, incluindo exames de sangue e um eletrocardiograma, mas preferiria que fossem feitos no Hospital Saint Angela. A cicatriz será fotografada antes e depois da cirurgia."

"A injeção de gordura que o senhor mencionou, de que tipo de gordura vai ser?", perguntou ela.

"Da sua. Colhida da sua barriga com uma seringa."

É claro, pensou ela, que pergunta mais boba.

"Quando está pensando em fazer a cirurgia?", perguntou ele. "Tenho leitos individuais no Saint Angela, ou então a senhorita poderia ir a Cheverell Manor, minha clínica em Dorset, se preferir ser operada fora de Londres. A data mais próxima que consigo lhe oferecer este ano é sexta-feira, 14 de dezembro. Teria de ser em Cheverell. Nessa época só haveria a senhorita e mais um paciente, já que a clínica vai estar funcionando em regime parcial por causa do feriado de Natal."

"Eu preferiria estar fora de Londres."

"A senhora Snelling vai levá-la até o escritório depois da consulta. Lá, minha secretária lhe dará um folheto sobre Cheverell. Cabe à senhorita decidir quanto tempo quer passar lá. Os pontos provavelmente sairão em seis dias, e muito poucos pacientes precisam ou querem ficar na clínica por mais de uma semana depois da intervenção. Se decidir ser operada na clínica, seria útil reservar um tempinho para uma visita preliminar, com ou sem pernoite. Gosto que os pacientes vejam onde vão ser operados se tiverem tempo. É desconcertante chegar em um lugar totalmente desconhecido."

"O ferimento deve ficar dolorido, quero dizer, depois da cirurgia?", perguntou ela.

"Não, é pouco provável que fique dolorido. Talvez um pouco sensível, e pode haver um inchaço considerável. Se houver dor, poderemos resolver isso."

"Meu rosto vai ficar enfaixado?"

"Enfaixado, não. Haverá um curativo preso com esparadrapo."

Havia uma última pergunta, e ela não se acanhou na hora de fazê-la, embora achasse que soubesse a resposta. Não era por medo que a fazia, e esperava que ele entendesse isso, mesmo que não ligasse muito se não fosse o caso. "O senhor descreveria essa como uma cirurgia de risco?"

"Sempre existe algum risco com a anestesia geral. No que diz respeito à cirurgia em si, ela será demorada, delicada, e é provável que surjam alguns problemas. Esses problemas serão de minha responsabilidade, não da sua. Não seria adequado definir a intervenção como cirurgicamente perigosa."

Ela se perguntou se ele estaria sugerindo que poderia haver outros perigos, perigos psicológicos decorrentes de uma alteração completa de sua aparência. Ela não esperava que houvesse. Tinha lidado com as implicações da cicatriz por trinta e quatro anos. Iria lidar com o seu desaparecimento.

Ele perguntou se ela queria fazer alguma outra pergunta. Ela respondeu que não. Ele se levantou e os dois se cumprimentaram, e pela primeira vez ele sorriu. O sorriso transformou seu rosto. Ele disse: "Minha secretária vai lhe mandar as datas quando eu puder encaixá-la no Saint Angela para os exames. Algum problema com isso? A senhorita estará em Londres nas próximas duas semanas?".

"Estarei, sim."

Ela acompanhou a sra. Snelling até um escritório na parte dos fundos do andar térreo, onde uma mulher de meia-idade lhe entregou um folheto que falava sobre a infraestrutura de Cheverell Manor e informou-lhe o custo tanto da visita preparatória, que, segundo explicou, o dr. Chandler-Powell considerava útil para os pacientes, mas que evidentemente não era obrigatória, quanto o custo mais elevado da cirurgia e da estadia pós-operatória de uma semana. Ela esperava que o preço fosse alto, mas a realidade ultrapassou suas estimativas. Sem dúvida, aqueles números representavam um status social mais do que médico. Ela pareceu se lembrar de ter ouvido uma mulher dizer "Claro, eu sempre vou a Cheverell", como se isso a incluísse em um grupo seleto de pacientes privilegiados. Ela sabia que poderia ser operada pelo sistema nacional de saúde, mas havia uma lista de espera para os casos não urgentes, e ela precisava de privacidade. Rapidez e privacidade, em todas as áreas, haviam se tornado um luxo caro.

Meia hora depois de ter chegado, ela foi acompanhada até a porta. Ainda faltava uma hora para seu almoço no Ivy. Iria até lá a pé.

4

O Ivy era um restaurante badalado demais para garantir anonimato, mas a discrição social, importante para ela em todos as outras áreas, nunca a havia preocupado no que dizia respeito a Robin. Em uma época na qual a notoriedade exigia indiscrições cada vez mais escandalosas, nem mesmo a mais desesperada das páginas de fofocas desperdiçaria um parágrafo com a revelação de que Rhoda Gradwyn, a renomada jornalista, estava almoçando com um homem vinte anos mais jovem. Ela estava acostumada com ele, se divertia na sua companhia. Ele abria para ela aspectos da vida que ela precisava experimentar, mesmo que indiretamente. E ela sentia pena dele. Isso não chegava a ser motivo para intimidade, e da parte dela não havia nenhuma. Ele lhe fazia confidências, ela escutava. Ela imaginava estar derivando alguma satisfação desse relacionamento; do contrário, por que se dispunha a deixá-lo se apropriar de uma área ainda que restrita de sua vida? Quando pensava em sua amizade, o que acontecia raramente, esta lhe parecia um hábito que não impunha obrigações mais árduas do que um ocasional almoço ou jantar às suas custas, e que seria mais demorado e constrangedor encerrá-la do que levá-la adiante.

Como sempre, ele estava esperando em sua mesa preferida junto à porta, que ela havia reservado, e quando ela entrou pôde observá-lo por meio minuto antes que ele levantasse os olhos do cardápio e a visse. Como sempre acontecia, ela ficou chocada com a beleza dele. Ele próprio parecia inconsciente do fato, mas era difícil acreditar que alguém tão autocentrado pudesse não se dar conta do prêmio que a genética e o destino lhe haviam proporcionado ou deixar de tirar vantagem disso. Até certo ponto ele o fizera, mas quase sem parecer se importar. Ela sempre havia achado difícil acreditar no que a experiência havia lhe ensinado, que homens e mulheres podiam ser fisicamente belos sem possuir também qualidades comparáveis de mente e espírito, que a beleza podia ser desperdiçada em pessoas fúteis, ignorantes ou estúpidas. Era a aparência física, ela desconfiava, que havia ajudado Robin Boyton a conseguir sua vaga na escola de teatro, seus primeiros papéis, a breve aparição em uma série televisiva que muito prometia mas acabara depois do terceiro episódio. Nada durava. Até mesmo o mais indulgente ou receptivo dos produtores ou diretores acabava se frustrando com as falas não decoradas, com as faltas aos ensaios. Quando atuar não deu certo, ele tentou diversas iniciativas cheias de imaginação, algumas das quais talvez tivessem funcionado se o seu entusiasmo durasse mais de seis meses. Ela havia resistido à sua insistência para investir em qualquer uma dessas iniciativas, e ele recebia as recusas sem ressentimento. Mas as recusas nunca o impediam de tentar outra vez.

Ele se levantou ao vê-la se aproximar da mesa e, segurando-lhe a mão, deu-lhe um comportado beijo na face. Ela viu que a garrafa de Meursault pela qual evidentemente era ela quem iria pagar já estava no balde de gelo, e um terço do vinho já fora consumido.

"Que prazer ver você, Rhoda", disse ele. "Como foi com o grande George?"

Eles nunca usavam apelidos carinhosos. Ele certa vez a chamara de querida, mas desde então nunca mais se atrevera a repetir a palavra. Ela respondeu:

"O grande George? É assim que chamam Chandler--Powell em Cheverell Manor?"

"Não na frente dele. Você parece surpreendentemente calma depois do seu calvário, mas afinal de contas é sempre assim. O que aconteceu? Estou aqui louco de ansiedade."

"Não aconteceu nada. Ele me recebeu. Olhou meu rosto. Marcamos uma data.

"Ele não impressionou você? Geralmente impressiona."

"O aspecto dele é mesmo impressionante. Mas não passei tempo suficiente com ele para poder avaliar sua personalidade. Ele pareceu competente. Você já pediu?"

"Eu alguma vez pedi antes de você chegar? Mas montei um cardápio inspirado para nós dois. Sei do que você gosta. E fui mais imaginativo do que de costume em relação ao vinho."

Depois de estudar a carta de vinhos, ela viu que ele também havia sido imaginativo em relação ao preço.

Eles mal haviam começado a comer a entrada quando ele abordou o que considerava o objetivo do encontro. Disse: "Estou em busca de capital. Não muito, umas poucas mil libras. É uma oportunidade de investimento de primeira linha, com risco pequeno... bem, na verdade sem risco nenhum... e retorno garantido. Jeremy calcula uns dez por cento ao ano. Fiquei pensando se você estaria interessada".

Ele descrevia Jeremy Coxon como seu sócio. Rhoda duvidava de que ele um dia houvesse sido mais do que isso. Só o encontrara uma vez, e achara-o verborrágico mas inofensivo, e não totalmente desprovido de sensatez. Se ele tinha alguma influência sobre Robin, isso era provavelmente uma boa coisa.

"Estou sempre interessada em um investimento sem risco com retorno garantido de dez por cento", disse ela. "Fico surpresa que não haja uma fila de interessados querendo investir em você. Que negócio é esse em que você está envolvido com Jeremy?"

"O mesmo sobre o qual falei quando jantamos juntos em setembro. Bem, as coisas caminharam um pouco desde então, mas você se lembra da ideia básica? Na verdade a ideia é minha, não de Jeremy, mas nós trabalhamos nela juntos."

"Você comentou que você e Jeremy Coxon estavam pensando em montar um curso de etiqueta para novos-ricos socialmente inseguros. Não sei por que, mas não vejo você como professor... nem como especialista em etiqueta, para falar a verdade."

"Eu roubo tudo de livros. É incrível de tão fácil. E Jeremy é o especialista, então não tem problema nenhum."

"Os seus incompetentes sociais não poderiam comprar eles próprios os livros?"

"Imagino que sim, mas eles gostam do toque humano. Nós lhes inspiramos confiança. É por isso que eles estão pagando. Rhoda, nós achamos uma oportunidade de mercado. Vários jovens... bem, sobretudo rapazes, e não apenas os ricos... ficam preocupados de não saberem o que vestir em ocasiões específicas, ou o que fazer quando estão levando uma garota a um bom restaurante pela primeira vez. Ficam inseguros sobre como se comportar em situações sociais, como impressionar o chefe. Jeremy tem uma casa em Maida Vale que comprou com o dinheiro que uma tia rica deixou para ele, então nós estamos lá agora. Precisamos ser discretos, é claro. Jeremy não tem certeza se a casa tem alvará comercial. Vivemos com medo dos vizinhos. Um dos cômodos do térreo está montado como um restaurante, e nós encenamos situações. Depois de algum tempo, quando eles ganham confiança, levamos os clientes a um restaurante de verdade. Não este, mas outros não fuleiros demais que nos dão descontos especiais. Quem paga são os clientes, é claro. Estamos indo muito bem e o negócio está crescendo, mas precisamos de outra casa, ou pelo menos de um apartamento. Jeremy está farto de praticamente abrir mão do térreo e de ver aqueles sujeitos esquisitos aparecerem quando ele quer receber os amigos. Além disso, tem o escritório. Ele teve de adaptar um dos quartos de dormir para esse uso. Está recebendo três quartos do lucro por causa da casa, mas sei que ele acha que já está na hora de eu pagar a minha parte. É claro que não podemos usar o meu apartamento. Você sabe como é lá: nem um pouco parecido com o ambiente que estamos procurando. Seja como for, talvez eu não fique mais muito tempo lá. O proprietário está ficando muito grosseiro em relação ao aluguel. Quando tivermos um endereço só para isso, vamos nos expandir rapidamente. Bem, o que você acha, Rhoda? Está interessada?"

"Estou interessada em ouvir a respeito. Não estou interessada em investir nenhum dinheiro. Mas pode ser que dê certo. É mais razoável do que a maioria das suas ideias anteriores. De todo modo, boa sorte."

"Então a resposta é não."

"A resposta é não." Por impulso, ela arrematou: "Você vai ter de esperar o meu testamento. Prefiro fazer caridade depois da minha morte. A ideia de se separar do próprio dinheiro fica mais fácil quando você próprio não tem mais uso para ele".

Ela havia lhe deixado vinte mil libras de herança, não o suficiente para financiar aquele ou outro de seus entusiasmos mais excêntricos, mas o bastante para garantir que o alívio ao ver que ela havia lhe deixado alguma coisa duraria mais do que a decepção em relação à quantia. Observar o rosto dele lhe dava prazer. Ela sentia um leve arrependimento, próximo demais da vergonha para ser confortável, pelo fato de ter lhe feito uma provocação marota e de estar agora saboreando a sua primeira reação de surpresa e prazer, o brilho de cobiça em seus olhos e em seguida a volta rápida ao mundo real. Por que se dera ao trabalho de apenas confirmar outra vez o que já sabia sobre ele?

"Você já decidiu mesmo se operar em Cheverell Manor, e não em um dos leitos particulares de Chandler-Powell no Saint Angela?"

"Prefiro estar fora de Londres, onde há uma chance maior de paz e privacidade. Vou passar uma primeira noite lá no dia 27. Parece que é uma promoção. Ele gosta que os pacientes se familiarizem com o local antes de operar."

"Ele também gosta do dinheiro."

"Você também gosta, Robin, então não o censure."

Mantendo os olhos fixos no prato, ele disse: "Estou pensando em visitar a clínica enquanto você estiver lá. Acho que você vai gostar de um pouco de fofoca. Convalescença é uma loucura de tão chato".

"Não, Robin, eu não vou gostar de um pouco de fofoca. Fiz uma reserva na clínica justamente para ter certeza de que me deixariam em paz. Imagino que os funcionários cuidarão para que ninguém me incomode. Não é essa justamente a ideia do lugar?"

"Que má vontade a sua, considerando que fui eu quem lhe recomendei a clínica. Você por acaso estaria indo para lá se não fosse por mim?"

"Como você não é médico e nunca fez plástica, não tenho certeza de qual seria o valor da sua recomendação. Você mencionou a clínica umas poucas vezes, mas foi só isso. Eu já tinha ouvido falar em George Chandler-Powell. Já que ele é reconhecidamente um dos seis melhores cirurgiões plásticos da Inglaterra, provavelmente da Europa, e a cirurgia plástica está se tornando tão popular quanto os spas, não é de espantar. Eu procurei o nome dele, comparei seu histórico com o de outros médicos, pedi conselho a especialistas e optei por ele. Mas você não me disse qual é a sua ligação com Cheverell Manor. É melhor eu saber, caso resolva casualmente mencionar que conheço você e em troca receba olhares duros e seja condenada ao pior quarto da clínica."

"É possível. Não sou exatamente seu hóspede preferido. Na verdade eu não fico na residência principal... seria um pouco demais tanto para mim quanto para eles. Eles têm um chalé para visitantes, Rose Cottage, e é lá que eu me hospedo. Tenho de pagar, ainda por cima, o que acho um pouco demais. Não tem nem serviço de quarto. Em geral não consigo lugar no verão, mas eles não teriam o topete de dizer que o chalé não está vago em dezembro."

"Você disse que era algum tipo de parente."

"Não de Chandler-Powell. O cirurgião-assistente dele, Marcus Westhall, é meu primo. Ele ajuda nas operações e cuida dos pacientes quando o grande George está em Londres. Marcus mora lá com a irmã, Candace, em um outro chalé. Ela não tem nada a ver com os pacientes; ajuda no escritório. Eu sou o único parente vivo deles. Eles bem que poderiam dar alguma importância a isso."

"E não dão?"

"É melhor eu lhe contar uma história de família, se não for aborrecer você. É uma história antiga. Vou tentar ser breve. É sobre dinheiro, claro."

"Geralmente é."

"É uma história muito, muito triste sobre um pobre menino órfão jogado no mundo sem um tostão. Seria uma pena torturar seu coração com ela agora. Não quero correr o risco de fazer lágrimas salgadas caírem sobre o seu delicioso caranguejo temperado."

"Vou arriscar. Melhor saber alguma coisa sobre esse tal lugar antes de ir para lá."

"Estava me perguntando o que estaria por trás deste convite para almoçar. Se você quiser ir preparada, veio procurar a pessoa certa. Vale cada centavo do preço de uma boa refeição."

Ele falava sem rancor, mas exibia um sorriso de quem estava achando graça. Ela lembrou a si mesma que nunca era prudente subestimá-lo. Nunca antes ele havia lhe falado sobre a história de sua família ou sobre seu passado. Para um homem tão disposto a fornecer as minúcias de sua existência cotidiana, de seus pequenos triunfos e de seus mais frequentes fracassos no amor e nos negócios, em geral relatados com humor, ele era notavelmente reservado em relação à própria infância e juventude. Rhoda desconfiava que a sua infância talvez tivesse sido profundamente infeliz, e que esse trauma antigo, do qual ninguém se recupera totalmente, talvez estivesse na origem da sua insegurança. Como ela não tinha intenção de reagir às confidências com uma sinceridade recíproca, não sentia o impulso de explorar a vida dele. Mas havia coisas em relação a Cheverell Manor que seria útil saber de antemão. Iria a Cheverell como paciente e, para ela, isso significava vulnerabilidade e certa subserviência física e emocional. Chegar sem informação nenhuma era se colocar em posição desvantajosa desde o início.

"Fale-me sobre seus primos", pediu ela.

"Eles têm uma situação confortável, ao menos pelos meus padrões, e estão prestes a se tornar muito ricos pelos padrões de qualquer um. O pai deles, meu tio Peregrine, morreu há nove meses e deixou para os dois algo como oito milhões de libras que tinha herdado do pai, Theodore, morto só umas poucas semanas antes dele. A fortuna da família vinha de Theodore. Você provavelmente já ouviu falar no *Latim básico* e nos *Primeiros passos para aprender grego* de T. R. Westhall... enfim, algum título desse tipo. Eu próprio não cruzei com os livros, não estudei nesse tipo de colégio. Enfim, livros escolares, quando adotados e consagrados por um longo tempo de uso, são fontes de renda incríveis. Nunca saem de catálogo. E o velho era bom com dinheiro. Tinha talento para fazê-lo frutificar."

"Fico surpresa que os seus primos tenham tanto dinheiro para herdar com duas mortes assim tão próximas, pai e avô", disse Rhoda. "As taxas de transmissão devem ter sido astronômicas."

"O velho vovô Theodore já tinha pensado nisso. Eu disse a você que ele era esperto em relação a dinheiro. Antes de a última doença dele se manifestar, ele fez uma espécie de seguro. Enfim, o dinheiro está lá. Vai ser deles assim que o testamento for confirmado."

"E você quer uma parte dele."

"Para falar francamente, acho que eu mereço uma parte dele. Theodore Westhall teve dois filhos, Peregrine e Sophie. Sophie era minha mãe. O casamento dela com Keith Boyton nunca caiu nas graças de seu pai, e na verdade eu acho que ele tentou impedi-lo. Achava que Keith era um zé-ninguém preguiçoso interesseiro que só estava atrás do dinheiro da família, e para ser honesto ele provavelmente não estava muito longe da verdade. Minha pobre mãezinha morreu quando eu tinha sete anos. Eu fui criado — bom, na verdade fui arrastado de um lado para o outro — pelo meu pai. De todo modo, no final ele desistiu e me largou em um colégio interno que tinha tudo de Dotheboys Hall. Melhor do que o de Dickens, mas não muito. A mensalidade modesta era paga por uma instituição de caridade. Não era colégio para um menino bonito, muito menos um que tivesse a plaquinha *sustentado por caridade* pendurada em volta do pescoço."

Ele segurava o copo de vinho como se fosse uma granada, e os nós de seus dedos estavam brancos. Por um instante, Rhoda teve medo de que o vidro fosse se espatifar na sua mão. Ele então soltou os dedos, sorriu para ela e levou o copo aos lábios. Disse: "Desde o casamento de mamãe os Boyton foram isolados da família. Os Westhall nunca esquecem e nunca perdoam".

"Onde está seu pai agora?"

"Sinceramente, Rhoda, não faço ideia. Ele emigrou para a Austrália quando eu ganhei a bolsa para a escola de teatro. Desde então não nos falamos. Pelo que sei, ele pode ter se casado, morrido, ou as duas coisas. Nunca fomos o que se pode chamar de próximos. E ele nem sequer nos sustentava. Minha pobre mãe aprendeu a bater à máquina e foi ganhar uma miséria em um escritório de datilografia. Expressão esquisita essa, escritório de datilografia. Não acho que isso ainda exista. O da coitada da mamãe era particularmente fuleiro."

"Pensei que você tivesse dito que era órfão."

"Vai ver eu sou. Seja como for, se meu pai não tiver morrido, não chega a estar presente. Nem sequer me enviou um postal nesses oito anos. Se ele não tiver morrido, deve estar ficando velho. Tinha quinze anos a mais do que minha mãe, então deve estar com mais de sessenta."

"Então é pouco provável que ele apareça pedindo uma ajudinha financeira da herança."

"Bom, ele não conseguiria se pedisse. Eu não vi o testamento, mas quando liguei para o advogado da família... só para saber o que estava acontecendo, entende... ele disse que não me daria uma cópia. Disse que eu poderia conseguir uma cópia quando o testamento fosse confirmado. Acho que nem vou me dar ao trabalho. Os Westhall deixariam dinheiro para um asilo de gatos antes de deixar um centavo para um Boyton. A minha reivindicação é por justiça, não por legalidade. Eu sou primo deles. Mantive contato com eles. Eles têm dinheiro mais do que suficiente e vão ficar muito ricos quando o testamento for confirmado. Não lhes custaria nada demonstrar um pouco de generosidade agora. Por isso as minhas visitas. Gosto de lembrar a eles que eu existo. Tio Peregrine só viveu trinta e cinco dias a mais do que vovô. Aposto que o velho Theodore se segurou o quanto pôde na esperança de viver mais do que o filho. Não sei o que teria acontecido se tio Peregrine tivesse morrido primeiro, mas quaisquer que fossem as complicações jurídicas nenhum dinheiro teria vindo para mim."

"Mas os seus primos devem ter ficado nervosos. Existe uma cláusula em todos os testamentos que diz que o legatário tem de viver vinte e oito dias a mais do que o testante para poder herdar. Imagino que eles tenham feito o possível para manter o pai vivo... quero dizer, se é que ele sobreviveu mesmo esses oito dias cruciais. Talvez eles o tenham colocado dentro de um freezer e tirado ele de lá em plena forma no dia certo. É o enredo de um livro de um escritor de mistério, Cyril Hare. Acho que o livro se chama *Morte prematura*, mas talvez ele tenha sido publicado originalmente com outro título. Não me lembro muito bem. Faz anos que o li. Era um escritor refinado."

Ele permaneceu calado, e Rhoda o viu servir o vinho como se os seus pensamentos estivessem longe dali. Pensou, achando divertido e um pouco preocupante: *Meu Deus, será que ele está mesmo levando esta bobagem a sério?* Se estivesse mesmo, e tomasse alguma atitude, a acusação provavelmente seria o fim de seu relacionamento com os primos. Ela conseguia pensar em poucas alegações mais prováveis de fechar para sempre para ele as portas de Rose Cottage e Cheverell Manor do que uma acusação de fraude. Ela havia se lembrado do romance por acaso, e falara sem pensar. O fato de ele ter levado suas palavras a sério era bizarro.

"É uma ideia absurda, claro", disse ele, como se a estivesse descartando.

"Claro que é. O que você imagina? Candace e Marcus Westhall aparecem no hospital quando o pai deles está entre a vida e a morte, insistem para levá-lo para casa e o põem dentro de um freezer que vem bem a calhar, e aí descongelam o corpo oito dias depois?"

"Eles não precisariam ter ido ao hospital. Candace cuidou do pai em casa durante os últimos dois anos. Os dois velhos, vovô Theodore e tio Peregrine, viviam na mesma casa de repouso nos arredores de Bournemouth, mas eram tão irascíveis com os funcionários que a gerência disse que um deles teria de ir embora. Peregrine pediu para Candace cuidar dele, e lá ficou até morrer, sob os cuidados de um clínico caquético. Eu não o vi durante esses últimos dois anos. Ele se recusava a receber visitas. Poderia ter funcionado."

"Na verdade não poderia, não", disse ela. "Fale-me sobre as outras pessoas na clínica fora os seus primos. Pelo menos as mais importantes. Quem eu devo encontrar?"

"Bem, tem o grande George em pessoa, naturalmente. Tem também a rainha da enfermagem, Flavia Holland... muito sexy para quem curte um uniforme. Não vou cansar você com o resto da equipe de enfermagem. A maioria chega de carro vindo de Wareham, Bournemouth ou Poole. O anestesista era um especialista do serviço nacional de saúde que aguentou o quanto pôde da saúde pública e, depois de se aposentar, foi morar em um chalezinho agradável no litoral de Purbeck. Um emprego em tempo parcial na clínica lhe convém muito bem. Além disso, e mais interessante, há também Helena Haverland, Cressett de solteira. O cargo dela é de administradora-geral, o que engloba praticamente tudo, da faxina à supervisão contábil. Ela foi para a clínica depois de se divorciar, seis anos atrás. O mais intrigante em relação a Helena é seu nome. O pai dela, sir Nicholas Cressett, vendeu Cheverell Manor a George depois do colapso do Lloyd's. Ele fazia parte do sindicato errado e perdeu tudo. Quando George anunciou o emprego de administrador-geral, Helena Cressett se candidatou e foi contratada. Qualquer pessoa mais sensível do que George não a teria aceito. Mas ela conhecia a casa intimamente, e imagino que tenha se tornado indispensável, o que é esperto da parte dela. Ela não gosta de mim."

"Nada razoável da parte dela."

"Não é mesmo? Mas acho que ela não gosta praticamente de ninguém. Existe um pouco de arrogância familiar ali. Afinal de contas, a família dela foi dona da propriedade por quase quatrocentos anos. Ah, e tenho de mencionar os dois cozinheiros, Dean e Kim Bostock. George deve tê-los surrupiado de algum lugar bem bom, pois ouvi dizer que a comida é esplêndida, apesar de nunca ter sido convidado a prová-la. Tem também a senhora Frensham, a velha governanta de Helena, encarregada da parte do escritório. É viúva de um padre da Igreja Anglicana e tem a aparência perfeita para esse papel, então é mais ou menos como ter uma consciência pública desagradável andando para lá e para cá para lembrar as pessoas dos pecados que cometeram. E há uma moça estranha que eles arrumaram sabe-se lá onde, Sharon Bateman, uma espécie de faz-tudo que cuida de tarefas diversas na cozinha e para a senhorita Cressett. Fica zanzando de um lado para o outro carregando bandejas. É mais ou menos isso, no seu caso."

"Como é que você sabe tudo isso, Robin?"

"Mantenho olhos e ouvidos abertos quando estou bebendo com os moradores da cidade no bar da esquina, o Cressett Arms. Sou o único a fazer isso. Não que eles tenham inclinação para fazer fofoca com desconhecidos. Ao contrário da crença generalizada, moradores de cidades pequenas não fazem isso. Mas eu consigo pescar algumas coisinhas ditas sem pensar. No final do século XVII, a família Cressett teve uma briga terrível com o pároco da cidade e parou de ir à igreja. A cidade ficou do lado do pároco, e a briga perdurou por séculos, como muitas vezes acontece. George Chandler-Powell não fez nada para sanar a situação. Na verdade, a situação lhe convém. Os pacientes vão para lá em busca de privacidade, e ele não quer que sejam motivo de muita conversa na cidade. Algumas mulheres da cidade fazem parte da equipe de faxina, mas a maioria dos funcionários mora mais longe. E há também o velho Mog... senhor Mogworthy. Ele era jardineiro e faz-tudo dos Cressett, e George ficou com ele. O velho é uma mina de informações, se você souber fazê-lo falar."

"Não acredito."

"Não acredita em quê?"

"Não acredito nesse nome. É totalmente fictício. Ninguém se chama Mogworthy."

"É o nome dele, sim. Ele me disse que existiu um vigário com esse nome na igreja da Santa Trindade de Bradpole no final do século XV. Mogworthy alega ser descendente desse pároco."

"Pouco provável. Se o primeiro Mogworthy era padre, teria feito voto de celibato pelas regras da Igreja católica."

"Enfim, descendente da mesma família. Seja como for, ele mora lá. Antes morava no chalé hoje ocupado por Candace e Marcus, mas George quis o chalé e expulsou-o de lá. Ele agora vive com a irmã idosa na cidade. Sim, Mog é uma mina de informações. Dorset é uma região cheia de lendas, a maioria horripilante, e Mog é o especialista nelas. Na verdade, ele não nasceu no condado. Todos os seus antepassados nasceram, mas o pai dele se mudou para Lambeth antes de Mog nascer. Peça para ele lhe contar sobre as Pedras de Cheverell."

"Nunca ouvi falar."

"Ah, mas vai ouvir, se Mog estiver por perto. E vai ser difícil não vê-las. É um círculo neolítico que fica em uma campina perto da clínica. A história é bem horrorosa."

"Conte."

"Não, vou deixar isso para Mog ou Sharon. Mog diz que ela tem obsessão pelas pedras."

O garçom estava servindo o prato principal e Robin se calou, fitando a comida com grata aprovação. Ela sentiu que ele estava perdendo o interesse por Cheverell Manor. A conversa tornou-se aleatória, e ele evidentemente estava com a cabeça em outro lugar durante o café. Então tornou a olhar para Rhoda, e ela foi novamente surpreendida pela profundidade e clareza de seu azul quase impossível. A força do olhar concentrado dele era perturbadora. Estendendo a mão por cima da mesa, ele pediu: "Rhoda, volte comigo para o apartamento hoje à tarde. Agora. Por favor. É importante. Precisamos conversar".

"Nós já conversamos."

"Conversamos principalmente sobre você e a clínica. Não sobre nós dois."

"Jeremy não está esperando você? Você não deveria estar instruindo seus clientes sobre como lidar com garçons aterrorizantes e vinhos que estragaram?"

"Meus alunos vêm quase todos à noite. Por favor, Rhoda."

Ela se curvou para pegar a bolsa. "Desculpe, Robin, mas não vai ser possível. Tenho muito a fazer antes de ir para a clínica."

"É possível, sim, é sempre possível. O que você quer dizer é que não está com vontade de ir."

"É possível, mas neste momento não é conveniente. Vamos conversar depois da cirurgia."

"Talvez seja tarde demais."

"Tarde demais para o quê?"

"Para várias coisas. Você não entende que estou apavorado com a ideia de que você possa estar pensando em se livrar de mim? Você está fazendo uma mudança importante, não está? Talvez esteja pensando em se livrar de outras coisas além da cicatriz."

Era a primeira vez nos seis anos de seu relacionamen-

42

to que eles pronunciavam essa palavra. Um tabu jamais explicitado entre os dois acabara de ser quebrado. Levantando-se da mesa depois de ter pago a conta, ela tentou impedir o tom ofendido transparecer na própria voz. Sem olhar para ele, disse: "Desculpe, Robin. Vamos conversar depois da cirurgia. Vou voltar para a City de táxi. Quer uma carona para algum lugar?". Isso era frequente. Ele nunca pegava o metrô.

A palavra, ela percebeu, fora mal escolhida. Ele fez que não com a cabeça, mas não respondeu e seguiu-a em silêncio até a porta. Do lado de fora, ao se virarem para seguir seus caminhos diferentes, ele disse de repente: "Quando eu me despeço, sempre tenho medo de nunca mais ver a pessoa. Quando minha mãe saía para trabalhar, eu ficava olhando pela janela. Ficava apavorado pensando que talvez ela nunca mais voltasse para casa. Você sente isso às vezes?".

"Não, a menos que a pessoa de quem esteja me despedindo tenha mais de noventa anos e esteja fraca ou sofrendo com uma doença terminal. Nenhuma das duas coisas se aplica a mim."

No entanto, quando finalmente se separaram, ela pela primeira vez se virou e ficou olhando as costas dele se afastarem até perdê-lo de vista. Não estava com medo da cirurgia, não tinha nenhuma premonição de morte. O dr. Chandler-Powell dissera que a anestesia sempre apresentava um risco, mas que, nas mãos de um especialista, esse risco podia ser descartado. No entanto, enquanto ele desaparecia e ela própria virava as costas, Rhoda compartilhou por alguns instantes o medo irracional de Robin.

5

Às duas da tarde da terça-feira, 27 de novembro, Rhoda estava pronta para sua primeira visita a Cheverell Manor. Seus compromissos pendentes haviam sido cumpridos e entregues a tempo, como sempre. Ela nunca conseguia sair de casa, nem por uma única noite, sem fazer uma rigorosa faxina, arrumar tudo, esvaziar as lixeiras, trancar à chave os documentos do escritório e verificar uma última vez as portas e janelas por dentro. Qualquer lugar que ela chamasse de lar precisava estar imaculado antes de ela ir embora, como se essa minúcia pudesse garantir um retorno seguro.

Junto com o folheto sobre a clínica, ela havia recebido instruções de como chegar a Dorset, mas, como sempre acontecia em um trajeto desconhecido, anotou o caminho em um cartão que seria posicionado em cima do painel. Durante a manhã, o sol havia surgido ocasionalmente, mas, apesar de ela ter partido tarde, a saída de Londres havia sido lenta, e quando, quase duas horas depois, ela saiu da M3 e entrou na estrada que levava até Ringwood, a noite já caía, e com ela fortes rajadas de chuva que em poucos segundos se transformaram em um aguaceiro. Os limpadores de para-brisa, movendo-se em espasmos como se estivessem vivos, não davam conta da chuvarada. Ela não conseguia ver nada à sua frente, a não ser a luz dos faróis a iluminar a água turbilhonante que se transformava rapidamente em enxurrada. Viu poucos faróis de outros carros. Tentar prosseguir era inútil, e ela apertou os olhos tentando enxergar através da cortina de chuva e distinguir um acostamento de grama que pudesse oferecer um ponto de parada seguro. Em poucos minutos, conseguiu avançar cautelosamente por alguns metros de chão plano em frente a um pesado portão de fazenda. Pelo menos ali não haveria risco de nenhuma vala escondida nem de lama para atolar o carro. Ela desligou o motor e ficou escutando o tamborilar da chuva, que parecia uma saraivada de balas. Sob aquele ataque, a BMW tinha uma paz metálica e protegida que intensificava a barulhada do lado de fora. Ela sabia que além das sebes podadas que agora não se podia ver ficavam algumas das paisagens rurais mais bonitas da Inglaterra, mas naquele instante se sentia presa em meio a uma imensidão ao mesmo tempo desconhecida e potencialmente hostil. Havia desligado o telefone celular, com o mesmo alívio de sempre. Ninguém no mundo sabia onde ela estava nem podia contactá-la. Nenhum carro passou e, ao olhar pelo para-brisa, tudo que ela viu foi a parede de água e, mais adiante, borrões trêmulos de luz que marcavam a localização das casas ao longe. Ela em geral apreciava o silêncio, e conseguia disciplinar a imaginação. Pensava na cirurgia próxima sem medo, ao mesmo tempo que admitia ter alguns motivos racionais para ficar ansiosa; tomar uma anestesia geral nunca era totalmente isento de riscos. Mas ela agora tinha consciência de um incômodo mais profundo do que a preocupação com aquela visita preliminar ou com a cirurgia iminente. Percebeu que a sensação era próxima demais da superstição para deixá-la relaxada, como se alguma realidade anteriormente desconhecida para ela ou excluída de sua consciência estivesse gradualmente se fazendo sentir e exigindo ser reconhecida.

Era inútil ouvir música tamanho o barulho da tempestade, então ela reclinou o banco e fechou os olhos. Lembranças, algumas antigas, outras mais recentes, invadiram sua mente em turbilhão. Ela reviveu mais uma vez o dia de maio, seis meses antes, que a fizera iniciar aquela viagem, percorrer aquele trecho de estrada deserta. A carta de sua mãe chegara junto com uma leva de correspondência sem interesse; circulares, avisos de reuniões às quais ela não pretendia comparecer, contas. Cartas de sua mãe eram ainda mais raras do que suas breves conversas telefônicas, e ela pegara o envelope, mais quadrado e grosso do que os que a mãe habitualmente usava, com um leve pressentimento de que talvez houvesse alguma coisa errada — uma doença, um problema com a casa, algo que fizesse a mãe precisar dela. Mas era um convite de casamento. O cartão, com uma caligrafia rebuscada cercada por desenhos de sinos matrimoniais, anunciava que a sra. Ivy Gradwyn e o sr. Ronald Brown esperavam que os amigos pudessem comemorar com eles o seu casamento. A data, a hora e o nome da igreja estavam indicados, assim como um hotel onde haveria uma recepção para os convidados. Um bilhete com a caligrafia de sua mãe dizia: *Venha se puder, Rhoda. Não sei se falei de Ronald nas minhas cartas. Ele é viúvo, e a mulher dele era grande amiga minha. Ele está ansioso para conhecer você.*

Rhoda se lembrou das emoções que sentira, uma surpresa seguida de alívio, do qual tinha uma ligeira vergonha, de que aquele casamento pudesse eliminar uma parte da sua própria responsabilidade em relação à mãe, de que pudesse aliviar a culpa que sentia por suas cartas e telefonemas pouco frequentes e por seus ainda mais raros encontros. Elas se encontravam como duas desconhecidas educadas, porém cautelosas, ainda inibidas pelas coisas que não podiam dizer, pelas lembranças que tomavam cuidado para não provocar. Rhoda não conseguia se lembrar de ter ouvido falar em Ronald, e não tinha vontade de conhecê-lo, mas aquele era um convite que ela se viu obrigada a aceitar.

Então ela reviveu conscientemente aquele dia extraordinário que só prometia um enfado suportado com estoicismo, mas que a havia conduzido a esse momento sob a chuva e a tudo que ainda tinha pela frente. Saíra de casa cedo, mas um caminhão tinha capotado e espalhado sua carga pela estrada, de modo que, quando chegou em frente à igreja, uma lúgubre construção gótica, ouviu o som esganiçado e hesitante do que devia ser o último hino. Ficou esperando no carro, um pouco mais embaixo na rua, até as pessoas que haviam assistido à cerimônia, em sua maioria de meia-idade ou idosos, saírem da igreja. Um carro com fitas brancas havia parado em frente, mas ela estava longe demais para poder ver a mãe ou o noivo. Seguiu o carro, junto com as outras pessoas que saíam da igreja, até o hotel, que ficava uns seis quilômetros mais ao sul no litoral e era uma construção eduardiana cheia de torretas ladeada por bangalôs e com um campo de golfe atrás. Uma profusão de vigas escuras na fachada sugeria que o arquiteto havia planejado imitar o estilo Tudor, mas deixara-se seduzir pela arrogância de acrescentar um domo central e uma porta da frente *palladiana*.

O salão de festas tinha uma atmosfera de grandiosidade que há muito já perdera o viço, cortinas de adamascado vermelho pendiam em dobras volumosas e o carpete parecia encardido por décadas de poeira. Ela se juntou ao rebanho de convidados que, com alguma hesitação, dirigiam-se para uma sala nos fundos que anunciava sua função com um cartaz e um aviso impresso: *Salão disponível para eventos particulares*. Por um instante, ela se deteve na soleira da porta, indecisa, então entrou e viu a mãe imediatamente. Ela estava em pé ao lado do noivo, cercada por um pequeno grupo de mulheres que falavam animadamente. A entrada de Rhoda passou quase despercebida, mas ela abriu caminho por entre as mulheres e viu o rosto da mãe se abrir em um sorriso hesitante. Fazia quatro anos que as duas não se encontravam, mas sua mãe parecia mais jovem e mais feliz, e depois de alguns segundos beijou Rhoda na face direita com alguma hesitação e em seguida virou-se para o homem ao seu lado. Ele era velho — tinha pelo menos setenta anos, avaliou Rhoda —, bem mais baixo do que sua mãe e tinha um rosto macio de bochechas redondas, agradável mas ansioso. Pareceu um pouco confuso, e sua mãe teve de repetir o nome de Rhoda duas vezes antes de ele sorrir e estender a mão. Houve apresentações generalizadas. Os convidados ignoraram deliberadamente a cicatriz. Algumas crianças que corriam por perto olharam para a cicatriz com atrevimento, em seguida saíram correndo e gritando pelas portas altas para ir brincar do lado de fora. Rhoda se lembrava de fragmentos de conversas. "Sua mãe fala tanto de você." "Ela tem muito orgulho de você." "Que bom você ter vindo de tão longe." "Que dia lindo para se casar, não é? É ótimo vê-la tão feliz."

A comida e o serviço foram melhores do que ela esperara. A toalha sobre a mesa comprida estava impecável, as xícaras e os pratos reluziam, e sua primeira mordida confirmou que o presunto dos sanduíches havia acabado de ser cortado do osso. Três mulheres de meia-idade vestidas como empregadas domésticas serviam com uma alegria franca. Um chá forte foi servido de um imenso bule e, depois de alguns sussurros entre a noiva e o noivo, várias bebidas foram trazidas do bar. As conversas, até então em voz baixa como se as pessoas houvessem acabado de assistir a um funeral, tornaram-se mais animadas, e os copos, alguns contendo líquidos de uma cor altamente suspeita, foram erguidos. Depois de muitas deliberações ansiosas entre sua mãe e o barman, *flûtes* de champanhe foram trazidas com alguma cerimônia. Haveria um brinde.

O mestre de cerimônias era o pároco que havia celebrado o casamento, um rapaz ruivo que, agora sem a batina, usava pescocinho, calça cinza e blazer. Ele agitou a mão delicadamente pelo ar como quem abafa um burburinho e fez um breve discurso. Ronald, aparentemente, era organista da igreja, e houve algumas piadas esforçadas sobre soltar todas as válvulas e os dois viverem em harmonia até que a morte os separasse, entremeadas por brincadeiras inofensivas, de que agora ela não mais se lembrava, recebidas pelos mais corajosos dos convivas com risadas constrangidas.

A mesa estava concorrida, então, segurando seu prato na mão, ela havia se aproximado da janela, grata pelo momento em que os convidados, evidentemente ávidos pela comida, tinham pouca probabilidade de abordá-la. Pôs-se a observá-los com uma mistura agradável de senso crítico e divertimento sardônico — os homens trajando seus melhores ternos, alguns agora um pouco esticados por cima de panças estufadas e costas largas; e as mulheres, que evidentemente haviam feito um esforço para se arrumar e visto ali uma oportunidade para usar uma roupa nova. A maioria, como sua mãe, usava vestido florido sem manga com blazer combinando, o chapéu de palha em tons pastel arrumado de forma incongruente sobre cabelos duros de laquê. Talvez, pensou ela, aquelas mulheres tivessem praticamente a mesma aparência nas décadas de 1930 e 1940. Sentiu-se desconfortável, tomada por uma emoção nova e nem um pouco bem-vinda feita de pena e raiva. Pensou: *Este não é o meu lugar, eu não me sinto feliz com estas pessoas e tampouco elas comigo. A sua constrangida polidez umas com as outras não é capaz de eliminar o abismo entre nós. Mas foi daqui que eu vim, esta gente é a minha gente, a classe trabalhadora alta que se mistura à classe média, esse grupo amorfo e desprezado que travou as guerras do país, pagou impostos, agarrou-se ao que restava de suas tradições.* Aquelas pessoas haviam vivido para ver seu patriotismo simplório ser alvo de chacota, sua moralidade ser desprezada, suas economias serem desvalorizadas. Elas não causavam problemas. Milhões de libras de dinheiro público não eram regularmente injetados em seus bairros na esperança de suborná-las, convencê-las ou coagi-las a demonstrar virtude cívica. Se elas reclamavam de que suas cidades haviam se tornado lugares desconhecidos, que seus filhos estudavam em colégios superlotados onde noventa por cento dos alunos não falavam inglês, recebiam sermões sobre o pecado capital do racismo por outras pessoas em situação mais folgada e confortável. Sem a proteção de contadores, eram as vacas leiteiras do sequioso fisco. Nenhuma ocupação lucrativa de preocupação social e análise psicológica havia surgido para analisar e relevar suas inadequações com base na carência ou na pobreza. Talvez Rhoda devesse escrever sobre elas antes de finalmente desistir do jornalismo, mas ela sabia que, com desafios mais interessantes e lucrativos pela frente, jamais o faria. Aquelas pessoas não faziam parte de seus planos para o futuro, da mesma forma que não faziam parte de sua vida.

Sua última lembrança era de estar sozinha com a mãe no toalete feminino, observando o reflexo de ambas em um espelho comprido acima de um vaso de flores artificiais.

"Ronald gostou de você, eu pude notar", disse a mãe. "Estou feliz que você tenha conseguido vir."

"Eu também. Também gostei dele. Espero que vocês sejam muito felizes."

"Tenho certeza de que vamos ser. Já faz quatro anos que nos conhecemos. A mulher dele cantava no coral. Tinha uma linda voz de contralto... muito rara para uma mulher. Nós sempre nos demos bem, Ron e eu. Ele é tão gentil." A voz de sua mãe era complacente. Olhando para o espelho com um olhar crítico, ela ajeitou o chapéu.

"Sim, ele parece gentil", disse Rhoda.

"Ah, é, sim. Ele não dá trabalho. E eu sei que é isso que Rita teria desejado. Ela me deu umas indiretas antes de morrer. Ron nunca soube se virar muito bem sozinho. E vamos ficar bem... financeiramente, digo. Ele vai vender a casa e se mudar para morar comigo. Parece a decisão mais sensata, agora que ele passou dos setenta. Então aquela sua mesada... as quinhentas libras por mês... não precisa mais continuar com isso, Rhoda."

"Vou deixar tudo como está, quero dizer, a não ser que Ronald ache ruim."

"Não é isso. Um pouco de dinheiro a mais é sempre útil. Só achei que talvez você fosse precisar."

Ela se virou e tocou a face esquerda de Rhoda, um toque tão suave que Rhoda só sentiu os dedos se movendo em um leve tremor sobre a cicatriz. Fechou os olhos, fazendo força para não recuar. Mas não se afastou.

"Ele não era um homem mau, Rhoda", disse sua mãe. "Era a bebida. Você não deve culpá-lo. Era uma doença, e ele na verdade amava você. Aquele dinheiro que mandava depois que você foi embora... não era fácil de arranjar. Ele não gastava nada consigo mesmo."

Exceto com a bebida, pensou Rhoda, mas não disse as palavras em voz alta. Nunca havia agradecido ao pai por aquelas cinco libras semanais, nunca havia lhe dirigido a palavra depois de ter saído de casa.

A voz de sua mãe pareceu emanar de um silêncio. "Você se lembra daqueles passeios pelo parque?"

Ela se lembrava dos passeios pelo parque de subúrbio onde sempre parecia ser outono, das trilhas retas de cascalho, dos canteiros retangulares ou redondos repletos das cores desencontradas das dálias, uma flor que ela detestava, de caminhar ao lado do pai sem que nenhum dos dois dissesse nada.

"Ele era agradável quando não estava bebendo", disse sua mãe.

"Não me lembro dele quando não estava bebendo." Teria ela dito mesmo essas palavras, ou somente pensado?

"Não era fácil para ele trabalhar no conselho municipal. Sei que ele teve sorte de arrumar esse emprego depois de ser demitido do escritório de advocacia, mas não era um trabalho digno dele. Ele era brilhante, Rhoda, é daí que vem a sua inteligência. Ele ganhou uma bolsa universitária e foi o primeiro da classe."

"Ele se formou, você quer dizer?"

"Acho que foi isso que ele disse. Seja como for, quer dizer que ele era brilhante. Foi por isso que ele ficou tão orgulhoso quando você entrou no ginásio."

"Eu nunca soube que ele tinha ido à universidade. Ele nunca me contou."

"Bem, nem contaria, não é? Ele achava que você não estava interessada. Não era homem de falar muito, não de si."

Nenhum dos dois era de falar muito. Aqueles acessos de violência, a raiva impotente, a vergonha, isso havia sido a ruína de todos eles. As coisas importantes eram impossíveis de mencionar. E, olhando para o rosto da mãe, ela perguntou a si mesma: como poderia começar agora? Pensou que a mãe estava certa. Não devia ter sido fácil para o pai arranjar aquela nota de cinco libras toda semana. A nota vinha acompanhada de um bilhete, algumas vezes em caligrafia trêmula, que dizia apenas: *Com amor do seu pai*. Ela aceitava o dinheiro porque precisava dele, e jogava fora o bilhete. Com a crueldade casual de adolescente, considerava-o indigno de lhe oferecer o seu amor, que ela sempre soubera ser um presente mais difícil do que dinheiro. Talvez a verdade fosse que ela não fora digna de recebê-lo. Durante mais de trinta anos ela havia alimentado aquele desprezo, aquele ressentimento, e, sim, aquele ódio. Mas o riacho lamacento em Essex, a morte solitária o haviam tirado de seu poder para sempre. Fora ela própria quem ela havia prejudicado, e reconhecer isso talvez fosse o início da cura.

"Nunca é tarde para encontrar alguém para amar", disse sua mãe. "Você é uma mulher bonita, Rhoda, deveria fazer alguma coisa com relação a essa cicatriz."

Palavras que ela nunca esperava ouvir. Palavras que ninguém, desde a srta. Farrell, havia se atrevido a pronunciar. Ela pouco se lembrava do que havia acontecido depois, somente da própria resposta em voz baixa e sem ênfase.

"Vou me livrar dela."

Ela devia ter tirado um cochilo. Então despertou por completo com um sobressalto e descobriu que a chuva havia passado. Já estava escuro. Ela olhou de relance para o painel e viu que eram cinco para as cinco. Fazia quase três horas que estava na estrada. Na calma inesperada, o barulho do motor quando ela desceu com cuidado do acostamento varou o ar silencioso. Antes do esperado, ela viu a placa de Stoke Cheverell e dobrou à direita para os últimos dois quilômetros. A rua da cidadezinha estava deserta, havia luzes acesas atrás das cortinas fechadas, e apenas a loja da esquina, com sua vitrine iluminada e cheia de coisas através das quais se podia ver dois ou três clientes tardios, dava sinal de vida. Então surgiu a placa que ela estava procurando: Cheverell Manor. Os grandes portões de ferro estavam abertos. Ela era esperada. Percorreu o curto caminho que se abria em semicírculo, e a casa surgiu à sua frente.

O folheto que ela havia recebido depois da primeira consulta incluía uma foto de Cheverell Manor, mas era apenas uma pálida versão da realidade. À luz dos faróis, ela viu o contorno da casa, aparentemente maior do que esperava, uma forma escura contra o céu mais escuro ainda. A casa se estendia de cada lado de um grande frontão central com duas janelas mais acima. Estas exibiam uma luz tênue, mas a maioria das outras estava apagada, com exceção de quatro grandes janelas de painéis múltiplos muito iluminadas à esquerda da porta. Quando ela se aproximou com cuidado e estacionou debaixo das árvores, a porta se abriu e uma luz forte se espalhou por sobre o cascalho.

Rhoda desligou o motor, desceu do carro e abriu a porta traseira para pegar sua malinha, e o ar frio e úmido foi um alívio depois da viagem. Uma figura masculina surgiu no vão da porta e moveu-se na sua direção. Embora a chuva tivesse parado, ele usava uma capa de plástico com capuz que lhe cobria a cabeça como um gorro de bebê, dando-lhe o aspecto de uma criança malévola. Seus passos eram firmes e sua voz era forte, mas ela pôde ver que ele não era mais jovem. O homem pegou a malinha de sua mão com um gesto decidido e disse: "Se quiser me dar a chave, senhorita, posso estacionar o carro. A senhorita Cressett não gosta de ver carros estacionados em frente à casa. Estão esperando a senhorita".

Ela entregou-lhe as chaves e o seguiu até dentro da casa. O incômodo, a leve sensação de desorientação que ela sentira sentada sozinha em meio à tempestade, ainda a acompanhava. Já sem emoção nenhuma, sentia apenas um pequeno alívio por ter chegado e, ao passar pelo grande saguão com sua escadaria central, teve consciência da necessidade de ficar novamente sozinha, sem precisar mais apertar a mão de ninguém nem ser recebida formalmente, quando tudo o que queria era o silêncio da própria casa e, mais tarde, o conforto conhecido de sua cama.

O saguão de entrada era imponente — ela esperava mesmo que fosse —, mas não era acolhedor. Sua malinha foi colocada no pé da escada e então, abrindo uma porta à esquerda, o homem anunciou em voz alta: "A senhorita Gradwyn, senhorita Cressett" e, pegando sua malinha, tomou o rumo da escada.

Ela entrou no aposento e se deparou com um grande salão que trouxe de volta imagens talvez vistas na infância ou em visitas a outras casas de campo. Em contraste com a escuridão do lado de fora, o aposento era cheio de luz e cor. As vigas de madeira bem altas estavam escurecidas pelo tempo. Painéis de madeira imitando dobras de tecido cobriam a porção inferior das paredes e, acima deles, uma fileira de retratos da época Tudor, da Regência e de rostos vitorianos, pintados com doses variáveis de talento; alguns, desconfiava ela, devendo sua localização mais à devoção familiar do que ao mérito artístico. À sua frente havia uma lareira de pedra encimada por um brasão também de pedra. O fogo crepitava na lareira, e as chamas dançantes lançavam sombras vermelhas sobre as três figuras que se levantaram para recebê-la.

Estavam evidentemente tomando chá, e as duas poltronas estofadas haviam sido posicionadas perpendicularmente à lareira, os únicos móveis modernos da sala. Entre as duas, uma mesa baixa continha uma bandeja com os restos da refeição. O comitê de acolhida era formado por um homem e duas mulheres, embora a palavra "acolhida" não fosse muito apropriada, já que ela se sentia uma intrusa que havia chegado inadequadamente atrasada para o chá e era aguardada sem entusiasmo.

A mais alta das duas mulheres fez as apresentações. Disse: "Sou Helena Cressett. Nos falamos ao telefone. Fico contente que tenha chegado bem. Tivemos uma tempestade bem forte, mas algumas vezes elas são bem localizadas. Talvez a senhorita tenha escapado. Permita-me apresentar Flavia Holland, enfermeira da sala de cirurgia, e Marcus Westhall, que será o assistente do doutor Chandler-Powell na sua operação".

As duas apertaram-se as mãos com o rosto franzido em sorrisos. Rhoda sempre tinha uma impressão imediata e forte em relação a pessoas novas, uma imagem se implantava em sua mente e nunca mais era totalmente apagada, trazendo consigo uma percepção de caráter básico que o tempo e a intimidade podiam, ela sabia, revelar perversa e às vezes perigosamente enganosa, mas que raramente o era. Naquele momento de cansaço, com os sentidos um pouco embotados, ela viu aquelas pessoas quase como estereótipos. Helena Cressett vestia um bem cortado terninho com um suéter de gola rulê que conseguiam não parecer estilosos demais para ser usados no campo, ao mesmo tempo que declaravam não ter sido comprados em qualquer lugar. Com exceção de batom, não usava maquiagem; tinha cabelos finos e claros, com uma leve nuance ruiva, que emolduravam malares altos e saltados; nariz um pouco comprido demais para chegar a ser bonita; era um rosto que se poderia descrever como atraente, mas com certeza não bonito. Olhos cinzas extraordinários fitavam-na mais com curiosidade do que com gentileza formal. Rhoda pensou: *ex-chefe de turma, hoje diretora de colégio — ou, mais provavelmente, diretora de um* college *de Oxford ou Cambridge.* Seu aperto de mão foi firme, mostrando que a recém-chegada estava sendo recebida com circunspecção e que qualquer julgamento estava sendo adiado até um momento mais propício.

A enfermeira Holland estava vestida de maneira menos formal: calça jeans, suéter preto e colete de camurça, roupas confortáveis que mostravam que ela havia sido liberada do uniforme impessoal de sua função e estava agora em horário de folga. Tinha cabelos pretos e uma expressão decidida que transmitia uma sexualidade confiante. Seu olhar, vindo de olhos brilhantes, de pupilas grandes, tão escuros que quase chegavam a ser negros, considerou a cicatriz como se estivesse avaliando mentalmente quanto de problema aquela nova paciente poderia apresentar.

O sr. Westhall foi uma surpresa. Tinha uma estrutura delicada, com a testa alta e um rosto de expressão sensível, o rosto de um poeta ou de um acadêmico, não o de um cirurgião. Ela não sentiu nele nada do poder ou da confiança que com tanta força emanavam do dr. Chandler-Powell. Seu sorriso era mais caloroso do que o das mulheres, mas sua mão, apesar do calor da lareira, estava fria.

"A senhorita deve estar pronta para o chá", disse Helena Cressett, "ou quem sabe para alguma coisa mais forte. Gostaria de ser servida aqui ou na sua própria saleta? De uma forma ou de outra, vou levá-la até lá agora para a senhorita poder se acomodar."

Rhoda respondeu que preferiria tomar seu chá no quarto. Juntas subiram a escada de degraus largos e acarpetados e percorreram um corredor cheio de mapas e do que pareciam retratos antigos da casa. A mala de Rhoda havia sido colocada em frente a uma porta no meio do corredor dos pacientes. Pegando-a do chão, a srta. Cressett abriu a porta e se afastou de lado para Rhoda poder entrar. A srta. Cressett lhe mostrou os dois quartos que lhe haviam sido reservados mais como um gerente de hotel poderia indicar rapidamente a comodidade de uma suíte, pensou ela, rotina executada com demasiada frequência para ser mais do que um dever.

Rhoda notou que a saleta tinha proporções satisfatórias e era belamente mobiliada, obviamente com peças de época. A maioria dos móveis parecia ser do período georgiano. Havia uma escrivaninha de mogno com uma superfície ampla o suficiente para se poder escrever com conforto. Os únicos móveis modernos eram as duas poltronas em frente à lareira e uma luminária de leitura alta em ângulo ao lado de uma delas. À esquerda da lareira havia uma televisão moderna sobre um suporte com um aparelho de DVD em uma bandeja logo abaixo, acréscimo incongruente mas provavelmente necessário a um quarto ao mesmo tempo distinto e acolhedor.

Passaram ao cômodo vizinho. A mesma elegância, sem rigorosamente nada que indicasse se tratar de um quarto de doente. A srta. Cressett pousou a mala de Rhoda sobre um suporte dobrável, e então, chegando perto da janela, abriu as cortinas. Disse: "Agora está escuro demais para ver qualquer coisa, mas de manhã você verá. Agora, se já tiver tudo de que precisa, vou mandar trazer o chá e o cardápio do café da manhã. Se preferir descer em vez de comer no quarto, servimos o jantar às oito, mas antes nos encontramos na biblioteca às sete e meia para um drinque. Se quiser juntar-se a nós, ligue para o meu ramal — estão todos anotados no cartão ao lado do telefone — e alguém subirá para acompanhá-la até lá embaixo". Então se foi.

Por ora, no entanto, Rhoda já tinha visto o suficiente de Cheverell Manor e estava sem energia para se dedicar às conversas da mesa de jantar. Pediria o jantar no quarto e se deitaria cedo. Aos poucos, foi se acostumando com um quarto para o qual, já sabia, iria voltar dali a pouco mais de duas semanas sem nenhum pressentimento ou apreensão.

6

Foi somente às seis e quarenta da mesma terça-feira que George Chandler-Powell terminou de operar suas pacientes particulares no Hospital Saint Angela. Ao retirar o avental cirúrgico, sentiu-se paradoxalmente exausto e irrequieto. Havia começado cedo e trabalhado sem descanso, o que era pouco frequente mas necessário se quisesse terminar sua lista londrina de pacientes particulares antes de viajar para o costumeiro feriado de Natal em Nova York. Desde a mais tenra infância, ele tinha horror do Natal e nunca o passava na Inglaterra. Sua ex-mulher, agora casada com um financista americano muito capaz de mantê-la no estado que tanto ela quanto ele consideravam razoável para uma mulher muito bonita, tinha opiniões fortes sobre a necessidade de todos os divórcios serem o que descrevia como "civilizados". Chandler-Powell desconfiava que a palavra se aplicasse unicamente à generosidade ou não do acordo financeiro, mas, com a fortuna nos Estados Unidos garantida, ela pudera substituir a aparência pública de generosidade pela satisfação mais mundana do ganho monetário. Os dois gostavam de se encontrar uma vez por ano, e ele aproveitava Nova York e a programação de entretenimento civilizado que Selina e o marido organizavam para ele. Nunca ficava mais de uma semana antes de pegar um avião para Roma, onde se hospedava na mesma *pensione* nos arredores da cidade que havia visitado pela primeira vez quando estudava em Oxford, ser recebido discretamente e não encontrar ninguém. Mas a visita anual a Nova York havia se tornado um hábito, hábito que atualmente ele não via motivos para interromper.

Ele só era esperado na clínica na quarta-feira à noite, para a primeira cirurgia na manhã de quinta, mas duas enfermarias do serviço nacional de saúde haviam sido fechadas naquela manhã devido a uma infecção hospitalar e a lista do dia seguinte tivera de ser adiada. Agora, já de volta a seu apartamento em Barbican e olhando para as luzes da City, a espera parecia interminável. Precisava sair de Londres, sentar no grande salão de Cheverell Manor diante de um bom fogo, percorrer a aleia de tílias, respirar um ar menos carregado, sentindo o cheiro de fumaça de lareira, terra e folhas decompostas na brisa que soprava livremente. Com a animação descuidada de um colegial liberado para as férias, jogou tudo de que precisaria para os próximos dias em uma valise e, impaciente demais para esperar pelo elevador, desceu correndo a escada até a garagem e sua Mercedes. Houve o problema habitual de se desvencilhar da City, mas uma vez na estrada o prazer e o alívio do movimento o dominaram, como invariavelmente faziam quando ele dirigia sozinho à noite, e lembranças desconexas do passado, parecendo uma sequência de fotografias amareladas e desbotadas, pôs-se a desfilar por sua mente sem lhe causar angústia. Pôs um CD do *Concerto para violino em ré menor* de Bach no aparelho de som e, com as mãos apoiadas de leve no volante, deixou a música e as lembranças se fundirem em uma calma contemplativa.

Em seu décimo quinto aniversário, ele havia chegado a conclusões sobre três assuntos que desde a infância haviam desafiado cada vez mais sua mente: que Deus não existia, que não amava seus pais e que iria se tornar cirurgião. A primeira não exigiu nenhuma ação de sua parte, somente a aceitação de que, como não se podia esperar auxílio nem consolo de um ser sobrenatural, sua vida, assim como qualquer outra, estava subordinada ao tempo e ao acaso e cabia a ele exercer sobre ela o máximo de controle de que fosse capaz. A segunda custou-lhe um pouco mais. E quando, com algum embaraço — e, da parte de sua mãe, alguma vergonha —, seus pais lhe deram a notícia de que estavam pensando em se divorciar, ele manifestou pesar — sentimento que lhe pareceu adequado — ao mesmo tempo que os incentivou sutilmente a pôr fim a um casamento que evidentemente estava gerando infelicidade para os três. As férias escolares seriam bem mais agradáveis se não fossem interrompidas por silêncios emburrados ou rompantes rancorosos. Quando os dois morreram em um acidente de carro durante férias tiradas na esperança de se reconciliarem e começarem de novo — uma tentativa entre várias —, ele foi tomado inicialmente pelo medo de que talvez existisse uma força tão poderosa quanto a que ele havia rejeitado, mas ainda mais implacável e dotada de certo humor sardônico, antes de dizer a si mesmo que era loucura abrir mão de uma superstição benigna em favor de outra menos maleável, ou talvez até maligna. A terceira conclusão perdurou como ambição: ele se apoiaria nos fatos demonstráveis da ciência e se concentraria em se tornar cirurgião.

Seus pais pouco haviam lhe deixado além de dívidas. Isso quase não teve importância. Ele sempre passara a maior parte das férias de verão com o avô viúvo em Bournemouth, que então se tornou sua casa. Até onde era capaz de sentir um afeto pronunciado por outra pessoa, era Herbert Chandler-Powell que ele amava. Teria gostado dele mesmo que o velho fosse pobre, mas estava contente por ele ser rico. O avô havia feito fortuna graças a um talento para desenhar caixas de papelão elegantes e originais. Passou a ser sinal de prestígio empresas entregarem suas mercadorias dentro de uma embalagem Chandler-Powell, e presentes serem embrulhados em uma caixa com o conhecido logotipo C-P. Herbert descobria e promovia novos designers, e algumas das caixas, fabricadas em edição limitada, tornaram-se objetos de colecionador. A empresa não precisava de outra publicidade que não os artigos que fabricava. Quando Herbert tinha sessenta e cinco anos e George dez, ele vendeu a empresa a seu maior concorrente e aposentou-se com seus milhões. Foi ele quem pagou pela cara formação de George, quem possibilitou que ele estudasse em Oxford, sem nada exigir em troca a não ser a companhia do neto durante as férias escolares e universitárias e, mais tarde, três ou quatro visitas por ano. Para George, essas exigências nunca haviam sido uma imposição. Enquanto caminhavam ou andavam de carro juntos, ele escutava a voz do avô recitar histórias da infância economicamente difícil, dos triunfos comerciais, dos anos em Oxford. Antes de o próprio George entrar para Oxford, seu avô tinha sido mais específico. Agora aquela voz conhecida, forte e autoritária fazia-se ouvir em meio à beleza trêmula dos violinos.

"Eu era aluno de colégio público, veja bem, e estava ali com uma bolsa de estudos do condado. É difícil para você entender. As coisas agora talvez sejam diferentes, embora eu duvide. Não são tão diferentes assim. Ninguém zombava de mim, nem me desprezava ou fazia eu me sentir diferente. Eu simplesmente *era* diferente. Nunca senti que ali fosse o meu lugar — e não era mesmo, é claro. Desde o início eu soube que não tinha o direito de estar ali, que alguma coisa no ar daqueles gramados me rejeitava. É claro que eu não era o único a me sentir assim. Havia meninos que não vinham de colégios públicos, mas dos colégios particulares menos prestigiosos, lugares que tentavam nunca mencionar. Eu percebia isso. Eram eles os mais ávidos por serem incluídos naquele grupo especial da classe superior privilegiada. Eu costumava imaginá-los, abrindo caminho às custas da inteligência e do talento até os jantares acadêmicos em Boars Hill, exibindo-se como bobos da corte em encontros de fim de semana no campo, recitando seus versos ridículos, suas tiradas espirituosas e espertas para tentar ser incluídos. Eu não tinha outro talento a não ser a inteligência. Desprezava essas pessoas, mas sabia que todas elas me respeitavam. Dinheiro, meu rapaz, era isso que importava. Era importante ter berço, mas berço com dinheiro era melhor ainda. E eu ganhei dinheiro. Você vai ganhar esse dinheiro no devido momento, o que sobrar depois de o governo ganancioso ter extraído seu quinhão. Faça bom uso dele."

O passatempo de Herbert era conhecer grandes propriedades abertas à visitação pública, chegando a elas de carro por caminhos complexos cuidadosamente traçados com a ajuda de incontáveis mapas ao volante de seu imaculado Rolls-Royce, ereto como o general vitoriano com que se parecia. Percorria altivamente as estradas rurais e caminhos pouco usados, ladeado por George, que lia em voz alta o guia de viagem. George achava estranho que um homem tão sensível à elegância georgiana e à solidez da época Tudor morasse em uma cobertura em Bournemouth, ainda que a vista do mar fosse esplêndida. Com o tempo, ele entenderia o motivo. Ao ver a velhice se aproximar, o avô havia simplificado a própria vida. Tinha a seu serviço um cozinheiro regiamente remunerado, uma governanta e uma faxineira diarista que faziam seu trabalho durante o dia com eficiência e discrição e depois iam embora. Seus móveis eram caros, mas minimalistas. Ele não colecionava nem cobiçava os artefatos que eram alvo de seu entusiasmo. Era capaz de admirar sem querer possuir. Desde a mais tenra idade, George tinha consciência de ser alguém que desejava possuir.

E na primeira vez que visitaram Cheverell Manor ele soube que aquela era a casa que queria. Ela surgiu à sua frente iluminada pelo sol suave de um dia do início do outono, quando as sombras começavam a se espichar e as árvores, os gramados e as pedras adquiriam cores mais intensas conferidas pela luz que ia sumindo, de modo que pareceu haver apenas um instante em que tudo — a casa, os jardins, o grande portão de ferro fundido — ficou suspenso em uma perfeição calma, quase extraterrestre, de luz, forma e cores que cativou seu coração. No final da visita, virando-se para uma última olhada, ele disse: "Quero comprar esta casa".

"Bem, George, talvez um dia você a compre."
"Mas ninguém vende uma casa dessas. Eu não venderia."
"A maioria das pessoas não vende. Algumas talvez sejam obrigadas."
"Mas por quê, vovô?"
"O dinheiro acaba e elas não conseguem mais mantê-la. O herdeiro ganha muitos milhões na City e perde o interesse na herança. Ou então elas podem morrer na guerra. A classe de grandes proprietários tem uma propensão a morrer em guerras. Ou então a casa é perdida por causa de alguma loucura — mulheres, jogatina, bebida, drogas, especulação, extravagâncias. Nunca se sabe."

E, no fim, fora a má sorte do proprietário que fizera a casa acabar nas mãos de George. Sir Nicholas Cressett ficara arruinado na década de 1990 com a falência do Lloyd's. George só soubera que a casa estava à venda ao ler por acaso um artigo em um jornal de finanças sobre os membros do Lloyd's que mais haviam sofrido, e Cressett era um dos primeiros. Já não se lembrava de quem escrevera o artigo — alguma conhecida jornalista investigativa. Não fora um artigo brando, e concentrara-se mais na temeridade e na ganância do que na falta de sorte. Ele mais que depressa comprara a casa, negociando duramente, sabendo com exatidão que bens desejava incluir na venda. Os melhores quadros haviam sido separados para leilão, mas ele não os cobiçara. Eram os objetos que tinham chamado a sua atenção quando menino naquela primeira visita que ele estava decidido a manter, entre eles uma poltrona Queen Anne. Ele havia entrado na sala de jantar um pouco na frente do avô e vira a cadeira. Estava sentado nela quando uma menina desgraciosa e séria, que não parecia ter mais que seis anos, vestindo uma calça de montaria e uma camisa de colarinho aberto, aproximara-se dele e dissera, agressiva: "Você não pode sentar nessa poltrona".

"Então deveria ter uma corda em volta dela."
"Deveria mesmo. Geralmente tem."

"Bom, agora não tem." Após cinco segundos encarando-a sem dizer nada, George se levantou.

Em silêncio, a menina ergueu a poltrona com surpreendente facilidade por cima da corda branca que separava a sala de jantar da fina faixa de chão onde os visitantes podiam andar e sentou-se nela pesadamente, com as pernas dependuradas, pondo-se a encará-lo fixamente como se o desafiasse a reagir. "Qual é o seu nome?", perguntou ela.

"George. E o seu?"

"Helena. Eu moro aqui. Você não pode ultrapassar as cordas brancas."

"Eu não ultrapassei. A poltrona estava deste lado."

O encontro tinha sido entediante demais para ser prolongado, e a menina, jovem e desgraciosa demais para suscitar qualquer interesse. Ele dera de ombros e se afastara.

E agora a poltrona estava em seu escritório, e Helena Haverland, Cressett de solteira, era sua governanta e, caso se lembrasse daquele primeiro encontro, nunca o tinha mencionado, nem ele. George havia usado toda a herança do avô para comprar Cheverell Manor, e planejara conservar a casa transformando a ala oeste em uma clínica particular, ficar de segunda a quarta-feira em Londres operando pacientes do sistema nacional de saúde e os pacientes dos leitos particulares no Saint Angela, e então voltar para Stoke Cheverell na quarta à noite. A reforma da ala oeste fora feita com moderação, e as mudanças tinham sido mínimas. A ala era uma restauração do século xx que se seguira a uma reforma anterior no século xviii, e nenhuma outra parte original de Cheverell Manor fora tocada. Encontrar funcionários para a clínica nunca fora problema; ele sabia quais pessoas queria e estava preparado para pagar o preço necessário para obtê-las. Mas contratar funcionários para a equipe médica havia se revelado mais fácil do que contratar funcionários para gerir a casa. Os meses transcorridos enquanto aguardava a licença de reforma e durante a obra em si não tinham apresentado nenhum problema. Ele acampara na casa, onde em geral ficava sozinho, auxiliado apenas por um velho cozinheiro, único membro remanescente da criadagem dos Cressett, além do jardineiro, Mogworthy. Agora se lembrava desse ano como o mais tranquilo e feliz de sua vida. Estava radiante com sua nova casa, e diariamente caminhava em meio ao silêncio do grande salão até a biblioteca, do corredor comprido até seus aposentos na ala leste, tomado por uma sensação calma e inabalável de triunfo. Sabia que Cheverell Manor não tinha como competir com o magnífico salão ou com os jardins de Athelhampton, ou com a beleza de tirar o fôlego da paisagem de Encombe, ou com a nobreza e a história de Wolfeton. Dorset tinha muitas casas belas. Mas aquela era a sua, e ele não queria nenhuma outra.

Os problemas começaram depois que a clínica abriu e os primeiros pacientes chegaram. Ele pôs um anúncio procurando uma governanta, mas, como haviam profetizado conhecidos seus com o mesmo tipo de necessidade, nenhuma das candidatas se revelou satisfatória. Os velhos criados da cidade cujos antepassados tinham trabalhado para os Cressett não se deixaram desviar de antigas lealdades pelos altos salários oferecidos pelo usurpador. George achara que sua secretária de Londres teria tempo de se encarregar das contas e da contabilidade da nova casa. Não foi o caso. Esperava que Mogworthy, o jardineiro agora alforriado por uma empresa cara que vinha semanalmente executar o serviço mais pesado, aceitaria ajudar mais nas tarefas domésticas. Não foi o caso. Mas o segundo anúncio em busca de uma governanta, dessa vez publicado em outros veículos e com uma formulação diferente, havia atraído Helena. Na sua lembrança, fora ela quem o havia entrevistado, não o contrário. Dissera que era recém-divorciada, que era independente e tinha um apartamento em Londres, mas que queria alguma coisa para fazer enquanto pensava no futuro. Seria interessante voltar a Cheverell Manor, mesmo que temporariamente.

Ela havia voltado seis anos antes, e continuava lá. De vez em quando, ele se perguntava como agiria quando Helena resolvesse ir embora, coisa que ela provavelmente faria sem alarde e com a mesma determinação de quando chegara. Mas era ocupado demais para pensar nisso. Havia problemas, alguns criados por ele próprio, com a enfermeira da sala de cirurgia, Flavia Holland, e com seu cirurgião-assistente, Marcus Westhall, e, embora fosse um planejador nato, nunca julgara sensato antecipar uma crise. Helena havia recrutado sua antiga governanta, Letitia Frensham, como contadora. Provavelmente Letitia era viúva, divorciada ou separada, mas ele não procurou saber detalhes. A contabilidade era mantida meticulosamente, e no escritório Letitia fez brotar ordem do caos. Mogworthy parou com as irritantes ameaças de se demitir e tornou-se mais maleável. Moradores da cidade dispostos a trabalhar em tempo parcial começaram a aparecer misteriosamente. Helena disse que nenhum bom cozinheiro conseguiria suportar aquela cozinha e, sem reclamar, ele desembolsou o dinheiro necessário para uma reforma. Lareiras foram acesas, e flores e plantas encontradas para os quartos que estavam sendo usados, inclusive no inverno. Cheverell Manor ganhou vida.

Quando ele se aproximou dos portões trancados e desceu da Mercedes para abri-los, viu que o caminho que conduzia até a casa estava escuro. Porém, quando margeou a ala leste para estacionar, as luzes se acenderam e ele foi recebido na porta da frente aberta pelo cozinheiro, Dean Bostock. Este usava uma calça azul quadriculada e seu dólmã branco curto, como acontecia quando esperava servir o jantar.

"A senhorita Cressett e a senhora Frensham foram jantar fora, senhor. Pediram para lhe dizer que iriam visitar amigos em Weymouth. O seu quarto está pronto, senhor. Além do salão, Mogworthy também acendeu a lareira na biblioteca. Achamos que, como está sozinho, o senhor preferiria que servíssemos o jantar ali. Quer que eu traga as bebidas, senhor?"

Passaram pelo amplo saguão. Chandler-Powell tirou o

paletó e, abrindo a porta da biblioteca, jogou-o junto com o jornal vespertino em cima de uma cadeira. "Sim. Um uísque, Dean, por favor. Vou tomar agora."

"E jantar daqui a meia hora?"

"Sim, está bom."

"Não vai sair antes do jantar, senhor?"

Havia um quê de ansiedade na voz de Dean. Reconhecendo o motivo, Chandler-Powell perguntou: "O que foi que você e Kimberley prepararam?".

"Pensamos em um suflê de queijo, senhor, com estrogonofe de carne."

"Entendo. O primeiro exige que eu fique sentado esperando, e o segundo pode ser preparado depressa. Não, Dean, não vou sair."

O jantar estava excelente, como sempre. Ele se perguntou por que ansiava tanto por aquelas refeições quando a casa estava mais silenciosa. Nos dias de cirurgia, quando comia com a equipe médica e de enfermagem, ele mal reparava no que havia em seu prato. Depois do jantar, passou meia hora sentado junto à lareira da biblioteca, lendo, e então, pegando o paletó e uma lanterna, passou pela porta da ala leste, que destrancou e destravou, e saiu para a escuridão coalhada de estrelas, descendo a aleia de tílias até o claro círculo das Pedras de Cheverell.

Um muro baixo, mais divisória do que barreira, separava o jardim da casa do círculo de pedras, e ele passou por cima dele sem dificuldade. Como geralmente acontecia depois do cair da noite, o círculo de doze pedras dava a impressão de se tornar mais claro, mais misterioso e mais imponente, e parecia até adquirir um tênue brilho conferido pelo luar ou pelas estrelas. À luz do dia, era um monte de pedras comuns, tão corriqueiras quanto qualquer rochedo grande na encosta das colinas, de tamanhos variados e formatos estranhos, e seu único aspecto notável eram os liquens de cores intensas que brotavam das fendas. Um aviso na porta da cabana ao lado do estacionamento informava aos visitantes que era proibido subir nas pedras ou danificá-las, e explicava que os liquens eram antigos e interessantes e não deviam ser tocados. Quando Chandler-Powell se aproximou do círculo, nem mesmo a pedra central mais alta, erguida como um mau presságio em meio a seu anel de grama morta, provocou qualquer emoção mais intensa. Ele pensou por um breve instante na mulher morta muito tempo antes que havia sido amarrada àquela pedra e queimada viva como bruxa em 1654. E para quê? Uma língua afiada além da conta, visões, excentricidade mental, para satisfazer alguma vingança pessoal, pela necessidade de um bode expiatório em época de doenças ou colheitas ruins, ou quem sabe como sacrifício para aplacar algum deus maligno não identificado? Tudo que ele sentia era uma pena vaga e sem foco distinto, que não chegava a ser forte o bastante para causar sequer uma nesga de aflição. Ela era apenas uma entre milhões de pessoas que, ao longo das épocas, haviam sido vítimas inocentes da ignorância e da crueldade da espécie humana. Ele já vira dor suficiente neste mundo. Não tinha por que estimular a própria compaixão.

Pretendia alongar seu passeio até além do círculo, mas decidiu que aquele seria o limite de seu exercício e, sentando-se na pedra mais baixa, olhou para a ala leste da casa além da aleia de tílias, agora imersa na escuridão. Ficou sentado absolutamente imóvel, ouvindo com atenção os ruídos da noite, o leve farfalhar na grama alta que margeava as pedras, um grito distante quando algum predador capturou a presa, o sussurro das folhas secas quando uma brisa se ergueu de repente. Ali, naquele lugar conhecido, ele ficou sentado, tão imóvel que mesmo sua respiração parecia não passar de uma afirmação de vida silenciosa e suavemente ritmada.

O tempo passou. Olhando para o relógio de pulso, ele viu que permanecera quarenta e cinco minutos sentado ali. Tomou consciência de que estava ficando com frio, de que a superfície dura da pedra estava se tornando desconfortável. Esticando as pernas dormentes, passou por cima da mureta e seguiu pela aleia de tílias. De repente, uma luz surgiu na janela do meio do andar dos pacientes, a janela foi aberta, e uma cabeça de mulher apareceu. Instintivamente, ele parou de andar e olhou para ela, ambos tão imóveis que, por alguns instantes, ele foi capaz de acreditar que ela podia vê-lo e que algum tipo de comunicação estava ocorrendo entre os dois. Lembrou-se de quem era, Rhoda Gradwyn, e de que ela estava na clínica para sua estadia preliminar. Apesar de suas meticulosas anotações e exames dos pacientes antes das cirurgias, eram poucos os que ele memorizava. Teria sido capaz de descrever com exatidão a cicatriz no rosto dela, mas lembrava-se de pouco mais a seu respeito a não ser uma frase. Ela fora procurá-lo para se ver livre da marca que a desfigurava porque não precisava mais dela. Ele não pedira nenhuma explicação, e ela tampouco oferecera alguma. E, dali a pouco mais de duas semanas, ela estaria livre da cicatriz, e o modo como lidaria com sua ausência não seria problema dele.

Ele se virou para percorrer o resto do caminho até a casa e, quando o fez, a mão de alguém fechou a janela quase por completo, deixou as cortinas parcialmente abertas, e poucos minutos depois a luz do quarto se apagou e a ala oeste ficou escura.

7

Dean Bostock sempre tinha um sobressalto no coração quando o dr. Chandler-Powell telefonava para comunicar sua chegada imprevista no início da semana e que estaria em Cheverell Manor a tempo de jantar. Era uma refeição que Dean gostava de preparar, sobretudo quando o patrão tinha tempo e tranquilidade para saboreá-la e fazer elogios. O dr. Chandler-Powell trazia consigo um pouco da energia e da animação da capital, seus cheiros, suas luzes, a sensação de estar no centro dos acontecimentos. Ao chegar, ele quase sempre passava pelo grande saguão, tirava o paletó e jogava o vespertino londrino sobre uma das cadeiras da biblioteca, como se estivesse se libertando de um grilhão temporário. Mas mesmo o jornal, que Dean mais tarde recuperava para ler tranquilamente, era para ele, Dean, um lembrete de onde ficava, na essência, o seu próprio lugar. Ele nascera e fora criado em Balham. Londres era o seu lugar. Kim havia nascido no campo, e mudara-se de Sussex para a capital para começar sua formação na escola de culinária onde ele cursava o segundo ano. Duas semanas depois de seu primeiro encontro, ele já sabia que a amava. Era como sempre pensava na questão; ele não havia se apaixonado, não estava apaixonado: ele amava. Aquilo era para a vida inteira, a sua e a dela. E agora, pela primeira vez desde o casamento, ele sabia que ela estava mais feliz do que nunca. Como ele podia sentir saudade de Londres quando Kim se deliciava com a vida em Dorset? Ela, que ficava tão nervosa com pessoas e lugares novos, não sentia medo nas noites escuras de inverno. O breu total das noites sem estrelas o deixava desorientado e assustado, noites que os gritos semi-humanos de animais entre as presas dos predadores tornavam ainda mais aterrorizantes. Aquela zona rural linda e aparentemente tranquila era cheia de dor. Ele sentia falta das luzes, do céu noturno manchado com os cinzas, roxos e azuis da vida incessante da cidade, da movimentação sempre diferente dos faróis, da luz que vazava dos pubs e das lojas para as calçadas reluzentes e molhadas de chuva. Vida, movimento, ruído, Londres.

Dean gostava do emprego em Cheverell Manor, mas ele não o satisfazia. Exigia muito pouco de suas habilidades. O dr. Chandler-Powell era exigente em relação à comida, mas nos dias de cirurgia a comida nunca era motivo de grande preocupação. Dean sabia que o patrão logo teria reclamado caso a comida estivesse aquém dos padrões, mas ele prestava pouca atenção à excelência das refeições, comia depressa e ia embora. Os Westhall em geral faziam as refeições no chalé, onde a srta. Westhall cuidara do pai idoso até a morte deste, em fevereiro, e a srta. Cressett geralmente comia nos próprios aposentos. Mas ela era a única a passar algum tempo na cozinha conversando com Kim e com ele, trocando ideias sobre cardápios, agradecendo-lhe por algum esforço especial. Os hóspedes eram difíceis de agradar, mas em geral não tinham muito apetite, e os membros não residentes da equipe que faziam a refeição do meio-dia na clínica elogiavam-no automaticamente, comiam rápido e voltavam ao trabalho. Tudo muito diferente de seu sonho de ter o próprio restaurante, os próprios cardápios, os próprios clientes, o ambiente que ele e Kim iriam criar. Às vezes, deitado acordado ao lado da mulher, ele se horrorizava consigo mesmo torcendo de forma não totalmente explícita para que de alguma forma a clínica falisse, para que o dr. Chandler-Powell considerasse trabalhar em Londres e em Dorset exaustivo demais e insuficientemente lucrativo, de modo que ele e Kim tivessem de procurar outro emprego. E talvez o dr. Chandler-Powell ou a srta. Cressett fossem ajudá-los a se estabelecer. Mas eles não podiam voltar a trabalhar na caótica cozinha de um restaurante londrino. Kim jamais se adaptaria a essa vida. Ele ainda se lembrava com horror daquele dia terrível em que ela fora demitida.

O sr. Carlos o havia chamado ao cubículo reservado nos fundos da cozinha, que dignificava com o nome de escritório, e espremera o generoso traseiro na cadeira de madeira esculpida herdada do avô. Aquilo nunca era bom sinal. Ali estava Carlos, imbuído de autoridade genética. Um ano antes, ele anunciara que havia nascido de novo. Tinha sido uma regeneração profundamente desagradável para a equipe, e houvera um alívio generalizado quando, nove meses depois, o velho Adam felizmente recuperara as rédeas do lugar e a cozinha deixara de ser um lugar onde não se podia falar palavrão. Mas uma relíquia do novo nascimento ainda sobrevivia: nenhuma palavra mais forte do que "droga" era permitida, e naquele momento o próprio Carlos a havia usado livremente.

"Mas que droga, Dean, não adianta. Kimberley tem que sair. Falando francamente, eu não posso me dar ao luxo de tê-la na equipe, nenhum restaurante poderia. Ela é lenta demais, droga. Se você tenta apressá-la, ela olha para você como um filhote de cachorro que apanhou. Fica toda nervosa, e em noventa por cento dos casos estraga a droga do prato inteiro. E ela afeta o resto da equipe. Nicky e Winston estão sempre ajudando-a a arrumar os pratos. Você, na maior parte do tempo, só dedica metade da droga da sua atenção ao que deveria estar fazendo. Eu administro um restaurante, não uma droga de um jardim de infância."

"Kim é boa cozinheira, senhor Carlos."

"É claro que ela é boa cozinheira. Não estaria aqui se não fosse. Ela pode continuar sendo boa cozinheira, mas não aqui. Por que não a incentiva a ficar em casa? Faça um filho nela, então poderá ir para casa e fazer uma refeição decente que você próprio não tenha tido de preparar, e ela vai ficar mais feliz. Já vi isso acontecer inúmeras vezes."

Como Carlos poderia saber que "casa" era uma quitinete em Paddington, que tanto a quitinete quanto o emprego eram parte de um plano cuidadosamente elaborado que envolvia economizar cada salário semanal de Kim e os dois trabalharem juntos até, quando o capital fosse suficiente, poderem abrir o próprio restaurante? O seu restaurante. Seu e dela. E quando estivessem bem estabelecidos e ela pudesse se afastar um pouco da cozinha, então teriam o bebê que ela tanto desejava. Ela estava só com vinte e três anos; tinham muito tempo pela frente.

Com a notícia dada, Carlos havia se recostado e se preparado para ser magnânimo. "Kimberley não precisa cumprir aviso prévio. Pode ir embora esta semana mesmo. Em vez do aviso, eu pago um mês de salário a ela. Você fica, é claro. Você tem o estofo de um grande chef. Tem habilidade, tem imaginação. Não tem medo de trabalhar duro. Você pode ir longe. Mas outro ano de Kimberley na cozinha e eu vou estar arruinado."

Dean havia conseguido encontrar a voz, um *vibrato* trêmulo que continha uma vergonhosa nota de súplica. "Nós sempre planejamos trabalhar juntos. Não acho que Kim vá querer arrumar um emprego sozinha."

"Ela não duraria nem uma semana sozinha, droga. Desculpe, Dean, mas é a verdade. Você talvez até encontre um lugar disposto a contratar vocês dois, mas não em Londres. Quem sabe em alguma cidadezinha rural. Ela é uma garota bonita, educada. Assar uns *scones*,* uns bolos caseiros, preparar o chá da tarde servido com toalhinhas rendadas, esse tipo de coisa; isso não iria estressá-la."

O tom de desprezo na voz dele fora como um tapa na cara. Dean desejou não estar ali em pé sem apoio, vulnerável, diminuído, desejou ter um encosto de cadeira, al-

---

(*) *Scone*: bolinho de origem escocesa feito de farinha de trigo, aveia ou cevada. (N. T.)

guma coisa sólida à qual pudesse se agarrar para ajudar a controlar o turbilhão crescente de raiva, ressentimento e desespero que sentia. Mas Carlos tinha razão. Aquela convocação ao escritório não era inesperada. Fazia muitos meses que ele a temia. Fez uma última tentativa. Disse: "Eu gostaria de ficar, pelo menos até encontrarmos algum lugar para ir".

"Por mim, tudo bem. Eu não lhe disse que você tem o estofo de um grande chef?"

É claro que ele ficaria. O plano do restaurante podia estar naufragando, mas eles precisavam comer.

Kim fora embora no final daquela mesma semana, e exatamente duas semanas depois disso foi que viram o anúncio procurando um casal — cozinheiro e assistente de cozinha — para trabalhar em Cheverell Manor. O dia da entrevista tinha caído em uma terça-feira de meados de junho do ano anterior. Haviam recebido instruções para pegar um trem em Waterloo até Wareham, onde alguém iria recebê-los. Relembrando a viagem, parecia a Dean que os dois estavam em transe, sendo transportados para a frente sem vontade própria por uma paisagem verdejante e mágica rumo a um futuro distante e inconcebível. Ao observar o perfil de Kim desenhado contra o sobe e desce dos fios elétricos e, depois, dos prados e sebes verdes mais ao longe, ele torceu para aquele dia extraordinário terminar bem. Não rezava desde que era menino, mas pegou-se recitando em silêncio o mesmo pedido desesperado. "Por favor, Deus, faça com que tudo fique bem. Por favor, não deixe que ela se decepcione."

Virando-se para ele quando estavam quase em Wareham, ela perguntou: "Guardou as referências direitinho, querido?". Fazia a mesma pergunta a cada hora.

Em Wareham, um Range Rover esperava em frente à estação com um homem idoso e atarracado ao volante. Ele não desceu do carro, mas acenou para que se aproximassem. "Vocês são o casal Bostock, imagino", disse. "Meu nome é Tom Mogworthy. Não trouxeram bagagem? Não,

não era mesmo preciso trazer, não é? Vocês não vão ficar. Subam no banco de trás, então."

Uma acolhida nada promissora, pensou Dean. Mas isso pouco importava quando o ar tinha um cheiro tão agradável e quando estavam passando em meio a tamanha beleza. Era um dia de verão perfeito, o céu completamente azul e sem nuvem nenhuma. Pelas janelas abertas do Range Rover, uma brisa fresca soprava em seus rostos, sequer forte o bastante para sacudir os delicados galhos das árvores ou fazer farfalhar a grama. As árvores estavam totalmente cobertas de folhas, ainda com o frescor da primavera, os galhos ainda não estagnados com o peso empoeirado do mês de agosto. Foi Kim quem, após dez minutos de viagem silenciosa, inclinou-se para a frente e perguntou: "O senhor trabalha em Cheverell Manor, senhor Mogworthy?".

"Trabalho lá há quase quarenta e cinco anos. Comecei ainda menino, no terreno da propriedade, podando o jardim formal. Continuo podando até hoje. Na época o dono da casa era sir Francis, e depois dele sir Nicholas. Vocês agora vão trabalhar para o doutor Chandler-Powell, se as mulheres contratarem vocês."

"Não é ele quem vai nos entrevistar?", perguntou Dean.

"Ele está em Londres. Opera lá às segundas, terças e quartas. A senhorita Cressett e a enfermeira Holland é que vão entrevistar vocês. O doutor Chandler-Powell não cuida pessoalmente das questões domésticas. Se agradarem às mulheres, o emprego será de vocês. Se não, podem arrumar as malas e ir embora."

Não fora um começo auspicioso, e à primeira vista até mesmo a beleza da casa, silenciosa e prateada sob o sol de verão, era mais intimidadora do que reconfortante. Mogworthy deixou-os em frente à porta principal e só fez apontar para a campainha, em seguida voltou para o Range Rover e deu a volta com o carro pela ala leste da casa. Com um gesto decidido, Dean deu um puxão na cordinha de ferro da campainha. Não ouviram nenhum barulho, mas dali a meio minuto a porta se abriu e eles viram uma moça. Tinha cabelos louros na altura dos ombros, que Dean achou que não pareciam muito limpos, e usava batom exagerado e uma calça jeans debaixo de um avental colorido. Ele imaginou que fosse alguém da cidade ajudando na casa, uma primeira impressão que se revelou correta. Ela os olhou com uma expressão de desagrado durante alguns instantes, então disse: "Sou Maisie. A senhorita Cressett me disse para lhes servir o chá no salão".

Agora, lembrando-se da chegada, Dean se surpreendia por ter se acostumado tanto à magnificência do salão. Agora conseguia entender como as pessoas que tinham casas como essa podiam se acostumar com sua beleza, caminhar confiantes por seus corredores e cômodos quase sem prestar atenção nos quadros e enfeites, na riqueza que os cercava. Ele sorriu, lembrando-se de como, depois de perguntarem se podiam lavar a mãos, eles haviam sido conduzidos pelo saguão até um cômodo nos fundos que evidentemente servia de toalete e banheiro. Maisie tinha desaparecido, e ele ficara esperando do lado de fora enquanto Kim entrava primeiro.

Três minutos depois ela saiu, com os olhos arregalados de surpresa, dizendo com um sussurro: "Que coisa estranha. O vaso sanitário é pintado por dentro. É todo azul com flores e folhagens. E o assento é imenso... de mogno. E não tem propriamente uma descarga. É preciso puxar uma cordinha, como no banheiro da minha avó. Mas o papel de parede é lindo, e tem várias toalhas. Eu nem soube qual delas usar. E sabonete caro, também. Vá logo, querido. Não quero ficar sozinha. Você acha que o banheiro é tão antigo quanto a casa? Deve ser".

"Não", respondeu ele, querendo exibir um conhecimento superior, "não devia haver banheiros quando esta casa foi construída, pelo menos não banheiros desse tipo. Parece mais vitoriano. Início do século XIX, eu diria."

Ele falava com uma segurança que não sentia, determinado a não se deixar intimidar pela casa. Era para ele que Kim recorria em busca de conforto e apoio. Ele não podia mostrar que também precisava disso.

Ao voltar para o saguão, encontraram Maisie na porta do salão. Ela disse: "O chá de vocês está servido lá dentro. Daqui a quinze minutos eu volto para levá-los até o escritório".

No início, o salão os deixou oprimidos, e eles avançaram como crianças debaixo dos imensos caibros, sob o olhar, ou pelo menos assim parecia, de cavalheiros elisabetanos de gibão e meia-calça e jovens soldados posando com ar arrogante ao lado de seus cavalos. Hipnotizado pelo tamanho e pela grandiosidade do salão, foi só mais tarde que ele reparou nos detalhes. Então viu a grande tapeçaria na parede da direita e, abaixo dela, uma comprida mesa de carvalho com um imenso vaso de flores em cima.

O chá estava à espera deles, arrumado em uma mesa baixa em frente à lareira. Viram um elegante serviço de chá, uma travessa de sanduíches, *scones* com geleia e manteiga, e um bolo de frutas. Estavam ambos com sede. Kim serviu o chá com dedos trêmulos enquanto Dean, que já tinha comido uma quantidade excessiva de sanduíches no trem, pegava um *scone* e untava-o generosamente com manteiga e geleia. Depois da primeira mordida, disse: "A geleia é feita em casa, mas o *scone*, não. Mau sinal".

"O bolo também foi comprado pronto", disse Kim. "Está bem gostoso, mas me faz pensar em quando o último cozinheiro foi embora. Não acho que vamos querer servir a eles bolo comprado pronto. E aquela moça que abriu a porta, ela deve ser temporária. Não os imagino contratando alguém desse tipo." Pegaram-se sussurrando um com o outro como conspiradores.

Maisie logo voltou. Ainda sem sorrir, disse com certa pompa: "Querem me acompanhar, por favor?". Conduziu-os pelo hall de entrada quadrado até a porta oposta, abriu-a e disse: "Os Bostock estão aqui, senhorita Cressett. Já servi o chá", e desapareceu.

O cômodo era pequeno, com paredes forradas com painéis de mogno e evidentemente muito funcional: a grande escrivaninha contrastava com os painéis que imitavam dobras de tecido e com a fileira de pequenos quadros mais acima na parede. Havia três mulheres sentadas em volta da escrivaninha, e elas gesticularam para que o casal se acomodasse nas cadeiras já preparadas.

"Meu nome é Helena Cressett", disse a mulher mais alta, "e estas são a enfermeira Holland e a senhora Frensham. Fizeram boa viagem?"

"Muito boa, obrigado", respondeu Dean.

"Que bom. Vocês vão precisar ver seus aposentos e a cozinha antes de se decidirem, mas primeiro gostaríamos de explicar algumas coisas sobre o emprego. De certa forma, é muito diferente do mundo habitual de um cozinheiro. O doutor Chandler-Powell opera em Londres de segunda a quarta-feira. Isso quer dizer que o início de cada semana vai ser comparativamente fácil para vocês. O assistente dele, doutor Marcus Westhall, mora em um dos chalés com a irmã e o pai, e eu geralmente preparo a minha própria comida aqui nos meus aposentos, embora de vez em quando receba pequenos grupos para jantar e peça que cozinhem para mim. A segunda metade da semana será muito agitada. O anestesista e toda a equipe suplementar de enfermagem e auxiliares estará presente, para passar a noite ou para voltar para casa no fim do dia. Eles comem alguma coisa quando chegam, almoçam e, antes de irem embora, fazem uma refeição que poderia ser descrita como um chá reforçado. A enfermeira Holland também estará hospedada aqui, assim como evidentemente o doutor Chandler-Powell e os pacientes. O doutor Chandler-Powell às vezes sai da clínica bem cedo, por volta de cinco e meia da manhã, para atender seus pacientes de Londres. Ele em geral volta à uma da tarde e precisa de um bom almoço, que gosta que seja servido na sua saleta particular. Como ele algumas vezes precisa voltar a Londres para passar parte do dia, os seus horários de refeição podem ser variáveis, mas são sempre importantes. Conversarei com vocês de antemão sobre os cardápios. A enfermeira é responsável por todas as necessidades dos pacientes, então pedirei a ela para descrever o que espera de vocês."

"Os pacientes têm de fazer jejum antes da anestesia", disse a enfermeira Holland, "e em geral se alimentam pouco no primeiro dia depois da cirurgia, dependendo da gravidade e da natureza dela. Quando estão se sentindo bem o suficiente para comer, tendem a ser exigentes e difíceis de agradar. Alguns fazem dieta, e o nutricionista ou eu supervisionamos essa parte. Os pacientes costumam fazer as refeições no quarto, e nada lhes deve ser servido sem a minha aprovação." Ela se virou para Kimberley. "Em geral, alguém da minha equipe de enfermagem leva a comida até a ala dos pacientes, mas talvez você precise servir o chá ou um drinque ocasional. Entende que até mesmo esses drinques precisam ser aprovados?"

"Sim, enfermeira, entendo."

"Fora a comida dos pacientes, vocês receberão instruções da senhorita Cressett ou, se ela não estiver, de sua substituta, a senhora Frensham. E agora a senhora Frensham vai lhes fazer algumas perguntas."

A sra. Frensham era uma senhora alta, já de certa idade, rosto anguloso e cabelos cinzentos como aço presos em um coque. Mas tinha os olhos gentis, e Dean sentiu-se mais à vontade com ela do que com a enfermeira Holland, muito mais jovem, de cabelos escuros e, pensou ele, bastante sexy, ou então com a srta. Cressett com seu rosto incrivelmente pálido e singular. Imaginou que algumas pessoas deviam considerá-la atraente, mas ninguém podia dizer que fosse bonita.

Dirigidas principalmente a Kim, as perguntas da sra. Frensham não foram difíceis. Que biscoitos ela serviria com café pela manhã, e como iria prepará-los? Kim, imediatamente à vontade, descreveu uma receita de sua própria autoria de finos biscoitos de especiarias com groselhas. E como ela prepararia profiteroles? Mais uma vez, Kim não teve dificuldades. A Dean, a sra. Frensham perguntou qual de três vinhos citados serviria com pato *à l'orange*, com uma sopa *vichyssoise* e com um assado de carne bovina, e que refeições ele sugeriria para um dia muito quente de verão ou nos dias de frio rigoroso após o Natal. As respostas foram claramente consideradas satisfatórias. O teste não tinha sido difícil, e ele pôde sentir Kim relaxar.

Foi a sra. Frensham que os levou até a cozinha e em seguida virou-se para Kim e perguntou: "Acha que poderia ser feliz aqui, senhora Bostock?".

Foi nesse instante que Dean concluiu que gostava da sra. Frensham.

E Kim estava feliz. Para ela, arrumar esse emprego tinha sido uma salvação milagrosa. Ele se lembrou daquela mistura de espanto e deleite em seu rosto ao caminhar pela imensa cozinha reluzente, e depois, como em um sonho, pelos cômodos mais além, a sala de estar, o quarto e o luxuoso banheiro que seriam deles, tocando os móveis com um espanto incrédulo, correndo para admirar a paisagem em cada janela. Por fim, tinham saído para o jardim e ela havia estendido os braços para a paisagem ensolarada, e em seguida segurado suas mãos como uma criança e olhado para ele com olhos brilhantes. "É maravilhoso. Nem consigo acreditar. Não precisamos pagar aluguel e ainda temos onde comer. Vamos poder economizar nossos dois salários."

Para ela, havia sido um novo começo, cheio de esperança, iluminado com imagens dos dois trabalhando juntos, tornando-se indispensáveis, o carrinho de bebê no gramado, o filho correndo pelo jardim enquanto eles olhavam pela janela da cozinha. Para ele, olhar nos olhos dela foi saber que isso era o início da morte de um sonho.

8

Rhoda acordou, como sempre, não para uma lenta progressão rumo à consciência, mas instantaneamente alerta, com os sentidos despertos para o novo dia. Passou alguns minutos deitada, deliciando-se com o calor e o conforto da cama. Antes de dormir, havia aberto um pouco as cortinas, e agora uma fina faixa de luz tênue mostrava que ela havia dormido mais do que o previsto, com certeza mais do que era habitual, e que a aurora de inverno já estava rompendo. Dormira bem, mas agora sua necessidade de um chá quente era imperativa. Ela ligou para o ramal listado na mesa de cabeceira e ouviu uma voz masculina. "Bom dia, senhorita Gradwyn. Aqui é Dean Bostock, da cozinha. A senhora deseja alguma coisa?"

"Chá, por favor. Indiano. Um bule grande, e leite, mas açúcar, não."

"A senhorita gostaria de pedir o café da manhã agora?"

"Sim, mas pode trazer só daqui a meia hora, por favor. Suco de laranja espremido na hora, um ovo pochê com torrada de pão branco, e também torradas integrais com geleia. Vou comer no quarto."

O ovo pochê era um teste. Se viesse preparado com perfeição, com a torrada levemente coberta de manteiga e nem dura nem empapada, ela poderia confiar que a comida seria boa quando voltasse para a cirurgia e uma estadia mais longa. Ela voltaria — e para esse mesmo quarto. Vestiu o roupão, foi até a janela e observou a paisagem, vales e colinas cobertos de verde. Uma bruma pairava sobre o vale, fazendo os topos arredondados das colinas parecerem ilhas em um mar claro de prata. A noite havia sido fria, sem nuvens. A grama da estreita faixa de gramado sob sua janela estava branca e dura com a geada, mas o sol brumoso da manhã já começava a torná-la verde e maleável. Nos galhos altos de um carvalho despido de folhas havia um bando de gralhas empoleiradas, atipicamente silenciosas e imóveis, como símbolos de mau agouro negros posicionados com cuidado. Abaixo do carvalho estendia-se uma aleia de tílias que conduzia a um muro de pedra baixo, e além deste havia um círculo de pedras. No início, só foi possível enxergar o topo das pedras, mas, enquanto ela olhava, a bruma se ergueu e o círculo se completou. Daquela distância, com o círculo parcialmente oculto pela mureta, tudo que ela podia ver era que as pedras tinham tamanhos diferentes, vultos grosseiros e disformes ao redor de uma pedra central mais alta. Devem ser pré-históricas, pensou. Enquanto olhava, seus ouvidos captaram o barulho suave da porta da saleta se fechando. O chá havia chegado. Continuando a olhar, ela viu ao longe uma fina nesga de luz prateada e, com um sobressalto no coração, percebeu que devia ser o mar.

Relutando em abandonar a vista, passou alguns instantes em pé antes de se virar e viu, com um leve choque de surpresa, que uma moça havia entrado e estava parada em silêncio olhando para ela. Tinha estrutura frágil e usava um vestido azul quadriculado com um cardigã bege disforme por cima, o que indicava uma posição ambígua. Evidentemente não era uma enfermeira, mas não demonstrava a mesma segurança de uma empregada doméstica, confiança advinda de um emprego reconhecido e familiar. Rhoda pensou que ela provavelmente devia ser mais velha do que aparentava, mas o uniforme, sobretudo o cardigã que não lhe caía bem, faziam-na parecer uma criança. Seu rosto era pálido, e seus cabelos castanhos lisos estavam presos de lado com uma fivela decorada comprida. Tinha boca pequena, o lábio superior formando uma curva tão generosa que parecia estar inchado, e o inferior mais fino. Seus olhos azul-claros, um pouco protuberantes e encimados por sobrancelhas retas, eram atentos, quase cautelosos, e, observando-a sem piscar, chegavam até a ser um pouco avaliadores.

Com uma voz que denotava mais a cidade do que o campo, uma voz comum com um leve tom de deferência que Rhoda considerou enganador, ela disse: "Trouxe o seu chá, madame. Meu nome é Sharon Bateman e eu ajudo na cozinha. A bandeja está na saleta. Quer que a traga para cá?".

"Sim, daqui a um instante. O chá foi feito agora?"

"Sim, madame. Eu trouxe imediatamente."

Rhoda sentiu-se tentada a dizer que o termo "madame" era inadequado, mas deixou passar. "Então deixe-o ficar em infusão por alguns minutos", disse. "Estava olhando o círculo de pedras. Já tinha ouvido falar a respeito, mas não imaginei que ficasse tão perto da clínica. Imagino que seja pré-histórico."

"Sim, madame. As Pedras de Cheverell. São bem famosas. A senhorita Cressett disse que elas têm mais de três mil anos de idade. Ela diz que círculos de pedra são raros em Dorset."

"Ontem à noite, quando fui abrir a cortina, vi uma luz tremeluzir", disse Rhoda. "Parecia uma lanterna. Vinha daquela direção. Talvez alguém estivesse passeando entre as pedras. Imagino que o círculo atraia muitos visitantes."

"Nem tantos, madame. Acho que a maioria das pessoas nem sabe que elas existem. Os moradores da cidade não chegam nem perto. Provavelmente era o doutor Chandler-Powell. Ele gosta de caminhar pela propriedade à noite. Não estávamos esperando, mas ele chegou ontem à noite. Ninguém da cidade chega perto das pedras depois de anoitecer. As pessoas têm medo de ver o fantasma de Mary Keyte andando por aí e espiando."

"Quem é Mary Keyte?"

"As pedras são assombradas. Ela foi amarrada à pedra do meio e queimada em 1654. Essa pedra é diferente de todas as outras, mais alta e mais escura. Ela foi condenada como bruxa. Em geral são as velhas que são queimadas como bruxas, mas ela tinha só vinte anos. Ainda se pode ver a mancha marrom onde foi acesa a fogueira. A grama não cresce no meio das pedras."

"Sem dúvida porque as pessoas ao longo dos séculos cuidaram para que não crescesse", disse Rhoda. "Provavelmente jogando algum produto para matar a grama. Você acredita mesmo nessa bobajada?"

"Dizem que os gritos dela podiam ser ouvidos até a igreja. Enquanto queimava, ela amaldiçoou a cidade, e depois disso quase todas as crianças morreram. Ainda dá para ver os restos de alguns túmulos no cemitério da igreja, embora os nomes já estejam apagados demais para poderem ser lidos. Mog diz que, na data em que ela foi queimada, ainda é possível ouvir seus gritos."

"Em uma noite de ventania, imagino."

A conversa estava ficando cansativa, mas Rhoda achou difícil encerrá-la. A menina — ela parecia pouco mais do que uma menina, e provavelmente não era muito mais velha do que Mary Keyte — estava evidentemente tomada por uma obsessão mórbida pela queima da bruxa. Rhoda disse: "As crianças da cidade morreram de doenças infantis, tuberculose talvez, ou febre. Antes de ela ser condenada, as pessoas acusaram Mary Keyte das doenças, e depois que ela foi queimada elas a culparam pelas mortes".

"Então a senhora não acredita mesmo que os espíritos dos mortos podem voltar para nos visitar?"

"Os mortos não voltam para nos visitar nem como espíritos... o que quer que isso signifique... nem sob qualquer outra forma."

"Mas os mortos estão aqui! Mary Keyte não está em paz. Os quadros desta casa. Aqueles rostos... eles não saíram de Cheverell Manor. Sei que eles não me querem aqui." Ela não soava histérica, nem mesmo particularmente preocupada. Era a afirmação de um fato.

"Isso é ridículo", disse Rhoda. "Aquelas pessoas morreram. Elas são incapazes de pensar. Eu tenho um quadro velho na casa onde moro. Um cavalheiro Tudor. Algumas vezes tento imaginar o que ele pensaria se me visse vivendo e trabalhando lá. Mas a emoção é minha, não dele. Mesmo se eu conseguisse me convencer de que posso me comunicar com ele, ele não falaria comigo. Mary Keyte morreu. Ela não pode voltar." Ela fez uma pausa e disse, com voz decidida: "Vou tomar meu chá agora".

A bandeja foi trazida, uma delicada bandeja de porcelana, com um bule do mesmo feitio e a leiteira completando o jogo. Sharon disse: "Preciso perguntar à senhora sobre o almoço, madame, se quer que seja servido aqui ou na sala de estar dos pacientes. Fica no corredor comprido lá embaixo. Há um cardápio para a senhora escolher".

Ela tirou um papel de dentro do bolso do cardigã e entregou-o a Rhoda. Havia duas opções. Rhoda disse: "Diga ao chef que vou querer o consomê, as vieiras com rabanetes ao creme e espinafre com batatas duquesa, e de sobremesa o *sorbet* de limão. E gostaria de um copo de vinho branco gelado. Um Chablis seria bom. Vou comer na minha saleta à uma da tarde".

Sharon saiu do aposento. Enquanto tomava o chá, Rhoda refletiu sobre o que reconhecia como emoções confusas. Nunca tinha visto essa moça antes, nem ouvido falar nela, e seu rosto era um rosto que ela não teria esquecido com facilidade. No entanto, a moça era, se não conhecida, ao menos um desconfortável lembrete de alguma emoção passada, que não fora experimentada com intensidade na época mas mesmo assim ainda vivia em algum recanto da memória. E esse breve encontro havia reforçado a sensação de que a casa tinha mais do que os segredos contidos nos quadros ou alçados à condição de folclore. Seria interessante proceder a uma pequena investigação, entregar-se mais uma vez àquela paixão de uma vida inteira para descobrir a verdade sobre as pessoas, pessoas como indivíduos ou em suas relações de trabalho, as coisas que revelavam sobre si mesmas, as carapaças cuidadosamente construídas que exibiam para o mundo. Era uma curiosidade que ela agora estava decidida a disciplinar, uma energia mental que planejava canalizar para outro objetivo. Essa poderia muito bem ser sua última investigação, se é que se poderia qualificá-la de tal coisa; mas era pouco provável que fosse sua última curiosidade. E ela percebeu que isso já estava perdendo seu poder, que não era mais uma compulsão. Talvez, quando ela tivesse se livrado da cicatriz, isso fosse embora para sempre, ou permanecesse apenas como uma ferramenta útil para pesquisas. Mas ela gostaria de saber mais sobre os moradores de Cheverell Manor, e, se de fato houvesse verdades a serem descobertas, então Sharon, com sua evidente necessidade de conversar, poderia muito bem ser a pessoa com mais probabilidade de revelá-las. Sua reserva ia só até depois do almoço, mas meio dia não bastaria nem para explorar a cidade e o terreno da propriedade, sobretudo considerando que ela marcara uma hora com a enfermeira Holland para visitar a sala de cirurgia e o quarto de recuperação. A bruma matinal anunciava um dia bonito, e seria bom dar um passeio pelo jardim e quem sabe até mais além. Estava gostando desse lugar, dessa casa, desse quarto. Perguntaria se poderia ficar lá até a tarde seguinte. E dali a duas semanas voltaria para a cirurgia, e sua vida nova e sem provações iria começar.

9

A capela de Cheverell Manor ficava a uns setenta metros da ala leste, parcialmente escondida por um círculo de arbustos de louro sarapintados. Sua história e a data de sua construção eram desconhecidas, mas ela com certeza era mais antiga do que a casa, uma estrutura simples de formato retangular com um altar de pedra sob a janela leste. Não havia iluminação a não ser por velas, e elas enchiam uma caixa de papelão sobre uma cadeira à esquerda da porta junto com uma variedade de candelabros, muitos de madeira, que pareciam refugos de antigas cozinhas e dos quartos dos criados vitorianos. Como não havia fósforos, o ocasional visitante imprevidente tinha de fazer suas preces, se fosse o caso, sem a ajuda de sua luz. A cruz sobre o altar de pedra fora esculpida de forma grosseira, talvez por algum carpinteiro da propriedade cumprindo ordens ou movido por uma compulsão pessoal de devoção ou afirmação religiosa. Era difícil pensar que ela tivesse sido feita por ordem de algum antepassado dos Cressett, que certamente teria escolhido a prata ou algum material mais nobre para esculpi-la. Com exceção da cruz, não havia mais nada sobre o altar. Sem dúvida os enfeites antigos haviam mudado junto com as grandes transformações da Reforma, antes elaboradamente ornamentados, depois completamente sem adornos.

A cruz estava bem na linha de visão de Marcus Westhall, e às vezes, durante longos períodos de silêncio, ele fixava o olhar ali como se esperasse ver emanar dela algum poder misterioso, a ajuda para tomar alguma decisão, ou uma bênção que, ele sabia, lhe seria sempre negada. Sob aquele símbolo batalhas haviam sido travadas, as grandes mudanças sísmicas de Estado e Igreja haviam transformado a Europa, homens e mulheres haviam sido torturados, queimados e mortos. Ela fora carregada com sua mensagem de amor e perdão até os mais sombrios infernos da imaginação humana. Para ele, a cruz servia de ajuda para se concentrar, para focalizar pensamentos que se esgueiravam, surgiam e turbilhonavam em sua mente como folhas secas e quebradiças erguidas por rajadas de vento.

Ele havia entrado em silêncio e, depois de se sentar como de hábito no banco de madeira dos fundos, pôs-se a olhar fixamente para a cruz, mas sem rezar, uma vez que não fazia ideia de como começar uma oração ou de com quem exatamente estaria tentando se comunicar. Às vezes, ele se perguntava como seria encontrar aquela porta secreta que diziam se abrir com a mais leve pressão, e sentir seu fardo de culpa e indecisão cair-lhe dos ombros. Mas sabia que uma das dimensões da experiência humana estava tão fechada para ele quanto a música para quem não tinha ouvido musical. Lettie Frensham poderia ter encontrado a tal porta. Nas manhãs de domingo bem cedo, ele a via passar de bicicleta por Stone Cottage, com seu gorro de lã, sua forma angulosa fazendo força para subir o leve declive do caminho, convocada por sinos de igreja silenciosos para alguma distante igreja de cidade pequena da qual ela nunca havia mencionado o nome e à qual jamais havia se referido. Nunca a tinha visto na capela. Se ela a visitava, devia ser nas horas em que ele estava com George na sala de cirurgia. Ele pensou que não teria se importado de dividir com ela aquele santuário, se ela às vezes houvesse entrado discretamente para se sentar ao seu lado em um silêncio cúmplice. Não sabia nada sobre ela, exceto que um dia havia sido governanta de Helena Cressett, e não fazia ideia do que a levara a voltar para Cheverell Manor depois de todos aqueles anos. Porém, com seu temperamento calado e seu bom senso tranquilo, ela lhe parecia um lago de águas calmas em uma casa onde ele sentia haver fortes e turbulentas correntes subterrâneas, inclusive em sua mente atormentada.

Das outras pessoas na casa, somente Mog frequentava a igreja da cidade, onde na verdade era um dos pilares do coral. Marcus desconfiava que o barítono ainda potente de Mog na prece vespertina era sua forma de declarar uma fidelidade ao menos parcial à cidade por oposição a Cheverell Manor, e à antiga administração por oposição à nova. Serviria ao usurpador enquanto a srta. Cressett estivesse no comando e o salário fosse bom, mas o dr. Chandler-Powell só podia comprar uma porção cuidadosamente racionada de sua lealdade.

Com exceção da cruz do altar, o único sinal de que aquele aposento tinha alguma espécie de singularidade era uma placa comemorativa de bronze pregada na parede ao lado da porta:

À MEMÓRIA DE CONSTANCE URSULA, 1896-1928,
ESPOSA DE SIR CHARLES CRESSETT, BARONETE, QUE AQUI ENCONTROU A PAZ.
E MAIS AINDA EM TERRA E AR,
E TAMBÉM NO MAR, HOMEM DE FÉ,
E MUITO ABAIXO DA MARÉ;
E NO LUGAR CONSAGRADO À DEVOÇÃO
ONDE PEDIR É TER, BUSCAR ENCONTRAR,
BATER ABRIR DE PAR EM PAR.

Lembrada como esposa, mas não esposa amada, e morta aos trinta e dois anos de idade. Um casamento breve, portanto. Marcus havia identificado os versos, tão diferentes dos textos religiosos habituais, como um poema do século XVIII de autoria de Christopher Smart, mas não fizera perguntas sobre Constance Ursula. Assim como os demais habitantes da casa, sentia-se inibido de falar com Helena sobre seus parentes. Mas considerava aquela placa de bronze uma intrusão dissonante. A capela deveria ser feita unicamente de madeira e pedra.

Nenhum outro lugar em Cheverell Manor tinha tamanha paz, nem mesmo a biblioteca, onde ele às vezes ficava sentado sozinho. Lá havia sempre o medo de a solidão ser interrompida, de a porta ser aberta com as detestadas palavras tão frequentes em sua infância: "Ah, aí está você, Marcus, nós o estávamos procurando". Mas ninguém nunca fora procurá-lo na capela. Era estranho que esse recinto de pedra transmitisse tamanha paz. Até mesmo o altar fazia pensar em conflito. Na época conturbada da Reforma, houvera disputas teológicas entre o padre local, ligado à religião antiga, e o então sir Francis Cressett, inclinado a adotar as novas formas de pensamento e devoção. Como precisava de um altar para sua capela, ele mandara os moradores homens da casa roubar o da capela da Virgem certa noite, sacrilégio que havia causado a ruptura entre a Igreja e Cheverell Manor que durara muitas gerações. Então, durante a Guerra Civil, depois de uma escaramuça local bem-sucedida, Cheverell Manor havia sido ocupada por um curto período pelos soldados do Parlamento, e os mortos monarquistas haviam sido dispostos sobre seu chão de pedra.

Marcus deixou de lado pensamentos e lembranças e concentrou-se em seu dilema pessoal. Tinha de se decidir — e logo — entre ficar em Cheverell Manor ou partir para a África com uma equipe de cirurgiões. Sabia o que a irmã queria, o que ele passara a ver como solução para todos os seus problemas, mas significaria essa deserção fugir de algo mais do que seu emprego? Ele ouvira a mistura de raiva e súplica na voz do namorado. Eric, que trabalhava como enfermeiro de sala de cirurgia no Hospital Saint Angela, tinha dito que queria que ele participasse de uma passeata gay. A briga não fora inesperada. Não era a primeira vez que surgiam conflitos. Ele se lembrava das próprias palavras: "Não vejo motivo para fazer isso. Se eu fosse hétero, você não esperaria que eu saísse desfilando pela rua para proclamar minha heterossexualidade. Por que precisamos fazer isso? A questão não é justamente que nós temos o direito de ser o que somos? Não precisamos nos justificar, nem alardear o fato, nem anunciá-lo diante do mundo inteiro. Não vejo por que a minha sexualidade teria interesse para qualquer outra pessoa que não você".

Ele havia tentado esquecer o fel da discussão que se seguira, a voz entrecortada de Eric no final, seu rosto banhado de lágrimas, um rosto de criança.

"Isso não tem nada a ver com ser discreto; você está fugindo. Tem vergonha do que você é, do que eu sou. E é a mesma coisa com seu trabalho. Você fica lá com Chandler-Powell, desperdiçando seu talento com um bando de mulheres ricas extravagantes, obcecadas pela própria aparência, quando poderia estar trabalhando em tempo integral aqui em Londres. Você arrumaria um emprego... é claro que arrumaria um emprego."

"Não seria tão fácil agora, e não estou pretendendo desperdiçar meu talento. Eu vou para a África."

"Para fugir de mim."

"Não, Eric, para fugir de mim mesmo."

"Você nunca vai fazer isso; nunca, nunca!" As lágrimas de Eric e a porta batendo eram suas últimas lembranças.

Ele estava encarando o altar com o olhar tão fixo que a cruz pareceu se embaçar e se tornar um borrão em movimento. Fechou os olhos e sorveu o cheiro úmido e frio daquele lugar, sentiu a madeira dura do banco em suas costas. Lembrou-se da última grande cirurgia na qual trabalhara como assistente no Saint Angela, uma paciente idosa do sistema nacional de saúde cujo rosto havia sido desfigurado por um cachorro. Ela já estava doente e, considerando seu prognóstico, devia haver apenas um ano de vida para salvar, no máximo; mas que paciência, que habilidade George havia demonstrado ao passar horas e horas reconstruindo um rosto que pudesse suportar o olhar pouco gentil do resto do mundo. Nada era jamais negligenciado, nada era apressado ou forçado. Que direito tinha

George de desperdiçar aquele comprometimento e aquela habilidade, mesmo que fosse apenas por três dias da semana, com ricaças que não gostavam do formato de um nariz, boca ou seio, e que queriam que o mundo inteiro soubesse que tinham dinheiro para pagar por seus serviços? O que seria tão importante a ponto de fazê-lo dedicar seu tempo a um trabalho que poderia ser feito por um cirurgião menos competente, e com o mesmo resultado?

Mas, ainda assim, abandoná-lo agora seria uma traição a um homem que ele idolatrava. E não abandoná-lo seria uma traição a si mesmo e à sua irmã Candace, que, por amá-lo, sabia que ele precisava se libertar e incentivava-o a ter coragem para agir. A ela própria nunca havia faltado tal coragem. Ele dormira em Stone Cottage e passara tempo suficiente no chalé durante a doença do pai para ter uma ideia do que ela tivera de enfrentar ao longo daqueles dois anos. E agora ela se descobria desempregada, sem nenhum outro trabalho em vista, e tendo de encarar a possibilidade de ele ir embora para a África. Era o que ela queria para o irmão, que havia ajudado e incentivado, mas ele sabia que isso a deixaria sozinha. Estava planejando abandonar as duas pessoas que o amavam — Candace e Eric — e George Chandler-Powell, o homem que mais admirava.

Sua vida estava de pernas para o ar. Uma parte de seu temperamento, tímida, indolente, pouco segura de si, o havia conduzido àquele padrão de se mostrar indeciso, deixando que as coisas se resolvessem por si mesmas, como se ele depositasse sua fé em uma providência bem-intencionada que, sem interferência externa, agiria a seu favor. Nos três anos desde que começara a trabalhar em Cheverell Manor, quanto daquilo se devia à lealdade, à gratidão, à satisfação de aprender com um homem no mais alto nível de sua profissão, ao fato de não querer decepcioná-lo? Tudo isso tivera sua influência, mas ele havia ficado principalmente porque era mais fácil ficar do que tomar a decisão de ir embora. Mas ele agora iria tomá-la.

Iria se libertar, e não apenas fisicamente. Na África, seu trabalho poderia fazer alguma diferença, seria mais profundo, mais duradouro do que qualquer outra coisa que ele tivesse feito na clínica. Ele precisava fazer algo novo e, se isso fosse fugir, então estaria fugindo para junto de pessoas que precisavam desesperadamente de suas habilidades, de crianças de olhos arregalados com lábios leporinos assustadores e sem tratamento, de vítimas de lepra que precisavam ser aceitas e recuperar sua dignidade, dos portadores de cicatrizes, dos desfigurados e dos rejeitados. Ele precisava respirar um ar mais forte. Se não enfrentasse Chandler-Powell agora, jamais teria coragem de agir.

Ele se levantou com o corpo rígido e saiu andando em direção à porta como um velho, e então, depois de uma pausa de alguns segundos, encaminhou-se resolutamente para a casa como um soldado rumo à batalha.

10

Marcus encontrou George Chandler-Powell na sala de cirurgia. Ele estava sozinho, entretido com a verificação de uma nova remessa de instrumentos cirúrgicos, examinando cada um deles com atenção, virando-os e tornando a colocá-los sobre a bandeja com uma espécie de reverência. Esse era um serviço para o assistente de cirurgia, e Joe Maskell chegaria às sete horas da manhã seguinte para preparar tudo para a primeira operação do dia. Marcus sabia que conferir os instrumentos não significava que Chandler-Powell confiasse pouco em Joe — ele não empregava ninguém em quem não tivesse confiança —, mas que ali ele podia se entregar às suas duas paixões, seu trabalho e sua casa, e nesse momento parecia uma criança manuseando seus brinquedos prediletos.

"Eu queria dar uma palavrinha com você, se estiver com tempo."

Mesmo para os próprios ouvidos, sua voz soou pouco natural, com uma entonação estranha. Chandler-Powell não ergueu os olhos. "Depende do que você quer dizer com uma palavrinha. Uma palavrinha ou uma conversa séria?"

"Uma conversa séria, acho."

"Então vou acabar aqui e vamos para o escritório."

Para Marcus, havia algo de intimidador nessa sugestão. Ela o fazia pensar nas convocações ao escritório do pai quando era criança. Desejou poder falar imediatamente, terminar logo com aquilo. Mas esperou até a última gaveta se fechar e George Chandler-Powell sair primeiro pela porta até o jardim, dar a volta na casa pelos fundos e subir o corredor até o escritório. Lettie Frensham estava sentada diante do computador, mas, quando os dois entraram, balbuciou um pedido de desculpas em voz baixa e saiu discretamente. Chandler-Powell sentou-se à escrivaninha, gesticulou indicando para Marcus se sentar em uma cadeira e ficou parado, à espera. Marcus tentou convencer a si mesmo de que esse silêncio não era uma impaciência cuidadosamente controlada.

Como parecia improvável que George falasse primeiro, Marcus disse: "Eu tomei uma decisão em relação à África. Queria avisar a você que finalmente aceitei entrar para a equipe do doutor Greenfield. Ficaria grato se pudesse me liberar daqui a três meses".

"Suponho que você tenha ido a Londres conversar com o doutor Greenfield. Sem dúvida ele mencionou alguns dos problemas, entre eles sua futura carreira."

"Sim, ele mencionou tudo isso."

"Matthew Greenfield é um dos melhores cirurgiões plásticos da Europa, provavelmente um dos seis melhores do mundo. Também é um professor brilhante. Podemos confiar plenamente nas qualificações dele... membro do Real Colégio de Cirurgia, membro do Real Colégio de Cirurgia Plástica, mestre em cirurgia. Está indo para a África lecionar e montar um centro de excelência. É isso que os africanos querem: aprender a se virar sozinhos, e não que os brancos apareçam para cuidar de tudo."

"Eu não estava pensando em cuidar de tudo, só em ajudar. Há muita coisa para ser feita. O doutor Greenfield acha que eu poderia ser útil."

"É claro que acha; caso contrário, não ia querer desperdiçar o tempo dele nem o seu. Mas o que exatamente você acha que ele está oferecendo? Você é membro do Real Colégio de Cirurgia e cirurgião competente, mas não está qualificado para lecionar, nem para assumir sozinho os casos mais complicados. E até mesmo um ano na África vai interferir seriamente na sua carreira... quer dizer, se é que você considera que tem uma carreira. O fato de ficar aqui não ajudou, e eu lhe disse isso quando você chegou. Essa nova MCM... a modernização das carreiras médicas... ela torna os esquemas de formação muito mais rígidos. Internos viraram médicos de primeiro ano... e nós todos sabemos que erro o governo cometeu com isso... os residentes acabaram, os médicos em especialização são agora estagiários de cirurgia, e Deus sabe quanto tempo isso tudo vai durar antes de inventarem alguma outra coisa, novos formulários para preencher, mais burocracia, mais interferência com as pessoas que só estão tentando fazer o trabalho delas. Mas uma coisa é certa: se você quiser ter uma carreira de cirurgião, precisa estar dentro do esquema de formação, e agora isso ficou bastante inflexível. Talvez seja possível recolocar você no sistema agora, e eu vou tentar ajudar, mas se você for para a África isso vai ser impossível. E você nem sequer está indo para lá por motivos religiosos. Não teria a minha concordância se fosse esse o caso, mas eu poderia entender... bem, se não entender, pelo menos aceitar. Existem pessoas assim, mas eu nunca pensei em você como alguém particularmente religioso."

"Não, não acho que eu possa dizer que sou."

"Bom, então qual é a sua justificativa? Beneficência universal? Ou culpa de ex-colonialista? Pelo que eu sei, isso ainda está em voga."

"George, eu posso fazer um trabalho útil lá. Não tenho nenhuma justificativa, a não ser uma forte convicção de que a África seria o lugar certo para mim. Não posso ficar aqui indefinidamente, você mesmo disse isso."

"Não estou pedindo que fique. Só estou pedindo para você pensar com cuidado no caminho que quer dar para a sua futura carreira. Quer dizer, isso se você quiser ter uma carreira em cirurgia. Mas não vou gastar saliva tentando convencê-lo, se já tomou a sua decisão. Sugiro que pense bem, e por enquanto eu vou considerar que precisarei de um substituto para você daqui a três meses."

"Eu sei que vai ser um incômodo e peço desculpas por isso. E sei que tenho uma dívida com você. Sou muito grato. Sempre serei grato."

"Não acho que você precise ficar insistindo nessa história de gratidão. Essa nunca é uma palavra agradável entre colegas. Vamos partir do princípio de que você vai embora daqui a três meses. Espero que encontre na África o que quer que esteja procurando. Ou seria mais encontrar alívio do que quer que esteja fugindo? Agora, se for só isso, eu gostaria de usar meu escritório."

Havia mais uma coisa, e Marcus se preparou para dizê-la. As palavras que eles tinham acabado de trocar haviam destruído um relacionamento. Nada poderia ser pior. "É sobre uma paciente, Rhoda Gradwyn. Ela está na clínica agora", começou.

"Sei disso. E vai voltar daqui a duas semanas para a cirurgia, a menos que não goste da clínica e prefira um leito no Saint Angela."

"Isso não seria mais prático?"

"Para ela ou para mim?"

"Eu estava me perguntando se você quer mesmo incentivar a presença de jornalistas investigativos na clínica. E, se um deles vier, talvez outros apareçam. E posso imaginar o que Gradwyn vai escrever. *Ricaças que gastam uma fortuna porque não gostam da própria aparência. Competências valiosas de cirurgiões que poderiam ser mais bem aproveitadas.* Ela vai achar alguma coisa para criticar, é o trabalho dela. Os pacientes confiam na nossa discrição e esperam uma confidencialidade absoluta. Quer dizer, não é essa a ideia toda por trás desta clínica?"

"Não exatamente. E não pretendo fazer distinção entre pacientes por qualquer outro motivo que não a necessidade médica. E, para falar francamente, eu não levantaria sequer um dedo para cercear a imprensa popular. Considerando as maquinações e os desvios de conduta dos governos do país, precisamos de alguma organização forte o suficiente para protestar de vez em quando. Antes eu acreditava que vivia em um país livre. Hoje tenho de aceitar que não é o caso. Mas pelo menos nós temos uma imprensa livre, e estou disposto a tolerar uma certa dose de vulgaridade, popularização, sentimentalismo e até mesmo interpretações equivocadas para garantir que ela permaneça livre. Imagino que Candace tenha enchido os seus ouvidos. Acho difícil você ter tido essa ideia sozinho. Se ela tem motivos pessoais para antagonizar a senhorita Gradwyn, não precisa se relacionar com ela de forma alguma. Não é obrigação dela; ela não tem nada a ver com os pacientes. Não precisa encontrá-la nem agora nem quando ela voltar. Eu não escolho os meus pacientes para agradar à sua irmã. E agora, se não tiver mais nada a dizer, tenho certeza de que nós dois temos trabalho. Pelo menos eu sei que tenho."

George se levantou e postou-se junto à porta. Sem dizer mais nada, Marcus passou por ele, roçando-lhe a manga da roupa, e saiu. Sentia-se um criado incompetente, dispensado depois de cair em desgraça. Aquele era o mentor que ele havia reverenciado, que havia praticamente idolatrado durante anos. Agora, com horror, percebia que o que estava sentindo era próximo do ódio. Um pensamento, quase uma esperança, desleal e vergonhosa, tomou conta de sua mente. Talvez a ala oeste, a clínica toda, fosse forçada a fechar caso acontecesse algum desastre, incêndio, infecção, escândalo. Se o estoque de pacientes ricos se esgotasse, como é que Chandler-Powell poderia continuar trabalhando? Tentou bloquear da mente as ideias mais vergonhosas, mas elas eram impossíveis de conter, até mesmo, para sua repulsa, a mais vergonhosa e terrível de todas: a morte de um paciente.

11

Chandler-Powell esperou que os passos de Marcus se afastassem e em seguida saiu da casa para procurar Candace Westhall. Não planejara passar a quarta-feira se envolvendo em discussões nem com Marcus nem com a irmã dele, mas agora que uma decisão havia sido tomada seria bom também ver o que Candace estava pretendendo. Seria uma chateação se ela também tivesse resolvido ir embora, mas, agora que o pai havia morrido, provavelmente ela desejaria retomar seu cargo na universidade no semestre seguinte. Mesmo que o plano não fosse esse, seu trabalho na clínica — substituir Helena quando esta estivesse em Londres e ajudar no escritório — estava longe de constituir uma carreira. Ele não gostava de interferir na administração doméstica de Cheverell Manor, mas, se Candace agora pretendia ir embora, quanto mais cedo ele soubesse, melhor.

Ele percorreu o caminho até Stone Cottage sob o sol hesitante de inverno e, ao se aproximar do chalé, viu que havia um carro esportivo sujo estacionado em frente a Rose Cottage. Então Robin Boyton, primo dos Westhall, havia chegado. Lembrou-se de Helena ter dito alguma coisa sobre a visita com uma distinta falta de entusiasmo que ele desconfiava ser compartilhada pelos dois irmãos Westhall. Boyton costumava reservar suas estadias no chalé sem muita antecedência, mas como o lugar estava vago Helena evidentemente havia considerado difícil recusar o pedido.

Ele sempre se interessava em ver como Stone Cottage tinha ficado diferente desde a chegada de Candace e do pai, uns dois anos e meio antes. Ela era uma jardineira assídua. Chandler-Powell desconfiava que isso havia sido uma desculpa legítima para se afastar da cabeceira de Peregrine Westhall. Só visitara o velho duas vezes antes de ele morrer, mas sabia, como suspeitava que a cidade inteira soubesse, que ele era um paciente egoísta, exigente e pouco recompensador para cuidar. E, agora que o velho estava morto e Marcus prestes a deixar a Inglaterra, sem dúvida Candace, liberada do que devia ter sido uma verdadeira escravidão, devia ter seus próprios planos para o futuro.

Ela estava passando o ancinho no gramado dos fundos, vestida com o velho paletó de tweed, uma calça de veludo e botas que reservava para a jardinagem, com os cabelos escuros e grossos cobertos por um gorro de lã puxado por cima das orelhas. A roupa realçava sua forte semelhança com o pai, o nariz dominante, os olhos fundos sob densas sobrancelhas retas, o comprimento e a finura dos lábios, um rosto vigoroso e severo que, com os cabelos escondidos, tinha um aspecto andrógino. Como era estranha a repartição dos genes dos Westhall, que fizera com que fosse em Marcus, e não na irmã, que os traços do velho houvessem se suavizado até adquirir uma delicadeza quase feminina. Ao vê-lo, ela apoiou o ancinho em um toco de árvore e se aproximou para cumprimentá-lo. "Bom dia, George. Acho que sei por que está aqui. Eu ia mesmo fazer uma pausa para tomar um café. Entre, por favor."

Ela o conduziu pela porta lateral, a que era usada com mais frequência, até a velha despensa que, com suas paredes e chão de pedra, mais parecia um barracão externo, um lugar prático para jogar equipamentos velhos, onde sobressaía um bufê galês do qual pendia uma coleção heterogênea de canecas e xícaras, molhos de chaves e diversos pratos e travessas. Passaram à pequena cozinha adjacente. O lugar estava meticulosamente arrumado, mas Chandler-Powell disse a si mesmo que já era tempo de fazer alguma coisa para ampliar e modernizar aquela cozinha, e perguntou-se por que Candace, que tinha reputação de ser boa cozinheira, não havia reclamado a respeito.

Ela ligou uma cafeteira elétrica e retirou duas canecas do armário, e os dois permaneceram calados até o café ficar pronto. Ela havia pego uma jarra de leite na geladeira, e juntos foram até a sala. Sentado na frente dela diante de uma mesa quadrada, ele tornou a pensar em quão pouca coisa havia sido feita para melhorar o chalé. A maioria dos móveis era dela, tirados do guarda-móveis, algumas peças invejáveis, outras grandes demais para aquele espaço. Três das paredes estavam cobertas por prateleiras de madeira que Peregrine Westhall levara para o chalé como parte de sua biblioteca ao se mudar do asilo para lá. A biblioteca fora legada por ele à sua antiga escola, e os livros considerados dignos de serem preservados haviam sido levados embora, deixando as paredes cheias de espaços vazios nos quais os volumes indesejados caíam uns por cima dos outros, tristes símbolos de rejeição. A sala inteira tinha um ar de impermanência e perda. Somente o comprido banco perpendicular à lareira coberto de almofadas oferecia alguma promessa de conforto.

"Marcus me deu a notícia de que vai embora para a África daqui a três meses", disse ele, sem preâmbulos. "Eu estava me perguntando até que ponto você influenciou esse plano não muito inteligente."

"Você por acaso está sugerindo que meu irmão é incapaz de tomar as próprias decisões em relação à vida dele?"

"Ele é, sim. Se ele se sente livre para agir de acordo com elas é outra questão. É evidente que você o influenciou. Eu ficaria surpreso se não fosse assim. Você é oito anos mais velha. Como a sua mãe foi inválida durante a maior parte da infância do seu irmão, não é de espantar que ele escute você. Não foi você quem o criou, por assim dizer?"

"Você parece saber bastante sobre a minha família. Se eu o influenciei, foi para incentivá-lo. Já é hora de ele ir embora daqui. Entendo que não seja conveniente para você, George, e ele sente muito por isso, nós dois sentimos. Mas você vai encontrar outra pessoa. Já faz um ano que você sabe da existência dessa possibilidade. Já deve ter pensado em algum substituto."

Ela estava certa: ele havia pensado, sim. Um cirurgião aposentado em sua própria especialidade, altamente competente, mesmo que não brilhante, que ficaria feliz em ser seu assistente três dias por semana. Ele disse: "Não é isso que me preocupa. O que Marcus sugere? Ficar na África por tempo indeterminado? Parece muito pouco factível. Trabalhar lá durante um ano ou dois, e depois voltar? Com que perspectiva? Ele precisa pensar muito bem sobre o que quer fazer da vida".

"Nós todos precisamos", disse Candace. "Ele sabe pensar. Está convencido de que isso é algo que precisa fazer. E agora que o testamento do nosso pai foi confirmado, o dinheiro está disponível. Ele não vai depender de ninguém na África. Não vai viajar de mãos vazias. Você certamente entende uma coisa: a necessidade de fazer o que todos os instintos do seu corpo lhe dizem que deve fazer. Você não viveu a sua vida assim? Todos nós não tomamos em um momento ou outro alguma decisão que sabemos estar absolutamente certa, não achamos que alguma iniciativa, que alguma mudança, é imperativa? E, mesmo que dê tudo errado, resistir seria um fracasso maior. Imagino que algumas pessoas veriam isso como um chamado de Deus."

"No caso de Marcus, parece mais uma desculpa para fugir."

"Mas isso também tem o seu momento, fugir. Marcus precisa se afastar deste lugar, do emprego, da clínica, de você."

"De mim?" A frase foi dita em voz baixa, sem raiva, como se essa fosse uma sugestão em que ele precisasse pensar. A expressão de seu rosto não revelou nada.

"Dos seus sucessos, do seu brilho, da sua reputação, do seu carisma", disse ela. "Ele precisa caminhar com as próprias pernas."

"Eu não tinha percebido que o estava impedindo de andar com as próprias pernas, o que quer que isso signifique."

"Não, você não tinha percebido. É por isso que ele precisa ir embora e que eu preciso ajudá-lo."

"Você vai sentir saudades dele."

"Sim, George, vou sentir saudades dele."

Ansioso para não parecer curioso ou intrusivo, mas precisando saber, ele disse: "Você vai querer permanecer mais algum tempo aqui? Se quiser, sei que Helena vai ficar feliz com a ajuda. Alguém precisa assumir as coisas quando ela vai a Londres. Mas imagino que você vá querer voltar para a universidade".

"Não, George, não vai ser possível. Eles decidiram fechar o departamento de letras clássicas. Não há alunos suficientes. E ofereceram-me um emprego em tempo parcial em um dos novos departamentos que estão abrindo: religião comparada ou estudos britânicos, o que quer que isso signifique. Como não tenho competência para lecionar em nenhum dos dois, não vou voltar. Fico feliz em continuar aqui por pelo menos mais seis meses depois de Marcus ir embora. Daqui a nove meses, já devo ter resolvido o que vou fazer. Mas, sem Marcus, não há justificativa para eu continuar morando aqui sem pagar. Se você aceitar um aluguel, ficarei feliz em continuar aqui até resolver para onde quero ir."

"Não vai ser necessário. Prefiro não estabelecer nenhum tipo de contrato de locação com esta casa, mas, se você puder ficar por mais nove meses ou algo assim, não vejo problemas se Helena aceitar."

"Vou perguntar a ela, é claro", disse Candace. "Eu gostaria de fazer algumas mudanças. Enquanto papai era vivo, não havia motivo para fazer nenhuma reforma, já que ele detestava qualquer movimentação ou barulho, principalmente de operários entrando em casa. Mas a cozinha é deprimente e pequena demais. Se você pretende usar este chalé para funcionários ou visitantes depois que eu for embora, acho que vai ter de dar um jeito nisso. O mais sensato seria transformar a velha despensa em cozinha e aumentar a sala."

Chandler-Powell não estava com vontade de conversar sobre o estado da cozinha naquele momento. "Bem, fale com Helena sobre isso", disse ele. "E é melhor falar com Lettie sobre o custo de redecorar o chalé. Isso está precisando ser feito. Acho que podemos fazer algumas mudanças."

Ele havia terminado o café e descoberto o que precisava saber, mas antes que pudesse se levantar ela disse: "Tem mais uma coisa. Você está hospedando Rhoda Gradwyn, e pelo que entendi ela vai voltar daqui a duas semanas para a cirurgia. Você tem leitos particulares no Saint Angela. Seja como for, Londres é mais adequado para ela. Se ficar aqui, vai se entediar, e é nessas horas que mulheres como ela ficam mais perigosas. E ela é perigosa".

Então ele tinha razão. Era Candace quem estava na origem daquela obsessão com Rhoda Gradwyn. "Perigosa em que sentido? Perigosa para quem?", perguntou.

"Se eu soubesse, estaria menos preocupada. Você deve conhecer um pouco da reputação dela... quer dizer, se é que você lê outra coisa além dos periódicos médicos. Ela é jornalista investigativa, e da pior espécie. Sabe farejar fofocas como um porco fareja trufas. Faz questão de descobrir coisas sobre os outros que lhes causem preocupação, dor ou coisa ainda pior, e que deixariam o respeitável público britânico de orelha em pé caso fossem reveladas. Ela vende segredos por dinheiro."

"Isso tudo não é um grande exagero? E, mesmo se for verdade, não justificaria o fato de eu me recusar a tratá-la onde ela quiser. Por que a preocupação? É improvável ela descobrir qualquer coisa aqui que desperte o seu apetite."

"Tem certeza? Ela vai descobrir alguma coisa."

"E que desculpa darei a ela para dizer que não pode voltar?"

"Não seria preciso antagonizá-la. Diga apenas que houve uma reserva dupla e que você descobriu que não tem mais leitos."

Estava difícil para ele controlar a irritação. Essa era uma intrusão imperdoável, que interferia com a administração de seus pacientes. "Candace, que história é essa?", disse. "Você normalmente é uma mulher racional. Isso está me parecendo mais próximo da paranoia."

Ela foi andando na frente até a cozinha e começou a lavar as duas canecas e a esvaziar a cafeteira elétrica. Após alguns instantes de silêncio, disse: "Eu mesma fico pensando nisso às vezes. Admito que parece improvável e irracional. Seja como for, não tenho direito de intervir, mas não acho que pacientes que vêm até aqui em busca de privacidade ficariam encantados em se descobrir na companhia de uma jornalista conhecida. Mas não precisa se preocupar. Não vou me encontrar com ela, nem agora nem quando ela voltar. Não estou propondo matá-la com uma faca de cozinha. Sinceramente, ela não vale tanto assim".

Ela o acompanhou até a porta. Ele disse: "Estou vendo que Robin Boyton voltou. Acho que Helena comentou que ele tinha feito uma reserva. O que ele veio fazer aqui, você sabe?".

"Ele disse que veio porque Rhoda Gradwyn está aqui. Aparentemente, são amigos, e ele acha que ela talvez queira companhia."

"Para uma estadia de uma noite? Ele está planejando reservar Rose Cottage quando ela voltar? Se fizer isso, não vai se encontrar com ela, e não vai se encontrar com ela agora. Ela deixou bem claro que veio aqui em busca de privacidade absoluta, e é isso que vou garantir que tenha."

Depois de fechar o portão do jardim atrás de si, ele se perguntou que conversa toda fora aquela. Devia haver algum motivo pessoal muito forte para uma antipatia que, de outra forma, parecia irracional. Será que ela estaria concentrando em Gradwyn os dois anos de frustração relacionados a um pai irascível e pouco amoroso e à perspectiva de perder o emprego? E havia também o plano de Marcus de ir para a África. Ela podia até apoiar a decisão do irmão, mas estava longe de recebê-la com alegria. Porém, caminhando a passos decididos de volta para a casa, ele tirou da cabeça Candace Westhall e seus problemas para se concentrar nos seus próprios. Arrumaria um substituto para Marcus e, se Flavia decidisse que estava na hora de ir embora, lidaria com isso também. Ela estava ficando irrequieta. Houvera sinais que até mesmo ele, ocupado como era, tinha percebido. Talvez fosse hora de acabar com aquele caso. Agora, com o feriado de Natal chegando e o ritmo de trabalho diminuindo, ele deveria tomar coragem para romper com ela.

De volta à casa, decidiu falar com Mogworthy, que provavelmente devia estar no jardim aproveitando um período incerto de sol invernal. Havia bulbos a plantar, e era hora de ele demonstrar algum interesse pelos planos de Helena e Mog para a primavera. Passou pela porta norte que conduzia à varanda e ao jardim formal. Mogworthy não estava em lugar nenhum, mas ele viu duas figuras caminhando lado a lado na direção da brecha na sebe de faia mais distante que conduzia ao roseiral. A mais baixa era Sharon, e na pessoa que a acompanhava ele reconheceu Rhoda Gradwyn. Então Sharon estava lhe mostrando o jardim, tarefa geralmente executada por Helena ou Lettie quando algum visitante pedia. Ele ficou parado observando aquela estranha dupla enquanto as duas passavam pela brecha até sumir de vista, caminhando em atitude de intimidade, obviamente entretidas em uma conversa, Sharon com a cabeça erguida na direção da outra. Por algum motivo, essa visão o desconcertou. As previsões pessimistas de Marcus e Candace haviam-no deixado mais irritado do que preocupado, mas naquele instante, pela primeira vez, ele sentiu uma pontada de ansiedade, uma sensação de que algo incontrolável e possivelmente perigoso havia adentrado os seus domínios. A ideia era irracional demais, supersticiosa até, para ser examinada com qualquer seriedade, e ele a pôs de lado. Mas era estranho que Candace, altamente inteligente e geralmente tão racional, estivesse obcecada daquela forma por Rhoda Gradwyn. Será que ela por acaso sabia alguma coisa sobre a mulher que ele não sabia, algo que não queria revelar?

Decidiu não procurar Mogworthy e, tornando a entrar na casa, fechou a porta com firmeza atrás de si.

12

Helena sabia que Chandler-Powell tinha ido a Stone Cottage, e não ficou surpresa quando, vinte minutos depois da volta dele, Candace chegou ao escritório.

Sem rodeios, ela disse: "Queria conversar com você sobre um assunto. Dois assuntos, na verdade. Rhoda Gradwyn. Eu a vi chegar ontem — pelo menos vi uma BMW passando em frente à casa e imaginei que fosse dela. Quando ela vai embora?".

"Ela não vai embora, pelo menos não hoje. Reservou mais uma noite."

"E você concordou?"

"Eu não tinha como recusar, não sem dar uma explicação, e não havia nenhuma explicação para dar. O quarto estava vago. Telefonei para George e ele não pareceu preocupado."

"Era pouco provável que ficasse. É mais uma diária de hospedagem sem nenhum problema para ele."

"E sem nenhum problema para nós, tampouco." Helena disse isso sem ressentimento. Na sua opinião, George Chandler-Powell estava se comportando de forma sensata. Mas ela encontraria uma ocasião para conversar com ele sobre aqueles hóspedes de uma noite só. Seria mesmo necessário fazer uma visita preliminar às instalações da clínica? Ela não queria que Cheverell Manor degenerasse e virasse um hotel. Pensando bem, talvez fosse mais sábio não tocar no assunto. Ele sempre fizera questão de que os pacientes tivessem a oportunidade de visitar antecipadamente o lugar onde aconteceria a cirurgia. Consideraria intolerável qualquer interferência em seu julgamento clínico. A relação deles nunca havia sido definida de forma clara, mas ambos conheciam seus limites. Ele nunca interferia com sua administração doméstica de Cheverell Manor; e ela não se intrometia nos assuntos da clínica.

"E ela vai voltar?", perguntou Candace.

"Imagino que sim, daqui a pouco mais de duas semanas." Houve uma pausa. Helena prosseguiu: "Por que você está tão resistente em relação a isso? Ela é um paciente igual aos outros. Fez reserva para uma convalescença de uma semana depois da cirurgia, mas duvido que fique esse tempo todo, não no mês de dezembro. Provavelmente vai querer voltar para a cidade. Volte ou não, não a vejo dando mais trabalho do que os outros pacientes. Provavelmente dará menos".

"Depende do que você quer dizer com dar trabalho. Ela é jornalista investigativa. Sempre estará atrás de uma história. E, se quiser material para um artigo novo, vai encontrar, ainda que não faça mais do que escrever uma crítica à vaidade e à tolice de alguns dos nossos pacientes. Afinal de contas, além de segurança, nós lhes garantimos discrição. Não vejo como você pode esperar discrição com uma jornalista investigativa hospedada aqui, principalmente essa."

"Com apenas ela e a senhora Skeffington como hóspedes", disse Helena, "é bem pouco provável que ela encontre mais de um exemplo de vaidade e tolice para lhe servir de assunto."

Mas é mais do que isso, pensou. *Por que ela se importaria com o fato de a clínica ter sucesso depois de o irmão ir embora?* Disse: "Mas o seu caso é pessoal, não é? Tem de ser".

Candace virou-lhe as costas. Helena se arrependeu do impulso repentino que havia provocado a pergunta. As duas trabalhavam bem juntas, respeitavam-se, pelo menos profissionalmente. Esse não era o momento de começar a explorar aquelas áreas particulares que ela sabia serem, assim como as suas, protegidas por um aviso de "mantenha distância".

Houve um silêncio, então Helena disse: "Você tinha dito que eram dois assuntos".

"Eu perguntei a George se posso ficar aqui por mais seis meses, talvez até um ano. Continuaria a ajudar com as contas e no escritório de modo geral, se vocês acharem que eu puder ser útil. Obviamente, depois de Marcus ir embora eu pagaria um aluguel de verdade. Não quero ficar se você não achar bom. Devo mencionar que passarei três dias fora na semana que vem. Vou pegar um avião até Toronto para tentar obter algum tipo de pensão para Grace Holmes, a enfermeira que me ajudou com papai."

Então Marcus ia mesmo embora. Já era hora de ele tomar uma decisão. Perder o assistente seria altamente inconveniente para George, mas ele sem dúvida encontraria um substituto. Helena disse: "Não seria fácil se ficássemos sem você. Eu agradeceria se você pudesse ficar, pelo menos por algum tempo. Sei que Lettie pensará da mesma forma. Então não vai mais voltar para a universidade?".

"A universidade não me quer mais. Não há alunos suficientes para justificar um departamento de letras clássicas. Eu já tinha previsto isso, é claro. Eles fecharam o departamento de física no ano passado para aumentar o de ciências forenses, e agora o departamento de clássicas vai fechar e o de teologia vai virar religião comparada. Quando passarem a considerar isso demasiado difícil... e com os nossos alunos com certeza vai ficar... então sem dúvida religião comparada vai virar religião e estudos de mídia. Ou religião e ciência forense. O governo, que alega ter o objetivo de fazer cinquenta por cento dos jovens entrar na universidade, e que ao mesmo tempo garante que quarenta por cento não tenham instrução nenhuma ao concluírem o ensino médio, vive em um mundo de fantasia. Mas não me deixe ficar aqui falando sobre ensino superior. Eu me tornei uma chata com esse assunto."

Então, pensou Helena, *ela perdeu o emprego, está prestes a perder o irmão, e agora se vê diante da perspectiva de passar seis meses presa no chalé sem nenhuma ideia clara sobre o futuro.* Olhando para o perfil de Candace, ela sentiu uma onda de pena. A emoção foi transitória, mas surpreendente. Ela não conseguia se imaginar deixando-se levar à situação em que Candace se encontrava. Fora aquele velho detestável e dominador, que havia passado dois anos morrendo tão devagar, quem causara todo o mal. Por que Candace não tinha se libertado dele? Ela cuidara do pai com o mesmo senso de dever de uma filha vitoriana, mas não houvera nenhum amor. Não era preciso ser observador para perceber isso. A própria Helena mantivera a maior distância possível do chalé, como na verdade haviam feito todos os que trabalhavam na casa, mas a verdade sobre o que acontecia lá era conhecida graças às fofocas, aos boatos e ao que eles viam e ouviam. O pai sempre havia desprezado a filha, e destruído sua autoconfiança como mulher e como acadêmica. Por que, com a capacidade que tinha, ela não se candidatara a um emprego em uma universidade de prestígio, em vez de uma com classificação tão baixa na lista das melhores? Será que aquele velho tirano havia deixado claro que ela não merecia nada melhor do que isso? E ele precisara de mais cuidados do que ela tinha sido capaz de proporcionar, mesmo com a ajuda da enfermeira do serviço público de saúde. Por que ela não o internara em uma casa de repouso? Ele não havia sido feliz na de Bournemouth, onde seu pai também ficara, mas existiam outras casas de repouso, e a família não tinha problemas de dinheiro. Dizia-se que o velho recebera quase oito milhões de libras de herança do pai, morto poucas semanas antes dele. Com o testamento confirmado, Marcus e Candace estavam ricos.

Cinco minutos depois, Candace já havia ido embora. Helena refletiu sobre a sua conversa. Havia algo que não contara a Candace. Não imaginava que fosse tão importante assim, mas talvez tivesse sido mais um motivo de irritação. O humor de Candace provavelmente não teria melhorado nada com a informação de que Robin Boyton também havia reservado um quarto em Rose Cottage para a véspera da operação da srta. Gradwyn e para a semana de sua convalescença.

13

Às oito horas da sexta-feira, 14 de dezembro, depois de concluída com sucesso a cirurgia de Rhoda Gradwyn, George Chandler-Powell estava sozinho em sua saleta particular na ala leste. Era uma solidão que ele com frequência buscava no final de um dia de cirurgias e, embora só tivesse tido uma paciente, lidar com a sua cicatriz fora mais complicado e demorado do que o previsto. Às sete, Kimberley tinha lhe trazido um jantar leve, e às oito todos os vestígios da refeição já haviam sido removidos e a mesinha de jantar, dobrada e guardada. Ele podia contar que teria duas horas sozinho. Tinha visitado a paciente e verificado sua evolução às sete, e tornaria a fazê-lo às dez. Imediatamente depois da operação, Marcus fora embora para passar a noite em Londres, e agora, sabendo que a srta. Gradwyn estava nas mãos experientes de Flavia, e com ele próprio de plantão, George Chandler-Powell voltou sua atenção para prazeres particulares. O decantador de Château Pavie sobre a mesinha diante da lareira não era o menor deles. Ele cutucou as achas maiores para avivar as brasas, verificou que estavam cuidadosamente alinhadas e acomodou-se em sua poltrona preferida. O vinho havia sido decantado por Dean, e Chandler-Powell avaliou que dali a meia hora estaria perfeito para beber.

Alguns dos melhores quadros da casa, adquiridos quando ele a havia comprado, estavam pendurados no grande salão e na biblioteca, mas os seus preferidos ficavam ali. Estes incluíam seis aquarelas que uma paciente agradecida lhe dera de presente. O presente fora totalmente inesperado, e ele demorou algum tempo para se lembrar do nome da paciente. Sentiu-se grato por ela ter evidentemente compartilhado seu preconceito em relação a ruínas estrangeiras e paisagens desconhecidas, e por todas as seis aquarelas exibirem cenas inglesas. Três vistas de catedrais: uma aquarela de Canterbury pintada por Albert Goodwin, uma de Gloucester por Peter de Wint, e a terceira de Lincoln por Girtin. Na parede oposta, ele havia pendurado uma vista de Kent pintada por Robert Hill e duas marinas, uma de Copley Fielding e a segunda um estudo de Turner para sua aquarela mostrando a chegada do paquete inglês em Calais, que era a sua preferida.

Deixou os olhos descansarem na estante estilo Regência com os livros que prometia a si mesmo com mais frequência que iria ler, alguns de seus livros infantis preferidos e outros vindos da biblioteca do avô, mas nesse momento, como muitas vezes acontecia no final do dia, ele estava cansado demais para reunir a energia suficiente à satisfação simbiótica da leitura, e voltou-se para a música. Nessa noite, um prazer especial o aguardava, uma gravação nova de *Semele*, de Handel, com regência de Christian Curnyn e sua *mezzo-soprano* preferida, Hilary Summers, música de sonoridade gloriosamente sensual e tão alegre como uma ópera cômica. Estava pondo o primeiro CD no aparelho quando ouviu uma batida na porta. Sentiu uma irritação próxima da raiva. Raras eram as pessoas que o incomodavam em sua saleta particular, e um número menor ainda batia na porta. Antes de ele ter tempo de atender, a porta se abriu e Flavia entrou, fechando a porta com vigor atrás de si e apoiando-se na madeira. Com exceção da touca de enfermeira, ainda estava de uniforme, e as primeiras palavras dele foram instintivas.

"A senhorita Gradwyn. Ela está bem?"

"É claro que ela está bem. Caso contrário, eu por acaso estaria aqui? Às seis e quinze, ela disse que estava com fome e pediu o jantar: consomê, ovos mexidos e salmão defumado, com musse de limão de sobremesa, caso lhe interesse. Conseguiu comer quase tudo, e pareceu gostar. Deixei a enfermeira Frazer cuidando dela até eu voltar, e em seguida o turno dela termina e ela vai pegar o carro de volta para Wareham. Mas, enfim, não estou aqui para conversar sobre a senhorita Gradwyn."

A enfermeira Frazer fazia parte da equipe em tempo parcial. Ele disse: "Se não é urgente, será que não pode esperar até amanhã?".

"Não, George, não pode. Nem até amanhã, nem até depois de amanhã, nem até depois de depois de amanhã. Não pode esperar nem um dia mais até você finalmente se dignar a encontrar tempo para escutar."

"Vai demorar muito?", perguntou ele.

"Mais do que você em geral está disposto a dar."

Ele podia adivinhar o que estava por vir. Bem, o futuro do caso entre os dois precisava ser resolvido mais cedo ou mais tarde e, como sua noite já estava estragada, tanto fazia se fosse agora. Os acessos de ressentimento dela haviam se tornado mais frequentes ultimamente, mas era a primeira vez que aconteciam quando estavam em Cheverell Manor. Ele disse: "Vou pegar meu paletó. Vamos dar uma volta pela aleia de tílias".

"No escuro? E o vento está mais forte. Não podemos conversar aqui?"

Mas ele já estava pegando o paletó. Depois de vesti-lo, apalpou o bolso em busca das chaves. "Vamos falar lá fora", disse. "Desconfio que a conversa vai ser desagradável, e prefiro que uma conversa desagradável aconteça fora desta sala. É melhor pegar um casaco. Encontro você na porta."

Não havia necessidade de especificar que porta era essa. Somente a do térreo da ala oeste conduzia diretamente à varanda e à aleia de tílias. Ela estava à sua espera, vestida com um casaco e com um lenço amarrado na cabeça. A porta estava trancada, mas sem a trava, e ele tornou a trancá-la depois de saírem. Caminharam por um minuto em um silêncio que Chandler-Powell não tinha a intenção de romper. Ainda irritado por ter perdido sua noite, estava pouco inclinado a se mostrar cooperativo. Quem havia solicitado o encontro fora Flavia. Se tinha algo a dizer, que dissesse.

Foi só depois de chegarem ao final da aleia de tílias e, após alguns segundos de indecisão, darem meia-volta e retomarem o mesmo caminho por onde tinham vindo, que ela parou de andar e o encarou. Ele não conseguia ver seu rosto com clareza, mas o corpo dela estava rígido e havia em sua voz uma dureza e uma decisão que ele jamais tinha escutado.

"Não podemos continuar como estamos. Temos de tomar uma decisão. Estou pedindo a você para se casar comigo."

Então o momento que ele tanto temia havia chegado. Mas essa decisão deveria ser dele, não dela. Ele se perguntou por que não tinha previsto isso, e então percebeu que o pedido, mesmo com sua clareza brutal, não era de todo inesperado. Fora ele quem escolhera ignorar as indiretas, as mudanças de humor, a sensação de um ressentimento reprimido que já era quase rancor. Com voz calma, disse: "Infelizmente acho que isso não é possível, Flavia".

"É claro que é possível. Você é divorciado. Eu sou solteira."

"O que eu quero dizer é que não é uma coisa que eu tenha cogitado. Desde o início, essa nunca foi a base do nosso relacionamento."

"E qual era exatamente a base do nosso relacionamento? Estou falando de quando nos tornamos amantes... oito anos atrás, caso tenha se esquecido. Qual era exatamente a base dele naquela época?"

"Imagino que atração sexual, respeito, afeto. Eu senti todas essas coisas. Nunca disse que amava você. Nunca falei em casamento. Eu não estava procurando casamento. Um fracasso já basta."

"Não, você sempre foi sincero — sincero ou cuidadoso. E nem sequer conseguiu me ser fiel, não foi? Um homem atraente, cirurgião de renome, divorciado, bom partido. Acha que eu não sei quantas vezes você confiou em mim — no meu caráter implacável, se preferir — para se livrar daquelas interesseirazinhas avarentas que tentavam agarrá-lo? E não estou falando de um caso banal. Para mim nunca se tratou disso. Estou falando de oito anos de compromisso. Me diga uma coisa: quando estamos separados, você alguma vez pensa em mim? Alguma vez me imagina a não ser vestida e maquiada para ir ao teatro, antecipando cada uma das suas necessidades, sabendo do que você gosta e do que não gosta, que música quer ouvir enquanto trabalha, disponível sempre que você me quer, discretamente à margem da sua vida? Não é muito diferente de estar na cama, não é? Mas pelo menos na sala de cirurgia não foi fácil me substituir."

A voz dele estava calma, mas ele soube, com alguma vergonha, que Flavia não deixaria de notar o nítido tom de hipocrisia. "Flavia, eu sinto muito. Com certeza fui insensível e involuntariamente cruel. Não fazia a menor ideia de que você se sentia assim."

"Não estou pedindo sua pena. Poupe-me disso. Não estou sequer pedindo amor. Você não tem isso para dar. Estou pedindo justiça. Eu quero me casar. Quero o status de mulher casada, quero a esperança de ter filhos. Estou com trinta e seis anos. Não quero trabalhar até me aposentar. E depois? Usar o meu dinheiro da aposentadoria para comprar um chalé no campo e esperar que os moradores da cidade mais próxima me aceitem? Ou então um quarto e sala em Londres, quando não vou poder comprar nada em nenhum endereço decente? Eu não tenho irmãos. Negligenciei meus amigos para ficar com você, para estar disponível quando você tem tempo para mim."

"Eu nunca pedi para você sacrificar sua vida a mim", disse ele. "Quero dizer, se você diz que foi um sacrifício."

Mas ela continuou como se ele não tivesse dito nada. "Em oito anos, nós nunca tiramos férias juntos, nem aqui nem no exterior. Quantas vezes nós fomos a um show, a um filme, quantas vezes jantamos em um restaurante a não ser naqueles onde não havia risco de encontrar algum conhecido seu? Eu quero essas atitudes normais de companheirismo que as outras pessoas têm."

Ele tornou a dizer, e com alguma sinceridade: "Eu sinto muito. É claro que fui egoísta e insensível. Acho que com o tempo você vai conseguir pensar nesses anos de maneira mais positiva. E não é tarde, ainda. Você é muito atraente e ainda é jovem. É sensato admitir quando uma fase da vida chegou ao fim, quando é hora de seguir em frente".

Então, mesmo no escuro, ele teve a impressão de que podia ver o desprezo dela. "Está querendo dizer que está me dispensando?"

"Dispensando, não. Estou falando de seguir em frente. Não é disso que você está falando, não é disso que trata esta conversa?"

"E você não vai se casar comigo? Não vai mudar de ideia?"

"Não, Flavia, eu não vou mudar de ideia."

"É esta casa, não é?", perguntou ela. "Não foi outra mulher que surgiu entre nós, foi esta casa. Você nunca fez amor comigo aqui, fez? Você não me quer aqui. Não de forma permanente. Não como sua mulher."

"Isso é ridículo, Flavia. Não estou atrás de uma castelã."

"Se você morasse em Londres, no apartamento de Barbican, não estaríamos tendo esta conversa. Poderíamos ser felizes lá. Mas aqui em Cheverell Manor não é o meu lugar. Posso ver isso nos seus olhos. Tudo neste lugar está contra mim. E não pense que ninguém aqui sabe que somos amantes: Helena sabe, Lettie, os Bostock, até Mog sabe. Eles provavelmente estão se perguntando quando você vai me largar. E, se fizer isso, eu vou ter de suportar me sentir humilhada com a pena deles. Vou perguntar mais uma vez: você quer se casar comigo?"

"Não, Flavia. Sinto muito, mas não. Nós não seríamos felizes, e não quero correr o risco de fracassar uma segunda vez. Você precisa aceitar que é o fim."

E de repente, para horror dele, ela começou a chorar. Agarrou seu paletó e encostou-se nele, e ele pôde ouvir os fortes soluços arquejantes, pôde sentir a pulsação do corpo dela contra o seu, a lã macia do lenço dela roçando sua face, pôde sentir o cheiro conhecido dela, seu hálito. Segurando-a pelos ombros, disse: "Flavia, não chore. Isso é uma libertação. Estou libertando você".

Ela se afastou, em uma tentativa patética de recuperar a dignidade. Controlando os soluços, disse: "Vai soar estranho se eu desaparecer de repente; a cirurgia da senhora Skeffington é amanhã, e a senhorita Gradwyn ainda precisa de cuidados. Então vou ficar até você viajar para o feriado de Natal, mas, quando você voltar, não vou estar mais aqui. Só me prometa uma coisa. Eu nunca pedi nada, pedi? Sempre soube que os seus presentes de aniversário e de Natal eram escolhidos pela sua secretária ou enviados por alguma loja. Venha me encontrar hoje, venha ao meu quarto. Vai ser a primeira e a última vez, eu prometo. Venha tarde, por volta das onze. Não podemos terminar assim".

Agora ele estava desesperado para se livrar dela. "É claro que eu vou", disse.

Ela murmurou um agradecimento e, virando as costas, começou a caminhar depressa de volta à casa. De vez em quando, meio que tropeçava, e ele teve de resistir ao impulso de segurá-la, de procurar alguma última palavra que pudesse lhe servir de consolo. Mas não encontrou nenhuma. Sabia que já estava voltando sua atenção para a procura de uma enfermeira de cirurgia substituta. Sabia também que se deixara convencer a fazer uma promessa desastrosa, mas era uma promessa que precisava manter.

Esperou até o contorno dela ir se apagando, e em seguida se fundir à escuridão. Continuou esperando. Erguendo os olhos para a ala oeste, viu o borrão difuso de duas luzes, uma no quarto da sra. Skeffington, outra no quarto de Rhoda Gradwyn ao lado. Então a luz de sua cabeceira devia estar acesa, e ela ainda não estava pronta para dormir. Ele relembrou aquela noite, pouco mais de duas semanas antes, em que ficara sentado nas pedras e vira o rosto dela na janela. Perguntou-se o que havia atraído tanto a sua imaginação naquela paciente específica. Talvez aquela resposta enigmática e ainda sem explicação quando, no consultório de Harley Street, ele havia lhe perguntado por que ela demorara tanto a se livrar da cicatriz. *Porque não preciso mais dela.*

14

Quatro horas antes, Rhoda Gradwyn havia pouco a pouco recuperado a consciência. O primeiro objeto que viu ao abrir os olhos foi um pequeno círculo. Estava suspenso no ar bem na sua frente, como uma lua cheia flutuante. Sua mente, intrigada mas fascinada, tentou decifrar o que era aquilo. Não podia ser a lua, pensou. Era sólida e imóvel demais. Então o círculo ficou mais claro e ela viu que era um relógio com estrutura de madeira e um aro interno estreito de metal. Embora os ponteiros e números estivessem ficando mais distintos, ela não conseguiu ler as horas; concluiu que não importava e rapidamente desistiu de tentar. Percebeu que estava deitada em uma cama em um quarto desconhecido, e que havia outras pessoas junto com ela, movendo-se como sombras pálidas com passos silenciosos. Então se lembrou. Ia remover a cicatriz, e eles deviam tê-la preparado para a operação. Perguntou-se quando seria operada.

Então percebeu que alguma coisa havia acontecido no lado esquerdo de seu rosto. Sentiu uma ardência e um peso dolorido, como um curativo grosso. Este cobria parcialmente o canto de sua boca e repuxava o canto de seu olho esquerdo. Delicadamente, ela levantou a mão, sem ter certeza de que conseguiria se mexer, e tocou o rosto com cuidado. A face esquerda não estava mais ali. Seus dedos tatearam e encontraram apenas uma massa sólida, de textura um pouco áspera, e coberta por tiras de algo que parecia esparadrapo formando um desenho quadriculado. Alguém abaixou seu braço com delicadeza. Uma voz conhecida e tranquilizadora disse: "Ainda não se deve tocar no curativo". Então ela soube que estava na sala de recuperação, e que as duas figuras que tomavam forma ao lado de sua cama deviam ser o dr. Chandler-Powell e a enfermeira Holland.

Ela ergueu os olhos e tentou fazer a boca dormente articular algumas palavras. "Como foi? Está satisfeito?"

As palavras não passaram de um grasnido rouco, mas o dr. Chandler-Powell pareceu entender. Ela ouviu sua voz, calma, segura e reconfortante. "Correu tudo muito bem. Espero que daqui a algum tempo a senhorita também fique satisfeita. Agora precisa descansar um pouco, e depois a enfermeira vai ajudá-la a subir até o quarto."

Ela ficou deitada imóvel enquanto objetos iam se solidificando à sua volta. Quantas horas a operação teria durado, perguntou-se? Uma hora, duas, três? Qualquer que tivesse sido a duração, ela havia perdido a noção do tempo em um estado próximo da morte. Aquilo devia ser o mais perto que a imaginação humana era capaz de chegar da morte: uma total aniquilação do tempo. Ela refletiu sobre a diferença entre aquela morte temporária e o sono. Acordar de um sono, mesmo um sono profundo, era ter sempre consciência de que o tempo havia passado. A mente ao despertar se prendia aos fragmentos dos sonhos até que estes irremediavelmente se apagassem. Ela tentou testar a própria memória revivendo o dia anterior. Estivera sentada em um carro fustigado pela chuva, depois havia chegado a Cheverell Manor, entrara no salão pela primeira vez, desfizera as malas no quarto, conversara com Sharon. Mas isso com certeza havia sido em sua primeira visita, duas semanas antes. O passado recente começou a voltar. A véspera tinha sido diferente, uma viagem de carro agradável e descomplicada, a luz de inverno entremeada de breves e súbitas pancadas de chuva. E desta vez ela trouxera consigo para a clínica informações pacientemente adquiridas que poderia usar ou deixar de lado. Então, tomada por um contentamento sonolento, pensou que as deixaria de lado assim como estava deixando de lado o próprio passado. Não era possível revivê-lo, nada nele podia ser mudado. Ele já havia feito o pior de que era capaz, mas seu poder logo terminaria.

Enquanto fechava os olhos e caía no sono, ela pensou na noite tranquila que tinha pela frente e na manhã que nunca viveria para ver.

15

Sete horas mais tarde, de volta a seu quarto, Rhoda remexeu-se e acordou um pouco grogue. Passou alguns segundos deitada, imóvel, naquele estado de breve confusão que precede um despertar súbito. Teve consciência do conforto da cama e do peso da própria cabeça nos travesseiros levantados, do cheiro do ar — diferente do cheiro de seu quarto em Londres —, fresco mas levemente pungente, mais outonal do que invernal, um cheiro de terra e grama trazido por um vento errático. A escuridão era absoluta. Antes de enfim aceitar o conselho da enfermeira Holland de que deveria se recolher até o dia seguinte, ela pedira que abrissem as cortinas e deixassem a veneziana parcialmente aberta; mesmo no inverno, desagradava-lhe dormir sem ar fresco. Mas talvez isso não tivesse sido muito sensato. Olhando fixamente para a janela, ela pôde ver que o quarto estava mais escuro do que a noite do lado de fora, e que as constelações mais altas coalhavam o céu levemente iluminado. O vento soprava com mais força, e ela pôde ouvir seu assobio na chaminé e sentir seu sopro na face direita.

Talvez devesse tentar sair daquela lassidão inabitual e se levantar para fechar a janela. O esforço lhe pareceu além de suas forças. Ela havia recusado a oferta de um sedativo e achou estranho, mas não preocupante, sentir esse peso, essa vontade de permanecer onde estava, naquele casulo de calor e conforto, esperando o ruído suave da próxima rajada de vento, com os olhos fixos na estreita forma oblonga onde brilhava a luz das estrelas. Não sentia dor e, erguendo a mão esquerda, tocou delicadamente o curativo forrado e o esparadrapo que o prendia. Já estava acostumada ao peso e à aspereza do curativo, e se pegou tocando-o com uma espécie de carícia, como se ele estivesse se transformando em uma parte dela, assim como a ferida imaginária que cobria.

Então, em uma pausa do vento, ela ouviu um som tão fraco que somente o silêncio do quarto pudera torná-lo audível. Pressentiu, mais do que ouviu, uma presença movendo-se pela saleta. No início, no estado sonolento de semiconsciência em que estava, não sentiu medo, apenas uma vaga curiosidade. Devia ser de manhã cedo. Talvez fossem sete horas e o som fosse de seu chá chegando. Então houve outro barulho, pouco mais do que um rangido, fraco mas inconfundível. Alguém estava fechando a porta do quarto. A curiosidade cedeu lugar ao primeiro espasmo de inquietação. Ninguém disse nada. Nenhuma luz foi acesa. Ela tentou chamar com uma voz entrecortada que o curativo tampava e tornava ineficaz. "Quem é você? O que está fazendo? Quem é?" Não houve resposta. Então ela soube sem sombra de dúvida que aquele não era um visitante amigo, que ela se encontrava na presença de alguém ou de alguma coisa cujo objetivo era malévolo.

Enquanto ela permanecia deitada, rígida, a forma pálida, vestida de branco e usando máscara, aproximou-se de sua cabeceira. Braços se moveram acima dela em um gesto ritual que parecia a obscena paródia de uma bênção. Com esforço, ela tentou se levantar — os lençóis pareceram de repente pesar sobre ela — e esticou uma das mãos para puxar a cordinha da campainha e acender o abajur. Sua mão encontrou o interruptor e acendeu-o, mas não houve luz. Alguém devia ter pendurado a cordinha da campainha fora do seu alcance e tirado a lâmpada do abajur. Ela não gritou. Todos aqueles anos de autocontrole para não demonstrar medo, para não encontrar alívio em gritos e berros, haviam inibido sua capacidade de gritar. E ela sabia que não adiantaria gritar; o curativo tornava difícil até mesmo falar. Ela se contorceu tentando sair da cama, mas descobriu que não conseguia se mexer.

No escuro, pôde distinguir vagamente o branco da figura, a cabeça coberta, o rosto mascarado. A mão de alguém passou em frente à janela entreaberta — mas aquela mão não era humana. Sangue nenhum jamais correra naquelas veias sem osso. A mão, de um branco tão rosado que poderia ter sido arrancada do braço, movia-se lentamente pelo ar rumo ao seu misterioso objetivo. Sem fazer barulho, fechou o trinco da janela e, com um gesto delicado e elegante de sua movimentação controlada, puxou a cortina devagar em frente à janela. A escuridão do quarto se intensificou: não era mais apenas uma ausência de luz, mas um espessamento obstrutivo do ar que tornava difícil respirar. Ela disse a si mesma que isso devia ser uma alucinação provocada por seu estado semiadormecido, e por um instante abençoado ficou olhando para a visão, já sem nenhum sentimento de terror, esperando que esta se dissolvesse na escuridão ao redor. Então toda esperança desapareceu.

A figura estava à sua cabeceira, olhando para baixo na sua direção. Ela não conseguiu discernir nada a não ser um contorno branco disforme, e os olhos que a fitavam podiam ser implacáveis, mas tudo que ela conseguiu distinguir foi uma fenda preta. Ouviu palavras ditas baixinho, mas não conseguiu entendê-las. Com esforço, ergueu a cabeça do travesseiro e tentou grasnar um protesto. Imediatamente o tempo foi suspenso, e em seu vórtice de terror ela só teve consciência do cheiro, um cheiro muito leve de tecido engomado. Na escuridão, inclinado por cima dela, estava o rosto de seu pai. Não da maneira como ela havia se lembrado dele por mais de trinta anos, mas o rosto que ela conhecera por um breve período na infância, jovem, feliz, curvado sobre a sua cama. Ergueu o braço para tocar a cicatriz, mas o braço estava pesado demais e tornou a cair. Tentou falar, se mexer. Queria dizer: "Olhe para mim, eu me livrei dela". Seus membros pareciam envoltos em uma armadura de ferro, mas então ela conseguiu, tremendo, levantar a mão direita e tocar o curativo por cima da cicatriz.

Sabia que isso era a morte, e junto com essa consciência veio uma paz inesperada, uma libertação. Então a mão forte e sem pele que não era humana se fechou em volta de sua garganta, forçando-lhe a cabeça para trás contra os travesseiros, e a aparição projetou seu peso para a frente. Ela não fecharia os olhos diante da morte, e tampouco se debateu. A escuridão do quarto se fechou à sua volta e se transformou no breu final onde toda sensação deixava de existir.

16

Às sete e doze, na cozinha, Kimberley estava ficando nervosa. A enfermeira Holland tinha lhe avisado que a srta. Gradwyn pedira que a bandeja de seu chá da manhã fosse levada às sete. Era mais cedo do que na primeira manhã que ela passara na clínica, mas sete horas era o horário em que a enfermeira tinha dito a Kimberley para estar pronta para fazer o chá, e ela havia preparado a bandeja às quinze para as sete e posto o bule para esquentar em cima do fogão Aga.

E agora eram sete e doze e a campainha ainda não havia tocado. Kim sabia que Dean precisava da sua ajuda para preparar o café da manhã, que estava se revelando inesperadamente problemático. O dr. Chandler-Powell pedira para ser servido em seus aposentos, algo pouco usual, e a srta. Cressett, que em geral preparava o que queria na sua própria pequena cozinha e raramente comia pratos quentes no desjejum, havia ligado para dizer que comeria junto com os outros na sala de jantar às sete e meia, demonstrando uma exigência pouco habitual em relação à textura adequada do bacon e ao frescor dos ovos — como se todos os ovos servidos em Cheverell Manor não fossem caipiras e frescos, pensou Kim, algo que a srta. Cressett sabia tão bem quanto ela própria. Uma fonte adicional de irritação era a ausência de Sharon, cuja obrigação era arrumar a mesa e ligar os *réchauds*. Com medo de que a srta. Gradwyn tocasse a campainha, Kim estava relutante em subir para acordá-la.

Depois de verificar mais uma vez o alinhamento exato da xícara, do pires e da jarra de leite na bandeja, ela se virou para Dean com o rosto franzido de ansiedade. "Talvez eu devesse subir com a bandeja. A enfermeira disse sete horas. Talvez o que ela quis dizer foi que eu não precisava esperar a campainha tocar, que a senhorita Gradwyn estaria esperando o chá às sete em ponto."

Sua expressão parecia a de uma criança preocupada, e como sempre provocou em Dean amor e pena misturados à irritação. Ele foi até o telefone. "Enfermeira, aqui é Dean. A senhorita Gradwyn não tocou a campainha pedindo o chá. Devemos esperar ou prefere que Kim o prepare agora e leve até lá em cima?"

A conversa durou menos de um minuto. Pondo o fone no gancho, Dean disse: "Pode subir com a bandeja. A enfermeira disse para bater na porta dela antes de entrar. Ela mesma vai levar o chá para a senhorita Gradwyn".

"Imagino que ela vá querer o Darjeeling como da primeira vez, e os biscoitos. A enfermeira não disse nada de diferente."

Ocupado no fogão fritando ovos, Dean foi sucinto: "Se ela não quiser os biscoitos, vai deixá-los".

A água logo ferveu na chaleira e, dali a minutos, o chá estava pronto. Como sempre, Dean acompanhou-a até o elevador e, segurando a porta, apertou o botão para que ela tivesse as mãos livres para carregar a bandeja. Ao sair do elevador, Kim viu a enfermeira Holland vindo de sua saleta particular na sua direção. Esperou que ela fosse pegar a bandeja de suas mãos, mas em vez disso a enfermeira, após um olhar rápido, abriu a porta da suíte da srta. Gradwyn, evidentemente esperando que Kim a seguisse. Talvez isso não fosse surpreendente, pensou Kim; não era tarefa da enfermeira levar chá para os pacientes de manhã cedo. Em todo caso, ela estava carregando sua lanterna, de modo que não teria sido fácil.

A saleta estava às escuras. A enfermeira acendeu a luz, as duas avançaram em direção ao quarto, e ela abriu a porta lenta e silenciosamente. O quarto também estava às escuras, e sem nenhum barulho, nem mesmo o ruído suave da respiração de alguém. A srta. Gradwyn devia estar profundamente adormecida. Kim achou aquele silêncio sinistro, como adentrar um quarto vazio. Em geral não tinha consciência do peso da bandeja, mas esta agora lhe pareceu ficar mais pesada a cada segundo que passava. Ela permaneceu no vão da porta com a bandeja na mão. Se a srta. Gradwyn fosse dormir até mais tarde, ela teria de preparar outro bule. De nada adiantaria deixar aquele ali, com o chá infundindo além da conta e esfriando.

A enfermeira entrou e disse, com voz despreocupada: "Se ela ainda estiver dormindo, não há por que acordá-la. Vou só confirmar que está tudo bem com ela".

Ela se aproximou da cama e lançou a luz pálida e branca da lanterna sobre a figura deitada de costas, aumentando então a intensidade do facho. Em seguida apagou a lanterna, e no escuro Kim escutou sua voz aguda e urgente, que não soava como a voz da enfermeira: "Para trás, Kim. Não entre aqui. Não olhe! Não olhe!".

Mas Kim já tinha olhado, e durante aqueles desorientadores segundos antes de a lanterna se apagar ela havia visto a imagem bizarra da morte: os cabelos escuros espalhados pelo travesseiro, os punhos cerrados erguidos como os de um boxeador, um único olho aberto e o pescoço lívido cheio de marcas. Não era a cabeça da srta. Gradwyn — aquela não era a cabeça de ninguém, era uma cabeça decepada e muito vermelha, uma imitação que nada tinha a ver com qualquer coisa viva. Ela ouviu o barulho da louça caindo sobre o carpete e, cambaleando até uma poltrona na saleta, inclinou-se para a frente e vomitou com violência. O mau cheiro do próprio vômito lhe subiu às narinas, e seu último pensamento antes de desmaiar foi igualmente horroroso: o que a srta. Cressett iria dizer sobre a poltrona arruinada?

Quando voltou a si, ela estava deitada na cama do quarto que dividia com Dean. Dean estava ali, e atrás dele o dr. Chandler-Powell e a enfermeira Holland. Ela passou alguns instantes deitada de olhos fechados, e ouviu a voz da enfermeira e a resposta do dr. Chandler-Powell.

"Você não percebeu que ela estava grávida, George?"

"Como é que eu iria perceber? Não sou obstetra."

Então eles sabiam. Ela não precisaria dar a notícia. Tudo que lhe importava era o bebê. Escutou a voz de Dean: "Você dormiu depois de desmaiar. O doutor Chandler-Powell carregou você até aqui e lhe deram um sedativo. Está quase na hora do almoço".

O dr. Chandler-Powell se adiantou e ela pôde sentir suas mãos frescas no pulso.

"Como está se sentindo, Kimberley?"

"Estou bem. Estou melhor, obrigada." Ela se sentou com um movimento bastante vigoroso e olhou para a enfermeira. "Enfermeira, o bebê vai ficar bem?"

"Não se preocupe", respondeu a enfermeira Holland. "O bebê vai ficar bem. Você pode almoçar aqui, se preferir, e Dean ficará com você. A senhorita Cressett, a senhora Frensham e eu damos conta de servir o almoço."

"Não", disse Kim, "eu estou bem. Sério. Vou ficar melhor trabalhando. Quero voltar para a cozinha. Quero ficar com Dean."

"Boa menina", disse o dr. Chandler-Powell. "Todos devemos continuar nossa rotina habitual tanto quanto possível. Mas não há pressa. Vá com calma. O inspetor-chefe Whetstone esteve aqui, mas parece que estão esperando uma equipe especial da Metropolitan Police. Enquanto isso, eu pediria a todos para não falarem sobre o ocorrido na noite passada. Entendeu, Kim?"

"Sim, senhor, entendi. A senhorita Gradwyn foi assassinada, não foi?"

"Imagino que saberemos quando a equipe de Londres chegar. Se ela foi assassinada, eles irão encontrar o responsável. Tente não ficar assustada, Kimberley. Você aqui está entre amigos, como você e Dean sempre estiveram, e nós vamos cuidar de você."

Kim balbuciou um agradecimento. Então todos foram embora, e ela deslizou para fora da cama e para o conforto dos braços fortes de Dean.

LIVRO DOIS

*15 de dezembro
Londres, Dorset*

1

Às dez e meia daquela manhã de sábado, o inspetor-comandante Adam Dalgliesh e Emma Lavenham tinham um encontro marcado com o pai dela. Encontrar o futuro sogro pela primeira vez, sobretudo para informá-lo de que se vai casar com sua filha em breve, é raramente um acontecimento desprovido de apreensão. Dalgliesh, com uma vaga lembrança de encontros semelhantes na ficção, de algum modo imaginava que, como requerente, deveria se encontrar com o professor Lavenham a sós, mas foi facilmente convencido por Emma de que deveriam ir juntos visitá-lo. "Do contrário, ele vai ficar perguntando qual é a minha opinião, querido. Afinal de contas, ele nunca viu você e eu quase nunca mencionei seu nome. Se eu não estiver presente, não terei certeza de que ele absorveu a notícia. Ele tem uma certa tendência a ser ambíguo, embora eu nunca tenha certeza até onde essa tendência é genuína."

"Ele se mostra ambíguo com frequência?"

"Quando estou com ele, sim, mas não há nada de errado com seu cérebro. Ele gosta de provocar."

Dalgliesh pensou que um comportamento ambíguo e provocador seria o menor de seus problemas com o futuro sogro. Já havia percebido que, quando ficavam velhos, homens distintos tinham tendência a exagerar as excentricidades da juventude e da meia-idade, como se esses vícios que definiam suas personalidades fossem uma defesa contra o enfraquecimento da capacidade física e mental, contra o achatamento amorfo do eu em seus últimos anos. Não tinha certeza do que Emma e o pai sentiam um pelo outro, mas devia haver amor — ao menos na lembrança — e afeto. Emma havia lhe contado que a irmã caçula, brincalhona, obediente, mais bonita do que ela e morta por atropelamento na infância, fora sua filha preferida, mas dissera isso sem tom crítico ou ressentimento. O ressentimento não era uma emoção que ele associasse com Emma. Porém, por mais difícil que fosse a relação com o pai, ela queria que o encontro deste com o namorado fosse um sucesso. Era tarefa de Dalgliesh garantir que assim fosse, que não permanecesse na lembrança dela como um constrangimento ou uma inquietação duradoura.

Tudo que Dalgliesh sabia sobre a infância de Emma lhe fora contado durante aqueles lampejos fortuitos de conversas em que cada qual explorava com passos hesitantes o território do passado do outro. Depois de se aposentar, o professor Lavenham trocara Oxford por Londres, e morava em um apartamento amplo em um dos quarteirões eduardianos de Marylebone dignificado, como era o caso da maioria, pelo descritivo "mansões". O quarteirão não ficava muito longe da estação de trem de Paddington, com sua linha regular para Oxford, onde Lavenham era convidado com frequência — e, como suspeitava a filha, às vezes com demasiada frequência — para jantar na mesa reservada aos professores. Um ex-empregado do *college* e sua mulher, que haviam se mudado para Camden Town para morar com uma filha que enviuvara, iam à sua casa diariamente para fazer a faxina necessária e voltavam à noite para preparar o jantar do professor. Este já tinha mais de quarenta anos ao se casar e, embora agora estivesse com pouco mais de setenta, era plenamente capaz de cuidar de si mesmo, pelo menos no que tangia ao essencial. Mesmo assim os Sawyer haviam se convencido, com alguma indulgência da parte do patrão, de que estavam cuidando com dedicação de um velho cavalheiro distinto e incapaz. Somente o primeiro adjetivo estava correto. A opinião dos ex-colegas que iam visitar Calverton Mansions era que Henry Lavenham havia se saído bastante bem na vida.

Dalgliesh e Emma foram de carro até as Mansions e chegaram às dez e meia, conforme combinado com o professor. O quarteirão todo havia sido pintado recentemente, e os tijolos ostentavam o pouco atraente tom de vermelho que, na opinião de Dalgliesh, podia ser descrito da forma mais exata como cor de filé. O cômodo elevador, revestido de espelhos e com um forte cheiro de lustra-móveis, levou-os até o terceiro andar.

A porta do número 27 foi aberta com tamanha prontidão que Dalgliesh desconfiou de que seu anfitrião houvesse espiado a chegada deles pela janela. O homem à sua frente era quase tão alto quando ele, com um rosto atraente de ossatura forte encimado por indisciplinados cabelos de um cinza metálico. Apoiava-se em uma bengala, mas seus ombros eram apenas ligeiramente curvados, e os olhos escuros, única semelhança com a filha, já haviam perdido o brilho mas fitavam Dalgliesh com surpreendente intensidade. Ele calçava chinelos e vestia roupas informais, mas seu aspecto era impecável. "Entrem, entrem", disse, com uma impaciência que sugeria que os dois estavam se demorando à porta.

Foram conduzidos até um amplo cômodo cuja *bay window* dava para a rua. Era evidentemente uma biblioteca; de fato, como todas as paredes eram um mosaico de lombadas de livros e a escrivaninha e praticamente todas as outras superfícies estavam cobertas com pilhas de revistas e livros, não havia lugar para nenhuma outra atividade que não fosse a leitura. Uma cadeira de espaldar reto diante da escrivaninha havia sido liberada graças ao empilhamento de papéis debaixo dela, o que dava ao móvel, na opinião de Dalgliesh, uma singularidade nua e de certa forma ameaçadora.

Depois de afastar sua cadeira da escrivaninha e se sentar, o professor Lavenham fez um gesto para que Dalgliesh ocupasse a cadeira vazia. Os olhos negros, debaixo de sobrancelhas já grisalhas mas de formato surpreendentemente parecido com o das de Emma, encararam Dalgliesh por cima de um par de óculos de leitura. Emma caminhou até a janela. Dalgliesh desconfiou que ela estivesse se preparando para se divertir. Afinal de contas, o pai não podia proibir o casamento. Ela gostaria de ter sua aprovação, mas não tinha intenção de ser influenciada quer por seu consentimento, quer por sua discordância. Mas estarem ali era a coisa certa. Dalgliesh teve uma perturbadora sensação de que deveriam ter ido lá antes. Aquele não era um começo propício.

"Inspetor-comandante Dalgliesh, espero não estar enganado sobre a sua patente."

"Está correto, obrigado."

"Achei que fosse o que Emma tinha dito. Já adivinhei por que o senhor, um homem muito ocupado, deve estar fazendo uma visita inoportuna como esta. Sinto-me compelido a lhe dizer que o senhor não faz parte da minha lista de pretendentes promissores. No entanto, estou disposto a incluir o seu nome se as suas respostas souberem satisfazer a um pai afetuoso."

Assim, deveriam agradecer a Oscar Wilde pelo diálogo dessa inquisição pessoal.* Dalgliesh sentiu-se grato; o professor poderia muito bem ter desencavado da memória obviamente ainda afiada uma recôndita citação de alguma peça de teatro ou romance, provavelmente em latim. No caso presente, ele pelo menos seria capaz de acompanhá-lo. Não disse nada.

"Acho que é de costume perguntar se a sua renda é suficiente para manter o padrão de vida com o qual minha filha está acostumada", prosseguiu o professor Lavenham. "Emma se sustenta desde que completou o doutorado, tirando algumas subvenções irregulares e ocasionalmente generosas de minha parte, provavelmente destinadas a com-

---

(*) Referência às duas últimas frases ditas pelo professor, uma citação da peça *A importância de ser prudente*, de Oscar Wilde, em que a personagem lady Bracknell entrevista o rapaz que quer se casar com sua filha. (N. T.)

pensar minhas deficiências prévias como pai. Devo entender que o senhor tem dinheiro suficiente para que os dois levem uma vida confortável?"

"Tenho meu salário de inspetor-comandante da Metropolitan Police, e minha tia me legou sua considerável fortuna."

"Em terras ou investimentos?"

"Investimentos."

"É satisfatório. Considerando os impostos que se tem de pagar em vida, e os impostos cobrados depois que se morre, as terras já não proporcionam mais nem lucro nem prazer. Elas conferem status social e tornam impossível mantê-lo. É tudo que se pode dizer sobre terras. O senhor tem uma casa?"

"Tenho um apartamento com vista para o Tâmisa em Queenhithe com um contrato de mais de cem anos. Não tenho casa, nem mesmo do lado menos elegante de Belgrave Square."

"Então sugiro que compre uma. Não se pode esperar que uma moça de temperamento simples e franco como Emma more em um apartamento em Queenhithe com vista para o Tâmisa, mesmo com um contrato de mais de cem anos."

"Eu adoro o apartamento, papai", disse Emma. O comentário foi ignorado.

O professor evidentemente chegara à conclusão de que o esforço para continuar a provocação não valia o prazer que esta lhe proporcionava. "Bem, isso parece satisfatório. Agora, acredito que seja de praxe oferecer uma bebida a vocês dois. Pessoalmente não gosto de champanhe, e o vinho branco me faz mal, mas há uma garrafa de borgonha em cima da mesa da cozinha. Dez e quarenta da manhã não chega a ser um horário apropriado para começar a beber, portanto sugiro que levem a garrafa. Não suponho que vão se demorar. Ou então", disse ele, esperançoso, "vocês poderiam tomar um café. A senhora Sawyer me disse que deixou tudo pronto."

"Gostaríamos do vinho, papai", disse Emma com firmeza.

"Então quem sabe você pode cuidar disso?"

Os dois entraram na cozinha. Pareceria descortês fechar a porta, de modo que ambos deram um jeito de reprimir o impulso de cair na gargalhada. O vinho era uma garrafa de Clos de Bèze.

"Bela garrafa", comentou Dalgliesh.

"Isso porque ele gostou de você. Eu me pergunto se há uma garrafa de vinho barato na gaveta da escrivaninha, caso não tivesse gostado. Ele bem que seria capaz disso."

Voltaram para a biblioteca, Dalgliesh levando a garrafa. "Obrigado. Vamos guardá-la para uma ocasião especial, que esperamos ser quando o senhor puder estar conosco."

"Quem sabe, quem sabe. Não janto fora com frequência a não ser no *college*. Talvez quando o tempo melhorar. Os Sawyer não gostam que eu saia quando a noite está fria."

"Esperamos que possa vir ao casamento, papai", disse Emma. "Vai ser na primavera, provavelmente em maio, em College Chapel. Aviso assim que decidirmos a data."

"Irei com certeza, se estiver bem-disposto. Considero isso o meu dever. Imagino, tirando pela leitura do Livro de Oração Comum — que não é, diga-se de passagem, minha leitura costumeira —, que se espere de mim uma participação não verbal e mal definida na cerimônia. Foi assim que aconteceu com meu próprio sogro no nosso casamento, celebrado na mesma capela. Ele atravessou correndo a nave da igreja com a coitada da sua mãe, como se estivesse com medo de que eu fosse mudar de ideia se ficasse esperando. Se a minha participação for exigida, espero me sair melhor, mas talvez vocês rejeitem a ideia de uma filha ser entregue formalmente a outro homem. Imagino que esteja ansioso para ir embora, inspetor-comandante. A senhora Sawyer disse que poderia passar aqui hoje de manhã com algumas coisas de que preciso. Ela vai ficar com pena de não tê-lo conhecido."

Junto à porta, Emma se aproximou do pai e beijou-o

nas duas faces. De repente, ele a abraçou, e Dalgliesh viu os nós de seus dedos embranquecerem. O aperto foi tão forte que deu a impressão de que o velho estava precisando de apoio. Nos segundos que durou o abraço, o celular de Dalgliesh tocou. Em nenhuma outra ocasião aquele toque baixo mas inconfundível havia parecido mais inoportuno.

Soltando Emma, seu pai disse, com voz irritada: "Tenho particular ojeriza por telefones celulares. O senhor não poderia ter desligado isso?".

"Este aqui, não. Podem me dar licença?"

Ele andou em direção à cozinha. Em voz alta, o professor arrematou: "É melhor fechar a porta. Como o senhor provavelmente já percebeu, eu ainda ouço muito bem".

Geoffrey Harkness, subdiretor da Metropolitan Police, tinha experiência em transmitir informações de forma concisa e em termos escolhidos para inibir perguntas ou discussão. Agora, a seis meses de se aposentar, confiava em estratagemas comprovados para garantir que a sua vida profissional avançasse rumo às celebrações finais de maneira suave, sem nenhum contratempo, constrangimento público ou desastre significativo. Dalgliesh sabia que Harkness já tinha garantido para depois da aposentadoria um emprego como conselheiro de segurança para uma grande multinacional, no qual ganharia três vezes o seu salário atual. Boa sorte para ele. Entre os dois havia respeito — às vezes, a contragosto da parte de Harkness —, mas não amizade. Sua voz nesse dia soou como muitas vezes soava: abrupta, impaciente, mas com a urgência sob controle.

"Um caso para a sua equipe, Adam. O endereço é Cheverell Manor, em Dorset, uns dezesseis quilômetros a oeste de Poole. O lugar é um misto de clínica e casa de repouso administrada por um cirurgião, George Chandler-Powell. Ele faz cirurgias plásticas em pacientes ricos. Um desses pacientes morreu: Rhoda Gradwyn, aparentemente estrangulada."

Dalgliesh fez a pergunta óbvia. Não era a primeira vez que tinha de fazê-la, e ela nunca era bem recebida. "Por que a equipe especial? A polícia local não pode cuidar do assunto?"

"Até poderia, mas nos pediram que você cuidasse do caso. Não me pergunte por quê; o pedido veio do gabinete do primeiro-ministro, não daqui. Olhe, Adam, você sabe como está a situação entre nós e Downing Street. Não é hora de começar a criar dificuldades. A equipe especial foi criada para investigar casos particularmente delicados e, segundo o gabinete do primeiro-ministro, este caso entra nessa categoria. O chefe de polícia de Dorset, Raymond Whitestaff, acho que você sabe quem é, não vê objeção a isso e vai providenciar os peritos para analisar a cena do crime e o fotógrafo, se for do seu agrado. Isso vai poupar tempo e dinheiro. Não chega a justificar um helicóptero, mas é urgente, claro."

"Sempre é. E o patologista? Gostaria que fosse Kynaston."

"Ele já está cuidando de um caso, mas Edith Glenister está disponível. Você trabalhou com ela no assassinato de Combe Island, está lembrado?"

"Como iria me esquecer? Imagino que vocês possam providenciar a sala de operações e algum reforço?"

"Há um chalé a uns trezentos metros da residência principal chamado Old Police Cottage. Era a casa do chefe de polícia da cidade, mas ele não foi substituído depois que se aposentou e hoje o chalé está vazio e à venda. Há um hotelzinho mais embaixo na mesma rua, então imagino que Miskin e Benton-Smith possam ficar hospedados lá. O inspetor-chefe Keith Whetstone, da polícia local, vai esperar você na cena do crime. Eles só vão remover o corpo depois que você e a doutora Glenister chegarem. Quer que eu faça mais alguma coisa por aqui?"

"Não", respondeu Dalgliesh. "Vou entrar em contato com a inspetora Miskin e o investigador Benton-Smith. Mas pouparia tempo se alguém conseguisse falar com a minha secretária. Vou ter de faltar a compromissos na segunda-feira, e é melhor cancelar os de terça. Depois disso darei notícias."

"Certo, vou providenciar", respondeu Harkness. "Boa sorte", concluiu ele, e desligou.

Dalgliesh voltou para a biblioteca. "Espero que não sejam más notícias", disse o professor Lavenham. "Seus pais estão bem?"

"Os dois já morreram, senhor. Era um telefonema de trabalho. Sinto muito, mas vou ter que ir embora agora."

"Então não quero prendê-lo."

Os dois estavam sendo conduzidos até a porta com uma velocidade que parecia desnecessária. Dalgliesh teve medo de que o professor comentasse que perder um dos pais poderia ser considerado uma falta de sorte, mas que perder os dois se parecia muito com descaso,* mas aparentemente havia comentários que nem mesmo seu futuro sogro se atreveria a fazer.

Andaram depressa até o carro. Dalgliesh sabia que Emma, quaisquer que fossem seus planos, não esperaria que ele desviasse de seu caminho para deixá-la em algum lugar. Ele precisava chegar ao escritório o mais rápido possível. Não precisava manifestar seu desapontamento; Emma entendia tanto a sua extensão quanto a sua inevitabilidade. Enquanto caminhavam juntos, ele lhe perguntou sobre seus planos para os próximos dias. Ela ficaria em Londres ou voltaria para Cambridge?

"Clara e Annie disseram que, se nós dois mudássemos de planos, adorariam que eu passasse o fim de semana aqui. Vou ligar para elas."

Clara era a melhor amiga de Emma, e Dalgliesh entendia o que esta valorizava na outra: a honestidade, a inteligência e um bom senso a toda prova. Ele conhecia Clara, e agora os dois se davam bem, mas não havia sido fácil

---

(*) Referência a comentário feito por lady Bracknell ao futuro genro, na peça de Wilde citada anteriormente. (N. T.)

nos primeiros tempos de seu namoro com Emma. Clara tinha deixado bem claro que o considerava velho demais, absorto demais em seu trabalho e em sua poesia para se comprometer seriamente com qualquer mulher, e simplesmente não bom o bastante para Emma. Dalgliesh concordava com a última acusação, uma autorrecriminação que não tornava nem um pouco mais agradável o fato de ouvi-la da boca de terceiros, sobretudo não de Clara. Emma não deveria perder nada por causa de seu amor por ele.

Clara e Emma se conheciam desde os tempos da escola, haviam entrado para o mesmo *college* de Cambridge no mesmo ano e, embora seus caminhos depois tivessem sido bem diferentes, nunca haviam perdido o contato. Tratava-se à primeira vista de uma amizade surpreendente, em geral explicada pela atração dos opostos. Emma, heterossexual dotada de uma beleza comovente, que, Dalgliesh sabia, podia constituir mais um fardo do que a bênção invejada e evidente da imaginação popular; Clara, baixinha e de rosto redondo e alegre, olhos brilhantes por trás de grandes óculos e com o mesmo andar pesado de um camponês. Dalgliesh considerava o fato de homens se sentirem atraídos por ela mais um exemplo do mistério da atração sexual. Algumas vezes já se perguntara se a primeira reação de Clara a ele fora movida pelo ciúme ou pelo desapontamento. Ambos pareciam improváveis. Clara estava obviamente feliz com a companheira, a frágil Annie de rosto bondoso, que, Dalgliesh desconfiava, era mais forte do que aparentava. Fora Annie quem havia transformado seu apartamento de Putney em um lugar no qual ninguém entrava sem — segundo a expressão de Jane Austen — a vigorosa expectativa da felicidade. Depois de se formar em matemática, Clara havia começado a trabalhar na City, onde era muito bem-sucedida como gerente de um fundo de investimento. Outros colegas iam e vinham, mas Clara continuava ali. Emma havia contado a Dalgliesh que ela planejava se demitir dali a três anos, quando ela e Annie usariam seu considerável capital acumulado para começar uma vida bem diferente. Enquanto isso, a maior parte do dinheiro que ela ganhava era gasta em causas beneficentes que Annie considerava importantes.

Três meses antes, Emma e ele haviam comparecido à cerimônia da parceria civil de Clara e Annie, celebração discreta e agradável para a qual apenas os pais de Clara, o pai viúvo de Annie e alguns amigos próximos tinham sido convidados. Em seguida houvera um almoço no apartamento, preparado por Annie. Depois do prato principal, Clara e Dalgliesh tinham levado os pratos para a cozinha para trazer a sobremesa. Fora então que ela se virara para ele com uma decisão que fazia pensar que estivera esperando por aquela oportunidade.

"O fato de assumirmos um compromisso oficial deve parecer não pertinente quando vocês, héteros, estão se divorciando aos milhares, ou então vivendo juntos sem se casar. Estávamos muito felizes antes, mas precisávamos garantir que cada uma se tornasse reconhecidamente o parente mais próximo da outra. Se um dia Annie for hospitalizada, eu preciso estar presente. E há também a questão dos bens. Se eu morrer primeiro, Annie precisa herdar tudo sem ter de pagar impostos. Imagino que ela vá gastar a maior parte em causas perdidas, mas isso é problema dela. O dinheiro não vai ser desperdiçado. Annie é muito sensata. As pessoas acham que a nossa relação dura porque eu sou mais forte e Annie precisa de mim. Na verdade é exatamente o contrário, e você é uma das raras pessoas que perceberam isso desde o começo. Obrigada por estar conosco neste dia."

Dalgliesh sabia que essas últimas palavras, ditas em tom brusco, eram a confirmação de uma aceitação que, uma vez concedida, seria inabalável. Sentia-se grato porque, quaisquer que fossem os rostos, problemas e desafios desconhecidos que teria pela frente nos próximos dias, o fim de semana de Emma seria animado na sua imaginação e, para ela, seria feliz.

2

Para a inspetora Kate Miskin, o apartamento na margem norte do Tâmisa, logo abaixo de Wapping, era uma celebração de sucesso na única forma que, para ela, tinha qualquer chance de permanência, solidificada em aço, tijolos e madeira. Quando comprara o imóvel, já sabia que este era caro demais para ela, e os primeiros anos da hipoteca haviam exigido sacrifícios. Ela os fizera de bom grado. Nunca perdera aquela animação dos primeiros tempos ao entrar nos aposentos cheios de luz, ao acordar e dormir embalada pelo pulsar cambiante mas ininterrupto do Tâmisa. Seu apartamento ficava no último andar, na quina do prédio, com duas sacadas que proporcionavam vistas desimpedidas rio acima e para a margem oposta. A não ser quando o tempo estava muito ruim, ela podia ficar em pé contemplando em silêncio as mudanças do rio, o poder místico do deus marrom de T. S. Eliot, a turbulência da maré que subia, a extensão reluzente de azul-claro sob o céu quente de verão, e à noite a pele viscosa e preta riscada de luz. Procurava as embarcações conhecidas como se fossem amigos que retornavam: as lanchas da capitania dos portos de Londres e da polícia fluvial, as embarcações que recolhiam ostras, as barcas chatas, e no verão os barcos de passeio e pequenos barcos de turismo, e os mais fascinantes de todos, os altos veleiros com suas jovens tripulações apoiadas no guarda-corpo enquanto se moviam com majestoso vagar correnteza acima para passar sob a Tower Bridge levantada e adentrar o trecho do rio conhecido como Pool of London.

O apartamento não poderia ser mais diferente dos cômodos claustrofóbicos no sétimo andar do conjunto habitacional de Ellison Fairweather onde ela fora criada pela avó, do cheiro, dos elevadores depredados, das lixeiras tombadas, dos gritos e da presença constante do perigo. Quando pequena, ela vivia, assustada e desconfiada, em meio a uma selva urbana. Para ela, sua infância fora definida pelas palavras da avó para uma vizinha, entreouvidas quando tinha sete anos e jamais esquecidas. "Se a mãe queria ter um filho ilegítimo, pelo menos poderia ter ficado viva para cuidar dele, e não jogado o traste em cima de mim! Ela nunca soube quem era o pai, ou, se soube, não queria dizer quem era." Adolescente, convencera a si mesma a perdoar a avó. Cansada, sobrecarregada, pobre, ela suportava sozinha um fardo que não havia esperado nem desejado. O que Kate sabia, e sempre saberia, era que jamais ter conhecido pai ou mãe era viver com uma parte essencial de si mesma faltando, um rombo na psique que nunca poderia ser preenchido.

Mas Kate tinha seu apartamento, um emprego que adorava e no qual era boa, e até seis meses antes houvera Piers Tarrant. Haviam chegado muito perto do amor, embora nenhum dos dois jamais tivesse pronunciado essa palavra, mas ela sabia quanto ele havia enriquecido sua vida. Ele saíra da Equipe de Investigações Especiais para entrar na Divisão Antiterrorismo da Met e, embora a maior parte de seu trabalho atual fosse secreta, os dois podiam reviver os velhos tempos em que tinham sido colegas. Usavam a mesma linguagem, e ele entendia as ambiguidades do trabalho na polícia como nenhum civil jamais entenderia. Ela sempre o considerara sexualmente atraente, mas, enquanto trabalhavam juntos, sabia que um caso seria desastroso. AD não tolerava nada que pudesse prejudicar a eficácia da equipe, e um dos dois, ou provavelmente ambos, teria sido realocado. Mas parecia-lhe que os anos trabalhando lado a lado, o perigo, as decepções, a exaustão e o sucesso compartilhados, e até mesmo, ocasionalmente, a rivalidade pela aprovação de AD os haviam deixado tão ligados que, quando se tornaram amantes, foi uma confirmação natural e feliz de algo que sempre existira.

Mas seis meses antes Kate havia terminado com ele, e não podia se arrepender da decisão. Para ela, era insuportável ter um relacionamento com alguém que fosse infiel. Nunca havia esperado permanência em nenhuma relação; nada em sua infância e juventude lhe prometera isso. Mas o que para ele fora uma diversão, para ela havia representado uma traição. Ela o mandara embora, e não o via desde então. Em retrospecto, dizia a si mesma que tinha sido ingênua desde o início. Afinal de contas, conhecia a reputação dele. A ruptura ocorrera quando decidira, na última hora, comparecer à festa de despedida de Sean Mc-Bride. A ocasião ameaçava ser a bebedeira de sempre, e fazia muito tempo que ela já não frequentava despedidas, mas trabalhara com Sean durante um curto período quando ainda era uma simples agente e ele havia sido um bom chefe, atencioso e desprovido do então muito frequente preconceito contra policiais do sexo feminino. Decidiu dar uma passada na festa para lhe desejar boa sorte.

Abrindo caminho entre as pessoas, ela vira Piers no centro de um grupo ruidoso. A loura enganchada nele estava tão parcamente vestida que os homens não conseguiam decidir se olhavam para sua calcinha ou para seus peitos. Não havia dúvida quanto à relação dos dois; ir para a cama juntos tinha sido um troféu para ambos, e os dois estavam felizes em deixar isso bem claro. Através de uma brecha no grupo cerrado e animado, ele vira Kate. Seus olhares se cruzaram por um breve instante, mas, antes que ele tivesse tido tempo de sair para se aproximar dela, Kate já havia ido embora.

Na manhã seguinte, cedo, ele tinha chegado e a ruptura fora formalizada. Muito do que os dois tinham dito já havia sido esquecido, mas trechos desconexos ainda ecoavam em sua mente como um mantra.

"Olhe, Kate, isso não tem importância nenhuma. Não significou nada. Ela não significa nada."

"Eu sei. Minha objeção é justamente essa."
"Você está me pedindo demais, Kate."
"Não estou lhe pedindo nada. Se é assim que você quer viver, problema seu. Estou simplesmente dizendo que não quero ir para a cama com um homem que está transando com outras mulheres. Isso pode parecer antiquado em um mundo em que passar uma noite com alguém significa mais um ponto na contagem, mas é assim que eu sou e não posso mudar, então acabou. Que bom que nem eu nem você estamos apaixonados. Vamos ser poupados daquele tédio habitual de lágrimas e recriminações."

"Eu posso terminar com ela."

"E a próxima, e a outra depois da próxima? Você não está entendendo, mesmo. Não estou propondo sexo como um prêmio por bom comportamento. Não quero explicações, nem desculpas, nem promessas. Acabou."

E assim acabara. Durante seis meses, ele tinha desaparecido por completo de sua vida. Ela dizia a si mesma que estava se acostumando a viver sem ele, mas não fora fácil. Não sentia falta apenas do prazer mútuo de quando faziam amor. Os risos, os drinques em seus bares preferidos na beira do rio, o companheirismo descontraído, as refeições que preparavam juntos em seu apartamento, tudo isso tinha gerado nela uma leve sensação de confiança na vida que jamais conhecera antes.

Ela queria conversar com ele sobre o futuro. Não havia mais ninguém em quem pudesse confiar. Seu próximo caso poderia muito bem ser o último. Era evidente que a Equipe de Investigações Especiais não poderia continuar como estava. Até ali, o inspetor-comandante Dalgliesh havia conseguido frustrar os planos oficiais de racionalizar a atividade dos funcionários independentes, definir suas funções no jargão contemporâneo criado para confundir em vez de simplificar, e incorporar a equipe em alguma estrutura burocrática mais ortodoxa. A Equipe de Investigações Especiais tinha sobrevivido graças a seu sucesso inegável, a seu custo relativamente baixo — o que, aos olhos de alguns, não era uma virtude conveniente —, e graças ao fato de ser chefiada por um dos inspetores mais renomados do país. Os boatos que circulavam na Met eram intermináveis, e ocasionalmente as informações eram verídicas. Todos os boatos atuais haviam chegado a seus ouvidos: Dalgliesh, que deplorava a politização da Met e muitas outras coisas, queria se aposentar; AD não tinha nenhuma intenção de se aposentar e assumiria em breve um departamento especial dentro da corporação destinado ao treinamento de inspetores; ele havia recebido propostas dos departamentos de criminologia de duas universidades; alguém na City queria lhe dar um emprego misterioso com um salário quatro vezes maior do que o que recebia atualmente o diretor.

Kate e Benton haviam reagido a todas as perguntas com silêncio. Isso não exigira nenhuma autodisciplina. Nenhum dos dois sabia de nada, mas tinham certeza de que, quando AD tivesse tomado sua decisão, estariam entre os primeiros a ser informados. O chefe para quem ela trabalhava desde que fora promovida a inspetora subiria ao altar com sua Emma dali a poucos meses. Depois de tantos anos juntos, eles dois não fariam mais parte da mesma equipe. Kate ganharia a prometida promoção a inspetora-chefe, talvez em poucas semanas, e podia esperar chegar a um posto ainda mais alto. O futuro podia até ser solitário, mas, nesse caso, ela continuaria a ter o seu trabalho, o único que jamais quisera na vida, o trabalho que lhe dera tudo que ela agora possuía. E sabia melhor do que a maioria das pessoas que havia destinos piores do que a solidão.

O telefone tocou às dez e cinquenta. Ela só deveria chegar no escritório à uma e meia, e estava saindo de casa para cumprir as tarefas rotineiras que sempre ocupavam horas de seus meios dias de folga: uma ida ao supermercado para comprar comida, buscar um relógio no conserto, levar algumas roupas à lavanderia. Foi seu celular que tocou, e ela soube que voz deveria esperar ouvir. Escutou com atenção. Como esperava, era um caso de assassinato. A vítima, Rhoda Gradwyn, jornalista investigativa, fora encontrada morta na cama às sete e meia da manhã, aparentemente estrangulada, depois de uma cirurgia em uma clínica particular em Dorset. Ele lhe deu o endereço: Cheverell Manor, Stoke Cheverell. Nenhuma explicação sobre por que a Equipe de Investigações Especiais estava cuidando do caso, mas aparentemente o gabinete do primeiro-ministro estava envolvido. Iriam até lá de carro, ou no seu ou no de Benton, e o objetivo era que todos da equipe chegassem juntos.

"Sim, senhor", disse ela. "Vou ligar para Benton agora mesmo e vamos nos encontrar no apartamento dele. Vamos no carro dele, acho. O meu está precisando de revisão. Estou com meu kit de assassinato e sei que ele também está com o dele."

"Certo. Tenho de ligar para a Yard, Kate, e encontro vocês em Shepherd's Bush quando você estiver chegando lá, espero. Dou mais detalhes quando nos encontrarmos, se tiver."

Ela desligou, ligou para Benton, e em vinte minutos havia trocado de roupa e vestido a calça de tweed e a jaqueta que sempre usava para casos no campo. Sua valise com as outras roupas de que poderia precisar estava sempre arrumada e pronta. Ela verificou rapidamente as janelas e tomadas e, depois de pegar o kit de assassinato, girou as chaves nas duas fechaduras de segurança e saiu.

3

O telefonema de Kate para o investigador Francis Benton-Smith pegou-o quando ele estava fazendo compras no mercado de Notting Hill. O seu dia havia sido cuidadosamente planejado, e ele estava com a excelente disposição de um homem à espera de um merecido dia de descanso que prometia mais prazer energético do que repouso. Combinara de preparar o almoço para os pais na cozinha da casa deles em South Kensington, passaria o final do dia na cama com Beverley em seu apartamento em Shepherd's Bush e planejava concluir uma perfeita mistura de dever filial e prazer levando-a para assistir ao novo filme no Curzon. Para ele, o dia seria também uma celebração particular de sua recente volta à condição de namorado de Beverley. Essa palavra onipresente o deixava levemente irritado, mas parecia impróprio descrevê-la como sua amante, o que, na opinião dele, sugeria um grau de compromisso maior.

Beverley era atriz e estava construindo uma carreira na televisão. Desde o início, havia deixado claro qual era a sua prioridade. Ela gostava de variar os namorados, mas era tão intolerante em relação à promiscuidade quanto qualquer pregador fundamentalista. Sua vida sexual era uma procissão estritamente regrada de casos monógamos, poucos, como ela teve a consideração de informar Benton, com alguma esperança de durar mais de seis meses. Apesar da esbelteza de seu corpo bem torneado e rijo, ela adorava comer, e Benton sabia que parte do seu poder de atração sobre ela eram as refeições em restaurantes cuidadosamente selecionados que ele mal podia pagar ou, como ela preferia, preparadas por ele em casa. Aquele almoço, para o qual ela havia sido convidada, fora planejado em parte para fazê-la se lembrar do que vinha perdendo.

Ele só vira os pais dela uma vez, um encontro breve, e ficara impressionado com o fato de aquele casal bem fornido, convencional, bem vestido e fisicamente banal ter produzido uma filha tão exótica. Adorava olhar para Beverley, para seu rosto pálido e oval, para seus cabelos negros cortados em uma franja por cima de olhos levemente amendoados que lhe davam um ar vagamente oriental. A sua criação fora tão privilegiada quanto a dele e, apesar de se esforçar bastante, ela nunca havia conseguido se livrar de todos os vestígios de uma boa educação geral. Mas os valores e a bagagem burguesa haviam sido rejeitados em prol de sua arte, e no discurso e na aparência ela havia se transformado em Abbie, a filha rebelde de um dono de bar em uma novela de TV ambientada em uma cidadezinha de Suffolk. Quando tinham começado a namorar pela primeira vez, as perspectivas de sua personagem eram animadoras. Na época, havia planos para um caso com o organista da igreja, uma gravidez e uma cirurgia ilegal, e uma confusão generalizada na cidade. Mas alguns telespectadores tinham reclamado de que aquele idílio campestre estava começando a competir com *EastEnders*,* e corria o boato de que Abbie agora iria se redimir. Havia até a sugestão de casamento fiel e maternidade virtuosa. Beverley se queixava de que era uma tragédia. Seu agente já estava fazendo sondagens para tentar capitalizar sua atual celebridade enquanto esta ainda existia. Francis — ele só era Benton para os colegas da Met — não tinha dúvida de que o almoço seria um sucesso. Seus pais estavam sempre curiosos para aprender sobre mundos misteriosos aos quais não tinham acesso, e Beverley ficaria feliz em lhes fazer um relato es-

---

(*) Série exibida pela BBC desde 1985, ambientada no East End de Londres. (N. T.)

pirituoso da última intriga da novela, provavelmente com diálogos e tudo.

Ele sentia que sua própria aparência era tão enganadora quanto a de Beverley. Seu pai era inglês, sua mãe indiana, e ele herdara a beleza dela mas nenhuma parcela do forte apego ao país natal que ela nunca havia perdido e que seu pai compartilhava. Os dois haviam se casado quando ela estava com dezoito anos, e ele era doze anos mais velho. Na época estavam loucamente apaixonados, continuavam apaixonados até agora, e suas visitas anuais à Índia eram o ponto alto do ano. Durante toda a infância, ele os havia acompanhado, mas sempre com a sensação de ser um estranho, pouco à vontade, incapaz de participar de um mundo ao qual seu pai, que parecia mais feliz e mais descontraído na Índia do que na Inglaterra, se adaptava imediatamente no falar, no vestir e no comer. Também sentira desde a mais tenra infância que o amor de seus pais era forte demais para admitir a presença de uma terceira pessoa, mesmo um filho único. Sabia que era amado, mas, na companhia do pai, diretor de escola aposentado, sempre se sentia mais um secundarista promissor e elogiado do que um filho. A não interferência benigna de ambos era desconcertante. Quando ele estava com dezesseis anos e ouvira um colega reclamando dos pais — da regra ridícula de chegar em casa antes da meia-noite, dos alertas sobre drogas, sobre beber demais, sobre aids, da insistência deles para que o dever de casa viesse antes da diversão, das reclamações inúteis sobre cortes de cabelo, roupas e arrumação de seu quarto, que, afinal de contas, era supostamente um espaço privado —, Francis sentira que a tolerância de seus próprios pais equivalia a uma falta de interesse próxima da negligência emocional. Não era assim que pais deveriam ser.

A reação de seu pai à sua escolha de carreira, ele desconfiava, já havia sido usada antes. "Só existem duas coisas importantes na hora de escolher um emprego: ele deve promover a felicidade e o bem-estar dos outros, e proporcionar satisfação a você. O trabalho na polícia cumpre o primeiro requisito, e espero que cumpra também o segundo." Ele quase precisara se controlar para não responder: "Obrigado, senhor". Mas sabia que amava os pais, e às vezes no íntimo se dava conta de que o distanciamento não se devia inteiramente a eles, e que os via muito raramente. Aquele almoço seria uma pequena compensação pela negligência.

Seu celular tocou às dez e cinquenta e cinco, enquanto ele estava incrementando seu sortimento de frutas e legumes orgânicos, e a voz do outro lado era de Kate. "Temos um caso. Aparente assassinato da paciente de uma clínica particular em Stoke Cheverell, Dorset. A clínica fica dentro de uma propriedade rural."

"Bom, é diferente do habitual. Mas por que a equipe especial? Por que não a polícia de Dorset?"

A voz dela soou impaciente. Não era hora para conversa-fiada. "Só Deus sabe. Como sempre, eles não querem dizer, mas imagino que tenha algo a ver com o gabinete do primeiro-ministro. Dou todas as informações que tenho quando estivermos a caminho. Sugiro irmos no seu carro, e o inspetor-comandante Dalgliesh quer que cheguemos à clínica na mesma hora. Ele vai no Jaguar dele. Eu chego na sua casa assim que possível. Deixo meu carro na sua garagem e ele nos encontra lá. Imagino que você esteja com seu kit de assassinato, não? E leve sua câmera. Pode ser útil. Onde você está agora?"

"Notting Hill. Com sorte, posso estar em casa em menos de dez minutos."

"Ótimo. Aproveite para comprar uns sanduíches ou *wraps* e alguma coisa para beber. AD não vai querer nos ver chegar com fome."

Quando Kate desligou, Benton pensou que já sabia disso. Só tinha dois telefonemas a dar, um para os pais e outro para Beverley. Sua mãe atendeu e, sem perder tempo, ele se desculpou rapidamente e desligou. Beverley não atendeu ao celular, coisa que ele achou até melhor. Deixou um recado sucinto de que precisavam cancelar o combinado, dizendo que ligaria mais tarde.

Levou apenas poucos minutos para comprar os sanduíches e as bebidas. Enquanto corria do mercado até Holland Park Avenue, viu um ônibus 94 diminuindo a velocidade para parar no ponto e, correndo mais depressa, conseguiu subir pouco antes de as portas fecharem. Com os planos para o dia já esquecidos, estava ansioso para iniciar a tarefa mais exigente de melhorar sua reputação na equipe especial. Afligia-o, mas só um pouco, o fato de sua animação, a sensação de que o futuro imediato estava cheio de acontecimentos e desafios, depender de um cadáver desconhecido que estava enrijecendo em um casarão em Dorset, depender de tristeza, angústia e medo. Reconheceu, não sem uma onda de remorso, que seria decepcionante chegar a Dorset e descobrir que, no final das contas, tratava-se apenas de um assassinato banal, e que o responsável já havia sido identificado e preso. Isso nunca havia acontecido antes, e ele sabia que era improvável. A equipe especial nunca era chamada para um assassinato banal.

Em pé diante das portas do ônibus, esperou impaciente que estas se abrissem, em seguida correu até seu quarteirão. Apertou com força o botão e ficou ali, ofegante, esperando o elevador descer. Foi então que percebeu, sem ligar a mínima para o fato, que havia esquecido no ônibus sua sacola de frutas e legumes orgânicos cuidadosamente selecionados.

4

Já era uma e meia da tarde, seis horas depois de o corpo ter sido encontrado, mas para Dean e Kimberley Bostock, que esperavam na cozinha alguém aparecer para lhes dizer o que fazer, a manhã parecia não ter fim. Aquele era o seu território, o lugar em que se sentiam em casa, no controle, sem nunca serem importunados, sabendo que eram valorizados mesmo que as palavras fossem pronunciadas raramente, confiantes em suas habilidades profissionais e, acima de tudo, juntos. Agora, porém, vagavam da mesa para o fogão como amadores desorganizados, largados em um ambiente desconhecido e intimidador. Como autômatos, tinham passado as alças dos aventais de cozinheiro por cima da cabeça e posto os gorros brancos, mas houvera pouco trabalho a fazer. Às nove e meia, a pedido da srta. Cressett, Dean levara croissants, geleia, compota de frutas e um grande bule de café até a biblioteca, mas, quando fora recolher os pratos mais tarde, viu que pouca coisa havia sido consumida, embora o bule estivesse vazio e os pedidos de café parecessem não cessar. A enfermeira Holland aparecia regularmente para pegar outra garrafa térmica. Dean estava começando a se sentir prisioneiro na própria cozinha.

Eles podiam sentir que a casa estava mergulhada em um silêncio sinistro. Até mesmo o vento havia perdido a força, e suas fracas rajadas pareciam suspiros desesperados. Kim estava com vergonha por ter desmaiado. O dr. Chandler-Powell havia sido muito gentil com ela, dizendo que só precisava voltar ao trabalho quando se sentisse disposta, mas ela achava bom estar de volta ao lugar que era seu, junto com Dean na cozinha. O dr. Chandler-Powell tinha a tez cinza e parecia bem mais velho, diferente de certa forma. Lembrava a Kim o aspecto de seu pai ao voltar para casa depois de ser operado, como se a força e algo mais vital do que a força, algo que o tornava singularmente seu pai, tivesse se esvaído de dentro dele. Todos haviam se mostrado gentis, mas ela sentia que as palavras de empatia tinham sido escolhidas a dedo, como se qualquer palavra pudesse ser perigosa. Se houvesse ocorrido um assassinato em sua cidadezinha natal, tudo teria sido bem diferente. Os gritos de indignação e terror, os braços reconfortantes à sua volta, a rua inteira entrando dentro da casa para ver, ouvir e lamentar, uma confusão de vozes questionando e especulando. As pessoas em Cheverell não eram assim. O dr. Chandler-Powell, o dr. Westhall e sua enfermeira e a srta. Cressett não demonstravam seus sentimentos, pelo menos não em público. Eles deviam ter sentimentos; todo mundo tinha. Kim sabia que chorava à toa, mas com certeza eles também choravam às vezes, embora o simples fato de imaginar isso parecesse uma suposição indecente. Os olhos da enfermeira Holland estavam vermelhos e inchados. Talvez ela tivesse chorado. Seria por ter perdido uma paciente? Mas enfermeiras não se acostumavam com isso? Ela queria saber o que estava acontecendo fora da cozinha, que, apesar do tamanho, havia se tornado claustrofóbica.

Dean lhe contara que o dr. Chandler-Powell tinha falado com todos na biblioteca. Dissera que a ala dos pacientes e o elevador estavam isolados, mas que as pessoas deveriam continuar com suas atividades normais até onde fosse possível. A polícia ia querer interrogar todo mundo, mas, enquanto isso, ele enfatizara que todos deveriam evitar conversar entre si sobre a morte da srta. Gradwyn. Mas Kim sabia que eles iriam fazê-lo, não em grupo, mas aos pares: os Westhall, que haviam voltado para Stone Cottage, a srta. Cressett e a sra. Frensham, e com certeza o dr. Chandler-Powell e a enfermeira. Mog provavelmente ficaria calado — sabia fazer isso quando lhe convinha —, e ela não conseguia imaginar ninguém conversando sobre a srta. Gradwyn com Sharon. Ela e Dean com certeza não o fariam caso ela entrasse na cozinha. Mas ela e Dean haviam conversado, em voz baixa, como se isso de alguma forma pudesse tornar suas palavras inócuas. E agora Kim não conseguia resistir ao impulso de voltar aos mesmos temas.

"Suponhamos que a polícia me pergunte exatamente o que aconteceu quando eu levei o chá da senhora Skeffington, cada detalhe. Eu devo dizer?"

Dean estava tentando ser paciente. Ela podia ouvir isso em sua voz. "Kim, isso já está resolvido. Sim, você vai dizer. Se eles fizerem uma pergunta direta, temos de responder e contar a verdade, ou então estaremos encrencados. Mas o que aconteceu não é importante. Você não viu ninguém nem falou com ninguém. Não pode ter nada a ver com a morte da senhorita Gradwyn. Você poderia estar fazendo uma coisa errada, e sem motivo nenhum. Não diga nada até eles perguntarem."

"E você tem certeza em relação à porta?"

"Tenho. Mas, se a polícia começar a me infernizar sobre isso, provavelmente vou acabar sem ter certeza de nada."

"Está tudo muito quieto, não está?", comentou Kim. "Achei que a esta altura já fosse ter chegado alguém. Será que deveríamos estar aqui sozinhos?"

"Recebemos a ordem de continuar nosso trabalho", disse Dean. "Nós trabalhamos na cozinha. E aqui é o seu lugar, aqui comigo."

Ele se aproximou sem fazer barulho e a abraçou. Ficaram sem se mexer por um minuto, calados, e ela sentiu-se reconfortada. Soltando-a, ele disse: "Enfim, temos de pensar no almoço. Já é uma e meia. Até agora, tudo que conseguiram comer foi café com biscoitos. Mais cedo ou mais tarde eles vão querer alguma coisa, e o ensopado não vai agradar".

O ensopado de carne havia sido preparado na véspera e estava pronto para ser reaquecido no forno de baixo do Aga. Havia o bastante para alimentar a casa inteira e Mog quando chegasse do trabalho no jardim. Mas agora até mesmo o seu cheiro forte a deixaria enjoada.

"Não, eles não vão querer nada pesado", disse Dean. "Eu poderia fazer uma sopa de ervilhas. Temos aquele caldo do osso do presunto, e talvez também uns sanduíches, ovos, queijo..." A voz dele foi morrendo.

"Mas acho que Mog não saiu para buscar pão fresco", disse Kim. "O doutor Chandler-Powell disse que deveríamos ficar em casa."

"Poderíamos fazer um pão de bicarbonato, todo mundo sempre gosta."

"E a polícia, vamos ter de fazer comida para eles também? Você disse que não deu comida para o inspetor-chefe Whetstone quando ele chegou, só um café, mas esses outros estão vindo de Londres. A viagem terá sido longa."

"Não sei. Vou ter de perguntar ao doutor Chandler-Powell."

Então Kim se lembrou. Que estranho ter esquecido, pensou. "Era hoje que íamos contar a ele sobre o bebê", disse ela, "depois da cirurgia da senhora Skeffington. Agora eles sabem e não parecem preocupados. A senhorita Cressett disse que há espaço de sobra para um bebê em Cheverell."

Kim pensou discernir um quê de impaciência, até mesmo de satisfação contida, na voz de Dean. "Não adianta nada decidir se queremos ficar aqui com o bebê quando não sabemos nem se a clínica vai continuar funcionando", disse ele. "Quem iria querer vir aqui agora? Você iria querer dormir naquele quarto?"

Olhando para ele de relance, Kim viu seus traços se endurecerem por um instante, como se ele estivesse decidido. Então a porta se abriu e os dois se viraram para receber o dr. Chandler-Powell.

5

Olhando rapidamente para o relógio, Chandler-Powell viu que era uma e quarenta. Talvez agora devesse dar uma palavrinha com os Bostock, que estavam trancafiados na cozinha. Precisava se certificar de novo de que Kim estava totalmente recuperada e que eles estavam pensando em comida. Ninguém havia comido ainda. As seis horas desde a descoberta do assassinato tinham parecido uma eternidade em que pequenos acontecimentos sem relação entre si podiam ser relembrados com clareza em um mar de tempo não monitorado. Isolar o quarto onde havia ocorrido o assassinato conforme as instruções do inspetor-chefe Whetstone; encontrar o maior rolo de fita adesiva escondido nos desvãos de sua escrivaninha; esquecer-se de prender a ponta, fazendo a fita se soltar e voltar e inutilizando o rolo; Helena tirando o rolo de sua mão e dando um jeito; por sugestão dela, assinar a fita para garantir que ninguém mexesse nela. Ele não teve consciência da luz cada vez mais forte, da escuridão completa se transformando na manhã cinza de inverno, das rajadas ocasionais do vento que se extinguia parecendo tiros esporádicos. Apesar de suas lacunas de memória, da confusão do tempo, tinha certeza de ter feito o que se esperava dele — lidado com a histeria da sra. Skeffington, examinado Kimberley Bostock e dado instruções para que cuidassem dela, tentado manter todo mundo calmo durante a espera interminável até a polícia local chegar.

O cheiro de café quente dominava a casa inteira, parecendo se intensificar. Como é que ele algum dia tinha achado esse cheiro reconfortante? Imaginou se algum dia tornaria a senti-lo sem uma recordação de fracasso, como uma pontada. Rostos familiares haviam se transformado em rostos desconhecidos, expressões talhadas como as dos pacientes que suportavam uma dor inesperada, expressões funéreas que pareciam transmitir uma solenidade tão artificial quanto a de pessoas que se preparam de forma adequada para as exéquias de alguém pouco conhecido, não pranteado, mas que na morte assume um poder aterrorizante. O rosto deformado de Flavia, as pálpebras inchadas, os olhos congestionados pelas lágrimas. No entanto, ele não chegara a vê-la chorar, e as únicas palavras dela de que se lembrava haviam lhe parecido irrelevantes a ponto de irritá-lo.

"Você fez um lindo trabalho. Agora ela nunca vai ver, e esperou tanto tempo. Quanto tempo e quanta habilidade desperdiçados, simplesmente desperdiçados."

Ambos haviam perdido uma paciente, a única morte jamais ocorrida em sua clínica de Cheverell. Seriam as lágrimas dela de frustração ou de fracasso? Com certeza era improvável que fossem de tristeza.

E agora ele teria de lidar com os Bostock. Precisava encarar suas demandas de segurança, de conforto, de decisões sobre coisas que lhe pareceriam irrelevantes, mas que para eles não o seriam. Ele já dissera todo o necessário durante aquela reunião na biblioteca às oito e quinze. Ali, pelo menos, havia assumido a responsabilidade. Tinha decidido ser breve, e fora breve. A sua voz saíra calma, segura. Todos àquela altura já deviam estar sabendo sobre a tragédia que repercutiria na vida deles. A srta. Rhoda Gradwyn fora encontrada morta em seu quarto às sete e meia daquela manhã. Havia alguns indícios de que a morte não fora natural. *Bem*, pensou ele, *era um modo de dizer*. A polícia tinha sido chamada e o inspetor-chefe da polícia local estava a caminho. Naturalmente, todos deveriam cooperar com as investigações. Enquanto isso, deveriam manter a calma, evitar fofocas ou especulações e continuar seu trabalho. Que trabalho exatamente?, perguntou a si mesmo. A cirurgia da sra. Skeffington fora cancelada. O anestesista e a equipe da sala de cirurgia tinham sido avisados; Flavia e Helena tinham cuidado disso. E após o breve discurso, evitando qualquer pergunta, ele deixara a biblioteca. Mas será que essa retirada, enquanto todos os olhos estavam cravados nele, não tinha sido uma atitude histriônica, uma forma deliberada de se eximir da responsabilidade? Lembrava-se de ter ficado parado por alguns instantes do lado de fora da porta, como se não conhecesse a casa, perguntando-se aonde ir.

E agora, sentado à mesa da cozinha junto com Dean e Kimberley, esperava-se que se preocupasse com sopa de ervilhas e pão de bicarbonato. Desde o instante em que adentrou um recinto que raramente precisava visitar, sentiu-se tão inepto quanto um intruso. Que segurança, que conforto esperavam dele? Os dois rostos que tinha à sua frente eram de crianças amedrontadas buscando a resposta para uma pergunta que nada tinha a ver com pão nem com sopa.

Controlando a própria irritação diante daquela evidente necessidade de instruções firmes, ele estava prestes a dizer: "Façam o que acharem melhor e pronto", quando ouviu os passos de Helena. Ela havia se aproximado por trás dele sem fazer barulho. E então ele ouviu sua voz.

"Sopa de ervilhas é uma ótima ideia, quente, nutritiva e reconfortante. E, como vocês já têm o caldo, deve ficar pronta rápido. Vamos manter tudo bem simples, está bem? Não queremos que pareça um festival da colheita de algum vilarejo. Sirvam o pão morninho com bastante manteiga. Uma tábua de queijos poderia cair bem com os frios, as pessoas precisam de um pouco de proteína, mas não exagerem. Façam com que pareça apetitoso, como sempre fazem. Ninguém vai estar com fome, mas todos precisam comer. E seria uma boa ideia mandar junto com o pão o excelente creme de limão caseiro e a geleia de damasco feitos por Kimberley. As pessoas em estado de choque muitas vezes gostam de comer coisas doces. E não deixem faltar café, mandem bastante café."

"Vamos ter de fazer comida para a polícia, senhorita Cressett?", perguntou Kimberley.

"Acho que não. Com certeza vamos descobrir. Como vocês sabem, o inspetor-chefe Whetstone não vai cuidar desta investigação. Eles estão mandando uma equipe especial da Metropolitan Police. Imagino que já terão comido no caminho. Vocês estão sendo incríveis, os dois, como sempre. É provável que a vida de todos nós fique um pouco confusa por algum tempo, mas vocês vão dar um jeito. Se tiverem alguma pergunta, é só me procurar."

Tranquilizados, os Bostock murmuraram um agradecimento. Chandler-Powell e Helena saíram juntos. Tentando sem sucesso falar com uma voz calorosa, ele disse: "Obrigado. Eu deveria ter deixado você cuidar dos Bostock. Mas o que é pão de bicarbonato, afinal?".

"Um pão feito com farinha integral e sem fermento. Você já comeu várias vezes aqui. Você gosta."

"Pelo menos conseguimos decidir sobre a próxima refeição. Tenho a impressão de ter passado a manhã inteira cuidando de assuntos triviais. Estou pedindo a Deus para esse tal inspetor-comandante Dalgliesh e sua equipe chegarem logo para tocar a investigação. Enquanto Dalgliesh não se digna a aparecer, temos uma distinta patologista forense esperando. Por que ela não pode ir fazendo logo o seu trabalho? E Whetstone deve ter coisa melhor para fazer do que ficar zanzando de um lado para o outro aqui."

"Mas por que a Met?", indagou Helena. "A polícia de Dorset é perfeitamente competente, então por que o inspetor-chefe Whetstone não pode assumir a investigação? Fico me perguntando se não haverá alguma coisa secreta e importante em relação a Rhoda Gradwyn, alguma coisa que nós desconhecemos."

"Sempre houve alguma coisa em relação a Rhoda Gradwyn que nós desconhecemos."

Tinham entrado no hall da frente. Ouviram as batidas secas de portas de carro e o som de vozes.

"É melhor você ir até a porta", disse Helena. "Parece que a equipe da Met chegou."

6

Era um belo dia para dirigir pela zona rural, um dia em que Dalgliesh em geral se demoraria explorando estradinhas e estacionando o carro de vez em quando para se deliciar com a visão dos imponentes troncos das grandes árvores despidas de suas folhas por causa do inverno, dos galhos que se estendiam e das escuras teias dos gravetos mais altos destacados contra um céu sem nuvens. O outono havia se prolongado, mas agora ele dirigia sob o ofuscante globo branco de um sol de inverno, cujos contornos irregulares manchavam um azul tão claro como o de um dia de verão. Sua luz logo morreria, mas agora, com sua claridade, os campos, as colinas baixas e os grupos de árvores pareciam definidos e sem sombra.

Uma vez liberados do tráfego londrino eles tinham avançado bastante, e dali a duas horas e meia já estavam no leste de Dorset. Pararam em uma área de estacionamento para comer seus sanduíches, e Dalgliesh consultou seu mapa. Quinze minutos depois, chegaram a uma encruzilhada com uma placa indicando Stoke Cheverell, e pouco menos de dois quilômetros depois da cidadezinha viram outra placa para Cheverell Manor. Pararam os carros diante dos dois portões de ferro fundido e viram depois destes uma aleia de faias. Do lado de dentro dos portões, um homem idoso de sobretudo comprido estava lendo jornal sentado no que parecia uma cadeira de cozinha. Ele o dobrou com cuidado, sem pressa, em seguida se levantou para abrir os portões. Dalgliesh pensou se deveria descer do carro para ajudá-lo, mas os portões se abriram com facilidade e ele passou, seguido pelo carro de Benton e Kate. O velho fechou os portões atrás deles e aproximou-se do carro.

"A senhorita Cressett não gosta de carros atravancando a entrada", disse ele. "Vocês vão ter de dar a volta até os fundos da ala leste."

"Faremos isso, mas daqui a pouco", disse Dalgliesh.

Os três desceram dos carros empunhando seus kits de assassinato. Mesmo a urgência do momento, a consciência de que havia um grupo de pessoas à sua espera em vários estágios de ansiedade ou apreensão, não impediu Dalgliesh de se deter alguns segundos para admirar a casa. Sabia que esse era considerado um dos casarões em estilo Tudor mais bonitos da Inglaterra, e agora ali estava a casa na sua frente com suas formas perfeitas, sua combinação segura de graça e força; uma casa construída para certezas, para nascimento, morte e ritos de passagem, por homens que sabiam no que acreditavam e o que estavam fazendo. Uma casa ancorada na história, sólida. Não havia gramado, jardim ou santuário diante do casarão. Este se erguia sem adornos; sua dignidade dispensava adereços. Ele o estava vendo em seu melhor momento. A luz branca da manhã ensolarada de inverno havia se tornado mais suave, fazendo os troncos das faias reluzir e banhando as pedras da construção com um brilho prateado, de modo que por alguns instantes, naquela imobilidade, esta pareceu tremeluzir e se tornar etérea como uma aparição. A luz do dia logo morreria; era o mês do solstício de inverno. A tarde cairia e a noite viria logo depois. Ele e sua equipe estariam investigando um ato obscuro na escuridão do inverno. Para alguém que amava a luz, isso impunha uma desvantagem tanto psicológica quanto prática.

Enquanto ele e os outros dois avançavam, a porta da frente se abriu e um homem veio ao seu encontro. Por alguns instantes, pareceu não saber ao certo se deveria bater continência, em seguida estendeu a mão e disse: "Inspetor-chefe Keith Whetstone. Chegaram depressa, senhor. O chefe disse que vão precisar de peritos na cena do crime. Só temos uns dois disponíveis agora, mas eles devem chegar daqui a uns quarenta minutos. O fotógrafo está a caminho".

Não restava dúvida, pensou Dalgliesh, de que Whetstone era policial, ou então soldado. Era corpulento, mas tinha a postura ereta. Seu rosto era sem atrativos mas agradável, com bochechas rosadas, olhos firmes e atentos sob cabelos da cor de palha envelhecida, cortados à escovinha e bem aparados ao redor de imensas orelhas. Ele usava uma calça de tweed típica da zona rural e um sobretudo pesado.

Feitas as apresentações, ele disse: "O senhor por acaso sabe por que a Met está assumindo o caso?".

"Não, infelizmente. Imagino que tenha ficado surpreso quando o subdiretor telefonou."

"Sei que o chefe da nossa polícia daqui achou um pouco estranho, mas nós já estamos com trabalho suficiente. O senhor deve ter ouvido falar nas prisões efetuadas no litoral. Os caras da alfândega não estão nos dando trégua. A Yard disse que vocês gostariam de ficar com um agente nosso no caso. Vou deixar Malcolm Warren. Ele é meio caladão, mas é inteligente e sabe quando ficar de boca fechada."

"Calado, confiável e discreto", disse Dalgliesh. "Para mim está bom. Onde ele está agora?"

"Na porta do quarto, vigiando o corpo. Os moradores — bom, os seis moradores mais importantes, creio eu — estão esperando no salão. São o doutor Chandler-Powell, dono da casa, o assistente dele, doutor Marcus Westhall — ele é cirurgião, então é chamado de doutor —, a irmã do assistente, senhorita Candace Westhall, Flavia Holland, a enfermeira responsável, a senhorita Helena Cressett, que até onde pude entender é uma espécie de governanta, secretária e administradora, e a senhora Letitia Frensham, responsável pela contabilidade."

"É uma demonstração de memória e tanto, inspetor-chefe."

"Na verdade, não. O doutor Chandler-Powell se mudou para cá há pouco tempo, mas a maioria das pessoas por aqui sabe quem é quem em Cheverell."

"A doutora Glenister já chegou?"

"Chegou faz uma hora. Tomou um chá e deu um passeio pelo jardim, trocou algumas palavras com Mog — o jardineiro, por assim dizer — para lhe dizer que ele podou a bola-de-neve além da conta. E agora ela está no salão, a menos que tenha saído para dar outra volta. Essa senhora gosta muito de um exercício ao ar livre. Bem, deve dar um descanso do cheiro dos cadáveres."

"Quando o senhor chegou aqui?", perguntou Dalgliesh.

"Vinte minutos depois de receber o telefonema do doutor Chandler-Powell. Eu estava me preparando para iniciar a investigação quando o chefe ligou para dizer que a Yard ia assumir o caso."

"Tem algum palpite, inspetor-chefe?"

A pergunta de Dalgliesh foi parcialmente motivada pela cortesia. Esse não era o seu território. O tempo poderia ou não revelar por que o Ministério do Interior havia entrado no caso, mas o fato de Whetstone aparentemente aceitar bem o envolvimento do departamento não queria dizer que ele estava satisfeito.

"Eu diria que foi alguém de dentro. Se for, o senhor tem um número limitado de suspeitos, o que na minha experiência não torna o caso mais fácil de solucionar. Não se eles forem espertos, como imagino que a maioria seja."

Estavam chegando à porta da frente. Esta se abriu como se alguém estivesse à espreita para calcular com exatidão o momento da chegada. Não podia haver dúvida quanto à identidade do homem que se afastou para o lado enquanto eles entravam. Sua expressão era grave e ostentava a palidez tensa de alguém em estado de choque, mas ele não havia perdido nenhum pingo da autoridade. Aquela era a sua casa, e ele ainda mantinha o controle tanto sobre ela quanto sobre si próprio. Sem estender a mão e sem olhar para os subordinados de Dalgliesh, ele disse: "George Chandler-Powell. Os outros estão no salão".

Seguiram-no para dentro até outra porta à esquerda do hall de entrada quadrado. Surpreendentemente, a pesada porta de carvalho estava fechada, e Chandler-Powell a abriu. Dalgliesh se perguntou se a sua intenção era que a primeira visão do salão fosse assim tão dramática. Ele vivenciou um momento extraordinário em que a arquitetura, as cores, formatos e sons, o pé-direito altíssimo, a imensa tapeçaria na parede da direita, o vaso de folhagens de inverno sobre a mesa de carvalho à esquerda da porta, a fileira de retratos com suas molduras douradas, alguns objetos distinguidos com clareza mesmo à primeira vista, outros talvez desencavados de uma lembrança ou fantasia infantil, pareceram se fundir em um quadro vivo que impregnou sua mente na mesma hora.

As cinco pessoas que esperavam de cada lado da lareira, com o rosto virado na sua direção, pareciam um quadro cuidadosamente arrumado para dar ao aposento um caráter singular e humano. Um minuto transcorreu, estranhamente constrangedor porque parecia uma formalidade inadequada, durante o qual Dalgliesh e Chandler-Powell fizeram rapidamente as respectivas apresentações. As de Chandler-Powell eram praticamente desnecessárias. O único homem além dele tinha de ser Marcus Westhall, a mulher pálida de traços fortes Helena Cressett, a mulher mais baixa de cabelos escuros e única cujo rosto exibia as marcas de possíveis lágrimas devia ser Flavia Holland. A mulher alta e mais velha em pé na periferia do grupo parecia ter sido ignorada por Chandler-Powell. Ela então se adiantou em silêncio, apertou a mão de Dalgliesh e disse: "Letitia Frensham. Eu cuido da contabilidade".

"Acho que já conhece a doutora Glenister", disse Chandler-Powell.

Dalgliesh foi até a cadeira onde a legista estava sentada, e os dois se cumprimentaram com um aperto de mãos. Ela era a única pessoa ainda sentada e, a julgar pelo serviço na mesa ao seu lado, aparentemente haviam lhe servido um chá. Usava as mesmas roupas que ele se lembrava de ter visto em seu último encontro: uma calça enfiada dentro de um par de botas e um casaco de tweed que parecia pesado demais para sua pequena estatura. Um chapéu de abas largas, que ela costumava usar enviesado sobre a cabeça, agora repousava sobre o braço da cadeira. Sem ele, sua cabeça, o couro cabeludo parcialmente visível por entre os cabelos brancos curtos, parecia vulnerável como a de uma criança. Seus traços eram delicados e sua pele, tão pálida que ela às vezes tinha o aspecto de uma mulher gravemente enferma. Mas era extraordinariamente sólida, e os olhos, quase pretos de tão escuros, eram os olhos de uma mulher bem mais jovem. Dalgliesh teria preferido, como sempre preferia, o seu colega de longa data, dr. Kynaston, mas já ficava satisfeito pelo simples fato de ter ali alguém de quem gostava, que respeitava e com quem já havia trabalhado antes. A dra. Glenister era uma das patologistas forenses mais respeitadas da Europa, autora de um renomado manual sobre o tema, e seus depoimentos de perita no tribunal eram formidáveis. Mas a sua presença era um desagradável lembrete do interesse do gabinete do primeiro-ministro. A respeitada dra. Glenister tendia a ser convocada quando o governo estava envolvido.

Pondo-se de pé com a agilidade de uma moça, ela disse: "O inspetor-comandante Dalgliesh e eu somos colegas de longa data. Bem, vamos começar? Doutor Chandler-Powell, eu gostaria que o senhor subisse também, se o inspetor-comandante não tiver nenhuma objeção".

"Nenhuma", respondeu Dalgliesh.

Ele era provavelmente o único funcionário da polícia a quem a dra. Glenister solicitaria o aval para qualquer decisão sua. Ele entendeu o problema que enfrentavam. Havia detalhes médicos que só o dr. Chandler-Powell era capaz de esclarecer, mas havia também coisas que ela e Dalgliesh talvez quisessem dizer que seria inadequado discutir junto ao cadáver com Chandler-Powell presente. Chandler-Powell tinha de ser considerado um suspeito; a dra. Glenister sabia disso — e sem dúvida Chandler-Powell também.

Atravessaram o hall quadrado e subiram a escada, com Chandler-Powell e a dra. Glenister seguindo na frente. Seus pés faziam um barulho estranhamente alto na madeira sem carpete. A escada conduzia a um patamar. A porta da direita estava aberta, e Dalgliesh pôde perceber um aposento comprido, de teto baixo e trabalhado. "A galeria", disse Chandler-Powell. "Sir Walter Raleigh dançou aqui quando visitou a casa. Com exceção dos móveis, está exatamente como era antes."

Ninguém fez nenhum comentário. Um segundo lance de escada, este mais curto, conduzia a uma porta que se abria para um corredor acarpetado com quartos que davam para o leste e para o oeste.

"Os pacientes ficam hospedados neste corredor", explicou Chandler-Powell. "São suítes com sala de estar, quarto e banheiro. Logo abaixo, a galeria foi mobiliada como uma sala de estar anexa. Mas a maioria dos pacientes prefere ficar no quarto ou, de vez em quando, usar a biblioteca do térreo. Os aposentos da enfermeira Holland são os primeiros do lado oeste, bem em frente ao elevador."

Não havia necessidade de indicar o quarto que Rhoda Gradwyn havia ocupado. Um policial fardado sentado em frente à porta se levantou com um pulo quando eles se aproximaram e bateu continência.

"Agente Warren?", perguntou Dalgliesh.

"Sim, senhor."

"Há quanto tempo está no posto?"

"Desde que o inspetor-chefe Whetstone e eu chegamos. Às oito e quinze. A fita já estava colocada."

"O inspetor-chefe Whetstone me instruiu a isolar a porta", disse Chandler-Powell.

Dalgliesh descolou a fita adesiva e entrou na saleta com Kate e Benton logo atrás. Um forte cheiro de vômito pairava no ar, contrastando estranhamente com a formalidade do aposento. A porta do quarto ficava à esquerda. Estava fechada, e Chandler-Powell a abriu com delicadeza, empurrando uma bandeja caída, xícaras quebradas e um bule virado de lado com a tampa solta. O quarto estava às escuras, iluminado apenas pela luz do dia vinda da saleta. A mancha escura de chá maculava o carpete.

"Deixei tudo exatamente como encontrei", disse Chandler-Powell. "Ninguém entrou no quarto desde que a enfermeira e eu saímos. Acho que podemos limpar a bagunça depois que o corpo for levado embora."

"Não antes de vasculharmos o local", disse Dalgliesh.

O quarto não era muito pequeno, mas, com cinco pessoas, pareceu subitamente lotado. Era um pouco menor do que a saleta, mas mobiliado com uma elegância que intensificava o horror sombrio do que jazia sobre a cama. Com Kate e Benton na retaguarda, aproximaram-se do corpo. Dalgliesh acendeu a luz junto à porta, e em seguida voltou-se para o abajur da cabeceira. Viu que não havia lâmpada, e que a cordinha com seu botão vermelho para chamar o serviço havia sido amarrada bem alto acima da cama. Ficaram em pé ao redor do corpo, em silêncio, Chandler-Powell um pouco afastado, consciente de que talvez sua situação ali fosse algo delicada.

A cama ficava virada para a janela, que estava fechada e com as cortinas também fechadas. Rhoda Gradwyn estava deitada de costas, com os dois braços, de punhos cerrados, erguidos de forma pouco natural acima da cabeça, como em um gesto de surpresa teatral, os cabelos pretos espalhados sobre o travesseiro. O lado esquerdo de seu rosto estava coberto por um curativo de esparadrapo cirúrgico, mas a pele que podia ser vista tinha um tom de vermelho vivo. O olho direito, embaçado pela morte, estava totalmente aberto, o que dava ao corpo o aspecto bizarro e perturbador de um cadáver que espiava ameaçadoramente com um olho não de todo morto. O lençol cobria-lhe o corpo até os ombros, como se o assassino estivesse expondo deliberadamente seu trabalho emoldurado pelas duas finas alças da camisola de linho branco. A causa da morte era evidente. Ela havia sido esganada pela mão de alguém.

Dalgliesh sabia que olhares especulativos dirigidos a um cadáver — entre os quais o seu próprio — eram diferentes dos olhares dirigidos a uma pessoa viva. Mesmo para um profissional acostumado com a visão de mortes violentas, havia sempre algum vestígio de pena, raiva ou horror. Os melhores patologistas e policiais, na situação em que eles agora se encontravam, nunca perdiam o respeito pelos mortos, um respeito nascido de emoções compartilhadas, por mais temporárias que fossem, do reconhecimento tácito de uma humanidade que lhes era comum, de um fim que lhes seria comum. Mas qualquer humanidade e qualquer personalidade se extinguia com o último suspiro. O corpo, já sujeito ao processo inexorável da decomposição, havia sido reduzido a uma prova a ser tratada com um profissionalismo rigoroso, foco de emoções que era agora incapaz de compartilhar, e que já não o perturbavam. Agora, seu único contato físico era com as mãos que o exploravam com luvas, sondas, termômetros, bisturis utilizados em um corpo exposto como a carcaça de um animal. Aquele não era o cadáver mais horrível que ele já tinha visto em seus anos na polícia investigativa, mas agora parecia conter toda a pena, raiva e impotência acumuladas ao longo de uma carreira. *Talvez para mim já chegue de assassinato*, pensou ele.

Apesar de confortável, o quarto em que ela jazia, assim como a saleta que haviam atravessado, era mobiliado com um esmero excessivo, atingindo uma perfeição organizada que lhe pareceu intimidadora e impessoal. Os objetos que ele havia vislumbrado ao passar pela saleta até a cabeceira da cama se organizaram em sua lembrança: a escrivaninha em estilo georgiano, as duas poltronas modernas diante de uma grelha metálica equipada com um radiador elétrico, a estante e a cômoda de mogno arrumadas em posição de destaque. No entanto, eram aposentos nos quais ele jamais teria se sentido em casa. Faziam-no pensar em um hotel rural que certa vez — e uma vez só — havia visitado, onde os hóspedes que pagavam diárias demasiado caras eram sutilmente levados a se sentir socialmente inferiores em seu gosto, em comparação com os donos. Não havia lugar para nenhuma imperfeição. Ele se perguntou quem teria decorado os quartos. Provavelmente a srta. Cressett. Se tivesse sido ela, possivelmente estava tentando transmitir a mensagem de que aquela parte da casa era apenas um hotel para estadias curtas. Os visitantes deviam ficar impressionados, mas não deviam se sentir sequer temporariamente donos do lugar. Talvez Rhoda Gradwyn tivesse experimentado outro sentimento, talvez tivesse até se sentido em casa ali. Mas para ela o quarto não havia sido maculado pela contaminação tóxica de um assassinato.

Virando-se para Chandler-Powell, a dra. Glenister disse: "O senhor a viu na véspera, é claro".

"Naturalmente."

"E foi assim que a encontrou hoje de manhã?"

"Sim. Quando vi o pescoço dela, entendi que não podia fazer mais nada, que não havia possibilidade de ser uma morte natural. Não é preciso consultar um patologista forense para diagnosticar como ela morreu. Ela foi esganada. O que vocês estão vendo agora foi exatamente o que eu vi na primeira vez que me aproximei da cama."

"O senhor estava sozinho?", perguntou Dalgliesh.

"Estava sozinho na cabeceira da cama. A enfermeira Holland estava na saleta cuidando de Kimberley Bostock, a subchef que tinha trazido o chá de manhã cedo. Quando viu o corpo, a enfermeira apertou várias vezes o botão vermelho da saleta, de modo que eu entendi que havia algum tipo de emergência. Como o senhor vai ver, o botão ao lado da cama foi amarrado fora de alcance. Muito sabiamente, a enfermeira Holland não tocou nele. Ela me garantiu que o botão estava sobre a mesinha de cabeceira como sempre esteve quando ela pôs a paciente para dormir. Achei que provavelmente a paciente houvesse entrado em pânico ou estivesse passando mal, e esperei encontrar a enfermeira aqui também, em resposta ao chamado. Fechamos as duas portas e levei Kimberley para os seus aposentos. Chamei o marido para ficar com ela e telefonei imediatamente para a polícia local. O inspetor-chefe Whetstone me instruiu a isolar o quarto e ficou aqui supervisionando tudo até vocês chegarem. Eu já havia providenciado para ninguém entrar neste corredor nem no elevador."

A dra. Glenister estava curvada por cima do corpo, mas sem tocá-lo. Endireitou-se e disse: "Ela foi estrangulada por alguém destro, com a mão provavelmente protegida por uma luva lisa. Há hematomas provocados pelos dedos e pelo polegar da mão direita, mas nenhum arranhão de unha. Saberei mais quando ela estiver na mesa de autópsia". Virou-se para Chandler-Powell. "Tenho uma pergunta, por favor. O senhor receitou algum sedativo para ela ontem à noite?"

"Ofereci temazepam, mas ela disse que não precisava. Havia se recuperado bem da anestesia, tinha comido um jantar leve e estava um pouco grogue. Achou que não teria dificuldade para dormir. A enfermeira Holland foi a última pessoa a vê-la — tirando quem a matou, é claro — e tudo que ela pediu foi um copo de leite com um pouco de *brandy*. A enfermeira Holland ficou esperando enquanto ela bebia e depois levou o copo embora. É claro que agora ele já foi lavado."

"Acho que o laboratório vai achar útil uma lista dos sedativos que vocês têm aqui", disse a dra. Glenister, "ou qualquer remédio ao qual um paciente possa ter acesso ou receber. Obrigada, doutor Chandler-Powell."

"Seria útil ter uma primeira conversa com o senhor sozinho, talvez daqui a uns dez minutos", disse Dalgliesh. "Preciso ter uma ideia da disposição dos cômodos da casa e da quantidade e função dos membros da equipe, e saber como a senhorita Gradwyn se tornou sua paciente."

"Estarei no escritório principal", disse Chandler-Powell. "Fica logo depois da porta principal, em frente ao salão. Vou procurar uma planta da casa para o senhor."

Esperaram até ouvir os passos dele na saleta e a porta do corredor se fechando. Então a dra. Glenister tirou suas luvas cirúrgicas da maleta de médico e tocou delicadamente o rosto de Gradwyn, depois seu pescoço e braços. A patologista forense havia sido uma renomada professora, e Dalgliesh sabia, por experiência, que ela raramente conseguia resistir à oportunidade de instruir os mais jovens.

"Com certeza o senhor sabe tudo sobre rigidez cadavérica, investigador", disse ela para Benton.

"Não, senhora. Sei que começa nas pálpebras umas três horas depois da morte, depois se espalha pelo rosto e pelo pescoço até o tórax, e finalmente pelo tronco e pelas extremidades inferiores. O enrijecimento em geral atinge o ápice em cerca de doze horas, e começa o processo inverso após cerca de trinta e seis horas."

"E o senhor acha que a rigidez cadavérica é um indício confiável da hora do óbito?"

"Não, senhora, não inteiramente confiável."

"Nada confiável. A rigidez pode ser influenciada pela temperatura ambiente, pela condição muscular da pessoa, pela causa da morte e por algumas condições capazes de simular a rigidez cadavérica mas que são diferentes, incluindo cadáveres submetidos a um forte calor e a espasmos cadavéricos. Sabe o que é isso, investigador?"

"Sei, sim, senhora. Pode ocorrer na hora do óbito. Os músculos da mão se enrijecem tornando qualquer coisa que o morto estiver segurando difícil de remover."

"A avaliação da hora exata do óbito é uma das responsabilidades mais importantes de um médico-legista, e uma das mais difíceis. Um dos indicadores mais modernos é a dosagem de potássio no fluido ocular. Neste caso aqui, saberei com mais precisão depois de ter tirado a temperatura retal e feito a autópsia. Enquanto isso, posso fazer uma avaliação preliminar com base na hipóstase... certamente o senhor sabe o que é."

"Sei, sim, senhora. Lividez cadavérica."

"Que neste caso estamos vendo provavelmente no ápice. Com base nisso, e na condição atual da rigidez cadavérica, minha estimativa preliminar seria de que ela morreu entre onze horas e meia-noite e meia, provavelmente mais para onze horas. Fico aliviada, investigador, por ver que o senhor provavelmente não vai se transformar em um daqueles policiais investigativos que esperam uma estimativa exata do patologista forense minutos depois de ter visto o corpo."

As palavras eram uma dispensa. Foi então que o telefone sobre a mesa de cabeceira tocou. O toque era estridente e inesperado, o trinado insistente parecendo uma invasão macabra da privacidade da morte. Durante alguns segundos, ninguém se moveu, com exceção da dra. Glenister, que foi calmamente até sua maleta de couro como se fosse surda qual uma porta.

Dalgliesh pegou o fone. Era a voz de Whetstone. "O fotógrafo já chegou, senhor, e os dois peritos em cena do crime estão a caminho. Assim que eu puder transmitir o que sei a alguém da sua equipe, já vou indo."

"Obrigado, desço já", disse Dalgliesh.

Ele já vira tudo que precisava ver na cabeceira da cama. Não ficou desapontado por ser poupado do exame do cadáver pela dra. Glenister. "O fotógrafo chegou", disse. "Posso mandá-lo subir, se não for atrapalhar a senhora."

"Só vou precisar de mais uns dez minutos", disse a dra. Glenister. "Depois disso, sim, mande-o subir. Eu ligo chamando o rabecão assim que ele terminar. Com certeza as pessoas aqui da casa vão ficar felizes em ver o corpo ser removido. Depois podemos trocar umas palavrinhas antes de eu ir embora."

Kate havia passado todo esse tempo em silêncio. Quando estavam descendo a escada, Dalgliesh disse para Benton: "Por favor, cuide do fotógrafo e dos peritos. Eles podem começar depois que o corpo for retirado. Vamos tirar as digitais mais tarde, mas não espero encontrar nada de significativo. Provavelmente qualquer pessoa da equipe daqui poderia ter entrado no quarto de forma legítima em algum momento. Kate, por favor me acompanhe até o escritório. Chandler-Powell deve ter o nome de algum parente de

Rhoda Gradwyn, e talvez também do advogado dela. Alguém terá de dar a notícia, e provavelmente é melhor que a polícia local faça isso, quem quer que seja. E precisamos saber muito mais sobre este lugar, sobre a planta, sobre os outros funcionários empregados por Chandler-Powell e quando estão de serviço. Quem a esganou deve ter usado luvas cirúrgicas. A maioria das pessoas sabe que é possível levantar digitais do interior de luvas de látex, então provavelmente elas devem ter sido destruídas. E os peritos precisam prestar atenção no elevador. Agora, Kate, vamos ver o que o doutor Chandler-Powell tem a nos dizer".

7

No escritório, Chandler-Powell estava sentado à escrivaninha com duas grandes folhas de papel abertas na sua frente: uma delas era um mapa que mostrava a casa em relação à cidade, a outra era uma planta da casa. Ele se levantou ao vê-los entrar e deu a volta na escrivaninha. Curvaram-se os três por cima delas.

"A ala dos pacientes", disse ele, "que vocês acabam de visitar, fica aqui no oeste, junto com o quarto e a saleta da enfermeira Holland. A parte central da casa inclui o hall de entrada, o salão, a biblioteca e a sala de jantar, e um apartamento para o cozinheiro e sua mulher, Dean e Kimberley Bostock, que fica ao lado da cozinha, com vista para o jardim formal. A empregada, Sharon Bateman, tem um quartinho acima dos aposentos deles. Os meus aposentos e o apartamento ocupado pela senhorita Cressett ficam na ala leste, assim como a saleta e o quarto de dormir da senhora Frensham e dois quartos de hóspedes hoje desocupados. Fiz uma lista da equipe não residente. Além dos que vocês já conheceram, trabalham para mim um anestesista e enfermeiros adicionais para a sala de cirurgia. Alguns chegam de ônibus bem cedo nos dias de cirurgia, outros vêm de carro. Nenhum deles passa a noite aqui. Outra enfermeira, Ruth Frazer, trabalhava em tempo parcial dividindo a responsabilidade com a enfermeira Holland até as nove e meia, quando terminava o seu plantão."

"O senhor idoso que nos abriu o portão, ele trabalha aqui em tempo integral?", perguntou Dalgliesh.

"O nome dele é Tom Mogworthy. Eu o herdei quando comprei a casa. Ele trabalha como jardineiro aqui há trinta anos. Vem de uma antiga família de Dorset e considera-se um especialista na história, nas tradições e no folclore da região — quanto mais sangrentos, melhor. Na verdade, o pai dele se mudou para o East End londrino antes de Mog nascer, e foi só com trinta anos que ele voltou para cá, para o que considera suas raízes. De certa forma, ele é mais *cockney* do que camponês. Pelo que sei, não exibiu nenhuma tendência assassina e, se dermos um desconto para os cavaleiros sem cabeça, maldições de bruxas e exércitos fantasmagóricos de monarquistas, ele é sincero e confiável. Mora com a irmã na cidade. Marcus Westhall e a irmã ocupam Stone Cottage, que fica no terreno da propriedade."

"E Rhoda Gradwyn, como foi que ela se tornou paciente?", perguntou Dalgliesh.

"Eu a recebi pela primeira vez em Harley Street no dia 21 de novembro. Ela não foi indicada por seu clínico como em geral acontece, mas dei uma palavrinha com ele. Ela me procurou para retirar uma profunda cicatriz na face esquerda. Vi-a de novo no Hospital Saint Angela, onde ela fez alguns exames, e outra vez rapidamente, quando ela chegou na quinta-feira à noite. Ela também esteve aqui no dia 27 de novembro para uma visita preliminar e passou duas noites, mas não nos encontramos nessa ocasião. Eu não a conhecia antes de ela aparecer em Harley Street, e não faço ideia de por que ela escolheu a clínica. Imaginei que ela tivesse pesquisado sobre a reputação dos cirurgiões plásticos e, quando precisou escolher entre Londres e Dorset, tivesse optado pela clínica por querer privacidade. Não sei nada sobre ela, a não ser sua reputação como jornalista e, é claro, seu histórico médico. Em nosso primeiro encontro, achei-a muito calma, muito direta, muito clara em relação ao que queria. Uma coisa me intrigou. Perguntei a ela por que havia esperado tanto para se livrar da cicatriz, e por que agora. Ela respondeu: 'Porque não preciso mais dela'."

Houve um silêncio, e Dalgliesh disse: "Tenho de lhe perguntar uma coisa. O senhor faz ideia de quem seja responsável pela morte da senhorita Gradwyn? Se tiver alguma suspeita, ou se houver alguma coisa que eu precise saber, por favor me fale agora".

"Então o senhor está partindo do princípio de que isso foi o que vocês sem dúvida chamam de serviço interno?"

"Não estou partindo de princípio nenhum. Mas Rhoda Gradwyn era sua paciente, e foi morta na sua casa."

"Mas não por ninguém da minha equipe. Eu não emprego maníacos homicidas."

"Duvido muito de que isso seja obra de um maníaco, e tampouco estou supondo que o responsável seja algum membro da sua equipe", disse Dalgliesh. "A senhorita Gradwyn teria sido capaz de sair do quarto e pegar o elevador até o térreo para abrir a porta da ala oeste?"

"Seria perfeitamente possível, depois de ela ter recuperado plenamente a consciência", respondeu Chandler-Powell, "mas, como ela estava sob monitoramento constante na sala de recuperação, e no início recebia visitas a cada meia hora após ter sido transferida de cadeira de rodas para sua suíte às quatro e meia, a única possibilidade teria sido depois das dez horas, quando já estava recolhida para dormir. Depois dessa hora, na minha opinião, ela teria sido fisicamente capaz de sair da suíte, embora, é claro, houvesse a possibilidade de alguém vê-la. E ela teria precisado de um jogo de chaves. Não poderia ter pego um jogo na gaveta de chaves do escritório sem disparar o alarme. Esta planta da casa mostra como funciona o sistema. A porta da frente, o salão, a biblioteca, a sala de jantar e o escritório estão todos protegidos, mas não a ala oeste, onde há apenas trincos e chaves. O responsável por ligar o alarme à noite sou eu, e, na minha ausência, é a senhorita Cressett. Eu tranco e fecho o ferrolho da porta oeste às onze, a menos que saiba que alguém saiu. Foi o que fiz ontem à noite, como de hábito."

"A senhorita Gradwyn recebeu um jogo de chaves para a porta oeste quando esteve aqui na visita preliminar?"

"Com certeza. Todos os pacientes recebem. A senhorita Gradwyn levou as chaves sem querer quando foi embora. Acontece às vezes. Ela as devolveu com suas desculpas dois dias depois."

"E nesta visita?"

"Ela chegou na quinta-feira já de noite, e disse que não queria ir ao jardim. Se tudo tivesse corrido normalmente, teria recebido as chaves hoje de manhã."

"E o senhor controla as chaves?"

"Razoavelmente. São seis suítes de pacientes e seis chaves numeradas, mais duas sobressalentes. Não posso garantir o paradeiro de cada jogo. Os pacientes, sobretudo os de estadia longa, são livres para entrar e sair. Não estou administrando um hospital psiquiátrico. E, evidentemente, todos os que trabalham na casa têm as chaves da porta da frente e da porta oeste. Essas chaves já foram todas identificadas, assim como as chaves dos pacientes. Estão no armário de chaves."

As chaves ficavam dentro de um pequeno armário de mogno preso à parede ao lado da lareira. Dalgliesh verificou que todos os seis jogos numerados estavam lá, assim como os dois sobressalentes.

Chandler-Powell não questionou que motivo Rhoda Gradwyn teria para marcar algum encontro logo depois da cirurgia, nem mencionou as muitas objeções a qualquer teoria baseada nessa hipótese improvável, e Dalgliesh tampouco insistiu. Mas tinha sido importante fazer a pergunta.

"Pelo que a doutora Glenister disse na cena do crime, e pelo que eu próprio observei", disse Chandler-Powell, "o senhor sem dúvida vai se interessar pelas luvas cirúrgicas que temos na clínica. As que eu uso para as cirurgias ficam na sala de material cirúrgico junto à sala de cirurgia, que fica sempre trancada. As enfermeiras e os funcionários domésticos também usam luvas de látex quando necessário, e esse estoque fica no armário da empregada, no térreo ao lado da cozinha. As luvas são compradas em caixas e uma das caixas está aberta, mas nenhuma das luvas, nem lá nem na sala de cirurgia, é verificada. São objetos descartáveis usados conforme a necessidade e depois jogados fora."

Então qualquer pessoa na clínica saberia que há luvas no armário da empregada, pensou Kate. *Mas ninguém de fora saberia disso, a menos que lhe informassem com antecedência.* Até ali não havia indícios de que houvessem sido usadas luvas cirúrgicas, mas elas seriam a escolha evidente para qualquer pessoa bem informada.

Chandler-Powell começou a dobrar o mapa e a planta da casa. "Estou com a ficha pessoal da senhorita Gradwyn aqui", disse. "Há algumas informações de que o senhor talvez precise, e que eu já transmiti ao inspetor-chefe Whetstone: o nome e o endereço da mãe, que ela listou como parente mais próxima, e os do advogado. E há uma outra paciente que passou a noite aqui e que talvez possa ser útil, eu acho: senhora Laura Skeffington. A pedido dela, encaixei-a para um pequeno procedimento hoje, embora a quantidade de intervenções na clínica esteja diminuindo por causa do feriado prolongado de Natal. Ela estava no quarto vizinho ao da senhorita Gradwyn, e diz ter visto luzes do lado de fora da casa durante a noite. Naturalmente, está ansiosa para ir embora, então seria conveniente se o senhor ou alguém da sua equipe pudesse vê-la primeiro. Ela já devolveu suas chaves."

Dalgliesh sentiu-se tentado a dizer que essa informação poderia muito bem ter sido transmitida antes. "Onde está a senhora Skeffington agora?", perguntou.

"Na biblioteca, com a senhora Frensham. Achei que não seria sensato deixar a senhora Skeffington sozinha. Ela está com medo e em choque, o que é de esperar. Evidentemente, não podia ficar no quarto. E eu pensei que o senhor não fosse querer ninguém no andar dos pacientes, então isolei o corredor e o elevador assim que fui chamado para ver o corpo. Mais tarde, seguindo as instruções telefônicas do inspetor-chefe Whetstone, isolei o quarto. A senhora Frensham ajudou a senhora Skeffington a fazer as malas, e ela já está com elas prontas para ir embora. Quanto antes ela for, melhor para ela... e para nós."

Então ele tomou cuidado para preservar quanto possível a cena do crime, antes mesmo de telefonar para a polícia local, pensou Kate. *Que previdente da sua parte. Ou estará ele querendo demonstrar sua disposição para cooperar? Seja como for, manter intactos o patamar da escada e o elevador foi sensato, mas não chegou a ser crucial. As pessoas — pacientes e funcionários — precisam usá-los diariamente. Se este tiver sido um serviço interno, as impressões digitais não vão nos ajudar muito.*

O grupo entrou no salão. Dalgliesh disse: "Eu gostaria de ver todos juntos, ou seja, todos aqueles que tiveram qualquer contato com a senhorita Gradwyn desde a hora em que ela chegou e que estavam na casa ontem a partir das quatro e meia da tarde, quando ela foi levada de volta para o quarto, incluindo o senhor Mogworthy. Mais tarde faremos interrogatórios individuais em Old Police Cottage, o antigo chalé do chefe de polícia. Gostaria de interromper o menos possível a rotina de todos, mas um pouco de perturbação é inevitável".

"Vai precisar de um cômodo bem grande", disse Chandler-Powell. "Depois que a senhora Skeffington for interrogada e for embora, a biblioteca ficará livre, se achar conveniente. O senhor e sua equipe também podem usar a biblioteca para qualquer interrogatório individual."

"Obrigado", disse Dalgliesh. "A biblioteca vai servir para as duas coisas. Mas primeiro preciso falar com a senhora Skeffington."

Quando estavam saindo do escritório, o dr. Chandler-Powell disse: "Estou providenciando uma equipe de seguranças particulares para garantir que não vamos ser importunados pela mídia ou por curiosos da região. Suponho que o senhor não tenha nenhuma objeção".

"Nenhuma, contanto que eles fiquem do lado de fora dos portões e não interfiram na minha investigação. Caberá a mim decidir se eles devem ou não participar."

Chandler-Powell não respondeu. Do lado de fora da porta, Benton juntou-se a eles, e encaminharam-se para a biblioteca ao encontro da sra. Skeffington.

8

Ao passar pelo salão, Kate ficou novamente muito impressionada com a luz, o espaço e o colorido, com as chamas crepitantes da lareira, o lustre que iluminava a obscuridade da tarde de inverno, as cores desbotadas mas nítidas da tapeçaria, as molduras douradas, as cores luxuriantes das roupas retratadas, e bem lá em cima as vigas escuras do teto altíssimo. Como o resto da casa, esse parecia um lugar feito para ser visitado com admiração, nunca realmente habitado. Ela jamais poderia ser feliz em uma casa assim, que impunha as obrigações do passado, um fardo de responsabilidade suportado publicamente, e pensou com satisfação no apartamento ensolarado e parcamente mobiliado com vista para o Tâmisa lá embaixo. A porta da biblioteca, escondida no carvalho esculpido que revestia as paredes, ficava na parede da direita, junto à lareira. Kate duvidava de que teria reparado nela caso não houvesse sido aberta por Chandler-Powell.

Em contraste com o salão, o aposento que adentraram lhe pareceu surpreendentemente pequeno, confortável e despretensioso, um santuário coberto de livros que protegia seu silêncio assim como protegia as estantes de volumes encadernados em couro, todos tão milimetricamente alinhados que davam a impressão de nunca terem sido retirados das prateleiras. Como sempre, ela avaliou o recinto com um olhar rápido, dissimulado. Não esquecera a repreenda de AD a um investigador em seus primeiros tempos na equipe. "A nossa presença aqui foi autorizada, mas nós não somos bem-vindos. Esta continua sendo a casa deles. Simon, não fique olhando para os pertences deles de boca aberta, como se os estivesse avaliando para um brechó." As estantes, que cobriam todas as paredes com exceção da que continha três janelas altas, eram feitas de madeira mais clara do que a do salão, e o trabalho da carpintaria era mais simples e mais elegante. Talvez a biblioteca tivesse sido construída depois. Acima das estantes estavam dispostos bustos de mármore, desumanizados pelos olhos cegos e transformados em meros símbolos. Sem dúvida AD e Benton saberiam quem eram, e saberiam também a época aproximada da madeira trabalhada, e se sentiriam em casa ali. Ela expulsou esse pensamento da mente. Com certeza a essa altura já havia disciplinado um resquício de inferioridade intelectual que sabia ser desnecessário além de cansativo. Ninguém com quem ela tivesse trabalhado na equipe especial a fizera se sentir menos inteligente do que ela sabia ser e, depois de seu caso em Combe Island, ela acreditava ter deixado para trás de uma vez por todas aquela semiparanoia indigna.

A sra. Skeffington estava sentada em frente à lareira em uma cadeira de espaldar alto. Não se levantou, mas acomodou-se com mais elegância, as pernas magras uma junto da outra. Seu rosto era oval e pálido, a pele bem esticada por cima de malares acentuados, a boca carnuda pintada com um batom vermelho brilhante. Kate pensou que, se aquela perfeição sem rugas era o resultado da perícia do dr. Chandler-Powell, ele havia lhe prestado um bom serviço. Mas o pescoço, mais escuro, franzido e marcado pelos vincos da idade, e as mãos de veias roxas não eram as de uma mulher jovem. Os cabelos, pretos e lustrosos, erguiam-se em uma onda na testa e caíam retos até os ombros. Suas mãos estavam ocupadas com os cabelos, torcendo-os e ajeitando-os atrás das orelhas. A sra. Frensham, que estava sentada na sua frente, levantou-se e ficou parada, com as mãos juntas, enquanto Chandler-Powell fazia as apresentações. Kate observou com um divertimento cínico a reação esperada enquanto os olhos da sra. Skeffington se fixavam em Benton e se arregalavam em um olhar fugaz porém intenso que misturava surpresa, interesse e cálculo. Mas foi com Chandler-Powell que ela falou, e sua voz soava ressentida como a de uma criança malcriada.

"Achei que vocês nunca fossem chegar. Estou sentada aqui há horas esperando alguém."

"Mas a senhora não ficou sozinha em momento algum, ficou? Eu providenciei para que não ficasse."

"Foi tão ruim quanto ficar sozinha. Só uma pessoa. A enfermeira, que não ficou muito tempo, não quis falar sobre o que aconteceu. Imagino que tenha sido instruída a não dizer nada. E a senhorita Cressett tampouco disse nada quando assumiu seu lugar. E agora a senhora Frensham não quer dizer nada. É como estar em um necrotério ou sob supervisão. O Rolls está lá fora. Eu o vi chegar pela janela. Robert, nosso chofer, vai ter de voltar, e eu não posso ficar aqui. Isso não tem nada a ver comigo. Quero ir para casa."

Então, recompondo-se com uma rapidez surpreendente, ela se virou para Dalgliesh e estendeu a mão. "Estou muito feliz que tenha vindo, inspetor-comandante. Stuart disse que o senhor viria. Ele me disse para não me preocupar, que mandaria o melhor."

Houve um silêncio. A sra. Skeffington pareceu momentaneamente desconcertada, e voltou os olhos para George Chandler-Powell. *Então é por isso que estamos aqui*, pensou Kate, *é por isso que a equipe especial veio do gabinete do primeiro-ministro*. Sem virar a cabeça, ela não conseguiu conter um olhar de relance para Dalgliesh. Ninguém melhor do que seu chefe sabia disfarçar a raiva, mas esta era visível no rubor momentâneo da testa, na frieza do olhar, na expressão momentaneamente enrijecida, na contração quase imperceptível dos músculos. Disse a si mesma que Emma nunca tinha visto aquele olhar. Ainda havia partes da vida de Dalgliesh das quais ela, Kate, participava que permaneciam fechadas para a mulher que ele amava, e continuariam fechadas para sempre. Emma conhecia o poeta e o amante, mas não o inspetor, não o policial. O trabalho dele e o dela eram território proibido para qualquer um que não houvesse prestado o juramento, a quem não se houvesse atribuído a sua perigosa autoridade. Ela era a companheira de armas, não a dona de seu coração. Era impossível entender o trabalho policial sem tê-lo feito. Ela havia se treinado a não sentir ciúmes, a se alegrar com a felicidade dele, mas não conseguia evitar, de vez em quando, esse pequeno e mesquinho consolo.

A sra. Frensham murmurou uma despedida e se retirou, e Dalgliesh sentou-se na cadeira que ela havia desocupado. "Espero que não precisemos mantê-la aqui por muito tempo, senhora Skeffington", disse ele, "mas preciso de algumas informações suas. A senhora pode nos dizer exatamente o que aconteceu desde que chegou aqui ontem à tarde?"

"Quer dizer desde a hora em que cheguei?" Dalgliesh não respondeu. A sra. Skeffington prosseguiu: "Mas isso é ridículo. Desculpe, mas não há nada a dizer. Não aconteceu nada, bem, nada fora do normal, não antes de ontem à noite, e imagino que eu possa ter me enganado. Vim aqui fazer uma cirurgia marcada para amanhã... quer dizer, para hoje. Eu só estava aqui por acaso. Acho que nunca mais vou voltar. Foi uma terrível perda de tempo."

A voz dela se extinguiu. Dalgliesh disse: "Por favor, vamos retomar a partir da hora em que a senhora chegou. A senhora veio de Londres de carro?".

"Com o motorista. Robert me trouxe no Rolls. Eu lhe disse, ele está esperando para me levar para casa. O meu marido o mandou me buscar assim que telefonei."

"E quando foi isso?"

"Assim que me disseram que uma paciente tinha morrido. Acho que deviam ser umas oito horas. Havia muita movimentação, passos e vozes, então eu pus a cabeça para fora da porta e o doutor Chandler-Powell entrou e me disse o que tinha acontecido."

"A senhora sabia que Rhoda Gradwyn era a paciente do quarto ao lado?"

"Não, não sabia. Nem sequer sabia que ela estava aqui. Não a vi depois de chegar, e ninguém me disse que ela estava aqui."

"A senhora já a havia encontrado antes de vir?"

"Não, é claro que não. Por que teria encontrado? Ela não é jornalista, algo assim? Stuart me disse para manter distância dessa gente. Nós lhes contamos coisas e eles sempre nos traem. Quer dizer, não é como se nós frequentássemos o mesmo círculo social."

"Mas a senhora sabia que havia alguém no quarto ao lado do seu?"

"Bom, eu sabia que Kimberley tinha trazido o jantar. Ouvi o barulho do carrinho. Eu, é claro, não tinha comido nada desde a hora do almoço, quando fiz uma refeição leve em casa. Não podia comer por causa da anestesia no dia seguinte. Só que agora, evidentemente, isso não tem mais importância."

"Podemos voltar à hora da sua chegada? Que horas eram?"

"Bem, eram umas cinco. Fui recebida pelo doutor Westhall, pela enfermeira Holland e pela senhorita Cressett no hall e tomei chá com eles, mas não comi nada. Estava escuro demais para passear no jardim, então passei o resto do dia na minha suíte. Precisava acordar bem cedo, porque o anestesista ia chegar e ele e o doutor Chandler-Powell iam querer me ver antes da cirurgia. Então fui para o meu quarto e fiquei vendo televisão até umas dez horas, quando resolvi ir me deitar."

"E o que aconteceu durante a noite?"

"Bem, eu levei algum tempo para conseguir dormir, e só devo ter pegado no sono depois das onze. Mas depois acordei porque precisei ir ao banheiro."

"Que horas eram?"

"Olhei para o relógio para ver quanto tempo tinha dormido. Eram umas vinte para a meia-noite. Foi então que ouvi o elevador. Ele fica em frente à suíte da enfermeira — bom, imagino que o senhor tenha visto. Ouvi o barulho discreto das portas se fechando, e depois uma espécie de ronronar quando o elevador desceu. Antes de voltar para a cama, fui abrir as cortinas. Sempre durmo com a janela um pouco aberta, e pensei que seria bom deixar entrar um pouco de ar. Foi então que vi a tal luz entre as Pedras de Cheverell."

"Que tipo de luz, senhora Skeffington?"

"Uma luzinha se movendo entre as pedras. Acho que poderia ter sido uma lanterna. Ela piscou e depois sumiu. Talvez a pessoa tenha apagado ou apontado a lanterna para baixo. Não vi mais a luz." Ela se deteve.

"E depois, o que a senhora fez?", perguntou Dalgliesh.

"Bem, eu estava com medo. Lembrei da bruxa que foi queimada lá e de como dizem que as pedras são assombradas. Havia um pouco de luminosidade por causa das estrelas, mas a noite estava bem escura, e tive a sensação de que havia alguém lá fora. Bom, devia haver mesmo, ou eu não teria visto a luz. É claro que eu não acredito em fantasmas, mas foi assustador. Na verdade, foi horrível. De repente, quis ter alguém comigo. Queria alguém com quem conversar, então pensei na paciente do quarto ao lado. Mas quando abri a porta do corredor percebi que não estava sendo... bom, que não estava sendo razoável. Afinal, era quase meia-noite. Ela provavelmente estava dormindo. Se eu a acordasse, é possível que ela reclamasse com a enfermeira Holland. A enfermeira pode ser bem rígida se você fizer alguma coisa que ela desaprove."

"Então a senhora sabia que o paciente do quarto ao lado era mulher?", perguntou Kate.

A sra. Skeffington olhou para ela como teria olhado para uma empregada desobediente, pensou Kate. "Geralmente os pacientes são mulheres, não são? Afinal, isto é uma clínica de cirurgia plástica. Enfim, não fui bater na porta ao lado. Resolvi ligar para Kimberley para pedir um chá e ficar lendo ou ouvindo rádio até me cansar."

"E quando a senhora espiou o corredor, viu alguém ou ouviu alguma coisa?", perguntou Dalgliesh.

"Não, claro que não. Caso contrário já teria dito. O corredor estava deserto e muito silencioso. Assustador, na verdade. Só havia uma luz fraca em frente ao elevador."

"Quando exatamente abriu a porta para olhar?", perguntou Dalgliesh. "A senhora se lembra?"

"Deviam ser umas cinco para a meia-noite. Não posso ter passado mais do que cinco minutos na janela. Então pedi um chá e Kimberley trouxe."

"A senhora lhe contou sobre a luz?"

"Contei, sim. Disse que a luz piscando nas pedras tinha me assustado e estava me impedindo de dormir. Era por isso que eu tinha pedido o chá. E era por isso que queria companhia. Mas Kimberley não ficou muito tempo. Acho que ela não tem permissão para conversar com os pacientes."

"Não lhe ocorreu acordar a enfermeira Holland?", interrompeu o dr. Chandler-Powell de repente. "A senhora sabia que o quarto dela ficava no corredor, ao lado do seu. É por isso que ela dorme no andar dos pacientes, para estar disponível caso alguém precise dela."

"Ela provavelmente teria me considerado uma boba. E eu não me considerava uma paciente, não antes da cirurgia. Não estava precisando de nada, nem de remédios nem de soníferos."

Houve um silêncio. Como se percebesse pela primeira vez a importância do que estava dizendo, a sra. Skeffington correu os olhos de Dalgliesh para Kate. "Pode ser que eu estivesse enganada em relação à luz, é claro. Afinal, era tarde da noite e pode ser que eu tenha imaginado coisas."

"Quando a senhora foi até o corredor com a intenção de procurar a paciente do quarto ao lado, tinha certeza de ter visto uma luz?", perguntou Kate.

"Bom, devia ter certeza, não é? Afinal, se não tivesse certeza eu não teria saído daquele jeito. Mas isso não significa que houvesse mesmo uma luz. Fazia pouco tempo que eu estava acordada, e talvez olhar para as pedras lá fora e pensar na pobre mulher queimada viva possa ter me levado a imaginar que estava vendo um fantasma."

"E mais cedo, quando ouviu a porta do elevador se fechar e o elevador descer, a senhora está dizendo agora que também poderia ter sido imaginação?"

"Bom, eu não acho que possa ter imaginado isso. Alguém devia estar usando o elevador, afinal. Mas seria fácil, não? Qualquer pessoa que quisesse subir para o andar dos pacientes poderia tê-lo feito. Alguém que viesse visitar Rhoda Gradwyn, por exemplo."

Kate teve a impressão de que o silêncio que se abateu sobre o grupo durou vários minutos. Então Dalgliesh disse: "Em qualquer momento da noite passada, a senhora viu ou ouviu alguma coisa no quarto vizinho, ou viu alguma coisa no corredor do lado de fora do seu quarto?".

"Não, nada, nada. Eu só soube que tinha alguém no quarto ao lado porque ouvi a enfermeira entrando lá. Afinal, todos que vêm à clínica têm a sua privacidade muito protegida."

"Com certeza a senhorita Cressett lhe disse isso quando a conduziu até o seu quarto?", perguntou Chandler-Powell.

"Ela mencionou que só havia mais uma pessoa na clínica, mas não me disse onde ela estava nem qual era o seu nome. Mas, enfim, não vejo que importância isso pode ter. E eu posso estar enganada em relação à luz. Só que não me enganei em relação ao elevador. Não acho que poderia ter me enganado quanto a ter ouvido o elevador descer. Talvez tenha sido isso que me acordou." Ela se virou para Dalgliesh. "E agora eu quero ir para casa. Meu marido disse que ninguém iria me incomodar, que a melhor equipe da Met cuidaria do caso e que eu seria protegida. Não quero ficar em um lugar onde há um assassino à solta. E poderia ter sido eu. Talvez fosse eu que ele quisesse matar. Afinal de contas, o meu marido tem inimigos. Homens de poder sempre têm. E eu estava no quarto ao lado, sozinha, indefesa. Imaginem se ele tivesse entrado no quarto errado e me matado por engano? Os pacientes vêm para cá porque acreditam que aqui estão seguros. Deus sabe que já custa bem caro. E como foi que ele entrou? Eu já disse tudo que sei, mas não acho que poderia repetir tudo sob juramento no tribunal. Não vejo por que deveria."

"Talvez seja necessário, senhora Skeffington", disse Dalgliesh. "É quase certo que vou querer falar de novo com a senhora e, nesse caso, é claro que posso encontrá-la em Londres, na sua casa ou na New Scotland Yard."

Essa possibilidade claramente não agradou mas, correndo os olhos de Kate para Dalgliesh, a sra. Skeffington obviamente concluiu que era melhor não fazer nenhum comentário. Em vez disso, sorriu para Dalgliesh e adotou o tom de voz de uma criança suplicante. "E agora, por favor, posso ir embora? Eu tentei ajudar, realmente tentei. Mas estava tarde e eu estava sozinha e assustada, e agora tudo parece um sonho horrível."

Mas Dalgliesh ainda não havia terminado de interrogar a testemunha. "Quando chegou, a senhora recebeu as chaves da porta oeste, senhora Skeffington?", perguntou.

"Recebi, sim. Da enfermeira. Sempre recebo duas chaves. Desta vez foi o jogo número um. Entreguei-o à senhora Frensham quando ela me ajudou a fazer as malas. Robert subiu para levar as malas para o carro. Ele não pode usar o elevador, então teve de descer com elas pela escada. O doutor Chandler-Powell deveria ter um empregado homem. Mog na verdade não serve para trabalhar na clínica em nenhuma função."

"Onde a senhora deixou as chaves durante a noite?"

"Ao lado da cama, imagino. Não, foi na mesa em frente à televisão. Enfim, eu as entreguei à senhora Frensham. Se alguém as perdeu, não tenho nada a ver com isso."

"Não, ninguém as perdeu", disse Dalgliesh. "Obrigado pela sua ajuda, senhora Skeffington."

Agora que finalmente estava livre para ir embora, a sra.

Skeffington passou a ser encantadora e distribuiu indiscriminadamente agradecimentos vagos e sorrisos insinceros a todos os presentes. Chandler-Powell acompanhou-a até o carro. Sem dúvida, pensou Kate, ele iria aproveitar a oportunidade para reconfortá-la ou tranquilizá-la, mas nem mesmo ele poderia esperar que ela fosse manter a boca fechada. É claro que ela não voltaria, como outras tampouco. As pacientes podiam até gostar de sentir por tabela um leve calafrio de terror ao pensar em alguém queimado no século XVII, mas era improvável que escolhessem uma clínica onde uma paciente relativamente indefesa havia sido brutalmente assassinada logo após uma cirurgia. Se George Chandler-Powell dependia da renda da clínica para sustentar a casa, era provável que estivesse em apuros. Aquele assassinato teria mais de uma vítima.

Esperaram até ouvir o barulho do Rolls-Royce indo embora e Chandler-Powell reaparecer. "O escritório central da investigação será em Old Police Cottage, e meus agentes ficarão hospedados no hotel Wisteria House. Eu ficaria grato se todos os moradores da casa pudessem se reunir na biblioteca daqui a meia hora. Enquanto isso, os peritos em cena do crime estarão ocupados na ala oeste. Fico-lhe grato por deixar a biblioteca à minha disposição durante a próxima hora ou por volta disso."

9

Quando Dalgliesh e Kate voltaram à cena do crime, o corpo de Rhoda Gradwyn já havia sido retirado. Com uma desenvoltura experiente, os dois auxiliares do necrotério a haviam posto dentro de um saco e fechado o zíper, e depois empurrado a maca até o elevador. Benton estava lá embaixo para supervisionar a partida da ambulância, que viera coletar o corpo no lugar do rabecão, e para esperar a chegada dos peritos em cena do crime. O fotógrafo, um homem grande de passos ágeis e poucas palavras, já havia terminado seu trabalho e ido embora. Então, antes de dar início à demorada rotina de interrogar os suspeitos, Dalgliesh voltou com Kate ao quarto vazio.

Logo depois de ser promovido ao Departamento de Investigação Criminal, o jovem Dalgliesh tivera a sensação de que o ambiente da cena de um crime sempre mudava depois de o cadáver ser removido, e a mudança era mais sutil do que a ausência física da vítima. O ar parecia mais fácil de respirar, as vozes ficavam mais altas, havia um alívio generalizado, como se algum objeto com um misterioso poder de ameaça ou contaminação tivesse sido privado de seus poderes. Ele ainda tinha um vestígio dessa sensação. A cama desarrumada, com a depressão da cabeça ainda impressa no travesseiro, parecia tão inócua e tão normal quanto se o ocupante tivesse acabado de se levantar e logo fosse voltar. Para Dalgliesh, o que dava ao quarto um simbolismo ao mesmo tempo dramático e incômodo era a bandeja de louça caída junto à porta. A cena parecia montada para ser fotografada para a capa de um *thriller* literário.

Nenhum dos pertences da sra. Gradwyn havia sido tocado, e sua mala estava na saleta contígua, ainda apoiada contra a escrivaninha. Uma grande mala metálica dotada de rodinhas encontrava-se ao lado da cômoda. Dalgliesh pousou seu kit de assassinato — definição ainda em uso, apesar de agora utilizarem uma pasta — sobre o banquinho dobrável usado para apoiar bagagens. Abriu-o, e ele e Kate calçaram as luvas de investigação.

A bolsa de mão da sra. Gradwyn, feita de couro verde com um fecho prateado e parecida com uma maleta de médico, era obviamente uma peça de design assinado. Dentro dela havia um molho de chaves, uma pequena caderneta de endereços, uma agenda de bolso e uma carteira com vários cartões de crédito presa a um porta-níqueis contendo quatro libras em moedas e sessenta libras em notas de vinte e de dez. Havia também um lenço, seu talão de cheques com uma capa de couro, um pente, um pequeno frasco de perfume e uma esferográfica de prata. No compartimento reservado, encontraram seu celular.

"Normalmente seria de esperar que o telefone estivesse sobre a mesa de cabeceira", disse Kate. "Parece que ela não queria receber nenhum telefonema."

O celular era pequeno, um modelo novo. Dalgliesh abriu o aparelho, ligou-o e verificou o histórico de chamadas e os recados. As mensagens de texto antigas haviam sido apagadas, mas havia uma nova, do remetente "Robin", que dizia: *Aconteceu uma coisa muito importante. Preciso consultar você. Por favor, me receba, por favor, não me isole.*

"Vamos ter de identificar o remetente para ver se essa urgência incluía uma vinda dele à clínica", disse Dalgliesh. "Mas isso pode esperar. Eu só quero dar uma olhada rápida nos outros quartos de pacientes antes de começarmos os interrogatórios. A doutora Glenister disse que o assassino estava de luvas. Ele ou ela certamente quis se livrar das luvas o mais depressa possível. Se eram luvas cirúrgicas, podem ter sido cortadas e jogadas em uma das privadas. Enfim, vale a pena dar uma olhada. Isso não deve esperar pelos peritos."

Eles tiveram sorte. No banheiro da suíte no final do corredor encontraram um pedacinho minúsculo de látex, frágil como um pedaço de pele humana, preso sob a borda da privada. Dalgliesh pegou-o cuidadosamente com uma pinça e colocou-o dentro de um saquinho de provas, que fechou, e ele e Kate rabiscaram suas iniciais no fecho.

"Quando os peritos chegarem nós os avisamos sobre isto aqui", disse Dalgliesh. "Esta é a suíte em que eles devem se concentrar, sobretudo o closet do quarto de dormir, o único quarto a ter um closet. Mais um indício de que foi um serviço interno. E agora é melhor eu ligar para a mãe da senhorita Gradwyn."

"O inspetor-chefe Whetstone me disse que mandou uma agente até a casa dela. Fez isso logo depois de chegar aqui. A notícia não vai ser novidade. Quer que eu fale com ela?"

"Não, obrigado, Kate. Ela tem o direito de ouvir a informação da minha boca. Mas, se já sabe, não há pressa. Vamos prosseguir com os interrogatórios coletivos. Encontro você e Benton na biblioteca."

10

Todos os moradores da casa estavam reunidos e à espera junto com Kate e Benton quando Dalgliesh entrou na biblioteca com George Chandler-Powell. Benton ficou interessado na forma como o grupo havia se organizado. Marcus Westhall havia se distanciado da irmã, sentada em uma cadeira reta ao lado da janela, e se acomodado ao lado da enfermeira Flavia Holland, talvez por solidariedade médica. Helena Cressett se instalara em uma das poltronas ao lado da lareira, mas, talvez intuindo que uma atitude de total relaxamento fosse imprópria, estava sentada ereta, com as mãos apoiadas de leve nos braços da poltrona. Qual um Cérbero fora de lugar, Mogworthy havia se trocado e usava um terno azul brilhante com uma gravata listrada que lhe davam o aspecto de um agente funerário antiquado; atrás da srta. Cressett e de costas para a lareira, era o único que não estava sentado. Quando os policiais entraram no aposento, ele se virou para fitar Dalgliesh com um olhar hostil; Benton achou aquele olhar mais ameaçador do que agressivo. Dean e Kimberley Bostock, sentados lado a lado no sofá com o corpo rígido, fizeram o leve movimento de quem não sabe se deve se levantar, e então, correndo os olhos em volta rapidamente, tornaram a se afundar nas almofadas, e ela segurou a mão do marido discretamente.

Sharon Bateman também estava sentada sozinha, muito aprumada, a alguns metros de Candace Westhall. Tinha as mãos unidas, as pernas magras encostadas uma na outra, e os olhos que encaravam os de Dalgliesh por um curto instante revelaram mais cautela do que medo. Ela usava um vestido de algodão com uma estampa florida e uma jaqueta jeans. O vestido, mais adequado para o verão do que para uma escura tarde de dezembro, era grande demais para ela, e Benton se perguntou se essa alusão a uma moça pobre da época vitoriana usando roupas emprestadas, obstinada e ultradisciplinada, havia sido proposital. A sra. Frensham havia escolhido uma cadeira ao lado da janela e, de vez em quando, olhava para fora como para se lembrar de que existia um mundo leve e reconfortantemente normal fora daquele ar carregado de medo e tensão. Todos estavam pálidos e, apesar do calor da calefação central e das chamas e do crepitar da lareira, pareciam contraídos de frio.

Benton ficou curioso ao perceber que o restante dos presentes havia tido o esmero de se vestir de forma adequada para uma ocasião na qual seria mais prudente demonstrar respeito e tristeza do que apreensão. As camisas estavam muito bem passadas, calças sociais e de tweed haviam substituído o veludo ou o brim típicos das roupas campestres. Suéteres e cardigãs pareciam ter sido desdobrados há pouco. Helena Cressett estava vestida de forma elegante, com uma calça bem ajustada ao corpo com uma estampa miúda quadriculada de preto e branco e um suéter de gola rulê de *cashmere* preto. Tinha o rosto descorado, de modo que até mesmo o suave batom que usava parecia um sinal ostentatório de desafio. Tentando não encará-la, Benton pensou: *Esse rosto é puro Plantageneta*, e ficou surpreso ao descobrir que a achava bonita.

As três cadeiras diante da escrivaninha de mogno setecentista estavam desocupadas, e evidentemente haviam sido postas ali para a polícia. Os três se sentaram, e Chandler-Powell sentou-se na frente deles, perto da srta. Cressett. Todos os olhos se voltaram para ele, embora Benton tivesse consciência de que o pensamento geral estava fixo no homem alto de cabelos escuros à sua direita. Era ele quem dominava o recinto. Mas a polícia estava ali com o consentimento de Chandler-Powell; aquela era a sua casa, a sua biblioteca, e ele deixava isso claro de maneira sutil.

"O inspetor-comandante Dalgliesh pediu para usar este cômodo, para ele e seus agentes poderem nos receber e nos interrogar todos juntos", disse ele com voz calma e decidida. "Acho que todos vocês já conheceram o senhor Dalgliesh, a inspetora Miskin e o investigador Benton-Smith. Não estou aqui para fazer nenhum discurso. Só quero dizer que o que aconteceu nesta casa ontem à noite deixou todos nós arrasados. É nosso dever cooperar totalmente com a polícia em sua investigação. Evidentemente, não podemos esperar que essa tragédia continue ignorada fora da clínica. Caberá aos especialistas responder às perguntas da imprensa escrita e outros veículos de mídia, e peço a todos agora que não falem com ninguém fora desta casa, pelo menos por enquanto. Inspetor-comandante, quer prosseguir?"

Benton sacou seu bloquinho de anotações. Logo no início de sua carreira, ele havia bolado um método singular, embora excêntrico, de escrita abreviada, que, apesar de lembrar o engenhoso sistema de Isaac Pitman, era altamente pessoal. A memória de seu chefe era quase perfeita, mas cabia a ele observar, escutar e registrar tudo que fosse dito ou visto. Ele sabia por que AD havia optado por esse interrogatório coletivo preliminar. Era importante ter uma visão geral do que exatamente acontecera desde que Rhoda Gradwyn chegara à clínica na tarde de 13 de dezembro, e esta podia ser obtida com mais precisão se todos os interessados estivessem presentes para fazer comentários ou correções. A maioria dos suspeitos, quando interrogada individualmente, era capaz de mentir com alguma convicção — alguns, na verdade, eram surpreendentemente bons nisso. Benton podia recordar algumas ocasiões em que amantes e parentes aos prantos, aparentemente com o coração partido, pediam ajuda para solucionar algum crime mesmo sabendo onde haviam escondido o corpo. Mas sustentar uma mentira em grupo era mais difícil. Um suspeito podia conseguir controlar a própria expressão facial, mas as reações dos outros presentes podiam ser reveladoras.

"A ideia de reunir todos vocês é ter uma visão global do que exatamente aconteceu com Rhoda Gradwyn desde a hora em que chegou aqui até a descoberta de seu corpo", disse Dalgliesh. "É claro que vou precisar conversar com vocês separadamente, mas espero que possamos avançar um pouco durante a próxima meia hora mais ou menos."

Houve um silêncio, quebrado por Helena Cressett, que disse: "A primeira pessoa a ver a senhorita Gradwyn foi Mogworthy, que abriu o portão para ela. O grupo que a recepcionou, formado pela enfermeira Holland, pelo doutor Westhall e por mim, estava esperando no salão".

Sua voz estava calma, as palavras foram ditas de forma direta e sem subterfúgios. Para Benton, a mensagem era clara. *Se temos de armar este circo público, pelo amor de Deus, vamos logo com isso.*

Mogworthy encarou Dalgliesh. "Isso. Ela chegou na hora, mais ou menos. A srta. Helena me disse para esperá-la depois do chá e antes do jantar, e eu fiquei de olho a partir das quatro. Ela chegou às quinze para as sete. Abri o portão para ela, e ela mesma estacionou o carro. E disse que podia carregar a própria bagagem — uma única mala, e com rodinhas. Uma senhora muito determinada. Esperei até ela dar a volta até a frente da casa e vi a porta aberta e a senhorita Helena esperando por ela. Imaginei que não houvesse mais nada para fazer, então fui para casa."

"O senhor não entrou na casa grande, talvez para carregar a mala dela até o andar de cima?", perguntou Dalgliesh.

"Não. Se ela podia arrastar a mala do estacionamento, imaginei que pudesse levá-la até o andar dos pacientes. Se não, alguém poderia fazer isso para ela. A última vez que a vi foi passando pela porta da frente."

"O senhor entrou na casa grande em algum momento depois de ver a senhorita Gradwyn chegar?"

"Por que eu faria isso?"

"Não sei", disse Dalgliesh, "estou perguntando se fez."

"Não. E, já que estamos falando sobre mim, eu gosto de dizer as coisas como elas são. Sem rodeios. Sei que o senhor vai perguntar, então vou poupar o seu trabalho. Eu sabia onde ela estava dormindo — no andar dos pacientes, onde mais? E tenho as chaves da porta do jardim. Mas nunca a vi na minha frente, nem morta nem viva, depois que ela entrou pela porta da frente. Eu não a matei e não sei quem fez isso. Se soubesse, provavelmente diria ao senhor. Não gosto de assassinatos."

"Mog, ninguém está desconfiando de você", disse a srta. Cressett.

"A senhorita, talvez não, mas outros vão desconfiar. Eu sei como o mundo funciona. Melhor falar claramente."

"Obrigado, senhor Mogworthy", disse Dalgliesh. "O senhor falou claramente e foi muito útil. Ocorre-lhe alguma outra coisa que devêssemos saber, alguma coisa que o senhor tenha visto ou escutado depois de sair? Por exemplo, o senhor viu alguém perto da casa, um desconhecido talvez, alguém agindo de forma suspeita?"

"Qualquer desconhecido que se aproxime da casa depois do cair da noite para mim é suspeito", disse Mog com firmeza. "Não vi ninguém ontem à noite. Mas havia um carro estacionado no acostamento junto às pedras. Não quando eu saí; depois."

Percebendo o sorrisinho de satisfação dissimulada logo disfarçado de Mog, Benton desconfiou de que a escolha do momento da revelação não era tão ingênua quanto parecia. A reação a essa informação do empregado com certeza foi gratificante. Ninguém disse nada, mas no silêncio Benton detectou um sibilo baixo, como um arquejo. Isso era novidade para todos, como sem dúvida tinha sido a intenção de Mogworthy. Benton observou a expressão dos presentes enquanto se entreolhavam. Foi um instante de alívio compartilhado, rapidamente escondido, mas inconfundível.

"O senhor se lembra de alguma coisa em relação ao carro?", perguntou Dalgliesh. "A marca, a cor?"

"Um sedã escuro. Poderia ser preto ou azul. Os faróis estavam apagados. Tinha alguém sentado no banco do motorista, mas não sei se havia outra pessoa."

"O senhor não viu a placa?"

"Não, não vi. Por que prestaria atenção em placas de carro? Eu estava só passando, voltando de bicicleta para casa, vindo do chalé da senhora Ada Denton, onde tinha ido comer meu peixe com *chips* de sexta-feira, como sempre faço. Quando estou de bicicleta, eu presto atenção na estrada, ao contrário de alguns. Só sei que havia um carro lá."

"A que horas?"

"Antes da meia-noite. Talvez uns cinco ou dez minutos antes. Sempre tento chegar em casa antes da meia-noite."

"Esta é uma pista importante, Mog", disse Chandler-Powell. "Por que não tinha dito nada até agora?"

"Para quê? O senhor mesmo disse para não ficarmos fofocando sobre a morte da senhorita Gradwyn e para esperar a polícia chegar. Bom, o chefão está aqui agora, então estou contando a ele o que vi."

Antes de qualquer um poder retrucar, a porta foi aberta de supetão. Todos os olhos se voltaram para lá. Um homem irrompeu no recinto, com o agente Warren reclamando logo atrás. Sua aparência era tão extraordinária quanto sua aparição tinha sido dramática. Benton viu um rosto de pele clara, bonito, um pouco andrógino, olhos azuis flamejantes e cabelos louros colados à testa como os cachos de mármore da estátua de um deus. Usava um casaco preto comprido que quase batia no chão e um jeans desbotado, e por um momento Benton pensou que ele estivesse de pijama e roupão. Se a sua entrada espetacular havia sido planejada, ele não poderia ter escolhido um momento mais propício, mas isso pareceu improvável. O recém-chegado tremia com emoções que mal conseguia controlar, tristeza talvez, mas também medo e raiva. Foi encarando cada rosto, aparentemente confuso, e antes que ele conseguisse falar Candace Westhall disse calmamente, de sua cadeira junto à janela: "Nosso primo, Robin Boyton. Ele está no chalé de hóspedes. Robin, este é o inspetor-comandante Adam Dalgliesh, da New Scotland Yard, e os colegas dele, inspetora Miskin e investigador Benton-Smith".

Robin a ignorou e voltou os olhos flamejantes de raiva para Marcus.

"Seu filho da puta! Seu filho da puta insensível! Minha amiga, uma amiga próxima e querida, morreu. Morreu assassinada. E você não teve sequer a decência de me avisar. E vocês aqui, amiguinhos da polícia, decidindo juntos abafar a história toda. Não podemos atrapalhar o valioso trabalho do doutor Chandler-Powell, não é mesmo? E ela deitada lá em cima, morta. Você deveria ter me avisado! Alguém deveria ter me avisado. Eu preciso vê-la. Preciso me despedir."

E ele então começou a chorar copiosamente, as lágrimas rolando incontidas. Dalgliesh não disse nada, mas Benton, ao olhar de relance para o chefe, viu que seus olhos escuros estavam atentos.

Candace Westhall fez menção de se levantar, como se fosse consolar o primo, mas desistiu. Quem falou foi seu irmão: "Infelizmente isso não vai ser possível, Robin. O corpo da senhorita Gradwyn já foi levado para o necrotério. Mas eu tentei avisar você, sim. Liguei para o chalé pouco antes das nove, mas você obviamente ainda estava dormindo. As cortinas estavam fechadas e a porta da frente, trancada. Acho que você uma vez nos disse que conhecia Rhoda Gradwyn, mas não que vocês dois eram amigos íntimos".

"Senhor Boyton", disse Dalgliesh, "eu agora estou interrogando apenas as pessoas que estavam nesta casa desde a hora em que a senhorita Gradwyn chegou, na quinta-feira, até a descoberta de sua morte, às sete e meia da manhã de hoje. Se o senhor estava entre elas, por favor fique. Se não, ou eu ou um dos meus agentes iremos encontrá-lo quanto antes."

Boyton havia controlado a raiva. Em meio aos arquejos, sua voz adquiriu o tom de uma criança petulante.

"É claro que eu não estava. Eu só entrei na casa agora. O policial em frente à porta não queria me deixar entrar."

"Foram ordens minhas", disse Dalgliesh.

"E antes disso foram ordens minhas", disse Chandler-Powell. "A senhorita Gradwyn pediu total privacidade. Sinto muito por ter lhe causado todo esse incômodo, senhor Boyton, mas infelizmente estávamos tão ocupados com a polícia e os patologistas que me esqueci de que o senhor estava hospedado no chalé. Já almoçou? Dean e Kimberley podem providenciar alguma coisa para o senhor comer."

"É claro que eu não almocei. E desde quando vocês me servem comida quando estou hospedado em Rose Cottage? E eu não quero a porcaria da sua comida. Não me trate feito criança!"

Ele se levantou e, estendendo um braço trêmulo, apontou para Chandler-Powell; ao perceber que, vestido como estava, essa pose teatral talvez lhe desse um aspecto ridículo, deixou cair o braço e olhou para as pessoas ao redor com uma infelicidade muda.

"Senhor Boyton", disse Dalgliesh, "o senhor era amigo da senhorita Gradwyn, e o que tiver a nos dizer será útil, mas não agora."

As palavras, ditas com voz calma, eram uma ordem. Boyton virou as costas, com os ombros caídos. Então tornou a se virar e se dirigiu a Chandler-Powell: "Ela veio aqui para tirar aquela cicatriz, para ter uma vida nova. Ela confiou em você e você a matou, seu assassino filho da puta!".

Sem esperar resposta, ele foi embora. O agente Warren, que havia presenciado toda a cena, impassível, seguiu-o até o lado de fora e fechou a porta com firmeza. Houve cinco segundos de silêncio durante os quais Benton sentiu que o ambiente tinha mudado. Alguém finalmente pronunciara a sonora palavra. O inacreditável, o grotesco, o horripilante havia enfim sido admitido.

"Vamos continuar?", disse Dalgliesh. "Senhorita Cressett, a senhorita recebeu a senhorita Gradwyn na porta. Podemos retomar daí?"

Durante os vinte minutos seguintes, os relatos correram sem percalços, e Benton se concentrou nos próprios hieróglifos. Helena Cressett havia recebido a nova paciente na casa e a levado diretamente para seu quarto. Como a srta. Gradwyn tomaria anestesia na manhã seguinte, não lhe fora servido jantar, e ela disse que gostaria de ficar sozinha. A paciente insistira em puxar a própria mala até o quarto e estava desembalando seus livros quando a srta. Cressett se retirou. Na sexta-feira, é claro, ela sabia que a srta. Gradwyn tinha feito a cirurgia e sido transferida, no início da tarde, da sala de recuperação para seu quarto na ala dos pacientes. Era o procedimento habitual. Ela não cuidava dos pacientes, e tampouco visitara a srta. Gradwyn em seu quarto. Tinha jantado na sala de jantar com a enfermeira Holland, a srta. Westhall e a sra. Frensham. Ficara sabendo que Marcus Westhall ia jantar e passar a noite com um médico londrino com quem ele esperava poder ir trabalhar na África. Ela e a srta. Westhall haviam trabalhado juntas no escritório até quase sete horas, quando Dean servira drinques na biblioteca. Depois disso, ela e a sra. Frensham haviam jogado xadrez e conversado em sua saleta privativa. Ela fora se deitar à meia-noite e não ouvira nada durante a noite. No sábado, já havia tomado uma chuveirada e se vestido quando o dr. Chandler-Powell chegou para lhe contar que Rhoda Gradwyn tinha morrido.

O depoimento da srta. Cressett foi confirmado tranquilamente pela sra. Frensham, que disse ter deixado a srta. Cressett em sua saleta e ido para os seus próprios aposentos na ala leste por volta das onze e meia, e que não tinha visto nem ouvido nada durante a noite. Não soubera da morte da srta. Gradwyn até descer para a sala de jantar às quinze para as oito e não encontrar ninguém lá. Mais tarde, o dr. Chandler-Powell havia chegado e lhe contado que a srta. Gradwyn morrera.

Candace Westhall confirmou que ficara trabalhando no escritório com a srta. Cressett até a hora do jantar. Em seguida, voltara para arrumar os papéis do escritório e deixara a casa pouco depois das dez, pela porta da frente. O dr. Chandler-Powell estava descendo a escada, e eles tinham dito boa-noite uma para o outro antes de ela sair. Na manhã seguinte, ele telefonara do escritório para dizer que a srta. Gradwyn fora encontrada morta, e ela e o irmão tinham se dirigido para a casa na mesma hora. Marcus Westhall havia voltado de Londres de madrugada. Ela ouvira seu carro chegar, mas não se levantara, embora ele tivesse batido na porta de seu quarto e os dois tivessem trocado algumas palavras.

A enfermeira Flavia Holland deu seu depoimento de forma sucinta e calma. Na manhã da cirurgia bem cedo, o anestesista e o resto da equipe médica e técnica haviam chegado. A enfermeira Frazer, que fazia parte da equipe temporária, levara a paciente até a sala de cirurgia, onde esta fora examinada pelo anestesista que já a havia examinado no Hospital Saint Angela, em Londres. O dr. Chandler-Powell havia passado algum tempo com ela para cumprimentá-la e tranquilizá-la. Ele tinha descrito exatamente o que pretendia fazer quando a srta. Gradwyn o encontrara em seu consultório no Saint Angela. A srta. Gradwyn se mostrara calma o tempo todo, sem dar sinais de medo ou sequer de ansiedade digna de nota. O anestesista e toda a equipe auxiliar tinham ido embora logo depois da cirurgia. Voltariam na manhã seguinte para a cirurgia da sra. Skeffington, que chegara na véspera à tarde. Depois de ser operada, a srta. Gradwyn ficara na sala de recuperação sob os cuidados do dr. Chandler-Powell e dela própria até as quatro e meia, e depois fora levada de volta para seu quarto. A essa altura, a paciente já era capaz de andar e dissera que estava sentindo pouca dor. Ela então dormira até as sete e meia, quando conseguiu comer um jantar leve. Tinha recusado o sedativo, mas pedira um copo de leite quente com *brandy*. A enfermeira Holland ocupava o quarto da esquerda no final do corredor e fora verificar de hora em hora como a srta. Gradwyn estava passando, até ela própria ir se deitar, o que talvez tivesse acontecido já por volta da meia-noite. A verificação das onze horas fora a última, e a paciente estava dormindo. Ela não tinha ouvido nada durante a noite.

O relato do dr. Chandler-Powell se encaixava com o da enfermeira. Ele insistiu que em nenhum momento a paciente havia demonstrado medo, nem da cirurgia nem de qualquer outra coisa. Ela pedira expressamente para que não fosse permitida a entrada de nenhum visitante durante a sua convalescença de uma semana, e fora por isso que Robin Boyton havia sido barrado. A cirurgia correra bem, embora mais demorada e mais difícil do que ele imaginara. No entanto, ele estava confiante de que o resultado seria excelente. A srta. Gradwyn era uma mulher saudável que havia suportado bem a anestesia e a operação, e ele não tinha dúvidas de que iria se recuperar bem. Visitara-a por volta das dez horas na noite de sua morte, e estava voltando dessa visita quando vira a srta. Westhall saindo da casa.

Durante todo o tempo que duraram os depoimentos, Sharon ficou sentada imóvel, com uma expressão que, pensou Kate, só poderia ser descrita como emburrada; no entanto, quando lhe perguntaram onde estivera e o que fizera na véspera, ela primeiro deu início a uma repetição tediosa e taciturna de cada detalhe da manhã e da tarde. Quando lhe pediram para se ater ao horário a partir das quatro e meia, ela disse que ficara ocupada na cozinha e na sala de jantar ajudando Dean e Kimberley Bostock, que jantara com eles às quinze para as nove e depois fora para seu quarto assistir televisão. Não conseguia se lembrar a que horas tinha ido se deitar ou o que vira na TV. Estava muito cansada e dormira um sono pesado a noite inteira. Não soubera nada sobre a morte da srta. Gradwyn até a enfermeira Holland subir para acordá-la, dizendo-lhe para começar a trabalhar e ir ajudar na cozinha, coisa que ela pensava ter acontecido por volta das nove da manhã. Gostava da srta. Gradwyn, que na visita anterior pedira para Sharon lhe mostrar o jardim. Quando Kate perguntou sobre o que haviam conversado, Sharon respondeu que fora sobre sua infância e sobre onde ela havia estudado, e também sobre seu trabalho na casa de repouso para idosos.

Não houve nenhuma surpresa até Dean e Kimberley Bostock prestarem seu depoimento. Kimberley disse que às vezes a enfermeira lhe pedia para levar comida para os pacientes, mas que não fora ao quarto da srta. Gradwyn porque esta estava de jejum. Tampouco ela ou o marido tinham visto a paciente chegar, e estavam particularmente ocupados naquela noite preparando as refeições da equipe extra de cirurgia que chegaria no dia seguinte e sempre almoçava antes de ir embora. Ela havia sido acordada pelo telefone pouco antes da meia-noite de sexta-feira pela sra. Skeffington, que pedira um chá. O marido a havia ajudado a levar a bandeja até o andar de cima. Ele nunca entrava nos quartos dos pacientes, e ficara esperando do lado de fora até ela sair. A sra. Skeffington parecera assustada, e dissera ter visto uma luz piscando entre as pedras, mas Kimberley achou que fosse apenas imaginação. Havia perguntado à sra. Skeffington se queria que ela chamasse a enfermeira Holland, mas a paciente respondera que não, que a enfermeira Holland só ficaria irritada com ela por acordá-la sem necessidade.

Nesse momento, a enfermeira Holland a interrompeu. "Kimberley, você recebeu instruções para me chamar caso os pacientes peçam qualquer coisa durante a noite. Por que não me chamou? A senhora Skeffington estava em pré-cirurgia."

Então Benton, erguendo a cabeça do bloco de anotações, redobrou a atenção. Pôde ver que a pergunta era altamente inoportuna. A moça enrubesceu. Olhou de relance para o marido e as mãos de ambos se apertaram com mais força. "Desculpe, enfermeira", disse, "achei que ela na verdade só seria uma paciente no dia seguinte, por isso não acordei a senhora. Mas eu perguntei se ela queria que eu chamasse a senhora ou o doutor Chandler-Powell."

"A senhora Skeffington era uma paciente a partir do momento em que chegou à clínica, Kimberley. Você sabia como entrar em contato comigo. Deveria ter feito isso."

"A senhora Skeffington disse alguma coisa sobre ter ouvido o elevador durante a noite?", perguntou Dalgliesh.

"Não. Só falou sobre a luz."

"E algum de vocês dois ouviu ou viu alguma coisa fora do normal enquanto estavam no andar dos pacientes?"

O casal se entreolhou, em seguida sacudiu a cabeça vigorosamente. "Só ficamos uns poucos minutos lá", disse Dean. "Estava tudo tranquilo. Havia uma luz fraca acesa no corredor, como sempre."

"E o elevador? Vocês repararam no elevador?"

"Sim, senhor, o elevador estava no térreo. Nós o usamos para subir com o chá. Poderíamos ter subido pela escada, mas de elevador é mais rápido."

"E há alguma outra coisa que precisem me contar sobre essa noite?"

Houve então um silêncio. Os dois tornaram a se entreolhar. Dean deu a impressão de estar tomando coragem. "Há uma coisa, senhor", disse ele. "Quando voltamos para o térreo, reparei que o ferrolho da porta do jardim não estava fechado. Temos de usar essa porta para voltar ao nosso quarto. É uma porta de carvalho pesada à direita, que abre para a aleia de tílias e para as Pedras de Cheverell."

"Tem certeza disso?", perguntou Dalgliesh.

"Tenho, sim, senhor."

"O senhor comentou com sua mulher sobre o ferrolho da porta?"

"Não, senhor. Só comentei quando estávamos juntos na cozinha na manhã seguinte."

"Você, ela ou ambos voltaram para verificar?"

"Não, senhor."

"E o senhor percebeu isso na volta, e não quando estava ajudando sua mulher a subir com o chá?"

"Só na volta."

"Não entendo por que você precisava ajudar com o chá, Dean", interrompeu a enfermeira Holland. "A bandeja não chega a ser pesada. Kimberley não poderia ter se virado sozinha? Ela em geral se vira. Afinal, existe um elevador. E há sempre uma luz fraca na ala oeste."

"Sim, poderia", respondeu Dean, altivo. "Mas eu não gosto que ela ande pela casa sozinha tarde da noite."

"Do que você tem medo?"

"Não é isso", respondeu Dean, cabisbaixo. "Eu apenas não gosto."

"O senhor sabia que o doutor Chandler-Powell normalmente tranca aquela porta às onze horas em ponto?", perguntou Dalgliesh com voz tranquila.

"Sabia, sim, senhor. Todo mundo sabe. Mas às vezes ele faz isso um pouco mais tarde, quando vai passear no jardim. Eu pensei que, se eu fechasse o ferrolho, ele não conseguiria entrar caso estivesse lá fora."

"Passeando no jardim depois da meia-noite, em dezembro?", indagou a enfermeira Holland. "Qual é a probabilidade disso, Dean?"

Ele não olhou para ela, e sim para Dalgliesh, e disse em tom defensivo: "Não era minha obrigação fechar o ferrolho da porta, senhor. E ela estava trancada. Ninguém teria conseguido entrar sem a chave".

Dalgliesh virou-se para Chandler-Powell. "E o senhor tem certeza de que fechou o ferrolho da porta às onze horas?"

"Fechei o ferrolho às onze como sempre, e encontrei o ferrolho fechado às seis e meia hoje de manhã."

"Alguém aqui abriu o ferrolho por algum motivo? Vocês todos são capazes de perceber a importância disso. Precisamos esclarecer isso agora."

Ninguém disse nada. O silêncio se prolongou. "Alguém mais reparou se o ferrolho da porta estava aberto ou fechado depois das onze?"

Novo silêncio, desta vez finalmente quebrado por um

murmúrio de respostas negativas. Benton percebeu que todos evitaram se encarar.

"Então, por enquanto é só", disse Dalgliesh. "Obrigado pela cooperação. Gostaria de interrogar cada um de vocês separadamente, aqui ou no escritório central da investigação, em Old Police Cottage."

Dalgliesh pôs-se de pé, e o restante dos presentes também se levantou em silêncio e devagar. Continuaram todos calados. Estavam atravessando o hall quando Chandler-Powell os alcançou. "Gostaria de dar uma palavrinha com o senhor agora, se tiver tempo", disse ele para Dalgliesh.

Dalgliesh e Kate o seguiram até o escritório e a porta foi fechada. Benton não sentiu nenhum ressentimento por uma exclusão que havia sido transmitida de forma sutil, mas não explicitada. Sabia que havia momentos em uma investigação em que dois agentes podiam conseguir informações, ao passo que três poderiam inibi-la.

Chandler-Powell não perdeu tempo. Enquanto os três ainda estavam em pé, ele disse: "Tenho uma coisa a dizer. Vocês obviamente notaram o desconforto de Kimberley quando lhe perguntaram por que ela não havia acordado Flavia Holland. Acho provável que ela tenha tentado. A porta do quarto não estava trancada e, se ela ou Dean a abriram parcialmente, devem ter ouvido vozes, a minha e a de Flavia. Eu estava com ela à meia-noite. Acho que os Bostock devem ter ficado constrangidos para dizer isso, sobretudo na frente dos outros".

"Mas vocês não teriam escutado a porta se abrindo?", perguntou Kate.

"Não necessariamente", respondeu ele, olhando-a com calma. "Estávamos entretidos conversando."

"Vou confirmar isso com os Bostock mais tarde", disse Dalgliesh. "Quanto tempo vocês dois passaram juntos?"

"Quando acabei de ligar o alarme e de fechar o ferrolho da porta do jardim, fui encontrar Flavia em sua saleta particular. Fiquei lá até mais ou menos uma da manhã.

Precisávamos conversar sobre determinados assuntos, alguns profissionais, outros pessoais. Nenhum deles tem relação com a morte de Rhoda Gradwyn. Durante essa conversa, nem eu nem ela vimos ou ouvimos nada fora do normal."

"E vocês ouviram o elevador?"

"Não. Nem eu esperaria que ouvíssemos. Como vocês notaram, o elevador fica ao lado da escada, em frente à saleta da enfermeira, mas é moderno e relativamente silencioso. A enfermeira Holland pode confirmar o que estou dizendo, é claro, e não tenho dúvidas de que Kimberley, se for interrogada por alguém com experiência em extrair informações de pessoas vulneráveis, vai admitir que ouviu nossas vozes, agora que sabe que falei com vocês. E não me deem crédito excessivo por ter lhes contado o que, espero, permanecerá em sigilo. Eu teria de ser particularmente ingênuo para não perceber que, se Rhoda Gradwyn morreu por volta da meia-noite, Flavia e eu garantimos o álibi um do outro. Vou ser bem franco. Não quero ser tratado de forma diferente dos outros. Mas os médicos em geral não assassinam os próprios pacientes e, se eu tivesse a intenção de destruir este lugar e a minha reputação, teria feito isso antes da cirurgia, não depois. Detesto ver meu trabalho desperdiçado."

Ao ver o rosto de Chandler-Powell subitamente dominado por uma raiva e uma repulsa que o transfiguravam, Dalgliesh pôde acreditar que essas últimas palavras, ao menos, eram verdadeiras.

11

Dalgliesh foi sozinho até o jardim para telefonar para a mãe de Rhoda Gradwyn. Era o tipo de telefonema que o angustiava. Dar os pêsames pessoalmente, como uma agente da polícia local já havia feito, já era difícil. Nenhum policial gostava dessa tarefa, e ele já tivera o seu quinhão, hesitando antes de erguer a mão para tocar a campainha ou bater na porta, porta que era invariavelmente aberta na mesma hora, e encarando olhos intrigados, suplicantes, esperançosos ou aflitos, com notícias que mudariam uma vida inteira. Sabia que alguns de seus colegas teriam deixado essa tarefa a cargo de Kate. Transmitir condolências a um parente enlutado pelo telefone lhe parecia canhestro, mas ele sempre havia achado que a família devia saber quem era o agente responsável pelo caso, e devia ser informada de seu avanço até onde isso fosse viável.

Uma voz de homem atendeu. Soou ao mesmo tempo intrigada e apreensiva, como se o telefone fosse algum instrumento tecnicamente avançado do qual não se pudesse esperar nenhuma boa notícia. Sem se identificar, ele disse, com alívio evidente: "Polícia, o senhor disse? Um instante, por favor. Vou chamar minha mulher".

Dalgliesh tornou a se apresentar e expressou seus pêsames da forma mais branda possível, sabendo que ela já havia recebido a notícia que nenhuma gentileza era capaz de suavizar. No início, o silêncio foi sua única resposta. Então, com uma voz tão desprovida de emoção quanto se ele estivesse transmitindo um convite inoportuno para o chá, ela disse: "Bondade sua telefonar, mas nós já sabemos. A moça da polícia daqui veio dar a notícia. Disse que alguém da polícia de Dorset tinha ligado para ela. Saiu daqui às dez horas. Ela foi muito gentil. Tomamos uma xícara de chá juntas, mas ela não me contou muita coisa, só que Rhoda tinha sido encontrada morta e que a morte não tinha sido natural. Ainda não consigo acreditar. Afinal, quem iria querer fazer mal a Rhoda? Perguntei o que tinha acontecido e se a polícia sabia quem era o responsável, mas ela disse que não tinha como responder a perguntas desse tipo porque outra equipe estava encarregada do caso, e que vocês entrariam em contato. Ela só tinha vindo dar a notícia. Mesmo assim, foi gentil da parte dela".

"A sua filha tinha algum inimigo que a senhora conhecesse, senhora Brown?", perguntou Dalgliesh. "Alguém que pudesse querer machucá-la?"

Ele então pôde ouvir o nítido tom de ressentimento. "Bom, ela devia ter, não é?, ou não teria sido assassinada. Ela estava em uma clínica particular. Rhoda não gostava de nada barato. Então por que não cuidaram dela? A clínica deve ter sido bem negligente para deixar uma paciente ser assassinada. Ela tinha tanta vida pela frente. Rhoda era muito bem-sucedida. Ela sempre foi inteligente, igualzinha ao pai."

"Ela disse à senhora que retiraria a cicatriz na clínica de Cheverell Manor?"

"Ela me disse que estava planejando se livrar da cicatriz, mas não onde nem quando. Rhoda era muito reservada. Era assim quando criança, sempre guardando segredos, sem dizer a ninguém o que pensava. Não nos víamos muito depois que ela saiu de casa, mas ela veio ao meu casamento em maio e me contou sobre tirar a cicatriz. É claro que ela deveria ter cuidado disso anos atrás. Tinha essa cicatriz há mais de trinta anos. Aconteceu quando ela bateu com o rosto na porta da cozinha, aos treze anos."

"Então a senhora não pode nos dizer muita coisa sobre os amigos dela, sua vida particular?"

"Eu já lhe disse. Já disse que ela era reservada. Não sei nada sobre seus amigos ou sua vida particular. E não sei o que vai acontecer em relação ao enterro, se deve ser em Londres ou aqui. Não sei se devo fazer alguma coisa. Em geral há formulários para preencher. É preciso avisar as pessoas. Não quero importunar meu marido. Ele está muito chateado com isso tudo. Gostou de Rhoda quando os dois se conheceram."

"Haverá uma autópsia, é claro, e depois o legista pode liberar o corpo. A senhora tem algum amigo para ajudá-la e orientá-la?"

"Bem, tenho amigos na igreja. Vou conversar com nosso pároco, talvez ele possa ajudar. Quem sabe podemos fazer a cerimônia religiosa aqui, embora ela fosse bem conhecida em Londres, é claro. E ela não era religiosa, então talvez não fosse querer nada desse tipo. Espero que não me façam ir à tal clínica, onde quer que fique."

"Fica em Dorset, senhora Brown. Em Stoke Cheverell."

"Bem, eu não posso deixar o senhor Brown para ir até Dorset."

"Na verdade, não há necessidade nenhuma, a menos que a senhora tenha algum desejo específico de acompanhar a investigação. Por que não conversa com seu advogado? Imagino que o advogado de sua filha vá entrar em contato com a senhora. Achamos seu nome e endereço na bolsa dela. Tenho certeza de que se mostrará prestativo. Infelizmente, acho que vou ter de examinar as coisas dela tanto aqui quanto na casa de Londres. Talvez precise pegar alguns objetos para serem examinados, mas tomaremos muito cuidado com eles e devolveremos para a senhora depois. Tenho sua permissão para isso?"

"Pode pegar o que quiser. Eu nunca estive na casa dela em Londres. Imagino que terei de ir, mais cedo ou mais tarde. Talvez haja alguma coisa valiosa lá. E há também os livros. Ela sempre teve muitos livros. Lia muito. Estava sempre mergulhada em algum livro. Para que servem os livros? Não vão trazê-la de volta. Ela fez a cirurgia?"

"Fez, sim, ontem, e pelo que eu soube foi um sucesso."
"Então todo esse dinheiro foi jogado fora. Coitada da Rhoda. Todo aquele sucesso, mas não teve muita sorte." Então sua voz mudou, e Dalgliesh pensou que talvez estivesse tentando conter as lágrimas. "Vou desligar agora", disse ela. "Obrigada por telefonar. Acho que por enquanto isso é tudo que eu posso suportar. É um choque, Rhoda assassinada. É o tipo de coisa que se lê ou que se vê na televisão. Nunca esperamos que aconteça com algum conhecido. E Rhoda tinha tanta coisa boa pela frente sem aquela cicatriz. Não parece justo."

"*Algum conhecido*", pensou Dalgliesh, *não* "*alguém que se ama*". Então pôde ouvir que ela estava chorando, e a ligação foi cortada.

Ele fez uma pausa e ficou encarando o telefone antes de fazer a ligação seguinte, para o advogado da srta. Gradwyn. Emoção universal, o pesar não tinha no entanto uma reação universal e manifestava-se de formas diferentes, algumas delas bizarras. Lembrou-se da morte da mãe e de como, na época, querendo se manter forte diante da tristeza do pai, havia conseguido segurar o choro mesmo durante o enterro. Mas o pesar o revisitava periodicamente na lembrança de cenas fugazes, trechos de conversas, algum olhar, as aparentemente indestrutíveis luvas de jardinagem da mãe e, mais vívida do que todos os pequenos arrependimentos duradouros que ainda o visitavam, na imagem de si próprio apoiado à janela do trem vagaroso que o levava de volta para a escola e da figura da mãe com o mesmo casaco usado durante tantos anos, evitando se virar para acenar porque o filho havia lhe pedido para não fazê-lo.

Obrigou-se a voltar ao presente. A ligação seguinte, para o advogado, foi atendida por uma mensagem gravada dizendo que o escritório estaria fechado até as dez horas de segunda-feira, mas que assuntos urgentes seriam tratados pelo advogado de plantão, que poderia ser contatado no número indicado. Nesse número, a ligação foi atendida imediatamente por uma voz brusca e impessoal, que, depois de Dalgliesh se identificar e dizer que precisava falar com urgência com o sr. Newton Macklefield, informou o número pessoal deste último. Dalgliesh não havia explicado nada, mas sua voz devia ter soado decidida.

Newton Macklefield estava fora de Londres, na casa de campo em Sussex com a família, o que era normal para um sábado. A conversa foi profissional, pontuada por vozes infantis e latidos de cachorro. Depois de manifestar choque e uma tristeza que soou mais formal do que genuína, Macklefield disse: "É claro que farei tudo para ajudar na investigação. O senhor disse que irá a Sanctuary Court amanhã de manhã? Tem a chave? Sim, claro, ela devia estar com a chave. Eu não tenho nenhuma das chaves particulares dela no escritório. Posso estar lá para encontrá-lo às dez e meia, se for um horário conveniente. Vou passar no escritório e pegar o testamento, embora o senhor provavelmente vá encontrar uma cópia na casa. Acho que infelizmente não posso fazer muito mais para ajudar. Como o senhor sabe, inspetor-comandante, o relacionamento entre advogado e cliente pode ser próximo, sobretudo se o advogado for da família, às vezes há muitas gerações, e for considerado um confidente e amigo. Não era o nosso caso. O relacionamento da senhorita Gradwyn comigo era de respeito e confiança mútuos e, com certeza da minha parte, simpatia. Mas era puramente profissional. Eu conhecia a cliente, mas não a mulher. Suponho, aliás, que a família tenha sido avisada".

"Sim", respondeu Dalgliesh, "a família é só a mãe. Ela descreveu a filha como uma pessoa muito reservada. Eu lhe disse que teria de entrar na casa, e ela não fez nenhuma objeção a isso nem ao fato de eu pegar qualquer coisa que pudesse ser útil."

"Como advogado da srta. Gradwyn, eu tampouco tenho alguma objeção. Então nos vemos na casa, por volta das dez e meia. Que coisa mais inacreditável! Obrigado por entrar em contato, inspetor-comandante."

Fechando o celular, Dalgliesh pensou que o assassinato, um crime singular para o qual nenhuma reparação jamais é possível, acaba impondo tanto suas próprias obrigações quanto suas convenções. Duvidou de que Macklefield fosse interromper seu fim de semana no campo por um crime menos sensacional. Quando era um jovem agente, ele também havia ficado abalado, mesmo que a contragosto e de forma temporária, pelo poder de atração que o assassinato exercia, ao mesmo tempo que impressionava e repelia. Vira como pessoas envolvidas em crimes como testemunhas inocentes, contanto que não fossem alvos de pesar nem de suspeita, ficavam obcecadas pelo homicídio, atraídas inexoravelmente para o lugar onde o crime havia ocorrido com uma descrença fascinada. A multidão e a mídia que a alimentava ainda não haviam se reunido do lado de fora dos portões de ferro fundido da clínica. Mas elas chegariam, e ele duvidava de que a equipe de seguranças particulares de Chandler-Powell fosse conseguir algo além de atrapalhá-las um pouco.

12

O resto da tarde foi dedicado aos interrogatórios individuais, a maioria dos quais ocorreu na biblioteca. Helena Cressett foi a última pessoa da casa a prestar seu depoimento, e Dalgliesh havia confiado a Benton e Kate a tarefa de ouvi-la. Sentia que a srta. Cressett esperava que ele a interrogasse pessoalmente, e precisava que ela soubesse que ele chefiava uma equipe e que ambos os seus subordinados eram competentes. Surpreendentemente, ela convidou Kate e Benton para ir a seus aposentos particulares na ala leste. O recinto para o qual os conduziu era evidentemente a sua sala de estar, mas a elegância e o luxo desta não se pareciam em nada com os aposentos que se poderia imaginar para uma governanta-administradora. A mobília e a disposição dos quadros revelavam um gosto muito pessoal e, embora o espaço não fosse exatamente abarrotado, pairava uma sensação de que objetos valiosos haviam sido reunidos mais para a satisfação da ocupante do que como parte de um plano decorativo coerente. Era como se Helena Cressett tivesse colonizado parte da casa e a transformado em seu território particular, pensou Benton. Ali não havia nem sinal da solidez escura dos móveis da época Tudor. Com exceção do sofá, forrado de linho creme com detalhes em vermelho e disposto na perpendicular em relação à lareira, a maioria da mobília era georgiana.

Praticamente todos os quadros das paredes revestidas de madeira eram retratos de família, e a semelhança da srta. Cressett com eles era inconfundível. Nenhum dos retratos pareceu particularmente valioso para Benton — talvez os mais valiosos houvessem sido vendidos separadamente —, mas todos tinham uma individualidade marcante e haviam sido pintados com competência, alguns até mais do que isso. Um bispo vitoriano com suas vestes oficiais fitava o artista com uma dignidade eclesiástica desmentida por um quê de desconfiança, como se o livro sob a palma de sua mão fosse *A origem das espécies*. Ao seu lado, um cavaleiro seiscentista com a mão na espada posava com deslavada arrogância enquanto, acima da lareira, uma família do início da era vitoriana aparecia reunida em frente à casa, a mãe de cabeleira cacheada rodeada pelos filhos mais novos, o menino mais velho montado em um pônei e o pai ao seu lado. E em todos havia as mesmas sobrancelhas altas e arqueadas, os malares pronunciados, a curva carnuda do lábio superior.

"Está entre os seus antepassados, senhorita Cressett", disse Benton. "A semelhança é notável."

Nem Dalgliesh nem Kate teriam dito isso; era canhestro e podia não ser sensato começar um interrogatório com um comentário pessoal e, embora Kate não tivesse dito nada, Benton sentiu sua surpresa. Mas rapidamente justificou para si mesmo uma observação que tinha sido espontânea, pensando que ela provavelmente se revelaria útil. Eles precisavam saber quem era a mulher com quem estavam lidando e, mais exatamente, qual era seu status na casa, até onde ia seu controle e qual era a extensão de sua influência sobre Chandler-Powell e os outros moradores. Sua reação ao que poderia considerar uma pequena impertinência poderia ser reveladora.

Encarando-o bem nos olhos, ela disse calmamente: "*O traço herdado capaz de/ nas formas, nas vozes, nos olhos/ ignorar o tempo que dura a vida/ humana — este sou eu;/ o eterno no homem/ que não obedece à morte.* Não é preciso ser detetive profissional para perceber isso. Gosta de Thomas Hardy, investigador?".

"Mais como poeta do que como romancista."

"Concordo. Acho deprimente a sua determinação de fazer os personagens sofrerem, quando um pouco de bom senso da sua parte e da deles poderia evitar isso. Tess é uma das moças mais irritantes da ficção vitoriana. Por que não se sentam?"

E ali estava a anfitriã, lembrando-se de seu dever, mas sem capacidade ou vontade para controlar o tom de relutância condescendente. Ela apontou para o sofá e se acomodou em uma poltrona em frente. Kate e Benton se sentaram.

Sem nenhuma preliminar, Kate assumiu o comando. "O doutor Chandler-Powell a descreveu como administradora da casa. No que exatamente consiste esse cargo?"

"Meu cargo aqui? É difícil de descrever. Sou gerente, administradora, secretária e contadora em tempo parcial. Imagino que gerente-geral englobe todas essas funções. Mas o doutor Chandler-Powell costuma me descrever como administradora quando está falando com os pacientes."

"E quanto tempo faz que está aqui?"

"Vai fazer seis anos no mês que vem."

"Não deve ter sido fácil", disse Kate.

"Fácil em que sentido, inspetora?"

O tom da srta. Cressett era de interesse casual, mas não escapou a Benton um quê de ressentimento reprimido. Já havia se deparado com esse tipo de reação antes: um suspeito, em geral com alguma autoridade, mais acostumado a fazer perguntas do que a respondê-las, sem querer antagonizar o chefe da investigação mas dando vazão a seu ressentimento com um subordinado. Kate não se intimidou.

"Voltar para uma casa tão linda, que foi da sua família por muitas gerações, e ver outra pessoa morando aqui", disse ela. "Nem todo mundo conseguiria suportar isso."

"Nem todo mundo precisa. Talvez seja melhor eu explicar. A minha família foi proprietária e moradora desta casa durante mais de quatrocentos anos, mas tudo um dia chega ao fim. O doutor Chandler-Powell gosta da casa, e ela está melhor nas mãos dele do que nas das outras pessoas que vieram visitá-la e quiseram comprá-la. Eu não assassinei uma das suas pacientes para fechar a clínica e fazê-lo pagar por ter comprado a casa da minha família ou conseguido um bom preço. Perdoe a minha franqueza, inspetora, mas não foi isso que vocês vieram aqui descobrir?"

Nunca era muito sensato refutar uma alegação que ainda não havia sido feita, sobretudo com uma franqueza assim tão brutal, e ficou óbvio que ela percebeu o próprio erro assim que as palavras lhe saíram da boca. Então o ressentimento existia. Mas ressentimento contra quem ou contra o quê?, perguntou-se Benton. Contra a polícia, contra a conspurcação da ala oeste por Chandler-Powell ou contra Rhoda Gradwyn, que causara o incômodo e o constrangimento de trazer a vulgaridade de um inquérito policial para dentro daquelas paredes ancestrais?

"Como conseguiu o emprego?", perguntou Kate.

"Eu me candidatei. Não é assim, em geral, que as pessoas arrumam emprego? A vaga foi anunciada, e pensei que seria interessante voltar para cá e ver que mudanças haviam sido feitas além da construção da clínica. Na verdade a minha profissão, se é que se pode chamá-la de profissão, é historiadora da arte, mas era impossível conciliar isso com o fato de morar aqui. Eu não pretendia ficar muito tempo, mas achei o trabalho interessante e hoje não tenho pressa de ir embora. Imagino que seja isso que queira saber. Mas a minha história pessoal tem alguma relevância para a morte de Rhoda Gradwyn?"

"Não temos meios de saber o que tem ou não relevância sem fazer perguntas que podem parecer intrusivas", respondeu Kate. "Muitas vezes elas o são. Só podemos esperar a cooperação e a compreensão das pessoas. Um inquérito policial não é um evento social."

"Então não vamos tratá-lo como tal, inspetora."

Um rubor cobriu rapidamente seu rosto pálido e marcante, como uma leve irritação da pele. Essa perda de compostura temporária a tornava mais humana e, surpreendentemente, mais atraente. Ela mantinha as emoções sob controle, mas as emoções existiam. Não era uma mulher sem paixões, pensou Benton, apenas uma mulher que havia aprendido a sensatez de manter suas paixões sob controle.

"Quanto contato teve com a senhorita Gradwyn na primeira visita dela e depois?", perguntou ele.

"Praticamente nenhum, apesar de nas duas ocasiões ter feito parte do comitê de recepção e tê-la conduzido até o quarto. Nós mal nos falamos. O meu trabalho não tem nada a ver com os pacientes. O tratamento e o conforto deles são responsabilidade dos dois cirurgiões e da enfermeira Holland."

"Mas a senhorita contrata e comanda a equipe doméstica?"

"Eu os contrato quando algum cargo fica vago. Estou acostumada a administrar esta casa. E, sim, eles estão sob minha autoridade, embora essa palavra seja forte demais para o tipo de controle que eu exerço. Quando, como às vezes acontece, eles têm algum envolvimento com os pacientes, a responsabilidade passa a ser da enfermeira Holland. Acho que há uma certa superposição de tarefas, uma vez que sou responsável pelos funcionários da cozinha e a enfermeira, pela comida servida aos pacientes, mas isso parece funcionar bastante bem."

"A senhorita contratou Sharon Bateman?"

"Eu pus o anúncio em alguns jornais e ela se candidatou. Na época, trabalhava em uma casa de repouso para idosos e deu ótimas referências. Não cheguei a entrevistá-la. Eu estava no meu apartamento de Londres na ocasião, então a senhora Frensham, a senhorita Westhall e a enfermeira Holland fizeram a entrevista e a contrataram. Que eu saiba, ninguém se arrependeu."

"A senhorita conhecia ou alguma vez encontrou Rhoda Gradwyn antes de ela chegar aqui?"

"Nunca a encontrei, mas é claro que já tinha ouvido falar nela. Acho que qualquer um que leia jornal já ouviu. Eu sabia que ela era uma jornalista bem-sucedida e influente. Não tinha motivos para pensar nela com carinho, mas um ressentimento pessoal, na verdade não mais do que um desconforto ao ouvir o nome dela, não me fazia desejar a sua morte. Meu pai foi o último homem dos Cressett e perdeu todo o dinheiro da família no desastre do Lloyd's. Foi forçado a vender a casa, e o doutor Chandler-Powell a comprou. Pouco depois da venda, Rhoda Gradwyn publicou uma curta matéria em um jornal financeiro criticando os investidores do Lloyd's e mencionando especificamente meu pai, entre outros. Havia uma insinuação de que os falidos tinham recebido o que mereciam. No artigo, ela fazia uma breve descrição da casa e contava um pouco de sua história, mas as informações devem ter sido tiradas de algum guia porque, até onde sabíamos, ela nunca havia estado aqui. Alguns dos amigos do meu pai acharam que foi esse artigo que o matou, mas eu nunca acreditei nisso, e acho que eles também não. Era uma reação exageradamente dramática a comentários pouco gentis, mas que não chegavam a ser ilegais. Meu pai sofria do coração havia muito tempo, e sabia que sua vida era frágil. Talvez a venda da casa tenha sido o golpe de misericórdia, mas duvido muito de que qualquer coisa que Rhoda Gradwyn pudesse escrever ou dizer fosse deixá-lo chateado. Afinal de contas, quem era ela? Uma mulher ambiciosa que ganhava dinheiro com a dor alheia. Alguém a odiava o bastante para apertar as mãos em volta do seu pescoço, mas não foi ninguém que tenha dormido aqui ontem à noite. E agora, se me dão licença, eu gostaria que se retirassem. Estarei aqui amanhã, é claro, a qualquer momento em que desejarem falar comigo, mas por hoje já tive animação suficiente."

Não era um pedido que pudessem recusar. O interrogatório havia durado menos de meia hora. Enquanto ouviam a porta se fechar com firmeza atrás deles, Benton pensou, com alguma decepção, que a preferência pela poesia de Thomas Hardy em relação a seus romances era provavelmente a única coisa que os dois tinham em comum, ou que um dia poderiam vir a ter.

13

Talvez devido ao fato de o interrogatório coletivo na biblioteca ainda ser uma lembrança vívida e desagradável, os suspeitos, como em um acordo tácito, evitaram conversar abertamente sobre o assassinato, mas Lettie sabia que conversavam a respeito em particular — ela e Helena, os Bostock na cozinha que sempre haviam considerado sua casa mas agora viam como um refúgio, e, imaginava ela, os Westhall em Stone Cottage. Somente Flavia e Sharon pareceram se distanciar dos outros e guardar silêncio; Flavia, ocupada com tarefas não especificadas na sala de cirurgia, e Sharon, dando a impressão de ter regredido à condição de adolescente mal-humorada e monossilábica. Mog passeava entre eles distribuindo fragmentos de fofocas e teorias como esmolas em mãos estendidas. Sem nenhum encontro formal ou estratégia combinada, parecia a Lettie que estava surgindo uma teoria comum, que só os mais céticos consideravam pouco convincente, e que os tranquilizava a todos.

Obviamente o assassinato havia sido cometido por alguém de fora, e a própria Rhoda Gradwyn atraíra seu assassino até a casa, em uma data e hora provavelmente combinadas antes de sair de Londres. Era por isso que fizera tanta questão de que nenhum visitante fosse autorizado. Afinal de contas, ela era uma jornalista investigativa conhecida. Com certeza tinha feito inimigos. O carro visto por Mog provavelmente pertencia ao assassino, e a luz entrevista pela sra. Skeffington nas pedras era a de sua lanterna. O ferrolho fechado da porta na manhã seguinte era difícil de explicar, mas o assassino poderia ele próprio tê-lo fechado depois do crime e se escondido dentro da casa até ele ser aberto na manhã seguinte por Chandler--Powell. Afinal, só houvera uma busca superficial na casa antes da chegada da polícia. Por exemplo: alguém tinha se lembrado de vasculhar as quatro suítes vazias da ala oeste? E havia muitos armários na casa, grandes o suficiente para comportar um homem. Era perfeitamente possível para um intruso passar despercebido. Ele poderia ter saído pela porta oeste sem ninguém notar e escapado pela aleia de tílias até o campo enquanto todos na casa estavam trancafiados na biblioteca voltada para o norte sendo interrogados pelo inspetor-comandante Dalgliesh. Se a polícia não estivesse tão ansiosa para se concentrar nos moradores da casa, o assassino a esta altura talvez já tivesse sido pego.

Lettie não conseguia se lembrar quem fora o primeiro a citar Robin Boyton como uma alternativa para suspeito principal, mas, uma vez sugerida, a ideia se alastrou por uma espécie de osmose. Afinal de contas, ele tinha ido a Stoke Cheverell visitar Rhoda Gradwyn, estava aparentemente desesperado para vê-la e fora repelido. Provavelmente o assassinato não havia sido premeditado. A srta. Gradwyn estava em perfeitas condições de andar depois da cirurgia. Abrira a porta para ele, os dois haviam brigado, e ele perdera a calma. O carro estacionado junto às pedras não era seu, de fato, mas o carro poderia muito bem não ter tido nada a ver com o assassinato. A polícia devia estar tentando encontrar o dono. Ninguém disse o que todos pensavam: que seria conveniente se não conseguissem encontrá-lo. Mesmo que o motorista fosse apenas um viajante cansado que prudentemente havia parado para um cochilo, a teoria de um intruso de fora se sustentava.

Na hora do jantar, Lettie sentiu que as especulações estavam diminuindo. O dia fora longo e traumático, e tudo que todos eles queriam agora era um período de paz. Pareciam também precisar de solidão. Chandler-Powell e

Flavia disseram a Dean que prefeririam jantar em seus quartos. Os Westhall partiram para Stone Cottage, e Helena convidou Lettie para uma refeição que consistiu em omelete de ervas e salada, preparada por ela em sua pequena cozinha particular. Depois da refeição, as duas lavaram a louça e em seguida se acomodaram em frente à lareira para ouvir um concerto na Radio 3 à luz fraca de um único abajur. Nenhuma das duas mencionou a morte de Rhoda Gradwyn.

Às onze horas, o fogo estava se apagando. Uma frágil chama azul lambeu o último pedaço de lenha enquanto este se desintegrava em cinzas. Helena desligou o rádio e ficaram sentadas em silêncio. Ela então disse: "Por que você foi embora daqui quando eu tinha treze anos? Tinha a ver com papai? Eu sempre pensei que sim, que vocês dois eram amantes".

"Você sempre foi sofisticada demais para a sua idade", respondeu Lettie em voz baixa. "Nós estávamos começando a gostar demais um do outro, a depender demais um do outro. Ir embora era a coisa certa a fazer. E você precisava da companhia de outras meninas, precisava ampliar sua instrução."

"Acho que tem razão. Aquela escola horrorosa. Vocês eram amantes? Vocês transaram? É um verbo horrível, mas as alternativas são ainda mais grosseiras."

"Uma vez. Foi por isso que eu soube que aquilo tinha de acabar."

"Por causa de mamãe?"

"Por causa de todos nós."

"Então foi como no filme *Desencanto*, mas sem a estação de trem?"

"Alguma coisa assim."

"Coitada da mamãe. Anos de médicos e enfermeiras. Depois de um tempo, os seus pulmões deficientes nem pareciam mais uma doença, pareciam apenas fazer parte do que ela era. E quando ela morreu eu mal senti sua falta. Na verdade, ela já não estava mais aqui. Lembro-me de que mandaram me buscar na escola, mas tarde demais. Acho que fiquei contente por não chegar a tempo. Mas aquele quarto vazio, isso, sim, foi horrível. Ainda odeio aquele quarto."

"Também tenho uma pergunta", disse Lettie. "Por que você se casou com Guy Haverland?"

"Porque ele era engraçado, inteligente, charmoso e muito rico. Mesmo com dezoito anos, eu sabia desde o início que não ia durar. Foi por isso que nos casamos em um cartório em Londres. As promessas pareciam menos comprometedoras do que em uma igreja. Guy era incapaz de resistir a uma mulher bonita, e ele não ia mudar. Mas tivemos três anos maravilhosos, e ele me ensinou muita coisa. Nunca vou me arrepender."

Lettie se levantou. "Hora de ir para a cama", disse. "Obrigada pelo jantar e boa noite, querida". E foi embora.

Helena aproximou-se da janela que se abria para o oeste e afastou as cortinas. A ala oeste estava às escuras e não passava de uma forma comprida iluminada pela lua. Seria a morte violenta, pensou, que provocara o impulso de fazer confidências e perguntas que tinham permanecido não ditas durante anos? Pensou em Lettie e em seu casamento. Não houvera nenhum filho, e ela desconfiava de que isso tinha sido motivo de pesar. Seria o sacerdote com quem ela havia se casado daquele tipo que ainda considerava o sexo algo meio indecente, e via a esposa e todas as mulheres virtuosas como madonas? E seriam as revelações dessa noite um substituto para a pergunta que ocupava a mente de ambas, e que nenhuma das duas se atrevia a fazer?

14

Até as sete e meia, Dalgliesh teve poucas oportunidades de examinar e se instalar em sua residência temporária. A polícia local havia sido prestativa e operosa, verificando linhas telefônicas, instalando um computador e pendurando um grande quadro de cortiça na parede, caso Dalgliesh precisasse afixar alguma imagem. Também haviam pensado no seu conforto e, embora o chalé de pedra tivesse o leve cheiro bolorento de uma casa desocupada há alguns meses, uma lareira fora arrumada e o fogo ardia lá dentro. A cama havia sido feita e um aquecedor elétrico, providenciado para o andar de cima. O chuveiro, embora não fosse moderno, produziu uma água bem quente quando ele o testou, e a geladeira estava com provisões suficientes para sustentá-lo por pelo menos três dias, incluindo uma panela de ensopado de cordeiro obviamente feito em casa. Havia também latas de cerveja e quatro garrafas de vinho, dois brancos e dois tintos, de qualidade bem razoável.

Às nove da noite, ele já havia tomado banho e trocado de roupa, se aquecido e comido o ensopado de cordeiro. Um bilhete encontrado debaixo da panela explicava que este fora preparado pela sra. Warren, descoberta que reforçou a opinião de Dalgliesh de que a alocação temporária de seu marido para a equipe especial era uma boa coisa. Ele abriu uma garrafa de tinto e colocou-a junto com três copos sobre uma mesa baixa diante da lareira. Com as cortinas de estampa alegre abertas deixando ver a noite lá fora, sentiu-se, como às vezes acontecia ao estar cuidando de algum caso, confortavelmente abrigado em um período de solidão. Passar pelo menos parte do dia sozinho era algo que, desde a infância, havia sido tão necessário para ele quanto comida e luz. Então, depois desse breve intervalo de folga, sacou o pequeno bloco de notas e começou a recapitular os depoimentos do dia. Desde que era investigador, costumava anotar em um bloco não oficial algumas palavras e expressões específicas capazes de fazê-lo se lembrar imediatamente de uma pessoa, uma admissão insensata, um trecho de diálogo, uma troca de olhares. Com esse auxílio, sua memória dos fatos era quase total. Depois de repassar sozinho os depoimentos, ligaria para Kate e pediria que ela e Benton fossem encontrá-lo, e então os acontecimentos do dia seriam discutidos e ele estabeleceria a programação para o dia seguinte.

Os depoimentos não haviam produzido nenhuma mudança fundamental nas informações que eles já haviam recebido. Apesar das garantias do dr. Chandler-Powell de que ela havia agido corretamente, Kimberley estava evidentemente desgostosa, tentando se convencer de que, no final das contas, talvez estivesse errada. Sozinha na biblioteca com Dalgliesh e Kate, não parava de olhar de relance para a porta, como se esperasse ver o marido chegando ou como se temesse a entrada do patrão. Dalgliesh e Kate foram pacientes com ela. Ao perguntarem se tinha certeza, na ocasião, de que as vozes que escutara eram as do dr. Chandler-Powell e da enfermeira Holland, ela franzira o rosto em uma caricatura de reflexão angustiada.

"Acho que eram o doutor Chandler-Powell e a enfermeira, sim, mas ia mesmo achar isso, não é? Não esperaria que fosse mais ninguém. As vozes soavam como as deles, ou então eu não teria pensado que eram eles, não é? Mas não consigo me lembrar do que estavam falando. Achei que aquilo parecia uma briga. Abri só um pouquinho a porta da saleta e eles não estavam, então talvez estivessem no quarto. Mas é claro que podiam estar na saleta e eu não os vi. E ouvi vozes bem altas, mas talvez eles só estivessem conversando. Era muito tarde..."

Sua voz havia falhado. Se fosse convocada pela acusação, Kimberley, assim como a sra. Skeffington, seria um presente para a defesa. Quando lhe perguntaram o que havia acontecido em seguida, Kimberley disse que voltara para onde Dean a estava esperando, em frente à porta da saleta da sra. Skeffington, e tinha contado tudo a ele.

"Contado o quê?"

"Que eu pensei ter ouvido a enfermeira discutindo com o doutor Chandler-Powell."

"E foi por isso que você não os chamou nem disse à enfermeira que tinha levado um chá para a senhora Skeffington?"

"Foi como eu disse na biblioteca, senhor. Nós dois pensamos que a enfermeira não ia gostar de ser incomodada, e que isso não teria muita importância porque a senhora Skeffington ainda não tinha sido operada. De qualquer maneira, a senhora Skeffington estava bem. Ela não pediu para chamar a enfermeira e, se quisesse chamá-la, poderia ter tocado a sua campainha."

O depoimento de Kimberley fora mais tarde corroborado por Dean. Este parecia ainda mais abalado do que a esposa. Não havia percebido que a porta que dava para a aleia de tílias estava com o ferrolho aberto quando ele e Kimberley subiram com a bandeja de chá, mas foi enfático ao afirmar que o ferrolho estava aberto quando voltaram. Havia percebido isso ao passar em frente à porta. Repetiu que não o fechara porque era possível que alguém estivesse dando um passeio particularmente tardio e, em todo caso, esse não era o seu trabalho. Ele e Kimberley haviam sido os primeiros a acordar, e às seis da manhã já estavam com o chá pronto na cozinha. Ele então tinha ido verificar a porta, e o ferrolho estava fechado. Não achara isso estranho; durante os meses de inverno, o dr. Chandler-Powell raramente o abria antes das nove horas. Não havia comentado com Kimberley sobre a porta estar com o ferrolho aberto para não deixá-la nervosa. Ele próprio não estava nervoso, porque havia as duas fechaduras de segurança.

Não conseguiu explicar por que não voltara mais tarde para verificar tanto as fechaduras quanto o ferrolho, exceto dizendo que a segurança não era responsabilidade sua.

Chandler-Powell havia se mostrado tão calmo quanto na hora da chegada da equipe especial. Dalgliesh admirou o estoicismo com o qual ele devia estar encarando a possível destruição de sua clínica, e talvez a perda de grande parte da clientela de seu consultório particular. No final do depoimento em seu escritório, que não produziu nada de novo, Kate dissera: "Ninguém aqui, com exceção do senhor Boyton, diz ter conhecido a senhorita Gradwyn antes de ela chegar na clínica. Mas em certo sentido ela não é a única vítima. A morte dela inevitavelmente afetará o sucesso do seu trabalho aqui. Alguém poderia ter interesse em prejudicar o senhor?".

"Tudo que posso dizer é que tenho confiança total em todos que trabalham aqui", respondera Chandler-Powell. "E parece-me um tremendo exagero sugerir que Rhoda Gradwyn foi assassinada para me causar problemas. É uma ideia bizarra."

Dalgliesh havia se contido para não dar a resposta óbvia: a morte da srta. Gradwyn havia sido bizarra. Chandler-Powell confirmou que estivera com a enfermeira Holland em seus aposentos de pouco depois das onze até uma da manhã. Nenhum dos dois tinha visto nem ouvido nada de anormal. Havia questões médicas que ele precisava discutir com a enfermeira, mas eram confidenciais e nada tinham a ver com a srta. Gradwyn. O seu depoimento fora confirmado pela enfermeira Holland, e era evidente que nenhum dos dois tinha a intenção de dizer mais nada por enquanto. O sigilo médico era uma desculpa fácil para ficar calado, mas uma desculpa válida.

Ele e Kate haviam interrogado os Westhall juntos em Stone Cottage. Dalgliesh vira pouca semelhança de parentesco entre os dois, e as diferenças eram realçadas pela beleza jovial, embora convencional, de Marcus Westhall e por seu ar de vulnerabilidade em comparação com o corpo forte e parrudo, os traços dominantes e o semblante marcado pela ansiedade da irmã. Ele falara pouco, a não ser para confirmar que havia jantado em Chelsea na casa de um cirurgião, Matthew Greenfield, que iria incluí-lo em sua equipe para passar um ano na África. Fora convidado para passar a noite lá e fazer algumas compras de Natal em Londres no dia seguinte, mas o seu carro estava com alguns problemas e ele achara mais sensato voltar logo depois de um jantar cedo, às oito e quinze, para poder levá-lo ao mecânico local na manhã seguinte. Não o fizera porque, com o assassinato, acabara esquecendo todos os outros assuntos. O tráfego estava bom, mas ele viera devagar e só chegara à casa por volta da meia-noite e meia. Não vira ninguém na estrada e não havia luzes na casa. Stone Cottage também estava às escuras e ele pensou que a irmã estivesse dormindo, mas, ao estacionar, a luz do quarto dela se acendeu, então ele batera à sua porta, espiara lá para dentro e dera boa-noite antes de se retirar para o seu próprio quarto. A irmã parecera perfeitamente normal, mas sonolenta, e dissera que conversariam sobre o jantar e seus planos de ir para a África pela manhã. O álibi seria difícil de desmentir, a menos que Robin Boyton, ao ser interrogado, tivesse escutado o carro chegando ao lado do seu chalé e não confirmasse o horário. O carro seria inspecionado, mas, mesmo que agora estivesse funcionando bem, Westhall poderia alegar que, com os barulhos que ele estava fazendo, tinha achado mais seguro não correr o risco de ficar preso em Londres.

Candace Westhall disse que de fato havia despertado com o carro e conversado com o irmão, mas não saberia dizer com exatidão a que horas este havia chegado, pois não olhara para o relógio na cabeceira da cama. Voltara a dormir imediatamente. Dalgliesh não teve dificuldade para se lembrar do que ela dissera no final do depoimento. Ele era sempre capaz de se lembrar quase completamente de qualquer conversa, e uma olhada em suas anotações lhe trouxe as palavras dela de volta à mente com clareza.

"Eu sou provavelmente a única moradora da casa a ter manifestado antipatia por Rhoda Gradwyn. Deixei claro para o doutor Chandler-Powell que achava indesejável uma jornalista com a reputação dela ser operada aqui na clínica. As pessoas que vêm para cá não esperam apenas privacidade, mas discrição absoluta. Mulheres como Gradwyn estão sempre à espreita de matérias, de preferência escandalosas, e não tenho dúvida de que ela teria usado sua experiência aqui de alguma forma, talvez para criticar a medicina privada ou o desperdício de talento de um cirurgião brilhante em cirurgias meramente cosméticas. Com uma mulher dessas, nenhuma experiência deixa de ter sua utilidade. Ela provavelmente esperava recuperar o custo da operação. Duvido que a contradição de ter sido ela própria uma paciente particular a tenha incomodado. Suponho que eu tenha sido influenciada por minha repulsa diante de grande parte do que é publicado em nossa imprensa popular, e que tenha transmitido essa repugnância para Gradwyn. Mas eu não a matei e não faço ideia de quem a matou. Seria pouco provável que eu manifestasse a minha antipatia por tudo que ela representava de forma tão clara se a minha intenção fosse assassiná-la. Não posso pranteá-la; seria ridículo fingir que poderia fazer isso. Afinal de contas, ela era uma estranha para mim. Mas eu sinto uma forte indignação contra o assassino pelos danos que ele vai causar ao trabalho aqui na clínica. Imagino que a morte de Gradwyn justifique o meu alerta. O dia em que ela veio para cá como paciente foi um dia infeliz para todos da casa."

Mogworthy, cuja voz e comportamento ficavam apenas um grau abaixo do que poderia ser descrito sem muito exagero como uma insolência taciturna, confirmara ter visto o carro, mas fora incapaz de se lembrar de qualquer outra coisa em relação ao veículo ou a seus ocupantes. Quando visitada por Benton e pelo agente Warren, a sra. Ada Denton, uma mulher rechonchuda, bonita e inesperadamente jovem, dissera que o sr. Mogworthy de fato fora jantar hadoque com batatas *chips* na sua casa como fazia na maioria das noites de sexta-feira, mas que saíra logo depois das onze e meia para voltar para casa, de bicicleta. Ela acrescentara que considerava lamentável que uma mulher respeitável não pudesse compartilhar um jantar de peixe e *chips* com um amigo sem que a polícia viesse importuná-la, comentário, pensou o agente Warren, motivado nem tanto pelo rancor quanto pela possibilidade de chegar aos ouvidos de Mogworthy depois. Seu último sorriso para Benton enquanto estavam saindo deixara claro que ele estava eximido de qualquer crítica.

Estava na hora de chamar Kate e Benton. Dalgliesh pôs mais lenha no fogo e pegou seu celular.

15

Às nove e meia, Kate e Benton já estavam de volta a Wisteria House e haviam tomado banho, trocado de roupa e comido o jantar servido pela sra. Shepherd na sala de jantar. Ambos gostavam de tirar as roupas de trabalho antes de encontrar Dalgliesh no final do dia para recapitular a situação do inquérito e estabelecer a programação para as vinte e quatro horas seguintes. Era uma rotina conhecida que os dois aguardavam com ansiedade, Kate mais confiante do que Benton. Ele sabia que AD estava satisfeito com o seu trabalho — se não estivesse, ele não faria parte da equipe —, mas reconhecia que podia ser excessivamente entusiástico ao formular opiniões que poderia ter modificado com um pouco mais de reflexão, e o esforço para conter essa tendência ao entusiasmo excessivo inibia sua espontaneidade, de modo que a recapitulação no final do dia, embora fosse uma etapa estimulante e importante do inquérito, sempre o deixava ansioso.

Desde sua chegada a Wisteria House, Kate e ele quase não tinham visto os donos do hotel. Só houvera tempo para breves apresentações antes de os dois deixarem as malas no saguão e voltarem para a clínica. Haviam recebido um cartão de visitas branco, com o endereço e os nomes Claude e Caroline Shepherd, em que a sigla RNO significava, como a sra. Shepherd explicou, que a refeição noturna era opcional e que o jantar poderia e seria providenciado. Isso havia estimulado na mente de Benton uma sequência fascinante de siglas ainda mais esotéricas: BQO — Banho

Quente Opcional, ou CDO — Cama Dura Opcional —, ou ainda BAQO — Bolsa de Água Quente Opcional. Kate gastara apenas um minuto enfatizando o aviso já dado pelo inspetor-chefe Whetstone de que a chegada deles deveria permanecer em sigilo. Fizera isso com tato. Tanto ela quanto Benton só tinham precisado olhar rapidamente para os rostos inteligentes e sérios dos Shepherd para saber que estes não precisavam nem apreciariam qualquer lembrete de uma garantia já dada anteriormente.

"Não temos nenhuma predisposição para ser indiscretos, inspetora", dissera o sr. Shepherd. "O povo da cidade é educado e bastante acolhedor, mas desconfia um pouco de recém-chegados. Faz apenas nove anos que estamos aqui, o que para eles nos inclui na categoria dos recém-chegados, então não os vemos muito. Nunca vamos beber no Cressett Arms e não frequentamos a igreja." Ele fizera esse último comentário com a satisfação de quem resistiu à tentação de ceder a um hábito perigoso.

Kate achou que os Shepherd eram donos improváveis para um hotelzinho. Na sua experiência ocasional com esse tipo de lugar útil para estadias rápidas, havia identificado algumas características comuns nos proprietários. Achava-os simpáticos, às vezes sociáveis, receptivos a conhecer gente nova, orgulhosos de seus estabelecimentos, sempre prontos a dar informações úteis sobre a região e suas atrações e — apesar dos alertas contemporâneos sobre o colesterol — excelentes fornecedores do café da manhã inglês típico em sua melhor versão. E com certeza os seus anfitriões eram mais velhos do que a maioria das pessoas que assumiam o árduo trabalho de receber uma sucessão de hóspedes. Eram os dois altos, a sra. Shepherd mais do que o marido, e talvez aparentassem ter mais idade do que a que de fato tinham. Seu olhar suave mas atento era direto, o aperto de mão era firme, e eles se moviam sem a rigidez da velhice. O sr. Shepherd, com seus grossos cabelos brancos cortados em franja acima de óculos de aro de metal, parecia uma versão afável do autorretrato do pintor

Stanley Spencer. Os cabelos de sua mulher, menos grossos e agora de cor cinza metálico, formavam uma trança comprida e fina presa com dois pentes no alto da cabeça. A voz dos dois era muito parecida, e aquele distinto sotaque de classe alta desprovido de afetação, capaz de tanto irritar quem não o possui, pensou Kate, teria certamente frustrado qualquer esperança que pudessem acalentar de conseguir um emprego na BBC ou mesmo de fazer carreira na política, caso alguma dessas alternativas os tivesse seduzido.

O quarto de Kate tinha todo o necessário para uma noite confortável, e nada de supérfluo. Ela imaginou que o quarto de Benton ao lado do seu era provavelmente idêntico. Duas camas de solteiro, uma ao lado da outra, estavam cobertas com colchas imaculadamente brancas, os abajures de cabeceira eram modernos para facilitar a leitura, e havia uma cômoda de duas gavetas e um pequeno armário com cabides de madeira. O banheiro não tinha banheira, mas um chuveiro que um giro preliminar das torneiras revelou ser eficiente. O sabonete era sem perfume mas caro, e ao abrir o armário do banheiro ela constatou que estava equipado com os artigos indispensáveis que alguns hóspedes podiam esquecer de pôr na mala: uma escova de dentes dentro de um invólucro de celofane, pasta de dentes, xampu e gel para banho. Como madrugadora que era, Kate sentiu falta de uma chaleira e outros apetrechos para preparar o chá de manhã, mas um pequeno aviso sobre a cômoda informava que era possível pedir o chá no quarto em qualquer horário entre as seis e as nove, embora os jornais só pudessem ser entregues a partir das oito e meia.

Ela trocou a camisa por outra limpa, vestiu um suéter de *cashmere* e, pegando o blusão, foi encontrar Benton no saguão.

No início, adentraram uma escuridão impenetrável e desorientadora. A lanterna de Benton, cujo facho tinha a mesma intensidade de um farol de carro em miniatura, transformava as pedras do calçamento e o caminho em imagens aleatórias, e deformava os arbustos e as árvores. À medida que os olhos de Kate se acostumavam com a noite, as estrelas foram ficando visíveis uma a uma contra a massa de nuvens negras e cinza, entre as quais uma meia-lua sumia e tornava a aparecer, clareando a estrada estreita e tornando a escuridão misteriosamente iridescente. Caminhavam sem dizer nada, e seus sapatos ao bater no asfalto pareciam estar crivados de pregos como invasores decididos e ameaçadores, criaturas alienígenas perturbando a paz da noite. Mas isso não era paz, pensou Kate. Até mesmo naquele silêncio ela podia ouvir o leve farfalhar da grama e, de vez em quando, um grito distante e quase humano. A sucessão inexorável de matar e ser morto prosseguia sob o manto da noite. Rhoda Gradwyn não era a única criatura viva a ter morrido naquela noite de sexta-feira.

Uns cinquenta metros mais adiante, passaram pelo chalé dos Westhall, com a luz acesa em uma das janelas do andar de cima e duas nas janelas do térreo. Poucos metros à esquerda ficava o estacionamento, o barracão escuro e, mais além, o contorno do círculo de Cheverell, as pedras, meras formas semi-imaginadas, até as nuvens se abrirem sob a lua e elas surgirem, pálidas e etéreas, parecendo flutuar, caiadas pelo luar, acima dos campos negros e hostis.

Então chegaram a Old Police Cottage, cujas duas janelas do térreo estavam iluminadas. Quando se aproximaram, Dalgliesh veio abrir a porta, e durante alguns segundos pareceu estranho com a calça esporte, a camisa quadriculada desabotoada no pescoço e um suéter. O fogo ardia na lareira, deixando o ar perfumado, e um leve aroma salgado pairava dentro do chalé. Dalgliesh havia disposto três cadeiras baixas confortáveis em frente à lareira com uma mesa de centro de carvalho no meio. Sobre ela havia uma garrafa de vinho tinto aberta, três copos e uma planta da clínica. Kate sentiu-se revigorada. Essa rotina de fim do dia parecia uma volta para casa. Quando chegasse a hora de aceitar uma promoção, com sua inevitável mudança de cargo, esses seriam os momentos de que sentiria falta. As conversas eram sempre sobre morte e assassinato, às vezes em suas modalidades mais aterradoras, mas na sua lembrança os encontros no final do dia eram sempre repletos de calor e segurança, de uma sensação de ser valorizada que ela nunca havia conhecido na infância. Em frente à janela ficava uma escrivaninha, sobre a qual estavam o laptop de Dalgliesh e um telefone com uma grossa pilha de papéis ao lado. Apoiada contra o pé do móvel, havia uma pasta de trabalho estufada. Ele havia trazido parte de seus outros trabalhos. *Parece cansado*, pensou ela. *Nunca é o suficiente, faz muitas semanas que ele está trabalhando além da conta*, e sentiu uma onda de emoção que sabia que jamais poderia expressar.

Acomodaram-se ao redor da mesa. Olhando para Kate, Dalgliesh perguntou: "Estão bem instalados no hotel? Já comeram?".

"Muito bem instalados, obrigada. A senhora Shepherd nos tratou bem. Sopa caseira, empadão de peixe e... que doce era aquele, investigador? Você conhece comida."

"Torta de merengue."

"O inspetor-chefe Whetstone orientou os Shepherd a não aceitarem mais nenhum hóspede enquanto vocês estiverem lá", disse Dalgliesh. "Qualquer prejuízo que eles tiverem deverá ser compensado, mas sem dúvida isso já foi combinado. A força de polícia local se mostrou incrivelmente cooperativa. Não deve ter sido fácil."

"Não acho que os Shepherd vão se incomodar com a história dos outros hóspedes, senhor", interrompeu Benton. "A senhora Shepherd disse que não tinham reservas nem estavam esperando nenhuma. Seja como for, eles só têm dois quartos mesmo. O movimento é grande na primavera e no verão, mas quase sempre de hóspedes regulares. E eles são exigentes. Quando não gostam da aparência de alguém que chega, pregam imediatamente a plaquinha de LOTAÇÃO ESGOTADA na janela."

"E de que aparência eles não gostam?", perguntou Kate.

"De gente com carrões caros e do tipo que pede para ver o quarto antes de fazer a reserva. Nunca recusam mulheres que chegam sozinhas ou pessoas sem carro que estejam obviamente desesperadas e já no final do dia. Eles recebem o neto durante o fim de semana, mas ele fica em um anexo no fundo do jardim. O inspetor-chefe Whetstone conhece o neto. E ele vai ficar de bico calado. Eles amam o neto, mas não a moto dele."

"Quem lhe contou tudo isso?"

"A senhora Shepherd, enquanto me levava até o quarto."

Kate não fez nenhum comentário sobre a formidável capacidade de Benton de extrair informações sem pedir. Assim como acontecia com a maioria dos membros do seu sexo, estava claro que a sra. Shepherd tinha um fraco por rapazes atraentes e educados.

Dalgliesh serviu o vinho, depois abriu a planta da clínica sobre a mesa. "Vamos deixar bem clara a disposição da casa. Como vocês estão vendo, ela tem a forma de um H, é virada para o sul e tem duas alas, leste e oeste. O hall de entrada, o salão, a sala de jantar e a biblioteca ficam na parte principal da casa, assim como a cozinha. Os Bostock ocupam dois aposentos em cima da cozinha, e o quarto de Sharon Bateman fica ao lado do deles. A ala oeste, nos fundos, foi adaptada para acomodar os pacientes. O térreo compreende o complexo cirúrgico, que inclui a sala de cirurgia, uma sala anexa para a anestesia, a sala de recuperação, o posto de enfermagem, o almoxarifado e os chuveiros e, aqui no final, o vestiário. O elevador, grande o suficiente para cadeiras de rodas e para macas, sobe até o segundo andar, onde ficam a saleta, o quarto e o banheiro da enfermeira Holland, em seguida as suítes dos pacientes, a primeira delas ocupada pela senhora Skeffington, depois a de Rhoda Gradwyn, e a suíte vazia no final, todas com suas saletas e banheiros. As janelas desses quartos dão para a aleia de tílias que vai até as Pedras de Cheverell, e as dos quartos voltados para o leste dão para o jardim formal. O doutor Chandler-Powell fica no primeiro andar da ala leste, e a senhorita Cressett e a senhora Frensham, no térreo. Os quartos do último andar são quartos de dormir sobressalentes, ocasionalmente usados por auxiliares médicos ou de enfermagem que precisem passar a noite na clínica."

Ele fez uma pausa, e Kate prosseguiu.

"O nosso problema é que temos um grupo de sete pessoas na clínica, qualquer uma das quais poderia ter matado a senhorita Gradwyn. Todas sabiam onde ela estava dormindo, sabiam que a suíte mais adiante estava desocupada e poderia servir de esconderijo, sabiam onde ficavam guardadas as luvas cirúrgicas, e ou tinham ou poderiam ter conseguido as chaves da porta oeste. E, embora os Westhall não morem dentro da casa, sabiam onde ficava o quarto de Gradwyn e têm as chaves da porta da frente e da porta que dá para a aleia de tílias. Se Marcus Westhall só voltou para Stone Cottage à meia-noite e meia, provavelmente está fora da lista de suspeitos, mas não conseguiu arrumar uma testemunha disso. Ele poderia muito bem ter chegado mais cedo. E a sua explicação de por que decidiu voltar para cá na noite passada é esquisita. Se ele estivesse com medo de o carro falhar, não teria sido mais seguro ficar em Londres e mandar consertá-lo em vez de correr o risco de uma pane na estrada? E há também Robin Boyton. Não dá para garantir que ele sabia onde a senhorita Gradwyn estava dormindo, e se ele não teria recebido uma chave da casa, mas ele é o único que conhecia a vítima pessoalmente e admite ter invadido Rose Cottage porque ela estava na clínica. O doutor Chandler-Powell insiste que fechou o ferrolho da porta da aleia de tílias pontualmente às onze da noite. Se o assassino veio de fora e não conhecia a clínica, alguém de dentro da casa precisaria ter aberto a porta para ele entrar, dito a ele onde encontrar a vítima, fornecido as luvas e depois aberto a porta para ele sair e fechado o ferrolho por dentro. Há uma forte possibilidade de isso ter sido um serviço interno, o que torna o motivo de suma importância."

"Geralmente não é muito sensato se concentrar no motivo cedo demais ou com ênfase excessiva", disse Dalgliesh. "As pessoas matam por vários motivos, alguns desconhecidos até mesmo para o assassino. E devemos lembrar que Rhoda Gradwyn pode não ter sido a única vítima. Por exemplo, será que Chandler-Powell poderia ter sido o alvo? Será que o assassino queria destruir a clínica ou será que tinha um motivo duplo, livrar-se de Gradwyn e arruinar Chandler-Powell? É difícil imaginar um golpe mais eficaz do que o assassinato brutal e inexplicável de uma paciente. Chandler-Powell diz que esse motivo é bizarro, mas não devemos esquecê-lo."

"A senhora Skeffington, por exemplo, não vai voltar", disse Benton. "Talvez não seja sensato nos concentrarmos com ênfase excessiva e cedo demais no motivo, mas eu não consigo imaginar Chandler-Powell ou a enfermeira Holland matando um paciente. Aparentemente, o doutor Chandler-Powell consertou muito bem a tal cicatriz. Será que um homem racional destruiria o próprio trabalho? E não consigo ver os Bostock como assassinos. Ele e Kimberley parecem ter uma situação bem satisfatória aqui. Será que Dean Bostock vai desperdiçar um bom emprego? Assim, restam Candace Westhall, Mogworthy, a senhorita Cressett, a senhora Frensham, Sharon Bateman e Robin Boyton. E, até onde sabemos, nenhum deles tinha motivo para matar Rhoda Gradwyn."

Benton parou e olhou em volta, um pouco constrangido, pensou Kate, por enveredar por uma trilha que Dalgliesh talvez não quisesse ter aberto.

Sem comentar nada sobre o que Benton dissera, Dalgliesh prosseguiu: "Bem, vamos deixar claro o que sabemos até agora. Deixemos o motivo de lado por ora. Benton, quer começar?".

Kate sabia que o seu chefe sempre pedia ao membro menos graduado da equipe para dar início aos debates. O silêncio de Benton durante a caminhada até o chalé sugeria que ele já passara algum tempo decidindo qual seria a melhor forma de proceder. Dalgliesh não havia deixado claro se Benton deveria recapitular os fatos, comentá-los ou as duas coisas, mas invariavelmente, caso ele não fizesse isso, Kate o faria, e ela desconfiava de que esse intercâmbio, muitas vezes animado, era a verdadeira intenção de Dalgliesh.

Benton tomou um gole de vinho. Havia pensado no que ia dizer durante a caminhada até Old Police Cottage. Foi sucinto. Fez um relato do envolvimento de Rhoda Gradwyn com Chandler-Powell e a clínica de Cheverell Manor desde a sua consulta com ele em Harley Street no dia 21 de novembro até a hora de sua morte. Ela pudera escolher entre um leito particular no Hospital Saint Angela, em Londres, ou Cheverell Manor. Escolhera a clínica particular, pelo menos provisoriamente, e fizera uma visita preliminar em 27 de novembro, ocasião em que a funcionária que mais a viu tinha sido Sharon, que lhe mostrara o jardim. Isso era um pouco surpreendente, uma vez que o contato dos pacientes em geral se dava com os funcionários mais importantes da casa, ou então com os dois cirurgiões e com a enfermeira Holland.

"Na quinta-feira, 13 de dezembro, ela foi direto para o quarto depois de ser recebida ao chegar pelo doutor Chandler-Powell, pela enfermeira Holland e pela senhora Frensham. Todos dizem que estava perfeitamente calma, aparentemente despreocupada e não muito comunicativa. Um dos membros da equipe temporária não residente, a enfermeira Frazer, levou-a até a sala de cirurgia na manhã seguinte, onde ela foi examinada pelo anestesista e depois submetida à operação. Segundo o doutor Chandler-Powell, a cirurgia foi complicada mas bem-sucedida. Ela ficou na sala de recuperação até as quatro e meia, quando então voltou para seus aposentos na ala dos pacientes. Comeu um jantar leve e foi visitada pela enfermeira Holland em diversas ocasiões, e pelo doutor Chandler-Powell junto com a enfermeira Holland às dez horas, quando a senhorita Gradwyn disse estar pronta para dormir. Ela recusou um sedativo. Segundo a enfermeira Holland, a última vez que viu a paciente foi às onze horas, quando encontrou a senhorita Gradwyn dormindo. Ela foi assassinada por estrangulação manual, entre as onze e a meia-noite e meia segundo as estimativas da doutora Glenister."

Dalgliesh e Kate ficaram escutando em silêncio. Benton foi tomado pelo medo de estar passando tempo demais repetindo o óbvio. Olhou de relance para Kate, mas ela permaneceu quieta, então prosseguiu. "Ficamos sabendo de várias coisas importantes que aconteceram nessa noite. A única outra paciente presente na clínica, a senhora Skeffington, estava com dificuldade para dormir e foi ao banheiro. Talvez tenha sido acordada pelo elevador, cujo barulho, segundo ela, foi ouvido às onze e quarenta. Da janela do banheiro, ela diz ter visto uma luz piscando no meio das Pedras de Cheverell. Isso foi pouco antes da meia-noite. Ficou assustada e ligou para a subchef, Kimberley Bostock, para pedir um bule de chá. É provável que quisesse companhia, por mais breve que fosse, mas que não quisesse acordar a enfermeira Holland, que estava no quarto ao lado."

"Ela não admitiu isso quando Kimberley e Dean subiram com o chá?", perguntou Kate.

"Ela pareceu preferir Kimberley Bostock à enfermeira Holland", disse Benton. "Isso me parece razoável. A senhora Bostock não tinha certeza se a paciente deveria tomar o chá, já que seria operada na manhã seguinte. Sabia que deveria confirmar com a enfermeira Holland. Deixou Dean em pé em frente à porta da senhora Skeffington, bateu na porta da enfermeira e espiou para dentro da saleta."

"Ela contou que ouviu uma discussão", disse Kate. "Chandler-Powell mencionou uma conversa. O que quer que tenha sido, é evidente que Chandler-Powell pensa que admitir isso fornece um álibi tanto para ele quanto para a enfermeira Holland. É claro que isso depende da hora exata da morte. Ele diz não saber ao certo quando chegou aos aposentos da enfermeira, e ela também se mostra surpreendentemente vaga. Deixando o horário assim em aberto, ambos evitaram o erro de alegar um álibi real para o horário da morte, o que sempre é suspeito, ou de ficar sem álibi. É possível que, quando os dois se encontraram, um deles ou ambos já houvesse matado Rhoda Gradwyn."

"Será que não podemos ser um pouco mais precisos quanto à hora da morte?", perguntou Benton. "A senhora Skeffington diz ter escutado o elevador descendo quando acordou e antes de pedir o chá. Calcula que fossem umas onze e quarenta. O elevador fica em frente aos aposentos da enfermeira Holland no final do corredor, e é moderno e relativamente silencioso. Mas, como nós já verificamos, é perfeitamente possível escutá-lo caso não haja nenhum outro barulho."

"Mas havia outro barulho, sim", disse Kate. "Aparentemente, o vento estava bem forte ontem à noite. Mas, se ela ouviu o elevador, por que a enfermeira Holland também não ouviu? A menos, é claro, que ela e Chandler-Powell estivessem no quarto e ocupados demais discutindo para ouvir. Ou então fazendo sexo, o que não exclui discutir. Seja como for, não podemos esperar que Kimberley confirme o seu depoimento."

"Se eles estivessem na saleta", prosseguiu Benton sem fazer nenhum comentário, "um deles com certeza teria ouvido Kimberley bater na porta ou a teria visto quando ela a entreabriu. Ninguém admite ter usado o elevador nessa noite, com exceção dos Bostock ao subirem com o chá. Se o depoimento da senhora Skeffington estiver correto, parece razoável estimar a hora da morte por volta das onze e meia."

Olhando de relance para Dalgliesh, Benton fez uma pausa e Kate continuou. "É uma pena ela não conseguir ser mais precisa em relação ao horário em que ouviu o elevador e viu as luzes. Se houver um intervalo significativo entre os dois eventos, por exemplo, um intervalo maior do que o necessário para andar do elevador até as pedras, então devemos estar falando de duas pessoas. O assassino não poderia estar descendo no elevador e ao mestmo tempo agitando uma lanterna nas pedras. Duas pessoas, e talvez duas atividades distintas. E, no caso de cumplicidade, os dois suspeitos óbvios são os Westhall. O outro indício importante é a afirmação de Dean Bostock de que o ferrolho da porta que dá para a aleia de tílias estava aberto. A porta tem duas fechaduras de segurança, mas Chandler-Powell sustenta que fecha o ferrolho toda noite às onze horas, a não ser quando sabe que algum morador da casa ainda está do lado de fora. Ele tem certeza absoluta de ter fechado o ferrolho como sempre, e encontrou-o fechado pela manhã. A primeira coisa que ele fez depois de se levantar às seis e meia foi desligar o alarme e verificar a porta oeste que dá para a aleia de tílias."

"E Dean Bostock verificou o ferrolho quando acordou, às seis", interrompeu Benton. "Alguma chance de conseguirmos uma impressão digital do ferrolho?"

"Nenhuma, eu diria", respondeu Kate. "Chandler-Powell destrancou a porta quando ele e Marcus Westhall saíram para vasculhar o jardim e o círculo de pedras. E vocês se lembram do pedaço de luva? Esse assassino não deixaria impressões digitais."

Dalgliesh interveio: "Se partirmos do princípio de que nem Chandler-Powell nem Bostock mentiram — e eu não acho que Bostock tenha mentido —, então alguém de dentro da casa abriu o ferrolho dessa porta depois das onze da noite, ou para sair da casa ou para deixar alguém entrar. Ou, é claro, as duas coisas. Isso nos leva à alegação de Mogworthy de ter visto um carro parado junto às pedras pouco depois da meia-noite. Ou a senhorita Gradwyn foi morta por alguém que já estava dentro da casa ontem à noite — alguém que trabalha lá ou outra pessoa que tenha conseguido entrar —, ou então por alguém de fora. E, mesmo que essa pessoa tivesse as duas chaves de segurança, ela só poderia entrar depois de o ferrolho ser aberto. Mas não podemos continuar nos referindo ao assassino como 'essa pessoa'. Ele precisa de um nome".

Como Dalgliesh não gostava nem um pouco dos apelidos habituais, a equipe sempre dava um nome ao assassino, e em geral era Benton quem o sugeria. Ele então disse: "Normalmente nós escolhemos um nome de homem, senhor, então por que não usar um nome de mulher para variar um pouco? Ou então algum nome andrógino que sirva para ambos os sexos. O assassino chegou à noite. Que tal Noctis — noturno, ou da noite?".

"Parece adequado", disse Dalgliesh. "Será Noctis então, mas vamos deixá-lo masculino por enquanto."

"Ainda temos a questão do motivo", disse Kate. "Sabemos que Candace Westhall tentou convencer Chandler-Powell a não deixar Rhoda Gradwyn vir à clínica. Se Westhall tivesse a intenção de matar, por que tentar fazer Chandler-Powell não recebê-la? A menos, é claro, que tenha sido um duplo blefe. E será que não é possível essa morte não ter sido premeditada, e Noctis não ter tido a intenção de matar quando entrou naquele quarto?"

"O uso das luvas e sua posterior destruição, é claro, depõem contra isso", comentou Dalgliesh.

"Mas, se foi premeditado, por que agora?", indagou Benton. "Com apenas outra paciente na clínica e toda a equipe não residente ausente, o círculo de suspeitos é necessariamente menor."

"Tinha de ser agora", disse Kate, impaciente. "Ela não planejava voltar. Foi morta porque estava na clínica e porque estava relativamente indefesa. Só resta saber se o assassino tirou vantagem desse fato conveniente, ou se ele de fato contribuiu para Gradwyn escolher não apenas esse cirurgião específico, mas também a clínica em vez de um leito em Londres, que no final das contas teria sido mais prático para ela. Londres era a sua cidade. A sua vida estava baseada em Londres. Por que aqui? E isso nos conduz ao seu suposto amigo, Robin Boyton, que veio se hospedar na clínica ao mesmo tempo que ela. Ainda não tomamos seu depoimento, mas ele com certeza tem algumas perguntas a responder. Qual era exatamente o relacionamento dos dois? E também há o tal recado urgente no celular de Gradwyn. Ele evidentemente estava bem desesperado para encontrá-la. Pareceu genuinamente abalado com a morte dela, mas quanto disso terá sido representação? Ele é primo dos Westhall, e pelo visto fica hospedado no chalé de visitas com bastante frequência. Poderia ter tido acesso às chaves e depois feito cópias em alguma de suas visitas anteriores. Ou então poderia tê-las recebido de Rhoda Gradwyn. Ela poderia ter levado as chaves consigo de propósito na primeira visita, com a intenção de fazer uma cópia. E como sabemos que ele não teve acesso à casa mais cedo durante o dia e não ficou escondido na suíte no final do corredor dos pacientes? Sabemos pelo fragmento de luva que Noctis esteve lá. Poderia tanto ter sido antes quanto depois do assassinato. Quem teria ido procurar ali?"

"Quem quer que a tenha matado", disse Benton, "duvido de que alguém sentirá muito a sua falta, aqui ou em qualquer outro lugar. Ela parece ter causado muitos danos ao longo da vida. A típica jornalista investigativa: tudo que importa é conseguir a matéria exclusiva e embolsar o dinheiro, pouco importa a dor."

"O nosso trabalho é estabelecer quem a matou", disse Dalgliesh, "não emitir juízos morais. Não siga por esse caminho, investigador."

"Mas, senhor, nós não estamos sempre emitindo juízos morais, mesmo sem exprimi-los? Não é importante saber o máximo que pudermos sobre a vítima, para o bem ou para o mal? As pessoas morrem por causa de quem são e do que são. Isso não faz parte dos indícios? Meu sentimento seria diferente no caso da morte de uma criança, de um jovem, de um inocente."

"Inocente?", repetiu Dalgliesh. "Então o senhor se sente seguro para fazer uma distinção entre as vítimas que merecem morrer e as que não merecem, investigador? Ainda não participou de nenhum inquérito sobre o assassinato de uma criança, participou?"

"Não, senhor." *O senhor já sabia disso, não precisava perguntar*, pensou Benton.

"Se e quando participar, a dor que irá testemunhar o levará a confrontar ainda mais perguntas, emocionais e teológicas, além da que o senhor estará lá para responder: quem fez isso? A indignação moral é algo natural. Sem ela, não somos realmente humanos. Mas, para um policial investigativo diante do cadáver de uma criança, de um jovem, de um inocente, efetuar uma prisão pode se transformar em uma campanha pessoal, e isso é perigoso. Pode contaminar a capacidade de julgamento. Toda vítima merece o mesmo grau de comprometimento."

Benton sentiu vontade de dizer: *Eu sei disso, senhor.* Mas as palavras não ditas lhe pareceram pretensiosas, a reação de um estudante culpado diante de uma crítica. Ele se manteve calado.

Kate rompeu o silêncio: "E, apesar de todos os nossos esforços, no fim das contas quanta coisa nós na realidade sabemos? Sobre a vítima, sobre os suspeitos, sobre o assassino? Fico me perguntando por que Rhoda Gradwyn veio até aqui".

"Para se livrar daquela cicatriz", respondeu Benton.

"Cicatriz que tinha havia trinta e quatro anos", disse Dalgliesh. "Por que agora? Por que aqui? Por que ela precisou manter a cicatriz, e por que se livrar dela agora? Se tivéssemos essas respostas, poderíamos estar mais perto de saber alguma coisa sobre essa mulher. E você tem razão, Benton, ela morreu por causa de quem era e do que era."

Benton, em vez de investigador — ora, mas que surpresa. *Eu gostaria de saber quem o senhor é*, pensou ele. Mas isso fazia parte do fascínio de seu trabalho. Benton trabalhava para um chefe que ainda era um enigma para ele, e que sempre o seria.

"O comportamento da enfermeira Holland hoje de manhã não foi um pouco estranho?", perguntou Kate. "Quando Kim ligou para avisar que a senhorita Gradwyn não havia pedido o chá, não seria mais natural que a enfermeira Holland fosse verificar na mesma hora se a paciente estava bem, em vez de pedir a Kim para trazê-lo? Fico pensando se ela estava tendo o cuidado de garantir que houvesse uma testemunha com ela quando encontrasse o corpo. Será que ela já sabia que a senhorita Gradwyn estava morta?"

"Chandler-Powell diz que saiu do quarto da enfermeira Holland à uma da manhã", disse Benton. "Não seria natural ela ir dar uma olhada na paciente nessa hora? Ela pode ter feito isso e sabido que Gradwyn estava morta quando pediu a Kimberley para trazer o chá. É sempre aconselhável ter uma testemunha quando se encontra o corpo. Mas isso não quer dizer que ela a matou. Como eu disse antes, não consigo ver nem Chandler-Powell nem a enfermeira Holland esganando uma paciente, sobretudo uma paciente que ele havia acabado de operar."

Kate parecia prestes a contradizê-lo, mas não disse nada. Já era tarde, e Dalgliesh sabia que estavam todos cansados. Estava na hora de estabelecer a programação para o dia seguinte. Ele e Kate iriam de carro a Londres em busca de possíveis indícios na casa de Rhoda Gradwyn na City. Benton e o agente Warren ficariam na clínica. Dalgliesh havia adiado o depoimento de Robin Boyton na esperança de que, no dia seguinte, ele estivesse mais calmo e disposto a cooperar. As prioridades de Benton e do agente Warren seriam interrogar Boyton, se possível identificar o carro parado junto às Pedras de Cheverell, entrar em contato com os peritos cujo trabalho estava programado para terminar ao meio-dia, manter uma presença policial na casa e garantir que os seguranças contratados pelo dr. Chandler-Powell não chegassem perto da cena do crime. O parecer da autópsia conduzida pela dra. Glenister era aguardado também para o meio-dia, e Benton ligaria para Dalgliesh assim que o recebesse. Além dessas tarefas, ele poderia, é claro, usar o seu discernimento para decidir se algum suspeito deveria ser interrogado novamente.

Já era quase meia-noite quanto Benton levou os três copos de vinho até a cozinha para lavá-los, e ele e Kate tomaram o caminho de volta pela escuridão perfumada e lavada pela chuva até Wisteria House.

LIVRO TRÊS

16-18 de dezembro
Londres, Dorset, Midlands, Dorset

1

Dalgliesh e Kate deixaram Stoke Cheverell antes das seis, uma partida planejada para bem cedo em parte porque Dalgliesh detestava ficar preso no tráfego pesado da manhã, mas também porque precisava daquele tempo a mais em Londres. Tinha de entregar à Yard uns documentos nos quais estava trabalhando, pegar a primeira versão de um relatório confidencial para acrescentar seus comentários e deixar um recado na mesa de sua secretária. Isso feito, ele e Kate percorreram em silêncio as ruas quase desertas.

Para Dalgliesh, assim como para muita gente, as primeiras horas das manhãs de domingo na City tinham um atrativo especial. Durante cinco dias por semana, o ar ali pulsava com tanta energia que era possível acreditar que toda aquela riqueza estava sendo gerada fisicamente, às custas de suor e exaustão, em alguma casa de máquinas subterrânea. Na tarde de sexta-feira, os motores paravam lentamente de girar, e observar os trabalhadores da City se derramarem aos milhares pelas pontes sobre o Tâmisa em direção às estações de metrô era ver naquele êxodo maciço menos uma questão de vontade própria do que de obediência a alguma compulsão secular. Nas manhãs de domingo bem cedo, a City, muito longe de se preparar para um sono prolongado, ficava parada em silêncio, à espera, aguardando a visita de um exército de fantasmas convocado pelos sinos a cultuar antigos deuses em altares cuidadosamente preservados e a percorrer as ruas silenciosas da lembrança. Até o rio parecia fluir com mais vagar.

Encontraram uma vaga a uns cem metros de Absolution Alley, e Dalgliesh deu uma última conferida no mapa, pegou seu kit de assassinato dentro do carro, e partiram rumo ao leste. Teria sido fácil deixar passar a exígua entrada calçada de pedras, encimada por um arco também de pedra e ornamentado demais para uma abertura tão estreita. O pátio calçado, iluminado por duas arandelas afixadas à parede que mal produziam uma penumbra digna de Dickens, era pequeno, com um pedestal no centro que sustentava uma estátua carcomida pelo tempo, possivelmente com algum antigo significado religioso mas agora pouco mais do que uma massa de pedra informe. O número 8 ficava do lado leste, a porta pintada de um verde tão escuro que quase chegava a ser preto, com uma aldraba de ferro em forma de coruja. Ao lado do número 8 ficava uma loja de gravuras antigas com uma bandeja de madeira em frente à vitrine, usada para expor mercadorias e agora vazia. Um segundo prédio era evidentemente uma agência de empregos refinada, mas que não dava indícios do tipo de empregados que esperava atrair. Outras portas exibiam pequenas placas envernizadas com nomes desconhecidos. O silêncio era total.

A porta tinha duas fechaduras de segurança, mas não foi difícil encontrar as chaves certas no chaveiro da srta. Gradwyn e ela se abriu com facilidade. Dalgliesh esticou a mão e encontrou o interruptor. Entraram em um aposento pequeno, de paredes revestidas de madeira e um rebuscado teto de gesso que exibia a data: 1684. Uma janela quadriculada com várias vidraças na parede dos fundos dava para um terraço interno com chão de cerâmica e espaço para pouco mais do que uma árvore sem folhas dentro de um imenso vaso de barro. Havia uma fileira de ganchos para casacos à direita, com uma prateleira embaixo para sapatos, e à esquerda uma mesa de carvalho retangular. Sobre esta repousavam quatro envelopes, evidentemente contas ou catálogos, que, Dalgliesh pensou, provavelmente tinham chegado antes de a srta. Gradwyn sair para a clínica na quinta-feira e que ela achara que poderiam esperar a sua volta. O único quadro era um pequeno óleo de um homem do século XVII com um rosto comprido e de expressão sensível, pendurado acima da lareira, e que Dalgliesh, à primeira vista, pensou ser uma cópia do conhecido retrato de John Donne. Acendeu a lâmpada comprida destinada a iluminar o quadro e passou alguns instantes estudando-o em silêncio. Ali, pendurada sozinha em um recinto que servia de passagem, a imagem adquiria um poder simbólico, talvez o do espírito que regia a casa. Enquanto apagava a luz, Dalgliesh se perguntou se era assim que Rhoda Gradwyn o considerava.

Uma escada de madeira sem carpete conduzia ao primeiro andar. Na frente ficava a cozinha e nos fundos, uma pequena sala de jantar. A cozinha era extraordinariamente bem organizada e equipada, a cozinha de uma mulher que sabia cozinhar, embora nem ela nem a sala de jantar dessem sinal de terem sido usadas recentemente. Subiram o segundo lance da escada. Encontraram um quarto de hóspedes com duas camas de solteiro com colchas idênticas e muito esticadas e, com vista para o terraço, um banheiro com chuveiro e pia. Ali, também, nenhum dos cômodos dava sinal de ter sido ocupado. O aposento do andar de cima era quase uma réplica, mas ali o quarto de dormir tinha uma única cama de solteiro e era evidentemente o da srta. Gradwyn. A mesa de cabeceira ostentava uma luminária moderna articulada, um relógio quadrado cujo tique-taque parecia estranhamente alto no ambiente silencioso e três livros: a biografia de Samuel Pepys escrita por Claire Tomalin, um livro de poemas de Charles Causley e uma coletânea de contos modernos. A prateleira do banheiro tinha muito poucos potes e vidros, e Kate, esticando a mão com uma curiosidade bem feminina, evitou tocá-los. Nem Dalgliesh nem ela adentravam o mundo particular de uma vítima sem a consciência de que a sua presença, embora necessária, era uma violação de privacidade. Ele sabia que Kate sempre fazia a distinção entre os objetos que era preciso examinar e levar embora e uma curiosidade natural em relação a uma vida que havia escapado para sempre de qualquer capacidade humana, quer de ferir, quer de constranger. Ela disse apenas: "Não parece que ela tentava esconder a cicatriz".

Por fim, passaram ao último andar e adentraram um aposento que ocupava toda a extensão da casa, com janelas a leste e oeste que proporcionavam uma ampla visão da City. Foi somente ali que Dalgliesh começou a ter a forte sensação de estar em contato com a proprietária. Naquele aposento ela havia vivido, trabalhado, descansado, assistido televisão e escutado música sem precisar de ninguém nem de nada que não estivesse entre aquelas quatro paredes. Uma das paredes estava completamente coberta por uma elegante estante de madeira trabalhada e prateleiras moduláveis. Dalgliesh notou que havia sido importante para ela, assim como era para ele, que os livros se encaixassem bem na altura das prateleiras. Sua escrivaninha de mogno ficava à esquerda da estante, e parecia de estilo eduardiano. Era prática, mais do que decorativa, com gavetas de ambos os lados, as da direita trancadas. Acima dela havia uma prateleira com uma fileira de caixas-arquivo. Do lado oposto do aposento ficava um sofá confortável com almofadas, uma espreguiçadeira com banquinho em frente à televisão e, à esquerda da lareira vitoriana de grade preta, uma poltrona de encosto alto. O equipamento de som era moderno, mas discreto. À esquerda da janela havia uma pequena geladeira encimada por uma bandeja com uma cafeteira elétrica, um moedor de café e uma única caneca. Ali, com a água da torneira do banheiro do andar de baixo, ela podia preparar um café sem precisar descer três andares até a cozinha. Não era um local prático para morar, mas era um lugar onde ele também poderia ter se sentido em casa. Ele e Kate percorreram o recinto sem dizer nada. Ele viu que a janela virada para o leste dava para uma pequena sacada de ferro fundido com degraus de ferro que conduziam ao telhado. Abriu a janela para deixar entrar o ar frio e refrescante da manhã e subiu. Kate não o seguiu.

O seu próprio apartamento em Queenhithe, bem alto acima do Tâmisa, podia ser alcançado a pé da casa da srta. Gradwyn, e ele voltou o olhar na direção do rio. Mesmo que tivesse tempo ou que precisasse ir até lá, sabia que não encontraria Emma. Embora ela tivesse a chave, nunca visitava o apartamento quando estava em Londres, a menos que ele estivesse lá. Ele sabia que isso fazia parte do tácito e cauteloso distanciamento que ela mantinha em relação ao seu trabalho, desejo que chegava quase a ser uma obsessão de não invadir sua privacidade, privacidade que ela respeitava porque a compreendia e compartilhava. Um namorado não era um bem ou um troféu a ser possuído. Sempre havia uma parte da personalidade de cada um que permanecia inviolável. Quando os dois tinham se apaixonado, ela adormecia à noite nos braços dele, e ele acordava bem cedinho e estendia a mão para tocá-la mesmo sabendo que ela não estava mais ali. Era no quarto de hóspedes que ela tomava sua primeira xícara de chá. Isso agora acontecia com menos frequência. No início a separação o deixara preocupado. Inibido para perguntar a Emma a respeito, em parte por já conhecer a resposta, ele havia tirado as próprias conclusões. Como ele não falava, ou talvez não quisesse falar sobre a realidade de seu trabalho, ela precisava separar o namorado do policial. Podiam conversar sobre o emprego dela em Cambridge e faziam-no com frequência, algumas vezes em animadas controvérsias, porque ambos compartilhavam uma paixão pela literatura. Já o dele não admitia terreno comum. Ela não era boba nem excessivamente sensível, reconhecia a importância do seu trabalho, mas sabia que mesmo assim este pairava entre os dois como um terreno inexplorado e perigosamente minado.

Ele passou menos de um minuto no telhado. Daquele lugar alto e reservado, Rhoda Gradwyn devia ter visto o sol nascer acima das flechas de campanário e torres da City e pintando-as de luz. Então, descendo a escada de ferro, voltou para onde Kate estava.

"É melhor começarmos a examinar os arquivos", disse. Sentaram-se lado a lado à escrivaninha. Todas as caixas estavam meticulosamente etiquetadas. A caixa marcada "Sanctuary Court" continha sua cópia do complicado contrato de ocupação — ainda válido por mais sessenta e sete anos, como ele agora via —, correspondência com seu advogado, detalhes e preços relativos à redecoração e manutenção. Tanto o seu agente quanto o seu advogado tinham caixas nominais. Em outra caixa, marcada "Finanças", estavam seus extratos bancários e relatórios periódicos de banqueiros particulares sobre a situação de seus investimentos. Ao folheá-los, Dalgliesh ficou surpreso ao constatar quanto ela era rica. Tinha quase dois milhões de libras, e um portfólio bem equilibrado entre ações e papéis do governo.

"Seria natural encontrar esses relatórios nas gavetas trancadas", disse Kate. "Ela não parecia preocupada com a possibilidade de um desconhecido descobrir exatamente quanto dinheiro tinha, provavelmente por considerar a casa segura. Ou talvez não estivesse ligando muito para isso. Não levava a vida de uma mulher rica."

"Quem sabe podemos descobrir quem vai lucrar com essa riqueza toda quando Newton Macklefield chegar com o testamento?"

Voltaram sua atenção para a fileira de caixas-arquivo contendo cópias de todas as suas matérias em jornais e revistas, algumas dentro de protetores plásticos. Pegaram uma caixa cada um e puseram mãos à obra.

"Anote qualquer coisa que ela tenha escrito relacionada, por mais indiretamente que seja, a Cheverell Manor ou qualquer pessoa de lá", instruiu Dalgliesh.

Passaram quase uma hora trabalhando em silêncio, e então Kate fez deslizar pela escrivaninha uma pilha de *clippings* de imprensa. "Isto aqui é interessante, senhor", disse. "Uma longa matéria sobre plágio na *Paternoster Re-*

view, publicada na edição de primavera em 2002. Parece ter chamado a atenção. Há vários recortes de jornal presos à matéria, incluindo o relatório de um inquérito e outro de um enterro com uma foto." Ela passou-lhe a foto. "Uma das pessoas ao lado do túmulo se parece bastante com a senhorita Westhall."

Dalgliesh pegou uma lupa no kit de assassinato e estudou a fotografia. A mulher estava sem chapéu e em pé um pouco afastada dos outros. Somente a sua cabeça estava visível, e o rosto estava parcialmente escondido, mas, depois de olhar durante um minuto, Dalgliesh não teve dificuldade em reconhecê-la. Passou a lupa para Kate e disse: "Sim, é Candace Westhall".

Ele voltou sua atenção para a matéria. Lia depressa, e foi fácil captar o teor principal do texto. A matéria era inteligente, bem escrita e meticulosamente pesquisada, e ele a leu com genuíno interesse e respeito crescente. O texto falava sobre casos de plágio de maneira imparcial e, na opinião de Dalgliesh, justa, alguns bem antigos, outros mais recentes, alguns famosos, muitos novos para ele. Rhoda Gradwyn discorria de forma interessante sobre cópias aparentemente inocentes de frases e ideias, e sobre as eventuais e curiosas coincidências literárias que ocorriam quando uma ideia de peso surgia simultaneamente em duas mentes, como se a sua hora de vir à luz houvesse chegado, e examinava as maneiras sutis com que os melhores escritores haviam influenciado sucessivas gerações, assim como Bach e Beethoven haviam feito na música e os principais pintores do mundo com seus sucessores. Mas o principal caso contemporâneo tratado era sem dúvida um caso de plágio descarado, que Gradwyn alegava ter descoberto por acaso. O caso era fascinante porque, à primeira vista, o roubo de ideias perpetrado por uma jovem escritora de óbvio talento fora desnecessário. Uma jovem romancista ainda na universidade, Annabel Skelton, havia escrito um primeiro romance muito elogiado e indicado para um prêmio literário britânico importante, do qual algumas frases, parágrafos de diálogos e descrições poderosas haviam sido copiados textualmente de uma ficção publicada em 1927 por uma escritora há muito esquecida, de quem Dalgliesh jamais ouvira falar. A acusação era incontestável, inclusive devido à qualidade da prosa de Gradwyn e à imparcialidade da matéria. Esta havia sido publicada em um momento em que os tabloides estavam carentes de notícias, e os jornalistas haviam aproveitado o escândalo ao máximo. Houvera pedidos irados para que o romance de Annabel Skelton fosse retirado da lista de indicados ao prêmio. O resultado tinha sido trágico: três dias depois da publicação da matéria, a moça se matara. Se Candace Westhall conhecia intimamente a falecida — namorada, amiga, professora, admiradora —, ali estava um motivo que, para algumas pessoas, poderia ser forte o bastante para levar ao assassinato.

Foi então que o telefone tocou. Era Benton, e Dalgliesh colocou o celular no viva-voz para Kate ouvir também. Controlando a animação com cuidado, Benton disse: "Identificamos o carro, senhor. É um Ford Focus, placa W341 UDG".

"Que rapidez, investigador. Meus parabéns."

"Infelizmente, acho que não mereço os parabéns, senhor. Tivemos sorte. O neto dos Shepherd chegou tarde na sexta-feira à noite para passar o fim de semana com os avós. Ele passou o dia de ontem inteiro visitando uma amiga, então só o encontramos hoje de manhã. Ele passou alguns quilômetros pedalando sua bicicleta atrás do carro, e viu-o parar perto das pedras. Isso foi mais ou menos às onze e trinta e cinco de sexta. Só havia uma pessoa dentro do carro, e o motorista apagou os faróis quando estacionou. Perguntei a ele por que reparou na placa, e ele disse que foi porque 341 é um número brilhante."

"Que bom que a placa chamou a atenção dele. Brilhante como? Ele explicou esse fascínio?"

"Parece que é um termo matemático, senhor: 341 é descrito como número brilhante porque tem dois fatores primos, 11 e 31. Um multiplicado pelo outro dá 341. Números com dois fatores primos com a mesma quantidade de casas decimais são conhecidos como números brilhantes e usados em criptografia. Aparentemente, 341 também é a soma dos quadrados dos divisores de 16, mas acho que ele ficou mais impressionado com os dois fatores primos. Quanto a UDG, não foi um problema. Na mente dele, as iniciais significam *U Done Good*, 'muito bem'... parece adequado, senhor."

"Não entendo nada de matemática", disse Dalgliesh, "mas vamos torcer para ele estar certo. Acho que podemos encontrar alguém para confirmar isso."

"Acho que não é preciso, senhor. Ele acabou de se formar bacharel em matemática em Oxford. Disse que nunca consegue ficar preso atrás de outro veículo sem ficar brincando com os números da placa."

"E o dono do carro?"

"Um pouco surpreendente, considerando as circunstâncias. É um padre. Reverendo Michael Curtis. Mora em Droughton Cross. Residência Paroquial de Saint John's Church, Balaclava Gardens, número 2. Fica em um subúrbio de Droughton."

Era possível chegar à cidade industrial das Midlands em pouco mais de duas horas pela autoestrada. "Obrigado, investigador", disse Dalgliesh. "Assim que terminarmos aqui vamos até Droughton Cross. O motorista do carro pode não ter nada a ver com o assassinato, mas precisamos saber por que o carro estava parado ao lado das pedras e o que ele viu, se é que viu alguma coisa. Algo mais, investigador?"

"Os peritos encontraram uma coisa antes de irem embora. É mais estranho do que significativo, acho eu. Um maço com oito cartões-postais antigos, todos com vistas de países estrangeiros e todos datados de 1993. Foram cortados ao meio, e o endereço do lado direito está faltando, então não há como saber quem era o destinatário, mas estão escritos como se fossem para uma criança. Foram bem embrulhados em papel de alumínio, postos dentro de um saco plástico e enterrados perto de uma das Pedras de Cheverell. O perito que os encontrou tinha um olho bem afiado e viu indícios de que a grama havia sido mexida, embora não recentemente. É difícil dizer qual poderia ser a ligação dos postais com a morte da senhorita Gradwyn. Sabemos que alguém esteve nas pedras com uma lanterna na noite em que ela morreu, mas se estava procurando os postais não os encontrou."

"Perguntou a alguém de quem eram os postais?"

"Perguntei, sim, senhor. Aparentemente, o mais provável era que fossem de Sharon Bateman, então pedi a ela que fosse até Old Police Cottage. Ela admitiu que eram dela e disse que haviam sido mandados por seu pai depois de ter ido embora de casa. Ela é uma moça estranha, senhor. Quando saquei os postais pela primeira vez, ela ficou tão branca que o agente Warren e eu pensamos que fosse desmaiar. Eu a fiz se sentar, mas acho que era raiva, senhor. Pude perceber que ela queria arrancar os postais de cima da mesa, mas que estava conseguindo se controlar. Depois disso, ficou perfeitamente calma. Disse que eram as coisas mais preciosas que possuía, e que ela os havia enterrado junto à pedra logo depois de chegar à clínica porque aquele era um lugar especial e eles estariam seguros lá. Fiquei preocupado com ela por alguns instantes, então disse que precisava mostrá-los ao senhor, mas que iríamos cuidar muito bem deles e que não via razão para ela não recebê-los de volta. Não tenho certeza de que fiz a coisa certa, senhor. Talvez tivesse sido melhor esperar vocês voltarem e deixar a inspetora Miskin falar com ela."

"Talvez", disse Dalgliesh, "mas eu não me preocuparia com isso, se você estiver convencido de que ela está melhor agora. Fique de olho nela. Conversamos sobre isso à noite. O parecer da autópsia da doutora Glenister já chegou?"

"Ainda não. Ela ligou para avisar que deveríamos recebê-lo hoje à noite. A menos que ela precise de um parecer toxicológico."

"É pouco provável que ele nos surpreenda. Só isso, investigador?"

"Sim, senhor. Acho que não há mais nada a relatar. Vou interrogar Robin Boyton daqui a meia hora."

"Certo. Se possível, descubra se ele espera alguma coisa do testamento da senhorita Gradwyn. Você está tendo um dia cheio. Muito bem. Surgiu um dado interessante aqui, mas conversamos sobre isso mais tarde. Ligo para você de Droughton Cross."

A ligação terminou. "Coitada da moça", disse Kate. "Se ela estiver dizendo a verdade, posso entender por que os postais são importantes para ela. Mas por que cortar fora o endereço, e por que se dar ao trabalho de escondê-los? Eles não podem ter valor para mais ninguém e, se ela foi até as pedras na sexta-feira à noite para ver se estavam lá ou para pegá-los de volta, por que precisou fazer isso, e por que tarde da noite? Mas Benton disse que o maço estava intacto. Parece que esses postais não têm nada a ver com o assassinato, senhor."

Os acontecimentos se sucediam depressa. Antes que Dalgliesh pudesse responder, a campainha da porta tocou. "Deve ser o doutor Macklefield", disse Kate, e desceu para abrir.

Ouviu-se o barulho de passos na escada de madeira, mas nenhuma voz. Newton Macklefield entrou primeiro, não manifestou nenhuma curiosidade em relação ao cômodo e, sem sorrir, estendeu a mão. "Espero não ter chegado cedo demais", disse ele. "Há pouco tráfego no domingo de manhã."

Ele era mais jovem do que Dalgliesh esperava, a julgar pela voz no telefone, provavelmente tinha pouco mais de quarenta anos e era atraente de forma convencional — alto, cabelos louros, pele clara. Tinha o ar confiante de um sucesso urbano garantido, tão incongruente em comparação com a calça de veludo cotelê, a camisa quadriculada com os botões do colarinho abertos e um surrado paletó de tweed que as roupas, adequadas para um fim de semana no campo, ganhavam um aspecto deliberado de trajes elegantes. Seus traços eram regulares, a boca bem desenhada e firme, o olhar cauteloso, um rosto, pensou Dalgliesh, disciplinado para revelar apenas as emoções adequadas. As emoções adequadas naquele contexto eram a tristeza e o choque, expressados de maneira grave porém não emocionada e, aos ouvidos de Dalgliesh, não sem um quê de desprazer. Um renomado escritório de advocacia da City não esperaria perder um cliente de forma tão desagradável.

Ele recusou a cadeira que Kate havia afastado da escrivaninha sem sequer olhar para ela, mas usou-a para apoiar a pasta. Abrindo-a, disse: "Eu trouxe uma cópia do testamento. Duvido que haja alguma coisa nele capaz de ajudar na sua investigação, mas o correto é vocês terem o documento, é claro".

"Imagino que a minha colega tenha se apresentado", disse Dalgliesh. "Inspetora Kate Miskin."

"Sim. Nos conhecemos na porta."

Kate recebeu um aperto de mão tão breve que os dedos de ambos mal se tocaram. Ninguém se sentou.

"A morte da senhorita Gradwyn vai deixar todos os sócios do escritório abalados e horrorizados. Como expliquei quando conversamos, eu a conhecia como cliente, não como amiga, mas ela era muito respeitada e vamos todos sentir muito a sua falta. O banco dela e o meu escritório são os testamenteiros, então podemos cuidar da organização do enterro quando chegar a hora."

"Acho que a mãe dela, agora senhora Brown, vai ficar aliviada com isso", disse Dalgliesh. "Eu já falei com ela. Pareceu ansiosa para se distanciar o máximo possível das consequências da morte da filha, incluindo o inquérito. A relação das duas não parece ter sido próxima, e talvez haja assuntos de família que ela não queira revelar ou nem sequer abordar."

"Bem, a filha dela era bem boa em revelar os segredos dos outros", disse Macklefield. "Mesmo assim, o fato de a família não querer se envolver é provavelmente melhor para vocês do que ter de aturar uma mãe chorosa e ávida por publicidade, extraindo tudo que pode da tragédia e exigindo relatórios sobre o avanço da investigação. Eu provavelmente terei mais problemas com ela do que vocês. De todo modo, qualquer que seja a sua relação com a filha, o dinheiro vai para ela. É provável que a quantia a deixe surpresa. É claro que vocês viram os extratos bancários e o portfólio."

"E a mãe herda tudo?", perguntou Dalgliesh.

"Tudo, menos vinte mil libras. Estas vão para um tal de Robin Boyton, cujo relacionamento com a finada, até onde sei, é desconhecido. Lembro-me de quando a senhorita Gradwyn foi conversar comigo sobre o testamento. Ela demonstrou uma notável falta de interesse pelo destino de seu patrimônio. Em geral, as pessoas mencionam uma ou duas instituições de caridade, a sua antiga universidade ou escola. Mas nada disso. Era como se, com a sua morte, ela quisesse que a sua vida pessoal permanecesse no anonimato. Vou telefonar para a senhora Brown na segunda-feira e marcar um encontro. Evidentemente, vamos ajudar no que pudermos. Vocês com certeza nos manterão informados, mas não acho que haja mais nada que eu possa lhes dizer. Já fizeram algum progresso na investigação?"

"O máximo que foi possível no único dia desde que ela morreu", respondeu Dalgliesh. "Saberei a data da audiência na segunda-feira. Neste estágio, é provável que seja adiada."

"Talvez nós mandemos alguém. É uma formalidade, mas talvez seja melhor ter alguém nosso participando se for haver publicidade, como inevitavelmente haverá depois que a notícia se espalhar."

Pegando o testamento, Dalgliesh agradeceu. Era óbvio que Macklefield estava pronto para ir embora. Enquanto fechava a pasta, ele disse: "Queiram me dar licença agora, a menos que precisem de mais alguma coisa. Prometi à minha mulher que voltaria a tempo para o almoço. Meu filho levou alguns amigos da faculdade para passar o fim de semana conosco. Uma casa cheia de alunos de Eton e quatro cachorros pode ser uma mistura explosiva para se controlar".

Ele apertou a mão de Dalgliesh, e Kate seguiu na sua frente escada abaixo. Ao voltar, ela disse: "Ele com certeza não teria mencionado o filho se este estudasse em uma escola pública qualquer", e em seguida se arrependeu de ter falado. Dalgliesh reagira ao comentário de Macklefield com um sorriso irônico, denotando um breve desprezo, mas aquela revelação momentânea de um traço de caráter pouco atraente não o deixara irritado. Benton teria achado graça, mas tampouco teria ficado irritado.

Pegando o molho de chaves, Dalgliesh disse: "Agora, as gavetas. Mas primeiro estou precisando de um café. Talvez devêssemos ter oferecido uma xícara a Macklefield, mas eu não estava ansioso para prolongar a visita. A senhora Brown disse que podíamos pegar o que quiséssemos da casa, então não vai ligar para um pouco de leite e café. Quer dizer, se houver leite na geladeira".

Não havia. "Não é de espantar", disse Kate. "A geladeira está vazia. Uma caixa de leite, mesmo fechada, poderia vencer até a data de ela voltar."

Ela desceu até o andar de baixo com a cafeteira para enchê-la de água. Ao voltar, trazendo um porta-escova de dentes que havia enxaguado para servir como segunda caneca, teve alguns instantes de aflição, como se esse pequeno ato, que não chegava propriamente a ser uma invasão da privacidade da srta. Gradwyn, fosse uma impertinência. Rhoda Gradwyn tinha um gosto específico em matéria de café, e sobre a bandeja junto ao moedor havia uma lata de grãos. Ainda tomada pela culpa irracional de estarem roubando de uma morta, Kate ligou a máquina. O barulho do moedor era incrivelmente alto e pareceu interminável. Mais tarde, quando a cafeteira terminou de pingar, ela encheu as duas canecas e levou-as até a escrivaninha.

Enquanto esperava o café esfriar, Dalgliesh disse: "Se

houver alguma coisa interessante, provavelmente é aqui dentro que vamos encontrar", e destrancou a gaveta.

Lá dentro havia apenas um envelope de papel pardo cheio de papéis. Esquecendo-se temporariamente do café, eles deixaram as canecas de lado e Kate puxou uma cadeira para junto de Dalgliesh. Os papéis eram, quase todos, cópias de recortes de imprensa, o primeiro deles com a matéria de um jornal de domingo de fevereiro de 1995. O título era indigesto: *Morta por ser bonita demais*. Abaixo, ocupando metade da página, havia a fotografia de uma menina. Parecia uma foto escolar. Os cabelos louros haviam sido cuidadosamente escovados e amarrados de um dos lados da cabeça com um laço, e a blusa branca de algodão, de aparência imaculada, estava aberta na gola e era usada por baixo de uma túnica azul-escura. A menina de fato era bonita. Mesmo naquela pose simples, e sem nenhuma iluminação especial, a fotografia sisuda transmitia algo da segurança franca, da abertura em relação à vida e da vulnerabilidade da infância. Enquanto Kate a olhava, a imagem pareceu se desintegrar até virar poeira e se transformar em um borrão sem significado, depois tornou a entrar em foco.

Abaixo da foto, o repórter, passando ao largo das hipérboles ou da indignação, contentara-se em deixar a história falar por si.

Hoje, no tribunal de Crown Court, Shirley Beale, de doze anos e oito meses de idade, admitiu ser culpada pelo assassinato da irmã de nove anos, Lucy. Ela estrangulou Lucy com a gravata do uniforme escolar, depois desfigurou o rosto que odiava até deixá-lo irreconhecível. Tudo que disse, ao ser presa e desde então, foi que fez isso porque Lucy era bonita demais. Beale foi mandada para uma unidade de segurança infantil até poder ser transferida, aos dezessete anos, para uma instituição para infratores juvenis. Silford Green, um pacato subúrbio londrino, tornou-se um lugar macabro. Reportagem completa na página 5. Na página 12, o artigo "O que leva crianças a matar?", de Sophie Langton.

Dalgliesh passou o recorte para Kate. Debaixo deste, grampeada a uma folha de papel simples, havia uma foto. Mesmo uniforme, mesma blusa branca, só que dessa vez usada com uma gravata, e o rosto voltado para a câmera com um olhar de que Kate se lembrava das próprias fotografias escolares, ressentido, algo nervoso, participando daquele pequeno rito de passagem anual, contrariada mas resignada. Era um rosto estranhamente adulto, e um rosto que eles conheciam.

Dalgliesh pegou a lupa e estudou a foto, em seguida passou a lupa para Kate. Ali estavam os traços distintos, a testa alta, os olhos ligeiramente protuberantes, a boca pequena e precisa com o lábio superior carnudo, um rosto sem atrativos que agora era impossível considerar inocente ou infantil. Os olhos encaravam a câmera, tão inexpressivos quanto a retícula que formava a imagem, e o lábio inferior parecia mais grosso na idade adulta, mas com a mesma sugestão de obstinação petulante. Enquanto Kate olhava, sua mente superpôs a essa imagem outra bem diferente: o rosto de uma criança esmagado e transformado em sangue e ossos quebrados, cabelos louros empapados de sangue. Aquele não fora um caso para a Met e, com a admissão de culpa, não houvera julgamento, mas o assassinato reacendia antigas lembranças para ela, e, assim pensava, também para Dalgliesh.

"Sharon Bateman", disse Dalgliesh. "Me pergunto como Gradwyn conseguiu isto aqui. É estranho terem conseguido publicar. As restrições devem ter sido anuladas."

Não era a única coisa que Rhoda havia obtido. Sua pesquisa evidentemente começara desde a primeira visita à clínica, e fora muito meticulosa. O primeiro recorte era seguido por outros. Ex-vizinhos haviam se mostrado loquazes, tanto para expressar seu horror quanto para fornecer informações sobre a família. Havia fotografias da pequena casa com varanda onde as crianças moravam com a mãe e a avó. Na época do assassinato, os pais estavam divorciados, e o pai havia ido embora dois anos antes. Vizinhos que ainda moravam na mesma rua relatavam que o casamento tinha sido turbulento, mas que não houvera problemas com as meninas, nem polícia nem assistentes sociais e coisas assim. Lucy era a mais bonita, sem dúvida, mas as meninas pareciam se dar bem. Shirley era a mais reservada, um pouco mal-humorada, não exatamente uma criança simpática. As lembranças dos vizinhos, evidentemente influenciadas pelo horror do ocorrido, sugeriam que a menina sempre fora a excluída. Relatavam barulhos de discussões, gritos, e uma ou outra pancadaria antes de os pais se separarem, mas as meninas aparentemente sempre tinham sido bem tratadas. A avó se encarregava disso. Depois da partida do pai houvera uma sucessão de inquilinos — alguns obviamente namorados da mãe, embora isso fosse relatado com tato —, e um ou dois estudantes procurando acomodação barata, nenhum dos quais ficara muito tempo.

De alguma forma, Rhoda Gradwyn havia obtido o parecer da autópsia. A morte ocorrera por estrangulamento, e os ferimentos na face, que haviam destruído os olhos e quebrado o nariz, haviam sido infligidos após a morte. Gradwyn também tinha localizado e entrevistado um dos agentes da polícia responsáveis pelo caso. Não houvera nenhum mistério. A morte ocorrera por volta das três e meia de uma tarde de sábado, quando a avó, então com sessenta e nove anos, fora jogar bingo em um clube próximo. Não era incomum as meninas ficarem sozinhas. O assassinato havia sido descoberto quando a avó voltou para casa, às seis da tarde. O corpo de Lucy estava caído no chão da cozinha, o cômodo mais usado pela família, e Shirley estava dormindo em sua cama no andar de cima. Nem sequer tentara lavar o sangue da irmã das mãos e dos braços. Suas impressões digitais estavam na arma do crime — um velho pedaço de ferro plano usado como peso de porta —, e ela admitira ter matado a irmã com a mesma falta de emoção com que teria confessado tê-la deixado sozinha por alguns instantes.

Kate e Dalgliesh passaram alguns instantes sentados em silêncio. Kate sabia que ambos estavam pensando a mesma coisa. Essa descoberta era uma complicação que influenciaria não só a percepção que tinham de Sharon como suspeita — como evitá-lo? —, mas também a forma de conduzir a investigação. Kate agora a via repleta de armadilhas de procedimento. Ambas as vítimas tinham sido estranguladas; tal fato poderia se mostrar irrelevante, mas mesmo assim era um fato. Sharon Bateman — e continuariam a usar esse nome — não estaria vivendo solta na comunidade caso as autoridades ainda a considerassem uma ameaça. Sendo assim, será que ela não tinha o direito de ser considerada uma suspeita como os outros, sem uma probabilidade maior de ser culpada? E quem mais sabia? Teria Chandler-Powell sido avisado? Teria Sharon feito confidências a alguém na clínica e, nesse caso, a quem? Teria Rhoda Gradwyn desconfiado da identidade de Sharon desde o início, e por isso ficado na clínica? Teria ela ameaçado revelar tudo e, nesse caso, teria Sharon, ou talvez alguém mais que conhecesse a verdade, tomado providências para impedi-la? E, caso prendessem qualquer outra pessoa, a simples presença de uma assassina condenada na clínica não poderia influenciar a Promotoria Pública da Coroa quando esta fosse avaliar se o caso tinha como se sustentar no tribunal? Os pensamentos pareciam formar um turbilhão em sua mente, mas ela não lhes deu voz. Com Dalgliesh, sempre tomava cuidado para não afirmar o óbvio.

"Este ano tivemos a separação das funções no Ministério do Interior", disse então Dalgliesh, "mas acho que me lembro mais ou menos bem das mudanças. Desde maio, o novo Ministério da Justiça passou a ser responsável pelo

Serviço Nacional de Acompanhamento de Infratores, e os agentes de condicional que efetuam a supervisão agora são designados como responsáveis de infrator. Com certeza Sharon deve ter um. Tenho de verificar se entendi direito, mas pelo que sei um infrator precisa passar pelo menos quatro anos sem problemas na comunidade antes de a supervisão ser suspensa, mas essa autorização vale para a vida inteira, de modo que um condenado à prisão perpétua pode ser recolhido a qualquer momento."

"Mas com certeza", disse Kate, "Sharon tem a obrigação legal de informar a seu agente de condicional que, mesmo sendo inocente, está envolvida em um caso de assassinato, não?"

"Ela certamente deveria ter feito isso, mas se não fez o Serviço Nacional de Acompanhamento de Infratores vai ficar sabendo amanhã, quando a notícia vazar. Sharon também deveria ter avisado sobre a mudança de emprego. Estivesse ela ou não em contato com seu responsável, com certeza é responsabilidade minha informar o serviço de condicional, e responsabilidade deles elaborar um relatório para o Ministério da Justiça. É o serviço de condicional que deve lidar com a informação, não a polícia, e é ele que deve tomar as decisões sigilosas."

"Então nós não dizemos nem fazemos nada até o supervisor de Sharon assumir?", indagou Kate. "Mas não precisamos de um novo depoimento dela? Isso altera o seu status na investigação."

"Obviamente é importante que o agente de supervisão esteja presente quando formos interrogar Sharon, e eu gostaria que isso acontecesse amanhã, se possível. Domingo não é o melhor dia para programar uma coisa dessas, mas talvez eu consiga entrar em contato com o agente de supervisão através do plantão do Ministério da Justiça. Vou ligar para Benton. Preciso que Sharon seja vigiada, mas isso deve ser feito com total discrição. Enquanto providencio isso, você poderia continuar verificando os arquivos aqui? Vou ligar lá de baixo, na sala de jantar. Talvez demore um pouco."

Uma vez sozinha, Kate retomou o exame das caixas-arquivo. Sabia que Dalgliesh a havia deixado para não incomodá-la, e de fato teria sido difícil examinar com cuidado as caixas restantes sem escutar o que ele estava dizendo.

Meia hora mais tarde, ela ouviu os passos de Dalgliesh na escada. Ao entrar, ele disse: "Foi mais rápido do que eu pensava. Precisei fazer os malabarismos de praxe, mas no final consegui falar com a agente de condicional. Senhora Madeleine Rayner. Felizmente, ela mora em Londres e eu a peguei quando estava de saída para um almoço de família. Ela pegará um trem para Wareham amanhã bem cedo, e vou pedir para Benton ir encontrá-la e levá-la direto para Old Police Cottage. Se possível, quero que a visita dela passe despercebida. Ela parece convencida de que Sharon não precisa de supervisão especial e não constitui um perigo, mas, quanto antes ela for embora da clínica, melhor".

"O senhor está pensando em voltar para Dorset agora?", perguntou Kate.

"Não. Não há nada a fazer em relação a Sharon antes de a senhora Rayner chegar, amanhã. Vamos indo para Droughton esclarecer a história do carro. Vamos levar uma cópia do testamento, o dossiê sobre Sharon e a matéria sobre plágio, mas acho que é só isso, a menos que você tenha achado mais alguma coisa relevante."

"Nada que seja novo para nós", respondeu Kate. "Há um artigo sobre as fortes perdas sofridas pelos investidores do Lloyd's no início dos anos 1990. A senhorita Cressett nos disse que sir Nicholas estava entre eles e foi forçado a vender Cheverell Manor. Parece que as melhores fotos foram vendidas separadamente. Há uma foto da casa e outra de sir Nicholas. A matéria não é particularmente gentil com os investidores, mas não consigo vê-la como razão possível para um assassinato. Sabemos que Helena Cressett não estava especialmente animada para ter a senhorita Gradwyn debaixo do seu teto. Devo juntar esta matéria ao resto dos documentos?"

"Sim, acho que devemos levar qualquer coisa escrita

por ela que tenha relação com a casa. Mas eu concordo. A matéria sobre os investidores não chega a justificar nada mais perigoso do que uma recepção fria quando a senhorita Gradwyn chegou. Estive olhando a caixa de correspondência com seu agente. Parece que ela estava pensando em se dedicar menos ao jornalismo e escrever uma biografia. Talvez seja útil encontrar o agente, mas isso pode esperar. Em todo caso, Kate, por favor separe todas as cartas relevantes, e vamos ter de fazer uma lista para Macklefield relacionando tudo que estamos levando, mas pode deixar isso para mais tarde."

Ele pegou uma grande sacola de provas de dentro do kit e reuniu os documentos enquanto Kate ia à cozinha lavar a caneca e o porta-escova, verificando rapidamente que tudo em que havia mexido estava agora de volta ao lugar certo. Quando tornou a se juntar a Dalgliesh, sentiu que ele gostava daquela casa, que havia se sentido tentado a visitar novamente o telhado, que era naquele isolamento parcamente mobiliado que ele, assim como Rhoda Gradwyn, poderia viver e trabalhar satisfeito. Mas foi com alívio que ela tornou a pisar em Absolution Alley e ficou olhando em silêncio enquanto ele fechava e trancava as duas fechaduras da porta.

2

Benton achava pouco provável que Robin Boyton fosse alguém que acordasse cedo, e já passava das dez quando ele e o agente Warren partiram a pé rumo a Rose Cottage. O chalé, assim como o outro, vizinho, ocupado pelos irmãos Westhall, tinha paredes de pedra sob um telhado de ardósia. Havia uma garagem à esquerda com lugar para um carro, e em frente um pequeno jardim constituído principalmente por arbustos baixos e cortado por uma estreita faixa calçada com pedras irregulares. A entrada coberta era encimada por galhos fortes entrelaçados, e alguns botões fechados e já meio marrons e uma única rosa cor-de-rosa totalmente aberta explicavam o nome do chalé. O agente Warren apertou a campainha polida e reluzente à direita da porta, mas um minuto inteiro se passou antes de Benton escutar passos seguidos pelo arrastar de fechaduras abrindo e pelo estalo de um trinco sendo levantado. A porta foi aberta de par em par, e Robin Boyton surgiu na sua frente, imóvel e aparentemente impedindo sua entrada de forma deliberada. Houve alguns instantes de silêncio constrangido antes de ele se afastar de lado e dizer: "É melhor irem entrando. Estou na cozinha".

Entraram em um pequeno hall quadrado, cuja única peça de mobília era um banco de carvalho, que ficava ao lado de uma escada de madeira sem carpete. A porta da esquerda estava aberta, e espreguiçadeiras, um sofá, uma mesa redonda encerada e o que parecia uma série de aquarelas na parede do fundo, vistos de relance, sugeriam se tratar da sala de estar. O aposento ocupava todo o comprimento do chalé e era muito claro. No lado que dava para o jardim ficava a cozinha com uma pia dupla, um fogão Aga verde, uma bancada central e uma área para refeições com uma mesa de carvalho retangular e seis cadeiras. Apoiado na parede em frente à porta, um móvel grande com armários continha uma mistura de jarras, canecas e pratos, enquanto o espaço debaixo da janela da frente havia sido mobiliado com uma mesinha de centro e quatro cadeiras baixas, todas velhas e diferentes umas das outras.

Assumindo o controle, Benton apresentou o agente Warren e se apresentou, e em seguida avançou na direção da mesa. "Vamos nos sentar aqui?", perguntou, e sentou-se de costas para o jardim. "Talvez devesse se sentar na minha frente, senhor Boyton", prosseguiu, deixando Boyton sem outra escolha que não ocupar a cadeira em frente, com a luz do jardim batendo em cheio no rosto.

Ele ainda estava tomado por uma forte emoção, fosse ela pesar, medo ou talvez as duas coisas misturadas, e parecia não ter dormido. Sua pele estava opaca, a testa coberta de gotas de suor, e os olhos azuis rodeados de olheiras. Mas ele havia feito a barba recentemente, e Benton detectou uma confusão de cheiros — sabonete, loção pós-barba e, quando Boyton falava, um resquício de álcool em seu hálito. No curto intervalo desde a sua chegada, havia conseguido dar ao aposento um aspecto desarrumado e sujo. O escorredor estava ocupado por uma pilha de pratos sujos de comida e copos usados, e a pia continha algumas panelas, enquanto seu comprido sobretudo preto pendurado no encosto de uma cadeira, um par de tênis enlameados junto à janela alta e jornais abertos espalhados pela mesa baixa completavam o clima de desorganização generalizada, de um recinto ocupado de forma temporária mas sem nenhum prazer.

Ao olhar para Boyton, Benton pensou que aquele rosto sempre seria um rosto memorável; as grossas ondas de cabelos louros caindo sem artifício por sobre a testa, os olhos impressionantes, a curva forte e perfeita dos lábios. Mas não era uma beleza capaz de suportar o cansaço, a doença ou o medo. Já havia indícios de uma decadência incipiente na diminuição da vitalidade, nas bolsas sob os olhos, na flacidez dos músculos ao redor da boca. Porém, mesmo que ele tivesse bebido para suportar aquele ordálio, quando falava sua voz não saía nada arrastada.

Então, virando-se, ele gesticulou em direção ao fogão e perguntou: "Café? Chá? Não tomei café da manhã. Na verdade, nem consigo me lembrar da última vez que comi, mas não devo desperdiçar o tempo da polícia. Ou será que uma caneca de café poderia ser interpretada como suborno e corrupção?".

"O senhor está dizendo que não está em condições de prestar depoimento?", indagou Benton.

"Estou nas melhores condições possíveis, considerando as circunstâncias. Imagino que o senhor não fique muito chocado com assassinatos, investigador — era investigador, não era?"

"Investigador Benton-Smith e agente Warren."

"Nós que não somos da polícia ficamos muito abalados com assassinatos, especialmente quando a vítima é uma amiga, mas é claro que o senhor está apenas fazendo o seu trabalho, o que hoje em dia é desculpa para quase qualquer coisa. Imagino que vá querer anotar os meus dados pessoais — isso chega a soar indecente —, meu nome completo e meu endereço, se é que os Westhall já não lhe deram. Eu tinha um apartamento mas tive de sair — uma dificuldadezinha com o proprietário por conta do aluguel —, então estou morando na casa do meu sócio em Maida Vale."

Ele deu o endereço e ficou observando o agente Warren anotá-lo, a mão enorme a se mover vagarosamente por cima do papel.

"E qual é o seu trabalho, senhor Boyton?", perguntou Benton.

"Pode-se dizer que sou ator. Tenho carteirinha da

classe e de vez em quando, se tenho oportunidade, exerço esse ofício. Também sou o que se pode chamar de empreendedor. Eu tenho ideias. Algumas funcionam, outras não. Quando não estou trabalhando como ator nem tenho nenhuma ideia brilhante, peço ajuda aos amigos. E, quando isso não funciona, conto com um governo bem-intencionado para aquilo que leva o risível nome de auxílio-desemprego."

"O que está fazendo aqui?", perguntou Benton.

"Como assim? Eu aluguei o chalé. Já paguei e tudo. Estou de férias. É isso que estou fazendo aqui."

"Mas por que nesta época? Dezembro não chega a ser o mês mais propício para tirar férias."

Os olhos azuis se fixaram em Benton. "Eu poderia perguntar ao senhor o que está fazendo aqui. Pareço mais em casa do que o senhor, investigador. Uma voz tão inglesa, e um rosto tão... bem... tão indiano. Mas isso deve até tê-lo ajudado a ser contratado. Não deve ser fácil esse emprego que o senhor escolheu — fácil para os seus colegas, quero dizer. Basta uma palavrinha desrespeitosa ou ofensiva sobre a sua cor para eles serem demitidos ou convocados a comparecer diante de um daqueles tribunais especializados em questões raciais. O senhor não chega a fazer parte da cultura policial clássica, não é mesmo? Não chega a ser um deles. Não deve ser fácil viver sabendo disso."

Malcolm Warren ergueu os olhos e balançou a cabeça de forma quase imperceptível, como quem deplora mais um exemplo da tendência de quem já está no buraco a seguir cavando, depois voltou a prestar atenção no bloquinho, tornando a mover a mão devagar por cima do papel.

"Quer, por favor, responder à minha pergunta?", pediu Benton, calmo. "Vou reformular. Por que o senhor está aqui especificamente agora?"

"Porque a senhorita Gradwyn me pediu para vir. Ela marcou uma cirurgia que iria mudar sua vida, e queria ter um amigo por perto para lhe fazer companhia durante a semana de convalescença. Eu venho com bastante frequência a este chalé, como os meus primos sem dúvida já lhe contaram. Rhoda provavelmente veio para cá porque o cirurgião-assistente, Marcus, é meu primo, e fui eu quem recomendei a clínica. Seja como for, ela disse que precisava de mim, então eu vim. Isso responde à sua pergunta?"

"Não inteiramente, senhor Boyton. Se ela estivesse aflita para tê-lo aqui, por que disse expressamente ao doutor Chandler-Powell que não queria nenhum visitante? É isso que ele diz. O senhor o está acusando de mentir?"

"Não ponha palavras na minha boca, investigador. Ela pode ter mudado de ideia, embora eu não ache isso provável. Ela talvez não quisesse que eu a visse antes de tirar o curativo e de a pele ficar restaurada, ou então o grande George pode ter considerado clinicamente contraindicado ela receber visitantes e proibido isso. Como posso saber o que aconteceu? Só sei que ela me pediu para vir e que eu ficaria aqui até ela ir embora."

"Mas o senhor mandou um torpedo para ela, não mandou? Encontramos a mensagem no celular dela. *Aconteceu uma coisa muito importante. Preciso consultar você. Por favor, me receba, por favor, não me isole.* O que era esse assunto muito importante?"

Não houve resposta. Boyton cobriu o rosto com as mãos. O gesto, pensou Benton, podia ser uma tentativa de esconder uma onda de emoção, mas era também uma forma conveniente de pensar antes de responder. Após alguns instantes de silêncio, Benton disse: "E o senhor se encontrou com ela para conversar sobre esse assunto importante em algum momento depois de ela ter chegado aqui?".

Boyton falou por entre os dedos. "Como é que poderia tê-la encontrado? O senhor sabe que não. Eles não me deixaram entrar na clínica nem antes nem depois da cirurgia. E no sábado de manhã ela já estava morta."

"Preciso lhe perguntar novamente, senhor Boyton: que assunto importante era esse?"

Então Boyton olhou para Benton e disse, com voz controlada: "Na verdade, não era importante. Tentei fazer soar como se fosse. Era sobre dinheiro. O meu sócio e eu precisávamos de outro imóvel para o nosso empreendimento, e uma casa adequada tinha ficado disponível. Seria um ótimo investimento para Rhoda, e eu estava torcendo para que ela pudesse ajudar. Sem a cicatriz e com uma vida nova pela frente, ela poderia ter se interessado".

"E suponho que o seu sócio possa confirmar isso."

"Sobre a casa? Pode, sim, mas não vejo motivo para perguntarem. Eu não disse a ele que iria falar com Rhoda. Nada disso é da sua conta."

"Nós estamos investigando um assassinato, senhor Boyton", disse Benton. "Tudo é da nossa conta, e, se o senhor gostava da senhorita Gradwyn e quer que o assassino dela seja pego, o melhor que pode fazer é responder às nossas perguntas de forma completa e honesta. O senhor agora com certeza está ansioso para voltar para Londres e para suas atividades empresariais, não?"

"Não, eu fiz reserva para uma semana e vou ficar uma semana. Foi o que eu disse e devo isso a Rhoda. Quero descobrir o que está acontecendo aqui."

A resposta deixou Benton surpreso. A maioria dos suspeitos, a menos que apreciassem um envolvimento ativo com a morte violenta, ficavam ansiosos para se afastar o máximo possível do crime. Era prático ter Boyton ali no chalé, mas ele esperava que seu suspeito fosse protestar e dizer que não tinham o direito de obrigá-lo a ficar e que ele precisava voltar para Londres.

"Há quanto tempo o senhor conhecia Rhoda Gradwyn e como se conheceram?", perguntou ele.

"Nós nos conhecemos uns seis anos atrás, depois de uma produção independente não muito bem-sucedida de *Esperando Godot*. Eu tinha acabado de sair da escola de teatro. Nos conhecemos em uma festinha depois da peça. Evento medonho, mas feliz para mim. Nós conversamos. Eu a convidei para jantar na semana seguinte e, para minha surpresa, ela aceitou. Depois disso passamos a nos encontrar de vez em quando, não com muita frequência, mas sempre com prazer, pelo menos da minha parte. Eu já lhe disse: ela era minha amiga, uma amiga querida, e uma das que me ajudaram quando eu estava sem trabalho como ator e sem nenhuma ideia criativa. Não foram muitas vezes, e a ajuda não foi grande. Ela sempre pagava o jantar quando nos encontrávamos. Não consigo fazer vocês entenderem e não vejo por que deveria tentar. Não é da conta de vocês. Eu a amava. Não quero dizer que estava apaixonado por ela, quero dizer que a amava. Eu dependia dos nossos encontros. Gosto de pensar que ela fazia parte da minha vida. Não acho que ela me amasse, mas em geral se encontrava comigo quando eu pedia. Com ela eu conseguia conversar. Não era uma relação maternal e não tinha nada a ver com sexo, mas era amor. E agora um desses filhos da puta da clínica a matou e eu não vou embora daqui antes de saber quem foi. E não vou responder a mais nenhuma pergunta sobre ela. O que nós sentimos, sentimos. Não tem nada a ver com por que ou como ela morreu. E, se eu conseguisse explicar, vocês não iriam entender. Iriam apenas rir." Ele estava começando a chorar, sem fazer nenhuma tentativa para conter o fluxo das lágrimas.

"Por que iríamos rir do amor?", perguntou Benton, e pensou: *Ah, meu Deus, parece uma canção cafona. Por que iríamos rir do amor? Por que, ah, por que iríamos rir do amor?* Quase podia escutar a melodia alegre e banal surgindo dentro do seu cérebro. Talvez a música fizesse sucesso em algum festival da canção da TV. Olhando para o rosto transtornado de Boyton, ele pensou: *A emoção é genuína, mas o que é essa emoção exatamente?*. "O senhor pode nos dizer o que fez desde a hora em que chegou a Stoke Cheverell?", perguntou ele com a voz mais branda. "Quando foi isso?"

Boyton conseguiu se controlar, e mais depressa do que Benton imaginava. Olhando para o seu rosto, ele imaginou se essa rápida alteração seria o ator demonstrando a gama de suas emoções. "Na quinta-feira à noite, por volta das dez. Vim de Londres de carro."

"Então a senhorita Gradwyn não lhe pediu para trazê-la?"

"Não, não pediu, e eu não esperava que pedisse. Ela gosta de dirigir, e não que dirijam para ela. Seja como for, tinha de estar aqui cedo para fazer exames, e eu só conseguiria ficar livre no fim do dia. Trouxe algumas provisões para o café da manhã da sexta-feira, mas fora isso pensei em comprar o que precisasse por aqui. Liguei para a clínica para avisar que tinha chegado e perguntar por Rhoda e me disseram que ela estava dormindo. Perguntei quando poderia vê-la, e a enfermeira Holland me disse que ela havia pedido especificamente para não receber visitas, então deixei para lá. Cogitei ligar para meus primos — eles moram em Stone Cottage, bem aqui ao lado, e as luzes estavam acesas —, mas não pensei que eles fossem me receber particularmente bem, sobretudo depois das dez da noite. Fiquei vendo televisão durante uma hora e fui para a cama. Na sexta, dormi até tarde, de modo que nem adianta me perguntar sobre nada antes das onze, quando tornei a ligar para a clínica e fiquei sabendo que a cirurgia tinha corrido bem e que Rhoda estava se recuperando. Eles repetiram que ela não queria visitas. Almocei por volta das duas no pub da cidade e depois fui dar uma volta de carro e fiz umas compras. Então voltei para cá e fiquei em casa a noite toda. No sábado, soube do assassinato de Rhoda quando vi os carros de polícia chegarem, e tentei entrar na clínica. No final acabei conseguindo passar pelo agente brutamontes na porta e invadi a aconchegante reunião que o seu chefe tinha organizado. Mas isso o senhor já sabe."

"O senhor em algum momento entrou na clínica antes de entrar à força no sábado à tarde?", perguntou Benton.

"Não. Achei que tivesse deixado isso claro."

"Quais foram os seus movimentos de quatro e meia da tarde de sexta-feira até a tarde de sábado, quando ficou sabendo sobre o assassinato? Estou perguntando especificamente se o senhor saiu em algum momento da noite de sexta. É muito importante. Poderia ter visto alguma coisa ou alguém."

"Eu não saí, já disse, e como não saí não vi nada nem ninguém. Às onze horas já estava na cama."

"Não viu nenhum carro? Não viu ninguém chegar tarde da noite ou no sábado bem cedo?"

"Chegar aonde? Eu já disse. Fui me deitar às onze horas. Estava bêbado, para dizer a verdade. Imagino que se um tanque tivesse derrubado a porta da frente eu talvez tivesse escutado, mas duvido que tivesse conseguido descer a escada."

"Mas tem também a tarde de sexta, depois que o senhor tomou um drinque e almoçou no Cressett Arms. O senhor não visitou um chalé perto da saída para a estrada principal, aquele afastado da rua, com um jardim da frente comprido? Chamado Rosemary Cottage?"

"Visitei. Não havia ninguém lá. O chalé estava vazio, com um cartaz de VENDE-SE pregado no portão. Eu estava torcendo para os donos terem o endereço de uma pessoa que eu conhecia e que morava ali antigamente. Era um pequeno assunto particular sem importância. Eu queria mandar um cartão de Natal para ela — simples assim. Não tem nada a ver com o assassinato. Mog estava passando de bicicleta, sem dúvida indo visitar a namorada para ganhar algum presentinho, e imagino que ele tenha feito a fofoca. Algumas pessoas nesta droga de cidade não conseguem ficar de boca fechada. Estou lhe dizendo, não teve nada a ver com Rhoda."

"Não estamos sugerindo o contrário, senhor Boyton. Mas nós pedimos um relato completo do que o senhor fez desde que chegou aqui. Por que omitir isso?"

"Porque eu me esqueci. Não era importante. Está bem, eu fui almoçar no pub. Não vi nada e nada aconteceu. Não posso me lembrar de cada detalhe. Estou abalado, confuso. Se o senhor continuar me pressionando, vou ter de chamar um advogado."

"O senhor com certeza pode fazer isso, se julgar necessário. E, se achar mesmo que está sendo pressionado, sem dúvida vai prestar uma queixa formal. Podemos querer interrogá-lo de novo, antes ou depois de o senhor voltar para Londres. Enquanto isso eu sugiro que, se houver algum outro fato que o senhor tiver deixado de mencionar, por mais insignificante que seja, nos avise assim que possível."

Levantaram-se para sair. Foi então que Benton se lembrou de que não havia perguntado sobre o testamento da srta. Gradwyn. Esquecer uma instrução dessas de AD seria um grave erro. Irritado consigo mesmo, ele falou quase sem pensar.

"O senhor diz que era amigo próximo da senhorita Gradwyn. Ela alguma vez lhe falou sobre um testamento, ou insinuou que o senhor poderia ser beneficiário? Talvez no seu último encontro. Quando foi mesmo?"

"No dia 21 de novembro, no Ivy. Ela nunca falou sobre testamento. Por que falaria? Testamentos têm a ver com morte. Ela não estava esperando morrer. A cirurgia não era arriscada. Por que iríamos falar sobre o seu testamento? O senhor está dizendo que vocês o viram?" Agora, inconfundível sob seu tom de ofendido, havia uma curiosidade meio indecente e uma centelha de expectativa.

"Não, não vimos", respondeu Benton, casual. "Foi só uma ideia."

Boyton não foi até a porta e os dois deixaram-no sentado à mesa, com a cabeça apoiada nas mãos. Depois de fechar o portão do jardim atrás de si, partiram de volta em direção a Old Police Cottage.

"Bem, o que achou dele?", perguntou Benton.

"Não achei grande coisa, investigador. Ele não é muito inteligente, é? E além disso é ressentido. Mas não consigo vê-lo como um assassino. Se ele quisesse matar a senhorita Gradwyn, por que segui-la até aqui? Teria mais oportunidade em Londres. Não vejo como ele poderia ter agido sem um cúmplice."

"Talvez a própria Gradwyn", disse Benton, "que o deixou entrar para o que pensava que fosse ser um papo amigável. Mas no dia da cirurgia? Com certeza é estranho. Ele está com medo, é óbvio, mas também está agitado. E por que vai ficar aqui? Tenho a sensação de que ele estava mentindo sobre o assunto importante que tinha para conversar com Rhoda Gradwyn. Concordo que é difícil vê-lo como um assassino, mas afinal de contas isso vale para todo mundo. E acho que ele estava mentindo sobre o testamento."

Seguiram caminhando em silêncio. Benton pensou se teria falado demais. Devia ser difícil para o agente Warren, pensou, fazer parte da equipe e ao mesmo tempo pertencer a outra força policial. Apenas os membros da equipe especial participavam das conversas no final do dia, mas o agente Warren provavelmente devia estar se sentindo mais aliviado do que ofendido por ser excluído. Ele tinha dito a Benton que às sete da noite, a menos que houvesse algum imprevisto, sempre voltava de carro para Wareham, onde morava com a mulher e os quatro filhos. Ele já estava demonstrando seu valor, e Benton gostava dele e sentia-se à vontade com aquele metro e noventa de sólidos músculos andando ao seu lado. E Benton tinha forte interesse em ajudar a garantir que a vida doméstica de Warren não fosse muito prejudicada: sua mulher era da Cornualha, e naquela manhã Warren havia aparecido trazendo seis salgados típicos de sabor e aroma notáveis.

3

Dalgliesh falou pouco durante a viagem para o norte. Isso não era inabitual, e Kate não achava desconfortável esse comportamento taciturno; viajar com ele em um silêncio cúmplice sempre havia sido um raro e íntimo prazer. Quando foram chegando perto dos arredores de Droughton Cross, ela se concentrou em dar instruções precisas bem antes da hora de virar, e em pensar no interrogatório que tinham pela frente. Dalgliesh não havia telefonado para avisar ao reverendo Curtis que estavam chegando. Não era realmente necessário, uma vez que os padres em geral podiam ser encontrados aos domingos, quando não em suas residências paroquiais ou igrejas, então em algum lugar da paróquia. E também havia vantagens em uma visita surpresa.

O endereço que estavam procurando era o número 2 da Balaclava Gardens, a quinta travessa de Marland Way, rua larga que conduzia ao centro da cidade. Ali não havia nenhuma calmaria dominical. O tráfego estava pesado: carros, vans de entrega e uma sucessão de ônibus avançavam pelo asfalto reluzente. O ronco dos motores formava um contraponto dissonante para a canção natalina "Rudolph, a rena de nariz vermelho", repetida em altos brados e interposta às primeiras estrofes das canções mais conhecidas. Com certeza o Festival de Inverno estava sendo comemorado de maneira adequada na cidade pelas decorações municipais oficiais, mas naquela rua menos privilegiada os esforços individuais e descoordenados dos donos de lojas e cafés da região, as lâmpadas de papel encharcadas e descoradas se agitando, as luzinhas balouçantes passando de vermelho a verde e depois a amarelo, e uma ou outra árvore de Natal pobremente decorada pareciam menos uma celebração do que uma tentativa angustiada de se proteger do desespero. O rosto dos donos de lojas visto através das janelas laterais do carro embaçadas pela chuva tinham o aspecto derretido e inconsistente de fantasmas em processo de desintegração.

Vista através do borrão da chuva que havia caído durante toda a viagem, a rua por que passavam poderia ser qualquer rua de um bairro pouco próspero do centro de alguma cidade, nem tanto desprovido de características próprias, mas que constituía uma mistura amorfa de imóveis antigos e novos, depauperados e reformados. As varandas das lojinhas eram interrompidas por uma série de prédios residenciais muito altos bem recuados atrás de grades, e os jardins estreitos de casas bem conservadas e obviamente setecentistas eram um inesperado e incongruente contraste com as lojas de café para viagem, as casas de apostas e os letreiros ofuscantes. As pessoas, de cabeça baixa para se proteger da chuva forte, pareciam se mover sem destino certo, ou então ficavam paradas sob o toldo de alguma loja observando o tráfego. Somente as mães empurrando seus carrinhos de bebê cobertos de plástico exibiam uma energia desesperada e decidida.

Kate rechaçou a depressão mesclada de culpa que sempre a acometia ao ver esse tipo de prédio residencial. Fora em uma caixa comprida e escura como essas, um monumento às aspirações das autoridades locais e ao desespero humano, que ela havia nascido e sido criada. Desde a infância, seu único impulso fora escapar, libertar-se do cheiro onipresente de urina na escada, do elevador sempre quebrado, das pichações, do vandalismo, dos gritos ásperos. E havia escapado. Disse a si mesma que a vida em um conjunto habitacional desses provavelmente era melhor hoje em dia, mesmo no centro da cidade, mas não conseguiu passar por ali sem sentir que, na sua libertação pessoal, alguma parte inseparável sua havia sido não propriamente rejeitada, mas traída.

Ninguém podia deixar de ver a igreja de Saint John. Ficava do lado esquerdo da rua, uma imensa construção vitoriana com uma flecha de campanário altíssima no cruzamento com a Balaclava Gardens. Kate se perguntou como uma congregação local conseguia suportar aquela aberração arquitetônica encardida. Aparentemente com dificuldade. Um cartaz alto ao lado do portão exibia um desenho parecido com um termômetro dizendo que ainda faltava arrecadar trezentas e cinquenta libras, e abaixo do desenho havia as palavras: POR FAVOR, AJUDE A SALVAR NOSSA FLECHA. Uma seta apontando para cento e vinte libras parecia estar parada há algum tempo.

Dalgliesh estacionou em frente à igreja e desceu do carro para dar uma olhada rápida no quadro de avisos. Quando voltou e se sentou, disse: "Missa Simples às sete, Missa Solene às dez e meia, Prece da Noite e Vésperas às seis, confissão às segundas, quartas e sábados das cinco às sete. Com sorte, vamos encontrá-lo em casa".

Kate sentia-se grata por ela e Benton não terem de enfrentar esse interrogatório juntos. Anos de experiência em interrogar suspeitos de todo tipo lhe haviam ensinado as técnicas aceitas e, quando necessário, as modificações a fazer diante de personalidades muito diferentes entre si. Ela sabia quando era preciso ser suave e sensível, e quando esses sentimentos eram vistos como fraqueza. Havia aprendido a nunca levantar a voz ou desviar o olhar. Mas para ela esse suspeito, se fosse isso mesmo que ele iria demonstrar ser, não seria fácil de interrogar. Reconhecidamente já era difícil ver um sacerdote ser incluído entre os suspeitos de um assassinato, mas poderia também haver um motivo constrangedor, ainda que menos horripilante, para ele ter parado naquele local tão distante e solitário tão tarde da noite. E como exatamente deveriam chamá-lo? Ele era vigário, prior, clérigo, ministro, pároco ou padre? Será que ela deveria tratá-lo de padre? Já havia escutado todas essas palavras usadas em situações diferentes, mas era alheia às sutilezas e, na verdade, à crença ortodoxa da Igreja Anglicana. A assembleia religiosa matinal de sua escola pública popular era decididamente ecumênica, com referências ocasionais ao cristianismo. O pouco que ela sabia sobre a Igreja oficial do país fora aprendido voluntariamente graças à arquitetura, à literatura e aos quadros das grandes galerias. Ela sabia que era uma pessoa inteligente que se interessava pela vida e pelas pessoas, mas o trabalho que adorava havia em grande medida saciado sua curiosidade intelectual. Seu credo pessoal de honestidade, gentileza, coragem e verdade nos relacionamentos humanos não tinha fundamento místico nem precisava de um. A avó que a havia criado a contragosto dera-lhe apenas um conselho em relação à religião que, mesmo aos oito anos de idade, ela havia considerado pouco útil.

"Vovó, você acredita em Deus?", perguntara ela.

"Que pergunta mais boba. Não vá começar a pensar em Deus na sua idade. Só precisa lembrar de uma coisa em relação a Deus. Quando estiver morrendo, mande chamar um padre. Ele vai garantir que fique tudo bem."

"Mas e se eu não souber que estou morrendo?"

"Em geral a gente sabe. Aí você vai ter tempo suficiente para começar a perturbar essa sua cabecinha com Deus."

Bem, nesse momento ela não precisava perturbar a própria cabeça. AD era filho de padre e já havia interrogado párocos. Poderia haver alguém melhor para lidar com o reverendo Michael Curtis?

Dobraram na Balaclava Gardens. Se algum dia ali houvera jardins, como sugeria o nome da rua, tudo que restava agora era uma ou outra árvore. Muitas das casas vitorianas originais com varandas continuavam de pé, mas o número 2, assim como as quatro ou cinco casas depois dele, eram construções modernas quadradas, de tijolo vermelho. O número 2 era a maior de todas, com uma garagem à esquerda e um pequeno gramado na frente com um canteiro central.

A porta da garagem estava aberta, e dentro dela havia um Ford Focus azul-escuro com a placa W341 UDG.

Kate tocou a campainha. Antes de alguém atender, ouviu o som de uma voz de mulher chamando e o grito alto de uma criança. Depois de alguma demora, ouviu-se o barulho de chaves girando e a porta se abriu. Ela viu uma moça jovem, bonita e muito loura. Usava uma calça e um jaleco e carregava uma criança apoiada no quadril direito enquanto duas outras crianças pequenas, obviamente gêmeas, puxavam as duas pernas de sua calça. Eram miniaturas da mãe, as duas com o mesmo rosto redondo, os mesmos cabelos cor de milho com franja e os mesmos olhos grandes que agora encaravam os recém-chegados julgando-os sem piscar.

Dalgliesh mostrou sua credencial. "Senhora Curtis? Sou o inspetor-comandante Dalgliesh, da Metropolitan Police, e esta é a inspetora Miskin. Estamos aqui para falar com o seu marido."

Ela fez cara de surpresa. "Metropolitan Police? Isso é novidade. Nós de vez em quando recebemos a polícia daqui. De vez em quando os garotos dos conjuntos habitacionais arrumam problemas. Eles são boa gente — a polícia daqui, quero dizer. Enfim, entrem, por favor. Desculpem por tê--los deixado esperando, mas tenho uma dessas fechaduras duplas de segurança. É péssimo, eu sei, mas Michael foi atacado duas vezes no ano passado. Foi por isso que ele teve de tirar a placa informando que aqui era a residência paroquial." Com uma voz inteiramente desprovida de ansiedade, ela chamou: "Michael, amor. Umas pessoas da Met estão aqui".

O reverendo Michael Curtis usava uma batina com o que parecia um velho cachecol de universidade enrolado em volta do pescoço. Kate ficou contente quando a sra. Curtis fechou a porta da frente atrás deles. A casa lhe pareceu fria. O reverendo se adiantou e, um pouco distraído, cumprimentou-os com um aperto de mão. Era mais velho do que a mulher, mas talvez não tão mais velho quanto aparentava, e tinha o corpo magro um pouco curvado em contraste com a beleza opulenta dela. Os cabelos castanhos, cortados em uma franja monacal, estavam começando a ficar grisalhos, mas os olhos bondosos eram atentos e argutos e, quando ele apertou a mão de Kate, seu toque foi confiante. Olhando para a mulher e os filhos com uma expressão de amor intrigada, ele indicou uma porta atrás de si.

"Talvez no escritório?"

O cômodo era maior do que Kate esperava, e as janelas altas davam para um pequeno jardim. Era óbvio que não houvera nenhuma tentativa de cultivar os canteiros ou aparar a grama. O pequeno espaço fora inteiramente cedido às crianças, com um trepa-trepa, uma caixa de areia e um balanço. Vários brinquedos estavam espalhados pela grama. O escritório em si recendia a livros e, pensou ela, um pouco a incenso. Havia uma escrivaninha abarrotada, uma mesa encostada na parede coberta por uma alta pilha de livros e revistas, um aquecedor moderno a gás, agora apenas com uma das barras ligada, e, à direita da escrivaninha, um crucifixo com um genuflexório logo em frente. Diante da lareira havia duas poltronas um tanto surradas.

"Acho que vocês vão achar essas poltronas razoavelmente confortáveis", disse o reverendo Curtis.

Sentando-se à escrivaninha, ele girou a cadeira para ficar de frente para eles, com as mãos nos joelhos. Parecia um pouco intrigado, mas totalmente despreocupado.

"Queríamos perguntar ao senhor sobre seu carro."

"Meu Ford velho? Não acho que ele possa ter sido levado e usado para cometer algum crime. Ele é bem confiável para a idade, mas não anda muito rápido. Não consigo acreditar que alguém o tenha pego com intenções criminosas. Como vocês provavelmente viram, ele está na garagem. Está perfeito."

"O carro foi visto estacionado tarde da noite na sexta-feira perto da cena de um crime grave. Estou torcendo para que a pessoa que estava dirigindo o carro tenha visto alguma coisa para ajudar na nossa investigação. O senhor estava em Dorset na sexta-feira, reverendo?"

"Dorset? Não, na sexta-feira eu estava aqui no Conselho Paroquial a partir das cinco da tarde. Na verdade, não era eu quem estava dirigindo o carro naquela noite. Eu o emprestei para um amigo. Ele tinha levado o seu carro para a revisão e a vistoria, mas acho que deve ter tido algum reparo para fazer. Ele tinha um compromisso urgente que estava muito ansioso para não cancelar, então perguntou se poderia pegar o meu emprestado. Eu disse que poderia usar a bicicleta da minha mulher se tivesse que sair. Tenho certeza de que ele ficará feliz em ajudar como puder."

"Quando ele devolveu o carro?"

"Deve ter sido bem cedo ontem de manhã, antes de acordarmos. Lembro-me de que o carro já estava aqui quando saí para a missa das sete. Ele deixou um bilhete de agradecimento em cima do painel e encheu o tanque. Achei mesmo que faria isso; ele sempre é atencioso. Dorset, o senhor disse? Uma viagem e tanto. Acho que, se ele tivesse visto alguma coisa suspeita ou tivesse testemunhado algum acidente, teria telefonado para me contar. Na verdade, não nos falamos desde que ele voltou."

"Alguém perto da cena do crime poderia ter informações sem perceber quanto são importantes", disse Dalgliesh. "Talvez algo que não tenha parecido estranho nem suspeito na hora. Pode nos dar o nome e o endereço do seu amigo? Se ele mora por perto, pouparia tempo se pudéssemos conversar com ele agora."

"Ele é diretor da nossa escola de ensino médio aqui em Droughton Cross. Stephen Collinsby. Talvez o encontrem na escola agora. Ele em geral vai lá no domingo à tarde para poder preparar a programação da semana seguinte em paz. Vou anotar o endereço para vocês. Fica bem perto. Podem ir a pé se quiserem deixar o carro aqui. Em frente à nossa casa não deve haver perigo."

Girando a cadeira, ele abriu a gaveta da esquerda e,

depois de vasculhar lá dentro por alguns instantes, encontrou uma folha de papel em branco e começou a escrever. Dobrou-a meticulosamente e entregou-a a Dalgliesh dizendo: "Collinsby é o nosso herói aqui em Droughton Cross. Bom, ele agora é uma espécie de herói nacional. Talvez vocês tenham lido alguma coisa no jornal, ou visto aquele programa educativo na TV em que ele apareceu. Um homem brilhante. Ele revolucionou inteiramente a nossa escola de ensino médio. Foi tudo feito segundo princípios que a maioria das pessoas apoiaria, imagino, mas que outras não parecem conseguir aplicar. Ele acredita que cada criança tem um talento, habilidade ou dom intelectual que pode melhorar sua vida como um todo, e que é tarefa da escola descobrir e alimentar esse talento. É claro que para isso ele precisa de ajuda e fez a comunidade inteira participar, principalmente os pais. Eu sou diretor administrativo da escola, então faço o que posso. Dou aulas de latim aqui para dois meninos e duas meninas de quinze em quinze dias, com a ajuda da mulher do organista, que realça as minhas deficiências. Latim não faz parte do currículo. As crianças vêm às aulas porque querem aprender a língua, e lecionar para elas é um presente maravilhoso. E um dos funcionários laicos da nossa igreja organiza o clube de xadrez com a mulher. Alguns meninos desse clube têm um talento raro e muito entusiasmo pelo jogo, meninos a quem ninguém nunca deu o menor valor. E, se você vira campeão de xadrez da escola e tem chance de competir no nível do condado, não precisa ganhar respeito andando por aí com uma faca. Perdoem-me por me alongar assim, mas, desde que conheci Stephen e virei diretor administrativo da escola, passei a me interessar muito por educação. E é recompensador quando coisas boas acontecem contra as expectativas. Se tiverem tempo de conversar com Stephen sobre a escola, acho que ficarão fascinados com suas ideias".

Então todos se levantaram juntos. "Ah, mas que relapso eu fui. Não querem ficar para tomar um chá, ou quem sabe um café?" Ele olhou em volta de forma um tanto vaga, como se esperasse que as bebidas fossem se materializar sozinhas. "Minha mulher poderia..." Tomou o rumo da porta e estava prestes a chamá-la.

"Obrigado, reverendo", disse Dalgliesh, "mas precisamos ir. Acho melhor irmos de carro. Podemos ter de ir embora com pressa. Obrigado por nos receber e pela sua ajuda."

No carro, já com os cintos de segurança, Dalgliesh abriu o papelzinho e passou-o para Kate. O reverendo Curtis havia desenhado um diagramazinho meticuloso, com setas apontando para a escola. Ela sabia por que Dalgliesh decidira não ir a pé. O que quer que o interrogatório revelasse, seria prudente não precisar voltar e correr o risco de ouvir as perguntas do reverendo Curtis.

Depois de alguns instantes de silêncio, percebendo o humor de Dalgliesh, ela perguntou, sabendo que ele entenderia: "O senhor acha que isso vai ser ruim?". Ela quis dizer ruim para Stephen Collinsby, não para eles.

"Acho, Kate. Acho que pode ser, sim."

4

Haviam voltado ao barulho e ao tráfego pesado de Marland Way. A viagem não foi fácil, e Kate não disse nada a não ser para dar as instruções do caminho a Dalgliesh até ele dobrar à direita no segundo sinal e entrarem em uma rua mais tranquila.

"O senhor acha que o reverendo Curtis telefonou para avisar que estamos a caminho?"

"Acho, ele é um homem inteligente. Depois que saímos, ele deve ter juntado uma série de fatos intrigantes: o envolvimento da Met, nossa patente... Por que um inspetor-comandante e uma inspetora, se essa é uma investigação de rotina? E também o fato de o carro ter sido devolvido tão cedo e o silêncio do amigo."

"Mas ele obviamente ainda não sabe sobre o assassinato."

"Vai saber quando ler os jornais ou escutar o noticiário amanhã. Mesmo então, duvido que vá desconfiar de Collinsby, mas ele sabe que o amigo pode estar encrencado. Foi por isso que fez questão de nos dar todas aquelas informações sobre como ele transformou a escola. Foi um depoimento impressionante."

Kate hesitou antes de fazer a pergunta seguinte. Sabia que Dalgliesh a respeitava, e achava que ele gostava dela. Ao longo dos anos, aprendera a disciplinar as próprias emoções; mas, embora o núcleo do que sempre soubera ser um amor impossível ainda existisse e fosse existir para sempre, não lhe dava livre acesso à mente dele. Havia perguntas que era melhor não fazer, mas seria essa pergunta uma delas?

Depois de um silêncio em que manteve os olhos grudados nas instruções do reverendo Curtis, ela disse: "O senhor sabia que ele avisaria o amigo, mas não lhe disse para não fazê-lo. Por quê?".

"Ele já vai ter de passar por um bom conflito espiritual sem que eu piore a situação dele. O nosso homem não vai fugir."

Outra curva. O reverendo Curtis fora otimista ao descrever a escola como "bem perto". Ou seriam as curvas, a reticência de seu companheiro ou a apreensão quanto ao interrogatório que estava por vir que faziam a viagem parecer tão longa?

Então surgiu um cartaz. Alguém havia escrito com traços de tinta preta: O DIABO ESTÁ NA INTERNET. Logo abaixo, em letras mais precisas: NÃO EXISTE DIABO SEM DEUS. E no cartaz seguinte, dessa vez em tinta vermelha: DEUS ESTÁ VIVO. VEJAM O LIVRO DE JÓ. Isso conduzia à última instrução: VÃO SE FODER.

"Um fim nem tão incomum assim para disputas teológicas, mas raramente expressado com tanta crueza", disse Dalgliesh. "Acho que a escola deve ser aqui."

Ela viu um prédio vitoriano, feito de tijolos dispostos para formar desenhos e com uma fachada de pedra, recuado após um amplo parquinho asfaltado cercado por grades altas. Para sua surpresa, o portão do parquinho estava aberto. Uma versão menor e mais ornamentada do prédio principal, obviamente projetada pelo mesmo arquiteto, era ligada ao primeiro por um corredor de aspecto mais novo. Ali haviam tentado compensar o tamanho pela ornamentação. Fileiras de janelas e quatro degraus de pedra talhada conduziam a uma porta intimidadora, que se abriu tão depressa quando eles tocaram a campainha que Kate desconfiou que o diretor estivesse à sua espera. Viu um homem de meia-idade, de óculos, quase tão alto quanto Dalgliesh, com uma calça velha e um suéter com retalhos de couro nos cotovelos.

"Se puderem esperar um instante, vou trancar o portão do parquinho", disse ele. "Lá não há campainha, então eu imaginei que vocês pudessem entrar sozinhos." Dali a um minuto ele estava de volta.

Esperou Dalgliesh lhe mostrar a credencial e apresentar Kate, depois disse, sucinto: "Estava esperando vocês. Vamos conversar no meu escritório".

Enquanto o seguia pelo hall de entrada esparsamente mobiliado e pelo corredor com piso de mosaico de mármore, Kate teve a sensação de estar novamente em sua escola de ensino médio; ali reinava o mesmo leve e quase ilusório cheiro de papel, corpos, tinta e material de limpeza. Não havia cheiro de giz. Será que os professores ainda usavam giz? Até mesmo nas escolas de ensino fundamental a maioria dos quadros-negros já fora substituída por computadores. No entanto, ao espiar pelas poucas portas abertas, ela não viu salas de aula. Talvez a residência formal do diretor fosse agora em grande parte dedicada a seu escritório e salas de reunião ou administrativas. Era óbvio que ele não morava ali.

Collinsby se afastou para deixá-los entrar em um aposento no final do corredor. Era uma mistura de sala de conferência, escritório e sala de estar. Havia uma mesa retangular em frente à janela rodeada por seis cadeiras, a parede da esquerda tinha prateleiras quase até o teto e a escrivaninha do diretor, com sua própria cadeira e mais duas na frente, ficava à direita. Uma das paredes estava coberta de fotografias da escola: o clube de xadrez, uma fileira de rostos sorridentes com o tabuleiro armado à sua frente e o capitão empunhando o pequeno troféu de prata; os times de futebol e de natação; a orquestra; o elenco da peça de Natal e uma cena do que parecia ser *Macbeth* — não era sempre *Macbeth*, curta, convenientemente sangrenta e fácil de aprender? Uma porta aberta deixava entrever o que evidentemente era uma pequena cozinha. Pairava um cheiro de café.

Collinsby puxou duas cadeiras da mesa e disse: "Suponho que isto seja uma visita formal. Vamos nos sentar aqui?".

Ele se sentou na cabeceira da mesa, com Dalgliesh à direita e Kate à esquerda. Ela então olhou para ele rapidamente, mas com mais atenção. Viu um rosto agradável, sensível e de maxilar firme, um rosto daqueles que se viam nos anúncios de TV, escolhido para inspirar confidência no discurso do ator sobre a superioridade do banco em relação à concorrência, ou então para convencer os telespectadores de que aquele carro caro demais poderia despertar a inveja dos vizinhos. Parecia mais jovem do que Kate imaginara, talvez por causa da informalidade das roupas de fim de semana, e talvez, pensou ela, caso não estivesse tão cansado, pudesse ter demonstrado um pouco da descontração confiante da juventude. Os olhos cinzentos, que cruzaram por um instante com os seus e em seguida se voltaram para Dalgliesh, estavam carregados de exaustão. Quando ele falou, porém, sua voz foi surpreendentemente jovial.

Dalgliesh disse: "Nós estamos investigando a morte suspeita de uma mulher em uma casa em Stoke Cheverell, Dorset. Um Ford Focus placa W341 UDG foi visto estacionado perto da casa entre onze e trinta e cinco e onze e quarenta na noite em que ela morreu. Foi na sexta-feira passada, 14 de dezembro. Soubemos que o senhor pegou o carro emprestado nesse dia. Era o senhor quem estava dirigindo, e era o senhor quem estava lá?".

"Era. Eu estava lá."

"Em que circunstâncias, senhor Collinsby?"

Collinsby então se levantou. Dirigindo-se a Dalgliesh, disse: "Eu quero fazer uma declaração. Por enquanto não uma declaração oficial, embora saiba que isso terá de ser feito. Quero explicar a vocês por que eu estava lá, e quero fazê-lo agora à medida que os acontecimentos me vêm à mente, sem me preocupar em como vão soar ou em qual poderá ser o seu efeito. Sei que os senhores têm perguntas e tentarei respondê-las, mas seria útil se eu primeiro pudesse simplesmente contar a verdade sem interrupção. Eu ia dizer: contar o que aconteceu com minhas próprias palavras, mas que outras palavras eu poderia ter?".

"Talvez seja a melhor maneira de começar", disse Dalgliesh.

"Vou tentar não me demorar demais. A história agora ficou complicada, mas basicamente é muito simples. Não vou entrar em detalhes sobre o começo da minha vida, meus pais, minha criação. Direi apenas que sabia desde a infância que queria lecionar. Ganhei uma bolsa para uma escola preparatória, depois um prêmio importante do condado para estudar em Oxford. Estudei história. Depois de formado, consegui vaga na Universidade de Londres para fazer um curso de magistério que me daria um diploma em educação. Isso levou um ano. Depois de formado, decidi tirar um ano de folga antes de tentar arrumar algum emprego. Achava que vinha respirando o ar da academia há tempo demais e precisava viajar, ver o mundo um pouco, conhecer pessoas diferentes antes de começar a lecionar. Desculpe, estou me adiantando. Precisamos voltar para a época em que consegui entrar na Universidade de Londres.

"Os meus pais sempre foram pobres — não paupérrimos, mas cada libra era contada —, e todo o dinheiro de que eu precisava devia vir ou da minha bolsa de estudos, ou de algum emprego de férias. Então, quando fui para Londres, precisei encontrar um lugar barato para morar. O centro da cidade era obviamente caro demais, e tive de procurar algo mais longe. Um amigo que conseguira uma vaga no ano anterior estava morando em Gidea Park, um subúrbio de Essex, e sugeriu que eu tentasse ali. Foi durante uma visita que fiz a ele que vi, do lado de fora de uma tabacaria, o anúncio de um quarto adequado para um estudante em Silford Green, só duas estações de metrô mais adiante na linha leste de Londres. Havia um telefone, de modo que liguei e fui até a casa. Era uma casa geminada ocupada por um estivador, Stanley Beale, a mulher e as duas filhas, Shirley, de onze anos, e a irmã mais nova,

Lucy, de oito. A avó materna das meninas também morava na casa. Na verdade, não havia lugar para um inquilino. A avó dividia o quarto maior com as duas meninas, e o senhor e a senhora Beale o segundo quarto, nos fundos. Eu ficava com o terceiro e menor dos quartos, também nos fundos. Mas era barato, perto da estação, a viagem era rápida e fácil e eu estava desesperado. Na primeira semana, meus piores temores se concretizaram. O marido e a mulher se tratavam aos gritos, e a avó era uma velha azeda e desagradável, obviamente ressentida por ser basicamente uma babá, e sempre que nos encontrávamos ela não parava de reclamar da pensão, da prefeitura, das ausências frequentes da filha, da mesquinha insistência do genro para que ela contribuísse com as despesas da casa. Como eu passava a maioria dos dias em Londres e muitas vezes trabalhava até tarde na biblioteca da universidade, conseguia evitar a pior parte das brigas familiares. Uma semana depois de minha chegada, em seguida a uma briga tão violenta que quase chegou a sacudir a casa, Beale finalmente foi embora. Eu teria feito a mesma coisa, mas o que me fez ficar lá foi a filha mais nova, Lucy."

Ele fez uma pausa. O silêncio foi se prolongando sem que ninguém o quebrasse. Ele ergueu a cabeça para olhar para Dalgliesh, e Kate mal conseguiu suportar olhar para a angústia que viu.

"Como posso descrevê-la para vocês?", continuou ele. "Como posso fazê-los entender? Uma menina encantadora. Linda, mas era mais do que isso. Tinha graça, delicadeza, uma inteligência refinada. Comecei a voltar cedo para casa para poder ficar estudando no quarto, e Lucy vinha me ver antes de ir dormir. Ela batia na minha porta e entrava para ficar sentada quietinha, lendo enquanto eu estudava. Eu levava livros para casa e, quando parava de escrever para preparar um café para mim e um copo de leite para ela, nós conversávamos. Eu tentava responder às perguntas dela. Falávamos sobre o livro que ela estava lendo. Posso vê-la ainda hoje. Parecia que as roupas que usava haviam sido encontradas pela mãe em um bazar de segunda mão, vestidos compridos sem manga em pleno inverno debaixo de um cardigã disforme, meias curtas e sandálias. Se ela sentia frio, nunca disse nada. Em alguns fins de semana, eu pedia à mãe para levá-la até Londres e visitar um museu ou galeria. Nunca houve problema nenhum; a mãe ficava contente em ter a filha fora de casa, sobretudo quando recebia homens. É claro que eu sabia o que estava acontecendo, mas não era responsabilidade minha. Se não fosse por Lucy, eu não teria ficado. Eu a amava."

Novamente houve um silêncio, então ele disse: "Já sei o que vocês vão perguntar. Era um relacionamento sexual? Só posso dizer que essa simples ideia teria soado como uma blasfêmia para mim. Eu nunca toquei nela dessa forma. Mas era amor. E o amor não é sempre físico, em certa medida? Não sexual, mas físico? Um deleite com a beleza e a graça do ser amado? Sou diretor de escola, entendem? Conheço todas as perguntas que vão me fazer. 'Algum de seus atos foi inadequado?' Como é que se pode responder a isso em uma época em que o simples fato de abraçar uma criança em prantos é considerado impróprio? Não, o nosso relacionamento nunca foi impróprio, mas quem é que vai acreditar em mim?".

Houve um longo silêncio. Passado um minuto, Dalgliesh perguntou: "Nessa época, Shirley Beale, hoje Sharon Bateman, estava morando na casa?".

"Estava. Ela era a irmã mais velha, uma menina difícil, mal-humorada, fechada. Era difícil acreditar que fossem irmãs. Shirley tinha o hábito desconcertante de encarar os outros sem dizer nada, apenas encará-los, um olhar acusatório, mais adulto do que infantil. Acho que eu deveria ter percebido que ela não estava feliz — bom, eu devo ter percebido —, mas não era algo que eu pensava poder evitar. Uma vez, quando havia combinado de ir a Londres com Lucy visitar a abadia de Westminster, sugeri que Shirley talvez quisesse ir também. Lucy respondeu: 'Sim, vá perguntar a ela', e eu fui. Não consigo me lembrar da resposta que recebi; alguma coisa sobre não querer ir para a chatura de Londres ver a chatura da abadia com o chato que eu era. Mas sei que fiquei aliviado por ter me obrigado a fazer a pergunta e por ela ter recusado. Depois disso não precisei mais me preocupar. Acho que eu deveria ter percebido como ela estava se sentindo — largada, rejeitada —, mas eu era um rapaz de vinte e dois anos e não tinha a sensibilidade para reconhecer a sua dor ou lidar com ela."

Então Kate interveio, perguntando: "Mas era responsabilidade sua lidar com isso? O senhor não era pai dela. Se as coisas na família não estavam correndo bem, cabia a eles lidar com os problemas".

Ele se virou para ela parecendo quase aliviado. "É o que fico me dizendo agora. Não tenho certeza se acredito nisso. Aquela não era uma casa satisfatória nem para mim nem para nenhuma delas. Se não fosse por Lucy, eu teria procurado outro lugar. Por sua causa, fiquei até o final do ano letivo. Depois que me formei professor, decidi partir na viagem que planejara. Nunca tinha viajado para o exterior, a não ser em uma excursão da escola para Paris, e primeiro fui aos lugares óbvios: Roma, Madri, Viena, Siena, Verona, depois para a Índia e para o Sri Lanka. No início mandava postais para Lucy, às vezes dois por semana."

"É provável que Lucy nunca tenha recebido os seus postais", disse Dalgliesh. "Acreditamos que eles foram interceptados por Shirley. Foram encontrados cortados ao meio e enterrados ao lado de uma das Pedras de Cheverell."

Ele não explicou o que eram as pedras. Mas afinal, pensou Kate, será que precisava explicar?

"Depois de algum tempo parei de mandar os postais, pensando que Lucy tinha me esquecido ou estava ocupada com os estudos; que eu tinha sido uma influência importante para ela, mas não duradoura. E o pior é o seguinte: de certa forma, fiquei aliviado. Eu precisava construir uma carreira, e talvez Lucy tivesse sido uma responsabilidade, além de uma alegria. E eu estava à procura de um amor adulto — nós todos não procuramos isso quando somos jovens? Fiquei sabendo do assassinato quando estava no Sri Lanka. No começo, passei mal fisicamente por causa do choque e do horror que senti e, é claro, lamentei a morte da menina que eu havia amado. Mais tarde, porém, ao me lembrar daquele ano com Lucy, tudo me parecia um sonho, e o meu pesar era uma tristeza vaga por todas as crianças maltratadas e assassinadas e pela morte da inocência. Talvez fosse porque eu agora tinha um filho. Não escrevi para a mãe nem para a avó para dar os pêsames. Nunca comentei com ninguém que havia conhecido a família. Não sentia absolutamente nenhuma responsabilidade por aquela morte. Não tinha nenhuma. Sentia um pouco de vergonha e arrependimento por não ter seguido tentando manter contato, mas isso passou. Mesmo quando voltei para casa, a polícia não me procurou para me interrogar. Por que procuraria? Shirley tinha confessado, e as provas eram acachapantes. A única explicação que qualquer pessoa recebeu foi que ela havia matado Lucy porque a irmã era bonita demais."

Houve alguns instantes de silêncio, então Dalgliesh disse: "Quando Shirley Beale entrou em contato com o senhor?".

"No dia 30 de novembro, recebi uma carta dela. Aparentemente, ela havia assistido a um programa de TV sobre ensino médio em que eu aparecia. Me reconheceu e anotou o nome da escola em que eu trabalhava — em que ainda trabalho. A carta dizia apenas que ela se lembrava de mim, que ainda me amava e que queria me ver. Ela me dizia que estava trabalhando em Cheverell Manor e me explicava como chegar lá, sugerindo um encontro. Essa carta me deixou horrorizado. Eu não podia imaginar o que ela queria dizer com ainda me amar. Ela nunca havia me amado nem dado o menor sinal de afeto por mim, nem eu por ela. Agi como um fraco, insensato. Queimei a carta e tentei esquecer que algum dia a lera. É claro que foi em vão. Dez dias depois, ela escreveu de novo. Dessa vez, havia uma ameaça. Shirley disse que precisava me encontrar, e que se eu não fosse ela havia encontrado alguém que contaria ao mundo como eu a havia rejeitado. Ainda não sei qual teria sido a resposta mais adequada. Provavelmente contar à minha mulher, ou até informar a polícia. Mas como eu poderia fazer com que acreditassem na verdade do meu relacionamento com Lucy ou com Shirley? Concluí que o melhor plano, pelo menos no início, seria me encontrar com ela e tentar convencê-la a esquecer aquelas fantasias. Ela tinha me dito para encontrá-la em um local de estacionamento junto à estrada perto das Pedras de Cheverell à meia-noite. Mandou até um mapinha desenhado com cuidado. A carta terminava assim: 'Que maravilha ter encontrado você. Nunca mais devemos nos separar'."

"O senhor tem a carta?", perguntou Dalgliesh.

"Não. Mais uma vez, agi de forma estúpida. Levei a carta comigo na viagem e, quando cheguei ao local, usei o acendedor do carro para queimá-la. Acho que estava negando a situação desde o instante em que a primeira carta dela chegou."

"E o senhor a encontrou?"

"Sim, nós nos encontramos, perto das pedras, como ela havia determinado. Eu não a toquei, nem sequer houve um aperto de mão, e nem ela pareceu esperar isso. Ela me causou repulsa. Sugeri voltarmos para o carro, onde ficaríamos mais confortáveis, e nos sentamos lado a lado. Ela disse que mesmo quando eu estava apaixonado por Lucy — foi a palavra que ela usou — ela já me amava. Tinha matado Lucy por ciúmes, mas agora tinha cumprido sua pena. Isso significava que estava livre para me amar. Ela queria se casar comigo e ser mãe dos meus filhos. Foi tudo dito com muita calma, quase sem emoção, mas com uma determinação terrível. Ela passou o tempo inteiro olhando para a frente, e não acho sequer que tenha olhado para mim enquanto falava. Expliquei o mais delicadamente possível que eu era casado, que tinha um filho e que nunca poderia haver nada entre nós. Nem cheguei a lhe propor amizade; como poderia ter proposto? Meu único desejo era nunca mais vê-la. Foi bizarro, horrível. Quando eu lhe disse que era casado, ela falou que isso não precisava nos impedir de ficar juntos. Eu poderia me divorciar. Teríamos os nossos filhos e ela cuidaria do que eu já tinha."

Ele havia falado olhando para o chão, com as mãos agarrando a mesa. Então levantou o rosto para Dalgliesh, e ele e Kate puderam ver o horror e o desespero em seus olhos.

"Cuidar do meu filho! A simples ideia de tê-la dentro da minha casa, perto da minha família, me causava aversão. Acho que na minha imaginação eu fracassei novamente. Deveria ter sentido a carência dela, mas tudo que senti foi horror, uma compulsão de sair de perto dela, de ganhar tempo. Fiz isso mentindo. Disse que iria conversar com minha mulher, mas que ela não deveria ter esperanças, porque não havia nenhuma. Pelo menos deixei isso claro. Então ela se despediu, novamente sem me tocar, e foi embora. Fiquei sentado vendo-a desaparecer na escuridão, seguindo um pontinho de luz."

"O senhor em algum momento entrou na casa?", perguntou Dalgliesh.

"Não."

"Ela lhe pediu para entrar?"

"Não."

"Enquanto estava estacionado, o senhor viu ou ouviu mais alguém?"

"Ninguém. Fui embora assim que Shirley desceu do carro. Não vi ninguém."

"Nessa noite, uma das pacientes foi assassinada. Shirley Beale disse alguma coisa que o leve a acreditar que ela pode ter sido responsável?"

"Nada."

"O nome da paciente era Rhoda Gradwyn. Shirley Beale mencionou esse nome para o senhor, falou sobre ela, disse alguma coisa sobre a clínica?"

"Nada a não ser que ela trabalhava lá."

"E foi a primeira vez que o senhor ouviu falar da clínica?"

"Sim, foi a primeira vez. Ainda não saiu nada na imprensa, e certamente não nos jornais de domingo. Eu não teria deixado passar."

"Nada ainda, mas provavelmente vai sair amanhã de manhã. O senhor falou com sua mulher sobre Shirley Beale?"

"Não, ainda não. Acho que estou negando a situação, torcendo sem muita esperança para nunca mais ouvir falar em Shirley, para tê-la convencido de que não tínhamos futuro juntos. E a coisa toda foi fantástica, irreal, um pesadelo. Como o senhor sabe, pedi o carro de Michael Curtis emprestado para a viagem e decidi que, se Shirley tornasse a escrever, eu me abriria com ele. Estava precisando desesperadamente contar a alguém e sabia que ele seria sensato, gentil e sensível, e que pelo menos me aconselharia sobre o que fazer. Somente então eu falaria com minha mulher. Eu sei, é claro, que, se Shirley revelasse o que aconteceu no passado, isso destruiria minha carreira."

Então Kate tornou a falar. "Mas com certeza não, se a verdade fosse aceita", disse ela. "O senhor foi gentil e afetuoso com uma menina obviamente solitária e carente. Tinha apenas vinte e dois anos na época. Não tinha como saber que a amizade com Lucy iria provocar sua morte. O senhor não é responsável pela morte dela. Ninguém, a não ser Shirley Beale, é responsável. Ela também era solitária e carente, mas o senhor não era responsável pela sua infelicidade."

"Mas era, sim, eu era responsável. De forma indireta e sem malícia. Se Lucy não tivesse me conhecido, ela hoje estaria viva."

A voz de Kate soou urgente, insistente. "Será que estaria? Não teria havido algum outro motivo para o ciúme? Sobretudo quando as duas fossem adolescentes e Lucy ficasse com todos os namorados, toda a atenção, todo o amor? O senhor não tem como saber o que poderia ter acontecido.

Não podemos ser moralmente responsáveis pelos resultados a longo prazo de todas as nossas ações."

Ela parou, com o rosto corado, e olhou para Dalgliesh na sua frente. Sabia o que ele estava pensando. Ela havia falado movida por pena e indignação, mas ao trair essas emoções agira de forma antiprofissional. Nenhum suspeito em um caso de assassinato deveria ser conduzido a acreditar que os responsáveis pela investigação estavam do seu lado.

Então Dalgliesh se dirigiu diretamente a Collinsby. "Eu gostaria que o senhor desse uma declaração estabelecendo os fatos da forma como os descreveu. Quase certamente vamos precisar conversar de novo depois que tivermos interrogado Sharon Bateman. Até agora ela não nos disse nada, nem sequer sua verdadeira identidade. E, se fizer menos de quatro anos que ela está vivendo na comunidade depois de ter sido solta, ainda vai estar sob supervisão. Por favor, escreva seu endereço particular na declaração, vamos precisar saber como entrar em contato com o senhor em casa." Estendendo a mão para pegar a pasta, ele retirou lá de dentro um formulário oficial e entregou-o a Collinsby.

Este disse: "Vou levar até a escrivaninha, a luz lá é melhor", e sentou-se de costas para eles. Então se virou e disse: "Desculpe, não lhes ofereci café nem chá. Se a inspetora Miskin quiser preparar, está tudo na sala ao lado. Isto aqui talvez demore um pouco".

"Eu cuido disso", disse Dalgliesh, enquanto passava para a sala ao lado deixando a porta aberta. Ouviu-se um tilintar de louça, o barulho de água enchendo uma chaleira. Kate esperou alguns minutos, depois foi se juntar a ele, procurando o leite dentro de uma pequena geladeira. Dalgliesh levou a bandeja com as xícaras e pires até a outra sala e pôs uma xícara, junto com o açucareiro e a jarra de leite, ao lado de Collinsby, que seguiu escrevendo e então, sem olhar para eles, esticou a mão e puxou a xícara na sua direção. Ele não tomava nem leite nem açúcar, e

Kate transferiu o açucareiro e a jarra para a mesa, onde ela e Dalgliesh ficaram sentados em silêncio. Sentia-se incrivelmente cansada, mas resistiu à tentação de se recostar na cadeira.

Meia hora depois, Collinsby se virou e entregou as páginas para Dalgliesh. "Terminei", disse. "Tentei me ater aos fatos. Não tentei me justificar, mas não há nenhuma justificativa. Vocês precisam me ver assinar?"

Dalgliesh se aproximou dele e o papel foi assinado. Ele e Kate pegaram seus casacos e se prepararam para sair. Como se os dois fossem um casal de pais que tinham vindo conversar sobre o rendimento escolar dos filhos, Collinsby disse, formal: "Foi gentileza sua virem até a escola. Vou levá-los até a porta. Quando precisarem falar comigo de novo, sem dúvida entrarão em contato".

Ele destrancou a porta da frente e foi com eles até o portão. A última imagem que viram dele foi o rosto pálido e tenso olhando-os de trás das grades como um homem na prisão. Ele então fechou o portão, virou-se e, andando com passos firmes até a porta da escola, entrou sem olhar para trás.

No carro, Dalgliesh acendeu a luz de leitura e pegou o mapa. "O melhor caminho parece ser pegar a M1 para o sul, depois a M25 e a M3", disse. "Você deve estar com fome. Nós dois precisamos comer, e este lugar não parece particularmente promissor."

Kate percebeu que estava desesperada para se afastar da escola, da cidade, da lembrança daquela última hora. "Não poderíamos parar em algum lugar na estrada?", sugeriu ela. "Não para uma refeição de verdade, mas poderíamos comer um sanduíche."

A chuva agora havia parado, a não ser por alguns pingos grossos que caíam sobre o capô, viscosos feito óleo. Quando finalmente chegaram à estrada, Kate disse: "Sinto muito por ter dito o que disse ao senhor Collinsby. Sei que é antiprofissional solidarizar-se com um suspeito". Ela quis continuar, mas sua voz engasgou e ela simplesmente tornou a dizer: "Sinto muito, senhor".

Dalgliesh não desviou os olhos para ela. Ele disse: "Você falou por compaixão. Sentir uma forte compaixão pode ser perigoso em uma investigação de assassinato, mas não tão perigoso quanto perder totalmente a capacidade de ter esse sentimento. O que aconteceu não foi grave".

Mas as lágrimas rolaram e ele a deixou chorar baixinho, mantendo os olhos na estrada. A rodovia se estendia à sua frente em um festival de luzes fantasmagóricas: a procissão de faróis baixos à direita, o desenho em movimento do tráfego que rumava para o sul, as sebes escuras escondidas pelos imensos vultos dos caminhões, o ronco e a progressão de um mundo de viajantes desconhecidos prisioneiros da mesma extraordinária compulsão. Ao ver uma placa indicando LOJAS DE CONVENIÊNCIA, Dalgliesh passou para a pista da esquerda e entrou na pista de acesso. Encontrou uma vaga no final do estacionamento e desligou o motor.

Entraram em um local ofuscante de luzes e cores. Cada café e cada lojinha estava enfeitado com decorações de Natal, e em um canto um coral amador, quase inteiramente ignorado, cantava canções natalinas e angariava doações para caridade. Foram até os toaletes, depois compraram sanduíches e dois grandes copos plásticos de café, que levaram de volta para o carro. Enquanto comiam, Dalgliesh telefonou para Benton para lhe dar as últimas notícias e, dali a vinte minutos, estavam novamente na estrada.

Olhando para o rosto de Kate, contraído com a estoica determinação de não dar mostras de cansaço, ele disse: "Foi um dia longo, e ainda não terminou. Por que não reclina o banco e tira um cochilo?".

"Estou bem."

"Não precisamos ficar os dois acordados. Há uma manta no banco de trás, se conseguir pegar. Eu acordo você quando chegarmos."

Ele combatia o cansaço ao dirigir mantendo a calefação no mínimo. Se Kate dormisse, iria precisar da manta. Ela inclinou o banco para trás e se acomodou, com a manta bem junto ao pescoço e o rosto virado na direção dele. Adormeceu quase imediatamente. Fazia tão pouco barulho ao dormir que ele mal conseguia escutar a leve inspiração, mas de vez em quando ela soltava um pequeno grunhido de satisfação, como o de uma criança que dorme, e se aninhava ainda mais na manta. Olhando de relance para o rosto dela, do qual toda a ansiedade havia sido removida pela bênção da pequena morte em vida que é o sono, Dalgliesh pensou em como aquele era um bom rosto — não um rosto lindo, com certeza não tinha uma beleza convencional, mas um bom rosto, honesto, franco, agradável de olhar, um rosto que iria durar. Durante anos, quando trabalhava em algum caso, ela havia usado os cabelos castanho-claros presos em uma grossa trança; agora os havia cortado, e caíam suavemente sobre suas bochechas. Dalgliesh sabia que o que ela precisava dele era mais do que ele podia lhe dar, mas sabia que ela valorizava o que ele de fato lhe dava — amizade, confiança, respeito e afeto. Mas ela merecia muito mais. Uns seis meses antes, ele achara que ela houvesse encontrado. Agora já não tinha tanta certeza.

Em breve, ele sabia, a Equipe de Investigações Especiais seria extinta ou absorvida por outro departamento. Ele deveria tomar as próprias decisões em relação ao seu futuro. Kate ganharia a devida promoção a inspetora-chefe. Mas e depois, o que ela faria? Ultimamente ele vinha sentindo que ela estava cansada de prosseguir sozinha. Na área de conveniência seguinte, ele encostou e desligou o motor. Ela não se mexeu. Ele ajeitou a manta em volta de seu corpo adormecido e se acomodou para uma curta pausa. Dez minutos depois, tornou a entrar no fluxo do tráfego e passou a noite inteira dirigindo rumo ao sudoeste.

5

Apesar da exaustão e do trauma da véspera, Kate acordou cedo e revigorada. Depois que ela e Dalgliesh chegaram tarde de Droughton, a habitual reunião de atualização da equipe havia sido intensa mas breve, uma troca de informações e não uma conversa prolongada sobre suas implicações. O resultado da autópsia de Rhoda Gradwyn havia chegado no final da tarde. Os pareceres da dra. Glenister eram sempre completos, mas esse era descomplicado e pouco surpreendente. A srta. Gradwyn era uma mulher saudável, com tudo que essa palavra sugeria de esperança e realização. Duas decisões fatais — retirar a cicatriz e fazer a cirurgia em Cheverell Manor — haviam conduzido àquelas sete palavras cruas e decisivas: *Morte por asfixia causada por estrangulamento manual.* Enquanto lia o parecer com Dalgliesh e Benton, Kate foi tomada pela conhecida e impotente onda de raiva e pena causada pela incontrolável destruição provocada por um assassinato.

Ela então vestiu-se depressa e descobriu que estava faminta pelo desjejum de bacon e ovos, linguiça e tomate servido a ela e Benton pela sra. Shepherd. Dalgliesh havia decidido que ela, e não ele próprio nem Benton, era quem deveria se encontrar com a sra. Rayner em Wareham. A agente de condicional havia telefonado já tarde na noite anterior para avisar que pegaria o trem das oito e cinco na estação de Waterloo e que esperava chegar em Wareham às dez e meia.

O trem chegou na hora, e Kate não teve dificuldade para identificar a sra. Rayner entre os poucos passageiros que desceram. Esta encarou Kate com atenção e apertou-lhe a mão com uma breve efusão, como se aquele encontro formal ao vivo fosse a conclusão de algum contrato previamente acordado. Era mais baixa do que Kate, com um corpo atarracado e um rosto quadrado de pele clara ao qual a firmeza da boca e do queixo dava um aspecto de força. Seus cabelos castanho-escuros, com algumas mechas grisalhas, haviam sido cortados em um salão de boa qualidade e — como Kate sabia — caro. Ela não ostentava o símbolo habitual da burocracia, uma pasta de trabalho, e carregava em vez disso uma grande bolsa de tecido fechada por uma cordinha e pendurada no ombro por duas alças. Para Kate, tudo nela transmitia uma autoridade exercida com discrição e segurança. Ela lembrava a Kate uma de suas professoras da escola, a sra. Butler, que havia conseguido fazer os detestáveis alunos do primeiro ano do ensino médio se comportarem como seres relativamente civilizados pelo simples fato de acreditar que, quando ela estava presente, eles não podiam se comportar de outra forma.

Kate fez as perguntas de praxe sobre a viagem. A sra. Rayner respondeu: "Consegui um lugar na janela sem crianças nem pessoas obsessivas falando no celular. O sanduíche de bacon do vagão-restaurante estava fresco, e gostei da paisagem. Isso para mim é uma boa viagem".

Durante a viagem de carro não falaram de Shirley, agora Sharon, embora a sra. Rayner tivesse perguntado sobre a clínica e as pessoas que trabalhavam lá, talvez para começar a entender melhor o contexto. Kate concluiu que ela estava reservando o essencial para quando estivesse com Dalgliesh; não havia motivo para dizer as mesmas coisas duas vezes, e isso poderia gerar mal-entendidos.

Em Old Police Cottage, a sra. Rayner, depois de ser recebida por Dalgliesh, recusou o café que lhe ofereceram e pediu um chá, que Kate preparou. Benton já havia chegado, e os quatro se acomodaram ao redor da mesa baixa em frente à lareira. Dalgliesh, que tinha o dossiê de Rhoda Gradwyn à sua frente, explicou rapidamente como a equipe havia descoberto a verdadeira identidade de Sharon. Entregou o dossiê à sra. Rayner, que examinou a foto do rosto desfigurado de Lucy sem fazer nenhum comentário. Depois de alguns minutos examinando o dossiê, fechou-o e tornou a entregá-lo a Dalgliesh.

"Seria interessante", disse ela, "descobrir como Rhoda Gradwyn conseguiu obter parte do material desse dossiê, mas, como ela morreu, parece haver pouco sentido em abrir um inquérito. Seja como for, não caberia a mim fazer isso. Nós com certeza não tivemos ocorrências de nada sobre Sharon publicado na imprensa, e havia uma proibição jurídica quando ela era menor de idade."

"Ela não a informou sobre a mudança de emprego e de endereço?", perguntou Dalgliesh.

"Não. Deveria ter informado, é claro, e eu deveria ter entrado em contato com a casa de repouso antes. A última vez que a encontrei foi dez meses atrás, quando ela ainda trabalhava lá. Ela já devia ter decidido sair. A sua desculpa provavelmente vai ser que não queria me contar e não via necessidade para fazê-lo. A minha desculpa, menos válida, é a de sempre: trabalho demais, e a reorganização decorrente da divisão das responsabilidades do Ministério do Interior. Para usar a expressão corriqueira, Sharon escapou pelas malhas da rede."

Escapar pelas malhas da rede, pensou Dalgliesh, seria o título perfeito para um romance contemporâneo. "A senhora não tinha nenhuma preocupação específica com ela?", perguntou.

"Nenhuma no sentido de ela constituir uma ameaça pública. Ela não teria sido liberada caso o conselho de condicional não estivesse convencido de que não constituía um perigo nem para si mesma nem para terceiros. Ela não causou problemas em Moorfield House, e não houve nenhum problema desde que foi solta. Se eu fosse ter alguma preocupação, e de fato ainda tenho, seria encontrar um emprego adequado para ela e que a deixasse satisfeita, e ajudá-la a construir sua vida. Ela sempre resistiu a qualquer tipo de formação. O trabalho na casa de repouso não era uma solução de longo prazo. Ela deveria conviver com gente da sua idade. Mas não estou aqui para conversar sobre o futuro de Sharon. Estou vendo que ela representa um problema para a sua investigação. Para onde quer que ela vá, vamos garantir que esteja disponível caso desejem interrogá-la. Ela até agora tem cooperado?"

"Ela não causou problemas", respondeu Dalgliesh. "Até agora não temos nenhum suspeito principal."

"Bom, é óbvio que ela não pode ficar aqui. Vou tomar as providências para hospedá-la em um albergue antes de conseguirmos arrumar algo mais permanente. Espero poder mandar alguém buscá-la daqui a três dias. Manterei contato, é claro."

"Ela algum dia manifestou remorso pelo que fez?", indagou Kate.

"Não, e isso tem sido um problema. Ela só faz repetir que não se arrependeu na época, e de que adianta se arrepender depois só porque os outros descobriram."

"Isso não deixa de manifestar uma certa honestidade", disse Dalgliesh. "Vamos chamá-la agora? Kate, por favor, vá encontrá-la e traga-a até aqui."

Ficaram esperando Kate voltar com Sharon, e quando, dali a quinze minutos, as duas chegaram, o motivo da demora ficou aparente. Sharon havia se preocupado em ficar bonita. O avental de trabalho havia sido trocado por uma saia e um suéter, os cabelos haviam sido escovados até brilharem, e ela estava de batom. Cada uma das orelhas ostentava um imenso brinco dourado. Ela entrou com uma atitude beligerante mas demonstrando certa cautela, e sentou-se em frente a Dalgliesh. A sra. Rayner ocupou uma cadeira ao seu lado, indicação, pensou Kate, de onde residiam sua preocupação e lealdade profissionais. Kate, por sua vez, sentou-se ao lado de Dalgliesh, e Benton, com o bloquinho aberto, sentou-se perto da porta.

Ao entrar no aposento, Sharon não havia demonstrado surpresa por ver a sra. Rayner. Então, cravando os olhos nela, sem ressentimento aparente, disse: "Achei que a senhora fosse aparecer mais cedo ou mais tarde".

"Teria sido mais cedo, Sharon, se você tivesse me contado sobre a sua mudança de emprego e a morte da senhorita Gradwyn — como deveria ter feito, é claro."

"Bom, eu ia contar, mas não tive como, com todos esses policiais pela casa e todo mundo me vigiando. Se eles me vissem telefonar, iriam perguntar por quê. Mas de qualquer maneira ela só foi morta na sexta-feira à noite."

"Bom, eu estou aqui agora, e tenho umas coisinhas para conversar com você em particular, mas primeiro o inspetor-comandante Dalgliesh tem algumas perguntas e quero que você prometa responder a verdade e toda a verdade. É importante, Sharon."

"Senhorita Bateman, é seu direito solicitar a presença de um advogado se achar necessário", disse Dalgliesh.

Ela o encarou. "Por que eu iria querer um advogado? Não fiz nada de errado. Em todo caso, a senhora Rayner está aqui. Ela vai garantir que nada de errado aconteça. E eu já disse tudo que sei quando conversamos na biblioteca no sábado."

"Tudo, não", disse Dalgliesh. "A senhorita não disse que saiu da casa na sexta-feira à noite. Agora sabemos que saiu. Saiu para encontrar uma pessoa por volta da meia-noite, e sabemos quem foi. Falamos com o senhor Collinsby."

Então houve uma mudança. Sharon deu um pulo na cadeira, depois tornou a se sentar e agarrou a borda da mesa. Seu rosto enrubesceu, e os olhos falsamente dóceis se dilataram e pareceram a Kate escurecer e se transformar em poços de raiva.

"Vocês não podem pôr a culpa em Stephen! Ele não matou aquela mulher. Ele não mataria ninguém. Ele é bom e gentil... e eu o amo! Nós vamos nos casar."

Com a voz branda, a sra. Rayner disse: "Isso não vai

ser possível, Sharon, e você sabe. O senhor Collinsby já é casado e tem um filho. Eu acho que quando pediu para ele voltar para a sua vida você estava agindo movida por uma fantasia, um sonho. Agora temos de encarar a realidade".

Sharon olhou para Dalgliesh, que disse: "Como descobriu onde o senhor Collinsby estava?".

"Na televisão. Estava vendo televisão no meu quarto depois do jantar. Liguei e vi. Foi por isso que continuei assistindo. Era um programa chato sobre educação, mas eu vi Stephen e ouvi a voz dele, e ele estava igualzinho, só que mais velho. O programa dizia como ele tinha transformado uma escola, então eu anotei o nome e foi para lá que mandei a carta. Ele não respondeu da primeira vez, então eu mandei outra carta e disse que era melhor ele se encontrar comigo. Era importante."

"A senhorita fez ameaças?", quis saber Dalgliesh. "Ou ele a encontrava ou a senhorita contava para alguém que ele tinha sido inquilino da sua família e conhecido a senhorita e a sua irmã? Ele fez algum mal a vocês?"

"Ele não fez nenhum mal a Lucy. Não é um daqueles pedófilos, se é isso que estão pensando. Ele a amava. Sempre liam juntos no quarto dele ou saíam para comprar balas. Ela gostava da companhia, mas não ligava para ele. Só gostava das balas. E só subia ao quarto dele porque era melhor do que ficar na cozinha comigo e com vovó. Vovó estava sempre implicando conosco. Lucy dizia que Stephen a entediava, mas eu gostava dele. Eu o amava. Sempre o amei. Nunca pensei que fosse vê-lo de novo, mas agora ele reapareceu na minha vida. Eu quero ficar com ele. Sei que posso fazê-lo feliz."

Kate se perguntou se Dalgliesh ou a sra. Rayner mencionariam o assassinato de Lucy. Nenhum dos dois o fez. Em vez disso, Dalgliesh disse: "Então, a senhorita marcou um encontro com o senhor Collinsby no estacionamento ao lado das pedras. Quero que me conte exatamente o que aconteceu e o que houve entre vocês dois".

"O senhor disse que vocês falaram com ele. Ele deve

ter contado o que aconteceu. Não entendo por que tenho de contar tudo de novo. Não aconteceu nada. Ele disse que era casado, mas que ia falar com a mulher e pedir o divórcio. Depois eu voltei para dentro de casa e ele foi embora."

"Só isso?", perguntou Dalgliesh.

"Bom, nós não íamos passar a noite inteira sentados no carro, íamos? Eu simplesmente passei algum tempo sentada ali ao lado dele, mas não nos beijamos nem nada disso. Não é preciso se beijar quando se está apaixonado de verdade. Eu sabia que ele estava dizendo a verdade. Sabia que ele me amava. Então depois de algum tempo saí do carro e voltei para casa."

"Ele foi também?"

"Não, não foi. Por que faria isso? Eu sabia o caminho, não é? De todo modo, ele queria ir embora, deu para notar."

"Ele em algum momento mencionou Rhoda Gradwyn?"

"É claro que não. Por que falaria nela? Ele não a conhecia."

"A senhorita deu a ele as chaves da casa?"

Então, de repente, ela ficou com raiva outra vez. "Não, não, não! Ele nunca me pediu. Por que iria querer as chaves? Ele nem chegou perto da casa. Vocês estão tentando pôr a culpa do assassinato nele porque estão protegendo todos os outros — o doutor Chandler-Powell, a enfermeira Holland, a senhorita Cressett, todos eles. Estão tentando pôr a culpa toda em Stephen e em mim."

"Não estamos aqui para pôr a culpa em ninguém inocente", disse Dalgliesh, calmo. "O nosso trabalho é descobrir o culpado. Os inocentes não têm nada a temer. Mas o senhor Collinsby pode muito bem estar encrencado se a história entre vocês dois vazar. Acho que a senhorita entende o que estou querendo dizer. Nós não vivemos em um mundo compreensivo, e as pessoas podem muito facilmente interpretar mal a amizade entre ele e a sua irmã."

"Bom, ela morreu, não é? O que eles podem provar agora?"

A sra. Rayner rompeu o silêncio que vinha mantendo. "Eles não podem provar nada, Sharon", disse ela, "mas fofocas e boatos não se baseiam na verdade. Eu acho que, quando o senhor Dalgliesh terminar de tomar o seu depoimento, é melhor nós conversarmos sobre o seu futuro depois dessa terrível experiência. Você tem ido muito bem até agora, Sharon, mas acho que talvez seja hora de seguir em frente." Ela se virou para Dalgliesh. "Posso usar um dos quartos do chalé durante algum tempo, depois que o senhor terminar?"

"É claro. Fica logo ali em frente, do outro lado do hall."

"Está bem", disse Sharon. "Estou mesmo farta da polícia. Farta das suas perguntas, farta das suas caras idiotas. Farta deste lugar. Não entendo por que não posso ir logo embora. Eu poderia ir com a senhora agora."

A sra. Rayner já havia se levantado. "Não acho que isso vá ser possível imediatamente, Sharon, mas com certeza vamos arrumar um jeito." Ela se virou para Dalgliesh. "Obrigada por me deixar usar o quarto. Não acho que Sharon e eu vamos precisar dele por muito tempo."

Não precisaram mesmo, mas os cerca de quarenta e cinco minutos que transcorreram antes de elas tornarem a aparecer pareceram longos para Kate. Sharon, que agora não estava mais truculenta, despediu-se da sra. Rayner e, razoavelmente dócil, voltou para a clínica com Benton. Enquanto o segurança destrancava os portões, Benton comentou: "A senhora Rayner parece uma boa pessoa".

"Ah, ela é legal. Eu teria entrado em contato com ela antes se vocês não estivessem de olho em mim feito um gato atrás de um rato. Ela vai arrumar um lugar para eu morar, então daqui a pouco eu vou embora daqui. Enquanto isso, deixem Stephen em paz. Quem me dera nunca tê-lo chamado para vir a esta droga de lugar."

Na sala de depoimentos, a sra. Rayner vestiu o casaco e pegou a bolsa. "É lamentável isto tudo estar acontecendo", disse. "Ela estava indo muito bem na casa de repouso para idosos, mas era natural que quisesse um emprego com gente mais jovem. Mas os pacientes idosos gostavam dela. Mimavam-na um pouco, suponho. Mas é hora de ela fazer alguma formação de verdade e trabalhar com alguma coisa que lhe dê futuro. Espero logo encontrar um lugar para ela morar, onde acho que ela ficará feliz em passar algumas semanas antes de conseguirmos decidir o próximo passo. E ela talvez precise de ajuda psiquiátrica. É óbvio que não está encarando a realidade em relação a Stephen Collinsby. Mas, se o senhor estiver me perguntando se ela matou Rhoda Gradwyn — embora não esteja, é claro —, eu diria que é altamente improvável. Diria até impossível, mas nunca se pode usar essa palavra em relação a ninguém."

"O fato de ela estar aqui, e com o seu histórico, é um complicador", disse Dalgliesh.

"Entendo isso. A menos que consigam uma confissão, será difícil justificar a prisão de outra pessoa. Mas, como a maioria dos assassinos, o dela foi só aquele ato isolado."

"Ela conseguiu causar danos devastadores em seus curtos anos de vida", disse Kate. "Uma criança assassinada, e o emprego e o futuro de um homem bom ameaçados. É difícil olhar para ela sem ver a imagem daquele rosto esmagado sobreposta ao seu."

"A raiva de uma criança pode ser terrível", disse a sra. Rayner. "Se uma criança descontrolada de quatro anos tivesse uma arma e força para usá-la, quantas famílias permaneceriam intactas?"

"Lucy parecia ser uma menina encantadora e adorável", disse Dalgliesh.

"Possivelmente com os outros. Talvez não com Sharon."

Dali a poucos minutos ela estava pronta para ir embora, e Kate levou-a de carro à estação de Wareham. Durante o trajeto, trocaram algumas palavras sobre Dorset e a região pela qual estavam passando. Mas nem a sra. Rayner nem Kate mencionaram o nome de Sharon. Kate havia decidido que seria gentil e lógico esperar junto com a sra. Rayner até o trem chegar e ela estar segura a bordo.

Foi só quando o trem estava entrando na plataforma que a mulher falou.

"Não se preocupem com Stephen Collinsby", disse ela. "Nós vamos cuidar de Sharon e dar toda a ajuda de que ela precisa, e ele não será prejudicado."

6

Candace Westhall entrou no cômodo principal de Old Police Cottage usando uma jaqueta e um lenço e calçando luvas de jardinagem. Sentou-se e então tirou as luvas grandes e incrustadas de lama, colocando-as sobre a mesa entre ela e Dalgliesh como a alegoria de um desafio. O significado do gesto, embora pouco sutil, foi claro. Ela havia novamente sido afastada de um trabalho necessário para responder a perguntas desnecessárias.

O seu antagonismo era palpável, e Dalgliesh sabia que este era compartilhado, embora de forma não tão evidente, pela maioria de seus suspeitos. Ele esperava isso e em parte compreendia isso. No início, ele e sua equipe eram aguardados e recebidos com alívio. Providências seriam tomadas, o caso seria esclarecido, o horror que era também um constrangimento seria remediado, os inocentes vingados, os culpados — provavelmente um desconhecido cujo destino não causaria comoção — presos e punidos. A lei, a razão e a ordem substituiriam a desordem contagiosa gerada pelo assassinato. Mas não houvera nenhuma prisão, nem sequer sinal disso. O inquérito ainda estava no início, mas, para os poucos moradores da casa, não havia um fim visível para aquela presença ou para aqueles interrogatórios. Ele entendia o ressentimento crescente deles porque certa vez sentira a mesma coisa ao descobrir o corpo de uma jovem na praia de Suffolk. O crime não pertencia à sua jurisdição, e outro agente era responsável pelo caso. Não haviam cogitado considerá-lo um suspeito sério, mas o interrogatório da polícia fora detalhado, repetitivo, e desnecessariamente intrusivo do seu ponto de vista. Um interrogatório tinha desagradáveis semelhanças com uma violação mental.

"Em 2002", disse ele, "Rhoda Gradwyn escreveu um artigo sobre plágio para a *Paternoster Review* em que atacava uma jovem escritora, Annabel Skelton, que em seguida se matou. Qual era o seu relacionamento com Annabel Skelton?"

Ela o encarou nos olhos com uma expressão fria, antipática e, na opinião dele, desdenhosa. Houve um curto silêncio durante o qual o antagonismo emanou dela como uma corrente elétrica. Sem alterar o olhar, ela respondeu: "Annabel Skelton era uma amiga querida. Eu poderia dizer que a amava, mas vocês iriam distorcer uma relação que eu duvido que consiga fazê-los compreender. Todas as amizades hoje em dia parecem ser definidas em termos de sexualidade. Ela era minha aluna, mas o seu talento era para a escrita, não para as letras clássicas. Eu a incentivei a terminar seu primeiro romance e a tentar publicá-lo".

"A senhora na época sabia que partes desse romance haviam sido copiadas de uma obra anterior?"

"O senhor está me perguntando se ela me contou, inspetor-comandante?"

"Não, senhorita Westhall, estou perguntando se sabia."

"Eu não sabia até ler a matéria de Gradwyn."

Kate interveio: "Deve ter ficado surpresa e abalada".

"Sim, inspetora, as duas coisas."

"A senhorita tomou alguma atitude?", perguntou Dalgliesh. "Procurar Rhoda Gradwyn, escrever uma carta de protesto para ela ou para o jornal?"

"Eu procurei Gradwyn. Nós nos encontramos rapidamente no escritório do seu agente, a pedido dela. Foi um erro. É claro que ela não se mostrou nem um pouco contrita. Prefiro não falar sobre os detalhes desse encontro. Na ocasião eu não sabia que Annabel já estava morta. Ela se enforcou três dias depois de a *Paternoster Review* publicar a matéria."

"Então não teve oportunidade de se encontrar com ela

para pedir uma explicação? Sinto muito se esta conversa é dolorosa para a senhorita."

"Com certeza o senhor não sente tanto assim, inspetor-comandante. Vamos ser honestos um com o outro. Como Rhoda Gradwyn, o senhor está apenas fazendo o seu trabalho indigesto. Eu tentei entrar em contato com Annabel, mas ela não quis me ver, a porta estava trancada e o telefone, desligado. Eu tinha perdido tempo com Gradwyn quando poderia ter conseguido me encontrar com ela. Um dia depois do suicídio, recebi um postal. Havia apenas sete palavras e a assinatura. *Desculpe. Por favor, me perdoe. Amo você.*"

Houve um silêncio, então ela disse: "O plágio era a parte menos importante de um romance que dava mostras de extraordinário talento. Mas acho que Annabel percebeu que nunca escreveria outro, e para ela isso era a morte. Além do mais, havia a humilhação. Isso também era mais do que ela podia suportar".

"A senhorita considerou Rhoda Gradwyn responsável?"

"Ela foi responsável. Ela assassinou a minha amiga. Como imagino que não tenha sido intencional, não havia esperança de nenhuma compensação legal. Mas eu não cometi uma vingança pessoal cinco anos depois do fato. O ódio não morre, mas perde um pouco de sua força. É como uma infecção do sangue, que nunca vai embora de todo e pode ressurgir de repente, mas a sua febre se torna menos debilitante, menos intensamente dolorosa com o passar dos anos. Tudo que me resta é arrependimento e uma tristeza persistente. Eu não matei Rhoda Gradwyn, mas sou incapaz de sentir sequer um minuto de pesar por ela ter morrido. Isso responde à pergunta que estava prestes a fazer, inspetor-comandante?"

"Está dizendo, senhorita Westhall, que não matou Rhoda Gradwyn. Sabe quem matou?"

"Não. E se soubesse, inspetor-comandante, acho muito pouco provável que fosse contar ao senhor."

Ela se levantou da mesa para ir embora. Nem Dalgliesh nem Kate esboçaram nenhum gesto para detê-la.

7

Nos dias que se seguiram à morte de Rhoda Gradwyn, Lettie ficou impressionada como quão brevemente a morte consegue interferir na vida. Os mortos, como quer que morram, são levados embora com a maior velocidade possível dentro dos limites da decência para o lugar que os espera: a gaveta do necrotério de um hospital, a sala de embalsamamento da funerária, a mesa do patologista. O médico pode não vir quando chamado; o agente funerário sempre vem. As refeições, por mais esparsas ou pouco convencionais que sejam, são preparadas e consumidas, o correio chega, o telefone toca, as contas precisam ser pagas, os formulários oficiais são preenchidos. Os que lamentam a morte, como ela também já havia lamentado, seguem qual autômatos por um mundo de sombras em que nada mais é real ou conhecido, e aparentemente nunca mais vai ser. Mas até mesmo eles falam, tentam dormir, levam à boca uma comida sem sabor, continuam como que automaticamente a desempenhar o papel que lhes é designado em uma peça na qual todos os outros personagens parecem à vontade com os seus.

Na clínica, ninguém fingiu lamentar a morte de Rhoda Gradwyn. A sua morte era um choque cuja intensidade o mistério e o medo aumentavam, mas a rotina da clínica prosseguiu. Dean continuou a preparar suas excelentes refeições, embora uma certa simplicidade dos cardápios sugerisse que ele estava prestando um tributo talvez inconsciente à morte. Kim continuou a servi-las, embora o apetite e a diversão genuína parecessem de uma profunda insensibilidade e inibissem as conversas. Apenas as idas e vindas da polícia, a presença dos carros da equipe de seguranças e o trailer em que comiam e dormiam, estacionado em frente à entrada principal, eram lembretes constantes de que nada estava normal. Houvera uma onda de interesse e esperança algo envergonhada quando Sharon fora chamada pela inspetora Miskin e levada para prestar depoimento em Old Police Cottage. Ao voltar, ela havia informado sucintamente que o inspetor-comandante Dalgliesh estava preparando a sua saída da clínica e que uma amiga iria buscá-la dali a três dias. Até lá, ela não pretendia mais trabalhar. No que lhe dizia respeito, o emprego já não era mais seu e eles sabiam onde podiam enfiá-lo. Ela estava cansada e abalada e mal podia esperar para ir embora da porra daquela clínica. Agora estava indo para o quarto. Ninguém nunca tinha ouvido Sharon abrir a boca para dizer um palavrão, e a palavra soou tão chocante quanto se houvesse saído da boca de Lettie.

O inspetor-comandante Dalgliesh havia passado meia hora trancado com George Chandler-Powell e, depois que ele foi embora, George os tinha convocado à biblioteca. Haviam se reunido em silêncio, com uma apreensão coletiva de que alguma informação importante estava prestes a ser revelada. Sharon não fora presa, isso era óbvio, mas talvez houvesse alguma novidade, e mesmo más notícias eram melhores do que aquela incerteza que se prolongava. Para todos, e eles às vezes admitiam isso uns para os outros, a vida estava em suspenso. Até mesmo as decisões mais simples — que roupa vestir pela manhã, que ordens dar a Dean e Kimberley — exigiam um esforço consciente. Chandler-Powell não os deixou esperando, mas Lettie o achou estranhamente pouco à vontade. Ao entrar na biblioteca, ele pareceu não saber onde ficar em pé ou onde se sentar, mas, depois de hesitar por alguns instantes, posicionou-se em frente à lareira. Devia saber que era um dos suspeitos, assim como eles todos, mas nesse momento, com todos os olhos a fitá-lo com ansiedade, parecia mais um representante do inspetor-comandante Dalgliesh, papel que ele não queria assumir e com o qual não se sentia à vontade.

"Sinto muito interromper o que vocês estavam fazendo", disse ele, "mas o inspetor-comandante Dalgliesh me pediu para falar com vocês, e pareceu mais prático reunir todo mundo para ouvir o que ele tinha a dizer. Como sabem, Sharon vai nos deixar daqui a alguns dias. Por causa de um incidente no passado dela, a sua trajetória e o seu bem-estar são da alçada do serviço de condicional, e o consenso é que é melhor ela ir embora da clínica. Pelo que me informaram, Sharon vai cooperar com as providências tomadas em relação a ela. Foi só o que me disseram, e é só o que qualquer um de vocês vai poder saber. Preciso pedir a todos para não conversarem sobre Sharon entre si nem falarem com ela sobre o seu passado ou o seu futuro, pois nenhum dos dois nos diz respeito."

"Isso significa que Sharon não é mais considerada suspeita, se é que um dia foi?", perguntou Marcus.

"Acho que sim."

Flavia tinha o rosto afogueado, e sua voz hesitou. "Podemos saber exatamente qual é o status dela aqui? Ela nos disse que não pretende mais trabalhar. Imagino que, como a clínica parece estar sendo considerada a cena de um crime, não podemos chamar nenhuma das faxineiras da cidade. Com a clínica sem pacientes o trabalho não é muito, mas alguém precisa fazê-lo."

"Kim e eu podemos ajudar", disse Dean. "Mas e a comida dela? Em geral ela come conosco na cozinha. E se ela ficar no quarto? Kim terá de levar a comida dela na bandeja e servir?" Sua voz deixava claro que isso não seria aceitável.

Helena olhou de relance para Chandler-Powell. Era evidente que a paciência dele estava se esgotando. "É claro que não", disse ela. "Sharon conhece o horário das refeições. Se estiver com fome, vai aparecer. Vai ser só por um ou dois dias. Se houver algum problema, é só me dizer que eu falo com o inspetor-comandante Dalgliesh. Enquanto isso, vamos deixar tudo correr o mais normalmente possível."

Candace falou pela primeira vez. "Como eu fui uma das que a entrevistaram, acho que deveria assumir alguma responsabilidade por Sharon. Talvez ajude se ela se mudar para Stone Cottage para ficar com Marcus e comigo, caso o inspetor-comandante Dalgliesh não se oponha. Nós temos um quarto. E ela pode me ajudar com os livros de papai. Não é bom ela ficar sem nada para fazer. E já está na hora de alguém desencorajar essa sua obsessão com Mary Keyte. No verão passado, ela pegou a mania de espalhar flores silvestres por cima da pedra central. Isso é mórbido e pouco saudável. Vou subir para falar com ela agora e ver se ela se acalmou."

"Por favor, pode tentar", disse Chandler-Powell. "Como professora, você provavelmente tem mais experiência do que o resto das pessoas aqui para lidar com jovens recalcitrantes. O inspetor-comandante Dalgliesh me garantiu que Sharon não precisa de supervisão. Se precisar, cabe à polícia ou ao serviço de condicional providenciar isso, não a nós. Eu cancelei minha viagem aos Estados Unidos. Tenho de estar em Londres na quinta-feira e vou precisar de Marcus comigo. Desculpe se isso parecer uma deserção, mas preciso recuperar o atraso com alguns dos pacientes do serviço público de saúde que deveria ter operado esta semana. Evidentemente tive de cancelar todas essas cirurgias. A equipe de seguranças vai ficar aqui, e vou providenciar para que dois deles durmam dentro de casa."

"E a polícia?", perguntou Marcus. "Dalgliesh disse quando eles pretendem ir embora?"

"Não, e não tive a temeridade de perguntar. Eles só estão aqui há três dias, então, a menos que prendam alguém, imagino que teremos de tolerar alguma presença policial por bastante tempo ainda."

"Nós teremos de tolerar, você quer dizer", retrucou Flavia. "Você vai estar seguro bem longe, lá em Londres. A polícia vai deixá-lo sair?"

Chandler-Powell olhou para ela com frieza. "Que poder legal você acha que o inspetor-comandante Dalgliesh tem para me impedir?"

E ele então saiu da biblioteca, deixando o pequeno grupo com a impressão de que, de alguma forma, todos haviam agido de forma pouco razoável. Entreolharam-se todos em meio a um silêncio incômodo. Este foi quebrado por Candace. "Bom, é melhor eu ir lidar com Sharon. E, Helena, quem sabe você pode dar uma palavrinha em particular com George? Sei que moro no chalé e que isso não me afeta tanto quanto a vocês, mas mesmo assim eu trabalho aqui e preferiria que a equipe de seguranças dormisse fora da casa. Já é ruim o suficiente ver o trailer estacionado em frente ao portão e eles zanzando pelo jardim, não precisamos deles dentro de casa."

E então ela também se foi. Mog, que havia se sentado em uma das cadeiras mais imponentes, passara o tempo inteiro olhando impassível para Chandler-Powell, mas sem dizer nada. Ele então se levantou e saiu. O resto do grupo ficou esperando Candace voltar, mas, depois de meia hora durante a qual o pedido de Chandler-Powell para não falarem sobre Sharon inibiu as conversas, todos se dispersaram, e Helena fechou a porta da biblioteca com firmeza atrás deles.

8

Os três dias da semana em que não havia cirurgias e que George Chandler-Powell passava em Londres davam a Candace e Lettie tempo para cuidar da contabilidade, lidar com quaisquer problemas financeiros relativos ao pessoal temporário e pagar as contas para a comida extra necessária para alimentar a equipe de enfermagem não residente, os técnicos e o anestesista. A mudança na atmosfera da clínica entre o início e o final da semana era dramática, e muito bem-vinda para as duas mulheres. Apesar da calma superficial dos dias de cirurgia, a simples presença de George Chandler-Powell e sua equipe parecia permear toda a atmosfera. Mas os dias anteriores à sua partida para Londres eram períodos de calma quase total. O Chandler-Powell cirurgião, renomado e workaholic, transformava-se no Chandler-Powell proprietário de terras, satisfeito com uma rotina doméstica que jamais criticava nem tentava influenciar, um homem que respirava solidão como se fosse um ar revigorante.

Mas naquela terça-feira de manhã, quarto dia depois do assassinato, ele ainda estava na clínica, suas consultas e cirurgias em Londres haviam sido adiadas, e ele próprio estava evidentemente dividido entre a responsabilidade para com os pacientes do Saint Angela e a necessidade de apoiar a equipe que continuava na clínica. Na quinta, porém, ele e Marcus já teriam ido embora. Oficialmente ele voltaria no domingo de manhã, mas as reações até mesmo a essa ausência temporária eram variadas. Todos já estavam dormindo de porta trancada, embora Candace e Helena tivessem conseguido dissuadir Chandler-Powell de instaurar rondas noturnas da polícia ou dos seguranças. A maioria dos residentes havia se convencido de que um intruso, provavelmente o dono do carro estacionado, havia matado a srta. Gradwyn, e parecia improvável que ele estivesse interessado em outra vítima. Contudo, provavelmente ele ainda tinha as chaves da porta oeste — ideia assustadora. O dr. Chandler-Powell não era garantia de segurança, mas era o dono da casa, seu intermediário junto à polícia, uma presença reconfortante e segura. Por outro lado, ele estava evidentemente irritado com o desperdício de tempo e impaciente para retomar o trabalho. A clínica ficaria mais tranquila sem os seus passos irrequietos e seus ocasionais acessos de mau humor. A polícia continuava sem dizer nada sobre o avanço da investigação, se é que houvera algum. A notícia da morte da srta. Gradwyn fora publicada na imprensa, é claro, mas para alívio de todos as matérias haviam sido surpreendentemente curtas e ambíguas, fato ajudado pela competição de um escândalo político e do divórcio particularmente amargo de uma pop star. Lettie se perguntou se a mídia teria sido influenciada de alguma forma. Mas esse comedimento não ia durar para sempre e, caso houvesse alguma prisão, a barragem se romperia e eles seriam submersos pelas águas poluídas.

Então, sem nenhum funcionário doméstico temporário, com a ala dos pacientes isolada, a secretária eletrônica do telefone quase sempre ligada e a polícia funcionando como lembrete diário daquela presença já ausente que, na imaginação, continuava trancada no silêncio da morte atrás daquela porta fechada, o fato de sempre haver algum trabalho a fazer foi um reconforto para Lettie — e para Candace também, suspeitou ela. Na manhã de terça-feira, estavam cada qual sentadas à sua escrivaninha, Lettie examinando uma coleção de contas de mercado e açougue, e Candace trabalhando no computador. O telefone estava na mesa à sua frente, e então tocou.

"Não atenda", disse Candace.

Tarde demais. Lettie já havia erguido o fone. Passou-o para Candace. "É um homem. Não ouvi muito bem o nome, mas parece agitado. Está pedindo para falar com você."

Candace pegou o fone, passou um minuto em silêncio, em seguida disse: "Estamos ocupadas aqui no escritório, e francamente não temos tempo para ficar correndo atrás de Robin Boyton. Eu sei que ele é nosso primo, mas isso não nos transforma em suas babás. Quanto tempo faz que o senhor está tentando...? Está bem, vamos mandar alguém até o chalé de hóspedes e, se tivermos alguma notícia, diremos para ele lhe telefonar... Sim, eu ligo de volta se não conseguirmos. Qual é seu telefone?".

Ela estendeu a mão para pegar uma folha de papel, anotou o número, depois pôs o fone na base e virou-se para Lettie. "Era o sócio de Robin, Jeremy Coxon. Parece que um dos professores dele o deixou na mão, e ele precisa que Robin volte com urgência. Telefonou ontem à noite, mas ninguém atendeu, então deixou recado, e está tentando repetidamente desde hoje de manhã. O celular de Robin toca, mas ninguém atende."

"Robin pode ter vindo para cá para se afastar dos telefonemas e das exigências do trabalho", disse Lettie. "Mas, nesse caso, por que não desligar o celular? Acho que é melhor alguém dar uma olhada."

"Quando saí de Stone Cottage hoje de manhã, o carro dele estava lá e as cortinas estavam fechadas. Ele talvez ainda esteja dormindo, e pode ter deixado o celular em algum lugar em que não o escute tocar. Dean poderia ir até lá, se não estiver ocupado. Seria mais rápido do que Mog."

Lettie se levantou. "Eu vou. Estou mesmo precisando tomar um pouco de ar fresco."

"Então é melhor levar esta cópia da chave. Se ele ainda estiver dormindo e de ressaca, talvez não escute a campainha. É um estorvo ele ainda estar na clínica, isso sim. Dalgliesh não poderia mantê-lo aqui sem motivo, e o natural seria ele estar ansioso para voltar para Londres, nem que fosse para espalhar as fofocas."

Lettie arrumava os documentos nos quais estava trabalhando. "Você não gosta dele, não é? Ele parece bem inofensivo, mas até mesmo Helena suspira quando olha para ele."

"Ele é um parasita amargurado. Atitude perfeitamente legítima, com certeza. A mãe dele engravidou e depois se casou com um caça-dotes descarado, para desgosto do velho avô Theodore. Enfim, ela foi condenada ao ostracismo mais pela própria estupidez e ingenuidade do que pela gravidez em si, desconfio. Robin gosta de aparecer de vez em quando para nos lembrar do que considera uma discriminação injusta e, sinceramente, a presença dele é uma chateação para nós. Nós lhe damos um pouco de dinheiro de vez em quando. Ele aceita, mas acho que considera isso humilhante. Na verdade, é humilhante para todos os envolvidos."

Essa revelação sincera de assuntos familiares deixou Lettie surpresa. Era bem atípico da Candace reticente que ela conhecia — ou melhor, pensou ela, que achava que conhecia.

Ela pegou o casaco do encosto da cadeira. Antes de sair, disse: "Ele não seria um estorvo um pouco menor se vocês dessem a ele uma pequena soma da herança do seu pai e pusessem um ponto final no oportunismo dele? Quero dizer, se você acha que a reivindicação dele é legítima".

"Já pensei nisso. A dificuldade, com Robin, é que ele quer sempre mais. Duvido que fosse concordar com uma soma considerada pequena."

Lettie saiu e fechou a porta atrás de si, e Candace tornou a voltar sua atenção para o computador, examinando as contas de novembro. A ala oeste estava novamente no azul, mas por pouco. As tarifas pagas davam conta da manutenção geral da casa e do jardim, bem como dos custos cirúrgicos e médicos, mas a renda era flutuante e os custos estavam aumentando. Certamente os números do mês seguinte seriam um desastre. Chandler-Powell não dissera nada, mas o seu rosto, contraído pela aflição e por uma espécie de decisão desesperada, já dizia tudo. Quantos pacientes iriam querer ocupar um quarto na ala oeste com a mente cheia de imagens de morte — e, pior ainda, da morte de uma paciente? Além de ser um ralo de sugar dinheiro, a clínica agora também era um risco financeiro. Candace lhe dava menos de um mês.

Quinze minutos mais tarde, Lettie reapareceu. "Ele não está lá. Não há sinal dele nem no chalé nem no jardim. Encontrei o celular em cima da mesa da cozinha junto com os restos do que deve ter sido o seu almoço ou jantar, um prato sujo de molho de tomate endurecido e alguns fios de espaguete e uma embalagem plástica que antes continha duas bombas de chocolate. O celular tocou quando eu estava destrancando a porta. Era Jeremy Coxon de novo. Eu disse a ele que estávamos procurando Robin. A cama aparentemente não foi usada e, como você disse, o carro está em frente ao chalé, então obviamente ele não saiu dirigindo. Não pode ter ido muito longe. Ele não parece ser do tipo de pessoa que faz longas caminhadas pelo campo."

"E não é mesmo. Acho melhor organizarmos uma busca geral, mas só Deus sabe por onde podemos começar. Ele pode estar em qualquer lugar, inclusive dormindo confortavelmente na cama de outra pessoa, imagino, e nesse caso provavelmente não vai ficar muito contente com uma busca geral. Talvez possamos esperar mais uma horinha."

"Será?", indagou Lettie. "Parece que ele já sumiu há algum tempo."

Candace pensou um pouco. "Ele é adulto e tem o direito de ir aonde quiser e com quem quiser. Mas é estranho, mesmo. Jeremy Coxon parecia irritado, mas também parecia preocupado. Talvez devêssemos pelo menos verificar se ele não está na clínica nem em nenhum lugar do terreno. Imagino que talvez ele possa estar doente ou ter tido um acidente, embora pareça improvável. E é melhor eu verificar Stone Cottage. Nunca me preocupo em trancar a porta lateral, e ele talvez tenha entrado lá de fininho para ver se havia alguma coisa para descobrir. E você tem razão. Se ele não estiver nem nos chalés nem aqui, é melhor avisarmos a polícia. Se houver alguma busca de verdade, imagino que será feita pela polícia daqui. Veja se consegue encontrar o investigador Benton-Smith ou o agente Warren. Vou levar Sharon comigo. Parece que ela está passando a maior parte do tempo à toa."

Ainda em pé, Lettie passou alguns instantes refletindo, então disse: "Não acho que seja necessário envolver Sharon nisso. Ela está com um humor esquisito desde que o inspetor-comandante Dalgliesh mandou chamá-la ontem, às vezes emburrada e retraída e também olhando para os outros como se estivesse contente consigo mesma, quase triunfante. E, se Robin tiver mesmo sumido, é melhor deixá-la fora disso. Se você quiser mais alguém para procurar, eu posso ir. Sinceramente, se ele não está aqui nem no chalé, não vejo onde mais podemos procurar. Melhor deixar isso com a polícia".

Candace pegou o casaco que estava pendurado no gancho da porta. "Você provavelmente está certa quanto a Sharon. Ela não iria querer sair da clínica para ir até o chalé e, francamente, foi só uma solução de emergência, não uma das minhas ideias mais sensatas. Mas ela concordou em me ajudar por uma ou duas horas por dia com os livros de papai, provavelmente porque quer uma desculpa para sair da cozinha. Ela e os Bostock nunca se deram muito bem. Pelo visto ela gostou de manusear os livros. Emprestei-lhe um ou dois que pareceram interessá-la."

Lettie ficou surpresa outra vez. Emprestar livros para Sharon era uma gentileza que ela não esperava de Candace, cujo comportamento com a menina sempre fora de tolerância forçada, e não de interesse bem-intencionado. Mas Candace era professora, afinal de contas. Talvez a sua vocação pedagógica estivesse reaflorando. E com certeza todo amante da literatura tinha o impulso natural de emprestar um livro para algum jovem que se mostrasse interessado. Ela própria teria feito a mesma coisa. Caminhando ao lado de Candace, sentiu uma pontada de pena. As duas trabalhavam juntas amigavelmente, como faziam com Helena, mas nunca haviam sido próximas, e eram colegas mais do que amigas. Mas Candace era útil na clínica. Os três dias que passara em Toronto algumas semanas antes haviam demonstrado isso. Talvez fosse pelo fato de Candace e Marcus morarem em Stone Cottage que os dois às vezes pareciam distanciados, tanto física quanto emocionalmente, da vida na clínica. Ela podia imaginar como devia ter sido para uma mulher inteligente, com o emprego ameaçado e agora — segundo os boatos — não mais disponível, passar os dois últimos anos cuidando noite e dia de um pai dominador e irascível, com o irmão desesperado para ir embora. Bem, isso não deveria mais apresentar problemas agora. A clínica não poderia mesmo continuar funcionando depois do assassinato da srta. Gradwyn. Apenas pacientes com um fascínio mórbido patológico pela morte e pelo horror se hospedariam nesta casa agora.

A manhã estava cinzenta e nublada. Houvera fortes pancadas de chuva durante a noite, e agora o chão encharcado de chuva liberava um miasma pungente de folhas apodrecidas e grama empapada. O outono chegara cedo nesse ano, mas seu esplendor ameno já havia se transformado na atmosfera gelada e quase inodora do ano que chegava ao fim. As duas percorreram a bruma úmida, que golpeou o rosto de Lettie com um vento frio e trouxe consigo o primeiro leve arrepio de inquietação. Mais cedo, ela havia entrado em Rose Cottage sem apreensão nenhuma, quase esperando encontrar Robin Boyton de volta ou pelo menos algum indício de para onde ele tinha ido. Agora, caminhando entre as roseiras maltratadas pelo inverno até a porta da frente, sentiu que estava sendo inexoravelmente atraída para algo que não lhe dizia respeito, com o qual não tinha desejo de se envolver e que agourava infortúnio. A porta da frente estava destrancada, como ela a havia encontrado, mas, ao entrar na cozinha, pareceu-lhe que o cheiro rançoso do ar agora ia além da louça suja.

Candace aproximou-se da mesa e olhou para os restos da refeição com uma careta de nojo. "Com certeza parece mais o almoço ou jantar de ontem do que o café da manhã de hoje, mas com Robin nunca se sabe. Você disse que já verificou lá em cima?"

"Já. A cama não estava feita direito, só com os lençóis esticados, mas não parecia que ele tinha dormido aqui na noite passada."

"Acho melhor checarmos o chalé inteiro", disse Candace, "depois o jardim e o chalé ao lado. Enquanto isso, vou me livrar desta bagunça. Este lugar está fedendo."

Ela pegou o prato sujo e partiu em direção à pia. A voz de Lettie saiu incisiva como uma ordem: "Não, Candace, não!", fazendo Candace estacar. Ela prosseguiu: "Desculpe, eu não queria gritar, mas não é melhor deixarmos as coisas como estão? Se Robin tiver tido um acidente, se alguma coisa tiver acontecido com ele, pode ser importante agir depressa".

Candace voltou para junto da mesa e tornou a pôr o prato no lugar. "Acho que você tem razão, mas tudo que isso nos diz é que ele fez uma refeição, provavelmente almoço ou jantar, antes de ir embora."

Subiram a escada. Havia apenas dois quartos, ambos de bom tamanho e dotados de banheiro com chuveiro. O quarto ligeiramente menor, nos fundos, obviamente não estava sendo usado, e a cama estava feita com lençóis limpos cobertos por uma colcha de *patchwork*.

Candace abriu a porta do armário embutido, depois tornou a fechá-la e disse, em tom defensivo: "Só Deus sabe por que achei que ele pudesse estar aqui dentro, mas se viemos dar uma busca talvez seja melhor dar uma busca completa".

Passaram ao quarto da frente. Era mobiliado de forma simples e confortável, mas agora parecia ter sido virado do avesso. Em cima da cama havia um roupão de toalha jogado junto com uma camiseta amarfanhada e um livro de Terry Pratchett em edição de capa mole. Dois pares de sapato haviam sido jogados em um canto, e a cadeira estofada baixa estava ocupada por uma pilha de suéteres de lã e calças. Boyton pelo menos havia se preparado para o mau tempo do mês de dezembro. A porta do armário estava aberta e revelava três camisas, um casaco de camurça e um terno escuro. Será que ele havia trazido o terno para usar quando finalmente o deixassem visitar Rhoda Gradwyn, pensou Lettie?

"Isso está com muita cara ou de briga, ou de uma partida apressada", disse Candace, "mas, levando em conta o estado da cozinha, acho que tudo que podemos supor com relativa segurança é que Robin é excepcionalmente bagunceiro, e isso eu já sabia. Seja como for, ele não está no chalé."

"Não, não está", disse Lettie, virando-se na direção da porta. Mas em certo sentido, pensou, ele estava lá sim. O meio minuto que ela e Candace passaram examinando o quarto havia intensificado sua sensação de mau agouro. Esta agora se transformara em uma emoção que era uma intrigante mistura de temor e pena. Robin Boyton estava ausente, mas paradoxalmente parecia mais presente do que três dias antes, quando havia irrompido na biblioteca. Estava ali na pilha de roupas joviais, nos sapatos, dos quais um par exibia solas gastas, no livro descuidadamente jogado, na camiseta amarfanhada.

Passaram ao jardim, Candace na frente. Lettie, embora em geral fosse tão enérgica quanto a colega, teve a sensação de estar sendo arrastada como um fardo que a atrasava. Procuraram nos jardins dos dois chalés e nos barracões de madeira nos fundos de cada um. O de Rose Cottage continha uma coleção variada de ferramentas sujas, implementos — alguns dos quais enferrujados —, vasos de flores quebrados e maços de folha de ráfia jogados sobre uma das prateleiras sem nenhuma tentativa de organização, enquanto a porta estava parcialmente emperrada por um velho cortador de grama e um saco de rede cheio de gravetos. Candace fechou a porta sem dizer nada. Por sua vez, o barracão de Stone Cottage era um modelo de arrumação lógica e irrepreensível. Pás, ancinhos e mangueiras, todos reluzindo, estavam pendurados em uma das paredes, enquanto as prateleiras continham vasos organizados por ordem de tamanho e o cortador de grama não exibia sinais de uso. Havia uma cadeira de vime confortável com uma almofada xadrez, evidentemente bastante usada. O contraste entre o estado dos dois barracões se refletia nos jardins. Mog era responsável pelo jardim de Rose Cottage, mas o seu interesse eram os jardins da casa principal, sobretudo o jardim formal do qual tinha grande orgulho e que podava com cuidado obsessivo. Em Rose Cottage, ele fazia pouco mais do que o necessário para evitar críticas. Já o jardim de Stone Cottage dava mostras de uma atenção regular e experiente. As folhas mortas haviam sido recolhidas e depositadas na caixa de madeira que continha a pilha de compostagem, os arbustos podados, a terra afofada e as plantas mais delicadas protegidas da geada. Lembrando-se da cadeira de vime com sua almofada xadrez, Lettie sentiu uma onda de pena e irritação. Então aquele barracão fechado, cuja atmosfera parecia acolhedora mesmo no inverno, além de ser um depósito utilitário para o material do jardim constituía também um refúgio. Ali, de vez em quando, Candace conseguia meia hora de paz longe do cheiro antisséptico do quarto dos doentes, conseguia escapar para o jardim durante curtos períodos de liberdade, enquanto teria sido mais difícil encontrar tempo para a sua outra conhecida paixão: nadar em uma de suas enseadas ou praias preferidas.

Candace fechou a porta deixando para trás o cheiro de madeira morna e de terra sem fazer nenhum comentário, e as duas andaram até Stone Cottage. Embora ainda não fosse meio-dia, o dia estava sombrio e escuro, e Candace acendeu uma luz. Lettie já estivera em Stone Cottage várias vezes depois da morte do professor Westhall, sempre para cuidar de assuntos da clínica e nunca por prazer. Não era supersticiosa. A sua fé, que ela sabia ser destemida e pouco dogmática, não tinha lugar para almas incorpóreas que visitassem os cômodos onde tinham assuntos mal resolvidos ou onde haviam dado seu último suspiro. Mas ela era sensível em relação a atmosferas, e Stone Cottage ainda lhe provocava um incômodo, um desânimo como se a infelicidade acumulada houvesse contaminado o ar.

Estavam no cômodo com piso de pedra conhecido como a despensa velha. Uma estufa estreita conduzia ao jardim, mas o cômodo praticamente não era usado e parecia não ter função nenhuma, a não ser como depósito de móveis descartados, incluindo uma pequena mesa e duas cadeiras de madeira, um freezer de aspecto decrépito e uma velha penteadeira que abrigava uma coleção de canecas e jarras. Atravessaram uma pequena cozinha até a sala de estar, também usada para as refeições. A lareira estava vazia, e um relógio acima do console vazio transformava o presente em passado com uma insistência irritante. O aposento não tinha nenhum conforto, com exceção de um banco comprido com almofadas à direita da lareira. Prateleiras cobriam uma das paredes até o teto, mas a maioria estava vazia e os poucos livros restantes caíam uns por cima dos outros de forma desordenada. Uma dúzia de caixas de papelão cheias de livros estava encostada na parede oposta, na qual formas ovais de papel de parede menos desbotado mostravam onde os quadros ficavam pendurados antigamente. O chalé todo, embora muito limpo, pareceu a Lettie quase deliberadamente tristonho e pouco acolhedor, como se, após a morte do pai, Candace e Marcus houvessem querido realçar o fato de que, para eles, Stone Cottage jamais seria um lar.

No andar de cima, Candace, seguida por Lettie, percorreu com passos decididos os três quartos de dormir, dando uma espiada curiosa para dentro dos armários e guarda-roupas, depois quase batendo as portas como se aquela busca fosse uma tarefa rotineira e tediosa. Um cheiro fugidio mas pungente de naftalina pairava no ar, um cheiro campestre de tweed e roupas velhas, e no guarda-roupa de Candace Lettie viu de relance o vermelho de um avental de médico. O quarto da frente havia sido o de seu pai. Tudo já havia sido levado embora, com exceção da cama estreita à direita da janela. O colchão estava coberto apenas por um lençol bem esticado e imaculado, reconhecimento doméstico universal do caráter definitivo da morte. Nenhuma das duas disse nada. A busca estava quase terminada. Desceram a escada, os passos soando estranhamente alto nos degraus sem carpete.

A sala de estar não tinha armários, e seguiram novamente até a despensa velha. Candace, percebendo pela primeira vez o que Lettie vinha sentindo desde o começo, exclamou: "Mas o que pensamos que estamos fazendo, afinal? Parece que estamos procurando uma criança ou um bicho perdido. Vamos deixar a polícia cuidar disso, se estiverem preocupados".

"Mas já quase terminamos, e pelo menos a nossa busca foi completa", disse Lettie. "Ele não está em nenhum lugar dos chalés nem dos barracões."

Candace havia entrado na ampla despensa. Sua voz soou abafada. "Já está na hora de eu fazer uma faxina nesta despensa. Quando papai estava doente, fiquei obcecada por fazer geleia. Só Deus sabe por quê. Ele gostava de conservas caseiras, mas não tanto assim. Tinha me esquecido que os vidros ainda estavam aqui. Vou pedir a Dean para vir buscar. Ele vai arrumar um uso para a geleia, caso se digne a aceitá-la. A minha geleia está aquém do seu nível de exigência."

Ela tornou a sair da despensa. Lettie, virando-se para segui-la até a porta, parou, e então soltou e abriu a tampa do freezer. Foi um ato instintivo e não premeditado. O tempo parou. Durante alguns segundos, que em retrospecto se transformariam em minutos, ela ficou olhando para o que havia lá dentro.

A tampa escapou-lhe das mãos com um baque abafado, e ela se deixou cair por cima do freezer, tomada por tremores incontroláveis. Seu coração batia com força, e alguma coisa havia acontecido com a sua voz. Ela arquejou e tentou articular palavras, mas nenhum som saiu de sua boca. Por fim, com esforço, encontrou uma voz. Não era a sua voz, nem a voz de ninguém que ela conhecia. Ela grasnou: "Candace, não olhe, não olhe! Não venha aqui!".

Mas Candace já a estava empurrando para o lado, forçando a tampa para abri-la apesar do peso do corpo de Lettie.

Ele estava deitado de costas, todo encolhido, com as duas pernas levantadas e rijas. Os seus pés deveriam ter estado apoiados contra a tampa do freezer. As mãos, recurvadas como garras, pareciam pálidas e delicadas, mãos de criança. De tanto desespero, ele havia golpeado a tampa com as mãos, e tinha as articulações da mão cheias de hematomas e marcas de sangue ressecado nos dedos. Seu rosto era uma verdadeira máscara de terror, os olhos azuis arregalados e sem vida como os de uma boneca, os lábios arreganhados. Ele devia ter mordido a língua durante o espasmo final, e dois filetes de sangue haviam secado em seu queixo. Usava uma calça jeans e uma camisa de colarinho aberto, azul e bege-escura. O cheiro, conhecido e repugnante, subia feito um gás. De alguma forma, Lettie encontrou forças para cambalear até uma das cadeiras da cozinha e desabou em cima dela. Então, agora que não estava mais em pé, sua força começou a voltar e as batidas de seu coração foram ficando mais lentas, mais regulares. Ouviu a tampa sendo fechada, mas o ruído foi fraco, quase delicado, como se Candace estivesse com medo de acordar os mortos.

Olhou para a outra mulher. Candace estava em pé apoiada no freezer, sem se mexer. Então, de repente, começou a ter ânsias de vômito e, depois de correr até a pia de pedra, passou muito mal, agarrando as laterais da pia para se sustentar. Continuou a ter espasmos muito depois de já não haver mais nada para vomitar, e os engasgos altos e prolongados devem ter machucado sua garganta. Lettie ficou olhando, querendo ajudar, mas sabendo que Candace não ia querer que a tocassem. Então Candace abriu a torneira no máximo e começou a molhar o rosto como se a sua pele estivesse em chamas. A água escorreu por seu casaco, e seus cabelos se colaram ao rosto em mechas empapadas. Sem dizer nada, ela estendeu a mão e encontrou um pano de prato pendurado em um prego ao lado da pia, torceu-o debaixo da torneira ainda aberta e recomeçou a lavar o rosto. Por fim, Lettie sentiu-se capaz de se levantar e, passando um braço em volta da cintura de Candace, conduziu-a até a segunda cadeira.

"Desculpe, é o cheiro", disse ela. "Nunca consegui suportar esse cheiro."

Com o terror daquela morte solitária ainda gravado em sua mente, Lettie sentiu uma intensa pontada de pena defensiva. "Esse cheiro não é da morte, Candace. Ele não pôde evitar. Teve um acidente, talvez por medo. Acontece." *E isso provavelmente significa que ele entrou no freezer ainda vivo. Mas será mesmo? O médico-legista saberá dizer*, pensou. Agora que a força física havia voltado, seu raciocínio parecia cristalino. "Temos de ligar para a polícia", disse. "O inspetor-comandante Dalgliesh nos deixou um telefone. Você se lembra qual era?" Candace fez que não com a cabeça. "Nem eu. Nunca me ocorreu que fôssemos precisar. Ele e aquele outro policial estavam sempre por perto. Vou chamá-lo."

Mas Candace então, com a cabeça jogada para trás e o rosto tão branco que parecia esvaziado de qualquer emoção, de tudo que a tornava ela mesma, não mais do que uma máscara de carne e osso, disse: "Não! Não vá. Eu estou bem, mas acho que deveríamos ficar juntas. Meu celular está no meu bolso. Use-o para ligar para alguém na casa. Tente primeiro o escritório, depois George. Diga a ele para ligar para Dalgliesh. Ele não deve vir aqui. Ninguém deve. Eu não poderia suportar multidões, perguntas, curiosidade, pena. Vamos ter isso tudo, mas não agora".

Lettie já estava ligando para o escritório. Ninguém atendeu, e ela tentou o número de George. Enquanto escutava e esperava alguém atender, disse: "Seja como for, George não deveria vir para cá. Ele vai saber que não. O chalé virou uma cena do crime".

"Que crime?", perguntou Candace. Sua voz foi ríspida.

Ninguém atendeu o telefone de George. "Poderia ser suicídio", disse Lettie. "Suicídio não é crime?"

"E isto aqui parece um suicídio, por acaso? Parece? Parece?"

Arrasada, Lettie pensou: *Por que estamos aqui discutindo?* Mas disse calmamente: "Tem razão. Não sabemos nada. Mas o inspetor-comandante Dalgliesh não vai querer muita gente na cena. Vamos ficar aqui e esperar".

Então, finalmente, alguém atendeu o celular e Lettie ouviu a voz de George. "Estou ligando de Stone Cottage", disse ela. "Candace está aqui comigo. Encontramos o corpo de Robin Boyton dentro do freezer velho. Será que você poderia chamar o inspetor-comandante Dalgliesh assim que possível? É melhor não dizer nada a mais ninguém até ele chegar. E não venha aqui. Não deixe ninguém vir."

A voz de George foi ríspida: "O corpo de Boyton? Tem certeza de que ele está morto?".

"Absoluta. George, agora não posso explicar. Chame Dalgliesh, só isso. Sim, nós estamos bem. Em choque, mas bem."

"Vou chamar Dalgliesh." E a ligação foi encerrada.

Nenhuma delas disse nada. No silêncio, tudo que Lettie escutava era a respiração pesada das duas. Ficaram sentadas nas duas cadeiras de cozinha, caladas. O tempo passou, um tempo infindável que ninguém mediu. Então rostos passaram em frente à janela. A polícia havia chegado. Lettie esperava que fossem entrando, mas alguém bateu na porta e, depois de olhar de relance para o semblante rígido de Candace, ela foi abrir. O inspetor-comandante Dalgliesh entrou seguido pela inspetora Miskin e pelo investigador Benton-Smith. Para sua surpresa, Dalgliesh não foi imediatamente até o freezer, mas cuidou primeiro das duas mulheres. Depois de pegar duas xícaras na cômoda, encheu-as com água da torneira e levou-as até elas. Candace deixou sua xícara sobre a mesa, mas Lettie percebeu que estava desesperada por um pouco d'água, e secou a sua. Tinha consciência de que o inspetor-comandante as observava com atenção.

"Preciso fazer algumas perguntas", disse ele. "Vocês duas tiveram um choque terrível. Estão bem o bastante para falar?"

Fitando-o com um olhar firme, Candace respondeu: "Sim, perfeitamente, obrigada".

Lettie concordou com um murmúrio.

"Então talvez seja melhor passarmos para a sala ao lado. Encontro-as daqui a um minuto."

A inspetora Miskin acompanhou-as até a sala de estar. *Então ele não vai nos deixar sozinhas antes de ouvir a nossa história*, pensou Lettie, e em seguida pensou se estaria sendo perspicaz ou indevidamente desconfiada. Se Candace e ela tivessem querido combinar algum relato de suas ações, houvera tempo suficiente antes de a polícia chegar.

As duas se sentaram no banco de carvalho, e a inspetora Miskin pegou duas cadeiras da mesa que arrumou na frente delas. Sem se sentar, ela disse: "Posso buscar alguma coisa para vocês? Chá, café — se a senhorita Westhall me disser onde ficam as coisas".

A voz de Candace soou dura, sem condescendência. "Nada, obrigada. Tudo que eu quero é sair daqui."

"O inspetor-comandante não vai demorar."

De fato, não demorou. Ela mal havia pronunciado essas palavras quando ele apareceu e sentou-se em uma das cadeiras bem em frente às duas mulheres. A inspetora Miskin ocupou a outra. O rosto de Dalgliesh, a cerca de um metro do seu, estava tão pálido quanto o de Candace, mas era impossível adivinhar o que acontecia por trás daquela enigmática máscara esculpida. Quando ele falou, sua voz soou quase suave, quase compreensiva, mas Lettie não teve dúvidas de que as ideias que sua mente estava processando tinham pouco a ver com qualquer compaixão. "Como foi que vocês duas vieram parar em Stone Cottage hoje de manhã?"

Foi Candace quem respondeu. "Estávamos procurando Robin. O sócio dele telefonou para o escritório por volta das nove e quarenta dizendo que não conseguia falar com Robin desde ontem de manhã e que estava preocupado. A senhora Frensham veio primeiro e encontrou os restos de uma refeição em cima da mesa da cozinha, o carro dele em frente ao chalé e a cama aparentemente intacta. Então nós duas voltamos para procurar melhor."

"Alguma de vocês sabia ou desconfiava de que iria encontrar Robin Boyton dentro do freezer?"

Ele não pediu desculpas pela pergunta, tão explícita que quase chegava a ser brutal. Lettie torceu para que Candace não perdesse a paciência. Limitou-se a um discreto "Não" e, encarando Dalgliesh nos olhos, achou que ele havia acreditado nela.

Enquanto Dalgliesh esperava, Candace permaneceu alguns instantes calada. "É claro que não, ou teríamos olhado imediatamente dentro do freezer. Estávamos procurando um homem vivo, não um cadáver. Pessoalmente, eu achava que Robin logo fosse aparecer, mas como ele não é chegado em caminhadas pelo campo a sua ausência era intrigante, e acho que estávamos procurando uma pista para explicar aonde poderia ter ido."

"Qual de vocês duas abriu o freezer?"

"Fui eu", respondeu Lettie. "A velha despensa, o cômodo ao lado, foi o último lugar em que procuramos. Candace tinha entrado na despensa, e eu levantei a tampa do freezer por impulso, quase sem pensar. Já tínhamos olhado dentro de todos os armários em Rose Cottage e aqui, e procurado nos barracões dos jardins, e acho que olhar dentro do freezer parecia natural."

Dalgliesh não disse nada. *Será que ele vai comentar*

que uma busca que incluía armários e um freezer não poderia ser uma busca por um homem vivo? Mas ela já tinha dado a sua explicação. Não estava certa de que soava convincente mesmo aos próprios ouvidos, mas era a verdade, e ela nada tinha a acrescentar. Foi Candace quem tentou explicar.

"Nunca me ocorreu que Robin pudesse estar morto, e nenhuma de nós duas nunca mencionou essa possibilidade. Fui eu quem tomei a iniciativa e, depois que começamos a olhar dentro dos armários e fazer uma busca completa, acho que, como disse Lettie, parecia natural continuar. Eu talvez pudesse até estar pensando inconscientemente na possibilidade de um acidente, mas essa palavra não foi mencionada entre nós."

Dalgliesh e a inspetora Miskin se levantaram. "Obrigado às duas", disse Dalgliesh. "Agora precisam sair daqui. Por enquanto não vou mais incomodá-las." Ele se virou para Candace. "Infelizmente acho que, por ora, e provavelmente por alguns dias, Stone Cottage vá ter de ficar fechado."

"Como a cena de um crime?", indagou Candace.

"Como a cena de uma morte inexplicada. O doutor Chandler-Powell me disse que há lugar para a senhorita e seu irmão na clínica. Peço desculpas pelo incômodo, mas tenho certeza de que irão entender a necessidade disso. Um médico-legista e peritos também virão aqui, mas tomaremos cuidado para não estragar nada."

"Podem pôr tudo abaixo, não estou nem ligando", disse Candace. "Para mim este lugar acabou."

Ele prosseguiu como se não houvesse escutado. "A inspetora Miskin vai acompanhá-la para pegar o que a senhorita precisar levar para a clínica."

Então seriam escoltadas, pensou Lettie. Do que ele teria medo? De que elas fugissem? Mas ela disse a si mesma que estava sendo injusta. Ele havia sido escrupulosamente educado e cortês. Mas, afinal de contas, o que iria ganhar caso se comportasse de outra forma?

Candace pôs-se de pé. "Eu posso pegar o que preciso. Meu irmão pode pegar as próprias coisas, com certeza sob supervisão. Não tenho a intenção de revirar o quarto dele."

Calmo, Dalgliesh respondeu: "Avisarei quando for possível ele pegar o que precisa. A inspetora Miskin vai ajudar a senhorita agora".

Conduzidas por Candace, as três subiram a escada, e Lettie ficou satisfeita por uma desculpa para sair da antiga despensa. Uma vez no quarto, Candace tirou uma mala do armário, mas foi a inspetora Miskin quem a pôs sobre a cama. Candace começou a tirar roupas das gavetas e do armário, dobrando-as apressadamente e arrumando-as dentro da mala com perícia: suéteres quentes, calças, camisas, roupas de baixo, roupas de dormir e sapatos. Entrou no banheiro e voltou com o *nécessaire*. Sem olhar para trás, estavam prontas para ir embora.

O inspetor-comandante Dalgliesh e o investigador Benton-Smith continuavam na velha despensa, obviamente esperando que as mulheres saíssem. A tampa do freezer estava fechada. Candace entregou-lhes as chaves do chalé. O investigador Benton-Smith rabiscou um recibo, e a porta da frente foi fechada atrás delas. Lettie, apurando os ouvidos, pensou ter escutado o giro de uma chave.

Em silêncio, com a inspetora Miskin caminhando entre elas, as duas sorveram profundas golfadas do ar úmido e agradável da manhã e, sem dizer nada, refizeram devagar e com precisão o caminho até a clínica.

9

Quando chegaram perto da porta da clínica, a inspetora Miskin se afastou e virou as costas, com tato, como se quisesse mostrar que as duas não haviam voltado sob escolta policial. Isso deu a Candace a oportunidade de sussurrar rapidamente, enquanto Lettie abria a porta: "Não converse sobre o que aconteceu. Dê apenas os fatos".

Lettie sentiu-se tentada a dizer que não tinha intenção de fazer nada além disso, mas só teve tempo de murmurar: "É claro".

Ela percebeu que Candace imediatamente colocou a si mesma fora de risco de ter de conversar sobre o que quer que fosse dizendo que queria ver onde iria dormir. Helena logo se adiantou, e as duas desapareceram na ala leste que, como Flavia já estava dormindo lá uma vez que o corredor dos pacientes estava interditado, provavelmente logo ficaria desconfortável de tão cheia. Marcus, depois de telefonar pedindo permissão a Dalgliesh, foi a Stone Cottage pegar as roupas e livros de que precisava, em seguida juntou-se à irmã na ala leste. Todos se mostravam calados e solícitos. Ninguém fez nenhuma pergunta inconveniente, mas, à medida que a manhã avançava, o ar pareceu vibrar com comentários não ditos, e o principal deles era por que Lettie havia levantado a tampa do freezer. Como alguém acabaria fazendo essa pergunta, Lettie sentia cada vez mais que deveria romper o silêncio, apesar do que ela e Candace haviam combinado.

Era quase uma da tarde, e ainda não houvera nenhuma

notícia do inspetor-comandante Dalgliesh ou de sua equipe. Apenas quatro moradores da casa se sentaram para almoçar na sala de jantar: o dr. Chandler-Powell, Helena, Flavia e Lettie. Candace pedira para que o seu almoço e o de Marcus fossem servidos em uma bandeja no quarto. Nos dias de cirurgia, Chandler-Powell almoçava mais tarde com sua equipe, isto é, quando fazia uma refeição de verdade, mas em outras ocasiões, como nesse dia, ia se juntar aos outros moradores na sala de jantar. Lettie às vezes tinha a incômoda sensação de que todos os poucos moradores deveriam comer juntos, mas sabia que Dean teria considerado uma ofensa a seu status de chef almoçar ou jantar junto com as pessoas a quem estava servindo. Ele, Kim e Sharon comiam mais tarde em seus respectivos quartos.

A refeição foi simples: de entrada, um minestrone, depois uma terrina de carne de porco e de pato com batatas assadas e uma salada de inverno. Quando Flavia, ao se servir da salada, perguntou se alguém sabia quando podiam esperar a chegada da polícia, Lettie interveio com o que lhe pareceu uma desenvoltura pouco característica.

"Eles não disseram quando viriam lá em Stone Cottage. Acho que devem estar ocupados examinando o freezer. Talvez o levem embora. Não sei explicar por que levantei a tampa. Estávamos quase saindo e foi um gesto impulsivo, talvez nada além de curiosidade."

"Que bom que você fez isso" disse Flavia. "Ele poderia ter passado dias e dias lá dentro enquanto a polícia vasculhava a região. Afinal de contas, a menos que desconfiassem de que estavam procurando um cadáver, por que eles abririam o freezer? Por que qualquer pessoa abriria o freezer?"

O dr. Chandler-Powell franziu o cenho, mas não fez nenhum comentário. Fez-se um silêncio quebrado pela entrada de Sharon para retirar as tigelas de sopa. Ela havia ficado entediada depois de um período de ócio inabitual, e aceitara assumir um número limitado de tarefas domésticas. Na porta, virou-se e disse com uma vivacidade rara no seu caso: "Talvez haja um assassino em série à solta na cidade que está nos matando um a um. Eu li um livro da Agatha Christie que fala disso. Estavam todos em uma ilha e iam sendo mortos um de cada vez, e o assassino era um deles. No final não sobrou ninguém vivo".

A voz de Flavia foi ríspida: "Não seja ridícula, Sharon. A morte da senhorita Gradwyn parecia obra de um assassino em série? Essas pessoas matam segundo um padrão. E por que é que um assassino em série poria um corpo dentro de um freezer? Mas talvez o seu assassino tenha obsessão por freezers, e esteja neste exato momento procurando outro para pôr sua próxima vítima".

Sharon abriu a boca para responder, captou um olhar de relance de Chandler-Powell e pensou melhor, em seguida chutou a porta atrás de si para fechá-la. Ninguém disse nada. Lettie podia sentir a opinião generalizada de que, se o comentário de Sharon havia sido impensado, o de Flavia não havia feito nada para melhorar a situação. O assassinato era um crime contaminante, que modificava de forma sutil relações que, mesmo sem ser próximas, haviam sido fáceis e sem tensão: primeiro a sua com Candace, e agora com Flavia. Não era uma questão de desconfiança propriamente dita, mas sim o alastramento de uma sensação de incômodo, uma consciência crescente de que as outras pessoas, as outras mentes, eram um mistério. Mas ela ficou preocupada com Flavia. Como a sua saleta na ala oeste estava interditada, ela começara a passear sozinha pelo jardim ou pela aleia de tílias até as pedras, voltando sempre com os olhos mais vermelhos e inchados do que um vento forte ou chuva súbita poderiam provocar. Talvez, pensou Lettie, não fosse nenhuma surpresa o fato de Flavia parecer mais abalada pela morte da srta. Gradwyn do que os outros. Ela e Chandler-Powell haviam perdido uma paciente. Para ambos, tratava-se de uma tragédia profissional. E havia também os boatos sobre seu relacionamento com George. Quando estavam juntos na clínica, era sempre como cirurgião e enfermeira-chefe, e seu comportamento algumas vezes parecia excessivamente profissional. Com certeza, caso estivessem dormindo juntos na clínica, alguém teria percebido. Mas Lettie imaginou se as oscilações de humor de Flavia, sua recente falta de paciência e os passeios solitários teriam outra causa que não a morte de uma paciente.

Conforme o dia avançava, foi ficando óbvio para Lettie que aquela morte estava gerando mais interesse disfarçado do que medo ou ansiedade. Ninguém, exceto os primos, conhecia Robin Boyton muito bem, e os que o conheciam bem não o apreciavam particularmente. E pelo menos ele tivera a decência de morrer fora da clínica. Nenhum deles teria sido capaz de formular essa ideia de forma tão direta e insensível, mas os cerca de cem metros que separavam a casa de Stone Cottage constituíam, além de uma separação física, uma separação psicológica de um cadáver que a maioria imaginava sem ter visto. Eles se sentiam mais espectadores do que participantes de um drama, isolados da ação, e começavam de fato a se sentir isolados por Dalgliesh e sua equipe, que pediam informações e davam tão pouco em troca. Mog, que devido a seu trabalho no jardim e no terreno tinha uma desculpa para ficar perambulando junto ao portão, havia lhes transmitido pequenas informações. Relatou a volta dos peritos em cena do crime, a chegada do fotógrafo e da dra. Glenister, e por fim o transporte do volumoso saco contendo o corpo, empurrado sobre uma maca pelo caminho que saía do chalé até o sinistro rabecão. Com essa notícia, todos na casa se prepararam para a volta de Dalgliesh e sua equipe.

10

Ocupado em Stone Cottage, Dalgliesh deixou o interrogatório inicial a cargo de Kate e Benton. Eram três e meia quando chegaram para começar a ouvir os depoimentos e, novamente com a autorização do dr. Chandler-Powell, usaram a biblioteca para a maioria destes. Durante as primeiras horas, os resultados foram decepcionantes. A dra. Glenister só poderia fornecer uma estimativa precisa da hora da morte depois da autópsia, mas devido à exatidão de suas estimativas preliminares eles podiam trabalhar com a suposição de que Boyton havia morrido na véspera em algum momento entre as duas e as seis da tarde. O fato de ele não ter tido tempo de lavar a louça depois de uma refeição que era mais provavelmente um almoço do que um café da manhã era menos útil do que parecia, pois a pia também continha louça e duas panelas que pareciam estar ali desde a noite anterior.

Kate decidiu perguntar às pessoas onde elas estavam na véspera da uma da tarde até a hora do jantar, que fora servido às oito. Praticamente todos puderam fornecer um álibi para parte desse intervalo, mas ninguém para todas as sete horas. A tarde era um horário em que todos em geral ficavam livres para cuidar de seus próprios interesses e inclinações, e a maioria havia passado parte do tempo sozinha, na clínica ou no jardim. Marcus Westhall fora a Bournemouth fazer compras de Natal, tendo saído pouco depois do almoço e voltado apenas às sete e meia. Kate pressentiu que o resto dos moradores estranhava um pouco o fato de, sempre que era preciso explicar algum cadáver, Marcus Westhall ter a sorte de estar ausente. Sua irmã havia trabalhado com Lettie no escritório pela manhã e, depois do almoço, voltara a Stone Cottage para trabalhar no jardim. Havia varrido as folhas, arrumado a pilha de compostagem e cortado os galhos mortos dos arbustos até a luz começar a diminuir. Então tornara a entrar no chalé para preparar o chá, entrando pela porta do jardim de inverno, que havia deixado aberta. Tinha visto o carro de Boyton estacionado em frente ao chalé, mas não vira nem ouvira nada sobre ele durante toda a tarde.

George Chandler-Powell, Flavia e Helena haviam passado a tarde ocupados na clínica, em seus aposentos particulares ou no escritório, mas só conseguiram fornecer álibis sólidos para o horário em que, junto com os outros, haviam almoçado, tomado o chá da tarde na biblioteca e jantado às oito da noite. Kate pôde sentir o seu ressentimento, compartilhado pelos outros, por terem de ser tão específicos em relação ao horário. Afinal de contas, aquele havia sido um dia normal para eles. Mog afirmava ter passado a maior parte da tarde anterior ocupado no roseiral e plantando bulbos de tulipa nos grandes vasos do jardim formal. Ninguém se lembrava de tê-lo visto, mas ele conseguiu apresentar um balde com alguns bulbos ainda por plantar e as embalagens abertas dos outros. Nem Kate nem Benton se sentiram inclinados a satisfazê-lo cavando a terra dos vasos para ver se os bulbos estavam mesmo enterrados, mas com certeza isso poderia ser feito caso fosse considerado útil.

Sharon fora convencida a passar parte da tarde tirando o pó e encerando os móveis, e passando o aspirador de pó nos tapetes do salão, do hall de entrada e da biblioteca. Com certeza o barulho do aspirador havia irritado as outras pessoas da casa de vez em quando, mas ninguém conseguiu dizer especificamente quando este pôde ser ouvido. Benton assinalou que era possível um aspirador ser deixado ligado sem que ninguém o usasse, sugestão que

Kate achou difícil levar a sério. Sharon também havia passado algum tempo na cozinha ajudando Dean e Kimberley. Prestou seu depoimento com relativa boa vontade, mas levou um tempo excessivo para responder a cada pergunta, e ficou encarando Kate com um interesse curioso e um quê de pena que a inspetora achou mais desconcertante do que a esperada hostilidade explícita.

De modo geral, no final da tarde, eles tinham a sensação de ter avançado muito pouco. Era perfeitamente possível qualquer um dos moradores da casa, inclusive Marcus no caminho para Bournemouth, ter passado em Stone Cottage, mas como é que alguém com exceção dos Westhall teria conseguido atrair Robin até dentro do chalé, dado um jeito de matá-lo, e voltado para a clínica sem ninguém perceber, evitando os seguranças? Obviamente a principal suspeita deveria ser Candace Westhall, com certeza forte o bastante para jogar Boyton dentro do freezer, mas era prematuro apontar um principal suspeito quando, por ora, eles ainda não tinham nenhum indício convincente de que a morte havia sido um assassinato.

Já eram quase cinco horas quando conseguiram tomar o depoimento dos Bostock. O interrogatório foi na cozinha, onde Kate e Benton ficaram confortavelmente acomodados em cadeiras baixas ao lado da janela enquanto os Bostock usaram duas cadeiras retas tiradas da mesa. Antes de se sentarem, eles prepararam um chá para os quatro e, com alguma cerimônia, puseram uma mesa baixa em frente aos visitantes, convidando-os a provar os biscoitos de Kim recém-saídos do forno Aga e ainda quentinhos. Um cheiro irresistível, forte e cheio de especiarias, emanava da porta aberta do forno. Os biscoitos, quase ainda quentes demais para serem manuseados, eram finos, crocantes e deliciosos. Kim, com a expressão de uma criança satisfeita, ficou sorrindo para eles enquanto comiam e instou-os a não fazer cerimônia — havia muitos mais. Dean serviu o chá; o ambiente tornou-se doméstico, quase aconchegante. Do lado de fora, o ar saturado de chuva pressionava as janelas como uma bruma, e a escuridão cada vez mais cerrada ocultava tudo, exceto a geometria do jardim formal enquanto a alta sebe de faia se transformava em um borrão distante. Dentro da cozinha reinavam a luz, a cor e o calor, e o aroma reconfortante de chá e comida.

Os Bostock puderam fornecer álibis um para o outro, já que haviam passado a maior parte das vinte e quatro horas anteriores juntos, principalmente na cozinha ou, aproveitando a ausência temporária de Mog, quando tinham ido juntos à horta escolher os legumes para o jantar. Mog tendia a reclamar de qualquer buraco em suas fileiras cuidadosas. Ao voltar, Kim havia servido as principais refeições e depois tirado a mesa, mas em geral houvera alguém presente, a srta. Cressett ou a sra. Frensham.

Tanto Dean quanto Kim pareciam chocados, mas menos abalados ou assustados do que Kate e Benton esperavam, porque Boyton havia sido apenas um visitante ocasional em relação ao qual não tinham responsabilidade e cujas raras aparições, longe de contribuir para a alegria coletiva, eram consideradas, sobretudo por Dean, uma fonte potencial de irritação e trabalho extra. Boyton havia deixado sua marca — um rapaz tão bonito dificilmente poderia não fazê-lo —, mas Kimberley, feliz e apaixonada pelo marido, era insensível à beleza clássica, enquanto a preocupação básica de Dean, que também amava a mulher, era proteger sua cozinha de intrusões indesejadas. Nenhum dos dois parecia particularmente assustado, talvez por ter se tornado aparente que haviam conseguido se convencer de que a morte de Boyton fora um acidente.

Conscientes de não terem envolvimento no caso, interessados, um tanto animados e sem mostras de pesar, eles seguiram falando, e Kate deixou a conversa fluir. Assim como os outros moradores da casa, os Bostock só haviam ficado sabendo que o corpo de Boyton fora encontrado e onde. O que mais havia para contar, por enquanto? E não havia por que deixar de informar quem quer que fosse. Com sorte, talvez fosse possível manter essa nova morte fora da imprensa, e da cidade por algum tempo caso Mog segurasse a língua, mas não era factível ou necessário escondê-la de qualquer um na clínica.

Já eram quase seis horas quando se deu a revelação. Kim despertou de um minuto de devaneio silencioso e disse: "Coitado. Ele deve ter entrado dentro do freezer e a tampa deve ter caído. Por que faria isso? Talvez estivesse fazendo alguma brincadeira idiota, uma espécie de desafio como fazem as crianças. A minha mãe tinha um enorme cesto de vime em casa, na verdade mais um baú, e costumávamos nos esconder lá dentro quanto éramos crianças. Mas por que ele não empurrou a tampa?".

Dean já estava tirando a mesa. "Ele não poderia", disse ele, "não se o trinco houvesse caído. Mas ele não era uma criança. Que coisa mais estúpida de fazer. Não é nada agradável morrer sufocado. Ou talvez ele tenha tido um enfarte." Ao ver que o rosto de Kim se franzia de aflição, ele acrescentou, firme: "Provavelmente foi isso, um enfarte. Ele entrou no freezer por curiosidade, entrou em pânico quando não conseguiu abrir a tampa e morreu. Bem simples e rápido. Não deve ter sentido nada".

"É possível", disse Kate. "Saberemos mais depois da autópsia. Ele alguma vez reclamou com vocês do coração, disse que precisava tomar cuidado ou algo assim?"

Dean olhou para Kim, que sacudiu a cabeça fazendo que não. "Não para nós. Bem, ele não tinha por que dizer, não é mesmo? Não vinha aqui com frequência, e nós geralmente não o víamos. Talvez os Westhall saibam. Eles são primos, e a história é que ele veio até aqui para vê-los. A senhora Frensham cobra alguma coisa dele, mas Mog diz que não acha que é a diária integral de visitantes. Segundo ele, o senhor Boyton só estava atrás de umas férias baratas."

"Não acho que a senhorita Candace saiba alguma coisa sobre a morte dele", disse Kim. "Talvez o senhor Marcus saiba, já que ele é médico, mas não acho que eles eram próximos. Ouvi a senhorita Candace dizer para a senhora Frensham que Robin Boyton nunca se dava ao trabalho de avisá-los quando alugava o chalé, e se quiserem a minha opinião, eles não ficavam lá muito contentes em vê-lo. Mog diz que havia algum tipo de briga de família, mas ele não sabe por que motivo."

"Desta vez, é claro, o senhor Boyton disse que estava aqui para ver a senhorita Gradwyn", disse Kate.

"Mas ele não a viu, não é? Nem desta vez nem quando ela veio aqui algumas semanas atrás. O doutor Chandler-Powell e a enfermeira Holland garantiram que não visse. Não acho que o senhor Boyton e a senhorita Gradwyn eram amigos. Ele provavelmente só disse isso para parecer importante. Mas é muito estranho isso do freezer. Nem sequer fica no chalé que ele alugava, mas ele parecia quase fascinado pelo objeto. Você se lembra, Dean, de todas aquelas perguntas que fez da última vez que esteve aqui e veio pedir um pouco de manteiga emprestada? Ele nunca devolveu."

Ocultando o próprio interesse e tomando cuidado para evitar o olhar de Benton, Kate perguntou: "Quando foi isso?".

Dean olhou para a mulher de relance. "Na noite em que a senhorita Gradwyn chegou pela primeira vez. Terça-feira, dia 27, não era? Os hóspedes devem trazer a própria comida, e fazem as compras na cidade ou então comem fora. Eu sempre deixo leite na geladeira, e chá, café e açúcar, mas só isso, a menos que eles encomendem provisões com antecedência e Mog vá fazer as compras. O senhor Boyton ligou para dizer que havia se esquecido de trazer manteiga, e se poderíamos lhe dar um tablete. Disse que viria buscar, mas eu não o queria fuçando na cozinha, então disse que eu mesma levaria. Isso foi às seis e meia, e pelo aspecto do chalé parecia que ele acabara de chegar. Sua bagagem estava largada no chão da cozinha. Ele perguntou se a senhorita Gradwyn tinha chegado, e quando poderia vê-la, mas eu disse que não tinha permissão para falar sobre nada em relação a um paciente, e que era melhor ele falar com a enfermeira ou com o doutor Chandler-

-Powell. Então, em um tom casual, ele começou a fazer perguntas sobre o freezer — há quanto tempo estava no chalé, se ainda funcionava, se a senhorita Westhall o usava. Eu disse a ele que o freezer era velho e inútil, e que ninguém o usava. Disse que a senhorita Westhall havia pedido a Mog para jogá-lo fora, mas que ele respondera que isso não era tarefa sua. Cabia à prefeitura vir buscá-lo para o descarte, e era melhor que a senhorita Cressett ou a senhorita Westhall ligassem para lá. Não acho que ninguém tenha feito isso. Então ele parou com as perguntas. Ofereceu-me uma cerveja, mas eu não queria beber com ele — de qualquer maneira, não tenho tempo para isso —, então fui embora e voltei para a clínica."

"Mas o freezer estava no outro chalé, Stone Cottage", disse Kate. "Como é que ele sabia da sua existência? Já devia estar escuro quando ele chegou."

"Imagino que o tenha visto em uma visita anterior. Ele deve ter entrado em Stone Cottage em algum momento, pelo menos depois de o velho morrer. Costumava enfatizar bastante o fato de os Westhall serem seus primos. Ou então poderia ter ido bisbilhotar quando a senhorita Westhall não estava. As pessoas aqui não se dão muito ao trabalho de trancar as portas a chave."

"E tem uma porta da despensa velha que passa pelo jardim de inverno e vai dar no jardim", disse Kim. "Talvez estivesse aberta. Ou então ele poderia ter visto o freezer pela janela. Mas é engraçado esse interesse que ele tinha. É só um velho freezer. Nem funciona mais. Quebrou em agosto. Lembra, Dean? Você quis usá-lo para guardar aquele pernil de cervo durante um feriado, e descobriu que não estava funcionando."

Finalmente algum avanço. Benton olhou rapidamente para Kate. A expressão dela estava neutra, mas ele sabia que os dois estavam pensando a mesma coisa. "Qual foi a última vez que foi usado como freezer?", perguntou ela.

"Não me lembro", respondeu Dean. "Ninguém nunca avisou que estava quebrado. Nunca precisávamos dele, a não ser nos feriados e quando o doutor Chandler-Powell recebia convidados, quando podia ser útil. Em geral o freezer daqui é grande o suficiente."

Kate e Benton estavam se levantando para ir embora. Kate perguntou: "Vocês falaram com alguém da casa sobre o interesse do senhor Boyton pelo freezer?". Os Bostock se entreolharam, em seguida sacudiram a cabeça vigorosamente, fazendo que não. "Então por favor mantenham sigilo absoluto em relação a isso. Não falem com ninguém da casa sobre o freezer."

"Isso é importante?", perguntou Kimberley com os olhos esbugalhados.

"Provavelmente não, mas ainda não sabemos o que é ou pode ser importante. É por isso que quero que não digam nada."

"Não vamos dizer", falou Kim. "Juro por minha mãe mortinha. De todo modo, o doutor Chandler-Powell não gosta que façamos fofoca, e nós nunca fazemos."

Kate e Benton mal haviam se levantado e estavam agradecendo a Dean e Kimberley pelo chá com biscoitos quando o celular de Kate tocou. Ela atendeu, recebeu a ligação e não disse nada até chegarem ao lado de fora. Então disse: "Era AD. Temos de ir agora mesmo para Old Police Cottage. Candace Westhall quer prestar um depoimento. Parece que talvez estejamos chegando enfim a algum lugar".

11

Os dois chegaram a Old Police Cottage logo antes de Candace sair pelos portões da clínica, e pela janela Kate pôde ver a robusta silhueta da mulher parar na beira da rua para olhar para os dois lados e em seguida atravessar com o passo decidido, ondulando os ombros fortes. Dalgliesh a recebeu na porta e conduziu-a até uma cadeira junto à mesa, sentando-se na sua frente junto com Kate. Benton ocupou a quarta cadeira e, com o bloco de anotações na mão, posicionou-se à direita da porta. Pensou que, com a calça de tweed e os sapatos pesados típicos de se usar no campo, Candace tinha a mesma segurança da mulher de um vigário de zona rural visitando um paroquiano relapso. De onde estava sentado, porém, pôde ver o único indício de nervosismo: uma crispação momentânea das mãos, que ela mantinha unidas no colo. O que quer que tivesse vindo lhes contar, ela havia pensado bem no assunto, mas ele não tinha dúvidas de que sabia exatamente o que estava disposta a dizer e como iria formulá-lo. Sem esperar Dalgliesh falar, ela começou sua história.

"Tenho uma explicação para o que talvez tenha acontecido, o que me parece possível, provável até. Não é algo que me favoreça muito, mas acho que vocês devem saber mesmo que decidam descartar a hipótese como fantasiosa. Robin talvez estivesse experimentando ou ensaiando alguma brincadeira absurda que por tragédia deu errado. Preciso explicar, mas isso inclui revelar assuntos de família que, por si sós, não podem ser relevantes para o assassinato de Rhoda Gradwyn. Suponho que tudo que eu lhes disser será considerado confidencial se ficarem convencidos de que não tem relação com o assassinato dela."

Dalgliesh falou sem ênfase, em tom de afirmação, não de alerta, mas as palavras foram diretas. "Caberá a mim decidir o que é relevante e até que ponto os segredos de família podem ser protegidos. A senhorita precisa saber que não posso dar nenhuma garantia antecipada."

"Então neste caso, como em outros, temos de confiar na polícia. Perdoe-me, mas isso não é fácil em uma época em que qualquer informação que possa virar notícia vale dinheiro."

"Os meus agentes não vendem informações aos jornais", disse Dalgliesh com calma. "Senhorita Westhall, será que não estamos perdendo tempo? A senhorita tem a responsabilidade de ajudar na minha investigação revelando qualquer informação que tiver e que possa ser relevante. Não temos nenhuma intenção de causar constrangimentos desnecessários, e já temos problemas suficientes para processar as informações relevantes sem perder tempo com assuntos que não o sejam. Se a senhorita sabe como o corpo de Robin Boyton foi parar dentro do freezer, ou tem qualquer informação que possa nos ajudar a responder a essa pergunta, não é melhor irmos logo com isso?"

Se a reprimenda a ofendeu, ela não deu mostras disso. "Talvez vocês já saibam parte da história", disse ela, "se Robin conversou com vocês sobre o relacionamento dele com a família."

Como Dalgliesh não respondeu, ela continuou. "Ele é, como gosta de dizer por aí, primo-irmão meu e de Marcus. A mãe dele, Sophie, era a única irmã de nosso pai. Nas duas últimas gerações, pelo menos, os membros homens da família Westhall desvalorizaram e ocasionalmente desprezaram suas filhas. O nascimento de um menino era motivo de comemoração, o de uma menina era uma infelicidade. Esse preconceito não é raro, mesmo hoje em dia, mas no caso do meu pai e do meu avô ele quase chegava a ser uma obsessão familiar. Não estou dizendo que havia qualquer negligência ou crueldade física. Não havia. Mas não tenho dúvida de que a mãe de Robin foi negligenciada emocionalmente e passou a se considerar inferior e a desvalorizar a si mesma. Ela não era inteligente nem bonita, nem sequer particularmente agradável, e, de forma um tanto natural, foi um problema desde menina. Saiu de casa assim que possível, e obteve alguma satisfação em contrariar os pais levando uma vida um tanto dissipada no mundo caótico da periferia da cena pop. Tinha apenas vinte e um anos quando se casou com Keith Boyton, e seria difícil ter feito escolha pior. Eu só o encontrei uma vez, mas achei-o repulsivo. Ela já estava grávida quando os dois se casaram, mas isso não chegava a ser uma desculpa, e fico surpresa que tenha levado a gravidez até o fim. Mas imagino que a maternidade fosse só mais uma sensação. Keith tinha um certo charme superficial, mas eu nunca conheci ninguém tão obviamente ambicioso. Ele era designer, ou pelo menos alegava ser, e arrumava trabalho de vez em quando. Entre um trabalho e outro, fazia bicos para ganhar algum dinheiro, e acho que em determinado momento vendeu vidros duplos isolantes por telefone. Nada durava. Minha tia, que era secretária, era a principal provedora. De alguma forma o casamento durou, em grande parte porque ele dependia dela. Talvez ela o amasse. Seja como for, segundo Robin, ela morreu de câncer quando ele estava com sete anos, e Keith arrumou outra mulher e emigrou para a Austrália. Ninguém nunca mais teve notícias dele."

"Quando Robin Boyton começou a entrar em contato com a senhorita e seu irmão regularmente?", perguntou Dalgliesh.

"Quando Marcus aceitou trabalhar aqui com Chandler-Powell, e quando transferimos papai para Stone Cottage. Ele começou a passar curtas férias aqui, no chalé de hóspedes, evidentemente esperando conseguir despertar algum interesse meu ou de Marcus. Francamente, não havia nenhum. Mas eu tinha um pouco de culpa em relação a ele. Ainda tenho. De vez em quando o ajudava com pequenas quantias, duzentos e cinquenta aqui, quinhentas acolá, quando ele pedia se dizendo desesperado. Mas depois decidi que isso não era sensato. Parecia demasiado próximo de assumir uma responsabilidade que, sinceramente, eu não aceitava. Então, mais ou menos um mês atrás, ele inventou uma história extraordinária. O meu pai morreu só trinta e cinco dias depois do meu avô. Se as mortes tivessem acontecido com um intervalo de menos de vinte e oito dias, teria havido um problema com o testamento, que contém uma cláusula segundo a qual o beneficiário deve viver pelo menos vinte e oito dias a mais do que o testante para poder herdar. Evidentemente, se meu pai não tivesse podido se beneficiar do testamento do nosso avô, não haveria fortuna nenhuma para nos transmitir. Robin conseguiu uma cópia do testamento de vovô e inventou a ideia bizarra de que nosso pai havia morrido antes de transcorridos os vinte e oito dias, e que Marcus e eu, ou um de nós dois, havíamos escondido seu corpo dentro do freezer de Stone Cottage, descongelado-o depois de umas duas semanas e então chamado o velho doutor Stenhouse para redigir o atestado de óbito. O freezer finalmente quebrou no verão passado, mas naquela época, embora raramente fosse usado, ainda estava funcionando."

"Quando foi a primeira vez que ele lhe falou sobre essa ideia?", perguntou Dalgliesh.

"Durante os três dias que Rhoda Gradwyn passou aqui durante sua visita preliminar. Ele chegou na manhã seguinte à chegada dela, e acho que pretendia vê-la, mas ela se manteve firme na decisão de não querer receber visitas e, até onde eu sei, nunca o deixaram entrar na clínica. Talvez quem estivesse por trás dessa ideia toda fosse ela; na verdade, ele praticamente admitiu isso. Por que outro motivo Gradwyn teria escolhido esta clínica, e por que era tão importante para Robin estar aqui com ela? A coisa toda pode ter sido uma brincadeira para ela, é pouco provável que a tenha levado a sério, mas para ele o assunto era seriíssimo."

"Como ele abordou o assunto com a senhorita?"

"Dando-me um livro velho em edição brochura. *Morte prematura*, de Cyril Hare. É uma história de detetive em que a hora da morte é falsificada. Ele me trouxe o livro assim que chegou, dizendo que pensava que fosse me interessar. Na verdade eu já li esse livro muitos anos atrás e, até onde sei, ele agora está esgotado. Eu simplesmente disse a Robin que não estava interessada em ler aquilo de novo e lhe devolvi o livro. Foi então que percebi o que ele estava tramando."

"Mas com certeza era uma ideia fantasiosa", disse Dalgliesh, "adequada para um romance engenhoso, mas não para a situação aqui. Será possível que ele acreditava mesmo que houvesse alguma verdade nisso?"

"Ah, ele acreditava sim. Na verdade, havia algumas circunstâncias que poderiam talvez dar credibilidade à fantasia. A ideia não era tão ridícula quanto parece. Eu não acho que teríamos conseguido manter a farsa por muito tempo, mas por alguns dias ou uma semana, talvez duas, teria sido perfeitamente possível. Meu pai era um paciente extremamente difícil, que detestava a doença, resistia à compaixão e fazia questão de não receber nenhuma visita. Eu cuidava dele com a ajuda de uma enfermeira aposentada que hoje mora no Canadá e de uma empregada idosa que morreu há pouco mais de um ano. No dia seguinte à partida de Robin, recebi um telefonema do doutor Stenhouse, o clínico que cuidava do meu pai. Robin fora visitá-lo com alguma desculpa inventada e tentara descobrir há quanto tempo meu pai estava morto antes de o médico ser chamado. O doutor nunca foi um homem paciente, e agora que está aposentado tem uma tolerância ainda menor para com os bobos do que tinha quando clinicava, e posso muito bem imaginar a reação que Robin recebeu para sua impertinência. O doutor Stenhouse disse que não respondia a perguntas sobre pacientes quando estavam vivos nem quando estavam mortos. Imagino que Robin tenha saído de lá convencido de que o velho doutor, caso não estivesse senil quando assinou o atestado de óbito, havia sido enganado ou então era nosso cúmplice. Ele provavelmente supôs que tivéssemos subornado as duas ajudantes, Grace Holmes, a enfermeira idosa que se mudou para o Canadá, e a empregada, Elizabeth Barnes, que de lá para cá morreu.

"Mas havia um fato que ele desconhecia. Na véspera de morrer, meu pai pediu para chamarmos o vigário da paróquia, reverendo Clement Matheson — ele ainda é o vigário da cidade. É claro que o reverendo veio na mesma hora, de carona no carro da irmã mais velha, Marjorie, que cuida da casa dele e, pode-se dizer, é um exemplo perfeito de militante religiosa. Nenhum dos dois deve ter se esquecido dessa noite. O reverendo Clement chegou equipado para dar a extrema-unção e sem dúvida aliviar uma alma penitente. Em vez disso, meu pai reuniu forças para desmoralizar mais uma vez qualquer crença religiosa, em especial o cristianismo, com uma referência ofensiva ao tipo específico de sacerdócio praticado pelo reverendo Matheson. Não era uma informação do tipo que Robin pudesse conseguir no bar do Cressett Arms. Duvido que o reverendo Clement ou Marjorie algum dia tenham falado sobre o assunto, exceto com Marcus e comigo. Foi uma ocasião desagradável e humilhante. Felizmente, os dois ainda estão vivos. Mas eu tenho uma segunda testemunha. Dez dias atrás, fui fazer uma curta visita a Grace Holmes em Toronto. Ela era uma das raras pessoas que meu pai tolerava, mas ele não lhe deixou nada no testamento e, agora que o documento foi certificado, eu quis lhe dar uma gratificação para compensá-la por aquele terrível último ano. Ela me entregou uma carta, que transmiti a meu advogado, afirmando que estava com meu pai no dia em que ele morreu."

"Armada com essa informação, a senhorita não confrontou Robin Boyton imediatamente para desesperançá-lo?", perguntou Kate em voz baixa.

"Eu provavelmente deveria ter feito isso, mas achei divertido não dizer nada e deixar que ele se atrapalhasse ainda mais. Para analisar minha conduta com o máximo de honestidade possível, considerando que estou tentando me justificar, acho que fiquei grata por ele ter revelado um pouco de sua verdadeira personalidade. Sempre senti certa culpa pelo fato de a mãe dele ter sido tão negligenciada. Mas agora não sentia mais necessidade de lhe pagar nada. Com essa única tentativa de chantagem, ele havia me dispensado de qualquer obrigação futura. Na verdade, eu aguardava ansiosamente meu instante de triunfo, por mais mesquinho que fosse, e a decepção dele."

"Ele alguma vez pediu dinheiro?", perguntou Dalgliesh.

"Não, não chegou a esse ponto. Nesse caso, eu poderia tê-lo denunciado à polícia por tentativa de chantagem, mas duvido que tivesse feito isso. Mas ele deu a entender com bastante clareza o que tinha em mente. Pareceu contente quando eu disse que iria consultar meu irmão e tornaria a entrar em contato. É claro que eu não admiti nada."

"O seu irmão tem algum conhecimento disso?", perguntou Kate.

"Não, nenhum. Ele tem andado particularmente ansioso para deixar o emprego aqui na clínica e ir trabalhar na África, e eu não vi motivo para deixá-lo ainda mais preocupado com algo que não passava de uma bobagem. E, é claro, ele não teria aprovado o meu plano de ganhar tempo para aumentar o máximo possível a humilhação de Robin. Tem um caráter mais admirável do que o meu. Acho que Robin estava se preparando para uma derradeira acusação, possivelmente com a sugestão de que eu lhe desse uma soma específica em troca do seu silêncio. Acho que foi por isso que ele ficou aqui depois da morte de Rhoda Gradwyn. Afinal, suponho que vocês não pudessem mantê-lo aqui legalmente, a menos que ele estivesse sendo acusado, e a maioria das pessoas ficaria aliviada em deixar a cena de um crime. Desde a morte dele, ele ficou vagando entre Rose Cottage e a cidade, evidentemente perturbado e, acho eu, com medo. Mas ele precisava concluir esse assunto. Não sei por que ele entrou dentro do freezer. Poderia ser para ver se era possível ter posto o corpo do meu pai lá dentro. Afinal de contas, mesmo tendo encolhido por causa da doença, meu pai era consideravelmente mais alto do que Robin. Robin talvez estivesse pretendendo me chamar e então abrir o freezer devagar para me aterrorizar e me obrigar a confessar. É exatamente o tipo de gesto dramático que ele teria feito."

"Se ele estava com medo, poderia ser por temer a senhorita especificamente?", indagou Kate. "Ele pode ter pensado que a senhorita matou a senhorita Gradwyn por causa de seu envolvimento na história, e que ele também corria perigo."

Candace Westhall olhou para Kate. E, dessa vez, a antipatia e o desprezo foram inconfundíveis. "Não acho que nem a imaginação sem limites de Robin Boyton pudesse razoavelmente supor que eu fosse considerar o assassinato uma saída para qualquer tipo de dilema. Mesmo assim, acho que é possível, sim. Agora, se vocês não tiverem mais perguntas, eu gostaria de voltar para a clínica."

"Só duas perguntas", disse Dalgliesh. "A senhorita pôs Robin Boyton dentro do freezer, vivo ou morto?"

"Não, não pus."

"A senhorita matou Robin Boyton?"

"Não."

Ela hesitou, e por alguns instantes Dalgliesh pensou que tivesse algo a acrescentar. Mas ela se levantou sem dizer nada, e foi embora sem mais nenhuma palavra e sem olhar para trás.

12

Às oito horas dessa noite, Dalgliesh já havia tomado banho, trocado de roupa, e estava começando a decidir o que iria jantar quando ouviu o carro. Este subiu o caminho quase em silêncio. Ele só o percebeu ao ver as janelas clarearem por trás das cortinas fechadas. Ao abrir a porta da frente, viu um Jaguar estacionando diante da casa onde começava a vegetação e os faróis se apagando. Segundos depois, Emma estava atravessando a rua em sua direção. Usava um suéter grosso e um colete de pele de carneiro, e tinha a cabeça descoberta. Como ela entrou sem dizer nada, ele instintivamente a tomou nos braços, mas o corpo dela estava rígido. Ela parecia quase indiferente à presença dele, e a face que roçou a sua por um instante estava gelada. Ele foi tomado pela apreensão. Alguma coisa terrível havia acontecido, um acidente, uma tragédia, até. Senão ela não teria chegado daquele jeito, sem avisar. Quando ele estava trabalhando em algum caso, Emma nunca sequer telefonava, não porque ele quisesse assim, mas por iniciativa dela. Era a primeira vez que ela se intrometia em uma investigação. Fazer isso pessoalmente só podia significar algo desastroso.

Ele tirou seu colete, conduziu-a até uma cadeira junto à lareira e ficou esperando que ela falasse. Como ela ficou sentada sem dizer nada, ele foi até a cozinha e ligou a cafeteira elétrica sob o bule de café. A bebida já estava quente, e ele só demorou alguns segundos para servi-la em uma caneca, adicionar o leite e levá-la para Emma.

Retirando as luvas, ela envolveu o calor da caneca com as mãos.

"Desculpe não ter telefonado", disse ela. "Eu tive de vir. Precisava ver você."

"O que houve, querida?"

"Annie. Ela foi atacada e estuprada. Ontem à noite. Estava indo para casa depois da aula de inglês que dá para dois imigrantes. É uma das coisas que ela faz. Ela está internada, e dizem que vai ficar boa. Com isso eu acho que eles querem dizer que ela não vai morrer. Não vejo como ela pode se recuperar, não completamente. Ela perdeu muito sangue, e uma das facadas perfurou um pulmão. Por pouco não atingiu o coração. Alguém no hospital disse que ela teve sorte. Sorte! Que palavra estranha de se usar."

Ele quase perguntou *Como está Clara?*, mas antes de articular as palavras percebeu que a pergunta era ao mesmo tempo ridícula e insensível. Então Emma o encarou nos olhos pela primeira vez. Tinha os olhos cheios de dor. Estava atormentada pela raiva e pela tristeza.

"Eu não consegui ajudar Clara. Fui inútil para ela. Dei-lhe um abraço, mas não eram os meus braços que ela queria. Ela só queria uma coisa de mim: que eu fizesse você assumir o caso. É por isso que estou aqui. Ela confia em você. Com você ela pode conversar. E ela sabe que você é o melhor."

É claro que era por isso que ela estava ali. Não tinha ido até lá reconfortá-lo, nem porque precisava vê-lo e compartilhar a sua dor. Ela queria alguma coisa dele, e era algo que ele não podia dar. Ele se sentou na frente dela e disse delicadamente: "Emma, isso não é possível".

Ela pousou a caneca de café na pedra da lareira, e ele pôde ver que suas mãos tremiam. Sentiu vontade de estender as suas para segurá-las, mas teve medo de que ela se retraísse. Qualquer coisa seria melhor do que isso.

"Achei mesmo que você fosse dizer isso", falou Emma. "Tentei explicar para Clara que isso talvez estivesse fora das regras, mas ela não entendeu, não completamente. Não tenho certeza se eu mesma entendo. Ela sabe que a vítima daqui, a mulher que morreu, é mais importante do que Annie. É disso que a sua equipe especial cuida, não é? Solucionar crimes que envolvem gente importante. Mas Annie é importante para ela. Para ela e para Annie, estupro é pior do que a morte. Se você estivesse chefiando a investigação, ela saberia que o homem que fez isso seria pego."

"Emma, a equipe não tem a ver em primeiro lugar com a importância da vítima", disse ele. "Para a polícia, assassinato é assassinato, um evento singular que nunca é deixado de lado permanentemente, cuja investigação nunca é registrada como fracasso, apenas como não solucionada por enquanto. Nenhuma vítima de assassinato é pouco importante. Nenhum suspeito, por mais poderoso que seja, pode comprar a imunidade em um inquérito. Mas há casos que é melhor atribuir a pequenas equipes designadas, casos em que a justiça tem interesse em obter um resultado rápido."

"Clara não acredita na justiça, não neste momento. Ela acha que você poderia assumir se quisesses, que se pedisse poderia conseguir, com ou sem regras."

Parecia errado os dois estarem sentados tão longe um do outro. Ele ansiava por tomá-la nos braços, mas seria um conforto demasiado fácil — quase um insulto à sua tristeza, pensou ele. E se ela se retraísse, e se deixasse óbvio com um estremecimento de desgosto que aquilo não era um reconforto, mas que só fazia aumentar a sua angústia? O que ele representava para ela agora? Morte, estupro, mutilação e apodrecimento? O seu trabalho não era protegido por um cartaz invisível de MANTENHA DISTÂNCIA? E aquele não era um problema que pudesse ser resolvido com beijos e murmúrios tranquilizadores, não no caso deles. Nem sequer podia ser resolvido por uma conversa racional, mas essa era a única maneira que eles conheciam. Afinal, pensou ele com amargura, ele não se orgulhava do fato de os dois sempre poderem conversar? Mas não agora, não sobre todos os assuntos.

"Quem é o agente responsável pela investigação?", perguntou ele. "Vocês conversaram?"

"É o inspetor A. L. Howard. Tenho um cartão em algum lugar. Ele conversou com Clara, evidentemente, e foi visitar Annie no hospital. Disse que uma investigadora precisava fazer algumas perguntas antes de Annie tomar a anestesia, imagino que caso ela morresse. Ela estava fraca demais para dizer mais do que algumas palavras, mas aparentemente foram palavras importantes."

"Andy Howard é um bom inspetor, com uma equipe sólida", disse ele. "Este é um caso que só pode ser solucionado com um trabalho policial meticuloso, em grande parte constituído por procedimentos rotineiros trabalhosos e maçantes. Mas eles vão chegar lá."

"Na verdade Clara não o achou compreensivo. Acho que deve ser porque ele não é você. E a investigadora... Clara quase bateu nela. Ela perguntou se Annie tinha tido relações com um homem recentemente antes de ser estuprada."

"Emma, era uma pergunta que ela precisava fazer. Poderia significar que eles talvez tenham DNA, e se tiverem isso é uma vantagem imensa. Mas eu não posso assumir a investigação de outro agente — tirando o fato de que estou no meio de outra —, e se eu fizesse isso não ajudaria a solucionar o caso. Neste estágio, talvez fosse até prejudicar. Eu sinto muito por não poder voltar com você para explicar isso a Clara."

"Ah, acho que ela vai acabar entendendo", disse Emma com tristeza. "Tudo que ela quer agora é alguém em quem confie, não desconhecidos. Acho que eu já sabia o que você ia dizer, e deveria ter sido capaz de explicar isso para ela sozinha. Desculpe ter vindo até aqui. Foi uma decisão errada."

Ela já havia se levantado e, pondo-se também de pé, ele andou na sua direção. "Não posso lamentar qualquer decisão sua que a faça se aproximar de mim", disse.

Ela então caiu em seus braços, e seu corpo tremia

com a força de seu pranto. O rosto apertado contra o seu estava molhado de lágrimas. Ele a abraçou sem dizer nada até ela relaxar, depois disse: "Minha querida, você tem de voltar hoje? A estrada é longa. Eu posso dormir perfeitamente nesta cadeira".

Como já havia dormido uma vez, lembrou-se ele, em Saint Anselm's College, logo depois de os dois se conhecerem. Ela estava hospedada no quarto ao lado, mas depois do assassinato ele havia se acomodado em uma poltrona na sua saleta para ela poder se sentir segura na cama dele enquanto tentava dormir. Imaginou se ela também estaria se lembrando.

"Vou dirigir com cuidado", disse ela. "Nós vamos nos casar daqui a cinco meses. Não vou me arriscar a morrer antes disso."

"De quem é o Jaguar?"

"Giles. Ele está passando uma semana em Londres para uma conferência e me ligou para dar um oi. Vai se casar, e acho que queria me avisar. Quando soube de Annie e que eu estava vindo para cá, emprestou o carro. Clara precisa do seu para visitar Annie, e o meu está em Cambridge."

Dalgliesh foi abalado por um súbito acesso de ciúmes, intenso e totalmente impróprio para a ocasião. Ela havia terminado com Giles antes de os dois se conhecerem. Ele a pedira em casamento e ela dissera não. Era só o que ele sabia. Nunca havia se sentido ameaçado por nada no passado de Emma, nem ela pelo seu. Então de onde vinha aquela reação primitiva para o que, afinal de contas, havia sido um gesto prestativo e generoso? Ele não queria associar nenhuma dessas duas qualidades a Giles, e o sujeito agora tinha uma cátedra em alguma universidade do Norte, a uma distância segura. Então por que diabos não podia ficar por lá? Dalgliesh pegou-se pensando amargamente que Emma talvez dissesse que se sentia à vontade ao volante de um Jaguar; afinal de contas, não seria a primeira vez. Ela já dirigia o seu.

"Tem um pouco de sopa e presunto", disse ele, controlando-se, "vou fazer uns sanduíches. Fique perto da lareira que eu trago tudo."

E mesmo naquele momento, no auge da preocupação, cansada e com os olhos pesados, ela estava linda. O fato de esse pensamento, com seu egoísmo e sua alusão ao sexo, poder lhe vir à mente com tanta rapidez o deixou consternado. Ela viera procurá-lo em busca de reconforto, e o único reconforto que queria ele não podia lhe dar. E não seria aquele acesso de raiva e frustração diante da própria impotência apenas uma manifestação da arrogância masculina atávica segundo a qual o mundo é um lugar perigoso, mas agora você tem o meu amor e eu vou protegê-la? Não seria a sua reticência em relação ao próprio trabalho menos uma reação à relutância dela em se envolver do que um desejo de protegê-la das piores realidades de um mundo violento? Mas até mesmo o mundo dela, acadêmico e aparentemente resguardado, tinha as suas brutalidades. A paz santificada de Trinity College era uma ilusão. Ele pensou: *Nós somos jogados violentamente no mundo em meio ao sangue e à dor, e poucos de nós morrem com a dignidade que esperamos e pela qual alguns rezam. Quer pensemos na vida como uma promessa de felicidade quebrada apenas por dores e desilusões inevitáveis, ou como o proverbial vale de lágrimas com breves interlúdios de alegria, a dor virá de qualquer maneira, exceto para os poucos cuja sensibilidade embotada os torna aparentemente invulneráveis tanto à alegria quanto à tristeza.*

Comeram juntos quase em silêncio. O presunto estava macio, e ele empilhou uma quantidade generosa de fatias sobre o pão. Tomou a sopa quase sem sentir seu gosto, sabendo apenas vagamente que estava boa. Ela conseguiu comer, e dali a vinte minutos estava pronta para partir.

Enquanto a ajudava com o colete, ele disse: "Você liga para mim quando tiver chegado em Putney? Não vou ficar chateando, mas preciso saber que chegou bem em casa. E vou dar uma palavrinha com o inspetor Howard".

"Eu ligo", disse ela.

Ele a beijou no rosto quase com formalidade e atravessou a rua para levá-la até o carro, em seguida ficou em pé olhando até este desaparecer pelo caminho.

Voltando para junto da lareira, ficou olhando para as chamas. Será que deveria ter insistido para ela passar a noite ali? Mas insistir não era uma palavra que jamais fosse ser usada entre os dois. E onde ela iria dormir? Havia o seu quarto, mas será que ela teria querido dormir ali, distanciada pelas emoções complicadas e pelas inibições implícitas que os mantinham afastados quando ele estava no meio de um caso? Será que teria querido confrontar Kate e Benton na manhã seguinte, ou mesmo agora à noite? Mas estava preocupado com a segurança dela. Emma dirigia bem e descansaria caso ficasse cansada, mas pensar nela em um acostamento, mesmo com a precaução de um carro trancado, não o deixava tranquilo.

Ele se sacudiu. Havia coisas a fazer antes de convocar Kate e Benton. Em primeiro lugar, precisava entrar em contato com o inspetor Andy Howard para saber qual era a situação. Howard era um agente experiente e sensato. Não consideraria a ligação uma distração inoportuna nem, pior, uma tentativa de influenciá-lo. Em seguida precisava telefonar ou escrever para Clara com um recado para Annie. Mas telefonar era quase tão impróprio quando mandar um fax ou um e-mail. Algumas coisas precisavam ser ditas em uma carta manuscrita, e por meio de palavras que exigiam algum tempo e cuidado, frases indeléveis que contivessem alguma esperança de reconforto. Mas o que Clara queria dele era apenas uma coisa, e isso ele não podia dar. Telefonar agora para lhe dar a notícia ruim de sua própria boca seria intolerável para ambos. Era melhor adiar a carta até o dia seguinte, e nesse ínterim Emma já estaria de novo com Clara.

Levou algum tempo para localizar o inspetor Andy Howard. "Annie Townsend está passando bem", disse este, "mas o caminho vai ser longo, pobrezinha. Conversei com a doutora Lavenham no hospital e ela me disse que você tinha interesse no caso. Eu queria mesmo ter ligado antes para conversarmos."

"Falar comigo não devia ser uma prioridade muito alta", disse Dalgliesh. "Ainda não é. Não vou desperdiçar o seu tempo, mas estava ansioso para ter notícias mais atualizadas do que as que Emma conseguiu me dar."

"Bom, há algumas boas notícias, se é que algo nessa história pode ser bom. Temos o DNA do sujeito. Com sorte, ele estará na base de dados. Não consigo acreditar que já não tenha ficha. Foi um ataque violento, mas o estupro não se consumou. Ele devia estar bêbado demais. Ela lutou com uma coragem incrível para uma mulher tão franzina. Eu ligo para o senhor assim que tiver alguma outra coisa a comunicar. E estamos mantendo estreito contato com a senhorita Beckwith, claro. Provavelmente foi alguém do bairro. Ele com certeza soube para onde arrastá-la. Já começamos uma busca pelas casas. Quando mais cedo, melhor, com ou sem DNA. E as coisas por aí vão bem, senhor?"

"Não especialmente. Não temos uma situação clara ainda." Ele não mencionou a nova morte.

"Bem, senhor, ainda é o começo", disse Howard.

Dalgliesh concordou que ainda era o começo e, depois de agradecer a Howard, desligou.

Ele levou os pratos e as canecas até a cozinha, lavou-os e secou-os, em seguida ligou para Kate. "Já jantaram?"

"Sim, senhor, acabamos de jantar."

"Então venham agora, por favor."

13

Quando Kate e Benton chegaram, os três copos estavam sobre a mesa, o vinho já sem a rolha, mas para Dalgliesh foi um encontro menos produtivo, às vezes quase amargo. Ele nada disse sobre a visita de Emma, mas imaginou se os seus subordinados saberiam. Eles deviam ter ouvido o Jaguar passar em frente a Wisteria House, e deviam ter ficado curiosos em relação a qualquer carro que passasse à noite pela rua que conduzia à clínica, mas nenhum dos dois falou no assunto.

A discussão provavelmente foi insatisfatória porque, com a morte de Boyton, eles corriam o risco de tecer teorias antes dos fatos. Pouco havia a dizer sobre o assassinato da srta. Gradwyn. O parecer da autópsia já havia chegado, com a conclusão esperada da dra. Glenister de que a causa da morte havia sido estrangulamento por um assassino destro usando luvas lisas. Essa informação não chegava a ser necessária, visto o fragmento encontrado no banheiro de uma das suítes desocupadas. Ela confirmou a avaliação inicial da hora da morte. A srta. Gradwyn fora assassinada entre onze horas e meia-noite e meia.

Kate havia trocado algumas palavras cheias de tato com o reverendo Matheson e a irmã. Ambos estranharam suas perguntas sobre a única visita do vigário ao professor Westhall, mas confirmaram que de fato haviam ido a Stone Cottage, e que o reverendo tinha estado com o paciente. Benton telefonara para o dr. Stenhouse, que confirmou que Boyton o havia interrogado em relação ao dia da morte, impertinência à qual ele não havia se dignado a responder. A data da certidão de óbito estava correta, assim como o seu diagnóstico. O médico não demonstrou nenhuma curiosidade em relação àquelas perguntas tanto tempo depois do ocorrido, provavelmente porque Candace Westhall havia entrado em contato com ele antes, pensou Benton.

Os membros da equipe de segurança haviam se mostrado cooperativos, mas não muito úteis. O chefe observara que estavam concentrados em desconhecidos, particularmente repórteres que se aproximassem da clínica, e não em pessoas que tinham o direito de estar ali. Apenas um dos quatro homens estava no trailer do lado de fora do portão no horário relevante, e não se lembrava de ter visto nenhum dos moradores sair da clínica. Os outros três seguranças da equipe haviam se concentrado em patrulhar os limites que separavam o terreno da clínica das pedras e dos campos em que estas ficavam, caso aquele pudesse ser um acesso fácil. Dalgliesh não tentou pressioná-los. Afinal de contas, eles respondiam a Chandler-Powell, que os estava pagando, e não a ele.

Dalgliesh deixou Kate e Benton falarem durante a maior parte do encontro.

"A senhorita Westhall disse que não falou com ninguém sobre a desconfiança de Boyton de que ela e o irmão tinham forjado a data da morte do pai", disse Benton. "Parece improvável que tivesse falado. Mas o próprio Boyton talvez tenha feito confidências a alguém, ou aqui na clínica ou em Londres. Nesse caso, essa pessoa poderia ter usado a informação para matá-lo e depois contar mais ou menos a mesma história que a senhorita Westhall."

"Não vejo alguém de fora matando Boyton, seja de Londres ou não", disse Kate com um tom de quem descarta a possibilidade. "Pelo menos não desse jeito. Pensem no lado prático. A pessoa teria de marcar um encontro com a vítima em Stone Cottage quando tivesse certeza de que os Westhall não fossem estar lá e de que a porta fosse estar aberta. E que motivo ela poderia inventar para atrair Boyton para o chalé ao lado? E por que matá-lo ali, afinal? Londres seria mais simples e mais seguro. As mesmas complicações se aplicariam a qualquer outro morador da clínica. Enfim, de nada adianta teorizar antes de recebermos o parecer da autópsia. À primeira vista, acidente parece uma explicação mais provável do que assassinato, sobretudo com o depoimento dos Bostock sobre o fascínio de Boyton pelo freezer, que dá alguma credibilidade à explicação da senhorita Westhall... contanto, é claro, que os dois não estejam mentindo."

"Mas você estava lá", interrompeu Benton. "Tenho certeza de que os dois não estavam mentindo. Não acho que Kim, em especial, seja sagaz o suficiente para inventar uma história assim e contá-la de forma tão convincente. Eu fiquei totalmente convencido."

"Eu também, na hora, mas tenho de considerar todas as possibilidades. E, se isso tiver sido um assassinato, e não um acidente, então obrigatoriamente tem ligação com a morte de Rhoda Gradwyn. Dois assassinos em uma mesma casa ao mesmo tempo é altamente improvável."

"Mas já aconteceu", disse Benton em voz baixa.

"Se olharmos para os fatos, e ignorarmos por ora a motivação", disse Kate, "os suspeitos mais óbvios são a senhorita Westhall e a senhora Frensham. O que elas estavam realmente fazendo nos dois chalés, abrindo os armários e depois o freezer? É como se soubessem que Boyton estava morto. E por que precisaram ir as duas procurar por ele?"

"O que quer que estivessem fazendo", disse Dalgliesh, "não estavam trocando o corpo de lugar. Os indícios revelam que ele morreu onde foi encontrado. Não acho o comportamento delas tão estranho quanto você, Kate. As pessoas se comportam mesmo de forma irracional quando estão estressadas, e as duas mulheres estão estressadas desde sábado. Subconscientemente, talvez estivessem com medo de uma segunda morte. Por outro lado, uma das duas talvez precisasse garantir que o freezer fosse aberto. Isso seria uma ação mais natural se a busca até ali houvesse sido completa."

"Assassinato ou não", disse Benton, "as digitais não vão nos ajudar muito. As duas abriram o freezer. Uma delas talvez tenha prestado bastante atenção para fazer isso. Mas será que já havia impressões digitais? Noctis teria usado luvas."

"Não se tiver jogado Boyton vivo dentro do freezer", disse Kate, já ficando impaciente. "Você não acharia isso um pouco estranho se fosse Boyton? E não é prematuro começar a usar o nome Noctis? Não sabemos se foi assassinato."

Os três estavam ficando cansados. O fogo começava a morrer, e Dalgliesh decidiu que estava na hora de encerrar a conversa. Olhando para trás, teve a sensação de estar vivendo um dia que não terminava nunca.

"Está na hora de irmos dormir relativamente cedo", disse ele. "Amanhã temos muito a fazer. Eu vou ficar aqui, mas, Kate, quero que você e Benton interroguem o sócio de Boyton. Segundo Boyton, ele estava hospedado em Maida Vale, então seus documentos e pertences devem estar lá. Não vamos chegar a lugar nenhum até sabermos que tipo de homem ele era e, se possível, por que ele estava aqui. Já conseguiram marcar com ele?"

"Ele pode nos receber às onze", respondeu Kate. "Eu não disse quem iria vê-lo. Ele disse que quanto antes, melhor."

"Certo. Às onze em Maida Vale, então. E vamos conversar antes de vocês irem."

Finalmente a porta se fechou atrás deles. Dalgliesh posicionou a grade em frente ao fogo que morria, passou alguns instantes em pé observando as últimas centelhas, e então, cansado, subiu a escada para ir se deitar.

LIVRO QUATRO

19-21 de dezembro
Londres, Dorset

1

A casa de Jeremy Coxon em Maida Vale fazia parte de uma fileira de belos casarões eduardianos com jardins que desciam até o canal, uma casinha de brinquedo arrumada ampliada à escala adulta. O jardim da frente, que mesmo na aridez invernal dava mostras de um plantio cuidadoso e da esperança da primavera, era cortado por um caminho de pedra que conduzia a uma porta da frente pintada com tinta brilhante. À primeira vista, não era uma casa que Benton associasse com o que sabia sobre Robin Boyton ou com o que esperava de seu amigo. Havia na fachada uma espécie de elegância feminina, e ele se lembrou de ler que era naquela região de Londres que os cavaleiros vitorianos e eduardianos montavam casas para as amantes. Lembrando-se do quadro *O despertar da consciência*, de Holman Hunt, visualizou uma sala de estar abarrotada de móveis, uma moça com os olhos brilhantes em frente ao piano, se levantando do colo de seu amante, e ele, com uma das mãos ainda no teclado, tentando detê-la com o braço. Em anos recentes, havia descoberto com surpresa uma predileção pela pintura vitoriana que retratava cenas do cotidiano, mas aquela imagem caótica e, para ele, pouco convincente do remorso não era uma de suas preferidas.

Quando estavam destrancando o portão, a porta da frente se abriu e um jovem casal foi conduzido para fora delicadamente, mas com firmeza. O casal foi seguido por um homem mais velho, elegante como um manequim de vitrine, com cabelos brancos armados e um bronzeado que nenhum sol teria sido capaz de produzir. Usava um terno com colete cujas largas listras diminuíam ainda mais seu porte franzino. Pareceu não reparar nos recém-chegados, mas a sua voz melodiosa ecoou até eles pelo caminho de pedra.

"Não se deve telefonar. Trata-se de um restaurante, não de uma casa particular. Use a sua imaginação. E, Wayne, meu querido garoto, veja se acerta desta vez. Você dá seu nome e os detalhes da reserva na recepção, alguém pega os seus casacos, e então vocês seguem a pessoa que os recebeu até a mesa. A senhora vai na frente. Não se antecipe e puxe a cadeira para a sua convidada como se estivesse com medo de que alguém fosse pegá-la. Deixe o homem fazer seu trabalho. Ele vai garantir que ela se sente de forma confortável. Então, vamos lá de novo. E, meu querido garoto, tente parecer seguro. Quem vai pagar a conta é você, pelo amor de Deus. O seu trabalho é garantir que a sua convidada faça uma refeição que tenha pelo menos a aparência de valer o que você está pagando por ela, e que tenha uma noite agradável. Isso não vai acontecer se você não souber o que está fazendo. Tudo bem, talvez seja melhor vocês entrarem para treinarmos a parte dos talheres."

O casal desapareceu dentro da casa, e foi então que o velho se dignou a voltar a atenção para Kate e Benton. Estes se aproximaram e Kate abriu a carteira. "Inspetora Miskin e investigador Benton-Smith. Viemos falar com o senhor Jeremy Coxon."

"Sinto muito tê-los feito esperar. Infelizmente acho que chegaram em um momento inoportuno. Vai demorar muito tempo para esses dois ficarem prontos para o Claridge's. Sim, Jeremy disse alguma coisa sobre estar esperando a polícia. É melhor entrarem. Ele está lá em cima no escritório."

Entraram no hall. Pela porta à esquerda, aberta, Benton viu que uma pequena mesa para dois havia sido posta com quatro copos em cada lugar e uma profusão de garfos e facas. O casal já estava sentado, encarando-se desconsolado.

"Sou Alvin Brent. Se puderem esperar um pouco, vou subir para ver se Jeremy está pronto. Vocês vão ser bem delicados com ele, não? Ele está muito abalado. Perdeu um amigo muito querido. Mas vocês devem saber tudo sobre isso, é claro, é por isso que estão aqui."

Ele estava prestes a subir, mas nesse momento alguém apareceu no alto da escada. Era alto e bem magro, com cabelos pretos lisos afastados de um rosto esticado e pálido. Usava roupas caras com uma casualidade estudada, o que, aliado ao seu porte dramático, dava-lhe o aspecto de um modelo posando para um ensaio de fotos. Sua calça preta ajustada parecia impecável. O paletó bordô, desabotoado, tinha um corte que Benton reconheceu e gostaria de ter dinheiro para comprar. A camisa engomada tinha os primeiros botões abertos, e ele usava um lenço em volta do pescoço. Seu rosto, antes contraído de ansiedade, tinha agora os traços relaxados de alívio.

"Graças a Deus vocês chegaram", disse enquanto descia ao encontro deles. "Queiram desculpar a recepção. Eu estava atarantado. Ninguém me disse nada, absolutamente nada, a não ser que Robin foi encontrado morto. E é claro que ele tinha me ligado para contar sobre a morte de Rhoda Gradwyn. E agora Robin. Vocês não estariam aqui se ele tivesse morrido de causas naturais. Eu preciso saber... foi suicídio? Ele deixou um bilhete?"

Os dois já o estavam seguindo escada acima e, afastando-se para o lado, ele indicou um cômodo à esquerda. A sala tinha móveis demais e era obviamente um misto de sala de estar e escritório. Uma grande mesa de cavalete em frente à janela estava ocupada por um computador, um fax e uma fileira de bandejas de documentos. Três mesas de mogno menores, em cima de uma das quais uma impressora se equilibrava de forma precária, estavam repletas de bibelôs de porcelana, brochuras e livros de referência. Encostado em uma das paredes havia um sofá grande, mas praticamente inutilizável, uma vez que estava coberto de caixas-arquivo. Apesar da desordem, alguém havia feito um esforço de arrumação e limpeza. Atrás da escrivaninha havia apenas uma cadeira e uma pequena poltrona. Jeremy Coxon olhou em volta como quem espera ver se materializar um terceiro assento, em seguida cruzou o corredor e voltou com uma cadeira de assento de ratã que pôs diante da escrivaninha. Os três se sentaram.

"Não havia bilhete", disse Kate. "O senhor ficaria surpreso se fosse suicídio?"

"Meu Deus, mas claro! Robin tinha as suas dificuldades, mas não escolheria essa saída. Ele adorava a vida e tinha amigos, gente capaz de ajudá-lo em alguma emergência. É claro que tinha os seus momentos de depressão, nós todos não temos? Mas com Robin eles nunca duravam muito. Eu só perguntei sobre um bilhete porque qualquer alternativa é ainda mais difícil de acreditar. Ele não tinha inimigos."

"E não havia nenhuma dificuldade específica no momento?", indagou Benton. "Nada que o senhor saiba que pudesse tê-lo conduzido ao desespero?"

"Nada. Evidentemente ele ficou arrasado com a morte de Rhoda, mas desespero não é uma palavra que eu teria usado em relação a Robin. Ele era um verdadeiro Micawber, sempre torcendo para alguma coisa aparecer, e geralmente aparecia mesmo. E as coisas por aqui estavam indo bastante bem para nós. É claro que o capital era um problema. Sempre é quando se começa algum negócio. Mas ele disse que tinha planos, que estava esperando ganhar dinheiro, muito dinheiro. Não disse de onde ele viria, mas estava animado, mais feliz do que eu o tinha visto ficar em muitos anos. Muito diferente de quando voltou de Stoke Cheverell três semanas atrás. Nessa ocasião ele pareceu deprimido. Não, podem descartar o suicídio. Mas, como eu falei, ninguém me disse nada a não ser que Robin morreu e para esperar uma visita da polícia. Se ele tiver deixado um testamento, provavelmente deve ter me nomeado seu testamenteiro, e sempre me citava como o parente mais próximo. Não sei de mais ninguém que possa assumir responsabilidade pelas coisas dele que ficaram aqui ou pelo funeral. Por que esse segredo todo, afinal? Não está na hora de vocês abrirem o jogo e me dizerem como ele morreu?"

"Não sabemos ao certo, senhor Coxon", disse Kate. "Talvez saibamos mais quando tivermos o resultado da autópsia, que deveria sair hoje mais tarde."

"Bem, mas onde ele foi encontrado?"

"O corpo dele estava dentro de um freezer quebrado no chalé ao lado daquele onde ele estava hospedado", disse Kate.

"Um freezer? A senhora quer dizer um daqueles grandes congeladores retangulares usados para armazenar comida por longos períodos?"

"Isso. Um freezer quebrado."

"A tampa estava aberta?"

"A tampa estava fechada. Ainda não sabemos como o seu amigo foi parar lá dentro. Talvez tenha sido um acidente."

Então Coxon pôs-se a fitá-los com um espanto incrédulo que se transformou em terror diante de seus olhos. Houve uma pausa, e então ele disse: "Vamos esclarecer isso. Vocês estão me dizendo que o corpo de Robin foi encontrado fechado dentro de um freezer?".

"Sim, senhor Coxon", disse Kate com paciência. "Mas ainda não sabemos como ele foi parar lá dentro nem a causa da morte."

Ele alternou o olhar arregalado de Kate para Benton como se estivesse testando em qual dos dois devia acreditar, se é que em algum. Quando falou, sua voz foi enfática, com um tiquinho de histeria contido a duras penas. "Então me deixem dizer o seguinte. Isso não foi nenhum acidente. Robin tinha uma claustrofobia seriíssima. Nunca andava de avião nem de metrô. Era incapaz de comer em algum restaurante, a não ser que estivesse sentado perto da porta. Estava lutando contra essa fobia, mas sem muito sucesso. Nada nem ninguém poderia tê-lo convencido a entrar dentro de um freezer."

"Nem mesmo se a tampa estivesse totalmente aberta?", perguntou Benton.

"Ele nunca acreditaria que a tampa não fosse cair e deixá-lo preso lá dentro. O que vocês estão investigando é assassinato."

Kate poderia ter dito que era possível Boyton ter morrido de acidente ou causas naturais e que alguém, por motivos desconhecidos, tivesse posto seu corpo dentro do freezer, mas não tinha a intenção de compartilhar teorias com Coxon. Em vez disso, perguntou: "Os amigos dele em geral sabiam que ele era claustrofóbico?".

Coxon agora estava mais calmo, ainda olhando alternadamente para Kate e Benton, querendo que acreditassem nele. "Alguns talvez soubessem ou tivessem adivinhado, acho eu, mas eu nunca ouvi ninguém falar no assunto. Era algo de que ele tinha bastante vergonha, sobretudo por não poder voar. Era por isso que não tirávamos férias no exterior, a menos que pudéssemos ir de trem. Eu não conseguia fazê-lo entrar em um avião mesmo que o fizesse tomar um porre antes. Era um empecilho e tanto. Se ele contou para alguém, deve ter sido para Rhoda, e Rhoda está morta. Olhem, eu não posso provar nada. Mas vocês precisam acreditar em mim quanto a uma coisa. Robin jamais teria entrado vivo em um freezer."

"Os primos dele ou alguém em Cheverell Manor sabem que ele era claustrofóbico?", perguntou Benton.

"Como é que eu vou saber? Nunca conheci nenhum deles nem nunca estive lá. Vão ter de perguntar a eles."

Sua compostura havia desabado. Ele parecia à beira das lágrimas. Murmurou: "Desculpem, desculpem", e se calou. Depois de um minuto que passou respirando profunda e regularmente como se fosse um exercício para recuperar o controle, disse: "Robin tinha passado a visitar a clínica com mais frequência. Imagino que esse fato pudesse ter surgido na conversa, se estivessem falando sobre férias ou sobre o inferno do metrô de Londres na hora do rush".

"Quando o senhor ficou sabendo da morte de Rhoda Gradwyn?", perguntou Kate.

"No sábado à tarde. Robin ligou por volta das cinco."

"Como ele parecia estar quando deu a notícia?"

"Como esperaria que estivesse, inspetora? Não estava telefonando exatamente para perguntar como eu andava passando. Ah, meu Deus! Eu não quis dizer isso, estou tentando ajudar. É que eu ainda estou tentando digerir a notícia. Como ele estava? No início, quase não estava dizendo coisa com coisa. Eu precisei de alguns minutos para acalmá-lo. Depois disso... bom, podem escolher os adjetivos que quiserem: chocado, horrorizado, surpreso, assustado. Sobretudo chocado e assustado. Uma reação natural. Ele havia acabado de saber que uma amiga próxima havia sido assassinada."

"Ele usou essa palavra, assassinada?"

"Usou, sim. Uma suposição razoável, eu diria, uma vez que a polícia estava no local e ele havia sido avisado de que iriam interrogá-lo. E nem era a polícia local. A Scotland Yard. Ele não precisava que ninguém lhe dissesse que a morte não tinha sido natural."

"Ele disse alguma coisa sobre como a senhorita Gradwyn tinha morrido?"

"Ele não sabia. Estava bastante amargurado com o fato de ninguém da clínica ter se dado ao trabalho de ir lhe dar a notícia. Só descobriu que havia acontecido alguma coisa depois de os carros da polícia chegarem. Eu continuo sem saber como ela morreu e não acho que estejam prestes a me contar."

"O que precisamos, senhor Coxon", disse Kate, "é que o senhor nos diga tudo que puder sobre o relacionamento de Robin com Rhoda Gradwyn e, é claro, com o senhor. Nós agora temos duas mortes suspeitas que podem estar ligadas. Há quanto tempo o senhor conhece Robin?"

"Uns sete anos. Nos conhecemos em uma festa depois de uma produção de sua escola de teatro em que ele não tinha um papel de especial destaque. Fui com um amigo que dá aulas de esgrima e Robin chamou minha atenção. Bom, ele é assim, chama a atenção dos outros. Não nos falamos nessa hora, mas a festa foi se estendendo e o meu amigo, que tinha outro compromisso, já tinha ido embora quando a última garrafa terminou. O tempo estava horrível nessa noite, chovia a cântaros, e eu vi Robin esperando um ônibus com uma roupa meio inadequada para a chuva. Então chamei um táxi e perguntei se ele queria uma carona. Foi assim que nos conhecemos."

"E ficaram amigos?", perguntou Benton.

"Ficamos amigos, e depois ficamos sócios. Não era nada formal, mas trabalhávamos juntos. Ele tinha as ideias e eu a experiência prática e pelo menos a esperança de levantar algum dinheiro. Vou responder à pergunta que vocês estão tentando fazer com tato. Nós éramos amigos. Não éramos amantes, nem cúmplices em uma conspiração, nem conhecidos, nem companheiros de copo, mas amigos. Eu gostava dele, e acho que éramos úteis um para o outro. Disse a ele que tinha herdado pouco mais de um milhão de uma tia solteirona morta recentemente. A tia era verdade, mas a querida velhinha não tinha um tostão para deixar. Na verdade, eu tive sorte na loteria. Não sei muito bem por que estou me dando ao trabalho de contar isso a vocês, a não ser pelo fato de que sem dúvida vão descobrir mais cedo ou mais tarde, quando começarem a imaginar se eu tinha algum interesse financeiro na morte de Robin. Não tinha. Duvido que ele tenha deixado alguma coisa além de dívidas e das tralhas — quase todas roupas — que largou aqui."

"O senhor algum dia contou a ele sobre ter ganhado na loteria?"

"Não, não contei. Nunca acho que vale a pena contar às pessoas quando se ganha algo grande. Elas simplesmente partem do princípio que, como você não fez nada para merecer essa sorte, tem obrigação de dividi-la com outros igualmente pouco merecedores. Robin acreditou na história da tia rica. Eu investi mais de um milhão nesta casa, e foi ele quem teve a ideia de começarmos a dar aulas de etiqueta para os novos-ricos ou aspirantes sociais que não quisessem passar constrangimento toda vez que recebessem o patrão em casa ou levassem uma garota para jantar em um restaurante decente."

"Pensei que os muito ricos não ligassem para essas coisas", disse Benton. "Não são eles quem fazem as próprias regras?"

"Não esperamos atrair bilionários, mas a maioria das pessoas liga para isso sim, acreditem. A nossa sociedade tem muita mobilidade para cima. Ninguém gosta de parecer socialmente inseguro. E estamos indo bem. Já temos vinte e oito clientes e eles pagam quinhentos e cinquenta libras por um curso de quatro semanas. Em tempo parcial. É barato. Essa é a única das ideias de Robin que algum dia deu esperança de render dinheiro. Ele foi expulso do seu apartamento há umas duas semanas, então veio morar aqui em um quarto dos fundos. Ele não é — não era — propriamente um hóspede cuidadoso, mas o fato era que a situação convinha a nós dois. Ele ficava de olho na casa e estava aqui quando era a sua vez de dar aulas. Talvez seja difícil de acreditar, mas ele era um bom professor e sabia do que estava falando. Os clientes gostavam dele. O problema de Robin é que ele é — era — pouco digno de confiança e volátil. Em um minuto demonstra um entusiasmo louco, e no minuto seguinte já está correndo atrás de alguma outra ideia estapafúrdia. Ele podia ser enlouquecedor, mas eu nunca quis abandoná-lo. Isso simplesmente nunca me ocorreu. Não dá para explicar a química que mantém unidas duas pessoas muito diferentes. Eu ficaria interessado em ouvir essa explicação."

"E qual era o relacionamento dele com Rhoda Gradwyn?"

"Ah, essa é mais difícil. Ele não falava muito sobre ela, mas evidentemente gostava de tê-la como amiga. Isso lhe dava prestígio aos seus próprios olhos, que afinal de contas é o que importa."

"Tinha a ver com sexo?", perguntou Kate.

"Ah, é pouco provável. Acho que aquela senhora frequentava gente mais importante do que Robin. E duvido que o achasse atraente. Em geral as pessoas não acham. Bonito demais, talvez, um pouco assexuado. Mais ou menos como fazer amor com uma estátua. O sexo não era importante para ele, mas ela era. Acho que representava uma autoridade estabilizadora. Ele certa vez disse que com ela podia conversar e ouvir a verdade, ou algo que fizesse as vezes de verdade. Eu costumava me perguntar se ela o fazia se lembrar de alguém que o havia influenciado dessa forma, talvez uma professora. E ele perdeu a mãe aos sete anos. Algumas crianças nunca superam isso. Ele poderia estar procurando uma substituta. Sei que é psicologia barata, mas talvez haja algum fundo de verdade nisso."

Benton refletiu que "maternal" não era uma palavra que teria usado para descrever Rhoda Gradwyn, mas, afinal de contas, o que sabiam sobre ela? Isso não fazia parte do fascínio daquela profissão, o não conhecer os outros? "Robin lhe contou que a senhorita Gradwyn ia retirar uma cicatriz e onde seria feita a cirurgia?", perguntou Benton.

"Não, e não me surpreende. Quero dizer, não me surpreende ele não ter me dito. Ela provavelmente lhe pediu para guardar segredo. Robin era capaz de guardar segredo se achasse que poderia valer a pena. Tudo que ele disse foi que estava indo passar alguns dias no chalé em Stoke Cheverell. Nunca disse que Rhoda estaria lá."

"Como estava o humor dele?", perguntou Kate. "Ele parecia animado, ou o senhor teve a impressão de que era uma visita rotineira?"

"Como eu disse, ele voltou deprimido da primeira visita, mas estava animado quando viajou de novo na noite de quinta passada. Raramente o vi tão feliz. Ele mencionou alguma coisa sobre ter boas notícias para mim quando voltasse, mas eu não o levei a sério. As boas notícias de Robin em geral acabavam virando más notícias, ou então notícia nenhuma."

"Fora aquela primeira ligação, ele falou com o senhor de novo enquanto estava em Stoke Cheverell?"

"Falou, sim. Ele me ligou depois de vocês o interrogarem. Disse que foram bastante rudes com ele, e que não se mostraram particularmente compreensivos com um homem lamentando a morte de uma amiga."

"Sinto muito ele ter achado isso", disse Kate. "Ele não fez nenhuma queixa formal sobre o tratamento que recebeu."

"A senhora faria, no lugar dele? Só os tolos ou os muito poderosos antagonizam a polícia. Afinal de contas, vocês não chegaram a bater nele. Seja como for, ele me ligou de novo depois de prestar depoimento no chalé e eu disse a ele para voltar para cá e deixar a polícia procurá-lo aqui, onde eu chamaria meu advogado para estar presente caso necessário. Não foi uma sugestão totalmente desinteressada. Estamos ocupados aqui, e eu precisava dele. Ele disse que estava decidido a ficar a semana que havia reservado. Falou sobre não abandoná-la na morte. Um pouco histérico, mas Robin era assim. É claro que àquela altura ele já sabia um pouco mais, e me disse que ela havia sido encontrada morta às sete e meia da manhã de sábado e que parecia um serviço interno. Depois disso, liguei para ele várias vezes no celular, mas ele não atendeu. Deixei recados pedindo para ele ligar, mas ele não ligou."

"Na primeira vez que ele ligou, o senhor disse que parecia assustado", falou Benton. "Não achou esquisito ele estar se preparando para ficar lá com um assassino à solta?"

"Achei, sim. Insisti com ele, e ele me disse que tinha assuntos a resolver."

Houve um silêncio. A voz de Kate foi deliberadamente desprovida de curiosidade. "Assuntos a resolver? Ele lhe deu alguma pista do que queria dizer com isso?"

"Não, nem eu perguntei. Como eu disse, Robin podia ser histriônico. Talvez ele estivesse querendo ajudar na investigação. Ele estava lendo um romance de detetive que vocês provavelmente vão encontrar no quarto dele. Vão querer ver o quarto, imagino?"

"Vamos", respondeu Kate, "assim que terminarmos de conversar com o senhor. Só mais uma coisa. Onde o senhor estava entre as quatro e meia da tarde da última sexta e as sete e meia da manhã seguinte?"

Coxon não demonstrou preocupação. "Achei mesmo que fossem perguntar isso. Eu estava dando aulas aqui das três e meia às sete e meia, três casais com intervalos entre cada um. Depois preparei um espaguete à bolonhesa, fiquei vendo televisão até as dez, e fui até o pub. Graças a um governo bondoso que nos deixa beber até de madrugada, foi isso que eu fiz. Quem estava servindo era o dono do pub, e ele pode confirmar que só saí de lá à uma e quinze. E, se vocês quiserem me dizer a que horas Robin morreu, posso dizer que serei capaz de produzir um álibi igualmente válido."

"Ainda não sabemos exatamente quando ele morreu, senhor Coxon, mas foi na segunda-feira, provavelmente entre uma da tarde e oito da noite."

"Olhem, parece ridículo eu dar um álibi para a morte de Robin, mas imagino que vocês estejam na obrigação de perguntar. Para minha sorte, não há problema nenhum nisso. Eu almocei aqui à uma e meia com um dos nossos professores temporários, Alvin Brent — vocês cruzaram com ele na porta. Às três, tive uma aula vespertina com dois novos clientes. Posso lhes dar os nomes e endereços, e Alvin vai confirmar o almoço."

"A que horas terminou a aula vespertina?", perguntou Kate.

"Bem, eles em teoria deveriam ficar uma hora, mas, como eu não tinha nenhum outro compromisso, deixei passar um pouco da hora. Já eram quatro e meia quando eles saíram. Depois fiquei trabalhando aqui no escritório até as seis, quando fui até o pub — chamado Leaping Hare, um pub novo em Napier Road, que também serve comida. Encontrei um amigo — posso dar o nome e endereço dele — e fiquei lá com ele até umas onze, quando voltei a pé para casa. Tenho de checar os endereços e telefones na minha caderneta, mas posso fazer isso agora se quiserem esperar."

Kate e Benton ficaram esperando enquanto ele ia até a escrivaninha e, depois de alguns instantes folheando a caderneta de telefones, encontrou um pedaço de papel na gaveta, copiou as informações e lhes entregou o papel. "Se tiverem de verificar", disse ele, "eu ficaria grato se pudessem deixar claro que não sou suspeito. Já é ruim o suficiente tentar lidar com a perda de Robin — a ficha para mim ainda não caiu, talvez porque eu ainda não seja capaz de acreditar, mas podem acreditar que vai cair —, e não quero que me vejam como um assassino."

"Se o que o senhor nos disse for confirmado", disse Benton, "não acho que haverá nenhum risco de isso acontecer."

E não haveria mesmo. Se os fatos estivessem corretos, a única hora em que Jeremy havia ficado sozinho fora a hora e meia entre o fim de sua aula e sua chegada no pub, e ele não teria sequer tido tempo de chegar a Stoke Cheverell.

"Agora gostaríamos de dar uma olhada no quarto do senhor Boyton", disse Kate. "Imagino que não tenha sido trancado desde a morte dele."

"Não poderia ter sido: o quarto não tem tranca", disse Coxon. "Em todo caso, nunca me ocorreu que o quarto devesse ser trancado. Se vocês esperavam que fosse, com certeza teriam me telefonado. Como eu tenho dito e repetido, ninguém me disse nada até a chegada de vocês hoje aqui."

"Não acho que isso tenha importância", disse Kate. "Suponho que ninguém tenha entrado no quarto desde a morte dele."

"Ninguém. Nem mesmo eu. O lugar já me deixava deprimido quando ele estava vivo. Agora não consigo mais nem olhar para o quarto."

O quarto ficava do outro lado do patamar da escada, nos fundos. Era grande e bem distribuído, com duas janelas dando para o gramado com seu canteiro central e, mais atrás, para o canal.

Sem entrar no quarto, Coxon disse: "Desculpem a bagunça. Robin só se mudou para cá duas semanas atrás, e tudo que ele possui foi largado aqui, com exceção das coisas que ele doou para a caridade ou que vendeu no pub, e não acho que tenha havido muitos interessados".

O quarto sem dúvida era pouco convidativo. Havia um único sofá à esquerda da porta, coberto por uma pilha de roupas por lavar. As portas de um guarda-roupa de mogno estavam abertas e revelavam camisas, paletós e calças amontoadas em cabides de metal. Havia uma meia dúzia de grandes caixas quadradas marcadas com o nome de uma empresa de mudanças, com três volumosos sacos de plástico preto por cima. No canto à direita da porta viam-se pilhas de livros e uma caixa de papelão cheia de revistas. Entre as duas janelas, uma escrivaninha em U com gavetas e um armário de cada lado exibia um computador portátil e uma luminária de leitura ajustável. O quarto tinha um cheiro desagradável de roupa suja.

"O computador é novo", disse Coxon, "fui eu quem comprei. Robin supostamente devia me ajudar com a correspondência, mas não chegou a começar. Acho que é a única coisa do quarto que tem algum valor. Ele sempre foi muito bagunceiro. Nós tivemos uma pequena briga antes de ele viajar para Dorset. Eu reclamei que ele poderia pelo menos mandar lavar as roupas antes de se mudar. Agora me sinto um filho da mãe mesquinho, é claro. Imagino que vou me sentir assim para sempre. É irracional, mas é assim. Seja como for, tudo que ele possui, até onde eu sei, está aqui neste quarto, e por mim vocês podem vasculhar tudo. Ele não tem nenhum parente para reclamar. Ou pelo menos mencionou um pai, mas pelo que entendi os dois não se falam desde que ele era menino."

"Não vejo motivo para o senhor sentir culpa", disse Benton. "O quarto está um caos. Ele pelo menos poderia ter ido à lavanderia antes de se mudar. O senhor só estava dizendo a verdade."

"Mas ser bagunceiro não é exatamente um ato grave de delinquência moral. E que importância tinha isso, droga? Não justificava gritar. E eu sabia como ele era. Com certeza devemos alguma indulgência aos amigos."

"Mas não podemos ficar medindo nossas palavras só porque um amigo pode morrer antes de termos a oportunidade de consertar a situação", disse Benton.

Kate achava que já estava na hora de andar logo com aquilo. Benton parecia inclinado a falar mais. Se tivesse oportunidade, ele provavelmente daria início a uma discussão quase filosófica sobre as relativas obrigações para com a amizade e a verdade. "Temos o chaveiro dele. A chave das gavetas deve estar lá. Se houver muitos documentos, talvez precisemos de uma sacola para levar. Eu lhe dou um recibo."

"Podem levar tudo embora, inspetora. Enfiem dentro de uma van da polícia. Aluguem uma caçamba. Queimem. Isso tudo me deixa profundamente deprimido. Me avisem quando estiverem prontos para ir embora."

Sua voz rateou e ele pareceu à beira das lágrimas. Sem mais nenhuma palavra, desapareceu. Benton foi até a janela e abriu-a de par em par. O quarto se encheu de ar fresco. "Está demais para você?", perguntou.

"Não, Benton, deixe aberta. Como é que alguém consegue viver assim? Parece que ele não fez o menor esforço para tornar o quarto habitável. Tomara que encontremos a chave da escrivaninha."

Não foi difícil identificar a chave de que precisavam. Era de longe a menor de todas, e coube com facilidade na fechadura das duas gavetas. Abriram primeiro a da esquerda, mas Kate teve de forçá-la pois havia papéis prendendo-a por trás. Quando a abriu com um safanão, contas antigas, cartões-postais, uma agenda velha, alguns cartões de Natal em branco e uma coleção de cartas saíram voando lá de dentro e se espalharam pelo chão. Benton abriu o armário, e este também estava abarrotado com pastas estufadas, velhos programas de peças de teatro, roteiros e fotos publicitárias, e um *nécessaire* que, aberto, revelou velhos produtos de maquiagem cenográfica.

"Não vamos perder tempo olhando essa bagunça toda agora", disse Kate. "Vamos ver se temos mais sorte com a outra gaveta."

A segunda gaveta cedeu com mais facilidade quando ela a puxou. Continha uma pasta de papel pardo e um livro. O livro era uma velha edição em brochura, *Morte prematura*, de Cyril Hare, e a pasta continha apenas uma folha de papel escrita dos dois lados. Era a cópia de um testamento intitulado "Testamento particular de Peregrine Richard Westhall" e datado por extenso na última página: *Certifico e dou fé neste dia sete de julho de dois mil e cinco*. Junto com o testamento havia um recibo de cinco libras da repartição em Holborn onde o testamento havia sido validado. O documento estava inteiramente escrito à mão com uma caligrafia preta e reta, forte em algumas partes, mas que se tornava mais trêmula no último parágrafo. O primeiro parágrafo nomeava como testamenteiros seu filho Marcus Saint John Westhall, sua filha Candace Dorothea Westhall e seus advogados do escritório Kershaw & Price-Nesbitt. O segundo expressava o seu desejo de ser cremado em uma cerimônia particular sem outros presentes que não os parentes mais próximos, sem culto religioso e sem nenhuma homenagem posterior. O terceiro parágrafo — de caligrafia um tanto mais graúda — declarava: *Deixo todos os meus livros para o Winchester College. Quaisquer livros que o* college *não desejar manter devem ser vendidos ou receber o fim que meu filho, Marcus Saint John Westhall, julgar mais adequado. Deixo todo o restante de minhas posses em dinheiro e bens, em partes iguais, para meus dois filhos, Marcus Saint John Westhall e Candace Dorothea Westhall.*

O testamento estava assinado, e a assinatura confirmada pelas testemunhas Elizabeth Barnes, identificada como empregada doméstica domiciliada em Stone Cottage, Stoke Cheverell, e Grace Holmes, enfermeira, domiciliada em Rosemary Cottage, Stoke Cheverell.

"À primeira vista, não há nada que possa ter interessado a Robin Boyton", disse Kate, "mas ele evidentemente se deu ao trabalho de conseguir esta cópia. Acho que é melhor lermos o livro. Você lê rápido, Benton?"

"Bem rápido. O livro não é muito grosso."

"Então é melhor começar a ler no carro enquanto eu dirijo. Vamos pegar uma sacola com Coxon e levar esta tralha para Old Police Cottage. Não acho que o outro armário tenha nada que nos interesse, mas é melhor olharmos."

"Mesmo se descobrirmos que ele tem mais de um amigo que quer vê-lo pelas costas, de alguma forma eu não consigo imaginar um inimigo indo até Stoke Cheverell para matá-lo, conseguindo entrar no chalé dos Westhall e enfiando o corpo dentro do freezer. Mas evidentemente esta cópia do testamento deve significar alguma coisa, a menos que ele só quisesse confirmar que o velho não tinha lhe deixado nada. Pergunto-me por que foi escrito à mão. É óbvio que Grace Holmes não mora mais em Rosemary Cottage. O chalé está à venda. Mas por que Boyton estava tentando entrar em contato com ela? E a data do testamento é interessante, não?"

"Não só a data", disse Kate devagar. "Vamos sair desta bagunça. Quanto mais cedo nos reunirmos com AD, melhor. Mas temos de ir encontrar a agente da senhorita Gradwyn. Tenho a sensação de que isso não vai demorar muito. Lembre-me de quem é ela e onde mora, Benton."

"Eliza Melbury. Marcamos com ela às três e quinze. O escritório fica em Camden."

"Que droga! É bem fora de mão. Vou checar com AD se ele não quer que façamos mais nada em Londres enquanto estamos aqui. Ele em geral tem alguma coisa para buscar na Yard. Depois achamos um lugar para almoçar depressa e vamos lá ver o que Eliza Melbury tem a nos dizer, se é que tem alguma coisa. Mas pelo menos a manhã de hoje não foi perdida."

2

Com o carro parado no tráfego de Londres, o trajeto até o endereço de Eliza Melbury em Camden foi tedioso e demorado. Benton torcia para que a informação que ela lhes desse justificasse o tempo e a complicação de ir vê-la. Seu escritório ficava em cima de uma mercearia, e o cheiro de frutas e legumes os acompanhou enquanto subiam a escada estreita até o primeiro andar e entravam no que evidentemente era a sala principal do escritório. Havia três moças sentadas diante de computadores, enquanto um senhor de idade estava ocupado rearrumando livros, todos com suas sobrecapas lustrosas, em uma prateleira que ocupava toda a extensão de uma das paredes. Três pares de olhos se ergueram e, quando Kate mostrou a credencial, uma das moças se levantou e foi bater na porta que dava para a parte da frente do prédio, chamando alegremente: "Eliza, a polícia chegou. Você disse que estava esperando".

Eliza Melbury estava encerrando um telefonema. Pôs o fone na base, sorriu para eles e em seguida indicou duas cadeiras em frente à mesa. Era uma mulher grandalhona, atraente, com um volumoso tufo de cabelos escuros frisados que chegava até os ombros, bochechas rosadas, e usava um caftã brilhante todo enfeitado de contas.

"Vocês vieram aqui conversar sobre Rhoda Gradwyn, é claro", disse ela. "Tudo que eu sei é que estão investigando o que foi descrito como morte suspeita, que suponho significar assassinato. Se for assim, é um choque terrível, mas não sei muito bem se posso lhes dizer alguma coisa útil. Ela me procurou pela primeira vez há vinte anos, quando eu havia acabado de sair da Dawkins-Bower e de abrir a minha própria agência, e ficou comigo desde então."

"A senhora a conhecia bem?", perguntou Kate.

"Como escritora, muito bem, imagino. Isso significa que eu era capaz de identificar qualquer texto em prosa que ela houvesse escrito, sabia como ela gostava de lidar com seus editores, e conseguia prever quais seriam as suas respostas para qualquer proposta que eu fizesse. Eu a respeitava e gostava dela, e ficava feliz em tê-la na minha agência. Almoçávamos juntas a cada seis meses, em geral para conversar sobre assuntos literários. Fora isso, não posso dizer que a conhecia."

"Ela nos foi descrita como uma pessoa muito reservada", disse Kate.

"Sim, era mesmo. Estive pensando nela — é óbvio que pensei nela desde que soube da notícia — e parece-me que ela era alguém que carregava um segredo que precisava guardar, e que a impedia de ter intimidade com os outros. Eu a conhecia pouco melhor depois de vinte anos do que na primeira vez em que ela me procurou."

Benton, que se mostrava muito interessado pela decoração da sala, em especial pelas fotografias de escritores penduradas em uma das paredes, disse: "Isso não é pouco usual entre agente e escritor? Sempre imaginei que esse relacionamento devesse ser particularmente estreito para dar certo".

"Não necessariamente. É preciso haver simpatia e confiança, e um comum acordo sobre o que é importante. As pessoas são diferentes. Alguns dos meus autores viraram amigos próximos. Alguns deles precisam de um envolvimento pessoal muito forte. Nós podemos ter de ser confessores, conselheiros financeiros, conselheiros matrimoniais, editores, executores literários, às vezes até babás. Rhoda não precisava de nenhum desses serviços."

"E, que a senhora soubesse, ela não tinha inimigos?", perguntou Kate.

"Ela era jornalista investigativa. Pode ter ofendido algumas pessoas. Nunca deu a entender para mim que se sentisse fisicamente ameaçada por nenhuma delas. Nenhuma, até onde sei, ameaçou-a fisicamente. Uma ou duas ameaçaram processá-la, mas o meu conselho foi que ela não dissesse nem fizesse nada, e, conforme esperado, ninguém entrou na justiça. Rhoda não era mulher de escrever alguma coisa que pudesse se revelar inverídico ou motivo para processo."

"Nem mesmo um artigo na *Paternoster Review* acusando Annabel Skelton de plágio?", perguntou Kate.

"Algumas pessoas usaram esse artigo como arma para castigar o jornalismo moderno de forma geral, mas a maioria admitiu que se tratava de um estudo sério sobre um assunto interessante. Rhoda e eu recebemos a visita de um dos ofendidos, uma tal de Candace Westhall, mas ela não abriu nenhum processo. Nem poderia, os parágrafos que a ofendiam estavam escritos em linguagem moderada, e sua veracidade era irrefutável. Tudo isso já faz uns cinco anos."

"A senhora sabia que a senhorita Gradwyn tinha resolvido tirar a cicatriz?", perguntou Benton.

"Não, ela não me contou. Nunca falávamos na cicatriz."

"E os seus planos atuais? Ela estava planejando uma guinada na carreira?"

"Infelizmente acho que não posso falar sobre isso. Seja como for, nada estava resolvido, e acho que ela ainda estava revendo os planos. Ela não iria querer que eu conversasse sobre isso com outra pessoa que não ela própria quando estava viva, e vocês hão de entender que não posso fazer isso agora. Posso lhes garantir que eles não têm absolutamente nenhuma relevância para a morte dela."

Não havia mais nada a dizer, e a sra. Melbury já estava deixando bem claro que tinha trabalho a fazer.

Enquanto saía da sala, Kate disse: "Por que a pergunta sobre os planos para o futuro?".

"Eu só pensei que talvez ela pudesse estar planejando uma biografia. Se o tema fosse alguma pessoa viva, ele ou ela talvez tenham tido um motivo para impedir o projeto antes mesmo de Gradwyn começar."

"É possível. Mas, a menos que você esteja sugerindo que essa pessoa hipotética deu um jeito de descobrir o que nem a senhora Melbury sabia, ou seja, que a srta. Gradwyn estaria na clínica, e conseguiu convencer a vítima ou alguma outra pessoa a abrir a porta para ela, o que quer que a srta. Gradwyn estivesse planejando para o futuro não vai nos ajudar."

Enquanto colocavam os cintos de segurança, Benton disse: "Gostei dela".

"Então, quando você escrever o seu primeiro romance — coisa que, visto o seu amplo leque de interesses, sem dúvida vai acontecer —, já sabe quem procurar."

Benton riu. "Que dia cheio. Mas pelo menos não vamos voltar de mãos abanando."

3

A viagem de volta até Dorset acabou sendo um pesadelo. Levaram mais de uma hora para ir de Camden até a M3, e então ficaram presos na procissão de carros, para-choques quase colados uns nos outros, que saía de Londres ao final do dia de trabalho. Na saída 5, a procissão parou por completo porque um ônibus havia enguiçado e estava interditando uma das pistas, e eles passaram quase uma hora parados antes de a estrada ser liberada. Como, depois disso, Kate não quis parar para comer, só chegaram a Wisteria House às nove da noite, cansados e com fome. Kate ligou para Old Police Cottage e Dalgliesh lhes pediu para irem até lá assim que tivessem comido. A refeição pela qual tanto ansiavam foi ingerida às pressas, e o empadão de carne da sra. Shepherd não havia melhorado com a longa espera.

Eram dez e meia quando os dois se sentaram com Dalgliesh para o relatório do dia.

"Então vocês não descobriram nada com a agente a não ser o que já sabemos", disse Dalgliesh, "que Rhoda Gradwyn era uma mulher muito reservada. Eliza Melbury evidentemente respeita isso na morte assim como respeitava em vida. Vejamos o que trouxeram de Jeremy Coxon. Vamos começar com o item menos importante, este romance aqui. Você já leu, Benton?"

"Folheei rapidamente no carro. O livro termina com uma complicação jurídica que não consegui entender. Um advogado entenderia, e o romance foi escrito por um juiz.

Mas o enredo fala sobre uma tentativa fraudulenta de ocultar a hora da morte. Posso entender que Boyton talvez tenha tirado sua ideia daí."

"Então é mais um indício confirmando que Boyton de fato veio a Stoke Cheverell com a intenção de extrair dinheiro dos Westhall, ideia que, segundo Candace Westhall, ele teve originalmente graças a Rhoda Gradwyn, que lhe falou sobre o livro. Vamos passar para uma informação mais importante, o que Coxon lhe contou sobre a mudança de humor de Boyton. Segundo ele, Boyton voltou para casa desanimado depois da visita em 27 de novembro. Desanimado por quê, se Candace Westhall havia prometido um acordo? Seria porque suas suspeitas sobre os irmãos terem congelado o corpo haviam se revelado uma bobagem? Nós acreditamos mesmo que Candace Westhall havia resolvido deixá-lo na expectativa enquanto planejava um confronto mais dramático? Alguma mulher sensata agiria assim? Então, antes de ele voltar para cá na quinta-feira passada, quando Rhoda Gradwyn chegou para ser operada, Coxon diz que o humor de Boyton havia mudado, que ele estava animado e otimista, falando sobre um possível dinheiro. Então ele manda o torpedo implorando para a srta. Gradwyn se encontrar com ele, dizendo-lhe que o assunto é urgente. O que aconteceu então entre a primeira e a segunda visita para mudar a situação dessa forma? Ele foi à repartição em Holborn e conseguiu uma cópia do testamento de Peregrine Westhall. Por quê, e por que nesse momento? Ele já devia saber que não era beneficiário. Não é possível que, depois de Candace demolir sua alegação em relação a congelar o corpo, ela tenha lhe oferecido um auxílio financeiro, ou de alguma forma o feito desconfiar que queria encerrar toda aquela discussão sobre o testamento do pai?"

"O senhor está pensando em fraude?", perguntou Kate.

"É uma possibilidade. Está na hora de examinar o testamento."

Dalgliesh sacou o documento, e os três o estudaram

em silêncio. "O testamento inteiro está escrito em papel com holograma, com a data escrita por extenso, dia 7 de julho de 2005. Dia dos atentados em Londres. Se alguém estivesse forjando o documento, não seria uma boa escolha de data. A maioria das pessoas se lembra do que estava fazendo em 7 de julho, assim como se lembra do que estava fazendo em 11 de setembro. Vamos supor, então, que tanto a data quanto o testamento em si foram escritos pelo professor Westhall de próprio punho. A caligrafia é singular, e uma fraude extensa assim seria quase com certeza detectada. Mas e as três assinaturas? Eu hoje telefonei para um advogado do escritório que atendia ao professor Westhall para perguntar sobre o testamento. Uma das testemunhas, Elizabeth Barnes, uma solteirona que trabalhou muito tempo na clínica, já morreu. A outra é Grace Holmes, uma espécie de reclusa na cidade que emigrou para Toronto para morar com uma sobrinha."

"Boyton chega aqui na quinta-feira", disse Benton, "e tenta descobrir o endereço de Grace Holmes em Toronto indo a Rosemary Cottage. E é depois da primeira visita dele que Candace Westhall fica sabendo que, por mais ridículas que fossem as suspeitas iniciais do primo, ele agora está concentrando sua atenção no testamento. Foi Mog quem nos contou sobre a visita de Boyton a Rosemary Cottage. Teria ele feito a mesma fofoca para Candace? Ela pega um avião até Toronto, supostamente para dar uma gratificação à srta. Holmes tirada da herança do professor Westhall, algo que poderia ter sido facilmente organizado por carta, telefone ou e-mail. E por que esperar até agora para recompensar a mulher por seus serviços? E por que era tão importante encontrar Grace Holmes pessoalmente?"

"Se estivermos pensando em fraude", disse Kate, "é um motivo forte, sem dúvida. Imagino que pequenos defeitos em um testamento possam ser resolvidos. Os legados não podem ser modificados caso todos os testamenteiros concordem? Mas fraude é crime. Candace Westhall não podia arriscar ameaçar a reputação do irmão, além de sua herança. Mas, se Grace Holmes aceitou dinheiro de Candace Westhall em troca de seu silêncio, duvido que alguém agora consiga arrancar a verdade dela. Por que ela falaria? Talvez o professor tenha escrito muitos testamentos e não parasse de mudar de ideia. Tudo que ela precisa fazer é dizer que assinou vários testamentos holografados e não se lembra de nenhum em especial. Ela ajudou a cuidar do velho professor. Não devem ter sido anos fáceis para os Westhall. Ela provavelmente considera justo, do ponto de vista moral, que os dois irmãos herdem o dinheiro." Ela olhou para Dalgliesh. "Nós sabemos quais eram as disposições do testamento anterior?"

"Perguntei isso quando falei com os advogados. Os bens estavam divididos em duas partes. Robin Boyton receberia metade como reconhecimento do fato de que ele e os pais haviam sido tratados de forma injusta pela família; a metade restante seria dividida igualmente entre Marcus e Candace."

"E ele sabia disso?"

"Duvido muito. Espero saber mais na sexta-feira. Marquei uma hora com Philip Kershaw, o advogado que tratou tanto do antigo testamento quanto deste mais recente. Ele está adoentado e mora em uma casa de repouso nos arredores de Bournemouth, mas concordou em me receber."

"É um motivo forte", disse Kate. "O senhor está pensando em prendê-la?"

"Não, Kate. Amanhã vou sugerir interrogá-la formalmente, em um depoimento gravado. Mesmo assim, vai ser complicado. Seria pouco sensato, e talvez até inútil, revelar estas novas suspeitas sem indícios mais convincentes do que os que temos até agora. Tudo que temos é a afirmação de Coxon de que Boyton estava deprimido depois da primeira visita, e animado antes da segunda. E o torpedo para Rhoda Gradwyn poderia significar qualquer coisa. Ele aparentemente era um rapaz um tanto volátil. Bem, nós vimos isso com nossos próprios olhos."

"Estamos avançando, senhor", disse Benton.

"Mas sem nenhum forte indício físico, seja sobre a suposta fraude ou sobre as mortes de Rhoda Gradwyn e Robin Boyton. E, para complicar ainda mais as coisas, temos uma assassina condenada na clínica. Não vamos avançar mais hoje à noite e estamos todos cansados, então sugiro pararmos por aqui."

Faltava pouco para a meia-noite, mas Dalgliesh continuou a pôr mais lenha no fogo. Seria inútil ir dormir enquanto seu cérebro ainda estava tão ativo. Candace Westhall havia tido oportunidade e meios para cometer os dois assassinatos, e na verdade era a única pessoa capaz de atrair Boyton para a despensa velha em um momento em que tivesse certeza de estar sozinha. Tinha a força necessária para colocá-lo dentro do freezer, havia garantido que as suas digitais na tampa pudessem ser explicadas, e certificado-se de ter alguém consigo quando o corpo foi descoberto e até a polícia chegar. Mas nada disso passava de provas circunstanciais, e ela era inteligente o bastante para saber disso. Por enquanto, ele não podia fazer mais nada, a não ser interrogá-la formalmente.

Foi então que uma ideia surgiu em sua mente, e ele agiu antes que um segundo pensamento pudesse vir questioná-la. Aparentemente, Jeremy Coxon ficava até tarde bebendo no pub do seu bairro. Talvez ainda estivesse com o celular ligado. Caso contrário, ele tornaria a tentar na manhã seguinte.

Jeremy Coxon estava no pub. O barulho de fundo tornava impossível qualquer conversa coerente e, quando ele soube que era Dalgliesh no telefone, disse: "Espere um instante, vou sair para a rua. Não consigo escutar o senhor direito aqui dentro". Então, um minuto depois: "Alguma novidade?".

"Nenhuma por enquanto", respondeu Dalgliesh. "Entraremos em contato se houver alguma coisa. Desculpe estar ligando tão tarde. Eu queria saber sobre outra coisa, mas igualmente importante. O senhor se lembra do que estava fazendo no dia 7 de julho?"

Houve um silêncio, e então Coxon perguntou: "O senhor quer dizer no dia dos atentados de Londres?".

"Sim, dia 7 de julho de 2005."

Houve outra pausa, durante a qual Dalgliesh achou que Coxon estava resistindo à tentação de perguntar o que o dia 7 de julho tinha a ver com a morte de Robin. Ele então disse: "Quem não se lembra? É como o Onze de Setembro e o dia em que Kennedy morreu. Todo mundo se lembra".

"Robin Boyton era seu amigo na época, não era? O senhor se lembra do que ele fez no dia 7 de julho?"

"Lembro-me do que ele me disse que fez. Ele estava no centro de Londres. Apareceu no apartamento em Hampstead em que eu estava morando logo antes das onze da noite e ficou me importunando de madrugada contando como havia escapado por pouco e voltado a pé até Hampstead. Ele estava em Tottenham Court Road, perto da bomba que explodiu aquele ônibus. Foi agarrado por uma senhorinha que estava bastante abalada, e teve de passar algum tempo acalmando-a. Ela lhe disse que morava em Stoke Cheverell e que tinha chegado em Londres na véspera para ficar hospedada na casa de uma amiga e fazer compras. Planejava voltar para casa no dia seguinte. Robin ficou com medo de ela grudar nele, mas conseguiu pegar um táxi em frente à loja de decoração Heal's, deu a ela vinte libras para pagar a corrida, e ela foi embora relativamente tranquila. Isso era puro Robin. Ele disse que preferia gastar vinte pratas a passar o resto do dia colado àquela velhinha."

"Ele disse qual era o nome dela?"

"Não, não disse. Eu não sei o nome dessa senhora nem o endereço da amiga — e, aliás, também não sei o registro do táxi. Não foi nada de mais, mas aconteceu."

"E isso é tudo de que se lembra, senhor Coxon?"

"Foi tudo que ele me disse. Tem mais um detalhe. Acho que ele mencionou que ela era uma empregada aposentada que estava ajudando os primos dele a cuidar de um velho parente que tinha caído no seu colo. Desculpe não poder ajudar mais."

Dalgliesh agradeceu e fechou o celular. Se o que Coxon acabara de lhe dizer fosse verdade, e a empregada fosse Elizabeth Barnes, ela não tinha como ter assinado o testamento em 7 de julho de 2005. Mas seria Elizabeth Barnes? Poderia ter sido qualquer moradora da cidadezinha que estava ajudando em Stone Cottage. Com a ajuda de Robin Boyton, talvez tivessem conseguido encontrá-la. Mas Boyton estava morto.

Passava das três da manhã. Dalgliesh continuava acordado e inquieto. As recordações de Coxon sobre 7 de julho eram só de ouvir falar e, agora que tanto Boyton quanto Elizabeth Barnes estavam mortos, qual seria a probabilidade de encontrar a amiga com quem ela havia se hospedado ou o táxi que a havia levado para casa? Toda a sua teoria sobre a fraude estava baseada em provas circunstanciais. Ele não gostava nem um pouco de prender alguém sem poder em seguida acusar a pessoa de assassinato. Se o caso não se sustentasse, o acusado passava o resto da vida coberto por um véu de suspeita, e o agente que chefiava a investigação passava a ter a reputação de tomar atitudes impensadas e prematuras. Será que aquele se transformaria em um dos casos altamente insatisfatórios, e que não eram tão raros, em que a identidade do assassino era conhecida, mas as provas não bastavam para efetuar uma prisão?

Aceitando que não havia esperança de pegar no sono, ele saiu da cama, vestiu uma calça e um suéter grosso e enrolou um cachecol em volta do pescoço. Quem sabe uma caminhada a passo acelerado pela rua pudesse cansá-lo o suficiente para lhe dar vontade de voltar para a cama.

À meia-noite caíra uma chuva rápida, mas pesada, e o ar tinha um cheiro agradável e fresco, mas não muito frio. Ele saiu andando sob um céu salpicado de estrelas bem altas, sem ouvir nada a não ser os próprios passos. Então sentiu, qual uma premonição, o sopro do vento que se erguia. A noite ganhou vida quando o ar sibilou por entre as sebes escuras e fez ranger os galhos altos das árvores, calando-se pouco depois em um breve tumulto tão rapidamente quanto havia se erguido. Então, ao se aproximar da clínica, ele viu línguas de fogo ao longe. Quem estaria acendendo uma fogueira às três horas da manhã? Havia alguma coisa queimando no círculo de pedras. Tirando o celular do bolso, ele começou a chamar Kate e Benton enquanto saía correndo, com o coração disparado, na direção do fogo.

4

Ela não pôs o despertador para tocar às duas e meia, com medo de que, por mais depressa que silenciasse o toque, alguém pudesse ouvir e acordar. Mas ela não precisava de despertador. Durante muitos anos, havia sido capaz de acordar por vontade própria, da mesma forma que conseguia fingir estar dormindo de forma tão convincente que sua respiração se tornava mais leve e ela própria mal sabia se estava acordada ou dormindo. Duas e meia era uma boa hora. Meia-noite era a hora das bruxas, o poderoso horário de mistérios e cerimônias secretas. Mas o mundo já não dormia à meia-noite. Se o dr. Chandler--Powell estivesse ansioso, poderia muito bem sair para dar um passeio a essa hora, mas não estaria lá fora às duas e meia, nem as pessoas da casa que acordavam mais cedo. Mary Keyte havia sido queimada às três da tarde do dia 20 de dezembro, mas a tarde não era um horário possível para seu ato de expiação indireta, para a cerimônia final que silenciaria para sempre a voz atormentada de Mary Keyte e lhe dar paz. Três horas da manhã teria de servir. E Mary Keyte iria entender. O importante era prestar aquele derradeiro tributo, reencenar com o máximo de fidelidade a que ela se atrevesse aqueles terríveis instantes finais. O dia 20 de dezembro era ao mesmo tempo a data certa e talvez sua última chance. A sra. Rayner poderia muito bem ir buscá-la no dia seguinte. Ela estava pronta para partir, cansada de receber ordens como se fosse a pessoa menos importante da clínica quando, se eles ao menos soubessem, era na verdade a mais poderosa. Mas logo toda aquela servidão chegaria ao fim. Ela ficaria rica, e as pessoas pagariam para tomar conta dela. Primeiro, porém, havia aquela última despedida, a última vez que iria falar com Mary Keyte.

Que bom que ela havia planejado tudo com tanta antecedência. Depois da morte de Robin Boyton, os dois chalés haviam sido interditados pela polícia. Seria arriscado visitá-los mesmo após anoitecer, e impossível sair da clínica em qualquer horário sem ser vista pela equipe de seguranças. Mas ela havia agido assim que a srta. Cressett lhe avisara que um hóspede chegaria a Rose Cottage no mesmo dia em que a srta. Gradwyn estava agendada para fazer sua cirurgia. Era tarefa sua passar o aspirador ou lavar o piso, tirar o pó e encerar os móveis, e fazer a cama antes da chegada de um hóspede. Tudo havia coincidido. Tudo estava predestinado. Ela tinha até o cesto de vime com rodinhas usado para transportar a roupa limpa e levar os lençóis e toalhas sujas para serem lavados, o sabonete para o chuveiro e a pia, e a bolsa de plástico com seus produtos de limpeza. Ela usaria o cesto para buscar dois dos sacos de gravetos no barracão de Rose Cottage, um pedaço de varal velho que havia sido abandonado lá dentro, e duas latas de parafina embrulhadas nos jornais velhos que ela sempre carregava para espalhar sobre o piso recém-lavado. Mesmo transportada com cuidado, a parafina tinha um cheiro muito forte. Mas onde ela poderia escondê-la dentro da clínica? Decidiu pôr as duas latas dentro de dois sacos plásticos e, depois de anoitecer, escondê-las debaixo das folhas e da grama da vala junto à sebe. A vala era funda o suficiente para impedir que as latas fossem vistas, e o plástico as manteria secas. Os gravetos e o varal ela poderia esconder com segurança dentro de uma mala grande debaixo de sua cama. Ninguém iria encontrá-los lá. Ela própria era responsável pela faxina do seu quarto e por fazer sua cama, e todos na clínica eram meticulosos quanto à questão da privacidade.

Quando seu relógio marcava as duas e quarenta, ela já estava pronta para sair. Vestiu seu casaco mais escuro, já com uma grande caixa de fósforos dentro do bolso, e amarrou um lenço na cabeça. Depois de abrir a porta devagar, passou alguns instantes parada, mal se atrevendo a respirar. A casa estava silenciosa. Agora que não havia perigo de algum dos seguranças estar fazendo uma ronda noturna, ela podia se mover sem medo de estar sendo vigiada por olhos atentos e ouvidos apurados. Apenas os Bostock dormiam na parte central da casa, e ela não precisava passar pela porta deles. Levando os sacos de gravetos e o varal enrolado pendurados em cima do ombro, ela foi andando em silêncio pelo corredor, pé ante pé, desceu a escada lateral até o térreo e chegou à porta oeste. Como antes, teve de ficar na ponta dos pés para abrir o ferrolho e fez tudo bem devagar, tomando cuidado para que nenhum rangido metálico perturbasse o silêncio. Então, com cuidado, girou a chave, saiu para a noite lá fora e fechou a porta atrás de si.

A noite estava fria, as estrelas bem altas no céu e a atmosfera ligeiramente clara, e algumas nuvens esgarçadas se moviam diante do quarto brilhante da lua. Então o vento se ergueu, não de forma regular, mas em pequenas rajadas, como alguém que expira. Ela avançou qual um fantasma pela aleia de tílias, escondendo-se rapidamente atrás dos sucessivos troncos das árvores. Mas não estava realmente com medo de ser vista. A ala oeste estava às escuras, e nenhuma outra janela dava para a aleia de tílias. Quando chegou à mureta de pedra e pôde ver com clareza as pedras clareadas pelo luar, uma rajada de vento agitou a sebe escura, fazendo os galhos sem folhas rangerem e a grama comprida sussurrar e ondular. Ela lamentou que o vento estivesse tão irregular. Sabia que este ajudaria o fogo, mas aquela imprevisibilidade poderia ser perigosa. Aquilo devia ser uma homenagem póstuma, não um segundo sacrifício. Ela devia tomar cuidado para o fogo não chegar perto demais. Lambeu um dos dedos e ergueu-o, tentando estabelecer em que direção soprava o vento, depois começou a caminhar entre as pedras tão silenciosamente quanto se temesse que alguém estivesse à espreita atrás delas, e depositou os sacos de gravetos ao lado da pedra central. Então se encaminhou para a vala.

Levou alguns minutos para encontrar os sacos plásticos com as latas de parafina; por algum motivo, pensou que as tivesse deixado mais perto das pedras, e a lua em movimento, os breves períodos de luz e escuridão, eram desorientadores. Foi tateando rente à vala, bem agachada, mas suas mãos só encontraram mato e grama, e o visgo frio da lama. Finalmente encontrou o que procurava, e levou as latas até os gravetos. Deveria ter levado uma faca. O primeiro saco fechado com barbante estava mais difícil de abrir do que ela esperava, e foi preciso alguns minutos de puxões para que se soltasse, despejando a madeira para fora.

Ela então começou a construir um círculo de madeira no interior das pedras. Os gravetos não podiam ficar longe demais, ou a fogueira ficaria incompleta, nem perto demais para o fogo não atingi-la. Curvada, com gestos metódicos, ela por fim completou o círculo de uma forma que a deixou satisfeita, e então, desatarraxando a tampa e segurando a primeira lata de parafina com todo cuidado, dobrou o corpo e deu a volta pelo círculo de gravetos, molhando cada um deles. Percebeu que havia sido generosa demais com a parafina e, na segunda lata, tomou mais cuidado. Ansiosa para acender a fogueira e certa de que os gravetos estavam bem molhados, usou apenas metade da parafina.

Pegando o varal, ela se amarrou à pedra central. Foi mais difícil do que esperava, mas ela finalmente descobriu que o melhor jeito era dar duas voltas na pedra com o varal, depois entrar no círculo de corda, erguê-la pelo próprio corpo e apertar. O fato de a pedra central, o seu altar, ser alta porém mais lisa e estreita do que as outras ajudou. Isso feito, ela amarrou o varal na frente da cintura, deixando as duas pontas compridas penduradas. Pegando os fósforos no bolso, permaneceu rígida por alguns instantes, de olhos fechados. O vento soprou, depois parou. Ela disse para Mary Keyte: "Isso é para você. Em sua memória. Isso é para lhe dizer que você era inocente. Eles vão me afastar de você. Hoje é a última vez que vou poder visitá-la. Fale comigo". Mas nessa noite nenhuma voz lhe respondeu.

Ela acendeu um fósforo e jogou-o na direção do círculo de gravetos, mas o vento apagou a chama quase no mesmo instante em que esta se acendeu. Ela continuou tentando repetidas vezes, com as mãos trêmulas. Estava quase soluçando. Aquilo não ia funcionar. Ela teria de chegar mais perto do círculo, e depois correr de volta até a pedra sacrificial e tornar a se amarrar. Mas e se mesmo assim o fogo não pegasse? Então, enquanto olhava para a aleia, os imensos troncos das tílias cresceram e chegaram mais perto um do outro; os galhos de cima se fundiram e entrelaçaram, partindo a lua em pedaços. O caminho se estreitou, virando uma caverna, e a ala oeste, antes uma forma escura e distante, dissolveu-se na escuridão mais profunda.

Então ela pôde ouvir a multidão de habitantes da cidade chegando. Vinham se acotovelando pela aleia de tílias agora mais estreita, e suas vozes distantes se erguiam em um grito que explodia em seus ouvidos. *Queimem a bruxa! Queimem a bruxa! Ela matou nosso gado. Envenenou nossos bebês. Ela matou Lucy Beale. Queimem-na! Queimem-na!* Eles chegaram à mureta. Mas não a ultrapassaram. Aglomeraram-se junto à mureta, cada vez mais numerosos, as bocas escancaradas como uma fila de caveiras, gritando seu ódio para ela.

Então, de repente, os gritos cessaram. Uma figura se destacou das outras, passou por cima da mureta e veio até ela. Uma voz que ela conhecia disse, com delicadeza e um leve tom de repreenda: "Como pôde pensar que eu ia deixar você fazer isso sozinha? Eu sabia que você não iria decepcioná-la. Do jeito que você está fazendo não vai funcionar. Eu ajudo. Vim aqui para ser o seu Carrasco".

Não era o que ela havia planejado. Aquele ato deveria

ser seu, e só seu. Mas talvez fosse bom ter uma testemunha, e afinal de contas aquela era uma testemunha especial, era quem compreendia, era em quem ela podia confiar. Ela agora sabia o segredo de outra pessoa, um segredo que lhe dava poder e que a faria ficar rica. Talvez fosse certo ficarem juntos. O Carrasco escolheu um graveto fino, levou-o até ela e, protegendo-o do vento, acendeu-o e ergueu-o bem alto, aproximando-se então do círculo e lançando-o no meio dos outros. As chamas irromperam na mesma hora, e o fogo se agitou como uma criatura viva, chiando, estalando e lançando faíscas. A noite ganhou vida, e então as vozes do outro lado da mureta foram ficando cada vez mais altas, e ela experimentou uma sensação de triunfo extraordinário, como se o passado, o seu e o de Mary Keyte, estivesse sendo engolido pelas chamas.

O Carrasco chegou mais perto dela. Por que, perguntou-se ela, as mãos eram de um rosa tão claro, tão translúcidas? Por que as luvas cirúrgicas? Então as mãos seguraram a ponta do varal e, com um movimento rápido, passaram-no em volta de seu pescoço. Ela sentiu um puxão violento quando ele se apertou. Sentiu um líquido frio sobre o rosto. Alguém estava jogando alguma coisa sobre seu corpo. O cheiro da parafina ficou mais forte, e a fumaça começou a sufocá-la. O hálito do Carrasco soprava quente em seu rosto, e os olhos que encararam os seus pareciam bolas de gude estriadas. As íris pareceram crescer até não haver mais rosto, nada além de negras piscinas em que ela viu apenas um reflexo do próprio desespero. Tentou gritar, mas não teve fôlego, não teve voz. Tentou desfazer os nós que a prendiam, mas suas mãos não tiveram forças.

Praticamente inconsciente, ela se deixou cair contra o varal e esperou a morte: a morte de Mary Keyte. Então ouviu o que pareceu um soluço seguido por um grito colossal. Aquela não podia ser a sua voz; ela não tinha voz. Então a lata de parafina foi erguida e lançada na direção da sebe. Ela viu um arco de fogo, e a sebe explodiu em chamas.

Então ela ficou sozinha. Quase desfalecida, começou a puxar o varal que lhe cingia o pescoço, mas não tinha forças para erguer os braços. A multidão havia sumido. O fogo começava a morrer. Ela soltou o corpo sustentado pelo varal, com as pernas bambeando, e não teve mais noção de nada.

De repente ouviram-se vozes, e a luz de lanternas ofuscou seus olhos. Alguém pulava por cima da mureta de pedra e corria até ela, saltando por cima dos restos da fogueira. Braços a envolveram, braços de homem, e ela ouviu sua voz.

"Você está bem. Está segura. Está me entendendo, Sharon? Você está segura."

5

Eles tinham ouvido o barulho do carro indo embora antes mesmo de chegar às pedras. Não havia sentido em sair atrás dele em uma perseguição desesperada. A prioridade era Sharon. Então Dalgliesh disse para Kate: "Cuide de tudo aqui, sim? Tome um depoimento assim que Chandler-Powell disser que ela está em condições. Benton e eu vamos atrás da senhorita Westhall".

Os quatro seguranças, alertados pelas chamas, estavam lidando com a sebe em chamas que, umedecida pela chuva recente, foi rapidamente apagada e reduzida a gravetos carbonizados e um cheiro acre. Então as nuvens baixas saíram da frente da lua e a noite adquiriu um aspecto fantástico. As pedras, prateadas pela luz aberrante da lua, brilhavam como tumbas espectrais, e as silhuetas, que Dalgliesh sabia serem Helena, Lettie e o casal Bostock, se transformaram em formas descarnadas que sumiam na escuridão. Ele ficou olhando enquanto Chandler-Powell, parecendo um sacerdote com seu roupão comprido, e ladeado por Flavia, passava por cima da mureta com Sharon, e então eles também sumiram na aleia de tílias. Ele percebeu que alguém havia ficado e então, de repente, sob o luar, o rosto de Marcus Westhall pareceu-lhe uma imagem solta e flutuante, como o rosto de um morto.

Dalgliesh se aproximou dele e disse: "Para onde ela deve ir? Precisamos saber. De nada serve protelar as coisas".

Quando Marcus falou, sua voz estava rouca. "Ela vai para

o mar. Ela adora o mar. Vai para onde gosta de nadar. Kimmeridge Bay."

Benton tinha vestido uma calça às pressas e enfiado um suéter grosso enquanto corria na direção da fogueira. Então Dalgliesh chamou-o. "Você se lembra da placa do carro de Candace Westhall?"

"Sim, senhor."

"Vá ao departamento de trânsito da região. Eles darão início à busca. Sugira tentarem Kimmeridge. Nós vamos no Jaguar."

"Certo, senhor", e Benton saiu correndo.

A essa altura, Marcus já havia recuperado a voz. Saiu cambaleando atrás de Dalgliesh, desajeitado como um velho, gritando com a voz rouca: "Vou com vocês. Esperem por mim! Esperem!".

"Não adianta. Ela vai acabar sendo encontrada."

"Eu preciso ir. Preciso estar lá quando a encontrarem."

Dalgliesh não perdeu tempo discutindo. Marcus Westhall tinha o direito de estar com eles, e poderia ser útil para identificar o trecho certo da praia. "Vá pegar um casaco quente, mas depressa", disse ele.

O seu carro era o mais rápido, mas a velocidade pouco importava, e tampouco era possível correr na sinuosa estrada rural. Talvez já fosse tarde para chegar ao mar antes de ela caminhar para a morte, se é que a sua ideia fosse se afogar. Era impossível saber se o irmão estava dizendo a verdade, mas ao recordar seu rosto angustiado Dalgliesh achou que provavelmente sim. Benton levou apenas uns poucos minutos para ir buscar o Jaguar em Old Police Cottage, e estava esperando quando Dalgliesh e Westhall chegaram à rua. Sem dizer nada, abriu a porta de trás para Westhall entrar, em seguida entrou atrás. Aparentemente, aquele passageiro era imprevisível demais para poder ficar sozinho no banco de trás do carro.

Benton sacou a lanterna e foi indicando o caminho. O cheiro de parafina das roupas e mãos de Dalgliesh dominava o carro. Ele abaixou o vidro, e o ar frio e agradável da noite encheu seus pulmões. As estradas rurais estreitas iam se desenrolando à sua frente com suas encostas e declives. De ambos os lados, Dorset se estendia com seus vales e colinas, suas cidadezinhas, seus chalés de pedra. Havia pouco tráfego àquela hora, o meio da noite. Todas as casas estavam às escuras.

Eles então puderam sentir a mudança no ar, um frescor que era mais uma sensação do que um cheiro, mas que para ele era inconfundível: o cheiro salgado da maresia. A estrada se estreitou quando desceram a cidadezinha silenciosa e chegaram ao cais de Kimmeridge Bay. Diante de seus olhos, o mar cintilava sob as estrelas e a lua. Sempre que estava perto do mar, Dalgliesh se sentia atraído para ele como um animal para uma poça d'água. Ali, pelos séculos desde a primeira vez que o homem havia ficado de pé na beira do mar, o barulho imemorial de suas ondas, eterno, invisível, alheio a tudo, despertava uma enorme quantidade de emoções, entre as quais, agora, a consciência da brevidade da vida humana. Rumaram para o leste, na direção da praia sob a imensa forma escura da falésia de xisto que se erguia, negra como carvão, ornada na base por gramas e arbustos. As placas de xisto negro se estendiam mar adentro formando um caminho de pedras molhadas. As ondas as lambiam e recuavam com um sibilo. Sob o luar, as pedras reluziam como ébano polido.

Foram avançando à luz das lanternas, passeando os fachos pela praia e pelo caminho de xisto negro. Marcus Westhall, que havia passado a viagem inteira em silêncio, agora parecia ter recobrado a vitalidade, e caminhava decidido pela beira da praia coberta de seixos como se fosse imune ao cansaço. Deram a volta em um promontório e viram-se diante de outra praia estreita, mais uma extensão de pedras negras lascadas. Não encontraram nada.

Então não puderam mais prosseguir. A praia terminou, e as falésias que desciam para o mar impediam sua passagem.

"Ela não está aqui", disse Dalgliesh. "Podemos tentar a outra praia."

A voz de Westhall, erguida acima do estrondo ritmado das ondas, ecoou como um grito rouco. "Ela não nada lá. É para cá que viria. Ela está aqui em algum lugar."

"Vamos recomeçar a busca quando o dia clarear", disse Dalgliesh com calma. "Acho que devemos parar por aqui."

Mas Westhall já estava subindo novamente nas pedras, precariamente equilibrado, até chegar na beirada onde o mar quebrava. E ali ficou, destacado contra o horizonte. Entreolhando-se, Dalgliesh e Benton foram saltando com cuidado por cima das placas molhadas pela maré até alcançá-lo. Westhall não se virou. O mar, sob um céu manchado em que nuvens baixas escondiam o brilho das estrelas e da lua, pareceu a Dalgliesh um caldeirão sem fim de água suja de banheira, oscilando com restos de sabão que entravam como espuma pelas frestas das pedras. A maré estava forte, e ele pôde ver que a calça de Westhall estava encharcada e, quando o alcançou, uma onda súbita e grande quebrou contra as pernas da figura rígida, quase derrubando os dois da pedra. Dalgliesh segurou seu braço para ampará-lo. "Vamos, agora", disse suavemente. "Ela não está aqui. Não há nada que o senhor possa fazer."

Sem mais nenhuma palavra, Westhall se deixou ajudar a cruzar o trecho traiçoeiro de xisto e guiar delicadamente para dentro do carro.

Estavam a meio caminho da clínica quando o rádio chiou. Era o agente Warren. "Senhor, nós encontramos o carro. Ela só foi até Baggor's Wood, a menos de um quilômetro da clínica. Estamos procurando na mata agora."

"O carro estava aberto?"

"Não, senhor, estava trancado. E não há sinal de nada lá dentro."

"Certo. Podem ir, encontro vocês lá."

Não era uma busca que ele estivesse ansiando por fazer. Como ela havia estacionado o carro e não havia usado o cano de escapamento para se matar, aquilo era provavelmente um enforcamento. Enforcamentos sempre o deixavam horrorizado, e não apenas pelo fato de terem sido durante muito tempo o método de execução na Grã-Bretanha. Por mais misericordioso que fosse o procedimento, havia algo de especialmente degradante no desumano enforcamento de outra pessoa. Ele tinha poucas dúvidas de que Candace Westhall havia se matado, mas por favor, meu Deus, desse jeito não.

Sem virar a cabeça, ele disse a Westhall: "A polícia de Dorset encontrou o carro da sua irmã. Ela não está lá dentro. Vou levar o senhor de volta para a clínica agora. Precisa se secar e se trocar. Agora tem de esperar. Não adianta absolutamente nada fazer qualquer outra coisa".

Não houve resposta, mas, quando os portões foram abertos para eles e o carro encostado junto à porta da frente, Westhall se deixou conduzir até dentro da casa por Benton e entregar aos cuidados de Lettie Frensham, que estava à espera. Como uma criança obediente, ele a seguiu até a biblioteca. Uma pilha de cobertores e um tapete estavam sendo aquecidos diante de uma forte lareira acesa, com *brandy* e uísque sobre a mesa ao lado de uma poltrona em frente ao fogo.

"Acho que você talvez se sinta melhor depois de tomar um pouco da sopa de Dean", disse ela. "Ele já preparou. Mas agora tire o casaco e a calça e se enrole nestes cobertores. Vou buscar seus chinelos e seu roupão."

"Estão em algum lugar no meu quarto", disse ele com a voz monocórdica.

"Vou encontrar."

Dócil feito um menino, ele fez o que lhe mandavam. A calça, mais parecendo uma pilha de trapos, fumegava diante das chamas crepitantes. Ele afundou na poltrona. Parecia um homem saindo de uma anestesia, surpreso ao descobrir que conseguia se mexer, tomando consciência do fato de estar vivo, desejando poder tornar a mergulhar na inconsciência porque assim a dor passaria. Mas ele devia ter dormido na poltrona por alguns segundos. Ao abrir os olhos, viu Lettie ao seu lado. Ela o ajudou a vestir o roupão e calçar os chinelos. Uma caneca de sopa se materializou na sua frente, quente e de sabor forte, e ele constatou que conseguia beber, embora só tenha percebido o sabor do xerez.

Depois de algum tempo, que ela passou sentada ao seu lado em silêncio, ele disse: "Preciso lhe contar uma coisa. Vou ter de contar para Dalgliesh, mas preciso falar agora. Preciso lhe contar".

Ele a encarou e viu a tensão em seus olhos, a aflição crescente ao pensar no que poderia estar prestes a ouvir.

"Eu não sei nada sobre os assassinatos de Rhoda Gradwyn e Robin", disse ele. "Não é isso. Mas eu menti para a polícia. Não foi porque o carro estava dando problema que eu não passei aquela noite na casa dos Greenfield. Eu saí para visitar um amigo, Eric. Ele tem um apartamento perto do Hospital Saint Angela, que é onde trabalha. Eu queria dar a ele a notícia de que estava indo para a África. Sabia que ele ficaria chateado, mas tinha de tentar fazê-lo entender."

"E ele entendeu?", perguntou ela com a voz branda.

"Não, na verdade não. Eu estraguei isso como sempre estrago tudo."

Lettie tocou sua mão. "Eu não incomodaria a polícia com isso a menos que seja preciso ou que eles perguntem. Não vai ter importância para eles agora."

"Mas tem para mim."

Houve um silêncio, e então ele disse: "Por favor, me deixe sozinho agora. Eu estou bem. Juro que estou bem. Preciso ficar sozinho. Só me avisem quando a encontrarem".

Ele podia ter certeza de que Lettie era a única mulher capaz de entender a sua necessidade de ficar a sós, e a única que não iria insistir. "Vou diminuir a luz", disse ela. Pôs uma almofada em cima de um banquinho. "Recoste e suspenda os pés. Volto daqui a uma hora. Procure dormir."

E ela se foi. Mas ele não tinha intenção de dormir. Era preciso lutar contra o sono. Só havia um lugar em que precisava estar caso quisesse não enlouquecer. Precisava pensar. Precisava tentar entender. Precisava aceitar o que sua mente lhe dizia ser verdade. Precisava estar em um lugar onde pudesse encontrar mais paz e uma sabedoria maior do que era possível ali, entre aqueles livros mortos e os olhos vazios dos bustos.

Saiu da biblioteca sem fazer barulho, fechou a porta atrás de si, atravessou o salão agora às escuras e chegou aos fundos da casa, atravessando a cozinha e a porta lateral até o jardim. Não sentiu nem a força do vento nem o frio. Passou pelas antigas estrebarias, depois pelo jardim formal, chegando enfim à capela de pedra.

Quando estava se aproximando à luz da aurora que surgia, viu que havia uma forma escura sobre as pedras em frente à porta. Algo havia sido derramado, algo que não deveria estar ali. Sem entender, ele se ajoelhou e tocou a textura viscosa com os dedos trêmulos. Foi então que sentiu o cheiro e, erguendo as mãos, viu que estavam cobertas de sangue. Avançou com dificuldade, ainda de joelhos, e, obrigando-se a ficar em pé, conseguiu abrir o ferrolho. A porta estava trancada. Então ele entendeu. Começou a esmurrar a porta, soluçando, chamando o nome dela até perder as forças e desabar lentamente de joelhos no chão, com as palmas vermelhas das mãos coladas à madeira que não cedia.

E foi ali, ainda ajoelhado no sangue dela, que ele foi encontrado vinte minutos depois.

6

Tanto Kate quanto Benton estavam trabalhando havia mais de catorze horas e, depois de o corpo finalmente ser levado embora, Dalgliesh os mandara descansar por duas horas, jantar cedo e ir se encontrar com ele em Old Police Cottage às oito da noite. Nenhum dos dois passou essas duas horas dormindo. Em seu quarto cada vez mais escuro, com a janela aberta para a noite que caía, Benton ficou deitado na cama, rígido como se os seus nervos e músculos estivessem retesados, pronto para entrar em ação a qualquer momento. As horas transcorridas desde o primeiro instante em que, atendendo ao chamado de Dalgliesh, eles tinham visto o fogo e escutado os gritos de Sharon pareciam uma eternidade em que a demora de esperar pelo patologista, pelo fotógrafo e pelo rabecão se interpunha a momentos de recordação tão vívida que ele sentia que estavam desfilando por sua mente como slides em uma tela: a delicadeza de Chandler-Powell e da enfermeira Holland quase carregando Sharon para fazê-la passar pela mureta e depois amparando-a pela aleia de tílias; Marcus em pé sozinho sobre a placa de xisto negro, fitando o mar cinza e pulsante; o fotógrafo rodeando o corpo com cuidado para não pisar no sangue; o estalo das articulações dos dedos quando a dra. Glenister as quebrou uma por uma para remover a fita da mão de Candace. Ele continuou ali deitado, alheio ao próprio cansaço mas ainda sentindo a dor do hematoma no braço e no ombro causado pelo último safanão na porta da capela.

Ele e Dalgliesh haviam feito força com os ombros tentando fazer ceder o carvalho, mas o ferrolho não havia cedido. Dalgliesh então dissera: "Estamos atrapalhando um ao outro. Tente você, Benton".

Ele havia tentado sem pressa, escolhendo uma reta que evitasse o sangue e recuando uns quinze metros. O primeiro safanão havia sacudido a porta. No terceiro, esta cedera empurrando o corpo do outro lado. Ele então havia se afastado enquanto Dalgliesh e Kate entravam primeiro na capela.

Ela estava deitada, encolhida como uma criança adormecida, com a faca ao lado da mão direita. Havia apenas um corte em seu pulso, mas era um corte profundo, escancarado como uma boca aberta. Na mão esquerda, ela segurava uma fita cassete.

A imagem foi estilhaçada pelo barulho de seu despertador e pelas fortes batidas de Kate na porta. Ele se levantou. Em poucos minutos, ambos estavam vestidos e já no andar de baixo. A sra. Shepherd lhes serviu linguiças de porco recém-saídas da frigideira, feijão e purê de batatas à mesa, e desapareceu na cozinha. Não era uma refeição que servisse habitualmente, mas ela parecia saber que uma comida quente e reconfortante era do que eles precisavam. Os dois ficaram surpresos ao constatar quanto estavam com fome e comeram com apetite, quase sem dizer nada, em seguida partiram juntos para Old Police Cottage.

Ao passar pela clínica, Benton viu que o trailer e os carros dos seguranças particulares não estavam mais parados do lado de fora. As janelas estavam iluminadas como se fosse para alguma festa. Não era uma palavra que ninguém ali na casa teria usado, mas Benton sabia que um enorme peso havia sido retirado dos ombros de todos eles, livrando-os enfim do medo, da desconfiança e da aflição cada vez mais forte de que a verdade jamais viesse a ser conhecida. A prisão de um deles teria sido melhor do que isso, mas uma prisão teria significado prolongar o suspense, teria significado a possibilidade de um julgamento em nível nacional, do espetáculo público dos depoimentos das testemunhas, de uma publicidade danosa. Uma confissão seguida por suicídio era a solução racional e — eles poderiam se reconfortar pensando isso — a mais misericordiosa para Candace. Não era um pensamento que eles fossem traduzir em palavras, mas Benton, ao voltar para a clínica acompanhado por Marcus, pudera vê-lo estampado no seu semblante. Agora eles poderiam acordar pela manhã sem serem rodeados pela névoa de medo do que aquele dia poderia trazer, poderiam dormir com as portas do quarto destrancadas, não precisariam mais medir as palavras. No dia seguinte ou no outro veriam a presença da polícia chegar ao fim. Dalgliesh e sua equipe teriam de voltar a Dorset para a audiência, mas não havia mais nada para fazerem na clínica. Ninguém sentiria a sua falta.

Três cópias da fita do suicídio haviam sido feitas e autenticadas, e o original estava com a polícia de Dorset para ser apresentado como prova na audiência. Agora iriam escutá-la de novo todos juntos.

Ficou claro para Kate que Dalgliesh não tinha dormido. Havia uma pilha de lenha dentro da lareira e o fogo ardia com força, e como sempre pairava no ar um cheiro de madeira queimada e café recém-feito, mas não havia vinho. Os três se sentaram em volta da mesa e ele pôs a fita no toca-fitas e ligou-o. Todos esperavam ouvir a voz de Candace Westhall, mas esta soou tão límpida e segura que, por um instante, Kate quase pensou que ela estivesse ali na sala junto com eles.

"Estou falando com o inspetor-comandante Dalgliesh sabendo que esta fita será transmitida ao legista e a qualquer outra pessoa com interesse na verdade. O que estou dizendo agora é a verdade, e não acho que vá ser uma surpresa para qualquer um de vocês. Já faz mais de vinte e quatro horas que eu sei que vocês iam me prender. O meu plano de queimar Sharon na pedra das bruxas foi minha última tentativa desesperada de me livrar de um julgamento e de uma pena de prisão perpétua, e de tudo que isso significaria para as pessoas por quem tenho carinho. E, se eu tivesse conseguido matar Sharon, eu teria me safado, mesmo que vocês desconfiassem da verdade. A morte dela teria parecido o suicídio de uma assassina neurótica e obsessiva, um suicídio que eu não havia chegado a tempo de impedir. E como vocês poderiam ter me acusado do assassinato de Gradwyn e tido qualquer esperança de me condenar quando Sharon, com o histórico que tinha, estava entre os suspeitos?

"Ah, sim, eu sabia. Estava presente quando ela foi entrevistada para o emprego na clínica. Flavia Holland estava comigo, mas ela logo viu que Sharon não poderia dar conta de nenhum trabalho junto aos pacientes, e deixou a meu encargo decidir se ela poderia fazer parte da equipe doméstica. E nós na época estávamos precisando muito de gente. Precisávamos dela. É claro que eu fiquei curiosa. Uma mulher de vinte e cinco anos sem marido, sem amante, sem família, aparentemente sem história, sem nenhuma outra ambição que não ocupar a posição mais baixa da cadeia alimentar do serviço doméstico? Tinha de haver alguma explicação. Aquela mistura de um desejo irritante de agradar com uma introspecção calada, a sensação de que ela conhecia bem a vida institucional, de que estava acostumada a ser vigiada, de que de alguma forma estava mesmo sendo vigiada. Só havia um crime ao qual tudo isso se aplicava. No final, acabei descobrindo tudo porque ela me contou.

"E havia outro motivo pelo qual ela precisava morrer. Ela me viu saindo da clínica depois de matar Rhoda Gradwyn. E agora ela, que havia passado a vida inteira guardando um segredo, conhecia o segredo de outra pessoa. Eu podia sentir o seu triunfo, a sua satisfação. E ela me contou o que planejava fazer nas pedras, seu derradeiro tributo a Mary Keyte, uma homenagem e uma despedida. Por que não me contaria? Nós duas tínhamos matado, estávamos unidas por esse terrível crime iconoclasta. E então, no final de tudo, depois de passar o varal em volta do seu pescoço e de cobri-la de parafina, eu não consegui acender o fósforo. Foi nesse momento que percebi em que havia me transformado.

"Não há muita coisa a dizer sobre a morte de Rhoda Gradwyn. A explicação simples é que eu a matei para vingar a morte de uma amiga querida, Annabel Skelton, mas as explicações simples nunca contam toda a verdade. Eu fui ao seu quarto naquela noite com a intenção de matá-la? Afinal de contas, eu tinha feito todo o possível para convencer Chandler-Powell a não recebê-la na clínica. Depois pensei que não, que só queria aterrorizá-la, contar-lhe a verdade sobre si mesma, fazê-la saber que ela havia destruído uma vida jovem e um imenso talento, e que, mesmo Annabel tendo copiado cerca de quatro páginas de diálogos e descrições, o resto do romance era seu em toda sua singularidade e beleza. E quando tirei a mão do seu pescoço e soube que nunca mais haveria nenhuma comunicação entre nós duas, senti um alívio, uma libertação que foi tanto física quanto mental. Parecia que, com aquele único ato, eu havia mandado embora toda a culpa, frustração e arrependimento dos últimos anos. Em um momento febril, tudo isso havia desaparecido. Eu ainda sinto um resquício desse alívio.

"Hoje acredito que já fui ao seu quarto sabendo que minha intenção era matar. Por que outro motivo eu teria usado as luvas cirúrgicas que depois cortei no banheiro de uma das suítes desocupadas? Foi nessa suíte que me escondi, depois de sair da clínica pela porta da frente como de hábito, e de tornar a entrar pela porta dos fundos com a minha chave antes de Chandler-Powell fechar o ferrolho à noite, e de pegar o elevador até o andar dos pacientes. Na verdade eu não corria nenhum risco de ser pega. Quem pensaria em vasculhar um quarto vazio à procura de um intruso? Depois eu desci de elevador esperando ter de abrir o ferrolho, mas a porta não estava fechada com ele. Sharon tinha saído antes de mim.

"O que eu disse depois da morte de Robin Boyton foi

quase tudo verdade. Ele tinha inventado uma história absurda de que tínhamos forjado a data da morte do nosso pai congelando o corpo dele. Duvido que a ideia tenha sido sua. Isso também veio de Rhoda Gradwyn, e eles planejavam investigar o fato juntos. Foi por isso que, depois de mais de trinta anos, ela decidiu remover a cicatriz e optou por ser operada aqui. Foi por isso que Robin também veio quando ela fez a primeira visita, e depois quando ela veio para a cirurgia. O plano era ridículo, é claro, mas alguns fatos poderiam tê-lo feito parecer verossímil. Foi por isso que eu fui a Toronto me encontrar com Grace Holmes, que estava com meu pai quando ele morreu. E eu tinha um segundo motivo para fazer essa visita: pagar-lhe uma indenização no lugar da pensão que sentia que ela merecia. Não contei a meu irmão o que Gradwyn e Robin estavam planejando. Eu tinha provas suficientes para processar os dois por chantagem, se era essa a sua intenção. Mas decidi fingir que estava jogando o jogo até Robin estar totalmente comprometido, e depois ter o prazer de destruir suas esperanças e de me vingar.

"Pedi a ele para me encontrar na despensa velha. A tampa do freezer estava fechada. Perguntei em que tipo de acordo ele estava pensando, e ele disse que tinha o direito moral de ficar com um terço dos bens. Se recebesse isso, não pediria mais nada. Eu comentei que ele não poderia divulgar o fato de que eu tinha falsificado a data da morte sem se expor ele próprio à acusação de chantagem. Ele reconheceu que estávamos os dois no poder um do outro. Eu ofereci um quarto dos bens, com um adiantamento de cinco mil. Disse que o dinheiro vivo estava dentro do freezer. Eu precisava das impressões digitais dele na tampa, e sabia que ele era ganancioso demais para resistir. Pode até ter tido dúvidas, mas precisava olhar. Chegamos perto do freezer e, quando ele ergueu a tampa, eu de repente agarrei-o pelas pernas e joguei-o lá dentro. Sou nadadora e tenho os ombros e os braços fortes, e ele não era um homem pesado. Fechei a tampa e tranquei-a. Senti uma exaustão tremenda e fiquei muito ofegante, mas não era possível que estivesse cansada. Foi fácil como jogar uma criança lá dentro. Pude ouvir os ruídos de dentro do freezer, gritos, murros, súplicas abafadas. Passei alguns minutos ali apoiada em cima do freezer ouvindo os gritos dele. Então fui até a cozinha e preparei um chá. O barulho foi ficando cada vez menor e, quando parou, fui à despensa para soltá-lo. Ele já estava morto. Eu só queria deixá-lo apavorado, mas acho agora, tentando ser inteiramente honesta — e qual de nós jamais consegue essa façanha? —, que fiquei contente em descobrir que ele estava morto.

"Não posso sentir pena de nenhuma das minhas duas vítimas. Rhoda Gradwyn destruiu um talento genuíno e causou dor e pesar a pessoas vulneráveis, e Robin Boyton era um parasita, um insignificante, um nada ligeiramente divertido. Duvido que qualquer um dos dois vá ser pranteado ou fazer muita falta.

"Isso é tudo que eu tenho a dizer, a não ser pelo fato de que em todos os momentos agi totalmente sozinha. Não contei nada a ninguém, não consultei ninguém, não pedi ajuda a ninguém, não impliquei mais ninguém nesses atos nem nas minhas subsequentes mentiras. Morrerei sem remorso e sem medo. Deixarei esta fita em um lugar onde tenha certeza de que será encontrada. Sharon contará sua história, e vocês já desconfiavam da verdade. Espero que tudo corra bem para ela. Em relação a mim, não tenho esperanças nem medo."

Dalgliesh desligou o toca-fitas. Os três se recostaram nas cadeiras e Kate percebeu que estava com a respiração ofegante de quem se recupera de alguma forte emoção. Então, sem dizer nada, Dalgliesh trouxe a cafeteira até a mesa e, pegando-a, Benton encheu as três xícaras e empurrou o leite e o açúcar para a frente.

"Visto o que Jeremy Coxon me disse ontem à noite", disse Dalgliesh, "em quanto dessa confissão nós acreditamos?"

Depois de pensar um pouco, quem respondeu foi Kate: "Nós sabemos que ela matou a senhorita Gradwyn, e um único fato por si só já prova isso. Ninguém na clínica ficou sabendo que tínhamos provas de que as luvas de látex haviam sido cortadas e jogadas na privada. E não foi um homicídio culposo. Ninguém vai ao encontro da vítima usando luvas caso o objetivo seja assustar. Além disso, há o ataque contra Sharon. Isso não foi fingido. Ela pretendia mesmo matar".

"Será?", ponderou Dalgliesh. "Tenho minhas dúvidas. Ela matou tanto Rhoda Gradwyn quanto Robin Boyton, e nos deu os motivos. A pergunta é se o legista e os jurados, caso ele decida depor diante de um júri, vão acreditar."

"O motivo agora tem alguma importância, senhor?", perguntou Benton. "Quero dizer, teria se o caso fosse a julgamento. Júris geralmente querem escutar um motivo, e nós também. Mas o senhor sempre disse que o que prova um caso são os indícios físicos, as provas concretas, e não o motivo. O motivo sempre permanecerá misterioso. Não temos como olhar dentro da mente de outra pessoa. Candace Westhall nos deu seu motivo. Ele pode parecer inadequado, mas um motivo para assassinato sempre o é. Não vejo como podemos refutar o que ela diz."

"Não estou sugerindo que façamos isso, Benton, pelo menos não oficialmente. O que ela fez foi em última instância uma confissão no leito de morte, verossímil, sustentada por provas. A minha dificuldade é acreditar nessa confissão. Esse caso não foi exatamente um triunfo para nós. Agora está acabado, ou estará depois da audiência. Mas há algumas coisas estranhas no relato que ela faz sobre a morte de Boyton. Vamos considerar primeiro essa parte da fita."

Benton não pôde resistir à tentação de interromper: "Por que ela precisava contar isso tudo de novo? Nós já tínhamos o seu depoimento sobre as desconfianças de Boyton e a decisão dela de fazê-lo se comprometer mais ainda".

"É como se ela precisasse deixar tudo registrado na fita", disse Kate. "E ela passa mais tempo descrevendo a morte de Boyton do que o assassinato de Rhoda Gradwyn.

Será que está tentando desviar a atenção de alguma coisa bem mais comprometedora do que a ridícula desconfiança de Boyton em relação ao freezer?"

"Acho que sim", disse Dalgliesh. "Ela estava determinada a fazer com que ninguém desconfiasse de uma fraude. É por isso que era vital que a fita fosse encontrada. Deixá-la dentro do carro ou sobre uma pilha de roupas na praia seria correr o risco de que se perdesse. Então ela morre com a fita na mão."

Benton olhou para Dalgliesh. "O senhor vai questionar a veracidade desta fita?"

"De que adiantaria, Benton? Podemos ter lá as nossas desconfianças, as nossas próprias teorias quanto ao motivo, e elas podem até ser racionais, mas tudo que existe são indícios circunstanciais e nenhum deles pode ser provado. Não se pode interrogar nem acusar os mortos. Talvez seja arrogância, essa necessidade de saber a verdade."

"É preciso coragem para se matar com uma mentira nos lábios", disse Benton, "mas talvez eu só pense assim por causa da minha educação religiosa. Ela às vezes é bem inconveniente."

"Amanhã tenho um encontro marcado com Philip Kershaw", disse Dalgliesh. "Oficialmente, com a fita do suicídio, a investigação terminou. Vocês deveriam poder ir embora amanhã à tarde."

Ele não acrescentou, *e talvez amanhã à tarde a investigação tenha terminado para mim*. Aquela poderia muito bem ser a sua última. Ele podia até desejar que tivesse um fim diferente, mas pelo menos ainda havia a chance de que terminasse com o máximo de verdade que alguém que não fosse Candace Westhall podia esperar saber.

7

Ao meio-dia de sexta-feira, Benton e Kate já haviam se despedido. George Chandler-Powell havia reunido todos da casa na biblioteca e todos haviam se apertado as mãos e murmurado ou expressado claramente suas palavras de adeus com o que Kate pensava terem sido diferentes níveis de sinceridade. Ela sabia, sem se ressentir com isso, que a atmosfera da clínica ficaria bem mais leve depois que tivessem ido embora. Talvez aquela despedida coletiva houvesse sido organizada pelo dr. Chandler-Powell para possibilitar a boa educação apropriada com o mínimo de esforço possível. Sua despedida havia sido mais calorosa em Wisteria House, onde eles foram tratados pelo casal Shepherd como hóspedes regulares e bem-vindos. Em toda investigação havia sempre lugares e pessoas cuja lembrança feliz eles carregavam consigo, e para Kate os Shepherd e Wisteria House seriam uma delas.

Ela sabia que Dalgliesh estaria ocupado durante uma parte da manhã no encontro com o legista e despedindo-se do chefe da polícia de Dorset, e ainda expressando sua gratidão pela ajuda e cooperação demonstradas por seus agentes, em especial pelo agente Warren. Ele então planejava ir de carro até Bournemouth para se encontrar com Philip Kershaw. Já havia se despedido formalmente do dr. Chandler-Powell e do pequeno grupo de moradores da clínica, mas iria voltar a Old Police Cottage para pegar suas coisas. Então Kate pediu a Benton para parar lá e esperar no carro enquanto ela verificava se a polícia de Dorset havia recolhido todo o seu material. Sabia que seria preciso checar a cozinha para garantir que estivesse limpa e, subindo até o andar de cima, viu que os lençóis da cama haviam sido retirados e cuidadosamente dobrados. Durante os anos em que ela e Dalgliesh haviam trabalhado juntos, ela sempre havia sentido uma pontada de saudade e vazio quando um caso terminava e o lugar onde haviam se encontrado e se sentado para conversar no final do dia era finalmente abandonado, por mais curta que houvesse sido a investigação.

A mala de Dalgliesh já estava no térreo, pronta e fechada, e ela sabia que ele devia ter levado o kit de assassinato consigo no carro. O único equipamento que faltava recolher era o computador, e por impulso ela digitou a própria senha. Um único e-mail surgiu no monitor.

> Querida Kate. Um e-mail não é um meio adequado para dizer coisas importantes, mas preciso ter certeza de que você vai receber esta mensagem e, caso a rejeite, será menos permanente do que uma carta. Tenho vivido feito um monge durante os últimos seis meses para provar algo a mim mesmo e agora sei que você estava certa. A vida é preciosa e curta demais para perder tempo com pessoas das quais não gostamos, e preciosa demais para desistirmos do amor. Há duas coisas que quero dizer e não disse quando você se despediu de mim porque teriam soado como desculpas. Acho que é isso que são, mas preciso que você saiba. A moça com quem você me viu foi a primeira e a última desde que nós dois começamos a namorar. Você sabe que eu nunca minto para você.
>
> As camas são bem duras e solitárias em um monastério, e a comida é horrível.
>
> Com amor, Piers

Ela passou alguns instantes sentada em um silêncio que deve ter durado mais tempo do que pensou, porque foi quebrado pela buzina do carro de Benton. Mas não precisou parar para pensar por mais de um segundo. Sorrindo, digitou sua resposta.

    Mensagem recebida e entendida. O caso aqui terminou, embora não com um final feliz, e estarei de volta a Wapping às sete. Por que você não se despede do abade e volta para casa?

                                                                 Kate

8

O caminho até Huntington Lodge, encarapitada no alto de uma colina uns cinco quilômetros a oeste de Bournemouth, era feito por uma estradinha curta e sinuosa entre cedros e arbustos de rododendro que conduzia a uma porta ladeada por colunas imponentes. As proporções agradáveis da casa eram estragadas por uma extensão mais moderna e por um grande estacionamento à esquerda. Haviam tomado cuidado para não ferir a sensibilidade dos visitantes omitindo qualquer placa com as palavras "aposentados", "idosos", "repouso" ou "asilo". Uma placa de bronze, muito polida e discretamente posicionada no muro ao lado dos portões de ferro, informava simplesmente o nome da casa. Um empregado usando uma jaqueta branca curta logo veio atender à campainha e explicou a Dalgliesh o caminho até a mesa de recepção no fundo do saguão. Ali, uma mulher grisalha com um penteado irretocável e usando um twin-set e um colar de pérolas verificou seu nome em uma lista de visitantes aguardados e, sorrindo, disse-lhe que o sr. Kershaw o estava esperando e poderia ser encontrado no Seaview, o quarto do primeiro andar que dava para a frente da casa. O sr. Dalgliesh preferia subir de escada ou de elevador? Charles iria conduzi-lo até lá em cima.

Depois de optar pela escada, Dalgliesh seguiu o rapaz, que havia aberto a porta, pelos amplos degraus de mogno. As paredes da escada e do corredor do primeiro andar estavam cobertas de aquarelas, gravuras e uma ou duas litografias, e sobre mesinhas encostadas na parede havia vasos de flores e enfeites de porcelana arrumados com esmero, a maioria bem piegas. De tão reluzente e limpa, Huntington Lodge chegava a ser impessoal, e Dalgliesh achou o lugar deprimente. Para ele, uma instituição como aquela, que segregava as pessoas umas das outras, por mais necessária ou benigna que fosse, despertava um incômodo que o fazia pensar em seus dias de colégio interno.

Seu acompanhante nem sequer precisou bater na porta do quarto chamado Seaview. Esta já estava aberta, e Philip Kershaw, equilibrado em uma muleta, estava à sua espera. Charles se retirou discretamente. Kershaw apertou a mão de Dalgliesh e, afastando-se para o lado, disse: "Entre, por favor. O senhor está aqui, é claro para conversar sobre a morte de Candace Westhall. Não escutei a confissão dela, mas Marcus telefonou para nosso escritório em Poole e meu irmão me ligou. Foi muita gentileza sua avisar antes de vir. Com a aproximação da morte, perde-se o gosto pelas surpresas. Eu em geral fico sentado nesta poltrona ao lado da lareira. Se o senhor quiser pegar uma outra poltrona, acho que vai ficar confortável".

Sentaram-se os dois, e Dalgliesh pôs a pasta na mesa entre eles. Pareceu-lhe que Philip Kershaw estava prematuramente envelhecido por causa da doença. Os cabelos ralos estavam cuidadosamente penteados sobre um crânio marcado por cicatrizes, talvez sinais de velhos tombos. Sua pele amarelada estava esticada por cima dos ossos proeminentes do rosto, que um dia talvez tivesse sido bonito, mas que estava agora todo manchado e marcado por rugas que pareciam os hieróglifos da idade. Ele estava vestido com cuidado, como um noivo de idade avançada, mas o pescoço enrugado emergia de um colarinho branco imaculado pelo menos um tamanho maior do que o seu. O homem parecia ao mesmo tempo vulnerável e digno de pena, mas o seu aperto de mão, embora frio, foi firme, e quando ele falou sua voz era baixa mas as frases eram formadas sem esforço excessivo aparente.

Nem o tamanho do cômodo nem a qualidade e variedade dos móveis discordantes conseguiam disfarçar o fato de aquele ser o quarto de um doente. Havia uma cama de solteiro encostada na parede à direita das janelas, e um biombo que, visto da porta, não chegava a esconder completamente o cilindro de oxigênio e o armário de remédios. Apenas uma das janelas de cima estava aberta, mas o ar não tinha cheiro nenhum, nem sequer o leve relento de um quarto de hospital, esterilidade essa que Dalgliesh achou mais incômoda do que um possível cheiro de desinfetante. Não havia fogo aceso na lareira, o que não chegava a surpreender no quarto de um paciente de condição instável, mas o quarto estava quente, quente a ponto de ser desconfortável. A calefação central devia estar ligada no máximo. Mas a lareira vazia era uma visão triste, e o parapeito acima dela ostentava apenas uma figura de porcelana de uma mulher de anquinhas e touca na cabeça, empunhando uma incongruente enxada de jardim, enfeite que Dalgliesh duvidava ter sido escolhido por Kershaw. Mas havia quartos piores nos quais suportar uma prisão domiciliar, ou algo do gênero. A única peça de mobília que Dalgliesh avaliou que Kershaw houvesse trazido consigo era uma comprida estante de carvalho, com os volumes tão imprensados uns contra os outros que pareciam colados.

Olhando para a janela, Dalgliesh disse: "O senhor tem uma vista e tanto".

"Sim, de fato. Como sou sempre lembrado, os outros me consideram sortudo por ter este quarto; sortudo também por ter condições de pagar por este lugar. Ao contrário de outras casas de repouso, eles aceitam graciosamente cuidar dos outros até a morte, se for preciso. Talvez o senhor queira ver a vista mais de perto."

A sugestão era incomum, mas Dalgliesh acompanhou os passos difíceis de Kershaw até a *bay window* ladeada por duas janelinhas menores, que se abriam para um panorama do canal da Mancha. A manhã estava cinzenta, com um sol raro e fugidio, e o horizonte não passava de uma linha quase imperceptível entre mar e céu. Debaixo das janelas havia uma varanda com piso de lajota e três bancos de pedra dispostos a intervalos regulares. Debaixo deles, o chão descia uns setenta metros até o mar em uma profusão de árvores e arbustos entrelaçados, nos quais dominavam as grandes folhas lustrosas das plantas perenes. Somente onde os arbustos estavam mais rarefeitos era que Dalgliesh podia discernir as poucas pessoas que passeavam à beira-mar, caminhando qual sombras fugazes a passos silenciosos.

"Só consigo ver a vista quando fico em pé", disse Kershaw, "e isso agora me exige algum esforço. Já conheço bem demais as mudanças sazonais, o céu, o mar, as árvores, alguns dos arbustos. A vida humana está lá embaixo, já fora do meu alcance. Como não tenho vontade de me dedicar a essas figuras quase invisíveis, por que me sentiria privado de uma companhia que nada fiz para convidar e que iria me desagradar profundamente? Os meus colegas da casa — não se usa a palavra pacientes aqui em Huntington Lodge — já esgotaram há muito tempo os poucos assuntos sobre os quais têm qualquer interesse em conversar: a comida, o tempo, os funcionários, o programa que passou ontem à noite na TV e as mazelas irritantes de cada um. É um erro viver a ponto de acolher a luz de cada manhã não com alívio, e certamente não com alegria, mas com decepção e com um arrependimento que às vezes avizinha o desespero. Ainda não cheguei propriamente a esse estágio, mas estou quase lá. Assim como a derradeira escuridão também está quase chegando. Se falo da morte, não é para dar um tom mórbido a nossa conversa nem, Deus me livre, para causar pena. Mas é melhor saber onde estamos pisando antes de conversarmos. Inevitavelmente veremos as coisas de forma diferente, senhor Dalgliesh. Mas o senhor não está aqui para falar sobre a vista. Talvez seja melhor irmos logo ao assunto."

Dalgliesh abriu a pasta e pôs sobre a mesa a cópia do testamento de Peregrine Westhall guardada por Boyton. "É muita bondade sua me receber", disse ele. "Por favor me diga se eu o estiver cansando."

"Acho pouco provável, inspetor-comandante, que o senhor me canse ou me entedie além do que eu posso suportar."

Era a primeira vez que ele mencionava o cargo de Dalgliesh. "Fiquei sabendo que o senhor representou a família Westhall tanto no caso do testamento do avô quanto do pai", disse este.

"Eu não, o escritório da minha família. Desde que fui internado aqui, onze meses atrás, quem cuidava das operações de rotina era meu irmão, no escritório de Poole. Mas ele me manteve informado."

"Então o senhor não estava presente quando o testamento foi redigido ou assinado."

"Nenhum membro da firma estava presente. Nós recebemos uma cópia quando o testamento foi redigido, e nem nós nem a família conheciam sua existência até três dias depois da morte de Peregrine Westhall, quando Candace o encontrou dentro de uma gaveta trancada em um armário do quarto onde o velho guardava documentos confidenciais. Como o senhor talvez já saiba, Peregrine Westhall tinha tendência a redigir testamentos quando estava internado na mesma casa de repouso de seu falecido pai. A maior parte eram documentos escritos de próprio punho e testemunhados pelas enfermeiras. Ele parecia experimentar o mesmo prazer em destruí-los que em escrevê-los. Imagino que o objetivo dessa atividade fosse mostrar à família que ele ainda tinha o poder de mudar de ideia a qualquer momento."

"Então o testamento não estava escondido?"

"Aparentemente, não. Segundo Candace, estava dentro de um envelope lacrado em uma gaveta do armário do quarto, cuja chave ele guardava debaixo do travesseiro."

"Na época em que o documento foi assinado, o pai dela ainda estava em condições de sair da cama sozinho para guardá-lo nessa gaveta?", perguntou Dalgliesh.

"Devia estar, a menos que um dos empregados ou um visitante o tenha colocado lá a pedido seu. Ninguém da família ou que morava na casa reconhece ter sabido sobre o testamento. É claro que não fazemos a menor ideia de quando ele foi colocado na gaveta. Poderia ter sido logo depois de redigido, quando Peregrine Westhall com certeza ainda era capaz de andar sozinho."

"A quem estava endereçado o envelope?"

"Não vi nenhum envelope. Candace disse que tinha jogado fora."

"Mas o senhor recebeu uma cópia do testamento?"

"Sim, meu irmão me mandou. Ele sabia que eu ficaria interessado em qualquer assunto relativo a meus antigos clientes. Talvez quisesse me dar a sensação de que eu ainda estava participando das coisas. Isto está começando a tomar ares de interrogatório, inspetor-comandante. Por favor, não pense que estou me opondo. Já faz algum tempo que minha inteligência não é solicitada."

"E quando viu o testamento, o senhor não teve dúvidas quanto à sua validade?"

"Nenhuma. E até hoje não tenho. Por que deveria ter? Como imagino que o senhor saiba, todo testamento holografado tem a mesma validade, contanto que esteja assinado, datado e testemunhado, e ninguém que conhecesse Peregrine Westhall poderia ter tido a menor dúvida de que fora ele quem escrevera seu testamento. As determinações são exatamente as mesmas de um testamento anterior, não imediatamente anterior, mas outro, datilografado em meu escritório em 1995, levado por mim à casa onde ele então morava e testemunhado por dois funcionários meus que me acompanharam justamente para isso. As determinações eram totalmente razoáveis. Com exceção da biblioteca, legada ao seu *college* caso este se interessasse, tudo que ele tinha era deixado em partes iguais para seu filho Marcus e sua filha Candace. Nesse ponto, portanto, ele foi justo com o sexo desprezado. Eu tinha alguma influência sobre ele quando ainda estava exercendo. E lancei mão dela."

"Existia algum outro testamento que tenha precedido esse que foi agora confirmado?"

"Sim, houve outro, feito no mês anterior à saída de Peregrine Westhall da casa de repouso para ir morar em Stone Cottage com Candace e Marcus. O senhor pode até dar uma olhada. Esse testamento também foi manuscrito. Assim o senhor terá a oportunidade de comparar as caligrafias. Se fizer a gentileza de destrancar a escrivaninha e levantar a tampa, vai encontrar uma caixa de documentos. É a única que eu trouxe comigo. Talvez precise dela como uma espécie de talismã, uma garantia de que um dia poderei voltar a trabalhar."

Ele inseriu os longos dedos deformados dentro de um bolso e tirou uma chave. Dalgliesh trouxe a caixa de documentos e depositou-a na sua frente. A menor das chaves do chaveiro a destrancou.

"Aqui, como o senhor poderá ver", disse o advogado, "ele anula o testamento anterior e deixa metade dos bens para o sobrinho Robin Boyton, enquanto a outra metade seria dividida igualmente entre Marcus e Candace. Se comparar a caligrafia dos dois testamentos, acho que verá que é a mesma."

Como no caso do testamento posterior, a caligrafia era forte, preta e marcante, surpreendentemente marcante para um homem tão velho, e as letras eram altas, com as descendentes bem marcadas e as ascendentes mais finas. "E é claro que nem o senhor nem ninguém do escritório teriam avisado a Robin Boyton sobre essa potencial fortuna?", perguntou Dalgliesh.

"Teria sido muito antiprofissional. Até onde eu sei, ele não sabia nem procurou saber."

"E, mesmo que tivesse sabido, não poderia ter contestado o testamento posterior, uma vez este confirmado."

"Tampouco o senhor pode fazer isso, inspetor-comandante, na minha opinião." Depois de uma pausa, ele prosseguiu. "Eu respondi às suas perguntas, e agora quero fazer uma. O senhor está totalmente convencido de que Candace Westhall matou tanto Robin Boyton quanto Rhoda Gradwyn e tentou assassinar Sharon Bateman?"

"Sim é a resposta à primeira parte da sua pergunta", disse Dalgliesh. "Não acredito na confissão toda, mas sob um aspecto ela é verdadeira. Ela assassinou a senhorita Gradwyn e foi responsável pela morte do senhor Boyton. E ela confessou ter planejado assassinar Sharon Bateman. Mas a essa altura já devia ter decidido se matar. Uma vez desconfiada de que eu conhecia a verdade sobre o último testamento, não poderia correr o risco de um interrogatório no tribunal."

"A verdade sobre o último testamento", disse Philip Kershaw. "Achei que fôssemos chegar a esse ponto. Mas o senhor conhece a verdade? E, mesmo que conheça, ela se sustentaria no tribunal? Caso ela estivesse viva e fosse condenada por ter falsificado as assinaturas, tanto do pai quanto das duas testemunhas, as complicações legais em relação ao testamento seriam consideráveis devido à morte de Robin Boyton. É uma pena eu não poder discuti-las com meus colegas."

Ele parecia quase animado pela primeira vez desde que Dalgliesh entrara no quarto. "E, sob juramento, o que o senhor teria dito?", perguntou Dalgliesh.

"Sobre o testamento? Que eu o considerava autêntico, e que não tinha desconfiança nenhuma em relação às assinaturas nem do testante nem das testemunhas. Compare as caligrafias dos dois testamentos. Há alguma dúvida de que foram escritos pelo mesmo punho? Inspetor-comandante, não há nada que o senhor possa fazer nem nada que precise fazer. A única pessoa que poderia ter contestado esse testamento era Robin Boyton, e ele morreu. Nem o senhor nem a Metropolitan Police têm nenhum *locus standi* nessa questão. O senhor tem a sua confissão. Tem a sua assassina. O caso está encerrado. O dinheiro foi deixado para as duas pessoas que mais tinham direito a ele."

"Eu aceito o fato de que, vista a confissão, nada mais pode ser feito. Mas não gosto de assuntos mal resolvidos. Preciso saber se eu tinha razão e se é possível entender. O senhor ajudou muito. Agora conheço a verdade até onde é possível conhecer, e acho que compreendo por que ela agiu como agiu. Ou será que essa afirmação é demasiado arrogante?"

"Conhecer a verdade e compreendê-la? Sim, inspetor-comandante, com todo o respeito, acho que é, sim. Uma arrogância, e talvez também uma impertinência. A forma como nós vasculhamos a vida dos mortos famosos, como galinhas cacarejantes ciscando cada pedacinho de fofoca e escândalo. E agora tenho uma pergunta para o senhor. O senhor estaria disposto a burlar a lei se dessa forma pudesse reparar uma injustiça ou beneficiar alguém que amasse?"

"Minha resposta vai ser ambígua, mas essa pergunta é hipotética. Depende da importância e da pertinência da lei que fosse burlar, e de se o bem feito a essa mítica pessoa amada, ou de fato o bem comum, fosse a meu ver maior do que o dano de burlar a lei. Com determinados crimes — assassinato e estupro, por exemplo —, como isso seria possível? A pergunta não pode ser considerada em um contexto abstrato. Eu sou um policial, não um teólogo versado em questões de moral ou um especialista em ética."

"Ah, mas é, sim, inspetor-comandante. Com a morte do que Sidney Smith descreveu como a religião racional e os proponentes do que restou mandando mensagens tão confusas e incertas, todas as pessoas civilizadas precisam ser especialistas em ética. Devemos forjar a nossa própria salvação com diligência, baseados naquilo em que acreditamos. Então me diga: haveria alguma circunstância em que o senhor estivesse disposto a burlar a lei para beneficiar outra pessoa?"

"Beneficiar de que forma?"

"De qualquer forma que se possa beneficiar. Satisfazendo um desejo. Protegendo. Reparando uma injustiça."

"Nesse caso, dito com essa crueza, acho que a resposta tem de ser sim", disse Dalgliesh. "Eu poderia, por exemplo, me imaginar ajudando alguém que amasse a morrer de forma misericordiosa caso ela estivesse se prolongando excessivamente neste mundo cruel, e cada respiração fosse uma agonia. Espero não precisar fazê-lo. Mas como o senhor está fazendo a pergunta, sim, posso me imaginar burlando a lei para beneficiar alguém que amo. Não tenho tanta certeza quanto a reparar uma injustiça. Isso pressupõe que eu tivesse a sabedoria para decidir o que de fato é certo ou errado, e a humildade para ponderar se qualquer atitude que eu tomasse iria melhorar ou piorar as coisas. Agora eu poderia fazer uma pergunta ao senhor. Perdoe-me caso a considere impertinente. A pessoa amada, para o senhor, seria Candace Westhall?"

Kershaw se levantou com dificuldade e, segurando a muleta, chegou mais perto da janela e passou alguns instantes em pé olhando para fora como se houvesse um mundo lá fora em que tal pergunta jamais seria formulada ou, se fosse, não exigiria nenhuma resposta. Dalgliesh ficou esperando. Então Kershaw tornou a se virar para ele e Dalgliesh o observou enquanto, como alguém aprendendo a andar pela primeira vez, ele se encaminhava a passos hesitantes de volta até a poltrona.

"Vou lhe contar uma coisa", disse ele, "que nunca contei a nenhum outro ser humano, nem jamais contarei. Faço isso porque acredito que com o senhor essa coisa estará segura. E talvez haja um momento, no final da vida, em que um segredo se torna um fardo que desejamos depositar nos ombros de outra pessoa, como se o simples fato de alguém o conhecer e compartilhar diminuísse o seu peso. Imagino que seja por isso que as pessoas religiosas se confessam. Que extraordinário ritual de purificação isso deve ser. Mas no meu caso não é uma alternativa, e eu não pretendo mudar uma vida inteira de falta de crença em troca do que, para mim, seria um conforto espúrio no final. Então vou lhe contar. Para o senhor isso não vai representar nenhum fardo ou transtorno, e estou falando com o Adam Dalgliesh poeta, não com o Adam Dalgliesh policial."

"No momento, não pode haver diferença entre os dois", disse Dalgliesh.

"Não na sua mente, inspetor-comandante, mas na minha pode. E há outro motivo que me faz falar, não exatamente admirável, mas qual motivo é admirável? Não sou nem capaz de lhe dizer o prazer que é conversar com um homem civilizado sobre outro assunto que não meu estado de saúde. A primeira coisa que qualquer funcionário ou visitante pergunta, e a última, é sempre como estou me sentindo. É assim que eu sou definido agora, pela doença e pela mortalidade. Com certeza o senhor acha difícil ser educado quando as pessoas insistem em falar sobre a sua poesia."

"Como a intenção delas é serem gentis, eu tento ser generoso, mas detesto e isso me custa."

"Então não falarei de poesia se o senhor não falar do estado do meu fígado."

Ele riu, uma expiração de ar alta e áspera interrompida no meio. Mais parecia um grito de dor. Dalgliesh esperou sem dizer nada. Kershaw parecia estar reunindo forças, e tornando a acomodar sua silhueta esquelética na poltrona de maneira mais confortável.

"Basicamente, é uma história comum", começou. "Acontece em todo lugar. Não há nela nada de incomum ou interessante, exceto as pessoas envolvidas. Vinte e cinco anos atrás, quando eu tinha trinta e oito e Candace dezoito, ela teve uma filha minha. Eu havia entrado de sócio para a firma recentemente, e fui eu quem passei a cuidar dos assuntos de Peregrine Westhall. Não eram assuntos particularmente exigentes ou interessantes, mas eu fazia visitas bastante regulares para ver o que andava acontecendo na grande casa de pedra das Cotswolds onde a família morava na época. A esposa bonita e frágil que transformava a doença em defesa contra o marido, a filha calada e assustada, o jovem filho retraído. Acho que, na época, eu gostava de me imaginar como alguém interessado em pessoas, sensível às emoções humanas. Talvez fosse mesmo. E quando digo que Candace era assustada, não estou sugerindo que o pai abusasse dela ou lhe batesse. Ele só tinha uma única arma, e a mais mortal de todas: a língua.

Duvido que jamais tenha tocado na filha, e certamente não com carinho. Era um homem que não gostava das mulheres. Candace foi uma decepção para ele desde o momento em que nasceu. Não quero lhe dar a impressão de que ele era um homem deliberadamente cruel. Eu o conhecia como um distinto acadêmico. Não tinha medo dele. Conseguia conversar com ele, mas Candace nunca conseguiu. Ele só a teria respeitado caso ela o houvesse enfrentado. Odiava subserviência. E, é claro, teria ajudado se ela fosse bonita. Sempre ajuda no caso das filhas, não?"

"É difícil enfrentar alguém quando se teve medo dessa pessoa desde a infância", disse Dalgliesh.

Aparentemente sem escutar o comentário, Kershaw prosseguiu. "O nosso relacionamento — e não estou falando de um caso — começou quando eu estava na livraria Blackwell de Oxford e vi Candace. Ela havia começado a estudar lá no semestre do Natal. Pareceu-me ansiosa para conversar, o que não era comum, e eu a convidei para tomar um café comigo. Longe do pai, ela parecia ganhar vida. Ela falou e eu escutei. Combinamos de nos encontrar de novo e passou a ser uma espécie de hábito para mim pegar o carro até Oxford quando ela estava lá e levá-la para almoçar fora da cidade. Nós dois gostávamos muito de fazer caminhadas, e eu ansiava por aqueles encontros outonais e por nossos passeios pelas Cotswolds. Só tivemos relações uma vez, em uma tarde inabitualmente quente, deitados no mato sob um toldo de árvores iluminadas pelo sol, ocasião em que imagino que uma combinação da beleza e do isolamento das árvores, do calor, de nosso contentamento depois do que havia sido um bom almoço levou ao primeiro beijo, e daí à inevitável sedução. Acho que depois nós dois percebemos que havia sido um erro. E éramos sensíveis o suficiente em relação a nós mesmos para percebermos como havia acontecido. Ela havia tido uma semana ruim na faculdade e estava precisando de conforto, e o poder de confortar é sedutor — não quero dizer apenas fisicamente. Ela estava se sentindo sexualmente inadequada, distante dos colegas e, quer percebesse isso ou não, estava à procura de uma oportunidade para deixar de ser virgem. Eu era mais velho, era gentil, gostava dela, estava disponível, era o parceiro ideal para uma primeira experiência sexual que ela ao mesmo tempo desejava e temia. Comigo ela podia se sentir segura.

"Então quando, já tarde demais para um aborto, ela me contou sobre a gravidez, ambos sabíamos que a família dela jamais poderia saber, sobretudo o pai. Ela disse que ele a desprezava e que iria desprezá-la ainda mais, não pelo sexo em si, que provavelmente não iria preocupá-lo, mas porque fora com a pessoa errada e porque ela cometera a tolice de engravidar. Ela foi capaz de me dizer exatamente quais seriam as palavras dele, e elas me causaram repulsa e horror. Eu já estava quase na meia-idade e não havia me casado. Não tinha vontade de assumir a responsabilidade por uma criança. Agora que já é tarde para consertar o que quer que seja, vejo que tratamos a bebê como se ela fosse algum tipo de excrescência maligna que precisasse ser extirpada, ou em todo caso eliminada, e depois esquecida. Se pensarmos em termos de pecado — e ouvi dizer que o senhor é filho de pastor, e sem dúvida a influência familiar ainda significa alguma coisa —, então nosso pecado foi esse. Ela guardou segredo sobre a gravidez e, quando começou a correr perigo de ser descoberta, viajou para o exterior, depois voltou e teve o bebê em uma casa de repouso londrina. Não foi difícil para mim organizar uma instituição particular para cuidar da menina e depois uma adoção. Eu era advogado; tinha conhecimento e tinha dinheiro. E as coisas nessa época eram menos controladas.

"Candace se mostrou estoica do início ao fim. Se amou a criança, conseguiu esconder isso. Candace e eu não tornamos a nos ver depois da adoção. Imagino que não tivéssemos uma verdadeira relação que pudesse ser aprimorada, e o simples fato de nos encontrarmos provocava constrangimento, vergonha, a lembrança de um estorvo, de mentiras, de carreiras prejudicadas. Ela acabou compensando o tempo que havia perdido em Oxford. Acho que estudou letras clássicas em uma tentativa de conquistar o amor do pai. Tudo que sei é que não conseguiu isso. Ela não tornou a ver Annabel — até mesmo o nome da menina foi escolhido pelos candidatos a pais adotivos — até a menina completar dezoito anos, mas acho que deve ter mantido contato, ainda que indiretamente, e sem nunca admitir que a menina era sua filha. Ela evidentemente descobriu em que universidade Annabel havia sido aceita e arrumou um emprego lá, embora não fosse uma escolha natural para uma doutora em letras clássicas."

"O senhor tornou a ver Candace?", perguntou Dalgliesh.

"Apenas uma vez, e só depois de vinte e cinco anos. Foi também a última vez. Na sexta-feira, 7 de dezembro, ela voltou da visita que tinha ido fazer no Canadá à velha enfermeira, Grace Holmes. A senhora Holmes é a única testemunha do testamento de Peregrine que ainda está viva. Candace foi até lá pagar-lhe uma gratificação — acho que ela mencionou dez mil libras — em agradecimento pela sua ajuda ao cuidar de Peregrine Westhall. A outra testemunha, Elizabeth Barnes, era uma empregada aposentada dos Westhall e vinha recebendo uma pequena pensão que, é claro, se encerrou com a sua morte. Candace achou que Grace Holmes devesse ser recompensada. Ela estava também ansiosa para obter o testemunho da enfermeira quanto à data da morte do pai. Contou-me sobre a ridícula suposição de Robin Boyton de que o cadáver foi escondido no freezer até transcorrerem vinte e oito dias depois da morte do avô. Aqui está a carta que Grace Holmes escreveu e lhe entregou. Candace quis que eu ficasse com uma cópia, talvez como garantia. Se fosse preciso, eu poderia transmiti-la ao chefe do escritório."

Ele ergueu a cópia do testamento e tirou de baixo dela uma folha de papel de carta que entregou a Dalgliesh. A carta estava datada de quarta-feira, 5 de dezembro de

2007. A caligrafia era graúda, as letras redondas e bem desenhadas.

Prezado senhor,

A srta. Candace Westhall me pediu para lhe enviar uma carta confirmando a data da morte de seu pai, dr. Peregrine Westhall. Esta sobreveio no dia 5 de março de 2007. Ele vinha piorando muito ao longo dos dias anteriores, e o dr. Stenhouse o viu no dia 3 de março, mas não receitou nenhum remédio novo. O professor Westhall disse que queria receber o pároco da cidade, reverendo Matheson, e este foi visitá-lo imediatamente. Foi até a casa de carro, levado pela irmã. Eu estava em casa na ocasião, mas não no quarto do doente. Pude ouvir o professor gritando, mas não o que o sr. Matheson estava dizendo. Eles não ficaram muito tempo, e o reverendo parecia abalado ao partirem. O dr. Westhall morreu dois dias depois, e eu estava em casa com seu filho e a srta. Westhall quando ele faleceu. Fui eu quem vesti o corpo.

Fui também testemunha do testamento dele, escrito de próprio punho em algum momento do verão de 2005, mas não me lembro da data exata. Foi o último testamento que assinei como testemunha, embora o professor Westhall tenha feito outros ao longo das semanas anteriores, que Elizabeth Barnes e eu assinamos, mas que acredito que ele tenha rasgado.

Tudo o que escrevi é verdade.

Atenciosamente, Grace Holmes

"O pedido era para ela confirmar a data da morte dele", disse Dalgliesh, "então me pergunto por que o parágrafo sobre o testamento."

"Como Boyton tinha levantado suspeitas sobre a data da morte do tio, talvez ela achasse importante mencionar qualquer coisa relacionada à morte de Peregrine que pudesse ser contestada mais tarde."

"Mas o testamento nunca foi contestado, foi? E por

que Candace Westhall precisaria pegar um avião até Toronto para ver Grace Holmes pessoalmente? As providências financeiras não requeriam uma visita, e as outras informações sobre a data da morte podiam ser dadas pelo telefone. E por que Candace precisava disso? Ela sabia que o reverendo Matheson tinha visitado seu pai dois dias antes de este morrer. O depoimento de Matheson e da irmã já seria suficiente."

"O senhor está sugerindo que as dez mil libras foram um pagamento por esta carta?"

"Pelo último parágrafo da carta", disse Dalgliesh. "Acho possível que Candace Westhall quisesse garantir que não havia risco de ser desmascarada pela única testemunha viva do testamento de seu pai. Grace Holmes havia ajudado a cuidar de Peregrine Westhall e sabia o que a filha tivera de aguentar. Acho que ficaria feliz em ver que, no final das contas, fora feita justiça a Candace e Marcus. E, é claro, ela também aceitou as dez mil libras. E o que teve de fazer? Apenas dizer que havia testemunhado um testamento escrito de próprio punho e que não se lembrava da data certa. O senhor por acaso acha que ela um dia poderá ser convencida a mudar essa história, a dizer mais do que isso? E ela não testemunhou o testamento anterior. Não poderia saber nada sobre a injustiça para com Robin Boyton. Provavelmente foi capaz de convencer a si mesma de que estava dizendo a verdade."

Passaram quase um minuto sentados em silêncio, então Dalgliesh disse: "Se eu lhe perguntar se, durante sua última visita, Candace Westhall conversou com o senhor sobre a verdade em relação ao testamento do pai, o senhor me responderia?".

"Não, e não acho que o senhor espere que eu responda. É por isso que não vai perguntar. Mas posso lhe dizer o seguinte, inspetor-comandante. Ela não era mulher de dar mais informações do que eu precisava saber. Quis que eu ficasse com a carta de Grace Holmes, mas essa foi a parte menos importante da visita. Ela me contou que nossa filha tinha morrido, e como. Nós tínhamos assuntos mal resolvidos. Havia coisas que nós dois precisávamos dizer. Eu gostaria de pensar que, quando ela foi embora, a maior parte da amargura dos últimos vinte e cinco anos havia se diluído, mas isso seria um sofisma romântico. Nós havíamos causado danos demais um ao outro. Acho que ela morreu mais feliz por saber que podia confiar em mim. Era só isso que existia entre nós, e foi só o que jamais existiu, não amor, mas confiança."

Mas Dalgliesh tinha uma última pergunta. "Quando eu liguei e o senhor concordou em me receber, disse a Candace Westhall que eu viria?", perguntou ele.

Kershaw encarou-o nos olhos e disse rapidamente: "Eu telefonei e disse a ela. Agora, se me der licença, preciso descansar. Fico contente que tenha vindo, mas não tornaremos a nos encontrar. Se puder ter a bondade de tocar aquela campainha junto à cama, Charles virá para acompanhá-lo até a porta da frente".

Ele estendeu a mão. Seu aperto ainda era firme, mas o brilho dos olhos havia se apagado. Alguma coisa havia se fechado. Com Charles à sua espera junto à porta aberta, Dalgliesh se virou para olhar Kershaw pela última vez. O velho estava sentado na poltrona, fitando silenciosamente a lareira vazia.

Dalgliesh mal havia colocado o cinto de segurança quando o celular tocou. Era o inspetor Andy Howard. O tom triunfante em sua voz estava contido, mas era inconfundível.

"Pegamos o sujeito, senhor. Um rapaz do bairro como desconfiávamos. Já tinha sido interrogado quatro vezes em relação a agressões sexuais, mas nunca tinha sido acusado. O departamento de justiça vai ficar aliviado por não se tratar de mais um imigrante ilegal ou de mais alguém liberado sob fiança. E temos o DNA dele, é claro. Estou um pouco preocupado pensando em como vamos guardar o DNA caso não haja acusação, mas este não é primeiro caso em que ele se mostra útil."

"Meus parabéns, inspetor. O senhor sabe se há alguma chance de o rapaz se declarar culpado? Seria bom poupar Annie do pesadelo de um julgamento."

"Eu diria que há todas as chances para isso acontecer. O DNA é nossa única prova, mas é decisiva, e aquela moça ainda vai demorar bastante tempo antes de ter condições para prestar depoimento em um tribunal."

Foi com o coração mais leve que Dalgliesh fechou o celular. E agora precisava encontrar um lugar onde pudesse passar algum tempo sentado, sozinho e em paz.

9

Saindo de Bournemouth, pegou o sentido oeste até que, depois de entrar na estrada que margeava o litoral, encontrou um lugar onde podia parar o carro e ficar olhando para o mar por cima de Poole Harbour. Durante a última semana, sua mente e sua energia haviam estado ocupadas com as mortes de Rhoda Gradwyn e Robin Boyton, mas agora ele precisava encarar o futuro. Tinha escolhas a fazer, a maioria exigente ou interessante, mas até então havia lhes dedicado pouca atenção. Apenas um acontecimento que iria mudar sua vida era certo: seu casamento com Emma, e quanto a isso não havia dúvida, apenas a certeza da alegria.

E ele enfim conhecia a verdade sobre aquelas duas mortes. Talvez Philip Kershaw estivesse certo: havia certa arrogância em querer sempre saber a verdade, sobretudo a verdade em relação às motivações humanas, ao misterioso funcionamento da mente alheia. Ele estava convencido de que Candace Westhall jamais tivera a intenção de matar Sharon. Devia ter incentivado a moça em sua fantasia, talvez quando estavam as duas sozinhas e Sharon estava ajudando com os livros. Mas o que Candace queria e havia planejado era a única forma segura de convencer o mundo de que ela, e apenas ela, havia matado Gradwyn e Boyton. Com a confissão dela, o veredito do legista seria inevitável. O caso seria encerrado, e as suas responsabilidades terminariam. Não havia mais nada que ele pudesse ou quisesse fazer.

Como toda investigação, aquela lhe deixaria lembranças, pessoas que, sem nenhum desejo específico de sua parte, iriam se consolidar como silenciosas presenças em sua mente e em seus pensamentos por anos a fio, mas que poderiam ser trazidas de volta à vida por um lugar, pelo rosto ou pela voz de algum desconhecido. Ele não desejava reviver regularmente o passado, mas aquelas breves visitações o deixavam curioso para saber por que pessoas específicas ficavam gravadas em sua mente e que rumo haviam tomado a vida deles. Elas raramente constituíam a parte mais importante da investigação, e ele achava que sabia que pessoas da semana anterior iriam permanecer vivas em sua lembrança. O reverendo Curtis e sua penca de filhos louros, Stephen Collinsby e Lettie Frensham. Durante os últimos anos, quantas vidas haviam afetado a sua por um breve instante, muitas vezes em meio ao horror e à tragédia, ao terror e à angústia? Sem saber, essas pessoas haviam inspirado alguns de seus mais belos poemas. Que inspiração ele poderia encontrar na burocracia ou nas atribuições de seu cargo?

Mas estava na hora de voltar a Old Police Cottage, recolher suas malas e ir para casa. Ele já havia se despedido de todos na clínica, e passara em Wisteria House para agradecer ao casal Shepherd pela hospitalidade com a sua equipe. Agora só restava uma pessoa que ele ansiava por ver.

Quando chegou ao chalé, abriu a porta da frente. A lareira havia sido novamente acesa, mas o cômodo estava escuro a não ser pelo abajur da mesa ao lado da poltrona em frente à lareira. Emma se levantou e foi ao seu encontro, com o rosto e os cabelos escuros acobreados pela luz do fogo.

"Você já soube?", perguntou ela. "O inspetor Howard prendeu o culpado. Não precisamos ter medo de ele estar solto por aí, talvez fazendo a mesma coisa de novo. E Annie vai melhorar."

"Andy Howard me ligou", disse Dalgliesh. "Que ótimas notícias, minha querida, principalmente em relação a Annie."

Aninhando-se em seus braços, ela disse: "Benton e Kate me pegaram em Wareham antes de irem embora para Londres. Pensei que você fosse querer companhia no caminho para casa".

LIVRO CINCO

*Primavera
Dorset, Cambridge*

1

No primeiro dia oficial da primavera, George Chandler-Powell e Helena Cressett estavam sentados lado a lado à escrivaninha do escritório. Durante três horas, haviam estudado e discutido uma sucessão de números, cronogramas e plantas de arquitetura, e então, como em um acordo tácito, ambos esticaram a mão para desligar o computador.

Recostando-se na cadeira, Chandler-Powell disse: "Então financeiramente é possível. É claro que depende de eu continuar ganhando bem e aumentar a lista de pacientes particulares no Saint Angela. A renda do restaurante não vai dar sequer para manter o jardim, pelo menos não no começo".

Helena estava dobrando as plantas. "Nós fomos conservadores em relação à renda do Saint Angela", disse ela. "Mesmo com os seus pacientes atuais, você já alcançou dois terços dos números da nossa estimativa ao longo dos últimos três anos. Concordo que converter a estrebaria custa mais caro do que você planejava, mas o arquiteto fez um bom trabalho, e a obra deve sair um pouco abaixo do calculado. Com as suas ações do Extremo Oriente rendendo bem, você poderia cobrir todos os custos, ou então fazer um empréstimo."

"Temos de mencionar o restaurante no portão?"

"Não necessariamente. Mas precisamos informar o horário de funcionamento em algum lugar. Você não pode ficar implicando com tudo, George. Ou decide tocar um estabelecimento comercial ou então desiste."

"Dean e Kimberley Bostock parecem bem contentes com a história", disse Chandler-Powell, "mas deve haver um limite para o que podem fazer."

"Foi por isso que previmos ajudantes em tempo parcial e um cozinheiro a mais depois que o restaurante se firmar", disse Helena. "E sem os pacientes, que sempre exigiram muito da casa, os Bostock só vão precisar cozinhar para você, quando estiver aqui, para os funcionários residentes e para mim. Dean está eufórico. O que estamos planejando é ambicioso: um restaurante de primeira categoria, não uma casa de chá, para atrair clientes de outras partes do condado e até de mais longe. Dean é um bom chef. Você não vai conseguir mantê-lo se não o deixar exercer seu talento. Com Kimberley feliz por causa da gravidez e Dean me ajudando a planejar um restaurante, ele pode se sentir realizado, e eu nunca o vi tão feliz ou tão tranquilo. E o bebê não vai ser um problema. Esta casa precisa de uma criança."

Chandler-Powell se levantou e esticou os braços acima da cabeça. "Vamos caminhar até as pedras", disse ele. "O dia está bonito demais para ficar sentado em frente a uma escrivaninha."

Em silêncio, os dois vestiram os casacos e saíram pela porta oeste. A sala de cirurgia já havia sido demolida, e o que restava dos equipamentos médicos, removido. "Você vai ter de pensar no que quer fazer com a ala oeste", disse Helena.

"Vamos deixar as suítes como estão. Se precisarmos de mais funcionários, elas podem ser úteis. Mas você está feliz que a clínica tenha acabado, não é? Nunca gostou muito dela."

"Eu deixei isso tão óbvio assim? Desculpe, mas a clínica sempre foi uma anomalia. Aqui não era o seu lugar."

"E daqui a cem anos ela será esquecida."

"Duvido: ela vai fazer parte da história da casa. E não acho que alguém um dia vá esquecer a sua última paciente particular."

"Candace me alertou sobre ela", disse Chandler-Powell. "Nunca a quis aqui. E, se eu tivesse feito a cirurgia em Londres, ela não teria morrido, e a vida de todos nós seria diferente."

"Diferente, mas não necessariamente melhor", disse ela. "Você acreditou na confissão de Candace?"

"Na primeira parte, sim, sobre ter matado Rhoda."

"Homicídio doloso ou culposo?"

"Acho que ela ficou com raiva, mas não foi ameaçada nem provocada. Acho que um júri iria concluir que foi mesmo assassinato."

"Isso se o caso um dia fosse a julgamento", comentou ela. "O inspetor-comandante Dalgliesh nem sequer tinha provas suficientes para efetuar uma prisão."

"Acho que ele estava bem perto de fazê-lo."

"Então estava correndo um risco. Que provas ele tinha? Não havia nenhum indício forense. Poderia ter sido qualquer um de nós. Sem a agressão a Sharon e a confissão de Candace, o caso nunca teria sido solucionado."

"Se é que foi solucionado."

"Você acha que ela poderia estar mentindo para proteger outra pessoa?", perguntou Helena.

"Não, isso é absurdo, e por quem ela faria isso a não ser o irmão? Não, ela matou Rhoda Gradwyn, e acho que pretendeu matar Robin Boyton também. Ela própria admitiu isso."

"Mas por quê? O que ele realmente sabia ou pressentia que o tornava tão perigoso? E, antes de ela atacar Sharon, será que estava mesmo correndo perigo? Se fosse acusada de ter assassinado Gradwyn e Boyton, qualquer advogado competente poderia ter convencido um júri de que havia margem para dúvida. Foi o ataque a Sharon que provou que ela era culpada. Então por que ela fez isso? Segundo ela, foi porque Sharon a tinha visto sair da casa naquela sexta-feira à noite. Mas por que não mentir sobre isso? Quem iria acreditar na história de Sharon se Candace a desmentisse? E aquele ataque a Sharon. Como ela poderia esperar se safar?"

"Acho que Candace já estava farta", disse George. "Ela queria acabar com tudo."

"Acabar com o quê? Com a desconfiança e a incerteza, com o risco de alguém acreditar que o responsável era seu irmão, ou para inocentar a nós? Parece improvável."

"Acabar consigo mesma. Acho que ela não sentia que valesse a pena viver no seu mundo."

"Todos nós sentimos isso às vezes", disse Helena.

"Mas passa, não é real, nós sabemos que não é real. Para me sentir assim, eu teria de estar sujeito permanentemente a uma dor insuportável, com a mente comprometida, sem independência, sem trabalho, sem este lugar."

"Acho que a mente a estava traindo. Acho que ela sabia que estava enlouquecendo. Vamos até o círculo de pedra. Ela agora está morta, e tudo que eu sinto por ela é pena."

De repente, a voz dele se fez áspera. "Pena? Não sinta pena. Ela matou minha paciente. Eu fiz um bom trabalho naquela cicatriz."

Helena olhou para ele, depois virou-se para o outro lado, mas ele havia discernido naquele breve olhar algo desconfortavelmente próximo de um misto de surpresa e compreensão bem-humorada.

"A última paciente particular aqui da clínica", disse ela. "Bem, isso ela foi. Era mesmo uma pessoa particular, reservada. O que qualquer um de nós sabia sobre ela? O que você sabia?"

"Apenas que ela queria se livrar de uma cicatriz porque não precisava mais dela", respondeu ele.

Começaram então a caminhar devagar pela aleia de tílias, lado a lado. Os botões já estavam abertos, e as árvores ainda exibiam o primeiro verde transitório da primavera. Chandler-Powell disse: "Os planos do restaurante... é claro que tudo depende de você querer ficar aqui".

"Você vai precisar de alguém para cuidar das coisas: da administração, da organização geral, alguém para ser governanta e secretária. Na essência, o trabalho não vai mudar muito. Eu com certeza poderia ficar até você encontrar a pessoa certa."

Continuaram andando em silêncio. Então, sem se deter, ele disse: "Eu estava pensando em alguma coisa mais permanente, mais exigente, acho. Você poderia dizer que é menos atraente, pelo menos do seu ponto de vista. Para mim, é algo importante demais para eu correr o risco de me decepcionar. Foi por isso que não disse nada até agora. Estou pedindo você em casamento. Acho que poderíamos ser felizes juntos".

"Você não disse a palavra amor, é muito honesto da sua parte."

"Acho que deve ser porque eu nunca entendi realmente o que isso significa. Pensei que amasse Selina quando me casei com ela. Foi uma espécie de loucura. Eu gosto de você. Respeito e admiro você. Já faz seis anos que trabalhamos juntos. Tenho vontade de fazer amor com você, mas qualquer homem heterossexual sentiria isso. Nunca fico entediado ou irritado quando estamos juntos, nós compartilhamos a mesma paixão por esta casa, e quando volto para cá e você não está por perto eu sinto um incômodo difícil de explicar. Uma sensação de algo a menos, de algo faltando."

"Na casa?"

"Não, em mim." Houve um novo silêncio. Então ele perguntou: "Será que se pode chamar isso de amor? Será que basta? Para mim basta, e para você? Quer um tempo para pensar?".

Ela se virou para ele. "Pedir um tempo seria fazer joguinho. Isso para mim basta."

Ele não a tocou. Sentiu-se um homem revigorado, mas um homem que estava pisando em terreno delicado. Não devia se mostrar canhestro. Ela iria desprezá-lo caso ele fizesse a coisa óbvia: tomá-la em seus braços. Ficaram de frente um para o outro. Então ele disse em voz baixa: "Obrigado".

Haviam chegado às pedras. "Quando eu era menina", disse ela, "nós costumávamos dar a volta no círculo e chutar delicadamente cada pedra. Era para dar sorte."

"Então talvez devêssemos fazer isso agora."

Deram a volta juntos. Ele deu um leve chute em uma pedra de cada vez.

Quando voltaram para a aleia de tílias, ele disse: "E Lettie! Você quer que ela fique?".

"Se ela quiser. Francamente, no início seria difícil passar sem ela. Mas ela não vai querer morar na casa depois que nos casarmos, nem isso nos conviria. Poderíamos lhe propor Stone Cottage, depois que o chalé for esvaziado e redecorado. Ela iria gostar de participar disso, é claro. E teria prazer em fazer alguma coisa com o jardim."

"Poderíamos lhe oferecer o chalé", disse Chandler-Powell. "Quero dizer legalmente, colocá-lo no seu nome. Com a reputação que tem, ele não vai ser tão fácil de vender. Assim ela pode ter alguma segurança para a velhice. Quem mais iria querer o chalé? Será que ela vai querê-lo? O lugar parece recender a assassinato, infelicidade, morte."

"Lettie tem as suas próprias defesas contra essas coisas", disse Helena. "Acho que ela ficaria satisfeita em Stone Cottage, mas não iria querer o chalé de presente. Tenho certeza de que preferiria comprá-lo."

"Ela tem dinheiro para isso?"

"Acho que tem. Sempre soube guardar dinheiro. E o preço seria baixo. Afinal de contas, como você mesmo disse, com o histórico que tem, Stone Cottage não é lá muito vendável. Em todo caso, eu poderia propor a ela. Se ela se mudar para o chalé, vai precisar de um aumento de salário."

"Isso não vai ser complicado?"

"Você está se esquecendo de que eu tenho dinheiro", disse Helena sorrindo. "Afinal de contas, nós concordamos que o restaurante vai ser meu investimento. Guy pode ter sido um filho da mãe infiel, mas não foi um filho da mãe avarento."

Então aquele problema estava resolvido. Chandler-Powell pensou que aquele provavelmente seria o padrão de sua vida de casado. As complicações seriam reconhecidas e uma solução razoável seria proposta, sem precisar de nenhuma ação específica da sua parte.

"Como não podemos exatamente passar sem ela, pelo menos no início, isso tudo parece bem sensato", disse ele, descontraído.

"Sou eu quem não posso passar sem ela. Você não reparou? Ela é minha bússola moral."

Seguiram andando, Chandler-Powell agora podia ver que grande parte da sua vida seria planejada para ele. A ideia não lhe causou nenhuma inquietação e muita satisfação. Ele teria de trabalhar com afinco para manter tanto o apartamento de Londres quanto a casa, mas sempre havia trabalhado com afinco. O trabalho era sua vida. Ele não estava absolutamente certo quanto ao restaurante, mas já era hora de fazer alguma coisa para restaurar os antigos estábulos e os clientes do restaurante não precisariam entrar na casa. E era importante manter Dean e Kimberley com eles. Helena sabia o que estava fazendo.

"Você teve alguma notícia de Sharon?", perguntou ela. "Sabe onde ela está, que emprego arrumaram para ela?"

"Nada. Ela saiu do nada e voltou para o nada. Ela não é responsabilidade minha, graças a Deus."

"E Marcus?"

"Recebi uma carta ontem. Ele parece estar se adaptando bem na África. É provavelmente o melhor lugar para ele. Se continuasse trabalhando aqui, não teria a menor chance de superar o suicídio de Candace. Se o que ela queria era nos separar, sem dúvida fez a coisa certa."

Mas ele disse isso sem rancor, quase sem interesse. Depois do inquérito, raramente mencionava o suicídio de Candace, e sempre que o fazia era com certo incômodo. Por que, perguntou-se ela, ele haveria escolhido aquele momento, aquela caminhada juntos para revisitar o doloroso passado? Seria sua forma de alcançar uma espécie de conclusão formal, de dizer que agora estava na hora de parar com as conversas e especulações?

"E Flavia? Ela desapareceu da sua mente assim como Sharon?"

"Não, temos mantido contato. Ela vai se casar."
"Já?"
"Com alguém que conheceu pela internet. Escreveu contando que ele é advogado, que enviuvou dois anos atrás e tem uma filha de três. Quarenta e poucos anos, solitário, à procura de uma mulher que goste de crianças. Ela diz que está muito feliz. Pelo menos está conseguindo o que queria. É prova de considerável sabedoria saber o que se quer na vida, e depois direcionar todas as suas energias para conseguir isso."

Agora já haviam saído da aleia, e estavam entrando novamente pela porta oeste. Olhando de relance para ela, ele viu seu discreto sorriso.

"Sim", disse Helena, "ela foi muito sábia. É assim que eu mesma sempre agi."

2

Helena dera a notícia a Lettie na biblioteca. "Você desaprova, não é?", perguntou.

"Não tenho o direito de desaprovar, apenas o direito de temer por você. Você não o ama."

"Talvez não agora, ainda não completamente, mas isso virá. Todos os casamentos são um processo de se apaixonar ou de se desapaixonar. Não se preocupe, vamos nos dar muito bem na cama e fora dela, e esse casamento vai durar."

"E o estandarte dos Cressett será erguido outra vez acima desta casa, e daqui a algum tempo um filho seu decidirá morar aqui."

"Lettie, querida, como você me entende bem."

Então Lettie ficou a sós, pensando na proposta que Helena lhe havia feito antes de se separarem, andando pelo jardim mas sem ver nada, e agora, por fim, como tantas vezes acontecia, caminhando devagar pela aleia de tílias em direção às pedras. Olhando para trás na direção das janelas da ala oeste, seus pensamentos se voltaram para aquela paciente particular cujo assassinato mudara a vida de todos aqueles que, inocentes ou culpados, tinham sido por ele tocados. Mas não era isso que a violência sempre fazia? O que quer que aquela cicatriz significasse para Rhoda Gradwyn — uma expiação, seu *noli me tangere* pessoal, um desafio, uma recordação —, ela havia, por algum motivo que ninguém naquela casa conhecia nem jamais iria saber, encontrado a força para se livrar dela e mudar o curso de sua vida. Haviam-na privado daquela esperança; era a vida de outras pessoas que seria transformada de forma irrevogável.

Rhoda Gradwyn era jovem, é claro, mais jovem do que ela, Lettie, que, aos sessenta anos, sabia que parecia mais velha. Mas talvez ainda tivesse pela frente vinte anos relativamente ativos. Estaria na hora de se acomodar na segurança e no conforto daquela casa? Ela imaginou como seria sua vida. Um chalé para chamar de seu, decorado como ela decidisse, um jardim que ela plantaria e do qual cuidaria com carinho, um trabalho útil que poderia executar sem pressão ao lado de pessoas que respeitava, seus livros e sua música, a biblioteca da casa à sua disposição, respirar diariamente o ar de um dos condados mais bonitos da Inglaterra, quem sabe o prazer de ver crescer o filho ou filha de Helena. E quanto ao futuro mais distante? Talvez vinte anos de uma vida útil e relativamente independente antes de ela própria se tornar um fardo, aos seus olhos e talvez também aos de Helena. Mas seriam bons anos.

Ela sabia que já havia se acostumado a considerar o mundo exterior à casa essencialmente hostil e desconhecido: uma Inglaterra que ela não conseguia mais reconhecer, e a própria Terra um planeta moribundo em que milhões de pessoas se moviam constantemente como uma nuvem negra de gafanhotos humanos, invadindo, consumindo, corrompendo, destruindo a atmosfera de lugares outrora isolados e bonitos agora ranços com o hálito humano. Mas aquele ainda era o seu mundo, o mundo em que ela nascera. Ela fazia parte daquela corrupção assim como fazia parte dos esplendores e alegria daquele mundo. Quanto disso havia experimentado durante os anos passados atrás dos muros pseudogóticos da prestigiosa escola para meninas em que lecionava? Com quantas pessoas ela havia realmente se relacionado a não ser as do mesmo tipo, da mesma classe que ela, pessoas que compartilhavam seus próprios valores e preconceitos, que falavam a mesma língua?

Mas não era tarde demais. Havia um mundo diferente,

rostos diferentes, vozes diferentes a serem descobertos. Ainda existiam lugares raramente visitados, caminhos que não haviam sido pisados por milhares de pés, cidades lendárias em que havia paz nas horas silenciosas entre a primeira luz da aurora e a hora em que os visitantes irrompiam de seus hotéis. Ela viajaria de barco, de trem, de ônibus e a pé, deixando atrás de si o mínimo possível de pegadas de carbono. Havia guardado dinheiro suficiente para passar três anos viajando, e ainda teria o suficiente para comprar um chalé em algum lugar remoto da Inglaterra. E ela era forte e bem qualificada. Na Ásia, na África e na América do Sul talvez houvesse trabalhos úteis para ela fazer. Havia passado anos viajando com uma colega obrigatoriamente durante as férias escolares, o pior período, o mais cheio. Aquela viagem, sozinha, seria diferente. Poderia tê-la chamado de viagem iniciática, mas rejeitava essa expressão, que considerava mais pretensiosa do que verdadeira. Depois de sessenta anos, já sabia quem e o que era. Aquela não seria uma viagem de autoafirmação, mas de mudança.

Por fim, ela deu as costas para as pedras e voltou caminhando depressa para a casa.

"Eu sinto muito, mas quem saberá tomar a melhor decisão é você, sempre soube", disse Helena. "Mas se eu precisar de você..."

"Não vai precisar", disse Lettie.

"Nenhum dos lugares-comuns habituais precisam ser ditos entre nós, mas sentirei a sua falta. E a casa continuará aqui. Se ficar cansada de viajar, você sempre pode voltar."

Mas essas palavras, ainda que ambas soubessem que eram verdadeiras, eram também superficiais. Lettie viu que Helena tinha os olhos fixos no estábulo, no qual a luz da manhã se movia sobre a pedra como uma mancha dourada. Já estava planejando como seria a reforma; em sua imaginação, já via os clientes chegando, já discutia o cardápio com Dean, já vislumbrava a possibilidade de uma estrela do guia *Michelin*, ou duas quem sabe, e já via o restaurante prosperando e Dean ligado à casa para sempre, para grande satisfação de George; estava ali parada, feliz e sonhadora, contemplando o futuro.

3

Em Cambridge, a cerimônia de casamento havia terminado, e os convidados estavam começando a se retirar para o vestíbulo da capela. Clara e Annie permaneceram sentadas, escutando a música do órgão. As composições de Bach e Vivaldi já haviam sido tocadas, e agora o organista presenteava a si mesmo e à congregação com uma variação sobre uma fuga de Bach. Antes da cerimônia, enquanto esperavam sob o sol junto com o pequeno grupo dos que haviam chegado mais cedo, as pessoas haviam se apresentado, incluindo uma moça de vestido sem mangas com cabelos curtos e castanho-claros emoldurando um rosto atraente e inteligente. Ela havia se aproximado sorrindo para dizer que era Kate Miskin, um membro da equipe de Dalgliesh, e para apresentar o rapaz que a acompanhava, Piers Tarrant, assim como um jovem e belo indiano que era investigador na equipe de Adam. Outras pessoas haviam se juntado a eles: o editor de Adam, colegas poetas e escritores, alguns dos colegas de Emma no *college*. Um grupo feliz e simpático, que havia se demorado ali como se relutasse em trocar a beleza das paredes de pedra e do grande gramado iluminado pelo sol de maio pela austeridade fria do vestíbulo da capela.

A cerimônia fora curta, com música mas sem homilia. Talvez a noiva e o noivo achassem que a liturgia secular já dissesse todo o necessário sem precisar da competição dos lugares-comuns de praxe, e o pai de Emma estava sentado em uma das primeiras fileiras, tendo obviamente rejeitado o velho simbolismo de transmitir suas posses ao cuidado de outro. Emma, com seu vestido de noiva creme e uma guirlanda de rosas nos cabelos presos e reluzentes, havia percorrido a nave devagar e sozinha. Ao contemplar sua beleza contida e solitária, os olhos de Annie tinham se enchido de lágrimas. E houvera mais uma quebra da tradição. Em vez de continuar de frente para o altar e de costas para a noiva, Adam havia se virado e, sorrindo, estendido a mão para ela.

Agora restavam apenas uns poucos convidados escutando a música de Bach. Em voz baixa, Clara disse: "Em matéria de casamento, acho que este pode ser considerado um sucesso. Temos tendência a pensar que nossa inteligente Emma está acima das convenções femininas habituais. É reconfortante constatar que ela compartilha a aparente ambição de todas as noivas no dia de seu casamento: emocionar os convidados".

"Não acho que ela estava se importando com os convidados."

"Jane Austen parece adequado", disse Clara. "Você se lembra dos comentários da senhora Elton no último capítulo de *Emma? Muito pouco cetim branco, muito poucos véus de renda; que ocasião mais lamentável!*"

"Mas lembre-se de como termina o romance. *No entanto, apesar dessas deficiências, os desejos, esperanças, certezas e predileções do pequeno grupo de amigos verdadeiros que assistiu à cerimônia foram totalmente atendidos na perfeita felicidade da união.*"

"Perfeita felicidade é pedir demais", disse Clara. "Mas eles serão felizes. E pelo menos, ao contrário do pobre senhor Knightley, Adam não vai precisar morar com o sogro. Querida, você está com as mãos frias. Vamos para o sol junto com os outros. Preciso de uma bebida e de um pouco de comida. Por que será que a emoção dá fome? Conhecendo a noiva e o noivo e a qualidade da comida da cozinha do *college*, não ficaremos decepcionadas. Nada de canapés desmilinguidos nem de vinho branco morno."

Mas Annie ainda não estava preparada para lidar com

novas apresentações, para conhecer gente nova, para as palavras congratulatórias e os risos dos convidados libertos da solenidade de um casamento na igreja. "Vamos ficar aqui até a música terminar", disse ela.

Havia imagens que ela precisava enfrentar e pensamentos indesejados com os quais precisava lidar naquele lugar austero e tranquilo. Viu-se de volta junto com Clara ao tribunal criminal de Old Bailey. Pensou no rapaz que a havia atacado e no instante em que virou os olhos para o banco dos réus e o encarou. Não conseguia se lembrar do que havia esperado, mas não era aquele rapaz de aspecto comum, evidentemente pouco à vontade no terno usado para impressionar o tribunal, ali em pé sem nenhuma emoção aparente. Ele se declarou culpado com uma voz monocórdica e sem ênfase, e não expressou nenhum remorso. Não olhou para ela. Eram dois desconhecidos unidos para sempre por um instante, por um ato criminoso. Ela não conseguia sentir nada, nem pena, nem perdão, nada. Não era possível compreendê-lo nem perdoar, e ela não pensava nesses termos. Mas dizia a si mesma que era possível não acalentar a falta de perdão, nem buscar um consolo vingativo na ideia de ele ir preso. Cabia a ela, não a ele, decidir a extensão do mal que ele havia lhe feito. Sem o seu consentimento, ele não podia ter nenhum poder duradouro sobre ela. Então um verso das escrituras recordado da infância lhe veio à mente com uma clara sensação de verdade: *O que quer que penetre no homem vindo de fora não poderá conspurcá-lo; pois não penetrou seu coração.*

E Annie tinha Clara. Segurou-lhe a mão e sentiu seu aperto reconfortante. Pensou: *O mundo é um lugar belo e terrível. A cada minuto são cometidos atos de horror, e no final as pessoas que amamos morrem. Se os gritos de todas as criaturas vivas da Terra fossem um só grito de dor, com certeza ele abalaria as estrelas. Mas nós temos o amor. Ele pode parecer uma defesa frágil contra os horrores do mundo, mas precisamos segurar firme e acreditar nele, pois é tudo que temos.*

Série policial

Réquiem caribenho
   Brigitte Aubert

Bellini e a esfinge
Bellini e o demônio
Bellini e os espíritos
   Tony Bellotto

Os pecados dos pais
O ladrão que estudava Espinosa
Punhalada no escuro
O ladrão que pintava como Mondrian
Uma longa fila de homens mortos
Bilhete para o cemitério
O ladrão que achava que era Bogart
Quando nosso boteco fecha as portas
O ladrão no armário
   Lawrence Block

O destino bate à sua porta
Indenização em dobro
Serenata
   James M. Cain

Post-mortem
Corpo de delito
Restos mortais
Desumano e degradante
Lavoura de corpos
Cemitério de indigentes
Causa mortis
Contágio criminoso
Foco inicial
Alerta negro
A última delegacia
Mosca-varejeira
Vestígio
Predador
   Patricia Cornwell

Edições perigosas
Impressões e provas
A promessa do livreiro
Assinaturas e assassinatos
O último caso da colecionadora de livros
   John Dunning

Máscaras
Passado perfeito
Ventos de Quaresma
   Leonardo Padura Fuentes

Tão pura, tão boa
Correntezas
   Frances Fyfield

O silêncio da chuva
Achados e perdidos
Vento sudoeste
Uma janela em Copacabana
Perseguido
Berenice procura
Espinosa sem saída
Na multidão
   Luiz Alfredo Garcia-Roza

Neutralidade suspeita
A noite do professor
Transferência mortal
Um lugar entre os vivos
O manipulador
   Jean-Pierre Gattégno

Continental Op
Maldição em família
   Dashiell Hammett

O talentoso Ripley
Ripley subterrâneo
O jogo de Ripley
Ripley debaixo d'água
O garoto que seguiu Ripley
A chave de vidro
   Patricia Highsmith

Sala dos Homicídios
Morte no seminário
Uma certa justiça
Pecado original
A torre negra
Morte de um perito
O enigma de Sally
O farol
Mente assassina
Paciente particular
   P. D. James

Música fúnebre
  Morag Joss

Sexta-feira o rabino acordou tarde
Sábado o rabino passou fome
Domingo o rabino ficou em casa
Segunda-feira o rabino viajou
O dia em que o rabino foi embora
  Harry Kemelman

Um drink antes da guerra
Apelo às trevas
Sagrado
Gone, baby, gone
Sobre meninos e lobos
Paciente 67
Dança da chuva
Coronado
  Dennis Lehane

Morte em terra estrangeira
Morte no Teatro La Fenice
Vestido para morrer
Morte e julgamento
Acqua alta
  Donna Leon

A tragédia Blackwell
  Ross Macdonald

É sempre noite
  Léo Malet

Assassinos sem rosto
Os cães de Riga
A leoa branca
O homem que sorria
  Henning Mankell

Os mares do Sul
O labirinto grego
O quinteto de Buenos Aires
O homem da minha vida
A Rosa de Alexandria
Milênio
O balneário
  Manuel Vázquez Montalbán

O diabo vestia azul
  Walter Mosley

Informações sobre a vítima
Vida pregressa
  Joaquim Nogueira

Revolução difícil
Preto no branco
No inferno
  George Pelecanos

Morte nos búzios
  Reginaldo Prandi

Questão de sangue
  Ian Rankin

A morte também frequenta o Paraíso
Colóquio mortal
  Lev Raphael

O clube filosófico dominical
Amigos, amantes, chocolate
  Alexander McCall Smith

Serpente
A confraria do medo
A caixa vermelha
Cozinheiros demais
Milionários demais
Mulheres demais
Ser canalha
Aranhas de ouro
Clientes demais
A voz do morto
  Rex Stout

Fuja logo e demore para voltar
O homem do avesso
O homem dos círculos azuis
Relíquias sagradas
  Fred Vargas

A noiva estava de preto
Casei-me com um morto
A dama fantasma
Janela indiscreta
  Cornell Woolrich

ESTA OBRA FOI COMPOSTA PELO GRUPO DE CRIAÇÃO EM GARAMOND E
IMPRESSA PELA GEOGRÁFICA EM OFSETE SOBRE PAPEL PAPERFECT
DA SUZANO PAPEL E CELULOSE PARA A EDITORA SCHWARCZ
EM AGOSTO DE 2009